Das Schicksal Siziliens ist einzigartig. Kaum eines der großen Eroberervölker hat es versäumt, der Insel einen meist kriegerischen Besuch abzustatten. Manche von ihnen blieben nur kurz, wie etwa die Vandalen, andere herrschten Jahrhunderte wie die französischen Anjou oder die Spanier, welche die Schreckensherrschaft der Inquisition einführten. Sie alle – Griechen, Karthager, Römer, Germanen, Araber, Byzantiner, Normannen, Staufer, Franzosen und Spanier – haben Spuren hinterlassen. Die Summe dieser Spuren ist das heutige, in seiner Eigenart unverwechselbare Sizilien, das jetzt von einer Macht beherrscht wird, die nicht von außen, sondern aus dem Land kommt, der Mafia.

Siegfried Obermeier hat die Geschichte Siziliens in erzählerischen Episoden eingefangen, die immer vor einem realen historischen Hintergrund spielen. Doch die großen historischen Ereignisse sind noch nicht die ganze Geschichte: Ebenso gehört zu ihr das Schicksal der Bauern, die um ihre Existenz kämpfen, die Immigration der Dichterin Sappho, die Flucht des Malers Anthonis van Dyck vor der Pest in Palermo oder Goethes Sizilienreise.

Siegfried Obermeier, geboren 1936 in München, war Redakteur der Kunstzeitschrift «artis», arbeitete am neuen «Großen Meyer» mit, und veröffentlichte über zwanzig Bücher meist historischen Inhalts.

In der Reihe der rororo-Taschenbücher erschienen bereits seine historischen Romane und Biographien «Mein Kaiser – Mein Herr» (Nr. 5978) über die Zeit Karls des Großen, «Kreuz und Adler. Das zweite Leben des Judas Ischariot» (Nr. 12809), «Walther von der Vogelweide. Der Spielmann des Reiches» (Nr. 13090), «Richard Löwenherz. König-Ritter-Abenteurer» (Nr. 13115), «Caligula. Der grausame Gott» (Nr. 13140) und «Torquemada» (Nr. 13382). Siegfried Obermeier lebt in Oberschleißheim.

Siegfried Obermeier

Im Schatten des Feuerbergs

Der Roman Siziliens

Rowohlt

Veröffentlicht im Rowohlt Taschenbuch Verlag GmbH,
Reinbek bei Hamburg, März 1995
Copyright © 1989 by Siegfried Obermeier
Alle Rechte vorbehalten
Umschlaggestaltung Büro Hamburg (Gemälde
«Hof Friedrich II. zu Palermo»
von Arthur von Ramberg. München,
Neue Pinakothek/Archiv für
Kunst und Geschichte, Berlin)
Landkarte Eduard Böhm
Satz aus der Sabon (Linotronic 500)
Gesamtherstellung Clausen & Bosse, Leck
Printed in Germany
1690-ISBN 3 499 13577 9

Inhalt

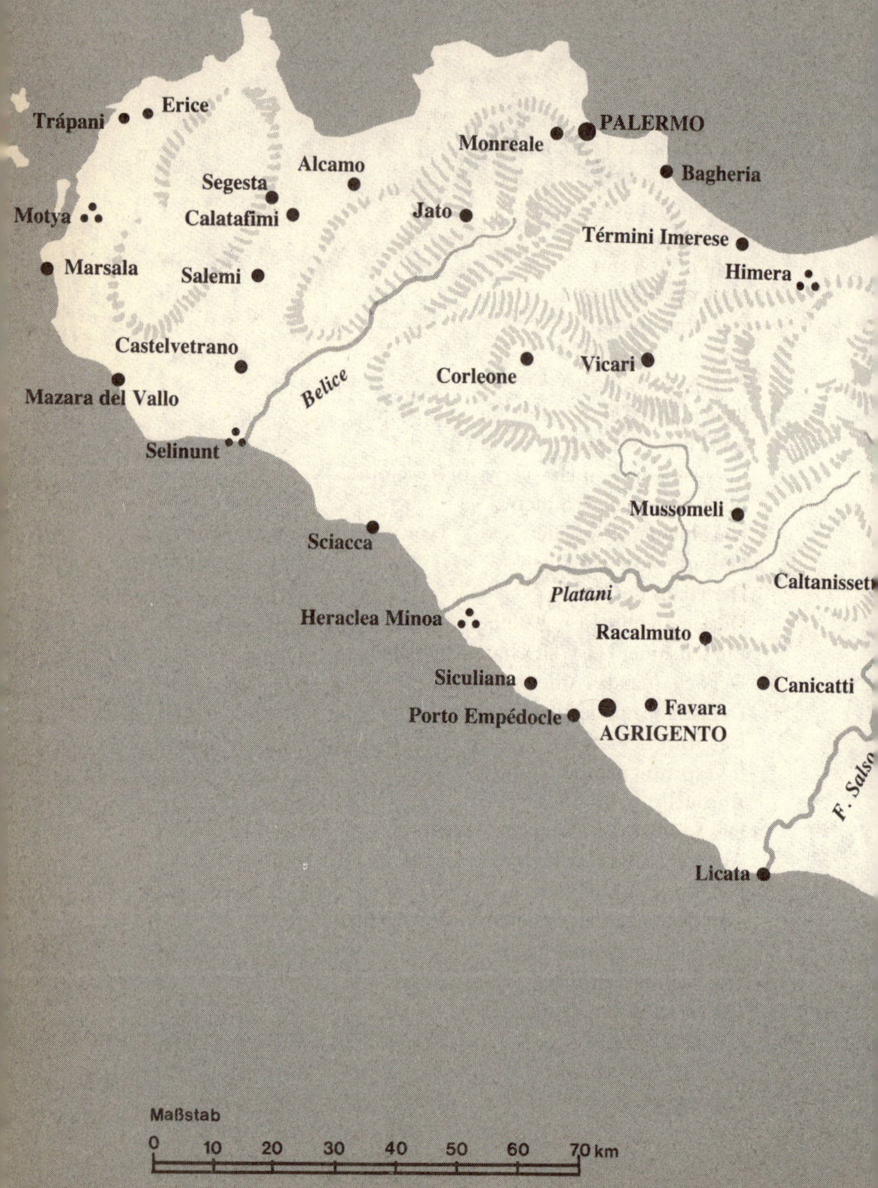

Trápani • • Erice

Motya • •
Marsala •
Segesta • • Alcamo
• Calatafimi
Salemi • • Jato
Castelvetrano •
Mazara del Vallo
Selinunt • •

Monreale • • **PALERMO**
• Bagheria
Términi Imerese •
Himera • •

Belice
Corleone • • Vicari

Sciacca •

Mussomeli •

Platani
Heraclea Minoa • •
Caltanisset
Racalmuto •

Siculiana •
Canicatti •

Porto Empédocle • • • Favara
AGRIGENTO

F. Salso

Licata •

Maßstab

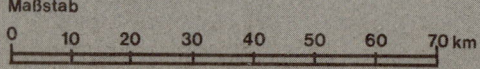

0   10   20   30   40   50   60   70 km

TYRRHENISCHES MEER

Cefalù

Castelbuono

Gangi

Troina

Enna

Morgantine

Piazza Armerina

Villa di Casale

Caltagirone

Gela

Vittoria

Kamarina

Milazzo

Tyndaris

MESSINA

Barcellona

Reggio

Randazzo

Alcantara-Schlucht

Linguaglossa

Taormina

Bronte

ETNA

Giardini (Naxos)

Adrano

Centúripe

Nicolosi

Paterno

Acireale

CATÁNIA

Simeto

Lentini

Augusta

Siracusa

Cómiso

Ragusa

Módica

Ávola

Noto

Pozzalo

Pachino

Allen meinen Freunden herzlich zugeeignet

Prolog

Dieser Roman der Insel Sizilien setzt im Neolithikum, also in der Jungsteinzeit ein. Was aber war zuvor? Kann man den Wissenschaftlern Glauben schenken, die Sizilien mit Afrika verbunden sahen, und ihre Thesen damit stützen, daß Saharapflanzen auf der Insel zu finden sind? Mischen wir uns nicht in diesen Gelehrtenstreit; jedenfalls war Sizilien im Quartär bereits von Nordafrika getrennt, weil unter den Fossilien aus dieser Zeit keine der spezifisch afrikanischen Tierarten zu finden ist.

Irgendwann einmal war Sizilien mit dem italienischen Festland verbunden. Der Einbruch der Straße von Messina machte es zur Insel, zur begehrten Frucht, die verlockend in der Umschlingung des ionischen und tyrrhenischen Meeres lag und die Raublust so ziemlich aller Eroberer anregte, die im Laufe von drei Jahrtausenden die Gestade des Mittelmeers unsicher machten. Sizilien, dreimal so groß wie Kreta und etwas größer als Sardinien, wurde zum historischen Zankapfel schlechthin, nach dem jeder die Hand ausstreckte, den aber nur wenige für längere Zeit halten konnten. Warum blieb dem fast gleich großen Sardinien ein ähnliches Schicksal erspart? Diese Frage ist leicht zu beantworten. Zum einen machte die ideale geographische Lage und die Bodenbeschaffenheit Sizilien unglaublich fruchtbar und ließ es zu einem der wichtigsten Kornlieferanten werden. Zum anderen lockte Siziliens strategische Bedeutung als Stützpunkt und Vorposten nach Nord, Süd und Ost. Für das antike Griechenland und Byzanz war es das Tor zum Westen und für Rom die Pforte nach Süden und Osten, während die mit Wüsten reich gesegneten islamischen Völker in ihm eines der von Allah den Gläubigen verheißenen Paradiese sahen – mit süßen Quellen und üppigen Ernten.

Wir in die Küsten des Mittelmeeres verliebten Nordländer können es kaum glauben, was der Schriftsteller und geborene Sizilianer Leonardo Sciascia in einem Interview trocken anmerkt: «Die Küste ist schön, aber sie sagt mir nicht viel… Ich glaube, im Grunde hegen wir Sizilianer immer noch eine tiefe Abneigung gegen das Meer. Wie könnten Insulaner etwas lieben, das zu nichts anderem taugt, als ihnen Auswanderer zu entführen und Invasoren zu bringen?»

Das leuchtet ein, und die Geschichte bestätigt es. Aber Siziliens Vergangenheit ist dadurch zu einem bunten Teppich geworden, in dessen Gewebe viele Völker ihre Muster gestickt und den sie wieder und wieder mit Blut befleckt haben.

Dieses Buch soll nicht nur unterhalten und informieren, es soll auch dazu anregen, den heißen, sonnendurchglühten, von Lava verbrannten, von Erdbeben erschütterten und von fremden Herren ausgepreßten Boden dieser wunderbaren Insel zu erforschen, die Eigenart ihrer Menschen zu begreifen und sie – Volk und Insel – lieben und verstehen zu lernen.

Die Feuergöttin

Ein hilfloser Zorn erfüllte ihn, drohte fast seine Brust zu sprengen. Doch er hatte sich nichts anmerken lassen, denn das wäre für die Alte nur wieder ein Anlaß gewesen, auf ihm herumzuhacken, ihn bloßzustellen vor den anderen. Aber er mußte sich Luft machen, mußte loswerden, was ihm den Bauch beschwerte, wie eine zu üppige, schwer verdauliche Mahlzeit.

Ako nahm den Weg zur Großen Schlucht über die Abkürzung, die nur er kannte. Das war ein sehr steiler Pfad, gefährlich für jeden, der nicht Bescheid wußte. Wie ein flüchtender Hirsch brach er durch die Büsche, die Zweige peitschten seine nackten Beine, dornige Ranken fuhren ihm über Gesicht und Arme, doch er achtete nicht darauf, der Zorn ließ ihn gefühllos und unvorsichtig werden. Einmal trat er auf einen Stein, der unter seinem flüchtigen Tritt wegrollte, so daß Ako den Halt verlor und auf den Rücken fiel. Gedankenschnell griff er nach dem Zweig einer jungen Kastanie und bewahrte sich so vor einem gefährlichen Abgleiten.

Was war geschehen? Der Sturz hatte ihn ernüchtert, Ako richtete sich auf und suchte einen bequemeren Platz zum Sitzen. Von drunten rauschten die Wasser der Großen Schlucht, ihr Ton beruhigte ihn und gab ihm die Kraft, den Verlauf des heutigen Tages noch einmal in aller Ruhe zu überdenken. Es fiel ihm freilich nicht leicht, Ako war jung und heißblütig, doch als Jäger hatte er von Kind an lernen müssen, mit Geduld und Bedacht an eine Aufgabe heranzugehen. Hätte er diese Eigenschaften nicht, so wäre ein schlechter Jäger aus ihm geworden, und die Alte hätte ihm eine andere Aufgabe zugedacht. Sie würde es auch jetzt noch gerne tun, doch die Sippe konnte auf einen geübten und fast immer erfolgreichen Beutemacher nicht verzichten. Die Alte durfte sich zwar viel herausnehmen – und sie tat es auch –, doch nicht einmal sie wagte es, einem so geschickten Fährtenleser eine Tätigkeit zu untersagen, die für die Sippe wichtig und nützlich war.

«Das kann sie nicht», dachte Ako, und es machte ihn zufrieden, daß es so war. Was aber war geschehen? Tagelang hatten die prallen dunklen Wolken wie schwere Gewichte am Feuerberg gehangen, von grellen Blitzen zerschnitten und von schrecklichen Donnerschlägen gebeutelt, dann hatten sie herausgeschüttet, was an Wasser in ihnen steckte. Kein Wetter zum Jagen, jeder wußte das. Nur die Alte schien es nicht zu wissen.

«Was hockst du noch immer hier?» bellte ihre heisere böse Stimme, und sie fuchtelte erregt mit ihren dicken wabbeligen Armen herum. Unförmig fett war sie in den letzten Jahren geworden, Una, die gefürchtete Sippenführerin, der sich alle beugten, ob jung oder alt, Frauen und Männer, Jäger und Handwerker, Mütter und junge Mädchen.

In der weiten dunklen Basalthöhle flammte nahe am Eingang ein Feuer, dessen Rauch die schwere feuchte Luft am Abziehen hinderte, so daß allen die Augen tränten und bellender Husten sich an den Wänden der Höhle brach.

Mat, der Führer der Jäger, fand endlich den Mut, auf Unas ständige Quengelei angemessen zu antworten. Er tat es behutsam und mit der Absicht, die Alte zu besänftigen.

«Verzeih, Ehrwürdige, wenn ich für meine Jäger spreche. Wir verstehen deine Ungeduld – es fehlt an Fleisch, es fehlt an den so nötigen Opfergaben für die Feuergöttin Itina, deine dir – und dies zu unserer aller Glück – so wohlgewogene Freundin. Aber verstehe auch uns. Bei einem solchen Wetter verkriechen sich die Tiere, und wenn wir eines aufstöbern, ist es gereizt und angriffslustig. Wir sollten nicht leichtsinnig unser Leben aufs Spiel setzen, denn», und nun hob sich Mats Stimme, wurde stolz und eine Spur herrisch, «unser Stamm wird untergehen, wenn einige der Jäger nicht mehr zurückkehren. Du weißt das natürlich – alle wissen es –, und ich möchte dich in aller Ehrfurcht bitten, es nicht zu vergessen. Niemals!»

Una hockte wie eine fette Kröte am Feuer, in einen Berg Felle

12

gehüllt. Sie hob ihr unförmiges, in Fleischwülste gebettetes Gesicht und blickte mit halbgeschlossenen Augen auf Mat, der sich – von seiner eigenen Kühnheit erschreckt – zusammenduckte, als gelte es einem Schlag auszuweichen.

Una achtete den Anführer der Jäger, aber sie mochte ihn nicht. Sie mochte überhaupt keinen Mann, wie tüchtig und wichtig er auch sei. Ihre Liebe galt Eli, der einzigen überlebenden Tochter, die sie zielstrebig und umsichtig zu ihrer Nachfolgerin heranzog. Den anderen Frauen des Stammes begegnete sie mit herrischer Nachsicht, und jede konnte auf ihr Verständnis, auf ihre Hilfe hoffen. Bei den Männern war das nicht unbedingt der Fall. Nach den Gebräuchen der Sippe waren sie alle eingebunden in ihre Rechte und Pflichten. Wer sich dem nicht beugen wollte, mußte gehen, wurde ausgestoßen. Ein jeder fürchtete das, denn dies bedeutete Einsamkeit, Gefahr, Tod. Und deshalb duckte sich Mat vor der Antwort Unas, der Ehrwürdigen, der Mächtigen.

Lange schwieg sie, lange sah sie ihn an, mit halbgeschlossenen Lidern, nichts regte sich in ihrem massigen Gesicht. In der Höhle hielten alle den Atem an, nur das leise Knistern des Feuers war zu vernehmen.

Ako blickte auf Lin, die Sanfte, die inmitten der Frauen und Mädchen hinter der Alten saß. Vergeblich suchte er ihren Blick, doch sie hatte den Kopf gesenkt, und ihre langen dunklen Haare fielen nach vorne und verhüllten ihr Gesicht. Ihr zartes Gesicht, die schmalen Schultern, der schlanke Nacken, die kleinen mädchenhaften Brüste, ihre runden Hüften, die kräftigen, wenn auch etwas dünnen Beine – wie liebte er das alles, wie sehnte er sich danach, sie neben sich auf dem Lager zu haben, ihren Körper zu fühlen, zu liebkosen…

Alle zuckten zusammen, als Unas heisere Stimme ertönte: «Gut gesprochen, Mat, gesprochen wie ein Jäger. Nun aber rede ich, höre genau zu! Itina, die Feuergöttin, meine mächtige Freundin, ist unzufrieden. Ja, spitzt nur eure Ohren, denn es geht euch alle an! Ihr Feueratem bedroht uns, sie lechzt nach Opfern, will Blut! Sie zufriedenzustellen ist unsere Aufgabe, unsere Pflicht, denn sie ist mächtiger als Mensch und Tier. Habt ihr den Feuerberg in den letzten Tagen genau beobachtet? Ich habe es getan, es ist meine

Aufgabe, es genauer zu tun als alle anderen. Der Zorn – ja, hört es nur! –, der Zorn hat Itinas Atem verstärkt, es quillt Rauch aus ihrem Schoß, ich fürchte, dabei wird es nicht bleiben.»

Unas Stimme nahm einen prophetischen Tonfall an, als sie monoton weitersprach: «Itina wird ihren Schoß öffnen und ihr Feuerblut verströmen! Ihr wißt es! Tod und Verderben wird meine schreckliche Freundin gebären, eine feurige Flut, weil das kühle sänftigende Blut der Opfertiere ihr fehlt. Ich habe es erlebt, und ich sage euch, alles ist besser als das! Sie ist meine, ist unsere Freundin, doch nur solange wir sie nähren und zufriedenstellen. Und da erhebt Mat seine Stimme und redet sich auf das schlechte Wetter hinaus! Ich warne euch! Ja, ich warne euch als eure Führerin, denn auf mir ruht die Verantwortung. Auf mir allein!»

Ein zaghaftes Aufatmen ging durch die Höhle, als Unas schreckliche Stimme verstummte. Es war nicht zum ersten Mal, daß sie eine solche Warnung vernahmen, doch niemals verfehlte sie ihre Wirkung. Auch nicht auf Mat, auch nicht auf Ako. Und Mat ordnete an, daß sie am nächsten Morgen aufbrechen würden zur Jagd – bei jedem Wetter.

Am Morgen aber hatten die Wolken sich verzogen, ihr Bauch war leer, das Wasser versiegt.

Da regte sich in Ako der Widerspruch. Mußte denn die Alte immer recht behalten? Ihm wäre es lieber gewesen, es hätte weitergeregnet und die Jagd wäre gefährlich, erfolglos, für manchen sogar tödlich gewesen. Nur um Una zu zeigen, was sie mit ihrem Gerede angerichtet hatte, um sie ins Unrecht zu setzen. Freilich ein sinnloser Wunsch. Ako wußte es. Die Alte war niemals im Unrecht, ihr Wort bedeutete Befehl, Gesetz, Unabänderliches.

Doch an diesem Morgen ging die Sonne strahlend auf, die grünen, von schwarzen Lavaströmen durchäderten Hügel dampften im Sog der Wärme, und die Jäger waren froh gestimmt. Auch Ako gab sich dieser Stimmung hin, prüfte seinen Bogen, zählte die Pfeile, befühlte die Steinkeule und das Messer in seinem Gürtel und griff nach dem kurzen schweren Speer aus Hartholz.

Lins Vater war der Steinschläger der Sippe, und er mochte Ako. Keiner konnte den Hartstein besser spalten als er, und Ako erhielt von ihm die besten Stücke. Doch auf ihn kam es nicht an, er besaß nicht die Macht, Ako mit Lin zu verbinden. Das konnte nur Una. Sie aber würde es nicht tun, jetzt nicht mehr.

Ako seufzte und lauschte dem Ton des Wassers in der Großen Schlucht. Es fiel ihm schwer, diesen Tag zu Ende zu denken. Doch er mußte es tun, er mußte es! Eigentlich hätte er stolz sein können auf diese Zeit einer erfolgreichen, fast mühelosen Jagd – froh und stolz! Sie hatten sich in dem waldreichen Gebiet auf der Mittagseite des Feuerbergs zerstreut, und Ako nahm die Spur eines Bären auf. Sie war leicht zu verfolgen, denn dieses Tier hinterließ so unübersehbare Zeichen, daß es einem erfahrenen Jäger nicht schwerfiel, ihnen zu folgen. Dort war ein schöner Abdruck seiner Tatze in der noch feuchten Erde zu sehen, da wies ein zerfetzter Feigenbaum auf die Nahrungssuche des Leckermauls. Es war ein Spiel, diesen Spuren zu folgen, ein fröhliches, wenn auch nicht ungefährliches Spiel. Aus der Tiefe der Abdrücke schloß Ako, daß es ein junges Tier sein müsse, eines, das noch sorglos war und nicht das durch Erfahrung erworbene Mißtrauen der alten, ungemein schlauen Bären besaß.

Lautlos folgte Ako weiter der Spur, bis er ihn plötzlich vor sich sah, den Höhlenbären mit seinem braunen Pelz, der sich so gut für das Winterlager eignete. Und das gute Fleisch! Was schmeckte schon besser als lange am Feuer geschmorte Bärentatzen oder die halbrohe, noch blutige Leber? Auch die guten und ausgiebigen Schinken waren nicht zu verachten. Von einer einzigen dieser mächtigen Keulen wurden vier ausgewachsene Männer satt.

Der Bär saß auf einem erhöhten Steinkegel, der mit niedrigen Sträuchern bewachsen war. Mit seinen Pranken wühlte und schnupperte er darin herum, auf der Suche nach etwas Freßbarem. Ein schönes Ziel für einen Pfeil, überlegte Ako, doch er wußte nur zu gut, wie gefährlich es war, einen Bären mit dem Bogen erlegen zu wollen. Denn es gab nur drei Stellen, wo der Bär durch einen Pfeil tödlich verwundbar war: durch das Auge ins Gehirn – aber wer traf aus dieser Entfernung schon ins Auge? –, durch den Hals in die Luftröhre oder eben gleich ins Herz, aber auch nur, wenn der Bär sich aufrichtete und ein gutes Ziel bot.

Ako mußte darüber keine langen Überlegungen anstellen – so

etwas wußte ein Jäger ganz einfach. Es war ein junges Tier, wie er vermutet hatte, und die stellten sich nur zum Kampf, wenn es keinen Ausweg mehr gab. Der Steinkegel fiel nach allen Seiten steil ab; es gab nur einen schmalen Zugang von der Morgenseite her, und genau von dort mußte Ako sich nähern, um den einzigen Fluchtweg abzuschneiden. Vorsichtig nahm er Bogen und Köcher ab und legte sie auf den Boden. Mit dem Speer in der Rechten und dem langen Steinmesser in der Linken näherte er sich geduckt dem Kegel, kroch langsam wie ein Reptil den schmalen Pfad hinauf, ohne den Bären aus den Augen zu lassen. Der schien nun ein Geräusch gehört zu haben; er richtete sich auf und lauschte. Diesen Augenblick nutzte Ako, einen besseren würde es nicht geben.

Er richtete sich auf und schleuderte seinen Speer auf die Brust des Bären. Die Entfernung war zu groß, um genau zu treffen, und der ins Herz gezielte Wurf traf in die Lunge. Der Bär stieß ein hohes schmerzliches Brummen aus, das dem Schrei eines Kindes ähnelte, und versuchte ungeschickt den Speer abzustreifen. Doch der steckte fest. Der Bär begann zu husten, helles schaumiges Blut quoll ihm aus dem Maul. Er blickte sich gehetzt um, doch da waren nur Abgründe, und so stürzte er auf Ako los, den Feind, der ihm den Weg in die Freiheit versperrte. Ako ließ das erregt schnaufende Tier nahe herankommen, wich den herumwirbelnden Pranken aus, warf sich herum und stieß dem Bären das Steinmesser in den wolligen Nacken, von unten nach oben, um das Gehirn zu treffen. Wie vom Blitz gefällt fiel das Tier zu Boden und wäre beinahe noch in die Tiefe gestürzt, hätte nicht eine kleine Krüppelkiefer den Sturz verhindert. Ako zerrte den noch zuckenden Körper auf sicheren Grund und riß den Speer heraus. Ein träger Schwall Blut quoll aus der Wunde, doch es kam nichts nach, der Bär war tot.

Es war unter den Jägern der Brauch, den Tag der Jagd abzuschließen, wenn ein größeres Tier erlegt war. Das Jagdglück nämlich war ein kostbares und zerbrechliches Ding, und für Ako wäre es ein Frevel gewesen, es an diesem Tag noch einmal in Anspruch zu nehmen. Er sandte einen dankbaren Blick hinauf zur Feuergöttin, deren heißer Atem aus der Spitze des Berges wölkte und sich in einem langen Wolkenstreifen über das Meer hin verlor. Ako war niemals am Ufer gewesen; seine Welt waren die Hügel und Wälder um den Feuerberg, und ihm oder den anderen wäre es nicht in den Sinn gekommen, dieses fremde Gebiet zu erkunden. Dort lebten andere Stämme und Sippen, redeten mit fremder Zunge, folgten anderen Bräuchen, verehrten vielleicht andere Götter.

Ako zog ein Bambuspfeifchen aus dem Gürtel und blies eine bestimmte Tonfolge, von der nur seine Jagdgenossen wußten, was sie bedeutete. Sie forderte die am nächsten Jagenden auf, beim Wegschaffen einer schweren Beute behilflich zu sein. Ako blies mehrmals in sein Pfeifchen, um danach angestrengt zu lauschen. Endlich ertönte die Antwort, ein ferner dünner Ton, dem Ako in regelmäßigen Abständen Bescheid gab.

Ja, das war eine glückliche Jagd gewesen, und jeder wußte, daß es nicht immer so gut ausging. Es gab keinen unter ihnen, der nicht am ganzen Körper mit Kratz- und Bißnarben übersät war. Ako konnte mit einer tiefen Narbe am linken Schenkel aufwarten; da hatte sich ein sterbender Berglöwe verbissen. Seine rechte Wade hatte ein wütender Eber durchbohrt, beide Schultern waren von Prankenhieben zerfetzt. Bisher waren es zum Glück nur Haut- und Fleischwunden gewesen, doch wehe dem Jäger, der schwere Knochenverletzungen davontrug! Untauglich zur Jagd fand Una für ihn eine niedere und demütigende Arbeit; auch Mat konnte dann nichts mehr für ihn tun. Der Betroffene mußte bis zu seinem Lebensende Holz zerkleinern, stinkende Felle gerben, oder – und das war noch ein Glück – er durfte in den Wäldern Pilze und Beeren sammeln.

Ako ballte die Faust, wenn er daran dachte. Da war es schon besser, sich in die Große Schlucht zu stürzen. So konnte man hoffen, ins Reich der Jäger einzugehen, wo man für ewige Zeiten auf sonnigen Fluren und in schattigen Wäldern dem Wild nachspürte, um die Beute dann mit Jagdgenossen zu verzehren. Alle glaubten sie an dieses glückliche Jenseits, und eine Una hatte darin keinen Platz.

«Für die Alte gibt es darin keinen Platz!» wiederholte Ako laut, und ein leises Echo brach sich in der Schlucht. Obwohl er es kannte, schauderte es ihn doch jedesmal vor dieser fernen Stimme, der Stimme seines unsichtbaren Schattens, seines zweiten Ichs.

Dieser körperlose Zwillingsbruder begleitete ihn bis zum Ende, und er war es, der nach Akos Tod in der anderen Welt ein sorgloses Jägerleben genießen durfte. Una versuchte ihnen zwar einzureden, daß dies nur der Fall sei, wenn sie der Feuergöttin Itina reichlich und regelmäßig opferte, aber die meisten Jäger glaubten nicht daran. Sie nahmen es zwar hin, daß in diesem Leben die Macht zwischen der Feuergöttin Itina und der alten Una aufgeteilt war, aber danach – danach waren sie endlich freie Jäger, und weder Itina noch Una hatten Gewalt über sie.

Ako sprang auf, um weiter in die Große Schlucht hinaufzuklettern, doch sein Zorn hatte sich gelegt, der Stein in der Brust war leichter geworden, wenn auch nicht verschwunden.

Hier half kein Zorn, hier half kein Widerstand, der Alten mußte mit Klugheit und Zurückhaltung begegnet werden, nur so war sie zu besiegen. Besiegen? Nein, das war nicht das rechte Wort. Eine Una konnte nicht besiegt, sie konnte bestenfalls getäuscht, irregeführt, betrogen werden. Was Ako nur zu denken, niemals auszusprechen wagte, war dies: Er mußte mit Lin wegziehen aus Unas und der Feuergöttin Machtbereich.

Daß sie dazu bereit war, wußte er seit einigen Tagen. Bei einer der ganz seltenen Gelegenheiten, da sie ungestört miteinander reden konnten, hatte Ako sie gefragt: «Möchtest du nachts neben mir liegen, meine Kinder austragen, hingehen, wo ich hingehe?»

Lin hatte ihn nur zärtlich mit ihren nußbraunen Augen angesehen und stumm genickt. Sie war eine der vielen Enkelinnen der Alten, doch sie hielt zu ihm, Ako, dem Jäger. Mit dem Spürsinn der Sippenführerin hatte Una längst herausgefunden, daß Ako und Lin sich mochten, aber sie dachte nicht daran, diese Verbindung gutzuheißen. Dieser junge Bursche war ihr zu aufsässig, er neigte zum Widerstand und zur Verweigerung des Gehorsams. Wenn er nicht zahmer wurde, mußte sie härtere Maßnahmen ergreifen.

Nein, Ako war keineswegs zahmer geworden. Nachdem er den Bären erlegt und mit Hilfe seiner Jagdgenossen vor die Höhle geschafft hatte, erschien Eli, die älteste Tochter der Sippenführerin. Sie war noch dicker als ihre Mutter und bewegte nur unwillig ihren schweren, trägen Körper. Ako verbeugte sich.

«Teile der ehrwürdigen Mutter mit, daß Ako einen Bären erlegt hat und ihr die Beute – überbringt.»

Er hätte sagen müssen «zu Füßen legt», doch sein Stolz verbot es ihm. Eli nickte nur mürrisch und watschelte ächzend in das Dunkel der Höhle zurück. Una ließ lange auf sich warten, das gebot ihre Würde, doch sie allein entschied über die Verteilung der Beute, und niemand konnte sagen, daß sie ihr Amt mißbrauchte. Ihre Gerechtigkeit wurde von allen gerühmt, wenn auch nicht jeder in der Sippe mit den großen Opfergaben einverstanden war, die sie der Feuergöttin Itina zukommen ließ. Vor allem die Jäger nicht, was auch verständlich war, denn sie setzten ihr Leben ein, um die Sippe mit Fleisch zu versorgen.

Als Una aus der Höhle trat, verneigten die Jäger sich tief. Daß sich Ako als erster wieder aufrichtete, entging ihr keineswegs, auch wenn sie ins grelle Sonnenlicht blinzelte und so tat, als sehe sie es nicht.

«Ich höre, Itina hat euch Jagdglück verliehen, was habt ihr erlegt?»

Ako trat vor: «Ich habe diesen schönen Höhlenbären getötet und bringe ihn dir, Ehrwürdige, zur gerechten Verteilung.»

Una runzelte die Stirn.

«Warum erwähnst du das? Bin ich nicht bekannt für meine Gerechtigkeit? Alle scheinen das zu wissen und anzuerkennen, nur du nicht, Ako. Ja, es ist ein schönes Tier, jung und fett. Da wird die Göttin sich freuen! Wir haben sie sehr lange warten lassen, viel zu lange. Wo sind die anderen?»

«Die jagen noch», sagte Ako.

«Dann säumt nicht länger, ihr Männer! Geht wieder an die Arbeit, wir brauchen mehr, viel mehr!»

Ako blieb stehen und blickte die Alte erstaunt an.

«Aber du kennst doch den alten Jägerbrauch, Ehrwürdige. Wer ein großes Tier erlegt hat, für den ist die Jagd zu Ende. Es ist ungehörig, an einem Tag das Glück zweimal herauszufordern. Kein Jäger tut das!»

«Was ungehörig ist, entscheide ich!» krächzte die Alte böse. «Ihr habt tagelang nicht gejagt und somit auch kein Glück beansprucht. So könnt ihr heute nachholen, was ihr versäumt habt.»

«Wir kehren zurück», sagten Akos Jagdgenossen eilfertig, doch sie zögerten noch, um abzuwarten, ob er sich ihnen anschließen würde.

«Ich bleibe!» sagte Ako fest, «geht ihr nur zu den anderen, ich wünsche euch so viel Glück wie ich es hatte.»

«Du gehst also nicht?» fragte Una zornig.

«Nein, Ehrwürdige, ich gehe nicht. Warum soll ich ohne Not einen alten Brauch verletzen?»

«Ohne Not, ohne Not!» keifte die Alte, hob ihren fetten Arm und wies auf den Feuerberg.

«Da! Schau hinauf! Itina schnaubt vor Wut! Heute nacht hat sie im Traum zu mir gesprochen, daß sie den feurigen Strom schikken wird, falls sie nicht bald – sehr bald! – die gebührenden Opfer erhält. Sie wird ihren schrecklichen Schoß öffnen und Feuer gebären!»

«Mag sein», sagte Ako, «doch wenn die anderen Jäger zurück sind, wird es viel Beute geben, und die Göttin wird ihren gebührenden Anteil erhalten.»

Una wackelte erregt mit ihrem Kopf.

«Ihren gebührenden Anteil… Was verstehst du davon, was habt ihr Männer mit diesen Dingen zu schaffen?»

«Doch recht viel», meinte Ako mit leisem Spott. «Wir erlegen das Wild, bringen es dir vor die Höhle, und junge Männer sind es, die es zum Haus der Göttin tragen. Warst du jemals oben, wo deine Freundin Itina haust?»

«Das geht dich nichts an, Ako. Du wirst frech, und ich mag das nicht. Es ist unter meiner Würde, mich mit dir zu streiten. Ich erteile dir den folgenden Befehl: Du wirst dich morgen, noch vor Sonnenaufgang mit zwei Gehilfen auf den Weg zur Wohnung der Göttin machen, um ihr die besten Teile der Beute zu opfern, also

Herz, Leber, Kopf, Tatzen und Hinterkeulen des Bären. Ihr werdet der Herrlichen die Segenswünsche Unas überbringen und sie demütig um Verzeihung bitten.»

Unas herrische befehlsgewohnte Stimme hatte Ako nicht eingeschüchtert. «Um Verzeihung wofür?» fragte er kurz.

Die Alte, schon dabei, in die Höhle zurückzugehen, wandte sich unwillig um.

«Wofür?» wiederholte sie höhnisch. «Für euer langes Säumen natürlich, du Dummkopf! Es ist schon schlimm, daß man euch Männer immer alles genau erklären muß – wie den Kindern!»

Una verschwand und ließ einen zornerfüllten Ako zurück, der ihr den Tod an den Hals wünschte.

Und nun saß er hier, über der Großen Schlucht, und versuchte, mit seinem Zorn, seiner Empörung fertig zu werden. Wollte er Lin nicht verlieren, so blieb ihm nichts anderes übrig, als morgen den langen beschwerlichen Weg zum Gipfel emporzusteigen, beladen mit den besten Stücken des von ihm erlegten Bären. Üblicherweise sandte Una nur kräftige Knaben hinauf, die noch keinen Bart hatten und deren Stimme noch nicht umgeschlagen war. Ausgewachsene Männer, so meinte sie, würden die Göttin nur beleidigen mit ihren wüsten Bärten, den rauhen Stimmen und dem Bocksgeruch.

Ako mußte lachen, wenn er an diese Worte dachte. Als ob sie nicht selber stinken würde, die alte fette Una, die schon in ihren Fellen verfaulte. Aber dieser trägen Kröte war jeder Schritt zuviel, sie würde schon nach wenigen Schritten tot umfallen. Ako erfreute sich an diesem Gedanken und sprach ihn mehrmals laut aus: «Tot umfallen! Tot umfallen!»

Und das erleichterte ihn ungemein. Fröhlich sprang er die letzten Schritte hinab und stand am Ufer des schmalen Flusses, der sich seit Urzeiten seinen Weg durch den Fels erkämpft hatte. Er kauerte sich nieder und bewunderte wie stets die seltsamen Steinschichtungen, die hoch in den Himmel ragten und an gebündelte Felle erinnerten, oder an die Streifen von Dörrfleisch, die vor der Wohnhöhle zum Trocknen aufgehängt waren. Vögel nisteten in den steilen Felswänden, kreisten in der düsteren, vom Rauschen des Wassers erfüllten Schlucht.

Von dieser Stelle aus war der Feuerberg nicht zu sehen, hier war die Feuergöttin ausgeschlossen, hier endete ihre Macht. Gerade darum liebte Ako diesen Ort, hier fühlte er sich frei und unbeobachtet, es war seine Zuflucht, Itinas Feueratem und Unas herrische heisere Stimme drangen nicht in diesen Bereich. Freilich, es war keine Zuflucht für immer, sondern nur für kurze Zeit, und bald mußte er wieder hinauf, wo Una und Itina, die großen Mütter, das Geschick der Sippe bestimmten.

In der Großen Schlucht hatte Ako so manche Entscheidung getroffen, und jetzt verstärkte sich in ihm der Entschluß, von hier wegzugehen, Itinas tödlichem Atem zu entfliehen und woanders ein neues, freies und unbedrohtes Leben zu beginnen – mit Lin, der sanften braunäugigen Lin.

Ako kletterte den steilen Weg wieder hinauf und erreichte die Höhle gerade, als seine Genossen von der Jagd zurückkehrten. Auch für sie war es ein erfolgreicher Tag gewesen. Sie schleppten einen Hirsch, etliche Wildziegen, Kaninchen und Vögel herbei, und bald stand die ganze Sippe bewundernd und lobend vor der reichen Beute.

Ako versuchte, in Lins Nähe zu gelangen, ohne Unas oder Elis Aufmerksamkeit zu erregen. Doch niemand schien auf ihn zu achten, und als er hinter Lin stand, flüsterte er ihr zu:

«Bald ist es soweit! Bist du bereit wegzugehen?»

Lin rührte sich nicht, gab nicht zu erkennen, ob sie seine Worte verstanden hatte. Er berührte leicht ihre runde warme Hüfte und fühlte, wie sie den Druck erwiderte. Ihre Zustimmung erfüllte ihn mit Freude und Stolz. Gerne hätte er seinen Triumph laut verkündet, doch er zwang sich zu Ruhe und Bedachtsamkeit. Nur nichts anmerken lassen! Wenn die Alte mißtrauisch wurde, konnte sie alles zunichte machen.

Langsam entfernte sich Ako von Lin und mischte sich unter seine Jagdgenossen. Wenig später entdeckte ihn dort Unas mißtrauischer Blick, und die Alte dachte zufrieden: Dich werde ich auch noch zähmen, Jäger Ako, du wirst mir aus der Hand fressen wie die anderen, verlaß dich drauf!

Bei der ersten Morgendämmerung brachen sie auf, Ako und seine beiden Begleiter. Er kannte den Weg, denn es war gar nicht lange her, da mußte er, der hellstimmige und bartlose Knabe, mit Gleichaltrigen die Opfergaben hinaufschleppen. Daß er nun als erwachsener Mann selber hinaufgehen und der Göttin die eigene Beute darbringen mußte, war eine beispiellose Demütigung. Doch er tat es für Lin, für sie spielte er den Gehorsamen, um die Alte zu täuschen – aber er spielte ihn nur.

Als die Sonne aufging, hatten sie schon ein gutes Stück Weg zurückgelegt. Das Morgenlicht umfing die Gipfelkrater mit einem goldenen Schein. Ako blieb stehen, legte seine Last ab und blickte hinauf. Die anderen taten es ihm gerne nach, denn die Opfergaben waren schwer, und den beiden taten schon die Muskeln weh, doch das hätten sie vor dem Älteren nie zugegeben.

Ako blickte lange auf den in Stößen hervorquellenden Rauch – Una nannte es den ‹Atem der Göttin› –, doch ihm schien, als hätte sich etwas verändert.

«Fällt euch nichts auf?» fragte er seine Begleiter und wies auf den Gipfel.

«Es ist – der Rauch ist stärker geworden…», sagte der eine zögernd.

«Nicht nur stärker», sagte Ako, «auch anders. Sonst war er ruhig und regelmäßig, jetzt kommt er in Stößen, als sei Itina außer Atem geraten.»

«Oder zornig?» meinte der andere.

«Zornig? Mag sein. Ich aber glaube, sie will uns warnen. Sie will damit sagen: kommt nicht näher, ihr betretet meinen Bereich.»

«Una sagt, sie mag erwachsene Männer nicht.»

«Warum schickt sie dann mich hinauf?» brummte Ako und faßte einen Plan. Er wartete, bis die beiden zwanzig Schritte voraus waren und ließ dann in aller Stille das als Wegzehrung mitgenommene Dörrfleisch in eine Schlucht fallen.

Sie hatten jetzt das baumlose Gebiet erreicht, das zunehmend von schwarzen Lavaströmen bedeckt war, deren mächtige Brokken sich manchmal zu wunderlichen Gebilden türmten. Da gab es die seltsamsten Gestalten von Menschen, Tieren und Pflanzen:

bucklige Greise, aufgerissene Wolfsrachen, verkrüppelte Bäume. Das war eine unheimliche Welt aus schwarzem Stein, von der schrecklichen Itina geschaffene Wesen, um Eindringlinge abzuschrecken. Zudem wurde der Weg immer schwieriger. Doch Ako gönnte den beiden keine Ruhe. Sie taumelten unter ihrer Last vor ihm her und keuchten wie alte Eber. Da stolperte der eine, fiel hin, und Ako lief sofort hinzu und half ihm auf.

«Die Sonne steht schon fast auf Mittag, wir machen eine Rast und essen etwas.»

«Ich bin nur vor Hunger hingefallen», versuchte der Gestürzte zu scherzen.

«Das Dörrfleisch ist weg!» rief Ako entsetzt. «Ich trug es hier am Gürtel –», er sah sich hilflos um, «und muß es irgendwann verloren haben.»

Ako wußte, wie hungrig die beiden nach dem langen anstrengenden Weg waren, und gerade das wollte er ausnützen.

«Immerhin ist der Wasserschlauch noch da», sagte er fröhlich und löste die Lederschnur am Verschluß der Ziegenhaut.

«Aber ich habe Hunger!» quengelte der eine, und der andere gab zu bedenken:

«Wir haben noch ein gutes Stück Weg vor uns, und zurück müssen wir schließlich auch ...»

«Da hast du wohl recht», sagte Ako, «und deshalb meine ich, wir sollten uns etwas von dem Bären einverleiben. Vielleicht hat uns die Göttin das Dörrfleisch genommen, weil sie es kosten möchte? Sammelt ein wenig dürres Gesträuch, dann braten wir uns die Tatzen.»

Die beiden folgten ohne Widerspruch, ihr Hunger war zu groß. Zwar war es schwierig, hier noch etwas Brennbares zu finden, aber da und dort stand ein verdörrter Strauch oder eine ausgetrocknete Pflanze. Ako suchte ein windstilles Plätzchen, doch es kostete lange, mühevolle Versuche, bis er mit seinem Feuerstein den Zunder zum Glimmen brachte. Sie legten die Bärentatzen zwischen zwei Lavabrocken, aber das dürre Gesträuch brannte schnell nieder, und so verzehrten sie das Fleisch, hungrig wie sie waren, halb roh. Satt waren sie allerdings nicht, und so holte Ako noch die Leber hervor und teilte sie mit seinem Steinmesser auf.

«Die muß nicht gebraten werden, die schmeckt auch so.»

Die anderen nickten und verschlangen begeistert das blutige Fleisch.

«Wenn das Una wüßte!» sagte einer der Burschen nachdenklich.

Ako zuckte die Schultern.

«Wenn ihr den Mund haltet, wird sie es nie erfahren. Für die Göttin bleibt auch so noch genug: der Kopf, das Herz und die Hinterkeulen. Um die ist es besonders schade…»

«Wie meinst du das?»

«Überlegt doch einmal. Früher hat es hier vermutlich keine Menschen gegeben, und wer hat Itina da gefüttert? Glaubt ihr vielleicht, das Wild ist freiwillig in den Krater gesprungen? Ich vermute, die Göttin braucht unsere Gaben nicht, sie kommt auch so zurecht.»

«Una wird schon wissen, was sie tut.»

Es lag Ako auf der Zunge zu sagen, bist du da so sicher, als ein seltsames dumpfes Grollen sie aufhorchen ließ. Sie blickten zum Gipfel und sahen, daß der ausgestoßene Rauch mit Feuer vermischt war, sahen eine rotglühende Masse aus dem Krater quellen.

«Die Göttin zürnt uns!» rief der ältere Bursche entsetzt und sprang auf. «Wir haben verzehrt, was ihr gehört, und nun speit sie Feuer, um uns zu strafen.»

«Sie hat auch früher Feuer gespien, hat mir mein Vater erzählt. Jedenfalls müssen wir umkehren, und zwar sehr schnell. Wir lassen die Opfergaben einfach liegen; wenn sie will, kann die Göttin sie holen.»

Die Burschen fügten sich stumm und machten sich eilig an den Abstieg.

«Paßt gut auf!» rief Ako ihnen nach, «hinunter ist es gefährlicher als hinauf!»

Er trank noch einen letzten Schluck, band den leeren Schlauch an seinen Gürtel und folgte seinen Begleitern.

Das Grollen vom Gipfel hatte sich verstärkt, der Krater warf große dunkle Brocken aus, der ganze Feuerberg schien jetzt leise zu beben. Ako holte die Burschen schnell ein. Die beiden hatten alle Vorsicht vergessen, sie sprangen und stolperten vorwärts, als sei Itina in eigener Person hinter ihnen her. Der Untergrund bestand jetzt aus körniger Lava, die bei jedem Schritt knirschte und sehr leicht unter den Füßen wegsackte. Es dauerte nicht lange und der Jüngere glitt aus, rutschte schreiend auf einen Abhang zu, krallte seine Hände verzweifelt in den Boden, doch da war nichts, kein Strauch, keine Pflanze, die ihm hätten Halt geben können. Vor Todesangst brüllend verschwand er in der Tiefe. Ako war stehengeblieben und blickte auf den anderen, der – starr vor Entsetzen – seinem Gefährten nachschaute.

«Jetzt hat die Göttin etwas Lebendiges», sagte Ako, «jedenfalls kann sie zufrieden sein.»

«Wir hätten es nicht tun dürfen», wimmerte der Bursche mit hoher weinerlicher Stimme, «wir haben Itina betrogen, und nun straft sie uns. Wäre nur Una hier, sie würde wissen, was zu tun ist, nur Una könnte uns retten! Wir müssen ihr alles sagen, dürfen nichts verschweigen, sonst straft Itina die ganze Sippe. Nur Una kann uns retten!»

Ako betrachtete ihn schweigend. Dieser Knabe war imstande und würde sich an den stinkenden Fellen der Alten ausweinen. Er ging auf ihn zu und sagte:

«Jetzt beruhige dich wieder! So etwas geschieht nun einmal, ich hoffe, du bist nun doppelt so vorsichtig. Hier ist es besonders gefährlich, wir werden uns an der Hand halten.»

Ako ergriff die Hand des immer noch zitternden Jungen und sagte: «Laß uns nachsehen, vielleicht können wir deinem Freund noch helfen.»

Er zog den Widerstrebenden mit sich, bis sie in die Nähe des Abgrunds kamen und versetzte ihm dann einen kräftigen Stoß. Der Bursche warf die Arme hoch, griff in die Luft und stürzte mit einem hellen Schrei kopfüber in die Schlucht.

«Es ging nicht anders», sagte Ako leise, doch er fühlte kein Bedauern. Das war immer noch besser, als von einem Berglöwen zerfleischt oder von einem Nashorn aufgespießt zu werden – oder im Feueratem Itinas zugrunde zu gehen.

Es dämmerte schon, als Ako die Höhle erreichte und die ganze Sippe vor dem Eingang versammelt fand.

«Ako!» hörte er schon von weitem Unas heisere Stimme. Eine Gasse öffnete sich, und während er vor die Sippenführerin trat, sah er sich um und fragte:

«Sind meine Begleiter schon zurück? Ich sehe sie nicht...»

«Ich dachte, sie kämen mit dir.»

«Nein, ehrwürdige Mutter. Als der Feuerberg – als Itina ihren rotglühenden Atem ausstieß, warfen sie ihre Last weg und ergriffen die Flucht. Ich dachte, sie seien längst zurück.»

«Was hast du mit den Opfergaben gemacht?»

«Ich weihte sie Itina und warf sie in eine Schlucht. Wegen des austretenden Feuerstroms konnte ich ohne Gefahr nicht mehr höhersteigen.»

Ako beobachtete die Alte genau und sah sie zum ersten Mal ratlos. Sie blickte hilfesuchend auf ihre Tochter, wackelte mit dem Kopf, hob ihre fetten Arme und sagte: «Ich weiß nicht, ob Itina dieses Opfer annimmt, und ob ihr Zorn bald ein Ende findet. Da! Schaut hinauf zu ihrem Wohnsitz – alles steht in Flammen.»

Inzwischen war es Nacht geworden, und die Hänge unterhalb des Gipfels waren von feurigen Strähnen geädert, die sich vielfach verzweigten und den Berg in ein glühendes Netz hüllten. Es regte sich kein Lüftchen, Büsche und Bäume standen wie erstarrt vor dem kommenden Unheil.

«Wir sollten den Ort hier verlassen, Itinas Zorn gefährdet uns alle.»

Ako sprach diese Worte ruhig und ohne Erregung, als mache er nur einen harmlosen Vorschlag. Daraufhin wurde es still wie in einer Grabeshöhle. Ako blickte auf Una.

«Verlassen?» wiederholte sie fassungslos, «einfach weggehen von hier, wo die Mütter und Urmütter unserer Sippe gelebt haben, wo die Gräber unserer Vorfahren sind? Wie denkst du dir das, Jäger Ako?»

«Da mußt du deine Freundin Itina fragen, ehrwürdige Mutter. Sie ist es, die uns vertreibt.»

«Sie vertreibt uns nicht!» sagte Una streng, «sie warnt uns nur!»

«Noch vor Morgengrauen wird der Feuerstrom unsere Höhle erreicht haben», sagte Ako und trat zu den anderen zurück.

Sollte er sich mit der halsstarrigen, unbelehrbaren Alten herumstreiten? Es war nur eine Vermutung, die er aussprach, Una zum Trotz, doch er glaubte an das, was er sagte. Die Zeit war zu kostbar, er wollte leben, er wollte frei sein, er wollte Lin mit sich nehmen.

Nun redeten auf einmal alle durcheinander, bis Una Ruhe gebot.

«Wir bleiben hier!» rief sie laut, «die Feuergöttin will uns nur ein Zeichen geben. Es wird nichts geschehen, ich verspreche es euch!»

Ako hielt Ausschau nach Lin, und als er sie entdeckt hatte, drängte er sich zu ihr durch. Er packte ihre Hand und zog sie fort: «Es ist höchste Zeit», sagte er, «bald wird der Feuerstrom uns einschließen, und dann gibt es kein Entkommen mehr. Una will nicht glauben, was geschieht, und wer ihr gehorcht, wählt den Tod.»

«Ich wollte zuerst nicht mit dir kommen», sagte Lin, «wollte mich nicht schon jetzt von der Sippe trennen. Jetzt aber tue ich es, weil ich spüre, daß du stärker bist als Una – und vielleicht auch klüger.»

«Ich bin nicht klüger, aber ich traue meinen Augen. Was ich heute oben am Berg gesehen habe, war so schrecklich, daß meine Begleiter schreiend die Flucht ergriffen. Von hier sieht es harmlos aus, aber schau dir die erstarrten Lavaströme ringsum an! Einst haben sie dieses Gebiet erreicht, auch unsere Höhle besteht aus erstarrter Lava. Was damals geschah, kann jederzeit wieder geschehen. Die Fischer von der Küste, die bei uns manchmal ihren Fang gegen Fleisch tauschen, berichten von Feuerströmen, die zur Zeit ihrer Vorväter sogar das Meer erreicht haben. Die Göttin Itina schläft niemals, und wir Menschen werden immer ihrer Laune ausgeliefert sein. Ich will mit dir in einem Gebiet leben, wo sie keine Macht hat, wo wir und unsere Kinder sicher sind.»

«Das will ich auch!» sagte Lin entschlossen, und in ihren Augen spiegelte sich der rötliche Schein des Feuerstroms.

«Warte hier auf mich!» sagte Ako. Er nutzte die Verwirrung,

holte Bogen und Speer aus dem Bezirk der Jäger und begegnete dabei Mat.

«Was hast du vor, was willst du tun?»

«Weg von hier, was sonst? Glaubst du, ich will mit der Alten zugrunde gehen? Die dummen Geschichten von der Feuergöttin, mit der sie befreundet sein soll, glaube ich schon lange nicht mehr. Verlasse diesen Ort, Mat, so schnell es geht! Du wirst mir für diesen Rat dankbar sein.»

Mat war der tüchtigste Jäger der Sippe und führte sie an, doch jetzt wußte er nicht mehr, wem er glauben und was er tun sollte. Ako ließ den Zögernden stehen und ging zu Lin zurück.

«Wir müssen warten, bis es Tag wird, aber inzwischen bringe ich dich an einen sicheren Ort.»

Ako hatte bei den erstarrten Lavaströmen die Beobachtung gemacht, daß sie sich verhielten wie das Wasser. Sie wichen jedem größeren Hindernis aus, teilten sich vor steil aufragenden Felsen und Hügeln, folgten den Taleinschnitten. Einen solchen, mit Kiefern bewachsenen Felskegel kannte Ako von seinen Jagdzügen, und in der vom Feuerschein erhellten Nacht fand er leicht den Weg. Dort kauerten sie sich nieder und konnten das Nahen des Feuerstroms beobachten. Jedes Hindernis mußte seiner Gewalt weichen, Büsche und Bäume neigten sich vor seinem Ansturm, die harzigen Kiefern flammten bei seiner Berührung auf, brannten wie Fackeln, brachen und verschwanden im feurigen Strom. Schließlich erreichte der glühende Fluß die Höhle von Unas Sippe, türmte sich funkensprühend vor ihr auf, füllte und durchdrang sie, floß zu beiden Seiten weiter und wälzte alles nieder, was aufrecht stand.

So mancher, der Unas Vorhersage mißtraut hatte, konnte sich retten, doch die meisten gingen in der Höhle mit ihr zugrunde oder fanden auf einer zu späten Flucht keinen Ausweg mehr und wurden vom Feuerstrom eingeschlossen.

Lin und Ako zogen in vielen Tagesreisen nach Süden, bis sie eine grüne und wildreiche Ebene in der Nähe des Meeres erreichten. Hier stießen sie auf Siedler, die nicht in Höhlen, sondern in steinernen Rundhütten lebten, Nutzpflanzen anbauten und zahme Tiere hielten. Diese Menschen begegneten den Neuankömmlingen freundlich und aufgeschlossen. Ako, der geschickte Jäger, war ihnen sehr willkommen, und mit seiner Beute konnte er eintauschen, was ihm und Lin zum Leben fehlte. Von hier war der Feuerberg nur bei ganz klarem Wetter in der Ferne zu erkennen, doch niemand beachtete ihn; für diese Menschen hatte er keine Bedeutung.

Akos Frau, die sanfte Lin, gebar ihm sieben Kinder, von denen zwei das Erwachsenenalter erreichten. Sie und ihre Nachkommen lebten viele Generationen in der grünen fruchtbaren Ebene und mischten sich mit den ständig zuströmenden Neusiedlern aus dem Osten, die nach langer kühner Seefahrt die sizilischen Ufer erreichten.

Die Flucht des Daidalos

Da war ihm ja ein kostbarer Vogel ins Netz gegangen! Der König war allein; er gestattete sich ein zufriedenes Händereiben und grinste wie ein Händler, der einen Kunden aufs Kreuz gelegt hatte.

König Minos von Kreta war beim Volk beliebt, denn er war gerecht und sorgte dafür, daß die Unfreien und Besitzlosen nicht zu sehr unterdrückt wurden. So lange er ohne Leibwache durch die Menge auf den Markt gehen konnte, saß er sicher auf dem Thron und brauchte die Macht der alten und einflußreichen Familien nicht zu fürchten. Die waren keineswegs davon beeindruckt, daß er sein Geschlecht von Zeus und der Prinzessin Europa herleitete. Wenn dies bei großen Empfängen mit seinen Titeln verkündet wurde, machten diese Herren nur steinerne Gesichter, und Minos konnte sich denken, was sie sich hinter seinem Rücken zuflüsterten: ‹Das kann jeder behaupten! Zeus ist schließlich der Vater der ganzen Menschheit...›. Den König störte das nicht. Er hatte überall seine Getreuen und war fest davon überzeugt, daß ihm bereits die Vorbereitungen zu einer Verschwörung nicht verborgen bleiben konnten.

Er klatschte kräftig in die Hände.

«Ist Daidalos gut untergebracht? Hat er alles, was er braucht?»

«Ja, Herr, ihm wurden die besten Gästezimmer gerichtet, die nach Norden, die so schön kühl sind, mit dem Blick aufs Meer, und...»

«Ja, ja, ist schon gut! Verschwinde jetzt, und laß mir einen Krug Wein bringen – einen jungen, hörst du!»

Die alten schweren Weine trank der König nur am Abend beim Symposion; untertags – wenn überhaupt – bevorzugte er die jungen leichten. Jetzt war ihm nach Wein zumute, und als er den ersten Becher getrunken hatte, ließ er sich das Gespräch mit Daidalos noch einmal durch den Kopf gehen.

Ein vornehmer Fremder bitte um sein Gehör, hatte es am Morgen geheißen. Doch so geborgen sich der König auf dem Marktplatz seiner Hauptstadt fühlte, so mißtrauisch war er Fremden gegenüber. So umgab die Leibwache seinen Thron, als er den Gast empfing.

«Daidalos aus Athen, Sohn des Metion? Der berühmte Daidalos?» fragte der König verblüfft, als der Gast sich vorgestellt hatte.

Der eher unscheinbare, schlanke und mittelgroße Mann – er mochte um die dreißig sein – lächelte fein.

«Du beschämst mich, Herr. Daß mein Name über Athen hinausgedrungen ist, wußte ich nicht. Der Areopag in meiner Heimatstadt hat mich zum Tode verurteilt – so sehr schätzt man mich dort. Mir gelang die Flucht, und nun bin ich hier.»

«Zum Tode verurteilt?» fragte Minos verwundert. «Den fähigsten Bildhauer, Baumeister und Erfinder in ganz Hellas will man hinrichten? Bringt einen Hocker für Meister Daidalos!»

Der verbeugte sich und nahm Platz. Mit einem Wink scheuchte Minos die Leibwache und einige Höflinge hinaus.

«Wenn du mir davon berichten willst, wirst du es lieber ohne Zeugen tun wollen.»

«Du hast meine Gedanken erraten, Erhabener, und ich möchte dir gleich zu Anfang sagen, daß ich nicht ohne Schuld bin.»

Minos hob die Hände.

«Wer von uns ist das?»

«Du mußt wissen, daß ich mich stets bemüht habe, meine Kunst weiterzugeben, an Schüler zu vermitteln, was mir durch die Gnade der Götter zuteil wurde. Was gibt es Schöneres für den Meister, als zu wissen, daß begabte Schüler sein Werk fortführen?»

Da Daidalos schwieg, vermutete Minos, daß die Frage nicht nur rhetorisch gemeint war.

«Gewiß, gewiß – das ist bei den Königen nicht anders. Jeder will sein Werk durch Söhne oder Nachfolger fortgeführt sehen.»

«Nun, bei mir war es kein Sohn – Ikaros ist dafür zu klein –, sondern mein Neffe Talos, den ich mit Fug und Recht als meinen begabtesten Schüler bezeichnen konnte. Begabt, aber leider auch eitel – sehr eitel. Der Junge wollte mich in allem übertreffen, ruhte und rastete nicht und gab schließlich einige meiner Erfindungen als eigene aus. Ein Beispiel nur: Ich benutzte damals den Kiefer eines Sägefisches, um Holz in kleine Stücke zu schneiden. Schon lange hatte ich mir vorgenommen, dieses Werkzeug in Eisen nachzubauen, fand aber nie die Zeit dazu. Talos tat dies hinter meinem Rücken und gab sich als Erfinder dieses Schneideinstruments aus. Ich ließ ihm die Freude, schließlich war er mein Schwestersohn. Doch er trieb es immer bunter, und ich stand am Ende als einer da, der von seinem Schüler zu lernen hat, ja, von ihm übertroffen wird. Dabei – und das versichere ich dir reinen Herzens – hatte er alle Anregungen mir zu verdanken. Als er etwa die Töpferscheibe um einiges verbesserte, tat er es nach einer Zeichnung, die er in meiner Werkstatt fand. So kam eben der Tag, den ich, wenn es ginge, am liebsten aus meinem Leben tilgen möchte.

Talos und ich arbeiteten auf der Akropolis an der Ausbesserung des Athena-Tempels, als der Junge mich plötzlich anschaute und sagte: ‹Wenn ich es recht bedenke, kann ich schon jetzt mehr als du!› Kein Meister braucht sich so etwas von seinem Schüler anzuhören, doch ich beherrschte mich und fragte: Woraus schließt du das? Der Junge schaute mich spöttisch an – er hatte noch ein richtiges Milchgesicht – und sagte: Hinter deinem Rücken lachen sie schon über dich. Du arbeitest lange und umständlich, hast keine neuen Einfälle, wendest mehr Zeit auf, etwaigen Fehlern nachzuspüren, als Neues zu schaffen – schau dich doch um! Von den acht neuen Statuen hast du drei gemacht, während ich schon bei der fünften bin.›

‹Dafür sehen sie auch entsprechend aus!› sagte ich zornig und stieß Talos beiseite, um mein Maßband aufzuheben, das hinter ihm lag. Ich wollte ihm durch Nachmessen beweisen, wie sehr er sich vertan hatte, doch ich vergaß, daß wir nicht am Boden standen, sondern auf einem hohen Gerüst. Durch meinen Stoß kam Talos ins Wanken, ich wollte ihn noch stützen, festhalten, doch da stürzte er schon kopfüber hinab. Er war sofort tot.

Vor dem Areopag beteuerte ich meine Unschuld, doch niemand glaubte mir. Dabei hätte ich meine rechte Hand gegeben, um Talos wieder lebendig zu machen, doch wem das Schicksal den Lebensfaden abschneidet, der muß ins Schattenreich. Ich sollte für diesen Unfall mit dem Leben büßen, aber da spielte ich nicht mit! Du glaubst mir doch, daß ich kein Mörder bin?»

König Minos glaubte ihm kein Wort; er traute es dem Daidalos ohne weiteres zu, aus Eifersucht seinen begabten Neffen beseitigt zu haben. Außerdem hielt er die meisten Athener ohnehin für Lügner. Seit sein Sohn Androgeos in Attika unter verdächtigen Umständen gestorben war, mochte er sie noch weniger. Ihre Feinde waren seine Freunde, und er beschloß, dem Daidalos zu glauben.

«Du – ein Mörder? Künstler können keiner Fliege etwas zuleide tun, das weiß doch jeder. Die Athener hätten besser dran getan, deinen Worten zu glauben. Sie haben in dir einen großen Schatz verloren.»

Daidalos kam noch immer nicht von dem Gedanken los.

«Einen Unschuldigen zu verurteilen! Ich schwöre dir bei allem, was mir heilig ist, daß ich Talos' Tod nicht gewollt habe!»

Da Daidalos nichts heilig war, konnte er diesen Schwur leichten Herzens leisten. Er glaubte nicht an die Götter, er glaubte nur an seine eigene Kraft, an sein Talent. Diese sah er als göttlich an – das Göttliche lag in ihm begründet, den Olymp hielt er für eine fromme Lüge.

«Die Athener würden dich gerne zurückhaben? Eine Belohnung wird ausgesetzt sein…?»

Minos sagte das ganz harmlos, doch er beobachtete seinen Gast genau. In den scharfen, etwas unsteten Augen des Daidalos blitzte ein Zornesfunke auf, der gleich wieder erlosch.

«Kann sein», sagte er ruhig, «doch hier bin ich sicher, und da du mich einen Schatz nanntest, so bitte ich dich, mich gut zu bewachen. Dafür lege ich dir mein Können, mein Wissen, meine Fähigkeiten zu Füßen. Verfüge darüber!»

Minos lächelte hintersinnig.

«Das werde ich, mein Lieber, das werde ich.»

In den folgenden Monaten bereiste Daidalos das Reich des Königs Minos, die Insel Kreta, lernte Städte wie Amnisos, Kydonia, Lyktos, Felaia und Malia kennen und eignete sich sehr schnell die Landessprache an, ein seltsam altertümliches, schwer verständliches Dorisch.

Daidalos schlug vor, die Befestigungsanlagen der Hauptstadt Knossos zu verstärken, die von einem Erdbeben schwer beschädigt waren, doch Minos winkte ab.

«Wir sind hier nicht auf Hellas mit seinem ewigen Hader. Kreta liegt zu abseits, hier hat es niemals Kriege gegeben, und wenn ein fremdes Schiff anlegt, kannst du gewiß sein, daß sie mit uns nur Geschäfte machen wollen. Krieg ist hier kein Thema, mein Lieber. Die alten Befestigungsanlagen stammen aus einer Zeit innerer Zwiste, doch damit ist es vorbei. Das Volk liebt mich, mein Thron steht fest. Du wirst auch so genügend zu tun haben. Unsere Bauern und Handwerker benützen Werkzeuge wie vor tausend Jahren – schau sie dir an und laß dir dazu etwas Neues einfallen.»

Daidalos verneigte sich und wandte sich zum Gehen, doch der König hielt ihn zurück.

«Da ist noch etwas, mein Freund, eine sehr heikle Sache…»

«Wenn ich dir dabei helfen kann…?»

Minos, ein schwerer großer Mann, der den Freuden der Tafel sehr zugeneigt war und bei dem die Weinkrüge niemals trocken wurden, seufzte und ließ sich ächzend auf einem Sessel nieder.

«Du kennst Pasiphae, meine Gemahlin? Natürlich kennst du sie… Sie war mir immer eine gute Frau, hat mir Söhne und Töchter geboren… Nun, Androgeos ist bei den verdammten Athenern ums Leben gekommen, das weißt du ja. Ich habe sie bekriegt und besiegt, sie zahlen mir einen jährlichen Tribut – nicht der Rede wert übrigens –, also… Was wollte ich eigentlich sagen?»

«Du sprachst von einer heiklen Sache, mein König, doch sie will offenbar nicht so recht ans Licht. Willst du ein andermal darüber reden?»

Minos gab sich einen Ruck.

«Ich muß es dir sagen, Daidalos. Du bist kein Kreter, bist neutral, bist klug, vielleicht kannst du mir raten. Vor zwölf Jahren hat Pasiphae mir ein Kind, einen Sohn geboren, von dem bis heute nur seine taubstummen Wächter wissen, daß es ihn gibt. Ein Kind, sagte ich, einen Sohn… Doch das ist nicht die volle Wahrheit, in Wirklichkeit ist es ein Ungeheuer, ein Dämon… Die Götter haben uns da einen Streich gespielt, mir und Pasiphae, und ich habe den Fehler gemacht, die Mißgeburt nicht gleich töten zu lassen. Ich hätte es tun sollen! Es ist eine Art Hydrocephalos, der Kopf war schon bei dem Dreijährigen so groß wie bei einem Kalb. Zudem ist er oben an beiden Seiten gebuckelt, als würden dort Hörner herauswachsen. Und erst die Augen! In ihnen lauert alle Bosheit dieser Welt. Er hat schon vier seiner Wächter getötet – sie mit bloßen Händen erwürgt, ihnen den Hals aufgebissen und ihr Blut getrunken. Nun, da er zwölf geworden ist, wird keiner mehr mit ihm fertig. Er besitzt die Stärke von drei Männern, verschmäht alles Gekochte, Gebratene und Gewürzte – ist mehr Tier als Mensch.»

«Hast du ihm einen Namen gegeben?»

«Nein, dieses Unglückswesen ist namenlos geblieben. Ich glaube, es wäre an der Zeit, es töten zu lassen. Aber Pasiphae liebt ihn! Kannst du dir das vorstellen – sie liebt dieses Ungeheuer! Dabei hat er ihr fast den Leib zerrissen, als sie ihn gebar. Schon während der Schwangerschaft klagte sie dauernd über Schmerzen und Unwohlsein, hatte schreckliche Träume… Trotzdem habe ich mich entschlossen, das Scheusal töten zu lassen. Es ist namenlos, hat eigentlich nie existiert. Vorher aber sollst du es sehen.»

Nur von einem stummen Leibwächter begleitet stiegen sie hinab in ein tiefes Verlies. Der große offene Kerker war durch ein mächtiges Eisengitter geschützt. Aus einem schrägen Lichtschacht kam genügend Helligkeit, um deutlich zu erkennen, was hinter den Gitterstäben schnaubend hin und her lief.

«Ich kann keine Fackeln anzünden lassen, denn er fürchtet das Feuer und verkriecht sich dann sofort.»

Aus dem Raum kam ein Geruch nach Raubtier, nach Kot und Urin. Der König winkte Daidalos näher heran.

«Du mußt etwa eine Elle Abstand halten. Er ist tückisch wie eine Schlange.»

Als seine Augen sich an das Dämmerlicht gewöhnt hatten, sah Daidalos in aller Deutlichkeit, was sich hinter dem Gitter bewegte. Als das Wesen die Besucher bemerkte, blieb es stehen und trat schwankend näher. Das Scheusal war am ganzen Körper behaart, Arme und Beine waren kurz und krumm geraten, doch sie barsten vor Muskeln. Das voll ausgebildete Geschlecht hing herab wie eine schwere Frucht, halb vom zottigen Fell bedeckt, viel zu groß für einen Zwölfjährigen. Dann der Kopf, dieser schreckliche Kopf. An ihm war nichts Menschliches. Über den dicken Wulstlippen saß eine breite aufgestülpte Nase, eher eine ständig witternde Tierschnauze. Die kleinen tückischen Augen standen etwas seitlich und darüber wölbte sich der mächtige Schädel, hoch und kantig, von struppigen, in die Stirne fallenden Haaren bedeckt. Wie der König es geschildert hatte, ragten an der Schädeldecke zwei daumendicke Beulen heraus, so als müßten später Hörner durchbrechen.

Daidalos schauderte es. Er blickte das Wesen lange an und dachte: bei diesem Anblick möchte man fast wieder an den Olymp glauben, denn die Bosheit, ein solches Untier zu schaffen, können sich nur die Götter leisten.

«Wozu rätst du mir? Soll ich ihn töten lassen?»

Wie ein Blitz kam die Erkenntnis über Daidalos, daß sogar dieses Wesen zu etwas nütze sei.

«Nein», sagte er ruhig, «dazu rate ich dir nicht. Das da ist weder Mensch noch Tier – mache es zu einem Gott!»

Minos wich erschreckt zurück.

«Du lästerst, Daidalos. Wie sollte das geschehen, und welchen Sinn hätte es?»

«Hier kann ich nicht reden – der Gestank, die schlechte Luft...»

«Verzeih, mein Freund, begeben wir uns wieder in angenehmere Gefilde.»

Als sie in den Privaträumen des Königs vor einem Krug Wein saßen, entwickelte Daidalos seinen Plan.

«Du bist zwar beim Volk beliebt, mein König, doch den Reichen und Mächtigen bist du ein Dorn im Auge. Das ist kein Geheimnis, jeder weiß es. Noch hältst du sie im Zaum, noch beugen sie ihre Rücken. Doch beim geringsten Anzeichen einer Schwäche werden sie versuchen, dich vom Thron zu stoßen –»

Minos hob die Hand, um etwas zu sagen, doch Daidalos redete weiter.

«Ich sagte versuchen, mein König, und das ist vom Gelingen noch weit entfernt. Du bist ein Mensch, du bist sterblich. Wir werden deinen Sohn als mächtiges halbgöttliches Ungeheuer in einen Tempel sperren, er wird deinen Thron schützen und stützen, und einmal im Jahr wirst du ihm ein paar Menschen opfern. Am besten Söhne und Töchter aus den ersten Familien – zum Wohl des ganzen Landes. Sie werden dich fürchten, die Reichen und Mächtigen, das übrige Volk jedoch wird dich anbeten – mehr noch als bisher. Über den Halbgott läßt du verbreiten, daß Zeus deiner Frau seine Geburt im Traum prophezeit, ihr aber zwölf Jahre Schweigen auferlegt hat. Danach soll das göttliche Tier – oder der tierische Gott – zur Verehrung freigegeben werden. Doch er muß einen Namen haben…»

Minos hatte sich die Vorschläge genau angehört und dachte bei sich: An Schlauheit und Tücke sind die Athener nicht leicht zu übertreffen. Dann sagte er:

«Der Kopf ähnelt dem eines Kalbes oder Widders. Was schlägst du vor?»

«Vielleicht Minotauros? Der Stier des Minos, das heilige und schreckliche Wesen, das Kreta vor seinen Feinden beschützt.»

«Minotauros… Nun, das klingt nicht schlecht. Nur gefällt mir nicht, daß du ihm einen Tempel bauen willst. Man kann ihn doch nicht wie Zeus oder Apoll behandeln. Ich sehe schon, wie unser Göttervater die Stirn runzelt…»

«Da hast du recht, mein König. Was dem Zeus erlaubt ist, steht noch lange nicht dem Minotauros zu. Ich habe auch nicht an einen Tempel im üblichen Sinn gedacht – mehr an ein Freigehege, eine Kultstätte, die den Halbgott sicher einschließt und ihn zugleich der Verehrung des Volkes preisgibt. Sie müssen ihn nicht sehen, sie sollen aber wissen: Dort hinter diesen Mauern ist ein heiliger Ort, nämlich die Wohnung des Minotauros. Es wird übrigens nicht schaden, wenn sie ihn von Zeit zu Zeit brüllen hören.»

Minos schmunzelte.

«Das wird er gewiß tun. Ich bin mit deinen Vorschlägen einverstanden, mein Freund. Errichte dem Minotauros eine Wohnung.»

Daidalos aber baute eine Art Labyrinth, ein Gehege mit Erdwällen, Mauern, Buschwerk und Bäumen, auf einem Hügel bei

Knossos, und er baute es so, daß der Minotauros genügend Freiraum zum Leben hatte, doch niemals daraus entfliehen konnte. Der einzige Zugang zu dem Labyrinth lag verborgen in einer Höhle und wurde Tag und Nacht bewacht.

König Minos bewunderte das Werk seines genialen Baumeisters, zugleich aber wuchs seine Besitzgier. Daidalos lebte im Königspalast jetzt wie ein Gefangener. Zwar wurde er den Gästen des Königs wie ein kostbarer Schatz vorgeführt, aber Fremde kamen nicht allzu häufig nach Kreta, und er begann sich nach Hellas zurückzusehnen.

2

Dem König gegenüber ließ Daidalos sich nichts anmerken. Er tat, als bemerke er sein Eingesperrtsein nicht, als mache es ihm nichts aus. Sein Sohn Ikaros war inzwischen zum jungen Mann herangewachsen. Er zeigte sich als begabter Gehilfe seines Vaters und ging ihm in vielen Dingen zur Hand. König Minos sah es mit Wohlgefallen, denn so konnte Ikaros nach des Vaters Tod sein Werk fortsetzen. Mit der Hybris des Tyrannen bedachte Minos nicht, daß er um einiges älter war als sein berühmter Baumeister und es angemessener gewesen wäre, zuerst den eigenen Tod in Betracht zu ziehen.

Daidalos grübelte indessen unausgesetzt über Fluchtmöglichkeiten nach. Selbst wenn er aus dem Palast entkommen sollte, wäre er noch immer auf einer Insel gefangen, die weitab vom Festland lag und wo jeder Mensch dem Minos untertan war. Die einzige Brücke zur Freiheit waren die von Zeit zu Zeit einlaufenden Schiffe der Fremden, und selbst da war Vorsicht angebracht. Wer mit Athen im Bunde stand, schied als Retter aus, und da blieben nicht mehr viele Möglichkeiten. Schließlich wollte Daidalos nicht von einem Gefängnis ins andere gehen. Was also war zu tun?

Auf diese Frage erhielt Daidalos eine überraschende Antwort, als ein Handelsschiff des Königs Kokalos aus Trinakria, dem fernen westlichen Inselreich, eintraf. Ein Gesandter des Königs, der seine Insel als Sikelia bezeichnete, ließ sich bei Minos melden, übermittelte Grüße seines Herrn und legte reiche Gastgeschenke an den Stufen des Thrones nieder.

Daidalos war bei dem Empfang zugegen, und ihm schien, der sikelische Gesandte mache ihm unauffällige Zeichen, als wolle er ihn allein sprechen. Schließlich war es Minos selbst, der seinen berühmten Baumeister vorstellte, so daß sich endlich eine Möglichkeit zu einem Gespräch ergab. Die beiden Männer traten ans Fenster, und Daidalos machte erklärende Handbewegungen, als wolle er dem Sikelier etwas erläutern. Dieser nickte und flüsterte dabei schnell:

«Daidalos, mein König will dich an seinem Hof haben. Dein Ruf ist längst nach Sikelia gedrungen; wir wissen auch, daß die Athener deinen Kopf wollen. Eines vorweg: willst du hier bleiben?»

«Nein», flüsterte Daidalos, «ich bin hier ein Gefangener. Dein König hat einen guten Ruf, ich würde gerne seine Einladung annehmen. Aber wie kann ich hier fort?»

«Du mußt auf unser Schiff. Es ist eine Triere mit einem braunschwarzen Segel», stieß der Gesandte gerade noch hervor, als Minos zu den Männern ans Fenster trat.

«Ich hoffe, ihr unterhaltet euch gut, meine Herren.»

«Durchaus!» sagte der Gesandte betont. «Meister Daidalos erklärte mir gerade, daß er in deinem Reich, erhabener Minos, die ihm gemäße Bestimmung fand. Er fühlt sich hier sicher vor Athen, kann ganz seiner Berufung leben. Eigentlich ist es schade. Auch anderswo in Hellas würde man seiner bedürfen…»

Daidalos lachte bitter. «Um mir den Kopf abzuschlagen! Nein, von der Dankbarkeit meiner Landsleute habe ich genug. Hier hat meine Arbeit endlich die Beachtung gefunden, die sie verdient. Man müßte mich schon mit Gewalt von Kreta wegbringen!»

König Minos nickte wohlgefällig. Er, der die meisten Athener für Lügner hielt, glaubte nun jedes Wort von Daidalos' Beteuerungen.

«Ja, mein Freund, wir beide haben noch viel vor. Die Welt wird einstmals staunend nach Kreta pilgern, um zu bewundern, was Minos mit Hilfe seines Baumeisters geschaffen hat.»

Daidalos nickte stolz zu den Worten seines Königs, dabei sann er unablässig auf Flucht. Wenn er diese Gelegenheit nicht nützte, so würde sich eine zweite vielleicht erst in Jahren, vielleicht auch nie mehr ergeben.

«Wir sollten einmal den Hafen inspizieren», schlug Daidalos am nächsten Tag vor. «Die westliche Hafenmauer wird die nächsten Winterstürme kaum überstehen. Ich würde sie in stärkerer Schräglage mit schwereren und größeren Steinen neu errichten lassen. Wenn deine Flotte im eigenen Hafen durch einen Sturm zu Schaden käme…»

Seine Flotte! Sie war des Königs gehüteter Augapfel, da wurde er sofort hellhörig.

«Gehe hin und prüfe den Schaden. Ich werde später nachkommen, und du kannst mir dann Bericht erstatten.»

«Bei dieser Gelegenheit werde ich meinen Sohn in das Geheimnis des Hafenbaus einweisen», sagte Daidalos so nebenher, und Minos meinte:

«Ja, zeige ihm alles. Der Junge tritt so eifrig in deine Fußstapfen…»

Daidalos verlor keine Zeit. Um nicht aufzufallen, mußte er alles zurücklassen: seine Aufzeichnungen, Skizzen, Gerätschaften, doch für die Freiheit war das ein geringer Preis.

Wie immer begleiteten ihn ein paar Mann der königlichen Leibwache, als eine Sänfte ihn und Ikaros zum Hafen brachte.

«Achte auf das braunschwarze Segel eines Dreiruderers», flüsterte er seinem Sohn ins Ohr. «Sobald wir ausgestiegen sind, stehle dich davon und versuche, auf das Schiff zu kommen. Sage dem sikelischen Gesandten, daß ich im Hafen bin.»

Als sie angekommen waren, schlug sich Daidalos an den Kopf.

«Jetzt habe ich etwas vergessen! Ikaros, lauf los und besorge mir ein Stück Kreide.»

Der Bursche hatte das braunschwarze Segel schon erspäht, rannte davon und gelangte auf Umwegen zu dem Schiff.

«Bleibe hier», befahl der Gesandte, «wir holen jetzt deinen Vater.»

Daidalos aber flüsterte dem Hauptmann der Leibwache zu:

«Der König will, daß ich mir das sikelische Schiff ansehe. Wir wollen da einiges abschauen... Sucht inzwischen meinen Sohn und wartet hier, bis König Minos erscheint. Ich werde so schnell wie möglich zurück sein.»

Die so bestimmt gesprochenen Worte zerstreuten bei dem Hauptmann jeden Zweifel. Außerdem wußte er, daß der König bald erscheinen würde. So ließ er Daidalos gehen, und der traf schon nach wenigen Schritten auf den Gesandten.

«Ist mein Sohn auf dem Schiff?»

Der Mann nickte, und sie verloren keine Zeit. Kaum standen sie an Deck, schickte der Kapitän die Ruderer auf die Bänke, ließ das Segel setzen, und die Götter – auch wenn Daidalos nicht an sie glaubte – verhalfen ihnen mit einem plötzlich aufkommenden Wind zur Flucht.

Niemand in dem betriebsamen Hafen achtete zunächst auf das Auslaufen des sikelischen Schiffes. Es kam oft vor, daß der Hafenmeister die leichteren Fahrzeuge umdirigierte, weil ein schweres Frachtboot ausgeladen werden mußte. Die Soldaten waren noch immer auf der Suche nach Ikaros, als der schlanke Dreiruderer schon mit geschwellten Segeln auf die hohe See hinaus fuhr. Ehe die Flucht erkannt war, hatte das Schiff bereits einen großen Vorsprung erreicht und segelte an dem Inselchen Antikythera vorbei nach Westen, geschoben und fast in die Luft gehoben von einem stürmischen Nordost.

«Das ist fast, als flögen wir unserem Ziel zu. Die Götter sind mit uns, Daidalos, sie sehen einen Mann deines Talents nicht gerne in Gefangenschaft», meinte der Gesandte schmunzelnd.

«Auch Minos hat schnelle Schiffe», gab Daidalos zu bedenken. Der Gesandte winkte ab: «Unseren Vorsprung kann er nicht aufholen; da müßte er sich schon in einen Vogel verwandeln.»

König Minos tobte. Er war der festen Überzeugung, daß Daidalos von den Sikeliern entführt worden sei. Zuerst wollte er sogleich die Verfolgung aufnehmen lassen, doch schließlich siegte seine Klugheit über den Zorn. Das Schiff war nicht mehr einzuholen, das stand fest, doch es gab noch andere Mittel, Daidalos seinen Entführern zu entreißen. Er würde in aller Ruhe seine Kriegsflotte zusammenstellen und diesen Kokalos vom Thron fegen. Dieses Inselchen Trinakria sollte ja ziemlich reich und fruchtbar sein, und so würde er nicht nur seinen Baumeister zurückholen, sondern auch reiche Beute und neue Vasallen gewinnen.

Freilich mußte jetzt ein Exempel statuiert werden. Der Hauptmann der Leibwache wurde am selben Tag hingerichtet, die Soldaten ausgepeitscht und zu lebenslanger Strafarbeit in den Steinbrüchen verurteilt.

Minos hatte einen recht tüchtigen Geographen am Hof, und der mußte ihm alles Wissenswerte über das ‹Inselchen Trinakria› berichten.

Der alte Gelehrte räusperte sich verlegen.

«Ich würde Trinakria – oder wie es dort genannt wird, Sikelia – nicht gerade als kleine Insel bezeichnen. Insgesamt mag es an Ausdehnung sogar Kreta übertreffen, jedoch…»

Als tiefe Zornesfalten auf der Stirn des Königs erschienen, sprach der Gelehrte hastig weiter: «…jedoch beherrscht Kokalos nur den Südwesten der Insel, und das ist bestenfalls der fünfte Teil. Wenn deine großmächtige Flotte in Sicht kommt, wird er feige die Flucht ergreifen, dessen bin ich gewiß.»

Minos war besänftigt. «Ich teile deine Meinung, mein Freund. Ein wenig Krieg kann meiner Truppe nicht schaden, denn ein langer Frieden macht die Soldaten träge und fett. Doch ich werde nichts überstürzen, alles muß gut überlegt und genau geplant sein.»

Nur wenige Tage währte das Glück des günstigen Windes, als ein Sturm aufkam und das sikelische Schiff weit nach Norden trieb. Sie opferten Poseidon viele von ihren Besitztümern, aber der Meeresgott verlangte ein lebendiges Opfer.

Der schwere Sturm hatte das Segel beschädigt und so ins Tauwerk verhakt, daß der Kapitän rief: «Da muß einer hinauf und versuchen…»

Er hatte noch nicht zu Ende gesprochen, da kletterte Ikaros schon behende an dem Mast empor, höher und höher; es kam wie ein Rausch über ihn, er fühlte sich wie ein Vogel, sah die anderen wie Mäuse unten herumlaufen, erreichte die Spitze und stieß einen Freudenschrei aus, der den besorgten Ruf seines Vaters übertönte:

«Ikaros! Gib acht!»

Der aber jauchzte und hatte ganz seine Aufgabe vergessen, das Segel freizumachen. Eine hohe Welle brachte das Boot zum Schwanken, der Mast neigte sich, Ikaros verlor den Halt und stürzte kopfüber auf das Deck. Er brach sich das Genick, und als das Schiff wenig später auf einer Insel vor Samos anlegte – soweit waren sie vom Sturm abgetrieben worden –, begrub Daidalos auf ihr seinen Sohn. Damit war Poseidon, der gewaltige Bruder des Zeus besänftigt. Der Sturm legte sich, das Schiff konnte in Ruhe wiederhergestellt werden.

Daidalos bekämpfte seine tiefe Trauer mit rastloser Arbeit, doch sein Unglaube war keineswegs gebrochen. Er suchte am Strand der Insel – er nannte sie nach seinem Sohn Ikaria – eine abgelegene Stelle auf und brüllte mit sich überschlagender Stimme in die Wogen:

«Wenn du damit erreichen willst, daß ich an dich glaube, Poseidon, so irrst du dich! Sein eigenes Ungeschick und die Sorglosigkeit seiner Jugend haben meinen Sohn getötet. Er war ungeübt und erkannte nicht die Gefahr. Er ist einfach zu hoch hinaufgestiegen, verstehst du, Poseidon, das war es und nicht deine Macht. Du bist machtlos, weil es dich nicht gibt! Hörst du – es gibt dich nicht!»

Heiser und erschöpft kehrte Daidalos auf das Schiff zurück, doch das Herz war ihm leichter geworden.

Sie segelten durch das ägäische Meer nach Südwesten, um auf der Höhe von Kythera den geraden Westweg einzuschlagen. Der im Sommer übliche Nordwind hatte sich jetzt zuverlässig eingestellt, und sie erreichten ohne weitere Zwischenfälle die Küste von Sikelia.

König Kokalos stand mit seinem Gefolge am Hafen, als das Schiff eintraf. Er war ein schöner stattlicher Mann, der ein geschwächtes und zum Untergang verurteiltes Volk – die Sikaner – regierte. Ihnen hatte einst die ganze Insel gehört, doch Zuwanderer vom Festland, vor allem die kriegerischen Sikuler, hatten sie auf den Südwesten zurückgedrängt, und es war nur noch eine Frage der Zeit, bis sie ihnen auch dorthin folgen würden. Kokalos hatte seine Küstenstädte befestigen lassen und legte auch im Landesinneren von gewaltigen Mauern umgebene Fluchtburgen an. Sein alteingesessenes Volk wollte er nicht so ohne weiteres den Eindringlingen preisgeben.

Er begrüßte Daidalos mit allen Ehren, ließ sich kurz von der Reise berichten, vergoß teilnehmend einige Tränen, als er vom Tod des Ikaros hörte und versicherte, daß der Flüchtling bei ihm nun endlich die richtige Heimat finden würde.

Ihre Verständigung erfolgte über einen Dolmetscher, denn die sikanische Sprache besaß nicht die geringste Ähnlichkeit mit der attischen oder der kretischen.

Kokalos hatte nicht zuviel versprochen, denn Daidalos begann sich hier bald heimisch zu fühlen. Der König ließ ihm alle Freiheiten, auf die ein freigeborener Mann Anspruch hatte. Niemand belauerte und bespitzelte ihn, wie das auf Kreta der Fall gewesen war, und wenn er im Land herumreiste, so begleitete ihn nicht ‹zu seinem Schutz› eine Wachmannschaft, sondern ein von ihm selbst ausgewählter Diener.

Die Sikaner waren ein friedliches, allem Kriegerischen abgeneigtes Volk, das vor vielen Generationen aus dem südwestlichen Mittelmeer eingewandert war. Sie trieben Ackerbau und Viehzucht und besaßen die Fähigkeit, auch dem kargsten Stück Boden noch etwas abzuringen. Was ihnen von der Insel geblieben war, hatten sie in einen fruchtbaren Garten verwandelt, doch an den Grenzen lauerten die Sikuler, die wie alle kriegerischen Völker nur darauf warteten, sich in ein gemachtes Nest zu setzen. Und das war nun die Hauptsorge des Königs Kokalos.

«Was kann ich tun, verehrter Daidalos, um die Sikuler abzuschrecken, um einen weiteren Landraub zu verhindern? Mein Volk greift nicht gern zum Schwert; Schaufel und Hacke liegen ihm besser in der Hand. Die Gefahr droht vor allem aus dem Norden, zu Lande wie zu Wasser.»

«Ich will sehen, was ich tun kann», sagte Daidalos.

Es besuchte nacheinander die von Kokalos im Hinterland errichteten Wehrburgen und fand bei fast allen den gleichen Mangel: Für entschlossene Krieger waren sie leicht zu erobern, da sie meist einen allzu bequemen Zugang hatten.

Daidalos stellte ein kleines Arbeiterheer zusammen, zog von Burg zu Burg und legte die Wege so eng und steil an, daß jeweils nur ein Mann oder höchstens zwei zugleich hinaufsteigen konnten. So ließ sich die Festung von einer kleinen Besatzung halten, da ein massierter Angriff nicht möglich war.

Für den König selbst erbaute Daidalos auf einem nach vier Seiten steil abfallenden Felsen ein Kastell, das scheinbar keinen Zugang hatte. Wer um den Felsen herum ritt, fand nirgends auch nur den geringsten Ansatz zu einem Weg. Der einzige Zugang führte über eine künstlich angelegte Höhle und war sehr geschickt verborgen. Sollte es dem Feind dennoch gelingen, hier einzudringen, dann mußten die Krieger – einer hinter dem anderen – gebückt hinaufklettern, und konnten oben, wenn sie ins Freie traten, Mann für Mann niedergemacht werden.

Daidalos überließ nichts dem Zufall, um seine neue Heimat vor dem Feind zu schützen, und Kokalos dankte jeden Tag den Göttern, die diesen Mann in sein Land geführt hatten.

Doch der rastlose Erfindergeist des genialen Baumeisters war nicht nur damit beschäftigt. Während seiner Bauarbeiten hatte er eine Felsenhöhle entdeckt, die auf irgendeine Weise mit den unterirdischen Feuern des Aetna in Verbindung stand, auch wenn der Feuerberg von ihr sehr weit entfernt war. Aus mehreren Spalten dampfte und brodelte es kochend heiß, und so kam Daidalos der Gedanke, diese Hitze zu bändigen, und für den Menschen nutzbar zu machen. Er leitete den Dampf in einen Schacht, der verschließbar war und so die gestaute Hitze durch eine dünne Wand in einen benachbarten Raum abgab. Hier waren Steinbänke aufgestellt, und jedermann konnte auf angenehme Weise in einen gesunden reinigenden Schweiß geraten. Wurde es zu heiß, so konnte der Schacht geöffnet und ein Teil des kochenden Dampfes abgelassen werden. Eine Spielerei nur, gewiß, doch sie trug Daidalos die Bewunderung der Sikaner ein, und mehr als einmal wurden ihm Mädchen aus guter Familie zur Heirat angetragen. Er lehnte solche Angebote mit höflichen Worten ab, da ihm sein Amt im Dienste des Königs zur Familiengründung ungeeignet erschien. Das war jedoch nur die halbe Wahrheit. Er hatte den Tod seines Sohnes niemals verwinden können, und es wäre ihm wie ein Verrat an Ikaros erschienen, hier auf Sikelia neue Kinder zu zeugen.

König Minos, der Herr von Kreta, erfuhr auf Umwegen, daß Daidalos nun tatsächlich am Hof des Königs Kokalos lebte und in dessen Diensten stand. Als nun bestätigt war, was Minos längst vermutet hatte, begann er in aller Eile seine Flotte aufzurüsten, um die Sikaner zu bekriegen und ihnen den treulosen Daidalos wieder abzujagen. Nicht alle billigten dieses Vorhaben, und aus den Kreisen seiner Gegner kam die Frage, ob es dieser Daidalos wirklich wert sei, um seinetwillen eine Flotte auszusenden. Niemand wußte, wie es auf Sikelia wirklich aussah, und ob die Machtverhältnisse nicht doch anders waren, als die Seeleute von den Handelsschiffen sie schilderten.

Da wurde Minos zornig. Wer zu feige sei, an der Fahrt teilzunehmen, der solle ruhig zu Hause bleiben, mit solchen Memmen sei ihm ohnehin nicht gedient. Er wandte sich an die Jugend des Landes, versprach Abenteuer und reiche Beute, so daß sich am Ende mehr Männer bewarben, als er benötigte.

Als die Flotte in See stach, tat König Minos keinen Blick zurück. Er stand am Bug seines Schiffes, schaute nach Westen und schrie in den Wind: «Daidalos, ich komme! Daidalos, ich hole dich!»

Es war eine sehr lange Reise, ohne die Möglichkeit, unterwegs einen Hafen anzulaufen, denn nicht die kleinste Insel findet sich auf dem Weg nach Westen zwischen Kreta und Sikelia. Sie gerieten in eine der berüchtigten Flauten, die tagelang anhielt, und die erschöpften Ruderer mußten sich die Haut von den Händen schinden. Die Nahrungs- und Wasservorräte gingen zu Ende, und schließlich setzte sich der dicke König Minos selber auf eine Ruderbank, doch er war die schwere Arbeit nicht gewohnt und kam schnell außer Atem. Sie flehten zu Zeus, der doch auf Kreta geboren war, seinen Landsleuten zu helfen oder zumindest Aiolos, den Sohn seines Bruders Poseidon, um ein wenig Wind zu bitten. Schließlich wurden sie erhört, und eine Flotte von halb verhungerten und fast verdursteten Kretern traf bei Akragas auf Sikelia ein. Sie hatten für diese Seereise siebenundzwanzig Tage gebraucht, während sie bei günstigem Wind in zwölf bis fünfzehn Tagen zu machen war.

Die Mannschaft war zu erschöpft, um kriegerisch aufzutreten, zuerst mußten Nahrung und Wasser beschafft werden. Dank der von Daidalos in regelmäßigen Abständen an der Küste errichteten Wachtürme konnte die Flotte schon gemeldet werden, als sie noch auf hoher See war. Daidalos nahm ein schnelles Pferd und beobachtete das Einlaufen der Schiffe von einem nahegelegenen Turm. In aller Eile ritt er zurück.

«Es sind Kreter, mein König. Ich glaube nicht, daß sie in friedlicher Absicht kommen. Laß Truppen um Akragas zusammenziehen, doch so, daß sie nichts merken. Wir müssen – wenn es geht – jeden Zusammenstoß vermeiden, denn die Sikuler warten nur darauf, dich von hinten anzugreifen, wenn sie erfahren, daß ein anderer Feind dich bindet. Deine Krieger stünden dann zwischen zwei Fronten. Das muß um jeden Preis vermieden werden.»

Wie stets folgte Kokalos den Ratschlägen des Daidalos und schickte eine kleine friedliche Gesandtschaft von klugen alten Männern, um die ‹Gäste› willkommen zu heißen. Kokalos war kein Säbelrassler, lieber ersann er tausend Listen, ehe er zum Schwert griff. Aber auch König Minos wollte nichts überstürzen, ehe er die Stärke seines Gegners nicht kannte. Seine Botschafter wurden zum Palast des Kokalos geleitet und dort gnädig und huldvoll empfangen.

«Wir kommen als Freunde, erhabener König», begann der kretische Gesandte seine Rede, «doch uns bewegt ein dringender Wunsch, den du uns nicht abschlagen wirst. Der erste Baumeister unseres Königs, der allzeit geschätzte und tüchtige Daidalos war nun einige Jahre dein Gast, und König Minos wünscht, daß er nach Kreta zurückkehrt. Wir sind nicht ganz sicher, ob er seine Reise nach Sikelia freiwillig unternommen hat, oder ob er überredet oder gar gezwungen wurde, in deinen Dienst zu treten. Doch unser erhabener König meint, so etwas läßt sich unter Freunden bereden und aus der Welt schaffen.»

Der kluge und stattliche Kokalos lächelte wohlwollend.

«Eine solche Rede höre ich gern! Was sich hier auf Erden friedlich bereinigen läßt, hat die Zustimmung und die Unterstützung der seligen Götter. Ich werde Daidalos bitten, mein Land zu verlassen, um mit euch nach Kreta zurückzukehren, und er wird sich meiner Bitte nicht verschließen, um so mehr als seine Tätigkeit hier schon längst beendet ist. Er ist ein rastloser Mann und wird sich freuen, wieder für König Minos arbeiten zu können. Bittet euren König hierherzukommen als geehrter Gast, um die Mühen der langen Seefahrt zu vergessen und neue Kraft zu schöpfen. Ich freue mich, den tapferen und berühmten Minos beherbergen zu dürfen und möchte ihm zeigen, was Daidalos für mich geschaffen hat.»

Dem kretischen Gesandten verschlug es vor Überraschung die Sprache.

«Was soll ich dem König antworten?» drängte ihn der Dolmetscher.

«Sage ihm – sage dem Erhabenen, wir sind über sein Entgegenkommen erfreut und gerührt. Ich werde jedes seiner Worte meinem Herrn überbringen.»

König Kokalos aber dachte nicht daran, seinen geschätzten Daidalos den Kretern auszuliefern. Dieser Mann war seine schärfste Waffe gegen die Sikuler, und freiwillig würde er sie nicht aus der Hand geben.

Minos, wie jeder Fürst, der schon lange auf dem Thron saß, war von Natur aus mißtrauisch und argwöhnisch, doch das herzliche Entgegenkommen des Kokalos rührte ihn an. Das war der Ton, wie er sich unter Königen geziemte! Er hatte dem ‹lieben Vetter› diesen Daidalos eben nur ausgeliehen und nun bekam er ihn anstandslos zurück. Man sah gleich, daß die Sikaner keine listenreichen Griechen waren.

Zur Sicherheit und auch des guten Ansehens wegen, ließ sich König Minos von vierundzwanzig Mann seiner Leibtruppe begleiten. Um den Gastgeber nicht zu beleidigen, ließ er sie im Hof des Palastes zurück, wo sie gleich von den Kriegern des Kokalos als liebe Gäste behandelt und zu einem Fäßchen Wein geladen wurden.

Mit einer herzlichen Umarmung begrüßte Kokalos seinen Gast. Der dicke, rauhbeinige und etwas zu laut redende Minos unterschied sich von dem stattlichen und vornehmen Kokalos wie ein

Ackergaul von einem Rennpferd. Sie benötigten zui ihrem Gespräch einen Dolmetscher, doch Minos fand bestätigt, was seine Gesandten ihm berichtet hatten. Kokalos stand unerschütterlich zu seinem Versprechen, bat jedoch seinen ‹lieben Vetter› mit herzlichen Worten, nicht schon am nächsten Tag zurückzureisen, sondern einige Zeit die Annehmlichkeiten Sikelias zu genießen. Bei dieser Gelegenheit könne man gemeinsam die Werke des Daidalos betrachten, die er in den letzten Jahren für das Land geschaffen habe.

«Wo ist er übrigens, unser genialer Freund?» fragte Minos harmlos.

Kokalos lächelte entschuldigend.

«Ich hätte längst darauf zu sprechen kommen müssen. Er bringt noch kleine Verbesserungen an dem von ihm entworfenen Schwitzbad an – ein Bad übrigens, das nicht geheizt werden muß, sondern sich der vulkanischen unterirdischen Wärme bedient. Ein wahres Wunderwerk! Wenn du einverstanden bist, möchte ich es dir zuerst zeigen. Wir brauchen dazu nur etwa zwei Stunden in die Berge zu reiten.»

Natürlich war Minos einverstanden, schon weil er sich auf die Begegnung mit Daidalos freute, dem er seine Flucht – oder was immer es war – längst verziehen hatte. Um sein Vertrauen zu zeigen, wollte Minos seine Leibwachen zurücklassen, doch Kokalos bestand darauf.

«Nein, mein Freund, das gehört sich so! Der Herrscher von Kreta ist nicht irgendwer, die Leute sollen nur sehen, daß ich einen König zu Gast habe!»

Um dem Wunsch des Kokalos entgegenzukommen, nahm Minos acht seiner Leute mit. Ja, hier fühlte er sich wohl und sicher, als ginge er über den Marktplatz von Knossos. Seine kriegerischen Pläne hatte er inzwischen begraben. Er konnte nicht ein Land mit Krieg überziehen, das ihm und seinen Männern so herzliche Gastfreundschaft gewährte. Wie stark König Kokalos wirklich war, hatte er nicht herausgebracht. Militärischen Fragen wich der König geschickt aus, hatte aber durchblicken lassen, daß sie für mögliche Angriffe der Sikuler gut gerüstet seien, was er nicht zuletzt dem genialen Daidalos zu verdanken habe.

Nein, von Zank und Hader mochte Minos nichts wissen, und sollten ihn seine Krieger an die versprochene Beute erinnern, so würde ihm schon eine Ausrede einfallen. Was heißt Ausrede! Er war ihr König, er würde ein Machtwort sprechen!

Nur wenige Schritte von dem Schwitzbad entfernt hatte Kokalos ein anmutiges Sommerhaus errichten lassen. Von hier genoß man einen weiten Blick über das flache Küstenland und auf das im Dunst verschwimmende Meer, dessen Farbe am fernen Horizont mit dem Himmel zu einem nebligen Graublau verschmolz.

Die beiden Töchter des Kokalos trugen Wein und Früchte auf und lächelten den Gast freundlich an.

Minos versuchte ein Kompliment. «Mir ist, als säße ich im Olymp, und Hebe reicht mir den Becher mit Wein.»

Die Mädchen lachten, und die Jüngere sagte: «Wir sind aber zwei – in welcher von uns siehst du die schöne Hebe?»

Da war nun guter Rat teuer.

«Dann nehme ich die Hebe wieder zurück und sage: mir ist, als säße ich im Olymp und werde von lieblichen Nymphen bedient.»

«Davon gibt es ja eine ganze Menge», meinte Kokalos, «besonders auf Bergen, in Grotten und an Quellen sind sie zu Hause.»

«Hier ist alles vereint», sagte die ältere Tochter. «Wir sind auf einem Berg, und nebenan in der Grotte entspringt eine heiße Quelle.»

«Dann schlage ich vor, ihr Nymphen begleitet unseren Gast jetzt ins Bad.»

Minos trank seinen Becher leer und konnte sein Erstaunen kaum verbergen. Wollte Kokalos ihm eine seiner Töchter schmackhaft machen? Eine verwandtschaftliche Bindung zu Sikelia wäre gar nicht so übel... Man könnte zusammen mit den Sikanern die Sikuler von der Insel jagen und sich die Herrschaft teilen. Kein schlechter Gedanke! Nach dem Bad wollte Minos die Sache zur Sprache bringen.

Sie gingen die in den Fels gehauene Treppe hinunter und betraten eine kleine niedrige Grotte.

«Das ist nur der Auskleideraum», sagte Kokalos. «Ich kann dir heute leider nicht Gesellschaft leisten», er deutete auf einen Verband am Arm, «da mein Arzt mir das Baden untersagt hat, ehe die Wunde nicht verheilt ist.»

«Du läßt mich also mit den Nymphen allein?»

«Das wird dich kaum stören, nehme ich an...», scherzte Kokalos und verließ den Raum.

Als die Mädchen ohne Scham aus ihren Kleidern schlüpften, legte auch Minos die seinen ab.

«Ein stattlicher Mann», sagte die eine kichernd.

«Schau dir nur seine Muskeln an!» bemerkte die andere in gespielter Bewunderung.

Dann führten sie den Gast ins Innere der Höhle.

«Hier ist der Schwitzraum, und nebenan kannst du dich abkühlen.»

Sie wiesen auf ein kleines Becken mit klarem kalten Wasser.

Im Schwitzraum nahmen sie auf breiten bequemen Steinbänken Platz, und es dauerte nicht lange, da spürte Minos den Schweiß aus allen Poren dringen.

Die Mädchen reichten ihm einen Bimsstein.

«Damit mußt du deine Haut massieren, das soll sehr gesund sein.»

Da hörte Minos von nebenan ein leises Rauschen, und er sagte: «Das klingt wie ein ferner Wasserfall...»

Die Mädchen sahen sich an und lachten, doch Minos merkte nicht, wie falsch es klang, dieses Lachen.

«Die Diener erneuern das kühle Wasser, damit es besonders frisch ist. Einem König steht das zu.»

Minos hielt es noch eine Weile aus, aber dann war sein fetter Körper so in Schweiß geraten, daß er fürchtete zu ersticken.

«Ich brauche jetzt eine Abkühlung», keuchte er.

Die Mädchen sprangen auf, öffneten die Tür und ließen den Gast vorangehen.

Minos wollte gerade fragen, warum das kalte Wasser einen solchen Dampf entwickle, als er von hinten einen kräftigen Stoß erhielt, so daß er in das kleine Becken stürzte. Den Stoß hatte er noch für einen derben Scherz der kecken Mädchen gehalten, doch als das fast kochende Wasser ihn laut aufbrüllen ließ und er vor Schmerz und Schrecken um sich schlug, war sein letzter Gedanke:

Jetzt bist du ihm doch ins Garn gegangen. Dann verlor er das Bewußtsein und ertrank.

Schreiend liefen die Mädchen ins Freie.

«Hilfe, Hilfe, es ist ein Unglück geschehen! Kommt schnell!»

Als Kokalos mit den acht Männern der kretischen Leibwache vor dem roten verbrühten Körper des toten Minos stand, hob er klagend die Hände und rief weinend: «Mein bester Freund ist tot! O ihr Götter, nehmt mein Land, nehmt meine Kinder, aber gebt Minos das Leben zurück!»

Wer aber den Schritt ins Schattenreich getan hat, kann nicht mehr zurück. So hat Kronos es bestimmt, als er seinen Sohn Hades zum Herrn der Unterwelt ernannte, und da gab es auch für Könige keine Ausnahme.

Der Tod ihres Königs verwirrte die Kreter aufs äußerste. Ein Teil von ihnen wollte sofort abreisen, denn sie fühlten sich nicht mehr sicher auf Sikelia, ein anderer Teil war dafür, König Minos in aller Ruhe zu bestatten, um dann erst die weiteren Schritte zu beraten. Und so geschah es auch. Dem kretischen König wurde in der Nähe von Akragas ein prächtiges Grab errichtet. Daidalos erbaute es neben einem kleinen wunderschönen Aphroditetempel, den er persönlich mit reichen Opfergaben ausstattete.

Etwa die Hälfte der Kreter konnte sich nicht zur Rückkehr entschließen, blieb in Sikelia und gründete dort an der Südwestküste eine Stadt, die zur Erinnerung an ihren König den Namen Minoa erhielt.

Kannte Daidalos die wahren Ursachen von Minos' Tod, hatte Kokalos ihn eingeweiht? Niemand weiß es. Doch es wird berichtet, daß Daidalos mit den Jahren in tiefe Schwermut verfiel und lange vor seinem Tod jede Tätigkeit aufgab. Als er im hohen Alter starb, hatten die meisten Menschen vergessen, daß er überhaupt noch lebte. Sein Name war längst in die Legende eingegangen, er galt als der gottbegnadete Erfinder und Handwerker der Griechen – Daidalos war schon zu Lebzeiten ein Mythos geworden.

Die Auswanderer

Alle waren wir arm, alle stammten wir aus guten Familien, doch als dritt- und viertgeborene Söhne gab es für uns wenig Hoffnung auf ein Erbe, auf Fortkommen oder gar Gründung eines eigenen Hausstandes. Unter den achtundsiebzig zur Auswanderung Entschlossenen war ich, Kriton aus Naxos, Sohn eines Priesters am Dionysos-Tempel, der einzige wirklich Schreibkundige. Thukles, unser Anführer, konnte zwar mit einiger Mühe lesen und sehr ungelenk den eigenen Namen schreiben, mehr aber nicht. Es war nicht gerade die Elite aus der Euböerstadt Chalkis, wie auch von den Inseln Naxos und Paros, die sich entschlossen hatte, im Westen, auf der Sikulerinsel Trinakria, eine neue Heimat zu suchen.

Wie jeder weiß, ist Naxos die heilige Insel des Dionysos, der hier die von Theseus verlassene Ariadne traf und sie zur Frau nahm. Er ist ja eigentlich ein Gott für die Frauen, die zu gewissen Zeiten efeubekränzt und mit Thyrsosstäben wild um sich schlagend in die Berge und Wälder ausschwärmen, um als Mänaden den Gott mit – nun, etwas blutrünstigen Kulthandlungen zu feiern. Nicht nach meinem Geschmack muß ich zugeben, doch die Priester des Dionysos waren Männer, die sich mit den verzückten Mädchen und Frauen in die Wälder schlugen, um anstelle und im Auftrag des Gottes wilde Orgien zu feiern. Daß dabei Rehe, Ziegen und Schafe lebendig zerrissen und von den wildgewordenen Weibern verspeist werden, soll dem Dionysos besonders wohlgefällig sein. Mein Vater hat uns Söhnen gegenüber nur Andeutungen gemacht, aber er liebte sein Amt und hätte es um nichts in der Welt mit einem anderen vertauscht. Leider war ich unter meinen Brüdern nur der vierte und Letztgeborene und alles, was mein Vater mir geben konnte, war einer der begehrten Plätze in der Tempelschule, wo wir neben Schreiben und Lesen auch in Religion, Geschichte, Medizin, Gesang und Musik ausgebildet wurden.

Einer meiner Brüder starb, einer würde meinem Vater im Priesteramt nachfolgen, ein anderer verheiratete sich vorteilhaft, und so blieb nur noch ich, dessen einziger Besitz das Diplom der Tempelschule war.

In jener Zeit befuhren griechische Schiffe alle Winkel des ionischen Meeres und berührten bei ihren Handelsfahrten immer häufiger die große Insel Trinakria, die von ihren Einwohnern als Sekania oder Sikelia bezeichnet wurde.

Die weitgereisten Kaufleute berichteten Wunderdinge von dieser Insel und ihren Bewohnern. Es gebe dort so viel fruchtbares Land, daß die Bevölkerung nicht imstande sei, es zu bewirtschaften. Besonders die Küsten im Osten und Süden seien ein einziger üppiger Garten, und die dort lebenden Menschen – Sekaner und Sikuler – seien von so geringer Zahl, daß es noch nicht einmal zur Gründung einer größeren Stadt gekommen sei. Dabei biete sich das geradezu an, denn an den Küsten gebe es eine Anzahl von natürlichen, doch kaum genutzten Häfen.

Ja, es klang schon recht verlockend, was die Kauffahrer berichteten, und wer das ärmliche Leben im alten Hellas satt hatte, spitzte die Ohren.

Warum wir die ersten waren, die sich aufmachten, eine neue Heimat zu suchen, kann ich nicht sagen, doch ich gebe mein Wort als Arzt, Priester und Schriftkundiger, daß sich vor uns keine griechischen Auswanderer dort angesiedelt hatten. Freilich gab es da und dort einen griechischen Seemann, der hängengeblieben war, um mit einer einheimischen Frau eine Familie zu gründen, doch wir – und das wird inzwischen allgemein anerkannt – waren die ersten wirklichen Siedler.

Wie aber kam es dazu? Um nicht dauernd an meinen nahen Tod erinnert zu werden, nutze ich die Muße meines Alters und gebe einen kurzen Bericht über jene Tage des Aufbruchs.

Jeder Mensch ist gezwungen, im Laufe seines Lebens – manche haben sogar eine besondere Freude daran – zu lügen, die Wahrheit zu verschleiern, Ereignisse anders darzustellen, als sie stattgefunden haben. Jetzt, da ich alt und verbraucht, wenn auch nicht müde des Lebens bin, leiste ich mir den Luxus der Wahrheit. Dieser Bericht ist für meine Söhne gedacht; sie sollen ihn nach meinem Tod lesen und ihre Erkenntnisse daraus ziehen, und sie mögen mir verzeihen, wenn ich gleich eingangs bemerke, daß wir alle keine Helden waren, daß die meisten von uns ungern und nur notgedrungen ihre Heimat verließen und daß Angst unsere Begleiterin war – zumindest in den Tagen des Aufbruchs.

Im Grunde jagten sie uns davon, die Reichen, Satten und Zufriedenen, damit unsere Armut und Aussichtslosigkeit ihr Wohlleben nicht beeinträchtigte. Ja, wir störten sie, denn es gehörte sich einfach nicht, daß freigeborene Söhne gezwungen waren, Sklavenarbeit zu verrichten, sich ihr Brot auf eine Weise zu verdienen, die – wie sie glaubten – ihrem Stand zur Schande gereichte.

Zwischen der Insel Naxos und der Stadt Chalkis in Euboea bestanden vielfältige verwandtschaftliche und traditionelle Bindungen. Wie die Inseln Naxos, Paros, Tenos oder Andros gehörte die Halbinsel Euboea dem ionischen Kulturkreis an. Der erste Anstoß kam aus der Stadt Chalkis. Die Hippoboten, also der berittene Adel, hatte dort das Heft in der Hand. Wer ihnen nicht angehörte oder nicht nach ihrer Flöte tanzte, hatte es auf Euboea schwer, mochte er nun freigeboren sein oder nicht. Das war eine Kaste für sich, die zusammenhielt wie Pech und Schwefel, die den besten Boden und die einträglichsten Ämter besaß und immer reicher wurde. Dies aber bedingt nun einmal, daß andere ärmer und durch Schulden in Abhängigkeit gezwungen wurden. Da stellte sich für etliche, auch erstgeborene Söhne, die Frage: Nehme ich das Erbe meines Vaters an und verbringe mein Leben damit, dessen Schulden für einen reichen Adligen abzuarbeiten, oder mache ich mich auf und davon – ins Ungewisse zwar, aber doch in der Hoffnung auf ein besseres Dasein?

Keiner von uns war ein Held – ich sagte es schon. Sollte dieser Ehrenname auf einen zutreffen, dann auf Thukles aus Chalkis, der eher ein Abenteurer war, denn nicht die Umstände erzwangen seinen Aufbruch, sondern sein unruhiges Blut, sein Freiheitsdurst, seine Unfähigkeit, sich unterzuordnen. Zwar gehörte er einer Adelsfamilie an, doch er war nicht bereit, nach den ungeschriebenen Gesetzen der Hippoboten zu leben. Er suchte sich Frauen und Freunde aus verpönten Kreisen, und als sein älterer Bruder ihm ernsthafte Vorhaltungen machte, schlug er ihn im Zorn vom Pferd. Er war es, der ein Schiff mit voller Ausrüstung zur Verfügung stellte und aus seiner Heimat Männer für seine Pläne begeisterte. Doch es waren ihm zu wenige, und so fuhr er die kykladischen Inseln ab und warb beredt für Auswanderer. Er schien alles über Trinakria zu wissen, und was er nicht wußte, schmückte seine Phantasie in bunten lockenden Farben aus. Hörte man ihm zu, so waren nirgends der Himmel so blau, die Erde so fett, die See so fischreich und die Einwohner so friedlich wie auf jener gesegneten Insel, die, wie er sagte: «einem Juwel gleich im Meer liegt, und nur darauf wartet, bis ein Entschlossener nach ihr greift».

Die dazu Entschlossenen seien wir, und er hoffe, daß wir nicht abwarten wollten, bis uns andere zuvorkämen. Die Phöniker, so sagte er, umschwirrten die Insel ohnehin schon wie ein Schwarm beutegieriger Wespen, und es sei nur noch eine Frage der Zeit, wann sie sich dort niederließen.

Er machte seine Sache gut, das muß man ihm lassen. Daß bestimmte Kreise ihn unterstützten und ermunterten, mag ihm manches erleichtert haben. Es kam zur Ausrüstung eines zweiten und dritten Schiffes, und Naxos übernahm schließlich die Kosten eines vierten.

Wenn mein Vater mich auch nicht gerade zur Auswanderung ermunterte, so tat er doch alles, um meine Zukunft auf Naxos in möglichst schlechtem Licht darzustellen.

«Selbst wenn ich dich irgendwann einmal als Tempelschreiber unterbringe – und das kann noch sehr lange dauern –, so bist du nicht mehr als ein Hilfspriester, ein besserer Tempelsklave. Dabei weiß ich nicht einmal, wie ich deine zwei Schwestern verheiraten soll. Ich wäre schon froh, wenn ein freier Bauer um sie anhielte... Ja, mein Sohn, es sieht nicht gut aus. Vielleicht wirst sogar du es sein – falls du dich dem Thukles anschließt –, der später imstande ist, seine Familie zu unterstützen. Was riskierst du schon? Diese Seereise von fünfzehn bis zwanzig Tagen hat mancher Händler schon dutzendmal unternommen. Das ist nicht anders, als reite man von Euboea nach Makedonia – nur viel bequemer, glaube mir, viel bequemer!»

Wie konnte er, der sich niemals aus Naxos fortbewegt hatte, das wissen? Als gehorsamer Sohn wagte ich keine Widerrede, doch ich begann mich mit dem Gedanken einer Abreise vertraut zu machen.

Es dauerte dann noch ein gutes Jahr, bis Thukles das Signal zum Aufbruch geben konnte. Wir warteten den günstigen Sommerwind ab, und das Schiff aus Naxos schloß sich den dreien aus Euboea an, die aus Norden kamen und für einige Tage in unserem Hafen anlegten.

Thukles war ein schlanker, sehniger Mann, ein wenig über den Durchschnitt groß, mit hellen lustigen Augen, die ständig etwas in der Ferne zu suchen schienen. Er verstand es, die Leute zu begeistern, den Zaudernden entschlossen, den Ängstlichen mutig zu machen.

Am Hafen von Naxos hielt er eine kleine Rede an die Freunde und Verwandten der Abreisenden – eine Rede, die im Grunde uns, seinen künftigen Weggefährten, galt.

«Macht euren Söhnen, Brüdern und Freunden den Abschied nicht schwer! Denn bedenkt: es ist kein Abschied für immer; tut also nicht so, als stündet ihr am Grab eurer Lieben. Wir sind keine Verbannten, keine Übeltäter, die man fortjagt, wir sind eine Auslese der Mutigen und Entschlossenen, die neues Land für Hellas gewinnen, neue Wege eröffnen für Handel und Verkehr. Unsere Reise dauert nicht länger als ein Ritt zu einer entfernten Stadt; um diese Jahreszeit sendet Aiolos uns den steten Nordwind – in längstens zwanzig Tagen werden wir an Ort und Stelle sein. Manchen von uns werdet ihr in fünf oder acht Jahren wiedersehen, er wird seine Heimat besuchen, um von seinem Glück zu berichten, und ihr werdet ihn beneiden. Ich höre die Nymphe Kalypsos zu Odysseus, dem Seefahrer sprechen», und er zitierte die Verse des Homer, ohne ihre Herkunft zu nennen:

«Haue zum breiten Floß dir hohe Bäume, verbinde dann die Balken mit Erz, und oben befestige Bretter, daß es dich trage über die Wogen des dunklen Meeres. Siehe, dann will ich dir Brot und Wasser reichen und roten herzerfreuenden Wein, damit dich der Hunger nicht töte; dich mit Kleidern umhüllen und günstige Winde dir senden, daß du ohne Gefahr die Heimat wieder erreichst...»

58

Die nächste Verszeile hätte gelautet:

‹Wenn es die Götter gestatten, des weiten Himmels Bewohner›, doch diese zitierte Thukles wohlweislich nicht.

Ein lebhafter Beifall lohnte die kurze Rede, und heute, im Abstand von fast einem halben Jahrhundert, kann ich sagen, daß Thukles nicht einmal gelogen hatte. Freilich konnte er damals selber nicht wissen, wie unser Abenteuer ausgehen würde, und hat – wie ein Feldherr vor einer Schlacht seinen Kriegern den Sieg prophezeit – einfach nur die günstigste Seite des Unternehmens dargestellt. Heute aber bleibt mir Thukles wie ein redlicher Händler in Erinnerung: Er hat seine Ware gelobt, und sie hat sich als gut erwiesen. Ich kenne keinen meiner alten Gefährten, der die Auswanderung bereut hat, mag auch mancher in die Heimat zurückgekehrt sein, um dort als reicher Mann zu sterben.

Von den Gebildeten unter den Zuhörern im Hafen von Naxos wird mancher sich gewundert haben, daß Thukles die Verse des großen, vor einem Menschenalter auf Chios verstorbenen Homer zitierte. Thukles, der die Geschichte jedes einzelnen von uns kannte, wußte auch, daß ich der Gebildetste war und zog mich gleich nach seiner Ankunft beiseite: «Kriton, du mußt mir helfen! Ich brauche einen zündenden Vers aus irgendeiner Dichtung, der sich auf Seefahrt, Abenteuer, Heimkehr und dergleichen bezieht. Ich weiß, wie man die Leute damit beeindrucken kann...»

Er war nicht sehr gebildet, unser Thukles, aber er war ein schlauer Kopf, der im rechten Augenblick das Richtige tat.

So stachen wir also in See, mit unseren neuen Schiffen, deren bunte Segel sich im Nordwind blähten. Wir hatten erfahrene Nautiker an Bord, die sich nach den bewährten Periploi, den Schiffshandbüchern, richteten; Thukles war ein Mensch, der niemals etwas dem Zufall oder allein dem Ratschluß – oder gar der Laune – der Götter überließ.

Wie lange genau die Reise gedauert hat, kann ich nicht mehr sagen, aber nichts Ernstliches störte unsere Fahrt. Thukles achtete streng darauf, daß jeden Morgen und jeden Abend dem Poseidon und seinem Anhang reiche Opfer gebracht wurden. Da mochten manche noch so sauer dreinschauen, wenn ein Krug des besten Weines im Meer verschwand und hinterher noch einige Brote und

Früchte flogen. Nach unserer Ankunft versäumte Thukles es nicht, die glückliche Seereise den reichlichen, von ihm angeordneten Opfern zuzuschreiben.

Als erstes sahen wir den Feuerberg aus dem Dunst des Meeres emportauchen, von zarten hellen Wolken umgeben. Er sah ganz harmlos und vertrauenerweckend aus, und war, wie die Periploi berichteten, ein wichtiger Wegweiser für die gesamte Ostküste von Trinakria, das ich von nun an Sikelia nennen werde – aus Respekt vor dem Volk, das diese schöne Insel lange vor uns besiedelt hat.

Während unsere Schiffe auf der Suche nach einer Landungsstelle die Küste entlangfuhren, veränderte sich das Aussehen des Feuerberges ständig, und plötzlich zog er sich ganz hinter dichten Wolkendunst zurück, der sich im Laufe des Tages verstärkt hatte. Das Gebiet zu Füßen des Berges strotzte vor Fruchtbarkeit, da hatten die Berichte keineswegs übertrieben. Von den Sikulern erblickten wir gelegentlich ein Fischerboot nahe der Küste beim Fang; einmal winkten uns zwei Männer aus der Ferne zu.

Immer wieder sahen wir die erstarrten schwarzen Lavaströme ins Meer ragen, und wer scharfe Augen hatte, konnte ihre dunkle tödliche Spur landeinwärts verfolgen, bis hin zu den Vorbergen des hinter seinen Wolken lauernden Feuerspeiers.

Endlich fanden unsere Kapitäne, wonach sie lange gesucht hatten: ein schönes natürliches Hafenbecken, sanft gerundet, mit kiesigen oder sandigen Ufern. Vorsichtig kreuzten sie zur Küste hin, loteten unablässig den Grund, doch hier gab es keine Klippen, hier war niemals Lava ins Meer geflossen. Die Kiele unserer Boote stießen knirschend in den Sand; unter lautem Geschrei sprangen wir ins seichte Wasser und zogen unsere Boote an Land.

Thukles scharte seine Gefährten um sich und hielt eine kurze Rede, die mit den Worten schloß:

«Unsere erste Tat hier auf Sikelia soll ein Dankopfer an Poseidon sein, der uns auf den Wellen seines Meeres sicher geführt und getragen hat. Ein weiteres gilt seinem Sohn, dem Windgott Aiolos, und wenn wir das geeignete Siedlungsland gefunden haben, werden wir Apoll und Dionysos, den Hauptgöttern unserer Heimat, Altäre errichten. Das Priesteramt soll von nun an Kriton übernehmen, er ist schriftkundig, hat eine Tempelschule besucht und schon sein Vater diente dem Dionysos. Wer nicht einverstanden ist, möge die Hand heben.»

Es gab keinen Einwand, und so vollzog ich in angemessener Weise die Opferzeremonie. Sollte mir heute wer die Frage stellen, wann wir zum ersten Mal mit den Sikulern in Berührung gekommen waren, so wäre ich um die Antwort verlegen. Vielleicht sahen sie von ferne zu, wie wir am Strand unser Opfer vollzogen, oder war jener Fischer der erste, der seinen gesamten Fang gegen einige Scheffel Korn tauschte? Wie dem auch sei, die wenigen dort an der Küste lebenden Sikuler begegneten uns freundlich, neugierig und ohne Feindschaft. Sie hielten uns für versprengte Kauffahrer und wurden erst merklich zurückhaltender, als sie sahen, daß wir bleiben und siedeln wollten.

Ein Gespräch mit ihnen war vorerst nicht möglich, da ihre Sprache mit der unseren nicht die geringste Ähnlichkeit besaß. Erst als wir schon dabei waren, unsere neue Siedlung abzustecken, erschien ein Sikuler, der viele Jahre als Seemann auf einem griechischen Schiff gefahren war.

«Wer ist euer Führer?»

Wir holten Thukles herbei und stellten uns im Kreis auf.

«Seid ihr Händler? Wo kommt ihr her?»

«Wir kommen aus Euboea und von Naxos. Vielleicht werden wir später auch Handel treiben, doch vorerst wollen wir hier siedeln, Korn, Obst und Wein anbauen. Erhebt irgendwer Anspruch auf dieses Stück Land?»

Thukles machte mit seinem Arm eine kreisförmige Bewegung.

Das bärtige Gesicht des Sikulers blieb ohne Regung.

«Nein», sagte er zögernd, «ich glaube nicht. Hier leben nur einige Fischer, und die bebauen keinen Boden. Aber bedenkt: diese Menschen waren lange vor euch da! Im Vergleich zu eurer Heimat – ich kenne weite Teile davon – ist das Land hier wenig besiedelt, und friedliche Nachbarn sind willkommen.»

Dann erzählte der Mann noch einiges aus seinem Leben, nannte uns die wichtigsten Orte in Hellas, die er auf seinen Fahrten gesehen hatte, und bot sich an, zwischen uns und seinen Landsleuten zu vermitteln, falls irgendeine Frage zu klären sei. Thukles dankte ihm sehr freundlich und überreichte ihm als Geschenk seinen eigenen Dolch.

Da erblühte ein Grinsen im Bartgestrüpp des Sikulers.

«Holt mich, wenn ihr mich braucht.» Er wies landeinwärts auf die grünen Hügel.

«Ich wohne da oben; eure Landsleute nannten mich Kydias, und ich habe den Namen beibehalten.»

Wir sollten ihn tatsächlich noch öfters brauchen, den hilfreichen und gutwilligen Kydias, der die Griechen liebte, weil er die beste Zeit seines Lebens auf ihren Schiffen verbracht hatte, der aber auch an seiner Heimat hing und sich deshalb unermüdlich für eine Verständigung zwischen uns und den Sikulern einsetzte.

Wir legten unsere Stadt in übersichtlicher und zweckdienlicher Form an, nützten den kleinen Fluß, der aus den Bergen kam und sein Süßwasser ins Meer vergeudete, für einige größere öffentliche Brunnen und achteten darauf, daß ein feuergefährliches Gewerbe, wie die Keramikwerkstätten, in gehörigem Abstand zu den Wohnhäusern errichtet wurde.

Ein tagelanger Streit brach unter uns aus, als es darum ging, welchen Namen die Stadt künftig tragen solle und welcher Gott als Schutzherr zu erwählen sei. Die Chalkider wollten die Stadt Chalkis nennen, doch wir von der Insel bestanden auf Naxos. Was das Heiligtum betraf, so setzten die Euböer sich durch; denn sie waren in der Mehrzahl, und selbst uns schien es nur billig, dem herrlichen Apoll – den schließlich auch wir verehrten – einen Altar und später einen Tempel zu errichten. Bei dem zu wählenden Namen wandten wir aus Naxos ein, daß es mit einem neugegründeten Chalkis zwei Städte dieses Namens gäbe, und jeder weiß, daß dies Unglück bringen kann. Ich stand auf und bat um Gehör:

«Nicht weil ich aus Naxos bin, sondern weil ich aus einer Priesterfamilie stamme, möchte ich davor warnen, den Namen einer Stadt zweimal zu verwenden. Das kann bei den Göttern zu schicksalhaften Verwechslungen führen, denn wir werden für etwas gestraft werden, das andere verbrochen haben. Es gilt einfach als schlechtes Omen und wurde bisher vermieden. Nennen wir den Ort jedoch Naxos, so wird niemand im Himmel und auf Erden die

Insel mit der Stadt verwechseln. Wir aus Naxos haben zu eurem, besonders in Chalkis verehrten Apoll ja gesagt – auf unserer Insel gilt Dionysos als Schutzherr –, und nun bitten wir euch, den Stadtnamen Naxos gutzuheißen.»

Ein zögernder Applaus setzte ein, und schließlich hoben fast alle Chalkider zustimmend die rechte Hand. Somit war die Stadt Naxos auf der Insel Sikelia geboren, aber es war ein trauriger Ort, denn es fehlte das Lachen der Frauen. Wir waren an die achtzig Männer im Alter von vierzehn bis etwa dreißig Jahre, und als die Hauptarbeit getan war, sammelten wir uns auf der Agora – sie war damals noch nicht gepflastert – und beratschlagten, auf welche Weise wir Mädchen und Frauen in unsere Männerstadt locken könnten. Die kriegerisch veranlagten schlugen vor, wir sollten uns die Weiber mit Waffengewalt zusammenrauben, aber da sprach Thukles sofort ein Machtwort.

«Wer zu solchem Zweck das Schwert zieht, dem haue ich eigenhändig den Kopf ab. Wenn die Sikuler auch noch nicht unsere Freunde sind, so verhalten sie sich doch als gutwillige Nachbarn, und es wäre töricht, sie auf solche gewaltsame und ungehörige Weise zu Feinden zu machen. Ehe wir uns entscheiden, soll Kydias gehört werden.»

Wir schickten nach dem Sikuler und fragten ihn um Rat. Sofort blühte ein Grinsen in dem schwarzen Bartgestrüpp auf.

«Freilich, ohne Frauen geht es auf die Dauer nicht, das sehe ich ein. Daß ihr meinen Rat einholt, ehrt mich, und ich werde mich bemühen, euch nützlich zu sein. So schlage ich das folgende vor: Ich werde an der Küste die Nachricht verbreiten lassen, daß junge ansehnliche Männer aus Hellas in ihrer neugegründeten Stadt Frauen zur Ehe suchen, auch junge Witwen sind willkommen. Ihr ladet die heiratswilligen Frauen und Mädchen hierher ein, und jede kann gründlich prüfen, was sie erwartet.

Ihr müßt allerdings damit rechnen, daß es etwas kostet – ein Stück Silber, ein paar schöne Messer, ein Dutzend frischgebrannte Krüge oder Töpfe oder was immer ihr entbehren könnt. Viele dieser Mädchen leben noch bei den Eltern, und diese verlieren dann eine Arbeitskraft. Laßt euch nicht übervorteilen, seid aber auch nicht zu sparsam. Gegen ein angemessenes Entgelt werde ich euch von Fall zu Fall beraten. Auch ich habe ein Familie zu ernähren…»

Kydias hob bedauernd die Hände, als wolle er sich für seine Forderung entschuldigen. Er war ein kluger umgänglicher Mann und hatte nicht den geringsten Grund, für uns etwas umsonst zu tun, und jeder sah es ein.

Da gerade Erntezeit war, dauerte es eine gute Weile, bis die ersten Frauen in unserer Stadt erschienen – fast alle von Freunden oder Verwandten begleitet. Die sonst eher zurückhaltenden Sikuler blieben tagelang unsere Gäste, aßen und tranken nach Herzenslust und nutzten jede Gelegenheit, unsere Häuser und Werkstätten innen und außen sehr gründlich zu besichtigen. Kydias hätte sich dreiteilen müssen, um überall als Berater und Dolmetscher zugegen zu sein, doch in manchen Fällen ging es auch ohne ihn.

Wie etwa bei dem jungen Theon. Der war nicht nur ein schlanker, ansehnlicher Jüngling, sondern einer unserer geschicktesten Handwerker. Wenn er an seiner Töpferscheibe saß, dann wurde Theon zum Zauberer, und der Formenreichtum seiner Krüge, Vasen, Schalen und Becher war tatsächlich unübertroffen. Er gewann als einer der ersten ein sikulisches Mädchen, und zwar im Handumdrehen. Sie blieb mit ihren Eltern vor seiner Werkstatt stehen, betrachtete verblüfft und mit großen Augen den anmutigen und geschickten Burschen. Theon wandte sich von der Töpferscheibe ab, wusch seine Hände und holte aus seinem Vorrat die schönsten Stücke. Das hübsche, noch sehr junge Mädchen aber sah nur ihn an, und es dauerte nicht lange, da griff sie nach seiner Hand und legte sie auf ihr Herz. Theon errötete, doch das Mädchen gefiel ihm sehr, und er gab den Eltern durch ein Zeichen zu verstehen, daß sie gleich hier in seinem Haus bleiben solle. So nützten auch sie die gute Stunde, packten einen Eselwagen mit den schönsten Töpfereien voll und zogen ab – ohne ihre Tochter.

Freilich ging es nicht immer so schnell. Nur ganz wenige der Frauen waren entschlossen, schon beim ersten Mal einen Griechen zum Mann zu nehmen; andere wiederholten ihre Besuche mehrmals, bis sie sich entschieden. Dieser alles in allem doch recht erfolgreiche Versuch zeitigte noch eine Nebenwirkung, mit der wir nicht gerechnet hatten. Eine ganze Reihe von Sikulern fragte an, ob sie sich nicht in Naxos niederlassen dürften. Dabei handelte es sich nicht nur um Eltern und Verwandte von den Mädchen, die einen Griechen heirateten, sondern auch um Leute, die einen Vorteil darin sahen, in einer befestigten Stadt zu wohnen.

Thukles lehnte solche Ansinnen nicht von vorneherein ab, doch er achtete sehr darauf, daß diese Menschen der Stadt einen Nutzen brachten. So durfte etwa ein Tuchweber sofort bleiben; auch ein Gerber war willkommen, doch er mußte sein Haus jenseits des Flusses errichten.

Vielleicht sollte ich an dieser Stelle erwähnen, auf welche Weise ich zu einer Frau kam; meine Söhne können dann diesen Bericht mit den Erzählungen ihrer Mutter vergleichen, die mir leider schon – Apoll sei's geklagt – ins Schattenreich vorausgewandert ist.

Ihren sikulischen Namen habe ich vergessen, denn gleich beim ersten Eindruck erschien sie mir mit ihrem offenen Gesicht, den großen braunen Augen und dem langen rötlich schimmernden Haaren wie eine sanfte Lichtgestalt. Es war etwas Glänzendes und Strahlendes um dieses Mädchen, und so nannte ich sie Selene.

Später sagte sie, der Entschluß mich zu ihrem Mann zu wählen, sei ihr an jenem Festtag gekommen, als wir im zweiten Jahr die Thargelien feierten und dem Apoll unsere erstmals hier geernteten Feldfrüchte darbrachten. Die dunkle Erde hatte gehalten, was sie versprach, und die Ernte war reichlich.

Ich sei bei der Prozession so feierlich und würdig aufgetreten, sagte Selene später, daß sie beschloß, die Frau des Priesters zu werden. Trotz meines hochgeachteten Amtes und meiner Gelehrsamkeit – oder vielleicht gerade deshalb – war ich Frauen gegenüber noch immer so schüchtern wie ein Ephebe. Ich mußte deshalb manch gutmütigen Spott von meinen Gefährten ertragen, und es machte das Wort die Runde: ‹So mancher in Naxos wird schon die zweite Frau heimführen, da hat Kriton es noch nicht einmal zur ersten gebracht.› Ich ertrug den Spott mit Fassung. Obwohl es ja stimmte: Ich war so linkisch den Frauen gegenüber, daß jede, die einen Mann suchte, sich sagen mußte, dieser Tölpel sei nur die allerletzte Möglichkeit…

Nun, Selene dachte nicht so. Sie kam mit ihren Eltern zu Besuch, weil sie – wie sie meinte – sich mit der hellenischen Götterwelt vertraut machen müsse, ehe sie daran gehe, einen Griechen zu heiraten. Ich fand das sehr löblich und bot mich an, ihr Unterricht zu erteilen.

Sie erschien dann jeden dritten Tag in der ersten Stunde nach Sonnenaufgang, begleitet von einem ihrer Brüder oder einer Schwester. Daß ihr Hauptaugenmerk nicht den Göttern galt, sondern mir, wußte sie geschickt zu verbergen; dazu bedurfte es bei mir allerdings keines großen Aufwands. So führte ich Selene – die damals noch gar nicht so hieß, die ich aber im stillen schon so nannte – in den vielgestaltigen hellenischen Götterhimmel ein. Nach einer allgemeinen Einführung begann ich, wie es sich gehört, mit Zeus, dem Blitzelenker, berichtete von Hera, seiner Gemahlin und kam nicht umhin, auch die anderen göttlichen und menschlichen Frauen zu nennen, die der Göttervater mit seiner Liebe beglückte. Aufmerksam hörte Selene mir zu, die weit geöffneten nußbraunen Augen unablässig auf mich gerichtet. Das verwirrte mich, ließ mich unsicher werden.

«Also, da wären noch die Göttinnen Aphrodite, Demeter, Elektra, Leto, Kore, Dione, Metis…»

Ich verlor den Faden und hielt inne, denn Selene hatte leise zu kichern begonnen. «Was gibt es da zu lachen?» fragte ich streng.

«Es klingt so unglaublich», meinte sie, «dieser Zeus muß ja mit dem ganzen weiblichen Götterhimmel geschlafen haben. Vielleicht zählst du besser die Göttinnen auf, denen er nicht beilag? Gab es da welche?»

«Nun ja…», sagte ich, «einige schon. Da wäre etwa die Göttin Athena…»

Ein helles Lachen unterbrach mich. «Aber das ist doch die Tochter des Zeus, von Metis, der Göttin der Klugheit! Das hast du irgendwann schon erwähnt.»

«Du bringst mich ganz durcheinander!» schalt ich sie, «aber wenn dich diese Bettgeschichten schon so interessieren, dann solltest du wissen, daß Zeus es auch mit vielen Menschenfrauen trieb!» Ich erschrak selber über meine Kühnheit, wurde sofort rot und wandte mich verlegen ab.

«Aber Kriton, das ist doch kein Grund, sich zu schämen. Es sind ja schließlich nicht deine Bettgeschichten, die du mir erzählst. Und du hast ja selbst einmal gesagt, dem Zeus sei alles erlaubt.»

«Ja, ja, das schon…», sagte ich matt und schaute in die strahlenden braunen Augen. In diesem Augenblick muß ich gespürt haben, daß uns mehr verband als diese Unterrichtsstunden, und ein seltsames Gefühl beschlich mich.

Als ich ihr später von Herakles und seinen zwanzig Geliebten erzählte, meinte Selene: «Da kann ich nur froh sein, daß die Griechen nicht so sind wie ihre Götter. Sie begnügen sich, soviel ich sehe, mit einer Frau. Das stimmt doch?»

«Wenn ich dich zur Frau hätte, würde ich zeitlebens keine andere mehr ansehen!» sagte ich kühn und wurde gleichzeitig wieder rot.

«Ich glaube schon, daß mein Vater einverstanden wäre. Solltest ihn bald fragen…»

Mich warf das Glück fast um.

«Das heißt…, das heißt…»

«Daß ich dich mag, hast du das nicht gespürt? Ich jedenfalls habe gleich gemerkt, daß ich dir gefalle.»

Ja, so war sie, meine strahlende Selene, die mir fünf Kinder geboren hat, und die ich wiederzutreffen hoffe in den elysischen Gefilden.

Doch nicht allen meiner Gefährten wurde von den Göttern ein solches Glück beschert. Ich denke da hauptsächlich an Nikias, unseren Schmied. Er galt als der älteste Teilnehmer der Auswanderung und mochte das vierzigste Jahr schon überschritten haben. Er gehörte zu den ganz wenigen, die kein äußerer Notstand zwang, Hellas zu verlassen, denn sein Handwerk ernährte ihn ausgezeichnet. Nikias war unverheiratet, doch er hing sehr an einem Burschen, der bei ihm das Schmiedehandwerk erlernte und den er behandelte, wie ein Mentor seinen Epheben. Ob Nikias überhaupt mehr der Knabenliebe zugeneigt war, ist fraglich. Er war ein von Grund auf gutmütiger Mensch, sehr schweigsam, immer hilfsbereit – alle mochten ihn. Nachdem sein Schüler ausgelernt hatte, heiratete und wegzog, wurde Nikias schwermütig, und er hoffte, mit der Heirat auch seine Probleme hinter sich zu lassen. So schien es dann auch. Das enge Zusammensein auf den Schiffen, das Gefühl, immer gebraucht und von allen anerkannt zu werden, hellte sein Gemüt etwas auf. Als wir uns alle nach Frauen umsahen, wollte er keine Ausnahme machen und fand eine recht hübsche Sikulerin, eine nicht mehr ganz junge Witwe. Als er schwankte, rieten wir alle ihm zu, denn von ihr war anzunehmen, daß sie etwas vom Haushalt und von der Ehe verstand. Mochte dies auch zutreffen, der scheue Nikias verstand jedenfalls von Frauen sehr wenig und bald sprang die seine mit ihm um, daß es eine Schande war. Sie lernte sehr schnell griechisch, liebte den Klatsch und machte Nikias zum Hauptinhalt ihrer Schwatzhaftigkeit. So hörte man sie herumtratschen: «Mein Nikias kann ein Hufeisen biegen, so stark ist er, aber im Ehebett gleicht er einer Mimose, ihr wißt ja, wenn man da ein Zweiglein berührt, wird es gleich schlaff und hängt herunter wie abgestorben. Ihr versteht doch, was ich meine?»

Wer verstand es nicht? Alle aber bedauerten den armen Nikias, und manche rieten ihm sogar, das Weib davonzujagen. Doch sie war eine tüchtige Hausfrau, das mußte man ihr lassen. In ihrem Haus herrschte eine Ordnung, die fast beängstigend war und den langjährigen Junggesellen Nikias verstörte. Er mag sich oft nach seinem einschichtigen Leben zurückgesehnt haben, doch er fand nicht die Kraft, sich von seiner Frau zu trennen, um so weniger als sie ihm nach drei oder vier Jahren einen Sohn gebar. Da schien es fast, als würde nun alles gut werden.

In jenem Jahr aber wurde beschlossen, den Apollo-Altar, der in einer hölzernen Cella stand, mit einem Steintempel zu umgeben. Vor kurzem war ein tüchtiger Steinmetz aus Euboea eingetroffen. Er konnte auch Baupläne zeichnen und lernte einige kräftige Männer zur Steinbearbeitung an. Alle Metall- und Schmiedearbeiten übernahm Nikias, und da es ‹unser› Tempel war, berechnete er nur das Material. Das war nun wieder seiner Frau nicht recht.

«Du könntest auch mehr an deine Familie denken, vom Dank der Stadt können wir schließlich nicht abbeißen!» keifte sie und wollte sich gar nicht mehr beruhigen.

Mit dem Söhnchen auf dem Arm stellte sie sich vor die Werkstatt und bat um milde Gaben, da ihr einfältiger und unbelehrbarer Mann um Gotteslohn arbeitete.

Als Thukles davon hörte, wurde es ihm zuviel. Er ließ sie wegen notorischer Streitsucht in den Kerker sperren, und sie kam erst wieder frei, nachdem sie bei Apoll geschworen hatte, sich künftig zu mäßigen.

Wenig später starb Nikias an einer Verletzung, die er sich bei der Arbeit zugezogen hatte. Es war ihm nur ein Stück Eisen auf den Fuß gefallen, doch die Wunde wurde brandig und vergiftete den ganzen Körper. Seine Frau verschwand aus Naxos, ich weiß nicht, was aus ihr geworden ist.

Unsere Stadt aber wuchs unaufhaltsam, teils durch neue Einwanderer, die in den folgenden Jahren in kleinen Gruppen eintrafen, teils durch zuziehende Sikuler oder die neugeborenen Kinder. Todesfälle gab es in den ersten Jahren kaum, da wir alle noch jung waren, und so drohte die Stadt bald aus den Nähten zu platzen.

Thukles, der als Archon einem Ältestenrat – auch ich war darin vertreten – vorstand, schlug vor, eine neue Siedlung zu gründen, da in unserem Gebiet der fruchtbare Boden nicht für eine größere Bevölkerungszahl ausreiche. Doch die geplante Neusiedlung hatte noch einen anderen Grund, den Thukles uns mit den folgenden Worten darlegte.

«Wie ihr wißt, meine Freunde, sind wir längst nicht mehr die einzigen Griechen auf Sikelia. Schon ein Jahr nach unserer Stadtgründung trafen weiter im Süden Siedler aus Korinth ein, und wie man hört, kamen sie nicht auf vier Schiffen, sondern auf neun. Der Ort heißt Syrakus und hat – wie man hört – eine ideale Lage auf einer landnahen Insel mit einem unermeßlich weiten fruchtbaren Hinterland. Es ist abzusehen, daß diese Stadt in einigen Jahrzehnten auf das Vielfache ihrer heutigen Größe anwachsen wird. Wir müssen dem etwas entgegensetzen. Es geht ja nicht nur um den Boden, auch der Handel spielt eine zunehmende Rolle, und wir wollen uns von den Korinthen nicht das Wasser abgraben lassen.

Ich habe nun mit einer kleinen sikulischen Siedlung im Süden Fühlung aufgenommen. Sie heißt Xintia, liegt in einer sehr fruchtbaren Ebene, etwa fünfzig Stadien von der Küste entfernt. Ein paar Griechen leben schon dort, und auch die Sikuler sind durchaus bereit, Neusiedler aufzunehmen.»

Natürlich stimmten wir dem Vorschlag unseres Archons zu,

und als kurz darauf zwei Auswandererschiffe aus Euboea eintrafen, schickte Thukles sie gleich nach Süden weiter. Sie nannten ihre Stadt später Leontinoi, doch auch sie wurde bald zu klein.

Eine Tagesreise von ihr entfernt gab es nach den Berichten von Fischern einen idealen Naturhafen, den die Sikuler schon länger nutzten, und dort entstand Katane, das sich bald mit Naxos messen konnte. Alte Sikuler hört man allerdings sagen, der Ort sei unglücklich gewählt, da der Feuerberg ihn gefährde, aber das ist wohl ein Gerücht. Unsere Stadt scheint in dieser Beziehung jedenfalls sicher zu sein. Vor acht Jahren spie der Berg einen gewaltigen Feuerstrom aus, der sich etwa vierzig Stadien von Naxos entfernt elf Tage lang ins mächtig aufdampfende Meer ergoß. Ich habe das, wie viele andere, von einem Hügel aus beobachten können –

Hier bricht der Bericht des Kriton aus Naxos ab. Vielleicht fehlte ihm die Lust weiterzuschreiben, oder es hinderten ihn Krankheit und Tod daran. Ergänzend wäre noch nachzutragen, daß der Stadt Naxos nur etwa drei Jahrhunderte gegönnt waren. Dreihundertundzweiunddreißig Jahre nach ihrer Gründung wurde sie durch Dionysios, den Tyrannen von Syrakus, zerstört. Er drang in die Stadt durch Verrat ein und verkaufte die Überlebenden in die Sklaverei. An ihrer Stelle gründete er auf einer luftigen Anhöhe hoch über dem Meer die befestigte Siedlung Tauromenion. Das zerstörte Naxos wurde nie wieder besiedelt und versank im Dunkel der Geschichte.

Die Flucht nach Syrakus

> Zur gleichen Zeit blühte Sappho,
> dieses wunderbare Wesen; denn so
> weit die geschichtliche Erinnerung
> reicht – und das ist eine lange Zeit –,
> hat es unseres Wissens keine Frau
> gegeben, die sich nur im geringsten
> mit ihr hätte messen können in der
> Dichtung.
>
> *Strabon von Amareia*

I

Zuerst hatten ihre Brüder sich ausgeschwiegen. Zorn, verletzter Stolz, die Demütigung, von neuem ins Exil gehen zu müssen, hatte ihre Gesichter finster und ihre Lippen schweigsam gemacht. Doch Larichos, der Jüngste, ihr Liebling, bei dem sie einige Jahre die Mutterstelle vertreten hatte, Larichos begann von selber zu reden, als sie am zweiten Tag auf dem großen Dreiruderer nach Westen fuhren.

Larichos zog im steifen Nordwind den Wollumhang fester und kauerte sich auf das Deck nieder. Sein junges, argloses, etwas trotziges Gesicht war bartlos, denn er schabte sich den dürftigen Haarwuchs jeden Morgen ab. Wenn er einen Bart trage, so sagte er, so müsse es ein richtiger sein, und da habe er wohl noch etwas zu warten.

Sappho liebte diesen Bruder, den Letztgeborenen, den um fast ein Jahrzehnt Jüngeren. Sie nahm auf einem Klappstuhl Platz, stellte die sechsjährige Tochter zwischen ihre Knie und umschlang den zarten Körper mit beiden Armen.

«Nicht so fest...», maulte Kleis, doch Sappho meinte: «Du fällst mir nur ins Wasser, wenn ich dich aus den Augen verliere. Jetzt laß deine Zunge etwas ausruhen, weil Larichos mir etwas erzählen möchte.»

«Einmal wird Pittakos es büßen müssen!» zürnte der junge Mann, «kämpft zuerst auf unserer Seite gegen den Tyrannen, und als Myrsilos – und das war schon schlau – ihn mit einem hohen Amt bestach, wandte er uns feige den Rücken. Wie nennst du so etwas, Schwester? Jedes Schimpfwort wäre für dieses Stück Mist zu schade, doch ich verspreche dir...»

Sappho legte dem Bruder zärtlich die Hand auf den Mund.

«Versprich mir vorerst nichts. Erzähle mir lieber, wie Pittakos sich euch gegenüber benommen hat.»

«Ja, erzähle, aber so, daß es richtig gruselig ist!»

Larichos zog seine Nichte an sich und küßte sie.

«Gruselig ist es schon, mein Häschen, aber nur für Erwachsene. Für Kinder mag es eher langweilig sein.» Er wandte sich an Sappho.

«Du weißt ja, die Ladung kam plötzlich. Erigyos und ich wurden für den nächsten Morgen auf die Festung bestellt, zugleich mit anderen Verwandten unserer Sippe. Wir waren, wie gewünscht, eine Stunde nach Sonnenaufgang zur Stelle, und da leistete sich Pittakos die Frechheit, uns über drei Stunden warten zu lassen! Mit unserem Vater hätte er nicht so umspringen können... Er empfing uns und die Verwandten zerstreut, fragte, warum wir gekommen seien, bis unser Onkel Klytos als Ältester das Wort ergriff und ziemlich scharf entgegnete, daß nicht wir etwas von ihm wollten, sondern er etwas von uns. Pittakos wurde gleich verbindlicher, sprach von Arbeitsüberlastung, machte eine Pause, sah uns bedeutsam und, wie es schien, etwas traurig an, und sagte: ‹Bei der letzten Adelsversammlung wurde ich leider überstimmt, meine Freunde. Die Herren hielten es für richtig, euch von der Insel auf unbestimmte Zeit zu verbannen. Ich konnte gerade noch verhindern, daß das Urteil *auf Lebenszeit* lautete. Auch euer Vermögen soll beschlagnahmt werden, doch das könnte ich verhindern... Ich finde schon Strohmänner, die euch euren Besitz abkaufen, und wenn ihr zurückkehrt... nun, das ist ein Tausch, weiter nichts. In mir habt ihr einen Freund, das wißt ihr ja.› Und die Götter lähmten ihm bei diesen Worten nicht die Zunge!»

Larichos sprang empört auf.

«Ein schöner Freund! Er läßt uns davonjagen, stiehlt unser Vermögen und schiebt das Urteil auf die Adelspartei. Als geschähe in Mytilene irgend etwas ohne seinen Wunsch und Willen! Hält er uns für dumme Jungen? Gehören wir nicht einer der ältesten Adelsfamilien an, älter als die seine? Daß unser Vater an seiner Seite kämpfte, als es darum ging, Melanchros zu stürzen, hat er wohl vergessen!»

«Vater ist lange tot; mit uns fühlt er sich vielleicht weniger verbunden. Seit er seine Tyrannei errichtet hat, stören wir ihn nur.»

«Ja, Sappho, das ist es! Wir stören ihn, weil ihn unsere Familie an seinen Treubruch erinnert. Aus den Augen – aus dem Sinn! Dann bleiben nur die Speichellecker übrig, die sich um ihn scharen. Wir können froh sein, daß wir unter solchen Verhältnissen nicht mehr auf Lesbos leben müssen!»

Sappho stand auf und sagte: «Bring die Kleine unter Deck, und laß mich jetzt alleine, Brüderchen.»

«Komm, Kleis! Fang mich!»

Larichos lief ein paar Schritte weg und versteckte sich hinter einer Taurolle. Mit einem Jubelschrei stürzte das Kind ihm nach. Sappho ging zur Reling und blickte auf das sanft bewegte, tiefblaue Meer.

Wo mochte Alkaios jetzt sein? Dieser heißblütige Sproß aus altem Adel war ein scharfer Gegner des Pittakos und hatte noch vor Sapphos Familie die Insel verlassen. Es hieß, er sei nach Ägypten gegangen. Er, der selber ein begabter Dichter war, wies als erster auf Sapphos Lieder hin und wurde nicht müde, ihre Verse zu preisen. Als Kerkylas, Sapphos Ehemann, vor zwei Jahren starb, gab es viel Gerede um sie und Alkaios. Der aber war glücklich verheiratet, und so regen Anteil er an Sapphos dichterischer Entwicklung nahm, so wenig beschäftigte sie ihn als Frau. Sie waren beide von Adel, lebten in derselben Stadt, und an beider Wiege war Erato, die Muse mit der Lyra gestanden. Alkaios war weithin bekannt für seine Hymnen auf Götter und Helden; nicht weniger aber für seine Stasiotika, seine von Leidenschaft geprägte Tagesdichtung, die jede nur mögliche Stimmung umfaßte. Haß wechselte ab mit Jubel, Verzweiflung mit Kampfesstimmung; er verwünschte die Tyrannen und pries den Wein, doch Liebeslieder und Naturschilderung waren bei ihm selten, so daß er zu Sappho einmal sagte:

«Was ich unterlasse, weil ich fühle, daß meine Feder zu rauh ist für Liebeslieder und den Preis der Natur, das gleichst du in reichlichem Maße aus, verehrte Freundin. Du tust es in neuen kühnen Worten, in einer vollendeten Sprache, voll Wohllaut und Rhythmik. Ich bewundere dich, Sappho, und ein wenig beneide ich dich auch.»

Sie war damals bei diesem Lob errötet, hielt es für übertrieben, doch ihre Lieder im aiolischen Griechisch drangen schnell über Lesbos hinaus. Der sanft-leidenschaftliche Ton ihrer Lyrik begeisterte die Menschen überall in Hellas, und wo man das Aiolische schlecht verstand, wurden ihre Verse in andere Dialekte übertragen. So hörte sie vor einiger Zeit von Verwandten aus Syrakus, daß dort an der von den Gamoroi, den Adligen, für ihre Söhne eingerichten Schule ihr Lied an Aphrodite gelehrt wurde, und zwar in dorischer Übertragung, denn die Stadt war von Korinthern gegründet worden.

Sappho lächelte, als sie an ihren Hymnus dachte, weil er zu ihren geschätzten Liedern gehörte und sie ihn immer wieder vortragen mußte: «So höre auch du, Poseidon, das Lied an deine göttliche Bruderstochter, die an Land nicht weniger Verehrung genießt, als du an den Küsten und auf den Schiffen.»

Sappho erhob laut ihre Stimme gegen den Wind und das Rauschen des Meeres.

«Steige herab vom Himmel
und komm hierher ins heilige Tal,
wo von Apfelbäumen ein lieblicher Hain
erblüht und der Weihrauch auf den Altären schwelt.

Kühles Wasser rauscht durch
die Apfelzweige, Rosen beschatten den Hang
und von bebenden Blättern
senkt sich der Schlummer hernieder.

Da breitet sich eine Wiese, den Pferden zur Weide,
bunt prangt sie im Schmuck der Frühlingsblumen
und süßen Duft verströmt das Aniskraut;

Komm denn Kypris, schmücke mit Kränzen dein Haupt
und schenke zum Fest
den Nektar in goldenen Schalen…»

Sappho wandte sich um und blickte dem grinsenden Erigyos ins Gesicht. Von ihren drei Brüdern mochte sie diesen am wenigsten, doch sie ließ sich nichts anmerken.

«Hast ein Gebet an Poseidon gerichtet, Schwesterchen? Wenn man Glück hat, hört der Alte sogar zu. Manchmal aber scheint ihm der Seetang die Ohren zu verstopfen…»

«Lästere nicht!» gebot Sappho zornentflammt. «Du vergißt, daß wir sein Reich befahren und nur durch seine Gunst den sicheren Hafen erreichen werden.»

Erigyos zuckte die Schultern. «Nicht jeder ist so fromm wie du. Heute bei Sonnenaufgang hat unser Kapitän den Aiolos geopfert; denn ohne einen guten Wind müssen die Männer rudern, und die Reise kann um vieles länger dauern.»

Sappho schwieg und wandte sich ab. Erigyos spielte sich als Haupt der Familie auf, seit Charaxos, ihr ältester Bruder, häufig in Geschäften unterwegs war und manchmal das halbe Jahr in Ägypten verbrachte. Wo er sich jetzt aufhielt, wußte niemand. Daß Pittakos ihn nach seiner Rückkehr festnehmen ließ, war kaum anzunehmen, denn Charaxos hatte sich niemals politisch betätigt und pflegte zu sagen: Mir ist jede Herrschaft recht, solange sie nicht die Steuern erhöht.

Kaufleute müssen wohl so sein, dachte Sappho, doch ganz so war es bei Charaxos nicht. Er hatte sich auf die Ausfuhr von Wein aus Lesbos verlegt und belieferte hauptsächlich Naukratis, eine vor wenigen Jahrzehnten gegründete griechische Handelsstadt im westlichen Nildelta.

Ja, dachte Sappho stolz, der Geist von Hellas dringt nun auch nach Süden, nach Ägypten, und hat nun schon das ganze Mittelmeer bis weit in den Westen erfaßt.

Da drängte sich Charaxos wieder in ihren Sinn, der zwar ein nüchterner Kaufmann war, den man schwer übers Ohr hauen konnte, der aber der berühmtesten Kurtisane von Naukratis so verfallen war, daß er sie freikaufte und damit sein Vermögen ruinierte. Rhodopis wurde sie dort genannt, die Rotwangige.

Auch Sapphos Wangen wurden rot vor Zorn, wenn sie an jenen Skandal dachte. Das Mädchen gehörte einem Händler aus Samos, der sie zu hohen Summen auslieh und durch ihren Besitz zum reichen Mann wurde. Was mag sie ihm vorgejammert haben, unserem Charaxos, wenn er ihr beilag und sie ihr Sklavendasein verfluchte, wort- und tränenreich…

Charaxos kehrte damals als armer Mann zurück und berichtete trotzig, daß er sein Vermögen für eine Hure verschleudert hatte. Da setzte ihm der Familienrat so zu, daß er bei allen Göttern schwor, sich dieses Mädchen aus dem Herzen zu reißen.

Sapphos keuscher Sinn empörte sich gegen Frauen, die ihren Körper verkauften; sie fand dafür keine Entschuldigung – auch nicht für die Männer. Wenn ihr Samen sie bedrängte, so gab es immer dienstwillige Epheben, «aber die Frauen und Mädchen laßt in Ruhe!» flüsterte Sappho leidenschaftlich in den Wind.

2

Aus den Aufzeichnungen des Eppigenes, Lehrer, Priester, Tempelschreiber und Stadtchronist von Syrakus:

Gestern rief mich der Archon am frühen Morgen zu sich. Er ist der vielleicht durchaus richtigen Meinung, daß ich bei wichtigen, unsere Stadt betreffenden Ereignissen zugegen sein sollte; denn – wie er sagte – ein Chronist müsse aus der unmittelbaren Anschauung schöpfen, sonst entarte er zum Historiker, zum Berichterstatter aus zweiter Hand, und denen sei von vornherein nicht zu trauen.

«Sieh dir doch einmal den Bericht des Homeros an! Nun, das ist kein Historiker, aber er schildert geschichtliche Ereignisse, von denen wir wissen – jetzt komme ich durcheinander… Also ich wollte sagen, von denen wir annehmen, daß sie stattgefunden haben. Und wie sieht das aus? Die Belagerung und Eroberung einer Stadt – in der Geschichte ein alltäglicher Fall – wird dargestellt als mythisches Ereignis, bei dem ständig die Götter – ich ehre und achte sie! – in eigener Person auftreten. Auch ich habe Schlachten miterlebt, aber ich kann dir sagen, da zeigt sich kein Gott! Du stehst da mit deinem Schwert und schaust deinem Gegner ins Auge, ins kampfbereite, mordlustige…»

Der Archon räusperte sich verlegen.

«Warum erzähle ich dir das alles?»

Ich lächelte leise.

«Vermutlich, um mir zu beweisen, daß Historiker lügen. Dich aber, hochverehrter Meletos, Archon dieser ehrwürdigen Stadt, darf ich daran erinnern, daß Homeros ein Dichter war. Ein Dichter und kein Historiker.»

«Dichter lügen auch!» sagte Meletos, und es klang ein wenig verächtlich.

«Verzeih, aber ein Dichter lügt nicht. Ein Dichter gestaltet einen historischen Stoff nach seinem Ermessen oder erfindet ihn neu.»

Der Archon runzelte die Stirn.

«Brauchst mich nicht zu belehren, Eppigenes. Jeder Gebildete weiß, daß Dichter erfinden. Jeder weiß es… Halt! Damit sind wir schon beim Thema. Ist dir eine Dichterin namens Sappho bekannt? Die Tochter des Skamandros aus Lesbos?»

Bei allen Musen, dachte ich bestürzt, was weiß dieser ungebildete Holzklotz von der göttlichen Sappho?

«Wer kennt sie nicht, die begnadete Sängerin aus Mytilene? Jeden ihrer Verse, der hierher gelangt, zeichne ich auf, und zwar in beiden Dialekten: Aiolisch und Dorisch. Auf diese Weise leiste ich meinen bescheidenen Beitrag…»

«Jetzt hör schon auf mit deinem Geschwätz! Du kennst sie also?»

«Ich kenne einen Teil ihres Werkes», sagte ich steif und ärgerte mich wieder einmal über die Unhöflichkeit dieses Mannes. Er glaubt, weil er den Gamoroi angehört, kann er alle anderen wie Kyllyrioi, wie Sklaven, behandeln. Schließlich bin ich ein freigeborener Grieche und kein Sikuler!

Der Archon nickte zufrieden.

«Das ist gut, damit ersparen wir uns möglicherweise gewisse Peinlichkeiten. Schreibe mir irgend etwas auf, ein paar Verse nur, die leicht zu merken sind, und ich kann sie dann in die Unterhaltung einstreuen. Diese Sappho soll nicht glauben, daß sie zu den Hyperboreern kommt. Auch Sikelia ist Hellas!»

Da ich weiß, daß dieser dünkelhafte Holzklotz von Meletos sich mit dem Lesen ziemlich schwer tut, verzichtete ich darauf, ihm die Versstrophe aufzuschreiben, und so übten wir ein:

> *«Reiterheere mögen die einen, andere*
> *halten Fußvolk oder ein Heer von Schiffen*
> *für der dunklen Erde köstlichstes Ding, – ich aber*
> *das, was man lieb hat.»*

«Das kann nur einer Frau einfallen», meinte Meletos kopfschüttelnd, doch er war froh, auf diese Weise etwas gerüstet zu sein. Für diesen Abend war im Buleuterion ein Symposion für Sappho und ihre Familie geplant. Neben den Ratsmitgliedern, den Priestern und Amtsträgern sollte auch ich daran teilnehmen.

Jeder, der einen Menschen verehrt, den er noch nie gesehen hat, trägt eine bestimmte Vorstellung im Herzen. Ich sah die verehrte Sappho als ein Mischwesen aus Demeter, Artemis und Aphrodite; eine unsinnige Vorstellung gewiß, doch all das: Jungfräulichkeit, Mütterlichkeit und Schönheit strahlten ihre Lieder aus, und ich war so einfältig, Sappho im Spiegel ihrer Dichtung zu sehen.

Daß eine Frau zu einem Symposion geladen wurde, war ungewöhnlich – eine Frau aus gutem Haus und keine Hetäre.

Der Amtsdiener öffnete weit die Tür und verkündete: «Es erscheint der edle Klytos aus Mytilene auf Lesbos, Bruder des Skamandros, sowie seine Brudersöhne Erigyos und Larichos, dazu deren Schwester Sappho.» Wir erhoben uns und wurden vom Archon einzeln vorgestellt. Ich blickte Sappho an wie eine Erscheinung. Ich hatte diese kleine unscheinbare Frau zuerst für eine Dienerin gehalten, zugleich aber fiel mir ein, daß die Bedienten in der Regel nicht zu einem Symposion erschienen.

Ihr Gesicht war von bräunlicher Farbe, die gewellten Haare lagen straff am Kopf, dazu die kräftige Nase und der kleine empfindsame Mund – nichts davon konnte man als besonders schön oder ungewöhnlich bezeichnen. Es war ein stilles unauffälliges Gesicht, wären da nicht die Augen gewesen. Sie waren nicht sehr groß, aber ungewöhnlich dunkel und brannten in einem Feuer, als schüre Hephaistos in ihnen eine heftige Glut.

Als ich ihre Stimme hörte, erstaunte ich über ihren vollen dunklen Klang. Es war eine warme weibliche Stimme, ausdrucksvoll und geschult.

Meletos setzte zu einer schwungvollen Begrüßungsrede an; wir hatten sie zusammen eingeübt. Er besaß ein hervorragendes Gedächtnis, und was er einmal im Kopf hatte, das ging nicht verloren.

«Hochverehrte Gäste aus der edlen Familie des Skamandros. Eure Heimat wird von einem Tyrannen beherrscht, und ihr habt ihr den Rücken gekehrt – aus Haß auf die Herrschaft eines einzelnen; denn es lag gewiß nicht in der Absicht der Götter, einen einzigen Mann über Tausende anderer freier Menschen zu setzen und diese somit zu einem Sklavendasein zu verdammen. In Syrakus seid ihr herzlich willkommen als Freie unter Freien, und so wahr ich der gewählte Archon dieser Stadt bin – ich versichere und verspreche euch, es wird euch an nichts fehlen, Syrakus wird euch die Heimat ersetzen, bis der Tyrann gestürzt und Lesbos wieder frei ist.»

Auf diese Art fuhr Meletos noch lange fort, und zusammen mit einem Gähnen mußte ich auch ein boshaftes Lächeln unterdrükken. Mochte er noch so viel von Freiheit reden und von dem einen, der auf anmaßende und gottlose Weise alle anderen beherrscht; wer die Lage in unserer Stadt kennt, muß sich fragen, worin denn der Unterschied besteht zwischen etwa einem Dutzend von Adelsfamilien, die – zu einer Oligarchie vereint – alles besitzen und alles beherrschen, und einem König oder Tyrannen, der das gleiche tut, aber meist auch von den großen und einflußreichen Familien abhängig ist. Das ist nur eine andere Form der Herrschaft, doch für die Leute mit kleinem Besitz, für die Handwerker und Händler, läuft es auf das gleiche hinaus.

Ganz zuletzt würdigte Meletos die Ankunft der berühmten Dichterin, und was ich hörte, waren im Grunde meine Worte.

«Mit dir, hochedle Sappho, haben die Götter den Griechen eine Dichterin und Sängerin geschenkt, wie sie die dunkle Erde noch niemals gesehen hat, und es ist als wolle die Muse Erato der Welt in Menschengestalt einen Besuch abstatten. Wenn dein Dichtergenosse Alkaios – auch er mußte vor der Tyrannis die Flucht ergreifen – in kraftvollen männlichen Liedern die Freuden des Krieges und des Weines feiert, so hat Hellas in dir sein weibliches Gegenstück gefunden, denn du verkündest:

> Reiterheere mögen die einen, andere
> halten Fußvolk oder ein Heer von Schiffen
> für der dunklen Erde köstlichstes Ding; ich aber
> das, was man lieb hat.

Damit gibst du zu bedenken, was deinem Gefühl nach Vorrang haben sollte, auf einer Welt, die nur zu leicht und nur zu gerne dem Streit und Hader verfällt.»

Ja, er brachte es nicht ungeschickt heraus, unser Archon, was ich mit ihm, mühsam genug, einstudiert hatte.

Klytos, als Haupt der Familie, bedankte sich in einer knappen Rede, wobei er betonte, daß er und seine Familie der Stadt keineswegs zur Last fallen wollten. Ein Zweig der Familie lebe hier und würde für alles aufkommen. Es fiel ihm nicht leicht, diese Dinge auszusprechen, und ein von ihm vielleicht nicht gewollter unwirscher Ton war unüberhörbar.

Nach ihm ergriff Sappho das Wort, und damit erklang in dieser ehrwürdigen Halle zum ersten Mal eine weibliche Stimme. Einige der Herren blickten erstaunt auf, andere räusperten sich verlegen, und es wurde still wie in einer Grabhalle.

«Hochverehrter Archon, edle Herren. Ich schließe mich dem Dank meines verehrten Onkels an, doch es drängt mich, noch etwas dazu zu sagen. Heimat ist etwas, das wir im Herzen tragen, das von Kindheit an in uns wächst, das uns in die Fremde begleitet, und kein Ereignis – sei es nun ein Erdbeben oder die Herrschaft eines Tyrannen – kann die Heimat in uns zerstören oder auslöschen. Neben dieser angeborenen Heimat aber gibt es eine andere, eine von unseren Sinnen erwählte oder von unserem Verstand gutgeheißene – sie mag uns geschenkt oder aufgezwungen sein. So scheue ich mich nicht zu sagen, daß Sikelia, die anmutige, von Korn, Wein und Früchten überquellende Insel mit der schönen Stadt Syrakus jetzt meine Heimat ist. Ich rieche den Duft ihrer Blumen, labe mich an ihren Quellen, genieße den Schatten ihrer Bäume, schreite auf ihrer fruchtbaren Erde und höre im Wind die Stimme Sikelias, die mir zuflüstert: Sei willkommen, Sappho, gerne trage ich die Last deines Körpers, vielleicht schenkst du mir dafür einige deiner Lieder.»

Sappho schwieg, ein leises Lächeln lag auf ihren Lippen, und die dunklen brennenden Augen blickten hinaus auf den Säulengang, den das rotgoldene Abendlicht mit flammendem Kupfer überzogen hatte.

Dann wandte sie sich wieder zu der atemlos lauschenden Versammlung.

«Meine Antwort an die Insel war: Ja, ich tue es.»

Ein tosender Beifall lohnte ihre von Herzen kommende Rede, denn wer fühlte sich nicht geschmeichelt, wenn seine Heimat auf solche Weise gepriesen wird.

Nun aber zu dem, was mich an diesem denkwürdigen Abend am stärksten bewegt hat. Ich sprach davon, daß wir unseren Gästen einzeln vorgestellt wurden. Ich war natürlich unter den letzten, weil die hier herrschende Adelssippe sich über alle anderen erhaben dünkt. Als der Saaldiener verkündete:

«Dies ist der Lehrer, Tempelschreiber, Hilfspriester und Stadtchronist Eppigenes!», sah ich, wie Sappho aufhorchte und ihre flammenden Augen auf mich richtete.

«Dann warst du es, ehrenwerter Eppigenes, der seinen Schülern meine Lieder vermittelte? Meine Verwandten aus Syrakus haben mir davon berichtet.»

Auf einmal stand ich, der sonst wenig beachtete Schreiber, im Mittelpunkt der Aufmerksamkeit. Freude und Stolz schwangen mit in meinen Worten, als ich sagte:

«Ja, hochedle Sappho, jeden deiner Verse nehme ich entgegen wie ein Geschenk vom Himmel und setze alles daran, deine klingenden Worte in unser dorisches Griechisch zu übertragen. Eine wunderschöne Aufgabe, die mein Herz vor Freude schneller schlagen läßt.»

«Das hast du schön gesagt, mein Freund, damit hast auch du mir ein Geschenk gemacht. Gestattest du mir einen Besuch in deiner Schule? Es wäre mir ein Herzenswunsch.»

Ja, und da fand ich sie plötzlich schön, diese Dichterin aus Lesbos; anmutig, hoheitsvoll, und schämte mich zutiefst, sie beim ersten Eindruck für eine Dienerin gehalten zu haben.

Von da lebte ich nur noch in der Erwartung ihres Besuchs. Eine seltsame Scheu hinderte mich daran, meinen Schülern von ihr und ihren Absichten zu erzählen. Ihre Worte an mich waren ein Schatz, den ich tief in meinem Herzen verschloß. Was mochte es dieser lauten und ungebärdigen Rasselbande auch schon bedeuten, wenn ich von der Göttlichen sprach? Für die meisten dieser Burschen war das Erlernen von Gedichten eine Zumutung, die ihnen nur ein heftig und regelmäßig angewandter Stock schmackhaft machen kann. Das soll nun nicht heißen, daß ich mein Amt als Lehrer verabscheue. Es ist notwendig, voll Verantwortung und hat auch seine freudigen Seiten. Aber es ist hier in der Schule der gleiche Jammer wie überall in Syrakus: Die Söhne des Adels dünken sich weit besser als die anderen, und ich werde nicht müde, ihnen zu zeigen, daß dies vielleicht überall sonst, doch nicht für die Schule gilt. In unserer Stadt leben noch einige freie Sikuler – alle anderen sind Halbfreie oder Sklaven –, zwei ihrer Söhne besuchen meine Schule, doch kaum einer aus den Adelssippen ist bereit, ihnen die Freundeshand zu reichen. Manchmal – und nur zögernd schreibe ich es hin – sehne ich mich nach der Faust eines Tyrannen, der diese in sich verfilzte und maßlos dünkelhafte Oligarchensippe das Fürchten lehrt.

Von Tag zu Tag erwartete ich ihren Besuch und erfand für sie immer neue Entschuldigungen. Sie wird bei den Verwandten herumgereicht, sagte ich mir, wird diese und jene Pflichten haben; vielleicht sogar rät man ihr aus Gründen der Schicklichkeit ab, sich in der Schule zu zeigen. Als mir die Entschuldigungsgründe ausgingen und sich unziemliche Gedanken anmeldeten, verschloß ich mein Herz und dachte: Eine Sappho ist nicht an irdischen Maß-stäben zu messen; sie lebt wie die Götter in einer zeitlosen Welt.

Und dann war sie plötzlich da. Sie erschien in einer Sänfte, von zwei Dienerinnen begleitet und platzte in meinen Unterricht, der bei ihrem Erscheinen sofort eine andere Gestalt annahm.

«Ich bin Sappho aus Lesbos, die Dichterin. Euer Lehrer, der verehrte Eppigenes, hat sich um mein Werk verdient gemacht – das wollte ich euch nur sagen. Und jetzt werde ich – wenn Eppigenes es gestattet – für eine Weile den Unterricht übernehmen.»

Sie schaute mich fragend an, und ich senkte den Blick unter ihren flammenden Augen.

Ich versuchte zu scherzen.

«Jeder soll mir willkommen sein, der dieses schwere Amt für eine Weile von meinen Schultern nimmt.»

Sie lächelte mir zu wie eine Verschwörerin und wandte sich dann an die Schüler.

«Ihr seid hübsche, ansehnliche Burschen, und ich muß anneh-men, daß sich einige von euch schon verliebt haben. Stimmt es?»

Die Rasselbande wagte keinen Laut. Sappho, die kleine zierliche Sappho, schlug sie alle in ihren Bann. Zwar grinsten einige ganz schwach, aber keiner wagte eine Antwort.

«Da die Proteste ausbleiben, darf ich voraussetzen, daß es so ist. Wer sich verliebt, heftig und plötzlich verliebt, hat Empfindungen, die ihn überraschen, verstören, ihm zumindest seltsam erscheinen. Ihr alle seid junge Männer, und nun stellt sich die Frage: Was empfindet ein Mädchen dabei? Das Glück? Oder etwas Ähnliches? Oder vielleicht sogar etwas ganz anderes? Hört also zu!

> *Scheint er nicht den seligen Göttern ähnlich,*
> *Jener Mann, der dort gegenüber, von dir*
> *Sitzen darf und nahe den Klang der süßen*
> *Stimme vernehmen.*
>
> *Und des Lachens lieblichen Reiz! Das hat mir*
> *Starr gemacht das Herz in der Brust vor Schrecken.*
> *Schon ein Blick auf dich, und es kommt kein Laut mehr*
> *Mir aus der Kehle.*

Ach, die Zunge ist mir gelähmt, ein zartes
Feuer rieselt unter der Haut mir plötzlich,
Nichts vermag mein Auge zu sehn, ein Rauschen
Braust in meinen Ohren.

Und der Schweiß rinnt nieder an mir, das Zittern
Packt mich ganz, noch fahler als Gras des Feldes
Bin ich; wenig fehlt, und in tiefer Ohnmacht
Schein' ich gestorben.

Aber alles kann man ertragen…»

Das herrliche Gedicht brachte die Burschen in Verwirrung, und einer faßte den Mut zu einer Frage.

«Edle Sappho – entschuldige – aber mir scheint… mir scheint, als sei hier ein Mädchen auf ein anderes eifersüchtig, nämlich auf die Braut oder die Freundin jenes in der ersten Strophe genannten Mannes…»

Sappho lächelte.

«Ich sehe schon, euch kann man nichts vormachen. Da nun Dichtung nicht das Alltägliche, sondern das Außergewöhnliche behandeln soll, oder zumindest versuchen muß, aus dem Alltäglichen etwas Außergewöhnliches zu machen, habe ich die von Eifersucht erschütterte Liebe eines Mädchens zur Braut und nicht zum Mann besungen. Doch ich kann euch sagen, die Gefühle sind die gleichen, und mancher von euch mag etwas Ähnliches empfunden haben, wenn sein Herzensfreund sich einem anderen zuwandte.»

Es wurde uns allen kaum bewußt, daß Sappho aiolisch sprach und vortrug. Bei dieser Form des Griechischen werden die Endsilben niemals betont, auch fehlen die Hauchlaute nach manchen Konsonanten. Aber der Zauber dieser dunklen, weichen und doch kräftigen Stimme ließ uns diese Unterschiede vergessen.

Als ich die Dichterin hinausbegleitete, blieb sie im Säulengang stehen.

«Du warst enttäuscht, weil ich so lange nicht kam? Hieltest mich für wortbrüchig?»

Ich wollte etwas antworten, doch sie legte ihre kleine zarte Hand auf meinen Arm.

«Höre, Eppigenes, ich tat es nicht ohne Grund. Es sah eine Weile so aus, als könnten wir gleich wieder zurückkehren, doch das Gerücht vom Tod des Pittakos war falsch. Ich konnte das Haus nicht verlassen, weil wir täglich auf neue Nachrichten warteten. Nun, mit dieser Hoffnung ist es vorbei, es scheint, daß Syrakus jetzt für Jahre unsere zweite Heimat wird. Und so möchte ich dich bitten – wenn deine vielfältigen Pflichten es erlauben –, vier- oder fünfmal im Monat unser Gast zu sein, und mich in die Geheimnisse des dorischen Griechisch einzuführen. Die Unterschiede sind ja nicht sehr groß, aber ich möchte das Dorische wie eine zweite Sprache beherrschen. Bei dieser Gelegenheit könnten wir mein bisheriges Werk so nach und nach übertragen. Auf Sikelia leben doch auch andernorts viele Griechen. In welchen Orten gibt es noch Schulen und Bibliotheken?»

Das war nun eine Frage, die ich im Traum beantworten konnte.

«An der Ostküste wären dies Leontinoi, Katane, Naxos und Zankle, im Norden Himera und Panormos, an der stärker besiedelten Südwestküste sind dies vor allem Selinus und Akragas.»

Sappho lächelte und blickte mich mit ihren brennenden Augen freundlich an.

«Viel Publikum, nicht wahr? Mein Freund Alkaios – wie du weißt, ein rechter Männerdichter – wird dort ohnehin mit seinen hinreißenden Saufliedern bekannt sein. Die kennst du doch auch?»

Dann zitierte sie in spöttischem Ton:

> «Schütte kühlenden Wein
> über das Herz!
> Siehe, der Sirius steigt!
> Dieser Sommer ist schwer.
> Glutüberhaucht
> dürstet die ganze Welt,

und die Baumgrille singt
süß aus dem Laub…

Ja, das klingt schon gut in den Ohren der Männer, da greift man um so lieber nach dem Becher. Ist es nicht so?»

Ich lachte verlegen, denn auch ich schätze Alkaios.

«Warum soll ich lügen, edle Sappho. Die Lieder des Alkaios sind bei den Symposien beliebter als alle anderen…»

«Das hat mein Freund auch verdient! Du kennst dich in der Dichtung aus, Eppigenes, und weißt deshalb auch, daß es gleichgültig ist, wen oder was man besingt. Das kann eine Blume sein, eine Wolke, ein funkelnder Schild, der Geliebte oder einer unserer Götter – es kommt nur darauf an, wie man es tut. Der Stümper wird den blühenden Rosenstrauch mit matten, unzutreffenden Worten besingen, alle gähnen dabei und sehen eine vertrocknete Distel. Der wahre Dichter aber kann eine vertrocknete Distel mit schönen und flammenden Versen in ein Wunder verwandeln. Alkaios kann es!»

«Du kennst und schätzt ihn?»

«Wir sind beide auf Lesbos geboren. Er ist um einiges älter, und ich kann mich erinnern, daß ich als acht- oder zehnjähriges Mädchen nachts durch unser Haus schlich, wenn die Männer im großen Speisesaal ihre Symposien abhielten. Da lauschte ich seinen Liedern, und es wurde mir ganz seltsam zumute.

‹Trinken laß uns, bevor
Fackeln erglühen,
Ist doch der Tag ein Zwerg.
Hebt die Becher empor…›

Am nächsten Morgen fragte ich meine Aufwärterin, was es bedeute, wenn der Tag ein Zwerg sei. Sie sah mich nur verdutzt an und meinte, ich habe wieder einmal wirres Zeug geträumt. Ja, so geht es uns Dichtern: man unterstellt uns, wir träumten nur wirres Zeug…»

«Nicht jedermann findet das Tor zum Haus der Muse Erato», sagte ich steif.

86

Sappho winkte ihrer Sänfte und stieg ein.

«Das Tor zu meinem Haus steht dir jedenfalls offen, verehrter Eppigenes. Besuche mich bald!»

3

Das Gespräch mit der Dichterin hatte mich in Verwirrung gestürzt. Ich schreibe nun hin, was niemand weiß, und was ich ihr – als einzigem Menschen – offenbaren wollte, ich dichte auch. Ja, auch ich quäle mich mit Jamben, zähle die Silben, und sehe am Ende, daß es doch nichts Großes geworden ist. Ihr nun wollte ich meine besten Verse zeigen, als Bruder im Geist, als Diener Eratos, doch sie hat mir den Mut genommen, als sie vom Rosenstrauch sprach, der unter der Feder des schlechten Dichters zur vertrockneten Distel wird.

Zum Glück bleibt mir nicht viel Zeit zum Grübeln, denn meine vielfältigen Aufgaben fordern den ganzen Mann. Am meisten beschäftigen mich meine Ämter als Lehrer und Stadtchronist; Priestergehilfe bin ich nur an den hohen Feiertagen, wenn Umzüge vorbereitet, Chorsänger aufgestellt und Opfergaben verstaut werden müssen. Unser Apollon-Tempel ist weithin bekannt und zählt zu den ältesten griechischen Weihestätten auf Sikelia. Soviel ich weiß, gab es bei den Sikulern nichts dergleichen. Auch sie werden ihre Götter verehrt haben, doch ist nichts davon bekannt, daß sie ihnen Tempel errichtet hätten. ‹Darum taugen sie auch nur zum Sklaven›, habe ich den Archon einmal sagen hören, doch ganz logisch scheint mir das nicht.

Nun aber möchte ich von meinem ersten Besuch im Haus der Sappho berichten. Freilich ist es nicht ihr Haus, sondern das ihrer Verwandten, ich kann mich aber des Eindrucks nicht erwehren, daß die starke Persönlichkeit dieser Dichterin alle Dinge verwandelt. Spricht sie von der Erde, wird es ihre Erde, besingt sie eine Quelle, wird es ihre Quelle.

Vielleicht empfinde nur ich es so, und alle anderen sehen in Sappho lediglich das Mitglied einer verbannten Adelsfamilie. Mit

87

wem aber sollte ich meine Empfindungen austauschen? Syrakus ist eine amusische Stadt, das muß leider gesagt werden. Es gibt hier viele tüchtige Handwerker und fähige Kaufleute; unsere Gamoroi tun alles, um mit ihren hörigen Bauern dem Boden das Äußerste abzuringen; auch unsere Kultstätten werden nicht vernachlässigt, und der Apoll von Syrakus wird sich über Mangel an Verehrung und Opfergaben nicht beklagen können. Des weiteren dürfen wir stolz sein auf die in mühsamer Arbeit geschaffene Landbrücke zwischen der Insel Ortygia – der Keimzelle unserer Stadt – und dem Festland, das wir nun trockenen Fußes erreichen können. Aber Dichter gibt es hier keinen – meine bescheidenen Versuche zählen nicht –, und es gibt nur wenige, die Dichtkunst zu schätzen wissen.

Gleich nach Sapphos Ankunft habe ich eine Botschaft an Stesichoros nach Katane gesandt, wo der große alte Chorlyriker jetzt lebt. Er mußte aus Himera fliehen, weil er in politische Händel verwickelt war. Sein Werk umfaßt – soviel ich weiß – über zwanzig Bücher und enthält epische Dichtung, einige Tragödien, auch Erzählungen aus den Sagenkreisen um Perseus, Herakles, Daphnis und anderes. Volkstümlich aber haben ihn seine Chorlieder gemacht, und so ist auch sein Name Stesichoros, der Chormeister, entstanden. Eigentlich heißt er Teisias und stammt aus Matauros in Unteritalien. Er muß jetzt schon sehr alt sein, ich habe länger nichts mehr von ihm gehört. Wir sind uns ein paarmal begegnet, und ich muß sagen, daß dieser Dichter äußerlich wie ein rechter Sauf- und Raufbold wirkt mit seinem verfilzten Bart und dem fleckigen Himation. Frauen und Wein scheinen ihn mehr zu beschäftigen als alles andere, doch wer ihn näher kennt, weiß, daß dies nur eine Maske ist. Sobald er spürte, wie sehr mir die Dichtung am Herzen liegt, haben wir nächtelang darüber diskutiert. Als er damals aus Syrakus abreiste, sagte er grinsend: «Eigentlich wollte ich ja einige eurer Frauen ausprobieren, aber du, Eppigenes hast mich auf die Seite der Musen gezogen. Ich weiß nur nicht, ob ich dir dafür dankbar sein soll.»

Ich sehe schon, mir ist wieder einmal die Feder durchgegangen.

Sappho empfing mich so freundlich und unverstellt, als sei ich ein Verwandter, und ich konnte gleich spüren, daß ihr Wille innerhalb der Familie viel gilt. Larichos, der jüngere Bruder, vergöttert sie und ist eifersüchtig auf jeden, der ihr nahekommt. Erigyos, der ältere Bruder, scheint sich wenig um die Angelegenheiten seiner Schwester zu kümmern, er spielt sich ein wenig als Familienoberhaupt auf und tut sehr geschäftig. Nun, mich geht das alles nichts an. Sappho führte mich auf eine kleine, von einem Sonnensegel überdachte Terrasse des weiträumigen, im Osten von Ortygia unmittelbar am Meer gelegenen Hauses. Hier war nur das Plätschern der Wellen und der klagende Schrei der Möwen zu hören. Sappho ließ Wein, Wasser, Nüsse und Dörrobst kommen, forderte mich auf, kräftig zuzulangen und stopfte sich selber ganz ohne Scheu den Mund mit Feigen und Nüssen voll.

«Ich habe heute noch nichts gegessen», sagte sie entschuldigend, «außerdem gehöre ich zu den Menschen, denen mit leerem Magen nichts einfällt. Einer durstigen und hungrigen Sappho kehrt Erato den Rücken; ich weiß nicht, warum, aber es ist so.»

Die kleine zierliche Frau gab sich so natürlich, als sei sie meine Schwester und könne von vornherein auf mein Verständnis hoffen. Zuerst war ich dadurch etwas verwirrt, doch dann wuchs in mir der Stolz auf diese Sonderstellung, die sie gewiß nicht jedem einräumte. Als hätte sie meine Gedanken gelesen, sagte sie:

«Vergib mir mein schlechtes Benehmen, Eppigenes, doch in dir sehe ich einen Bruder im Geiste. Da du viele meiner Verse kennst, ist dir auch mein Denken und Fühlen vertraut, und das schafft Vertrauen. Wenn du eines meiner Gedichte ins Dorische überträgst, schlüpfst du in meine Haut, mußt meine Empfindungen nachvollziehen – ich glaube, da kommt man sich sehr nahe, vielleicht näher als manche Ehegatten es tun.»

Ich war beschämt. Diese Offenheit, diese Natürlichkeit! Was hätte ich da entgegnen sollen?

«Dein Vertrauen ehrt mich, macht mich so stolz, daß ich kaum Worte finde. Wie kann ich es dir nur entgelten?»

Sie lachte fröhlich und unbekümmert.

«Ganz einfach, Eppigenes, indem du mich das Dorische lehrst, mir bei der Übertragung meiner Lieder hilfst. Wenn ich in einigen

Jahren wieder nach Lesbos zurückkehre, möchte ich sagen können: Du hast deine Zeit auf Sikelia nicht vergeudet.»

Ich konnte nicht begreifen, daß diese Frau verheiratet gewesen war und daß sie eine Tochter geboren hatte, wie andere Frauen auch. So faßte ich Mut und fragte sie:

«Da wir, wie du selbst es ausdrücktest, Geschwister im Geiste sind, gestatte mir eine Frage: Du warst eine Zeitlang verheiratet, hast ein Kind geboren; hat deine Rolle als Gattin und Mutter dich nie in deiner Berufung als Dichterin gestört? Oder anders gefragt: Wie ist der Dichterin zumute, wenn sie weltabgewandt an ihrem Werk arbeitet, und die Amme bringt das schreiende Kind heran, weil es sich nur durch die Mutter beruhigen läßt?»

Ein spöttischer Blick aus den flammenden Augen traf mich. Wieder lachte sie hellauf.

«Ach, Eppigenes, so kann nur ein Mann fragen! Ich weiß, daß du unbeweibt bist, aber stelle dir doch einen Mann in ähnlicher Lage vor. Es muß ja nicht unbedingt ein schreiendes Kind sein, das ihn stört. Also – da sitzt ein Dichter in der Abendkühle vor seinem Haus, spürt den Kuß der Muse, setzt den Griffel an, da ruft ihm ein Freund zu, ob er nicht Lust habe, mit ihm einen Krug Wein zu leeren. Der Dichter ist höflich und antwortet, der Freund entgegnet ihm etwas, und die Muse schleicht davon. Ach, Eppigenes, wir alle stehen mitten im Leben und müssen uns bemühen, verschiedenes miteinander in Einklang zu bringen. Ein Lied, das geschrieben werden soll, kommt ans Licht, heute oder morgen, mit oder ohne Störung, und kein schreiendes Kind und kein sauflustiger Freund können es verhindern.»

«Du bist der beste Beweis für deine These, verehrte Sappho. Auch unser Homer wird gestört worden sein, und doch hat er seine beiden Epen vollendet. Was ans Licht will, kommt ans Licht, und es war dumm von mir, dir eine solche Frage zu stellen.»

«Wir sind dabei, uns kennenzulernen, mein Freund, und dazu dient nichts besser als ein offenes Gespräch.»

Wir verbrachten den ganzen Vormittag miteinander, und auf dem Heimweg fühlte ich mich wie Zeus, der über den Wolken wandelt. Auch wenn es lästerlich klingt, ich fühlte mich wie ein Gott, erhaben über dem kleinlichen Menschengewimmel. Mochten Handwerker, Bauern und Kaufleute weiter ihren sinnlosen Beschäftigungen nachgehen; ich befand mich auf dem Parnassos im Kreise von Erato, Euterpe und Melpomene, angeführt von Apollon Musagetes, dem göttlichen Führer der Musen. Zudem hatte ich mich in Sappho verliebt, ihr flammender Blick war mir wie der Pfeil des Eros tief ins Herz gedrungen. Natürlich war dies eine höhere, eine geistige Liebe, in der profane Dinge wie Küsse, Umarmungen oder gar eine fleischliche Verbindung keinen Platz hatten. Doch Sappho war Witwe, und ich mochte nicht ausschließen, daß sie später, wenn wir uns besser kannten...

Ich war so beschwingt, daß ich zu Hause sofort nach der Schreibtafel griff und meine frohe Stimmung in Worte zu fassen versuchte.

> *Mit lockenden Augen*
> *unter langbewimperten Lidern*
> *sieht Gott Eros mich an.*
> *Er greift nach dem Bogen,*
> *legt zögernd den Pfeil auf die Sehne;*
> *Wahrhaftig, ich zittre vor dem, was sich naht...*

Es ist schon seltsam: ich stehe nun im zweiundvierzigsten Jahr meines Lebens, das ich – wie mich dünkt – ausgefüllt und nützlich im Dienst meiner Stadt verbrachte, und nun kann ich mich des Gefühls nicht erwehren, als habe ich bisher gar nicht gelebt, als sei die Zeit an mir vorbeigerauscht, wie Wasser an einem Felsen, ohne daß der Fels seine Lage oder sein Aussehen veränderte. Nun aber lebe ich – ja, ich sage es frei heraus –, ich lebe, als sei dies meine zweite, meine eigentliche Geburt. Ich lebe, als hätte ich bisher geschlafen und sei nun endlich zum Dasein erwacht.

Von Katane nach Syrakus ist es eine Seereise von knapp dreihundert Stadien; bei gutem Wind braucht ein Schiff dazu einen Tag, bei widrigem Wind und mit Hilfe der Ruder bestenfalls zwei oder drei Tage. Das ist keine große Sache, und doch war ich sehr verwundert, als ich ein Schreiben des Stesichoros erhielt, das mir sein Kommen für den Beginn des nächsten Monats ankündigte. Das war nun allerdings schon der Oktober, der Pyanepsion, und da setzen bekanntlich die Herbststürme ein. Soweit ich mich erinnern konnte, mußte Stesichoros schon weit über sechzig Jahre alt sein; vermutlich war ihm Sapphos Name bekannt, und nun wollte er die berühmte Dichterin kennenlernen. Ich sage es frei heraus, daß mich sein Kommen nicht freute. Er war nun wirklich ein Dichter, und Sappho würde einen Teil ihrer Aufmerksamkeit ihm zuwenden, und ich stand da als der kleine eifrige Lehrer, der nichts weiter kann, als das aiolische Griechisch ins Dorische zu übertragen. Aber schließlich war ich es, der Stesichoros den Aufenthalt Sapphos mitgeteilt hatte, und ewig würde er sich ja nicht in Syrakus aufhalten. Bei meinem nächsten Besuch teilte ich Sappho die Absicht des Stesichoros mit, doch sie kannte seinen Namen nicht und bat mich, ihr ein paar seiner Lieder zu zeigen.

Jetzt, da ich schon sechsmal in ihrem Haus gewesen bin, begann ich hinter der Dichterin auch die Frau zu entdecken. Beim ersten Eindruck schien sie mir frei von den typischen weiblichen Eitelkeiten. Doch nun, da mein Auge schärfer geworden war, stellte ich fest, daß sie unauffällig, doch sehr sorgfältig geschminkt war; ihrem Haar schien sie große Aufmerksamkeit zu widmen, und ihre Kleidung wechselte häufig in Farbe und Schnitt, doch das mochte nur einem scharfen Beobachter auffallen. Sappho bevorzugte sanfte gedeckte Farben; Unterkleid, Himation und das manchmal getragene Kopftuch waren sorgfältig aufeinander abgestimmt. Sie trug wenig, aber sehr feinen Schmuck; meistens nur einen Ring und einen Armreif, dazu kleine goldene Ohrringe in Form von springenden Delphinen.

Beim dritten oder vierten Besuch wagte ich die Frage, warum sie nach dem frühen Tod ihres Mannes nicht mehr geheiratet habe, doch meine Neugier schien sie eher zu belustigen.

«Ach, Eppigenes, das habe ich mich selber oft gefragt. Was ist schon eine Frau ohne Mann? Aber dir, meinem Bruder im Geist will ich gestehen, daß ich einfach keine Lust mehr hatte, Tisch und Bett mit einem Gatten zu teilen. Meine Dichtkunst und die Erziehung meiner Tochter – im Grund auch die meines jüngeren Bruders Larichos – haben mich ganz ausgefüllt. Da war einfach kein Platz für einen Ehemann. Kannst du das verstehen?»

Wie sollte ich nicht, da mich ähnliche Gründe an einer Ehe hinderten? Durfte ich mir unter diesen Umständen noch Hoffnung machen, Sapphos Zuneigung und am Ende ihre Hand zu gewinnen? Meine Vernunft sagte nein, doch das Herz des Menschen ist oft der erbitterte Gegner seines Verstandes, und das meine klammerte sich hartnäckig an diesen Traum.

4

Aus den Aufzeichnungen des Teisias, genannt Stesichoros aus Katane auf Sikelia:

Die Reise hat mich überhaupt nicht angestrengt, und das beweist, daß ich von meinem alten Körper mehr verlangen kann, als ich es tue. Nun bin ich wieder in meinem alten schäbigen Haus auf einem Hügel über Katane. Ich liebe dieses Haus, und ich liebe den Blick auf die Stadt, besonders wenn die Sonne aus dem Meer emportaucht, die dunklen Häuserwürfel mit ihrem Lichtschrei erweckt und aus ihrem grauen Dämmer reißt. ‹Lichtschrei› ist übrigens ein gutes Wort, ich werde es mir notieren müssen.

Also, wovon ich eigentlich reden wollte, war die Nachricht des guten Eppigenes aus Syrakus von der Ankunft der Dichterin Sappho, und aus seine Zeilen lese ich die versteckte Einladung, dorthin zu kommen und das seltsame Wesen zu betrachten. Eigentlich bin ich ja zu alt, um noch besonderen Anteil an irgendwelchen Leuten zu nehmen, die sich wie ich mit Epen, Liedern, Jamben und anderem Geschreibsel abmühen. Was hat man sich schon zu sagen? Jeder sitzt mit der Schreibtafel allein in seiner Kammer, kaut Nägel, rauft sich die Haare, leert mehr Weinkrüge als ihm guttun und wartet auf Einfälle. Doch ich reiste nach Syrakus, weil Sappho eine Frau ist und weil ich einiges aus ihrem Werk kenne und hochachte. Nein, machen wir uns nichts vor, alter Musengaul, ich schätze ihre Lieder nicht nur, ich finde sie einmalig und bewundernswert. Dieses Weib hat ein Talent, als sei sie von Apoll mit einer der Musen gezeugt worden, und wenn ein solches Wundertier nach Sikelia kommt, soll man es sich ansehen.

Ich hasse Schiffsreisen und langweile mich dabei fürchterlich. Das Meer war ziemlich bewegt, und ich fühlte in meinem Magen jene saure Übelkeit aufsteigen, die der zur See Reisende so fürchtet, doch ich kam ihr zuvor und ertränkte sie nach und nach in Fluten von Wein. Sobald ich merkte, daß sie in meinem Magen wieder ihr Haupt erhob, goß ich gleich einen neuen Becher drauf. Als wir im Hafen von Syrakus anlegten, war ich natürlich stockbesoffen und konnte mich gerade noch zu einer Sänfte schleppen. Eppigenes schlug die Hände über dem Kopf zusammen, als die Sänftenträger mich vor seinem Haus abluden. Auf sein Geheiß nahm ich ein kaltes Bad. Eppigenes stand dabei und ließ mir durch seinen Diener eimerweise eisiges Quellwasser über den Kopf schütten, bis ich halbwegs wieder zu mir kam. Ich schlief dann bis in den nächsten Tag hinein und war erst jetzt zu einer Unterhaltung fähig. Eppigenes sang in hohen Tönen ein Loblied auf Sappho und fand dabei Metaphern, die ihn fast zu dem Dichter machten, für den er sich insgeheim hält. Er ist ein lieber, harmloser Bursche, behandelte mich mit dem Respekt eines Schülers seinem Lehrer gegenüber und fragte nach jedem dritten Satz, woran ich gerade arbeite. Natürlich drehte sich unser Gespräch hauptsächlich um Sappho.

«Wie sieht sie aus?» fragte ich neugierig. «Ist sie schön? Sehr jung kann sie ja nicht mehr sein mit einer achtjährigen Tochter.»

«Schön… Das ist ein relativer Begriff. Sie ist eine reife Frau, sehr gepflegt, kleidet sich mit erlesenem Geschmack… Ich will dir etwas sagen: Ja, sie ist schön, aber in einem höheren, geistigen Sinn.»

Da mußte ich grinsen, von Frauen hat dieser Eppigenes nie etwas verstanden, hat auch nie viel von ihnen wissen wollen. Aber er holt sich auch keine Knaben in sein Bett, er scheint das nicht zu brauchen. Vielleicht sind ihm die Eier vor lauter Geist schon vertrocknet, so etwas soll es ja geben. Mich reizte es, ihn ein wenig zu ärgern.

«So meine ich das nicht. Ich wollte wissen, ob sie fürs Bett taugt, ob da etwas zu greifen ist, Brüste, dralle Schenkel, ein saftiger Hintern…»

Empört sprang Eppigenes auf.

«Du wagst es, diese hehre Dichterin... dieses göttliche Wesen... du wagst es...»

«Aber beruhige dich doch, Eppigenes, von Mann zu Mann kann man so etwas schließlich fragen. Gut, gut, ich werde der Göttlichen künftig mit mehr Respekt begegnen. Aber ich sage dir eines: Ich kannte mal ein Mädchen, das recht anständige Gedichte machte, zugleich aber im Bett ein Erlebnis, eine Offenbarung war. Um so eine Doppelbegabung scheint es sich bei Sappho... Ist gut! Ich halte ja schon meinen Mund.»

Mit Sappho wollten wir uns zuerst kurz auf der Agora treffen, ein wenig plaudern und das weitere ihr überlassen. Eppigenes achtete genau darauf, daß ich saubere Kleidung trug, und hatte mir auch strikt meinen gewohnten morgendlichen Becher Wein verweigert.

«Du kannst einer Sappho nicht deinen Weinatem ins Gesicht blasen, das gehört sich nicht.»

«Das würde eher zu Alkaios passen...», scherzte ich.

Eppigenes sagte streng:

«Auch wer Trinklieder schreibt, muß nicht schon am Morgen mit dem Saufen beginnen. Ich möchte, daß Sappho einen guten Eindruck von dir gewinnt.»

Ich grinste.

«Das möchte ich auch.»

So erschienen wir beide frisch gebadet, in sauberer Kleidung und nüchtern auf der Agora von Syrakus, und bald kam auch Sappho, begleitet von ihrem Bruder. Bei Apoll, dem Musenfreund, wie unscheinbar erschien mir diese Frau auf den ersten Blick. Im Marktgewühl hätte ich sie wahrscheinlich übersehen, aber als sie ihre leuchtenden nachtschwarzen Augen auf mich richtete, war es mir, als blicke sie mir ins Herz.

«Du also bist Teisias, den sie Stesichoros nennen? Dein Ruhm durchdringt ganz Sikelia wie der Duft des Lorbeers einen heiligen Hain.»

«Und der deine, Sappho, durchweht ganz Hellas, wie ein von Aiolos gesandter Sturmwind. Ich bin froh und glücklich, dich hier zu treffen.»

«Verzeih, wenn ich unsere Unterhaltung jetzt beende, um sie

später länger und genußreicher fortsetzen zu können. Mein Onkel Klytos und meine Brüder laden dich und deinen Freund Eppigenes zu einem musischen Symposion auf morgen, eine Stunde vor Sonnenuntergang.»

Ja, sie war ohne Zweifel eine Dame von Adel, denn sie wartete meine Zustimmung gar nicht ab, nickte hoheitsvoll und entschwand.

Ein ‹musisches Symposion›! Das war nun gar nicht nach meinem Geschmack; denn ein Symposion ist in meinen Augen ein Saufgelage unter Freunden, ohne ehrbare Frauen und ohne steifes Deklamieren langweiliger Verse. Dazu passen Trinklieder und kundige Hetären, sonst macht es keinen Spaß.

Eppigenes war natürlich begeistert.

«Auf einen solchen Abend habe ich mich schon lange gefreut! Zwei große Dichter sind persönlich zugegen, tragen aus ihrem Werk vor...»

«Nein, mein Freund, das sage ich dir lieber schon jetzt: Meine Stimme ist alt und brüchig geworden, rauh und kraftlos vom Saufen und Singen, also ich werde mich keinesfalls hinstellen und mich zum Gespött machen.»

Eppigenes winkte ab. «Ich nehme an, Sappho wird einen guten Rezitator laden, mache dir darum keine Sorgen.»

Nun, ich bin über das Alter hinaus, mir über solche Nichtigkeiten Sorgen zu machen; allerdings ist die mir verbleibende Lebenszeit so knapp geworden, daß ich sie nicht vergeuden kann und will.

Um uns ja nicht mit Straßenstaub zu beflecken – an jenem Abend blies ein steifer Wind –, nahmen wir eine Sänfte und ließen uns zum Haus unserer Gastgeber bringen. Klytos, der Bruder von Sapphos lange verstorbenem Vater, war ein Kaufmann und Grundbesitzer des alten Schlages: gastfrei, höflich, nicht ungebildet und darauf bedacht, diesen musischen Abend zu einem Ereignis zu machen. Erigyos, Sapphos älterer Bruder, schien da anderer Ansicht zu sein, doch war er höflich genug, sich nicht darüber zu äußern. Ich vermute, daß die Dichtkunst in seinen Augen nichts weiter war, als ein Zeitvertreib für Müßiggänger und weit weit unter der nützlichen Tätigkeit eines Kaufmanns stand. Es gibt solche Leute zuhauf, und ich habe im Laufe meines langen Lebens viele von ihnen kennengelernt. Sie stören mich nicht weiter, und mancher von ihnen ist sogar mein Freund geworden.

Sappho hatte tatsächlich einen Rezitator geladen, er war schon ziemlich alt, fast kahl und schleppte einen beachtlichen Wanst mit sich herum. Ich erwähne das nur, weil er mir auf fatale Weise ähnlich sah; sein Bart allerdings war kurz und gepflegt. Der Mann besaß eine wohltönende und geschulte Stimme, und ich muß ihm neidlos zugestehen, daß ich selten mein Werk so gefühlvoll und treffend vorgetragen hörte.

Der musische Abend begann mit einem Hymnos des großen Homeros auf Apoll, den wir uns stehend anhörten. Danach trug der Rezitator einige Lieder aus meinem Herakles-Kyklos vor und eine verkürzte Fassung meiner Daphnis-Erzählung. Während des Vortrags blickte mich Sappho mit ihren dunklen leuchtenden Augen mehrmals beifällig an, während ich mir vorzustellen versuchte, wie diese kleine zierliche Frau unter einem Mann die Schenkel spreizte. Sie war immerhin Witwe und hatte eine Tochter geboren; es muß also irgend etwas in dieser Art stattgefunden haben. Doch meine Phantasie reichte dafür nicht aus, es umgab sie etwas so Hoheitsvolles und Jungfräuliches, daß mir das Bild einer nackten, wollüstigen Sappho, die sich lustvoll unter einem behaarten Mannsbild windet, einfach nicht in den Kopf wollte. Das hat nun nichts mit Respektlosigkeit zu tun, da mir solche Gedanken bei jeder Frau kommen, die noch nicht das Matronenalter erreicht hat, und bei jeder gelang es mir mühelos, sie in Gedanken nackt in mein Lotterbett zu versetzen. Daß aus dieser Vorstellung nicht selten Wirklichkeit wurde, soll nicht unerwähnt bleiben.

Dann folgten einige Lieder des Alkaios sowie drei kurze Versstrophen der Sappho, wobei mich ein Vierzeiler besonders beeindruckte.

Der Mond ist hinabgesunken
und auf die Plejade. Mitte
der Nacht und die Zeit des Wachens
vorbei. Allein lieg' ich im Dunkel.

Um diese Stimmung auszudrücken, brauchen andere Dichter zehn Strophen. Ich spendete dem Lied besonderen Applaus und nannte Sappho das auserwählte Hätschelkind der Musen. Sie erkannte sofort, wie ernstgemeint dieses Lob war und blickte mich gerührt an.

«Aus deinem Mund, Stesichoros, wiegt ein Lob besonders schwer, um so mehr, als ich dich keineswegs für einen Schmeichler halte.»

Damit endete der musische Teil des Symposions, und Sappho zog sich gleich darauf zurück, was von Verständnis und feinem Anstand zeugte. Zwar bat Eppigenes (der Narr!) sie mit bewegten Worten, noch eine Weile zu bleiben, doch sie lächelte nur, sagte: «Wir sehen uns ja bald wieder, mein Freund» und verschwand.

Jetzt taute Erigyos, ihr älterer Bruder, erst richtig auf. Er hatte während des Vortrags mehrmals verstohlen gegähnt und sich öfters nach der Wasseruhr umgedreht. Es war ihm anzusehen, daß für ihn erst jetzt der vergnügliche Teil des Abends begann. Wir leerten mehrere Krüge des schweren Ätnaweins, sangen immer unflätiger werdende Lieder, und ich muß sagen, daß ich mich zunehmend wohler fühlte. Als auch Klytos sich zurückzog, wurde die Stimmung noch lockerer. Erigyos stand auf und sagte mit schwankender Stimme:

«Da du deinem Alter entsprechend den Vorsitz des Symposions führst, verehrter Stesichoros, möchte ich dein Einverständnis erbitten für einen – nun, für einen kleinen Ortswechsel. Nicht weit von hier hat die schöne Megara ihr Haus. Besonders nach Sonnenuntergang schätzt sie männliche Gäste, auch als Schutz für die ihr anvertraute Mädchenschar, die sie stets als ihre gelehrigen Schülerinnen bezeichnet. Bist du einverstanden und bereit, dort ein wenig nach dem Rechten zu sehen, verehrter Stesichoros?»

Dieser amusische Erigyos wurde mir zunehmend sympathischer. Ich seufzte mehrmals laut, als fiele es mir schwer, unser Symposion aufzulösen.

«Unsere Pflicht den Frauen gegenüber hat Vorrang, meine Herren. Lassen wir die schutzlosen Mädchen nicht warten!»

Unter Lachen und Scherzen brachen wir auf, doch Eppigenes machte kein fröhliches Gesicht. Ich fragte ihn:

«Drückt dich etwas, mein Freund? Magst du das Haus der Megara nicht?»

Er sah mich vorwurfsvoll an. «Ich mag es nicht, wenn ein den Geist erhebendes Ereignis wie dieses ein so profanes Ende nimmt.»

Ich schlug ihn auf die Schulter.

«Ach, Eppigenes, alles nimmt ein profanes Ende, auch wir beide, wenn wir einmal im Grab ein Raub der Würmer werden. Das haben die Götter so eingerichtet, willst du dich dagegen auflehnen?»

Doch er blieb störrisch.

«Gerade du, da du neben Sappho der Dichtung unsterbliches Wort verkündest, du, der hochgeehrte Sänger unserer Insel, läßt dich nicht nur überreden – aus gebotener Höflichkeit –, das wüste Treiben mitzumachen, du stellst dich sogar in die erste Reihe. Bei deinem hohen Alter solltest du eher ein Vorbild für die Jüngeren sein, aber nein, ganz im Gegenteil …»

«Jetzt beruhige dich doch!» unterbrach ich ihn. «Die Jugend pfeift auf ihre Vorbilder, das müßtest gerade du wissen. Und wenn du schon mein hohes Alter erwähnst, so lasse dir gesagt sein, daß auch die höheren Jahre ihre Bedürfnisse haben. Ich habe Frauen mein Leben lang geschätzt, und eine stattliche Reihe von ihnen ist durch mein Bett gewandert, seit ich als Zwölfjähriger meine Amme verführt habe. Also gönne mir die Freude, wieder einmal im Kreis schöner Hetären, meinetwegen auch Huren zu sein. Niemand zwingt dich, daran teilzunehmen.»

Ich sah, wie er insgeheim aufatmete.

«Ich werde den Abend jedenfalls geistvoller ausklingen lassen, als im Kreise besoffener Lüstlinge!»

Das warf er mir noch hin, und dann verschwand er mit einem fackeltragenden Diener in die Nacht.

Mit Megara und ihren Mädchen war kein großer Staat zu machen, es waren eben doch nur Huren – hübsche, völlig ungebildete Dinger, die ich aber in der Regel vorziehe. Ich brauche keine Gedichte deklamierenden und harfeklimpernden Hetären, ich schätze ein hübsches Pferdchen, mit dem man die Nacht fröhlich durchreiten kann und das gelegentlich lustig wiehert. Ein solches habe ich dort gefunden.

Aus den späteren Aufzeichnungen des ehemaligen Apoll-Priesters,
Lehrers und Stadtchronisten Eppigenes:

Warum ich meinen Bericht über den Aufenthalt der Sappho in Syrakus damals abgebrochen habe, weiß ich heute nicht mehr. Daß ich ihn jetzt, im Alter und frei von allen meinen Ämtern, wieder aufnehme, hat seinen guten Grund. Ein Schiff brachte neulich die Kunde aus Lesbos: Sappho, die göttliche Dichterin, die von Apoll und den Musen begnadete, ist in die elysischen Gefilde gezogen, wo jetzt die Seligen – und wie beneide ich sie darum! – ihren Liedern lauschen dürfen.

Der Besuch des Stesichoros dehnte sich hin. Nach jenem unmusischen Symposion nahm der Dichter auch in Syrakus sein gewohntes Lotterleben auf, so daß ich ihn bald ersuchen mußte, in ein anderes Quartier überzusiedeln. Mein Tag war streng geregelt, und es paßte mir nicht, daß mein Gast erst nachmittags aufstand, sich mit mir bis zum Abend unterhalten wollte, um dann wieder zu einem seiner Symposien zu gehen oder das berüchtigte Haus der Megara aufzusuchen.

Stesichoros suchte sich zwar keine neue Bleibe, sagte aber eines Tages zu mir:

«Jetzt habe ich genug herumgelumpt und bin dir und deinem ordentlichen Leben zur Last gefallen. Bist ein lieber Mensch, Eppigenes, aber unsere Lebenshaltung ist doch zu verschieden. Übermorgen werde ich die Heimreise antreten.»

Das tat er dann auch, doch ich muß zugeben, daß ich ihn und sein saufseliges Herumschwadronieren bald vermißte. Er fand seinen Spaß daran, den primitiven Säufer und Schürzenjäger zu spielen, aber mich konnte er nicht täuschen. Sein Gespräch war von Geist und Witz durchtränkt, sein sorgloses in-den-Tag-hineinleben konnte nicht darüber hinwegtäuschen, daß er – auch wenn er sich manchmal tagelang gehenließ – zu anderer Zeit die Tage und Nächte durcharbeitete wie ein Sklave.

Zu einer Begegnung mit Sappho kam es nicht mehr, obwohl sie ihm durch mich sagen ließ, er sei immer in ihrem Haus willkommen.

Ein knappes Jahr nach seiner Heimreise ist er in Katane gestorben und hat dort ein prächtiges Ehrengrab erhalten.

Meine Besuche bei Sappho wurden mit der Zeit seltener; sie sprach bald so gut dorisch, als sei sie hier geboren, und mir bürdete die Stadt zu meinen alten Pflichten neue auf.

Die Oligarchen wählten mich zum zweiten Apoll-Priester, und zwei Jahre später, als der Oberpriester starb, erhielt ich sein hohes und angesehenes Amt. Die Bedingung dafür war, daß ich eine Frau nahm, denn, wie der Archon sagte, ein Priester soll in allem Vorbild sein und könne nicht das Leben eines verschrobenen Junggesellen führen. Sappho übersandte mir zu diesem Anlaß ein zwölfstrophiges Hochzeitslied – eigenhändig geschrieben! –, das ich seither als meinen größten Schatz hüte.

Im achten Jahr ihres Exils verließ die Dichterin unsere Stadt. Der Tyrann Pittakos hatte kaum noch Gegner auf Lesbos, denn er regierte besonnen, ließ die alte Verfassung in Kraft und räumte dem Adelsrat ein Mitspracherecht ein. So konnte er es sich leisten, die Verbannten zu amnestieren.

Sappho blieb mit ihren Verwandten auf Sikelia in regelmäßiger Briefverbindung und vergaß niemals, auch für mich einige Zeilen beizulegen. Sie hatte in Mytilene eine Schule für Mädchen gegründet, in der sie Töchter aus Adelshäusern in Tanz, Gesang, Musik und guten Sitten ausbildete.

Darüber schrieb sie mir:

«Damit wollte ich den künftigen Ehemännern einen Gefallen tun. Diese Herren beklagen sich über die Unbildung ihrer Frauen und flüchten schon bald in die Arme der Hetären, weil man sich da bei Musik, Gesang und klugen Gesprächen erholen könne. So vermittle ich meinen Mädchen dieselben Kenntnisse, und man wird neugierig sein dürfen, wie die Männer darauf reagieren…»

Darüber vernachlässigte sie aber keineswegs ihr Werk, das im Laufe ihres Lebens auf acht umfangreiche Bücher anwuchs. Von Zeit zu Zeit übersandte sie mir ihre neuen Lieder, die ich ins Dorische übertrug, zusammenfaßte und in Abschriften verbreiten ließ. Sappho, die von den Musen verwöhnte und von Apoll begnadete, wurde noch zu ihren Lebzeiten eine Legende. Viele ihrer Bewunderer nannten sie die ‹zehnte Muse›, und bald wird man der verewigten Dichterin einen Platz auf dem Parnass anweisen. Ich, Eppigenes aus Syrakus, bin stolz darauf, sie gekannt und ihrem Ruhm nach Kräften gedient zu haben.

Damit endet der Bericht des Priesters, Lehrers und Stadtchronisten Eppigenes aus Syrakus. Seine Prophezeiung erwies sich als richtig. In den Jahrhunderten nach ihrem Tod wuchs der Ruhm Sapphos ins Unermeßliche. Ganze Scharen von Dichtern beiderlei Geschlechts ahmten die von ihr gebrauchte und erdachte ‹sapphische Ode› nach. In Syrakus wurde im Buleuterion ihre lebensgroße Statue aufgestellt. Die Städte Eressos und Mytilene auf Lesbos prägten ihr Bild auf Münzen. Platon, der zweihundert Jahre nach Sappho lebte, rühmte die Dichterin mit den Worten:

> *Einige zählen neun der Musen,*
> *doch wahrlich, zu wenig!*
> *Zähle die zehnte dazu!*
> *Sappho von Lesbos ist's.*

Der eherne Stier

Obwohl erst ein knappes Dutzend Jahre vergangen ist, seit unsere Stadt von dem Ungeheuer befreit wurde, erscheint es mir, als läge ein Menschenalter dazwischen. Akragas wird wieder nach alter traditioneller Weise von einem Adelsrat regiert, der von Zeit zu Zeit im Buleuterion zusammentritt, und wie früher legen wir Wert darauf, daß die Beschlüsse einstimmig gefaßt werden. Das ist nicht immer einfach, und manchmal kommen wir erst nach tagelangen Beratungen zu einem Ergebnis.

Aber das nehmen wir gerne in Kauf, denn heute wissen wir, daß jede Regierungsform der Tyrannis vorzuziehen ist, besonders dann, wenn der Gewaltherrscher ein eigensüchtiger und grausamer Mensch ist, der – von Furcht und Mißtrauen getrieben – sich am Ende von allen verraten und hintergangen sieht. Ein solcher Mensch war Phalaris, dessen Name nicht mehr öffentlich genannt werden darf, an den sich jedoch fast alle Bürger dieser Stadt mit Schaudern erinnern, denn es gibt nur wenige, die unter seiner Schreckensherrschaft nicht ein Familienmitglied verloren haben.

Ich, Gorgos, Sohn des Telemachos, gehöre der Familie der Emmeniden an und bin – für meinen kürzlich verstorbenen Vater – in den Adelsrat gewählt worden.

Mich beflügelt nicht der Ehrgeiz des Historikers oder Chronisten; ich will nur aufzeichnen, was geschehen ist, solange noch Menschen leben, die als Zeitgenossen des Phalaris unter seinen Schandtaten gelitten und leider auch solche, die ihn dabei unterstützt haben und sich nur darauf hinausreden, ihnen sei nichts anderes übriggeblieben. Jedenfalls soll uns die Herrschaft des Phalaris eine Warnung sein, vielleicht sogar ein Fingerzeig der Götter, um künftigen Tyrannen keine Möglichkeit mehr zu geben, die Macht an sich zu reißen.

Dabei hätten wir durch die Vorgänge in Leontinoi gewarnt sein müssen. Etwa ein Jahrzehnt, ehe Phalaris seine Gewaltherrschaft antrat, kam aus Leontinoi die Kunde, ein gewisser Panaitios habe dort durch einen blutigen Handstreich die Oligarchie beseitigt und sei nun der von der Gunst des Volkes getragene Alleinherrscher. Die ‹Gunst des Volkes› – wenn ich das schon höre! Jeder Schweinehund kann sie gewinnen, wenn er nur zur rechten Zeit eine offene Hand hat, wenn er sich als Demagoge bewährt und dabei so tut, als habe er dies alles mit Hilfe der Götter erreicht. Panaitos konnte sich nur einige Jahre halten, denn er verlor sie wieder, die Gunst des Volkes, und wurde auf offener Straße von einem Handwerker erschlagen.

Hier nahm niemand diese Ereignisse ernst. Was in Leontinoi geschah, war für Akragas undenkbar, doch es ging dann so schnell, daß Phalaris schon alle Zügel in der Hand hatte, während der Adelsrat noch sinnlose Verfügungen gegen ihn traf. Doch ich will der Reihe nach berichten.

Phalaris kam aus einer angesehenen, doch nicht sehr begüterten Familie, deren Besitzungen weit außerhalb der Stadt lagen. Er bewarb sich mehrmals um die Mitgliedschaft in der Bule, der Ratsversammlung, und wurde schließlich aufgenommen, weil er sich in seinem Amt als Sekretär des Schatzmeisters durch Klugheit und Geschick bewährt hatte. Als dieser aus Gesundheitsgründen zurücktrat, schlug er selber den Phalaris als seinen Nachfolger vor, und damit war seine Aufnahme in den Adelsrat gesichert. Mein Vater Telemachos, ein nüchterner und besonnener Mann, hat mir gegenüber immer betont, daß Phalaris bei allen beliebt war und niemand ihm die geringste Unredlichkeit zutraute.

In diesen Jahren wurde eine Erweiterung des Zeus-Tempels auf der Akropolis beschlossen; genau gesehen war es ein Neubau des längst baufällig und zu klein gewordenen Tempels. Die gesamte Bauleitung wurde Phalaris übertragen, und zu diesem Zweck bekam er eine große Summe in die Hand – es müssen einige hundert Talente Gold und Silber gewesen sein. Vielleicht trat erst in diesem Augenblick der Versucher an ihn heran und flüsterte ihm ins Ohr, welche Macht er mit einem solchen Riesenvermögen in Händen hielt.

Phalaris jedenfalls handelte dann sehr konsequent. In aller Stille warb er eine Söldnertruppe von auswärts an. Das waren entlaufene Sklaven und Landarbeiter, dazu bewaffnete Strauchdiebe, die in den Bergen hausten und von Zeit zu Zeit Dörfer und kleine Städte überfielen. Er machte das sehr geschickt, denn alle waren der Überzeugung, Phalaris bemühe sich um Arbeiter für den Umbau des Tempels. Er brachte diese Leute in einem befestigten Lager auf der Akropolis unter, und die ganze Stadt bewunderte seine Tatkraft und freute sich darauf, den neuen Tempel bald wachsen und gedeihen zu sehen.

In diesen Tagen schlug Phalaris vor, eine Gebets- und Opferstunde auf der Akropolis zu veranstalten, um vor dem Beginn der Bauarbeiten den Olymp günstig zu stimmen. Der Vorschlag fand begeisterte Zustimmung, und kaum ein wichtiger Bürger fehlte an diesem Tag.

Die Akropolis wimmelte vor Menschen, und das mitgeführte Opfervieh brüllte, blökte, meckerte und krähte und wartete darauf, zu Ehren der Götter geschlachtet zu werden.

Da schlug Phalaris plötzlich zu. Die Tore der angeblichen Bauarbeiterlager öffneten sich, und es strömten bewaffnete Krieger heraus, die jeden, der sich wehrte, erbarmungslos niedermachten. Eine zweite Abteilung hatte Phalaris unterdessen in die Stadt hinabgeschickt, um dort die Häuser der wichtigsten Familien zu besetzen und die Frauen und Kinder der abwesenden Männer als Geiseln festzuhalten. Wer auf der Akropolis überlebte, wurde gefesselt in das Lager gebracht, und dann begann Phalaris ungesäumt die voneinander getrennten Familien zu erpressen. Den Männern im Lager wurde gesagt, wenn sie sich nicht sofort und bedingungslos dem Phalaris anschlössen, würden ihre Frauen und Kinder in die Sklaverei verkauft und ihre Häuser niedergerissen. Welcher Mann widersteht einem solchen Druck?

Auch mein Vater, er war zu jener Zeit jung verheiratet, wich der Gewalt, doch sein eigener Vater kam auf der Akropolis um, und Phalaris machte sich damit einen unversöhnlichen Feind.

Zunächst einmal hielt er die Schlüssel der Macht fest in der Hand. Die von ihm abhängigen, in ganz Akragas zutiefst verhaßten Söldner gehorchten ihm aufs Wort, und wer vom Adelsrat noch am Leben war, wollte es behalten und duckte sich. Phalaris aber buhlte um die Volksgunst. Er verminderte die Abgaben der Händler und Handwerker um ein Beträchtliches, begünstigte die halbfreien Bauern und zeigte sich im übrigen als frommer und gottesfürchtiger Mann. Er preßte den reichen Familien weitere Gelder ab und errichtete den geplanten Zeus-Tempel; auch das zweite Heiligtum der Stadt, den Tempel der Athena Lindia, stattete er reich und prachtvoll aus. In diesen ersten Jahren seiner Herrschaft liebte ihn das Volk, während die Adeligen sich furchtsam auf ihre Landgüter zurückgezogen hatten und abwarteten. Worauf sie warteten? Sie hofften, daß irgendwer irgend etwas unternahm, doch niemand wagte es, sich gegen den so beliebten Tyrannen aufzulehnen. Um zu demonstrieren, wie sehr das Volk ihn verehrte, mischte er sich an Markttagen unter die Menschen, und alle jubelten ihm zu als dem ‹Retter des Vaterlandes›.

Phalaris aber wußte, daß dies auf die Dauer nicht ausreichte, um seine Macht zu sichern, er wollte sich nun dem Vaterland auch als Kriegsheld präsentieren; denn wer würde es wagen, sich an einem Helden zu vergreifen? Nach und nach bekriegte er die kleinen friedlichen Städte der Sikaner, die sich vor den Griechen ins Hinterland zurückgezogen hatten und zum größten Teil ohnehin schon abgabepflichtig waren. Aber nein, Phalaris mußte die Kuh schlachten, die wir vorher nur gemolken hatten, und wenn er in Akragas vor dem Volk als der siegreiche Feldherr auftrat, so machte er sich überall im Land erbitterte Feinde.

Den ersten Anschlag auf ihn verübte ein Adeliger, der ihm von Anfang an Rache geschworen und nur auf eine Gelegenheit gewartet hatte. Er bat als einfacher Kaufmann bei dem Tyrannen um eine Unterredung, da ihn eine Adelsfamilie um sein ganzes Vermögen gebracht habe.

Für dergleichen hatte Phalaris immer ein offenes Ohr, und so ließ er den Bittsteller gleich vor sich bringen. Ob nun die Wache den Mann nicht oder nur flüchtig auf Waffen untersucht hatte, war nicht mehr festzustellen, jedenfalls zog der Rächer einen Dolch heraus und stieß ihn dem Phalaris in die Brust. Der aber trug wohlweislich ein Hemd aus gehärtetem Leder unter dem Chiton, und so mißlang der Anschlag. Der Adelige wurde grausam gefoltert, nannte irgendwelche Namen, und es setzte eine Welle von Festnahmen und Hinrichtungen ein.

Allmählich begann der Fall immer weitere Kreise zu ziehen. Es wurde willkürlich verhaftet, gefoltert und hingerichtet, so daß sich über Akragas eine Wolke aus Angst, Mißtrauen und Blutdunst legte.

Plötzlich fand Phalaris die üblichen Hinrichtungen durch Schwert und Galgen nicht mehr abschreckend genug. So beauftragte er den tüchtigen Kunstschmied Perillos mit der Herstellung eines lebensgroßen Stieres aus Bronze, der hohl und am Bauch durch eine Klappe zu öffnen war. Damit begannen jene schrecklichen öffentlichen Spektakel, an deren Teilnahme ein Mann aus jeder Familie verpflichtet war.

Die wegen Hochverrats Verurteilten – und das waren die meisten – wurden in den Bauch des Stieres eingeschlossen, um den die Büttel einen Scheiterhaufen errichteten. Der Stier erhitzte sich und begann zu glühen, während aus seinem geöffneten Maul das schauerliche Gebrüll der lebendig Gebratenen drang. Die Qualen dieser Verurteilten müssen unvorstellbar gewesen sein; denn dies war nun wirklich kein rascher Tod.

Phalaris saß in seiner Loge, von einem dichten Ring seiner Leibwache umgeben und – andere haben es mir bestätigt – lächelte spöttisch, sobald das Gebrüll einsetzte. Er nannte es den ‹Ruf der Gerechtigkeit›, der jedem Rechtschaffenen im Ohr wohltönen müsse.

Seit diese grausamen Hinrichtungen eingesetzt hatten, begann die Beliebtheit des Phalaris beim einfachen Volk nachzulassen. Solange sich seine Verfolgungen nur auf die Adelsfamilien erstreckt hatten, machten die Leute dazu nur hämische Bemerkungen und meinten, da treffe es einmal die Richtigen. Bald aber setzten wahllose Verfolgungen ein, die sich auf Adelige, Handwerker, Kaufleute, Arbeiter und Sklaven gleichermaßen bezogen. Nach und nach verstummten die hämischen Bemerkungen, und aus den angeblichen Verschwörungen wurden tatsächliche.

Mit dem feinen Gespür des Tyrannen fühlte Phalaris die Veränderung. Von nun an vermied er den Gang durch das Marktgewühl, und wenn er sich in der Öffentlichkeit zeigte, dann nur noch umgeben von seinen schwerbewaffneten Söldnern. Sie waren übrigens die ersten, die es traf. Ist der Herr nicht greifbar, so schlägt man statt dessen seinen Esel, und so häuften sich nun die Anschläge auf die verhaßten Söldlinge des Phalaris. In finsteren Gassen, in schummrigen Schenken, vor der Stadtmauer – wo immer sie sich allein oder zu zweien zeigten, mußten sie mit einem schnellen Dolchstoß rechnen. Phalaris ordnete daraufhin an, daß sie nur noch in Trupps von mindestens acht Mann auftreten durften. Die ersten ungeschickten Versuche, den Tyrannen zu stürzen, mußten scheitern, und fast jeden zweiten Tag verkündete schauriges Gebrüll des ehernes Stiers, daß sich neue Opfer in seinem Bauch zu Tode quälten. Allmählich – und niemand hätte das je gedacht – bewegte Volk und Adel nur noch ein Gedanke: Phalaris mußte getötet werden.

In jener Zeit begann die Verschwörung meines Vaters Telemachos. Er hat sie mir in allen Einzelheiten geschildert. Mein Vater dachte nüchtern und methodisch und kam zu dem Schluß, daß an Phalaris nur heranzukommen sei, wenn man in seine innersten Kreise eindrang. Nach langen behutsamen Überlegungen wurde einer aus der Sippe der Emmeniden dazu ausersehen, den Verräter zu spielen. Den Vorschlag, diesen Mann durch das Los zu bestimmen, lehnte mein Vater ab. Da werde womöglich ein Dummkopf ausgelost, und der könne alles verderben. Nein, sie wählten den Klügsten, Ruhigsten und Unauffälligsten aus, das war Xenokrates, ein Vetter meines Vaters. Dazu wurde ein künstlicher Streit in Szene gesetzt. Xenokrates war von einem kinderlosen Onkel als Erbe eingesetzt worden, doch mein Vater, als Sprecher und Führer der Sippe, machte ihm den Nachlaß streitig. Sie sorgten dafür, daß der Zwist nach außen drang, stritten lautstark auf der Agora, warfen sich in aller Öffentlichkeit Verwünschungen an den Kopf.

Xenokrates wandte sich schließlich an Phalaris und bat ihn um das Amt des Schiedsrichters. Der Tyrann lehnte zuerst ab. Warum solle er sich in Familienstreitigkeiten mischen, um so mehr, als er wisse, daß sämtliche Emmeniden nur auf seinen Sturz hofften. Ihn betreffe das nun wirklich nicht, beteuerte Xenokrates, er sei von jeher ein Verehrer des Phalaris gewesen, denn er liege seit Jahren mit seiner Familie im Streit, und diese Erbschaftssache sei nur der vorläufige Höhepunkt einer Entwicklung, die ihn seit langem von seiner Sippe entfremde. Frei herausgesagt, er würde sich sehr glücklich schätzen, wenn Phalaris ihm ein Amt übertrüge und sei es ein noch so kleines.

So unglaublich es klingt: Der mißtrauische Phalaris ließ sich täuschen. Insgeheim gierte er nach der Anerkennung seiner früheren Standesgenossen, doch nur wenige – sehr wenige – hatten sich auf seine Seite geschlagen. Mit Klugheit und Bedacht hatte mein Vater diese Schwäche des Tyrannen in Rechnung gesetzt – und die Rechnung war aufgegangen.

Xenokrates erhielt das Amt eines Richters; damit wollte der kluge und heimtückische Tyrann seine Treue und Brauchbarkeit prüfen. Für Xenokrates begann damit eine schwierige Zeit. Da nur sehr wenige Bescheid wußten, hielten alle anderen ihn für einen Verräter und Abtrünnigen. Er aber mußte sich das Vertrauen des Phalaris erringen und bewahren und tat das einzig mögliche: sobald er von einem Verdacht erfuhr, ließ er den Betroffenen warnen, so daß viele noch rechtzeitig die Flucht ergreifen konnten. Trotzdem war er gezwungen, Urteile zu fällen und schickte so manchen in den Bauch des Stieres, wohl bedenkend, daß diese Männer ohnehin nicht vor einem schrecklichen Ende zu retten gewesen wären. Aber er tat noch etwas anderes. Insgeheim versuchte er herauszufinden, wer aus dem Kreis um Phalaris zur Gegnerschaft bereit war, und seine bedachtsame Klugheit fand so nach und nach die Richtigen heraus. Diese Männer fürchteten das unberechenbare Mißtrauen des Tyrannen, der sie heute noch zu einem vertrauten Symposion lud und sie ein paar Tage später als Verdächtige festnehmen und foltern ließ. Oft genug hatten sie solche Fälle erlebt und am Ende erkannt, daß niemand sich sicher, niemand sich ungefährdet wähnen durfte.

Während Xenokrates im inneren Kreis um Phalaris eine Gegnerschaft aufzubauen suchte, war mein Vater bemüht, dies außerhalb zu tun. Er stieß dabei weniger auf Ablehnung als auf Furcht. Fast alle Adeligen erhofften und warteten auf das Ende des Tyrannen, doch sie trauten ihm magische Kräfte zu, sahen in ihm eine Art Halbgott, der zwar böse, aber im Grunde unangreifbar war. Mit Geduld und Beharrlichkeit trat mein Vater diesen Gerüchten entgegen. Phalaris sei sterblich wie jeder andere, und ihn schützten nicht die Götter, sondern eine hochbezahlte Leibwache.

Dann kam jener Tag, den Phalaris zu einer Generalabrechnung mit seinen Gegnern bestimmt hatte. Die Hinrichtungen – durch den ehernen Stier, durch Schwert und Galgen – sollten bei Tagesanbruch beginnen und sich, nach einer mittäglichen Pause, bis gegen Abend fortsetzen.

Xenokrates war es gelungen, den Hauptmann der Leibwache auf seine Seite zu ziehen. Phalaris hatte dem alten Krieger schon mehrmals angedroht, er werde sich wohl eines Tages im Stier zu Tode brüllen, doch – auch wenn dies scherzhaft gemeint war – der Hauptmann nahm es ernst und trat auf die Seite des Xenokrates. Für diesen Tag, schärfte er seinen Leuten ein, sei ein vorgetäuschter Anschlag auf Phalaris geplant, doch der wisse Bescheid und wolle dadurch nur einige seiner Gegner entlarven. Er befahl ihnen, ihre Schwerter stecken zu lassen, bis er das Zeichen zum Eingreifen gebe.

So brach der Tag des Gerichts an. Phalaris nahm in seiner marmornen Loge Platz, der eherne Stier stand bereit, der Galgen war aufgerichtet, der Henker und seine Gehilfen erwarteten die Verurteilten.

Telemachos, mein Vater, hatte die Verschwörer um sich gesammelt; Xenokrates saß mit seinem Richterstab – dem Zeichen seines Amtes – hinter Phalaris. Dann wurde das Häuflein der Verurteilten herangeführt, und ein Gerichtsschreiber las ihre Verbrechen so schnell und monoton, daß kaum jemand seine Worte verstand. Damit war der Schein gewahrt, als finde hier tatsächlich eine Rechtsprechung statt. Einer der Büttel öffnete die Klappe des ehernen Stieres, andere schleppten die Verurteilten herbei. Dies aber war das vereinbarte Zeichen.

Xenokrates stand auf und schlug seinen Richterstab dem Phalaris auf den Kopf. Die Leibwache hielt sich zurück, wie es der Hauptmann befohlen hatte. Mein Vater stürzte mit seinen Verschwörern auf den betäubten Phalaris; sie zerrten ihn zum ehernen Stier und stießen ihn hinein. Jeder Verschwörer wußte, daß dieser Mensch nicht weiterleben durfte; hätte man ihn gefangengenommen, so wäre er binnen kurzem von seinen Söldnern befreit worden. Das dann zu erwartende Blutbad mußte um jeden Preis verhindert werden.

Alles lief so schnell ab, daß die wenigsten der Zuschauer verstanden, was eigentlich vor sich ging. Plötzlich stand der vorbereitete Scheiterhaufen in hellen Flammen, umgeben von bewaffneten Männern mit gezogenen Schwertern. Aus dem geöffneten Maul des Stieres drang unterdessen ein schauerliches Gebrüll, doch diesmal war es der Tyrann Phalaris, der seine Qualen hinausschrie. In Windeseile hatte es sich herumgesprochen, was hier wirklich geschah, und ein Jubel erhob sich, ein unendlicher Jubel. Der Tyrann war tot, und nun begann man, seine Handlanger niederzumetzeln.

Xenokrates wurde von seiner Familie in Sicherheit gebracht, während mein Vater versuchte, die Ruhe wiederherzustellen. Es kostete einige Mühe, bis Telemachos sich Gehör verschaffen konnte.

«Phalaris ist tot! Er endete sein schändliches Leben dort, wo viele Unschuldige durch ihn zu Tode kamen – in dem ehernen Stier. Seid jetzt besonnen und laßt euch nicht zu Taten hinreißen, die ihr später bereuen müßt. Unsere Stadt ist von einer schweren Last befreit – bürdet ihr nicht ein neue auf!»

Diese besonnenen Worte verfehlten leider ihre Wirkung. Die Männer der Stadt bewaffneten sich und zogen hinauf zur Festung, wo die Leibtruppe des Tyrannen untergebracht war. Irgendwer mußte die Leute gewarnt haben; denn die Klügeren hatten sich schon davongemacht, während einige Dutzend Zauderer von den rachedurstigen Männern in Stücke gehackt wurden.

Daß man die wenigen Adeligen, die dem Tyrannen gedient hatten, zur Verbannung begnadigte, war meinem Vater zu verdanken. Viele forderten den Tod für diese Verräter, wie sie jetzt nur noch genannt wurden, doch Telemachos führte ihnen auf einer Adelsversammlung das Beispiel des Xenokrates vor Augen.

«Woher wißt ihr, meine Freunde, daß nicht auch andere den Verräter nur spielten, um Schlimmeres zu verhindern? Säen wir nicht die Ursache zu neuem Zwist, sondern ziehen wir einen Schlußstrich. Möge Phalaris der erste und der letzte Tyrann in der Geschichte unserer Stadt gewesen sein!»

Gorgos, der Sohn des Telemachos, hat uns die Geschichte des Tyrannen Phalaris überliefert, und er ließ keinen Zweifel daran, daß er und seine Familie die Tyrannis bekämpften und mit allen Mitteln ihr Wiederaufleben zu verhindern suchten. Das Schicksal wollte es aber, daß hundert Jahre später ein Sproß aus seiner Familie zum Tyrannen von Akragas aufstieg.

Die Zeit der Oligarchien war vorbei; mit wenigen Ausnahmen wurden die Stadtstaaten der Insel Sikelia von Alleinherrschern regiert, die sich zuerst Tyrannen, später Könige nannten. In Akragas war es der Emmenide Theron, und niemandem wäre es eingefallen, ihn als einen schlechten Herrscher zu bezeichnen oder gar mit dem grausamen Phalaris zu vergleichen. Theron herrschte maßvoll und gerecht; sein Ziel war es, die Karthager aus Sikelia zu vertreiben, und es gelang ihm, ihnen die Stadt Himera wieder abzunehmen. Die ungeheure Kriegsbeute verwendete er ausschließlich zur Verschönerung seiner Heimatstadt, und er tat dies unter anderem durch die Errichtung von fünf prachtvollen Tempeln. Sein Tod beendete eine goldene Zeit für Akragas, das zwei Menschenalter später von den Karthagern erobert, geplündert und zum Teil zerstört wurde. Von diesem Schlag hat es sich niemals wieder erholt. Die Römer machten es zu einem wichtigen Warenumschlagplatz, doch die griechische Bevölkerung wurde versklavt. Als die Araber im Jahre 827 die Insel Sikelia besetzten, fanden sie an der Stelle des alten glanzvollen Akragas nur noch ein schmutziges Dorf.

Der Großtyrann
Feind der Götter – Feind der Menschen

I

Die Kriegsfaust der Karthager schwebte wie ein drohender Schatten über der Insel. Niemals konnten sie ihre schwere Niederlage bei Himera verzeihen oder vergessen, die Gelon, der Tyrann von Syrakus, ihnen bereitet hatte. Sieben Jahrzehnte hielten sie still, zwei Menschenalter brauchten sie, um sich von dem Schlag zu erholen. Sie würden vielleicht auch dann keinen Angriff mehr gewagt haben, hätte sie nicht der ewige Hader der sikelischen Städte untereinander herbeigelockt – ja, hätte nicht eine dieser Städte sie zur Hilfe gerufen.

Segesta war es, das im Krieg mit Selinus lag und den Karthagern für die Unterstützung reiche Beute versprach. Die Karthager kamen, besiegten Selinus, sahen sich ein wenig um und verschwanden wieder. Im Jahr darauf aber kehrten sie zurück, in dreifacher Stärke, und diesmal griffen sie härter zu. Selinus wurde erobert und ausgeraubt, in Himera kam es zu schweren Kämpfen; ein Teil der Bevölkerung konnte fliehen, der Rest wurde umgebracht. Die Karthager zogen sich zurück, aber sie sammelten nur neue Kräfte. Drei Jahre später kamen sie wieder, ihr Ziel war Akragas, dessen Einwohner zu zittern begannen und die Götter um Hilfe anflehten, als sie im Süden einen Wald von Segeln am Horizont auftauchen sahen.

Sieben Monate mußte die waffenstarrende Stadt belagert und bekämpft werden, bis sie aufgab. Die Einwohner konnten sich nach Leontinoi retten, doch sie ließen eine riesige Beute zurück, unter der sich auch der schreckliche Bronzestier des Phalaris befand. Gela und Kamarina waren die nächsten Ziele raublustiger Karthager. Danach wäre Syrakus an der Reihe gewesen, das eine ebenso reiche – wenn nicht reichere – Beute versprach wie Akragas. Mit Syrakus aber schlossen die Karthager wider Erwarten Frieden. Warum?

Hier begegnet uns zum ersten Mal Dionysios, dem dieses Kunststück zu verdanken war.

2

Nachdem Akragas gefallen war, trat in Syrakus eine Volksversammlung zusammen, um das weitere Vorgehen zu beraten.

Es wurde viel durcheinander geredet, Vorwürfe klangen auf, Fragen wurden gestellt. Es ging vor allem darum, ob das syrakusanische Heer der Stadt Akragas auch wirklich zur Hilfe gekommen sei oder ob die Feldherren sich mit den Karthagern abgesprochen und die Beute geteilt hätten. Ein ungeheurer Vorwurf!

Ein junger unscheinbarer Mann drängte sich nach vorne. Streitlust und Zorn flammten aus seinen Augen, als er die Hand hob, um sich Gehör zu verschaffen. Viele kannten ihn, er war als Stadtschreiber in Syrakus beschäftigt, doch er hatte vor Akragas mitgekämpft und brachte nun mit heller weithin tragender Stimme die schwersten Anklagen vor. «Ich war dabei, meine Freunde! Ich gebe kein Gerücht weiter, wenn ich behaupte: Unsere Feldherren haben in Akragas nicht nur versagt; sie wurden von den Karthagern gekauft und bestochen. Warum auch wählt ihr eure Strategen immer nur aus den Kreisen der Aristokratie? Sie haben nur im Sinn, sich weiter zu bereichern – Geld ist Macht! –, um dann wieder eine Oligarchie aufzurichten. Zieht sie zur Verantwortung! Man sollte ihnen allen wegen Verrats am Vaterland die feisten Köpfe herunterhauen! Meine Freunde...»

Doch Dionysios konnte nicht weiterreden, weil der Archon aufgesprungen war und ihm wegen Beleidigung und Verleumdung eine Geldstrafe auferlegte. Sofort ergriff Philistos das Wort, ein reicher junger Mann, der den Vorschlag des Dionysios begeistert unterstützte.

«Die Geldstrafe bezahle ich! Und ich werde jede weitere bezahlen, damit Dionysios zu Ende reden kann.»

Der lächelte und fügte hinzu:

«Ich möchte euch nur noch einen Rat geben, der unsere Stadt vor den beutehungrigen Karthagern retten kann: Macht Männer zu euren Feldherren, von denen ihr wißt, daß sie tüchtig, wohlgesinnt, unbestechlich und Freunde des Volkes sind. Nur so ist Syrakus noch zu retten – nur so!»

Die aufgebrachten und verunsicherten Menschen jubelten Dionysios zu, als hätte er eine glänzende, staatspolitische Rede gehalten.

Da derzeit in Syrakus noch eine Demokratie herrschte, setzten sie ihre bisherigen Feldherren ab und wählten neue. Die erste Wahl fiel auf Dionysios, der nur schlecht seinen Triumph verbergen konnte. Im Grunde hatte er ins Blaue hineingeredet, und was er den Strategen vorwarf, war nur ein unbestimmter, wenn auch begründeter Verdacht. Doch er hatte die Herzen des Volkes damit erwärmt und die Menschen für sich eingenommen. Mehr wollte er in diesem Augenblick nicht.

Er ließ einige Tage verstreichen, dann tat er den nächsten Schritt. Die neuen Heerführer, so sagte er, seien um nichts besser als die alten. Sein spontaner und deshalb verschwiegener Verdacht habe sich bestätigt.

«Kaum sind sie in Amt und Würden, schicken sie Boten zu den Karthagern und lassen erkennen, daß sie zu Verhandlungen bereit sind. Ohne mich, meine Freunde! Ein solcher Feind muß besiegt werden, und wenn nicht jetzt, dann beim nächsten Mal. Die Karthager werden uns keine Ruhe gönnen, und wir werden uns so lange mit ihnen auseinanderzusetzen haben, bis sie vernichtend geschlagen sind – zu Wasser und zu Lande!»

Besonders die jungen Leute hörten solche Reden gern, und Dionysios gewann viele Anhänger unter ihnen. Doch er wollte es sich auch mit dem Adel nicht verderben, und so regte er an – man brauche jetzt schließlich jeden Mann! –, die unter der demokratischen Herrschaft verbannten Aristokraten zu begnadigen. Er legte seine Gründe so überzeugend dar, daß er mit seinem Vorschlag durchdrang.

Dionysios spürte, wie ihm die Macht zuwuchs. Nichts anderes bewegte oder beschäftigte ihn, er wollte eindringen in das kalte kristalline Gefüge der Macht, es erforschen, nützen, sich dienstbar machen. Weder glaubte er an die Götter, noch liebte er die Menschen, doch mit beiden mußte er sich auseinandersetzen, beide betrachtete er als Werkstoff, der ihm zur Verfügung stand. Er wollte ihn kneten, diesen Stoff, Menschen gegen Menschen ausspielen, und der Olymp, dieser von Menschen erdachte Götterhimmel, konnte ihm dabei von Nutzen sein.

3

Beim Versuch, vorzeitig in seine Heimatstadt zurückzukehren, war der Feldherr und frühere Adelsführer Hermokrates gefallen. Jetzt, da auf Betreiben des Dionysios die Verbannungsurteile aufgehoben waren, kamen seine Anhänger und seine weitverzweigte Familie nach Syrakus zurück.

Die Tochter des Hermokrates – bei der erzwungenen Emigration noch im Kindesalter – war jetzt ein anmutiges junges Mädchen geworden, und Dionysios, der den Adel auf seine Seite bringen wollte, hielt um ihre Hand an. Nach einer kurzen Familienberatung wurde sein Antrag angenommen; Dionysios hatte es nicht anders erwartet. Er kannte das Mädchen kaum, doch als sie ihm zugeführt wurde, öffnete sich sein kaltes, verschlossenes Herz ein klein wenig. Mit ihren achtzehn Jahren war Hermione genau zehn Jahre jünger als der Bräutigam, der ihr – wie es in Adelskreisen Sitte war – von der Familie bestimmt wurde. Nach ihrer Meinung hatte man sie nicht gefragt.

Dionysios war ein kühl rechnender Pragmatiker, der nichts auf Gefühle gab, und so war diese Heirat einer nüchternen Überlegung entsprungen. Wenn er den Adel – auch einen entmachteten Adel – gegen sich hatte, würde es länger und schwieriger sein, die Herrschaft in Syrakus an sich zu reißen. Das Leben ist kurz, dachte Dionysios, warum soll ich unnötig Zeit verlieren. Seine Ehe mit Hermione machte ihm den Adel geneigt, der auch sonst – da Dionysios einer freien angesehenen Familie entstammte – gegen ihn kaum Vorbehalte hatte. Wenn allerdings manche von ihnen glaubten, Dionysios sei nun einer der ihren, so schätzten sie ihn falsch ein. Er wollte alles für sich, und die anderen mußten ihm dazu verhelfen.

Inzwischen war der Winter vergangen, und man vermutete, daß die Karthager im Frühjahr die kleine Stadt Gela angreifen würden. Von dort kamen Hilferufe nach Syrakus, und Dionysios machte sich mit vierhundert Reitern und zweitausend Mann Fußvolk auf den Weg. Er fand die Stadt in einen heillosen Bürgerkrieg verstrickt, der zwischen dem Volk und der Oligarchie hin und her wogte. Dexippos, der Stadtkommandant, war hilflos; seine Leute liefen ihm scharenweise davon, weil sie schon lange keinen Sold mehr erhalten hatten. Dionysios verständigte sich mit ihm und ließ eine Volksversammlung einberufen. Die Zustände in Gela hätten für ihn gar nicht günstiger sein können. Ja, er wollte der Stadt helfen, aber auf seine Weise.

Auf der Versammlung wurde viel und hitzig herumgeredet. Die Karthager, der eigentliche Feind, schienen vergessen, dafür beklagten sich die Sprecher der Handwerker und Kaufleute über den geldgierigen Adel, der alles mit schweren Steuern belastete, sobald er an der Macht sei. Jetzt meldete sich Dionysios zu Wort:

«Meine Freunde, bedenkt, daß der Feind vor der Tür steht, und wer in einer solchen Lage an Steuererhebungen denkt, ist ein Landesverräter. Was aber ist die Strafe für Verräter?»

«Der Tod! Der Tod!» schallte es ihm vielstimmig entgegen. Dionysios hob die Hand. Alles verstummte.

«Warum zögert ihr dann noch? Die Oligarchie ist eine überlebte Staatsform und hat sich nicht bewährt. Zieht einen Schlußstrich! Zieht ihn mit dem Schwert – dem Henkersschwert!»

Das Ergebnis der Abstimmung kam Dionysios' Wünschen entgegen. Die Häupter der Adelsfamilien wurden zum Tode verurteilt, ihr Vermögen eingezogen. Das Volk pries Dionysios als einen zweiten Solon, und mit den beschlagnahmten Geldern konnte Dexippos seine Söldner bezahlen. Als Dionysios aber ganz unverblümt seine Pläne darlegte, nämlich jetzt gemeinsam die Herrschaft in der Stadt zu übernehmen, lehnte der empörte Kommandant dieses Vorhaben als ehrlos und gefährlich ab.

Dionysios verließ daraufhin mit seiner Truppe die Stadt unter dem lauten Protest der Bevölkerung, die ihren ‹Retter› nicht ziehen lassen wollte.

«Ich komme wieder!» rief Dionysios ihnen zu, «ich komme wieder!»

In Syrakus wurde er wie ein Held empfangen und sogleich zum obersten Feldherrn ernannt. Er verdoppelte den Sold seiner Männer und stellte zufrieden fest, daß er damit einen gewichtigen Teil der Macht in Händen hielt. Der Adel aber rückte von ihm ab. Sie konnten ihm nicht verzeihen, daß er in Gela ihre Standesgenossen entmachtet und nicht wenige hatte hinrichten lassen. Er verteidigte sich.

«Das hat die Volksversammlung in Gela bestimmt! Warum gebt ihr mir die Schuld daran?» fragte er seine Kritiker; im Grunde aber kümmerten ihn ihre Proteste nicht.

Hermione machte ihm keine Vorwürfe. Sie war seine Frau, sie hielt zu ihm. Ihr gegenüber gab Dionysios sich zärtlich, fröhlich und zuvorkommend. Wenn er über die Schwelle seines Hauses schritt, blieb der machtgierige und gewissenlose Teil seines Wesens draußen. Hermione kannte nur diese Seite seines Wesens und hielt, was ihr von den Verwandten zugetragen wurde, für Verleumdung.

Inzwischen hatten die Karthager ihr Winterquartier in Akragas verlassen, zerstörten einen Teil der Stadt und marschierten auf Gela zu. Beim Apoll-Tempel vor der Stadt schlugen sie ihr Lager auf, und Himilkon, ihr Feldherr, tat etwas, das die Menschen in ganz Sikelia erschauern ließ, er raubte die bronzene Kolossalstatue des Apoll und ließ sie nach Tyros verschiffen. Damit, so verkündete er seinem Herrn, habe er die Griechen ihres mächtigsten Gottes beraubt, sie schwach und verwundbar gemacht.

Dionysios lachte, als er davon erfuhr.

«Ein paar tausend Talente Bronze machen noch keinen Gott. Nicht der Raub dieser Statue macht uns schwach, sondern unser Zögern, unsere Unentschlossenheit. Tausend gut bewaffnete Söldner sind mir lieber als der ganze Olymp!»

Dionysios war so klug, diese Worte nur an sich selber zu richten. Solange er die Macht nicht felsenfest in Händen hielt, durfte niemand von seiner Einschätzung der Götter etwas wissen, und selbst dann mußte er behutsam sein.

Aus dem bedrohten Gela kamen Hilferufe nach Syrakus: Wo bleibt Dionysios? Hält er so sein Versprechen?

Dionysios brach mit fünfzig Kriegsschiffen auf, doch sein Plan, die Karthager von drei Seiten anzugreifen, schlug fehl. Sofort änderte er seine Taktik. In der Nacht ließ er die Stadt räumen und brachte ihre Einwohner nach Syrakus. Zweitausend seiner Krieger mußten unterdessen in Gela mit lautem Lärm, Fackeln und Herumgerenne eine bewohnte Stadt vortäuschen. Gegen Morgen zogen sie ab und überließen den überraschten Karthagern die leeren Häuser.

Auf dem Rückzug überredete Dionysios die Einwohner von Kamarina, sich nach Syrakus in Sicherheit zu bringen, da die Karthager übermächtig und nicht zu besiegen seien. Wer nicht mitwollte, wurde gezwungen, und allmählich begannen ihn seine Hauptleute – die meist aus guten Familien stammten – zu durchschauen. Hier war einer dabei, schamlos und mit allen Mitteln die Macht an sich zu reißen. Da kamen ihm die Karthager als Vorwand gerade recht.

Die Adeligen in seinem Heer rotteten sich zusammen, eilten nach Syrakus und verbreiteten die Kunde, Dionysios strebe eine Tyrannis an. Sie drangen in sein Haus ein, raubten es aus und mißhandelten Hermione schwer.

Sofort sandten die Volksvertreter dem Dionysios Boten entgegen, die ihn von der Lage unterrichteten. In einem Gewaltmarsch zog er vor die Stadt, legte Feuer an das verrammelte Tor und begann einen systematischen Rachefeldzug. Wieder nützte er die Gunst der Stunde, und er handelte, wie ein Tyrann handeln muß. Wen er von seinen Gegnern in der Stadt antraf, wurde sofort getötet. Nachdem der Aufruhr niedergeschlagen war, ließ er alle zurückgebliebenen Adeligen aus ihren Häusern jagen, die Männer hinrichten, die Frauen und Kinder aus der Stadt treiben.

Hermione, die geliebte Gattin, war an den erlittenen Mißhandlungen gestorben, und für Dionysios gab es jetzt keinen Grund mehr, Schonung walten zu lassen. Das Volk unterstützte ihn dabei mit Begeisterung. Wer von seinen Gegnern sich verborgen hatte, wurde von eifrigen Spürhunden aus dem Versteck gezerrt und dem Henker überliefert.

Die aus Gela und Kamarina emigrierten und verschleppten Einwohner waren entsetzt. Unter einem solchen Herrn wollten sie nicht leben, doch in ihre zerstörten und von den Karthagern besetzten Städte konnten sie nicht zurück. Sie flohen nach Leontinoi, und Dionysios ließ sie ziehen. Er würde sich ihrer später annehmen.

4

Der von den Karthagern aus Gela geraubte Apoll rächte sich auf entsetzliche Weise: Er sandte die Pest in das Lager des Feindes. Die Männer starben wie Fliegen dahin, und ihr Feldherr Himilkon setzte alles daran, die unselige Insel zu verlassen. Doch er war der Sieger und wollte möglichst viel herausholen. Er und Dionysios verhandelten unter vier Augen.

«Höre meine Bedingungen, Dionysios. Ich will nicht nur die uns schon tributpflichtigen Städte behalten, sondern auch die neu eroberten, also Akragas, Gela und Kamarina. Die Einwohner können zurückkehren, bleiben aber Untertanen Karthagos und dürfen ihre Städte nicht mehr befestigen. Das sind die Hauptpunkte, alles weitere werden dir meine Sekretäre im einzelnen vorlegen.»

Dionysios saß mit gesenkten Augen da und schwieg. Himilkon wurde unsicher. Hatte er zuviel verlangt? Nun, so würde er eben einige Zugeständnisse machen. Da Dionysios weiter schwieg, wurde Himilkon unruhig.

«Ich warte auf deine Antwort, Dionysios!»

Langsam hob der Angeredete seinen Blick, unbewegten Gesichts, mit kalten, ausdruckslosen Augen. Er lächelte leise und zuckte scheinbar hilflos die Schultern.

«Du bist der Sieger, Himilkon, was könnte ich dir schon entgegnen? Ich nehme deine Bedingungen an.»

Er stand auf, verneigte sich leicht und verließ den Raum. Himilkon saß wie betäubt. So einfach hatte er es sich nicht vorgestellt.

Es drängte ihn, dem Dionysios nachzulaufen, um ihn nochmals zu befragen, doch das schickte sich nicht für einen Sieger.

Als der schmähliche Vertrag bekannt wurde, gab es beherzte Männer, die dem Dionysios Feigheit, ja Verrat vorwarfen. Der aber blieb ungerührt.

«Laßt sie nur einmal abziehen, die tapferen Karthager. Nichts anderes wollte ich mit meinen Zugeständnissen erreichen. Gut, ich habe einen schmählichen Vertrag unterschrieben; wer aber sagt, daß ich ihn halten werde?»

Da verstummten seine Kritiker, und Dionysios machte sich nun daran, seine Macht nach innen und außen zu festigen.

Ihn beschäftigten jetzt gewaltige Bauvorhaben. Die ganze Insel Ortygia ließ er umsiedeln und machte es den Bürgern dadurch schmackhaft, daß er Land und Geld an sie verteilte; die hingerichteten und geflohenen Adeligen hatten genug davon zurückgelassen. Die Insel besiedelte Dionysios mit seinen Söldnern und Leibtruppen und verwandelte sie in eine waffenstarrende, mauerumschlossene Festung. Sich selber erbaute er neben dem Damm, der Festland und Insel verband, einen prächtigen Palast, von dem aus er über einen Mauergang mit wenigen Schritten die Festung erreichen konnte. Dies war sein persönlicher Schutz, um notfalls gegen die Bürger von Syrakus gerüstet zu sein. Gegen den äußeren Feind errichtete er auf einer Anhöhe im Nordwesten der Stadt die Festung Euryalos.

Dieses größte Bauprojekt, das auf Sikelia jemals verwirklicht wurde, entstand in verhältnismäßig kurzer Zeit. Dazu verwendete Dionysios weder Sklaven noch Fronarbeiter, sondern freie Männer, die er mit guter Bezahlung lockte. Bewährte Baumeister hatten einen genauen Plan entworfen, wie der wichtigste Bauabschnitt, eine gewaltige, hundertzehn Stadien lange, bis zum Meer hinabreichende Mauer in zwanzig Tagen fertigzustellen sei.

Von den sechzigtausend angeworbenen Arbeitern waren je zweihundert unter einem Aufseher für einen der hundertachtzig Bauabschnitte zuständig. Die anderen mußten Steine brechen und herbeischaffen. Am einundzwanzigsten Tag war die Mauer vollendet. Während des Baus war Dionysios oft zugegen, ermunterte die Männer mit Scherzen und Versprechungen, während die Bürger von Syrakus diese Entwicklung mit steigendem Mißtrauen beobachteten. Wenn Dionysios darauf angesprochen wurde, runzelte er die Stirn.

«Ja, versteht ihr das denn nicht? Das ist doch zu unser aller Schutz! Ihr werdet doch nicht ernsthaft glauben, daß die Karthager uns künftig in Ruhe lassen – Vertrag hin oder her. Die kommen wieder und dann werdet ihr mir dankbar sein.»

Dennoch – man traute ihm nicht mehr. Die Volksversammlung hatte Dionysios zum Strategen ernannt, doch nun schien es, man habe sich selber ein Kuckucksei ins Nest gelegt. Von einer Demokratie war nicht mehr viel zu spüren; Dionysios traf alle Entscheidungen allein und begründete es damit, daß es sich um militärische Dinge handelte, die ihn als Oberbefehlshaber betrafen. Je fester er die Zügel in der Hand hielt, desto seltener gab er seine Gründe bekannt. Er hatte einen Plan, und den führte er aus, Schritt für Schritt, ob es dem Volk nun paßte oder nicht.

Um seine Herrschaft zu erweitern, unternahm Dionysios einen Feldzug gegen die Sikuler, deren Unabhängigkeit er laut Vertrag nicht antasten durfte. Dieser für Syrakus unnötige und nutzlose Krieg stieß im Volksheer auf Widerstand und löste gefährliche Unruhen aus. Als einige seiner Söldnerführer getötet wurden, befahl Dionysios den Rückzug und verschanzte sich in dem schwerbefestigten Ortygia. Das Bürgerheer bat die demokratisch regierten Städte Messana und Rhegion um Unterstützung, und die vereinten Heere schlossen Dionysios von der Land- und Seeseite ein. Es gelang ihm aber, einige Kundschafter hinauszuschmuggeln, die kampanische Söldnertruppen – sie hatten seinerzeit gegen die Karthager mitgekämpft – anwarben. Diese erprobten Krieger durchbrachen schnell die Reihen des Bürgerheeres und befreiten den Tyrannen; denn als solcher wurde er von nun an bezeichnet.

Dionysios zog aus diesem Aufstand seine Konsequenzen. Er belegte das Tragen von Waffen mit schweren Strafen und verstärkte das ihm ergebene Söldnerheer. Sein nächstes Ziel war die Herrschaft über ganz Sikelia, doch er war noch jung, er konnte sich Zeit lassen.

Nun gab es für Dionysios wieder einen ausgezeichneten Vorwand, zwei einflußreiche Gegner auszuschalten. Der beliebte

Volksführer Demarchos und der Stratege Daphnaios wurden wegen Hochverrats hingerichtet. Freilich gab es auch noch andere, die mit der neuerrichteten Tyrannis nicht einverstanden waren, doch sie zogen es vor zu schweigen, um sich und ihre Familien nicht zu gefährden.

Nun, da er sich vorerst alle Feinde vom Hals geschafft hatte, wollte Dionysios wieder einen Hausstand gründen. Da er an sich erfahren hatte, wie schnell eine Familie zerstört werden kann, wollte er sich auch dabei vor blindem Zugriff der Moira schützen und heiratete zwei Frauen gleichzeitig.

Die eine hieß Aristomache und entstammte einer mit Dionysios befreundeten Familie aus Syrakus. Doris, seine zweite Frau, kam aus dem Städtchen Lokroi auf dem italischen Festland, womit der weit vorausschauende Tyrann auch einen Fuß dorthin setzte.

5

Zwei Dingen schenkte Dionysios in jener Zeit seine ganze Aufmerksamkeit. Das war einmal die schnelle Fertigstellung seiner gewaltigen Burg Euryalos und die Rüstung für den bevorstehenden Krieg mit den Karthagern. Mit Euryalos wollte Dionysios alles übertreffen, was bisher an Festungsanlagen errichtet wurde; und so brütete er mit seinen Baumeistern tagelang über geheimgehaltenen Plänen. Dionysios, der nicht an die Götter, doch an die Macht der Moira, des blinden Schicksals glaubte, tat alles, um sich für diese nicht vorhersehbare gestaltlose Bedrohung zu wappnen.

So versetzte er sich in die Lage des Feindes, der den Aufgang der Burg erstürmt hatte und nun dabei war, die Mauern zu überwinden. Er ließ Euryalos mit tiefen Verteidigungsgräben umgeben, baute hinter der ersten Wehrmauer eine zweite, noch höhere, die es den Verteidigern erlaubte, die Eindringlinge aus schmalen Schießscharten mit Pfeilen zu belegen, während diese – gefangen wie in einer Schlucht – keine Möglichkeit eines Angriffs hatten. Sollte es auf nicht vorhersehbare Weise dem Feind doch gelingen, auch die zweite Mauer zu überwinden, so stand er vor dem hochaufragenden Block einer unzugänglichen, nur über eine Zug-brücke zu betretenden Festung, von deren Türmen ihn ein Hagel von Pfeilen und Steinen empfing. Ein kompliziertes System unterirdischer Gänge erlaubte den Verteidigern einen Gegenangriff. Zogen sie sich wieder zurück und versuchten die Angreifer ihnen durch diese Gänge zu folgen, wurden sie unfehlbar irregeleitet und konnten an bestimmten Punkten gestellt und niedergemacht werden.

Natürlich war Euryalos auch für lange Belagerungen gerüstet. Riesige Vorratskammern wurden in die Felsen gehauen, es gab Zisternen und Viehställe, und sollten sich die Lager dennoch erschöpfen, so konnten die Männer über lange unterirdische Gänge weit außerhalb des Belagerungsrings ins Freie gelangen und Nachschub herbeischaffen.

Dionysios schärfte seinen Baumeistern ein:

«Nichts, aber auch gar nichts darf übersehen oder dem Zufall überlassen werden! Auch bei den Angreifern gibt es kluge Köpfe; wir müssen uns in ihre Lage versetzen und versuchen, noch klüger zu sein.»

Er zog die Baumeister, Steinmetzen und die Fleißigsten der Arbeiter an seinen Tisch, unterhielt sich mit ihnen stundenlang über ihre Sorgen und Probleme, lobte und belohnte sie reich. Damit machte er sich nicht nur diese Leute zu Freunden, sondern erreichte auch, daß sie anderen davon erzählten und etwa sagten:

«Dieser Dionysios soll ein grausamer Tyrann, ein Ungeheuer, ein Menschenschinder sein? Daß ich nicht lache! Er unterhält sich freundlich mit jedermann, ist immer zu einem Scherz aufgelegt und hat jederzeit eine offene Hand. Wir müßten ihm auf Knien danken, daß er für die Sicherheit unserer Stadt so viel tut.»

Unterdessen waren die Handwerker von Syrakus mit der Herstellung von Waffen so überbeschäftigt, daß sie häufig bei Fackellicht bis weit in die Nacht hinein arbeiteten. Die Flotte wurde verstärkt, und Dionysios setzte hohe Preise für neue und ungewöhnliche Kriegsgeräte aus. Die Erfinder gaben sich in seinem Palast ein Stelldichein; Dionysios hörte sie an, betrachtete ihre Pläne und fand dann und wann unter viel Unnützem und Unbrauchbarem ein Goldkorn. Da hatte etwa ein junger Mann, fast ein Knabe noch, ein Katapultgeschütz konstruiert, das unglaublich schwere Steine wie Kiesel weithin schleudern konnte.

Die Bevölkerung von Syrakus war nach wie vor der Meinung, dies alles geschehe, um für den bevorstehenden Angriff der Karthager gerüstet zu sein. Dionysios aber hatte längst beschlossen, ihnen zuvorzukommen und sie seinerseits anzugreifen, um so mehr, als seine Kundschafter ihm berichteten, daß Karthago durch eine jahrelang wütende Pest stark geschwächt und kaum gerüstet sei.

Weniger Glück hatte Dionysios mit der Gewinnung von Verbündeten. Rhegion und Messana winkten ab; sie standen in besten Handelsbeziehungen zu den Karthagern und sagten lediglich ihre Neutralität zu.

Dann werde ich den Hebel woanders ansetzen, beschloß Dionysios und ließ in Syrakus Gerüchte verbreiten, daß die im Stadtgebiet ansässigen karthagischen Händler – die bisher immer neutral und loyal gewesen waren – verkappte Spione seien und im übrigen das einheimische Volk mit ihren Wucherpreisen aussaugten. Das fiel natürlich auf fruchtbaren Boden, und der Pöbel fühlte sich aufgerufen, mit Gewalt zurückzuholen, was diese ‹unerwünschten Ausländer› ihnen ‹abgepreßt› hatten. Die Jagd war eröffnet, Straffreiheit wurde zugesichert. Der Straßenpöbel überfiel die Häuser der fremden Kaufleute, mißhandelte und ermordete ihre Besitzer, plünderte ihre Läden. Die Stadtmiliz sah geflissentlich weg, und wenn einer der verfolgten Karthager sie in höchster Not um Hilfe bat, nahmen sie ihn in ‹Schutzhaft›.

Dionysios ließ ihren Sprechern mitteilen, daß er nicht imstande sei, den gerechten Zorn des Volkes zu steuern oder zu unterdrücken, und riet ihnen zur Flucht.

Ausreisen aber durfte nur, wer sein gesamtes Vermögen zurückließ. Die von der Aufrüstung leeren Kassen füllten sich wieder, und Dionysios erklärte Karthago durch eine offizielle Gesandtschaft den Krieg.

Für das von der Pest geschwächte karthagische Volk kam dieser Schlag ganz überraschend, um so mehr, als Dionysios diesen Schritt durch nichts begründete. Er brach einfach den Vertrag, und sie mußten es hinnehmen. In aller Eile warben die Karthager Söldner aus Europa an, doch Dionysios war schneller.

Mit einem Riesenheer von über achtzigtausend Mann und zweihundert Kriegsschiffen zog er nach Westen, um das Herz Karthagos auf Sikelia zu treffen, nämlich die reiche Handelsstadt Motya an der Westspitze der Insel. Die Karthager saßen hier seit über dreihundert Jahren, denn die Stadt besaß für sie zwei große Vorteile. Einmal lag sie – wie Syrakus – auf einer durch einen Damm mit dem Festland verbundenen Insel, und sie war Afrika am nächsten. Die Seereise von Karthago nach Motya dauerte meist nur wenige Tage.

Von hier aus hatten sich die Karthager ein eigenes kleines Reich an der Westküste Sikelias geschaffen mit blühenden Städten wie Panormos, Segesta, Solos und anderen.

Dionysios war nun angetreten, dieses Reich zu vernichten, und so zielte er zunächst auf dessen Herz, die Stadt Motya. Beim Herannahen des Feindes hatten die Einwohner den Damm zerstört, und Dionysios befahl sogleich seinen Technikern, einen neuen zu errichten. Während dies geschah, zog er mit seinem Heer an der Küste entlang, um sich die Sikaner – seit langem treue Untertanen der Karthager – zu unterwerfen. Auf diesem Blitzfeldzug konnte er zwar keine der größeren Städte einnehmen, doch er verwüstete das Bauernland um sie herum.

Inzwischen war der karthagische Flottenführer Himilkon vor Motya erschienen und hatte die Belagerer angegriffen. Sein anfänglicher Erfolg wurde jedoch zunichte, als die Syrakusaner ihre Kriegsmaschinen in Bewegung setzten. Stein um Stein traf die karthagischen Schiffe, so daß Himilkon gezwungen war, in aller Eile davonzusegeln.

Inzwischen war der neue Damm vollendet, und wieder taten die Riesenkatapulte ihr Werk, schleuderten gewaltige Brocken gegen die Stadtmauern, bis eine Bresche geschlagen war. Die Einwohner wehrten sich verzweifelt, die Stadt mußte Haus für Haus erobert werden. Wer nicht das Glück hatte, in einen Tempel flüchten zu können, wurde erbarmungslos niedergemetzelt, ob Mann, Frau oder Kind.

Die im Dienst der Karthager stehenden Griechen verfolgte Dionysios mit besonderem Haß. Wer von ihnen in seine Hände fiel, wurde ans Kreuz geschlagen – ein bitteres qualvolles Sterben, das nicht selten mehrere Tage dauerte.

Nachdem das Werk getan war, ließ Dionysios eine Besatzung zurück und ging mit seinem Heer nach Syrakus.

Die Karthager, troz Pest und Niederlage, waren noch immer ein sehr reiches Volk, so daß sie binnen eines Jahres ein gewaltiges Söldnerheer aufstellen konnten, mit dem sie nun auf vierhundert Kriegsschiffen vor Panormos erschienen. Dionysios zog in aller Eile sein Heer in Syrakus zusammen, denn nur hier, auf der Festung Ortygia, fühlte er sich sicher. Die Karthager zerstörten inzwischen Messana und rückten dann gegen Syrakus vor. Bald füllten Hunderte von Kriegs- und Lastschiffen den Hafen, ein Landheer näherte sich – wieder unter der Führung des Himilkon – der Stadt und schlug beim Zeus-Tempel am Kyane-Fluß sein Lager auf. Mit einem kleinen Reitertrupp besichtigte Himilkon die gewaltigen Festungsanlagen. Er schüttelte den Kopf.

«Wie hat er das in so kurzer Zeit schaffen können? Das ist wie Zauberei...»

Der karthagische Feldherr war von der befestigten Insel Ortygia so beeindruckt, daß er keinen Angriff wagte. Statt dessen erbaute er auf dem Festland drei Wehrburgen und richtete sich auf eine lange Belagerung ein.

Die Einwohner von Syrakus aber waren entsetzt über den Umfang des feindlichen Heeres, und gegen Dionysios machte sich Unwillen breit. «Schließlich hat er den Karthagern den Krieg erklärt, und nun haben wir sie auf dem Hals!»

So redeten die Leute, und bald sprachen sie vom notwendigen Sturz des Dionysios und von einem Friedensschluß mit dem übermächtigen Feind. Sie versuchten, die Führer der spartanischen Hilfstruppe für diesen Plan zu gewinnen, erlitten aber eine Abfuhr.

Doch die Stimmung wandelte sich schnell, als unter den Karthagern – ihr Lager stand in einer sumpfigen Niederung –, wie schon einmal, eine verheerende Seuche ausbrach. Täglich starben Hunderte von Männern, so daß ihre Genossen vollauf mit der Bestattung beschäftigt waren.

Jetzt hielt Dionysios die Zeit für günstig, den Feind zu überfallen, und zwar bei Nacht. In einem kühnen Handstreich eroberte er zwei der Wehrburgen, während eine kleine Flotte von nur achtzig Schiffen gleichzeitig die im Hafen zusammengedrängten Karthager-Schiffe angriff. Dionysios selbst führte dabei die Männer an und warf einen Feuerbrand in das größte der Kriegsschiffe. Der vom Land wehende Wind fachte das Feuer an und trieb es auf die anderen, dicht beieinanderliegenden Galeeren.

So erwachten die größtenteils noch schlafenden Karthager in einer Flammenhölle, suchten an Land zu schwimmen und wurden dabei zum Teil zwischen ihren eigenen Schiffen zerquetscht, die ohne Anker — die Taue waren verbrannt — und mit brennenden Segeln ziellos herumirrten.

Dionysios stieg mit seiner Leibwache auf einen Turm und schaute auf die wie Riesenfackeln flammenden Schiffe, auf die verbrennenden und ertrinkenden Menschen hinab. Er lachte laut, fröhlich und triumphierend.

«Da! Seht es euch nur an! Das sind die von den Göttern für Dionysios entzündeten Siegesfackeln! Es ist gefährlich, mich herauszufordern, es ist Lästerung, mich anzugreifen!»

Seine mittelgroße Gestalt schien ins Riesenhafte zu wachsen, der Schein des Feuers tanzte über sein Gesicht und wandelte es in eine dämonische Fratze. Seine Leibwache wich zurück, als sei um ihn ein Dunstkreis von Gefahr und Vernichtung.

Himilkon, der karthagische Feldherr, wagte es nicht, die ihm noch verbliebene Festung zu verlassen. Er sah von ferne seine stolze Flotte in Flammen aufgehen, hörte die Hilferufe seiner Männer und konnte sich doch nicht entschließen, den Rest seines Heeres zu opfern.

Am nächsten Morgen bot er dem Dionysios dreihundert Talente für den freien Abzug des restlichen Heeres. Dionysios war einverstanden, doch niemand sollte wissen, daß er mit dem Feind verhandelt, von ihm sogar Geld angenommen hatte. Seine Bedingung war, der Abzug mußte wie eine Flucht aussehen.

So verließ Himilkon in der vierten Nacht mit seinen verbliebenen vierzig Schiffen und dem kläglichen Häuflein der überlebenden Karthager den Hafen von Syrakus.

Die Abfahrt wurde natürlich bemerkt, und einige Bürger liefen zu Dionysios. Der ließ sich Zeit, beschwerte sich dann über die Störung, rief einige Hauptleute zusammen und befahl eine Überprüfung. So wurde schließlich gemeldet, die Karthager hätten sich in aller Stille davongemacht, ihre Söldnertruppen aber zurückgelassen. «Laßt sie ziehen!» rief Dionysios heiter, «irgendwer muß ja dem Senat von Karthago die Hiobsbotschaft überbringen. Diese Lehre werden sie niemals vergessen. Solange ich lebe, wird kein karthagischer Krieger nochmals den Boden Sikelias betreten!»

Dionysios behielt mit seiner Prophezeiung recht. Die zurückgebliebenen karthagischen Söldner reihte er in sein eigenes Heer ein, doch zuvor waren sie zehn Tage damit beschäftigt, die vielen Toten zu begraben und zu verbrennen.

Die Bestürzung in Karthago war groß, und Himilkon büßte seine Schande mit dem freiwilligen Hungertod.

6

Dionysios, der strahlende Held, galt von nun an als unbesiegbar. Viele Städte Sikelias unterwarfen sich freiwillig seiner Herrschaft. Wer es nicht tat, wie das kleine stolze Naxos, wurde dem Erdboden gleichgemacht. Die wenigen verbliebenen karthagischen Städte im Westen der Insel ließ Dionysios unbehelligt. Er hielt es für besser, die Karthager – auch wenn sie jetzt tödlich geschwächt waren – nicht erneut herauszufordern. Sein Machtstreben ging nun über Sikelia hinaus und richtete sich auf die griechischen Städte in Unteritalien, auf Rhegion, Kroton, Medena und andere. Er rechnete dabei auf eine Unterstützung von der Stadt Lokroi, wo seine Gemahlin Doris herstammte.

Seine beiden Frauen hatten ihm im Laufe der Jahre sieben Kinder geboren. Von Aristomache, der Adelstochter aus Syrakus, stammten die Söhne Hipparinos und Nysaios sowie die Töchter Arete und Sophrosyne. Doris aus Lokroi schenkte ihm die Söhne Dionysios – das war sein Erstgeborener – und Hermokritos, dazu die Tochter Dikaiosyne.

Dionysios war stolz auf seine Kinder, doch Liebe empfand er für sie nicht. Die heranwachsenden Söhne erhielten eine gute Ausbildung, aber von den Regierungsgeschäften hielt er sie fern, dachte auch niemals daran, einen von ihnen an seiner Macht zu beteiligen oder sie auf eine Nachfolge vorzubereiten.

Seine Töchter verheiratete er mit dem Ziel, die Macht seiner Familie – und damit seine eigene – zu stärken. So mußte Sophrosyne ihren Halbbruder Dionysios ehelichen. Dion, ein Bruder von Aristomache, bekam Arete, seine eigene Nichte, zur Frau, während Dikaiosyne mit einem Bruder des Tyrannen verbunden wurde. Diese Ehen erwiesen sich – mit einer Ausnahme – ohne größere politische Bedeutung.

Diese Ausnahme war Dion, ein fähiger, hochgebildeter Mann, der – obwohl zwanzig Jahre jünger – mäßigend auf seinen Schwiegervater einzuwirken versuchte. Er war es, der Dionysios dazu überredete, den Philosophen Platon nach Syrakus einzuladen.

Dionysios, im sicheren Besitz der Macht, war seither bestrebt, als Freund der Künste und der Wissenschaften zu gelten. Gewiß, er hatte eine gute Ausbildung genossen, konnte eine Reihe bedeutender Dichter frei zitieren, doch das blieb an der Oberfläche, wurde ihm nie zum Bedürfnis oder gar zur Leidenschaft. Er liebte die Macht und sonst nichts. Aber nun wollte er der Welt zeigen, daß er noch etwas anderes konnte, als Städte zerstören, Verschwörungen in Blut ersticken und die Karthager verjagen.

Mit Hilfe seines Hofpoeten verfaßte er eine Reihe von Oden und nahm damit an einem Wettbewerb in Olympia teil; auch ein Wagengespann sollte sich am sportlichen Wettkampf beteiligen. Beides geriet dem Tyrannen zum Fiasko. Seine Gedichte erregten nur spöttische Heiterkeit, sein Wagengespann gehörte zu den letzten, die durchs Ziel fuhren. Dionysios ließ sich diese Niederlagen nicht anmerken, sondern meinte nur leichthin:

«Man kann nicht in allem glänzen; übrigens ist ja bekannt, daß die Griechen im alten Hellas mich nicht schätzen. Solange sie mich fürchten, soll es mich nicht kümmern.»

Das war im siebzehnten Jahr seiner Tyrannis, und im selben Jahr lud er Platon zu sich ein. Der damals vierzigjährige Philosoph hatte bereits eine Schule begründet und besaß viele Anhänger in der ganzen griechischen Welt; auch Dion, der Schwiegersohn des Tyrannen, zählte dazu.

Im Spätsommer traf das Schiff des Platon ein, und Dionysios ließ es sich nicht nehmen, ihn gleich am Hafen zu begrüßen.

Platon war ein schlanker, hochgewachsener Mann mit einem edlen, offenen Gesicht, das ein gepflegter Vollbart einrahmte. Neben ihm – das muß gesagt werden – wirkte Dionysios schäbig. Seine etwas unsteten Augen in dem stolzen, herrischen, aber auch von füchsischer Schläue geprägten Gesicht musterten den Ankömmling mit Schärfe und Mißtrauen. Als Platon ihn gleich freundschaftlich umarmte, wollte Dionysios zuerst zurückweichen, denn er fürchtete stets den Dolch im Gewand der anderen. Doch er überwand sich und erwiderte die Umarmung kurz und etwas linkisch.

«Willkommen auf Sikelia, willkommen in Syrakus, hochgelehrter Platon, dessen Lehre über Hellas erstrahlt wie ein zweiter Helios. Wir alle wünschen, du mögest recht lange auf unserer schönen Insel verweilen.»

Platon sagte einen kurzen Dank und wandte sich zu Dion.

«Wir haben uns niemals gesehen und kennen uns doch so gut», sagte er mit Wärme und lächelte den jungen Mann ermunternd an.

Dion verneigte sich.

«Du hast mich in den letzten Jahren mit einer Reihe von Briefen ausgezeichnet, die jetzt mein kostbarster Schatz sind. Doch das größte Geschenk ist dein Kommen, und noch in tausend Jahren wird man sagen: Platon hat Syrakus mit seinem Besuch geehrt.»

Dionysios lächelte etwas säuerlich zu diesen Worten, denn er war fest davon überzeugt, daß sein Name als der Einer Sikelias und nicht der dieser gelehrten Eule die Zeiten überdauern würde.

In der Folge zeigte es sich dann, daß er und Platon nichts miteinander anzufangen wußten. Um so fester wurde die Bindung des Philosophen zu Dion, dem Schwiegersohn des Tyrannen.

Trotzdem gab es anfangs einige lange und betont freundschaftliche Gespräche zwischen Dionysios und Platon. Da bekam der Herr von Syrakus einiges über sich zu hören, das niemand aus seiner Umgebung auszusprechen gewagt hätte.

Als Dionysios seinen Gast einmal fragte, wie man über ihn im Mutterland Hellas denke, schaute Platon ihn erstaunt an.

«Das weißt du nicht? Ich dachte, deine Zuträger hätten dir davon berichtet. Außer in Sparta nennt man deinen Namen überall mit Verachtung und Abscheu. An deinen Fingern klebt zuviel Blut, Dionysios, du bist als heimtückisch, grausam und mißtrauisch bekannt. Außerdem verübelt man es dir, daß du jetzt, da alle Macht in deinen Händen ruht, nichts zum Ruhme der Götter und zum Wohl deiner Stadt unternimmst. Nach fast zwei Jahrzehnten deiner Herrschaft hast du weder einen Tempel noch ein Theater oder wenigstens ein Odeion errichtet. Mit dem Bau von Festungen erwirbt man sich auf die Dauer keinen Ruhm.»

Platon hatte ganz gleichmütig und ohne jeden Vorwurf gesprochen, so als gebe er nur wieder, was andere ihm berichtet hatten. Nur mit Mühe hatte Dionysios sich beherrschen können. Noch nie hatte jemand es gewagt, ihm solche Frechheiten ins Gesicht zu sagen.

Doch er schluckte seinen Zorn hinunter und sagte mit gepreßter, etwas heiserer Stimme und mit dem kläglichen Versuch zu spotten:

«So – das also sagt man von mir? Es scheint, die Menschen in Athen und Korinth wissen besser Bescheid als das Volk von Syrakus, meine mir treu ergebenen Bürger? Misch dich unter sie, Platon, und höre, was sie reden. Da könntest du eines Besseren belehrt werden. Warum ich keine Tempel baue? Weißt du nicht, daß ich unseren alten Athena-Tempel von Grund auf habe erneuern lassen? Soll ich es machen wie Theron, der seiner Stadt fünf gewaltige Tempel errichtete, aber es versäumte, sie mit hohen Festungsmauern zu umgeben? Und was geschah? Die Karthager eroberten und zerstörten die Stadt. Wer dabei in seinem Haus verbrennt oder niedergemetzelt wird, könnte recht gut auf Tempel verzichten. Ihm wären sichere Stadtmauern lieber gewesen.»

Platon wiegte den Kopf.

«Das mag stimmen, doch es ist deine Wahrheit, und an ihr vermisse ich vor allem ein Maß an Gerechtigkeit und Sittlichkeit. Ein Staat soll aufgebaut sein wie die Seele des Menschen, die sich aus Vernunft, Mut und Begehren zusammensetzt. Dem entspräche beim Staat die Dreiteilung Herrscher, Wächter, Volk, und diese drei sind zusammengebunden durch den Faktor Gerechtigkeit. Hier aber sehe ich den Hauptmangel in deiner Herrschaft. Gerechtigkeit ist ersetzt durch deinen Willen, und das bedeutet Willkür. Hättst du diese Dinge von vorneherein bedacht, müßtest du dich nicht mit einer Leibwache aus fremdländischen Söldnern gegen Anschläge schützen. Noch ist es nicht zu spät! Du könntest der ideale...»

Dionysios unterbrach ihn mit einer Handbewegung, die aussah, als fahre ein Henkersbeil nieder. «Hör auf, Platon, hör auf! Deine Staatstheorien lassen sich nicht verwirklichen. Ein Herrscher nach deinem Maß hätte niemals die Karthager besiegt, niemals fast ganz Sikelia in seine Hand bekommen. Eben weil ich meine Macht ohne Rücksicht so weit ausgedehnt habe, verhindere ich den ewigen Hader zwischen den Städten der Insel. Du wirst gehört haben, wie es noch vor einigen Jahrzehnten hier ausgesehen hat. Jeder Stadtstaat bekriegte den anderen, und unsere wirklichen Feinde, die Karthager, lachten sich ins Fäustchen. Nein, nein, Platon – ich bin fest davon überzeugt, richtig gehandelt zu haben.»

«Richtig magst du gehandelt haben, aber nicht recht. Der Preis war zu hoch, Dionysios, du hast zuviel Blut vergossen.»

Nach drei längeren Gesprächen mit Platon vermied Dionysios weitere Diskussionen. Er betrachtete den Philosophen als reinen Theoretiker, dessen Ratschläge sich für die Praxis nicht eigneten. Außerdem ärgerten ihn diese dauernden Vorwürfe, und Dionysios zog es vor, in den Augen von ganz Hellas als der grausame Tyrann dazustehen, aber seine Macht, seine geliebte Macht weiterhin sicher in Händen zu halten. Denn das geringste Zugeständnis, so meinte er, verrate nur einen Anflug von Schwäche, und genau darauf warteten seine Gegner.

Darüber sprach Platon mit dem jungen Dion.

«Nur darum geht es. Dionysios sieht überall Gegner; seine ganze Macht steht und fällt mit seiner Söldnertruppe. Er kennt nur zwei Situationen: Angriff oder Abwehr. Dabei wäre es doch jetzt wirklich an der Zeit, sich mit allen zu versöhnen, um wenigstens für den Rest seiner Herrschaft als Friedensfürst in die Geschichte einzugehen.»

Dion hob verzweifelt die Hände.

«Das ist es eben! Es wäre möglich, aber Dionysios weigert sich, diese Möglichkeit zu sehen. Noch immer gibt es Hochverratsprozesse, noch immer vergeht kein Monat, da nicht einige Menschen verbannt oder hingerichtet werden. Mit jedem von ihnen macht er sich zehn andere zu Feinden. Das habe ich ihm gesagt, doch ich erntete nur Spott. Nur Spott und Verachtung! Wahrscheinlich reut es ihn schon, mir seine Tochter zur Frau gegeben zu haben. Dabei hat er wirklich seine guten Seiten. Er besitzt einige treue Freunde, auf die er sich verlassen kann und die alles von ihm haben können, wie etwa dieser Philistos. Wer diesen Mann bei Dionysios verleumden will, beißt auf Granit, und nicht einmal sein krankhaftes Mißtrauen kann daran etwas ändern. Auch wer ihn bei den abendlichen Symposien im engsten Kreis der Vertrauten erlebt, glaubt einen anderen Menschen zu sehen. Da ist er fröhlich, witzig, gelöst, Ratschlägen zugänglich, und jeder Dünkel fällt von ihm ab.»

Platon zeigte sich von dieser Schilderung wenig beeindruckt.

«Das mag alles stimmen, Dion, aber man kann einen Menschen nicht an seinem Verhalten im engsten Familienkreis messen. Auch Phalaris soll ein vorbildlicher Ehemann und zärtlicher Vater gewesen sein. Das hilft den Tausenden und Abertausenden von Hingemetzelten, Versklavten und Verbannten wenig. Bist du schon einmal in die Latomien hinabgestiegen, die Steinbrüche am Rande der Stadt? Nun, ich war dort und fand eine Hölle vor, wie sie dem Tantalos nicht schlimmer bereitet war. Und wer sind diese Männer? Alles Schwerverbrecher? Mörder? Räuber? Piraten? Keineswegs! Die meisten von ihnen sind völlig schuldlos, haben irgendwann gegen das Heer des Dionysios gekämpft oder stammen aus Städten, die der Tyrann ausgelöscht hat und die sich seinem Willen nicht sofort beugten. Jeder Aufseher dort erzählt dir das, wenn du ihm ein paar Münzen hinwirfst. Dion, Dion, wie kannst du hier nur leben? Ich müßte unter einer solchen Herrschaft ersticken!»

Dion schwieg zunächst beschämt und sagte dann mit leiser Stimme:

«Ich habe alles versucht, um ihn zu ändern. Habe seine wenigen Freunde angefleht, auf ihn einzuwirken, und habe schließlich dich eingeladen – nicht um seinen Hof mit deinem strahlenden Namen zu schmücken, sondern in der Hoffnung, die Kraft und Logik deiner Lehre könne etwas bewirken. Es ist vergebens...»

7

Ja, Dion hatte recht, alle Bemühungen waren umsonst, Dionysios änderte sich und seine Tyrannis nicht im geringsten. Platon aber wurde ihm zum Ärgernis. Der Ruf des berühmten Philosophen hatte Gelehrte aus allen Teilen der Insel angezogen. Mit ihnen schritt Platon in der Stoa auf und ab, lehrte, beantwortete ihre Fragen und hielt mit seiner Meinung über Dionysios keineswegs zurück. Er nannte ihn einen Menschen ohne Anstand, Sitte und Moral, der weder nach Besserung noch nach Erkenntnis trachtete, und dem alle Haupttugenden fehlten, die da sind: Tapferkeit, Frömmigkeit, Besonnenheit und die Fähigkeit zur Freundschaft.

«Ihr mögt nun sagen, meine Freunde, Dionysios habe von alledem etwas, doch darin täuscht ihr euch – täuscht er euch! Sein Mut gründet sich auf die Stärke seiner Söldner, die Frömmigkeit fehlt ihm ganz, und seine Besonnenheit ist – wenn überhaupt vorhanden – vom Mißtrauen diktiert. Die wenigen Freunde zählen bei einem Herrscher nicht – er müßte das ganze Volk zum Freund haben!»

Dionysios wurden diese Reden zugetragen, und sie erregten seinen jähen Zorn. Da ihn alle Welt einen grausamen Tyrannen nannte, so sollten sie ihn auch als solchen kennenlernen.

Er ließ Dion holen und begann zu sprechen, noch ehe sein Schwiegersohn durch die Tür war.

«Weißt du eigentlich, welche Reden dein Freund führt – vor aller Öffentlichkeit? Aber du mußt es ja wissen, da du dauernd mit ihm zusammen bist. Die Ausführungen dieses Philosophen sind nichts anderes als eine Ermunterung zu Aufruhr und Verrat. Sage ihm – und sage es ihm bald! –, daß meine Geduld erschöpft ist und ich es ihm verbiete, von nun an öffentlich aufzutreten. Im übrigen ist er lange genug mein Gast gewesen...»

Da hob Dion die Hand.

«Verzeih, aber das stimmt nicht. Er wohnt abwechselnd bei seinen Schülern und Anhängern. Ich glaube kaum, daß er die Staatskasse belastet.»

«Mag sein, aber er hetzt das Volk gegen mich auf. Platon ist nicht mehr erwünscht in Syrakus – sage ihm das!»

Dion kannte den Tyrannen gut genug, um seine Drohung ernst zu nehmen. Doch Platon wehrte sie mit einer herrischen Handbewegung ab.

«Solange ich frei und am Leben bin, lasse ich mir von niemand den Mund verbieten!»

Dion bewunderte seinen Mut, doch er wollte nicht zusehen, wie Platon ins sichere Verderben rannte. Wenn einer es verdiente, weiterzuleben, weiterzuwirken, dann war es dieser universelle Geist, dessen Lehren jeden einsichtigen und vernünftigen Menschen bessern und erleuchten mußten. Daran glaubte Dion fest und so beschloß er, den verehrten Meister zu retten. Er heuerte einige verläßliche Leute an und sagte, es geschehe mit Dionysios' stillschweigendem Einverständnis.

Der Plan sah vor, Platon am frühen Morgen festzunehmen und ihn mit Gewalt auf ein Schiff zu bringen, das wenig später in See stach. Alles lief reibungslos ab. Dion ging mit aufs Schiff, um ihn aufzuklären.

«Platon, verzeih! Aber ich sah keine andere Möglichkeit, um dich zu retten. Mit Dionysios ist nicht zu spaßen, du warst dabei, dich um Kopf und Kragen zu reden. Sei mir ruhig böse, verfluche und beschimpfe mich, aber glaube mir, es geschah aus Verehrung und Freundschaft. Dionysios wäre nicht davor zurückgeschreckt, dich auf der Agora niederstechen zu lassen, und ich gönne ihm einfach nicht den – wenn auch traurigen – Ruhm, als Mörder eines Platon in die Geschichte einzugehen.»

Wider Willen mußte Platon lachen. Seine stolzen Augen blitzten, als er sagte:

«Ich glaube dir, Dion! Der Tyrann wird abtreten – vielleicht sehen wir uns dann wieder. Sei bedankt und lebe wohl!»

So verschwand Platon von der Insel Sikelia, doch nicht aus dem Bewußtsein der Menschen, die ihn tief verehrten und sein schnell wachsendes Werk mit Bewunderung aufnahmen.

Dion gestand dem Tyrannen seinen Plan ein.

«Was hätte ich tun sollen? Platon war zu stolz, um sich einfach den Mund verbieten zu lassen, und du wärst so zornig über seine Weigerung gewesen, daß – nun, daß ich einfach ein Unheil verhindern wollte.»

«Nicht schlecht!» lobte Dionysios seinen Schwiegersohn. «Ich mag es, wenn ein Mann schnell und zielbewußt handelt. Im übrigen hast du recht, ich hätte mir schon bald diesen Eiferer vom Hals geschafft. Nun wird er weiterleben, weiterwirken und viel Schlechtes über den Tyrannen Dionysios von Syrakus verbreiten. Ich schere mich nicht drum!»

«Das glaube ich dir», sagte Dion trocken.

So kam später das Gerücht auf, Dionysios hätte mit Platon schweren Streit gehabt und ihn zur Strafe als Sklave auf ein Schiff verkauft. Weiter hieß es, daß Platon am Sklavenmarkt in Korinth feilgeboten und von Schülern freigekauft worden sei. Doch das entspricht nicht der Wahrheit.

Platon ging wieder nach Athen und gründete ein Gymnasion, wo er vor einer wachsenden Schar von Schülern seine Lehren verkündete.

Dionysios aber, von den Dämonen der Macht gehetzt, überzog Unteritalien mit Krieg und gewann nach und nach die Südwestspitze des italienischen Stiefels. Als seine Gegner sich mit den Karthagern verbanden, wurde Dionysios empfindlich geschlagen und verlor weite Gebiete auf Sikelia – darunter die Städte Akragas und Selinos – an die Karthager. Im siebenunddreißigsten Jahr seiner Herrschaft holte er sich einen Teil davon wieder zurück, doch er starb mitten in neuen Kriegsvorbereitungen.

Sein erstgeborener Sohn Dionysios, der zweite dieses Namens, übernahm die Herrschaft, doch er zeigte sich unfähig, ein solches Reich zu verwalten, hatte auch niemals eine entsprechende Ausbildung genossen. Auf Rat des Dion schloß er mit den Karthagern Frieden, um dann weiterhin seine Zeit mit Festlichkeiten und langen Symposien zu vergeuden.

Die Fäden der Macht gelangten so nach und nach in Dions Hände, auf dessen Betreiben Platon ein zweites Mal nach Sikelia geladen wurde. Ein Staatsschiff holte den Berühmten in Hellas ab und brachte ihn nach Syrakus. Das weitere verlief so, als hätte der Griffel des Aristophanes eine verwickelte Komödie daraus gemacht.

Dionysios II. brachte den Göttern ein Dankopfer dar, als das Schiff sicher in den Hafen einlief. Platon wurde wie ein wichtiger Staatsgast empfangen, und die täglichen Symposien hörten von nun an auf. Die Höflinge hatten sich alle drei Tage zu einem philosophischen Diskurs einzufinden, und Dion schritt wie auf Wolken. Mit dem schwachen zweiten Dionysios hatte er endlich erreicht, wovon er jahrelang träumte. Die Lehre Platons wurde zum Staatsideal erhoben – ein strahlendes Beispiel für ganz Hellas.

Doch bald gewann jene Hofpartei die Oberhand, die unter der Tyrannis fett und wohlhabend geworden war und jede Änderung scheute. Dionysios 11. wurden Verdächtigungen zugeflüstert, Dion wolle zusammen mit Platon die Herrschaft übernehmen und dergleichen mehr. Anders als sein Vater war Dionysios 11. leicht beeinflußbar und verbannte schließlich den treuen, unbestechlichen und ideal gesinnten Dion von der Insel, behielt aber seine Familie als Geiseln zurück. Platon mußte jedoch am Hof bleiben, denn der Tyrann genoß die Beachtung, die ihm durch dessen Aufenthalt zuteil wurde. Der Philosoph aber war über die Behandlung seines Freundes empört und reiste schließlich nach Athen, wo er mit Dion zusammentraf. Es dauerte nicht lange, da ließ der Tyrann verbreiten, er entbehre den Umgang mit Platon so sehr, daß er ihn bitten lasse, wieder nach Syrakus zurückzukehren.

Ob nun Dionysios diesen lästigen Mahner wirklich vermißte oder ob er sich und seinen Hof nur wieder mit dem Glanz des großen Namens schmücken wollte, war nicht ersichtlich.

Platon reiste schweren Herzens ein drittes Mal nach Sikelia, und eigentlich nur deshalb, um den Tyrannen zu bewegen, Dion wieder die Heimkehr zu ermöglichen. Doch alle seine Bemühungen waren vergebens. Um zu zeigen, wer hier der Herr sei, zog Dionysios jetzt auch noch Dions Vermögen ein und zwang dessen Frau Arete, einen seiner Günstlinge zu heiraten.

Damit war auch Platons Geduld zu Ende. Er stellte den Tyrannen zur Rede, doch der verschloß seine Ohren. Er spürte einen Widerstand und glaubte, wie sein Vater handeln zu müssen. Platon wurde unter Hausarrest gestellt, doch damit war das Maß voll. Ganz Hellas war empört, und sogar Kriegsdrohungen trafen ein. Den alten Dionysios hätte das wenig gekümmert, aber sein schwankender und eher ängstlicher Sohn kehrte nun alles ins Gegenteil. Er überhäufte Platon mit Ehren und Geschenken und bereitete ihm einen feierlichen Abschied.

Als Dion in Athen hörte, wie man mit seiner schuldlosen Frau umgegangen war, entschloß er sich, den Tyrannen zu stürzen. Mit knapp tausend Mann landete er bei Minoa, und als das Volk von seinen Plänen erfuhr, strömte es ihm aus allen Richtungen zu. So traf er vor Syrakus mit einem beachtlichen Heer ein, doch der Kampf blieb ihm erspart. Die gesamte Bürgerschaft erhob sich, tötete die wenigen Anhänger des Tyrannen und öffnete die Tore. Die Festung Ortygia aber – vom alten Dionysios uneinnehmbar gemacht – hielt sich weiter. Der feige Dionysios floh auf das italische Festland. Nach langen schwierigen Verhandlungen traf Dion mit den Söldnern, die Ortygia hielten, eine ehrenvolle Abmachung.

Nach zwölfjähriger Tyrannis des zweiten Dionysios übernahm Dion die Herrschaft in Syrakus. Er entwarf eine Verfassung nach der Staatsidee des Platon, machte sich dadurch aber viele Gegner. Und nun beging Dion, der doch immer das Gute wollte, den Hauptfehler der Tyrannen – er, der alles tat, um nicht als solcher zu erscheinen. Er ließ einen seiner einflußreichsten Widersacher durch Mord beseitigen. Später bereute er das so sehr, daß er dem Toten ein Staatsbegräbnis bereitete. Doch sein Gewissen wurde damit nicht fertig – er verfiel in Trübsinn, die Zügel der Herrschaft glitten ihm aus den Händen, und eines Tages erschlugen ihn die Verschwörer in seinem eigenen Haus.

Damit war eine große Möglichkeit vertan, und Syrakus geriet in der Folge unter die Herrschaft verschiedener Tyrannen, und fünfzig Jahre später nahm einer von ihnen den Königstitel an.

Im Rachen der Wölfin

I

Mein Vater kam aus kleinen Verhältnissen, doch er war ein freier Mann, arbeitete vom Morgengrauen bis in die Dämmerung und brachte es zum wohlhabenden Wein- und Gewürzhändler. Wir waren fünf Kinder, ich hatte einen älteren Bruder und drei Schwestern. Mein Vater hatte sich nun von Anfang an in den Kopf gesetzt, daß mein Bruder Silenos das Geschäft erben und ich die Gelehrtenlaufbahn einschlagen sollte. Das war gut gemeint und vernünftig geplant und kam auch den Neigungen meines Bruders entgegen, während für mich der Unterricht zum Tartaros wurde. Wie jeder weiß, gibt es in Katane einige ausgezeichnete Schulen, doch gelang es auch den geduldigsten Lehrern nicht, meine Neigung für die Wissenschaften zu wecken. Die weniger Geduldigen zerschlugen ein paar Dutzend Ruten auf meinem Rücken und beklagten sich bitter über den faulen Alketas bei meinem Vater. Der setzte auf die Rutenstreiche noch etliche Hiebe mit dem Stock, was meine Abneigung gegen das Lernen eher erhöhte. Immerhin konnte ich nach einigen Jahren schreiben, lesen und rechnen, kannte den ganzen Olymp und sämtliche Kinder des ehebrüchigen Zeus. Von den Werken des Homeros sagte mir die *Odyssee* am ehesten zu, und wenn ich zurückdenke, war die Zeit, da wir dieses Werk durchnahmen, die einzig glückliche während meiner trübseligen Schuljahre. Ich bewunderte den listigen Seefahrer von Herzen, und es brannte mir auf der Zunge, meinem Lehrer zu sagen, daß die Kenntnisse von Schreiben und Lesen ihm auf seinen Irrfahrten wenig genützt hätten. Doch ich dachte an meinen zerbleuten Rücken und hielt den Mund.

Trotz meines schlechten schulischen Abschneidens und meiner geringen Eignung für Gelehrsamkeit schwebte meinem Vater eine

Laufbahn als Ratsschreiber oder Sekretär im Hafenamt für seinen Alketas vor. Mir graute vor einem solchen Leben, und ich bat meinen Erzeuger kniefällig um eine Anstellung in seinem eigenen Geschäft, denn mein Sinn war auf eine lebendige Tätigkeit gerichtet. Ich wollte mit Menschen und Dingen zu tun haben und nicht inmitten von Schriftrollen verschimmeln. Ich kann es kurz machen: Mein Bruder war erst zwei Jahre als Weinhändler tätig, als er auf einer Handelsfahrt nach Samos mit seinem Schiff unterging. Genauer gesagt – er ist mit dem Schiff verschollen, denn niemals wurde die geringste Spur davon gefunden. Mein guter Vater hoffte lange auf seine Rückkehr, doch schließlich mußte er sich mit dem Tod seines Erstgeborenen abfinden.

So wurde ich Weinhändler und bin es geblieben, bis ich mich vor einem halben Jahr zur Ruhe setzt. Die Götter haben mir durch meine liebe Frau Lanissa fünf Töchter geschenkt, wovon drei überlebten. Helena, die hübscheste, gab ich dem Römer Sabinus Rufus zur Frau, und dieser tüchtige und umgängliche Bursche führt heute mein Geschäft. Ich aber habe Muße, mich zu erinnern, und danke es meinen Lehrern, daß es ihnen gelang, mir wenigstens das Schreiben beizubringen.

Ich will nun erklären, wie es kam, daß mein Schwiegersohn ein Römer ist, denn unser König Hieron lebte zwar in bestem Einvernehmen mit diesem kriegerischen Volk, doch er sah es nicht gern, wenn sich Römer im Bereich seiner Herrschaft ansiedelten.

Mir wird ganz weh ums Herz, wenn ich an diesen großen Mann denke. Er war kein Tyrann, der sich unter Strömen von Blut die Herrschaft angeeignet hatte, nein – das Volk selber war es, das ihm nach seinem Sieg über die Mamertiner den Thron anbot. Er war ein glänzender Stratege, dazu ein liebenswürdiger, geistreicher und gebildeter Mann von sehr stattlicher Erscheinung.

Wer weiß schon heute noch, wer die Mamertiner waren und was sie wollten? Gut, sie sind zu recht vergessen, aber diese ehemalige Söldnerschar des Tyrannen Agathokles wurde nach dem Tod ihres Führers zu einer Gefahr für die ganze Insel. Sie zogen nach Messana zurück und überfielen von dort aus als raubgierige Freibeuter Städte und Dörfer.

Nach Hierons Sieg gaben sie einige Jahre Ruhe, doch dann gelang es ihnen – man weiß nicht, wie –, Rom für ihre Pläne gegen Syrakus und die mit uns verbündeten Karthager zu gewinnen. Es war eine Meisterleistung, daß Hieron die Römer von seiner Neutralität überzeugen konnte und mit ihnen einen Vertrag aushandelte, der für Syrakus sehr günstig war, und unser Land nur zur Lieferung von kriegswichtigen Waren, aber nicht zur militärischen Unterstützung verpflichtete. Zugleich hatte er sich damit die Mamertiner vom Hals geschafft, und Syrakus blühte auf wie nie zuvor, während die übrige Insel nach und nach eine Beute der Römer wurde.

Als mein Vater starb, verlegte ich das Geschäft nach Syrakus, wo ich meine Frau Lanissa fand. Nach einiger Zeit nahm ich auch den Handel mit Gewürzen auf, aber ich habe es nie gewagt, eigene Schiffe auf See zu schicken. Weil ich ein sehr vorsichtiger Kaufmann war, hielten sich meine Verluste immer in Grenzen, und das Geschäft des Alketas gewann zufriedene Kunden.

König Hieron war schon über achtzig Jahre alt, als ich von den Kaufleuten zu ihrem Sprecher gewählt wurde und bei allen großen Ratsversammlungen zugegen war. Auch als Greis war Hieron noch ein sehr ansehnlicher Mann. Um sein ergrautes, aber immer noch dichtes Haar trug er einen schmalen Goldreif, seine hellen klaren Augen blickten scharf und wach, nur ein ständiges leichtes Zittern seiner linken Hand erinnerte an sein hohes Alter.

Ich weiß, daß die Gebildeten dem Hieron noch heute vorwerfen, daß er den Dichter Theokritos ziehen ließ, aber warum sollte er vortäuschen, was er nicht empfand? Hieron war im Herzen ein Kaufmann – schlau, listenreich und dabei immer ehrlich. Bis zu seinem Tod hat er den Vertrag mit den Römern redlich gehalten und auf diese Weise Syrakus vor großem Unglück bewahrt, denn auch die Römer hielten ihre Verpflichtungen ein.

Hieron war kein Kind der Musen, dafür aber ein glühender Verehrer des Daidalos. Alles Technische interessierte ihn brennend, und so verband ihn auch mit Archimedes eine lebenslange Freundschaft. Wie genau erinnere ich mich noch an jene Ratssitzung, die Hieron mit den Worten eröffnete:

«Meine Freunde, ich stehe unter dem Eindruck eines Wortes,

das Archimedes gestern abend bei einem Symposion zu mir sagte. Ich weiß, es gehört nicht hierher, aber ich muß euch den Ausspruch weitergeben.»

Der König stand auf, trat wie ein Schauspieler vor uns hin, hob die Hand und deklamierte:

«Gib mir einen Punkt, auf den ich mich stellen kann, und ich bewege die Erde!»

Als einige von uns ratlose Gesichter machten, wurde Hieron zornig und rief:

«Jetzt denkt einmal nicht an Kornlieferungen, Hafengebühren und Gewürzsteuern, sondern stellt euch die Größe dieses Gedankens vor. Es geht um die Hebelwirkung, versteht ihr? Archimedes hat es so gemeint: Hätte er einen festen Standpunkt außerhalb unserer Erdkugel, so könnte er sie aus den Angeln heben. Ein großer, ein umfassender Gedanke!»

Hieron führte noch weiteres aus, und alle hörten ihm respektvoll zu, doch werden es die wenigsten verstanden haben. Auch ich erkannte erst später, was wirklich damit gemeint war.

Sie sind nun beide tot, König Hieron wie sein Freund Archimedes, und so wende ich mich der Gegenwart zu – einer Gegenwart, die mich mit Sehnsucht und Wehmut der alten Tage gedenken läßt.

2

König Hieron von Syrakus war fast zweiundneunzig Jahre alt, als er starb. Einige Jahre zuvor hatte er seinen erstgeborenen Sohn Gelon zum Mitregenten ernannt, doch auch dieser war schon ein alter Mann und ging ein Jahr vor seinem Vater ins Reich der Schatten. Alle Hoffnung ruhte nun auf Hieronymos, dem Enkel des Königs.

Ein herrlicher Frühling wob Sikelia in einen bunten Teppich aus Blüten und jungem Grün, als der sechzehnjährige Prinz den Thron seines Großvaters einnahm. Der Jüngling war beherrscht von einem Klüngel hochfahrender und habgieriger Aristokraten, die jeder Tribut an die Römer so schmerzte, als sei er aus ihrem Fleisch geschnitten. Ihnen gelang es, den jungen König zu einem folgenschweren Schritt zu bewegen: Er kündigte den Vertrag mit Rom.

Wir waren alle entsetzt. Hieronymos hatte über unsere Köpfe hinweg eine Entscheidung getroffen, die nur zu unser aller Untergang führen konnte. Nach zahlreichen Eingaben und Audienzgesuchen wurde eine Ratsversammlung anberaumt.

Ein Raunen ging durch die Menge, als der junge König auftrat. Er trug ein prachtvolles Purpurgewand und auf dem Kopf ein funkelndes Diadem. Die von seinem Großvater testamentarisch bestimmten fünfzehn Vormunde umgaben den Thron, und sie waren es auch, die unsere Fragen beantworteten. Hieronymos setzte ein hochmütiges Gesicht auf und schwieg, wohl um uns zu zeigen, wie tief wir unter ihm standen. Auf unsere besorgten Fragen wurde geantwortet, es sei nun an der Zeit, unser Bündnis mit den Karthagern zu erneuern, um gemeinsam die Römer aus Sikelia zu vertreiben. Der König nehme sich nur ein Beispiel an seinem Großvater, wenn er aller Welt kundtue, was er vorhabe.

«Die Römer werden uns besiegen!» rief ein Ratsmitglied erregt, und ein anderes fügte hinzu: «Dann ist es vorbei mit unserer Freiheit!»

Übrigens wurden die Zwischenrufer kurz darauf festgenommen und ohne Prozeß im Gefängnis hingerichtet. Das gab uns anderen zu denken, und plötzlich sah ich mich in eine Verschwörung verwickelt, die den Rücktritt, notfalls auch den Tod des jungen Königs zum Ziel hatte.

Alketas, der geschätzte Wein- und Gewürzhändler als finsterer Verschwörer! Mir schlotterten die Knie vor Angst, wenn ich an die Folgen eines Mißlingens dachte.

Doch Hieronymos machte es uns leicht. Er trat auf, als sei er der wiedererstandene Dionysios. Fast täglich gab es Hochverratsprozesse, fast täglich rollten die Köpfe. Mein Schwiegersohn konnte gerade noch auf römisches Gebiet entkommen, er stand – wie ich durch meine Verbindungen erfuhr – mit anderen hier ansässigen Römern auf einer Hinrichtungsliste. Seine Vormünder hatte Hieronymus davongejagt und regierte ganz nach Lust und

Laune, Tag und Nacht von einer starken und hochbezahlten Leib-wache geschützt.

Da die Mehrheit des Rates aus nichtadligen Grundbesitzern, Kaufleuten und Handwerkern bestand, sollte nach der Absetzung des Hieronymos wieder eine Demokratie eingeführt werden. Die Mehrheit setzte sich mit diesem Plan durch, und sogar einige der Oligarchen schlugen sich auf unsere Seite.

In jener Zeit war ich ein schlechter Kaufmann und nachlässiger Gatte. Meine Frau Lanissa schüttelte nur den Kopf, als ich mich eines Abends beklagte, daß es schon wieder Fisch gebe.

«Gestern Fisch, heute Fisch, und morgen vielleicht auch! Du hoffst wohl, ich gerate einmal an einen verdorbenen, damit du mich los wirst!»

Ich fegte Teller und Schüsseln vom Tisch und sprang auf.

«So lange meine Wünsche in meinem eigenen Haus derart miß-achtet werden, siehst du mich nicht wieder», brüllte ich und stürmte hinaus.

Mir fehlte mein Schwiegersohn Sabinus, der schon seit langem fast allein den Gewürzhandel führte, und mir fehlte die Ruhe, um mich jetzt mit Geschäften zu befassen. Ich hatte Angst. Jede Nacht fuhr ich mehrmals aus wirren Alpträumen hoch, hörte draußen die schweren Tritte der Häscher, vernahm in Gedanken schon ihr lautes ungeduldiges Pochen an der Tür. Meiner Frau durfte ich nichts von unseren Plänen verraten, obwohl ich manchmal nahe daran war, sie einzuweihen.

Eines Abends – wir waren gerade dabei, uns zur Ruhe zu bege-ben – klopfte es tatsächlich laut und ungeduldig. Mir brach der Schweiß aus, während der Diener öffnete und zwei gute Bekannte meldete. Ich verstand ihre Namen nicht und erkannte sie erst, als sie hereinkamen. Mir fiel ein Stein vom Herzen, und ich wollte sie freundlich begrüßen, doch mir versagte die Stimme.

Um wenigstens einschlafen zu können, trank ich allabendlich einen Krug Wein, und zwar den schweren süßen von Samos, den ich sonst weniger schätze, der aber den Vorteil hat, schnell betrun-ken zu machen. Mein Hauswein ist der morneische von Zakyn-thos, auch den kretischen schätze ich sehr – genug davon! Hier soll nicht vom Wein die Rede sein, sondern von Blut.

Die Führer unserer Verschwörung hatten herausgefunden, daß Hieronymos in einigen Tagen seine Truppen in Leontinoi inspizieren wollte. Wir verzichteten darauf, die mit der Tat Betrauten durch das Los zu wählen, denn viele meldeten sich freiwillig. Diese Männer hatten Brüder oder Söhne, die der Mordlust des jungen Tyrannen zum Opfer gefallen waren und brannten darauf, sich zu rächen. Die meisten von uns blieben in Syrakus, um den Tyrannen nicht mißtrauisch zu machen, und um gleich nach Bekanntwerden seines Todes die Demokratie zu errichten.

Jeder ging seinen Geschäften nach, als sei nichts geschehen. Insgeheim aber hatte ich mich für die Flucht vorbereitet, falls der Anschlag mißlingen sollte. Mein schnellstes Pferd stand bereit und würde mich in wenigen Stunden auf römisches Gebiet retten. Ich konnte dann nur hoffen, daß man meine Familie in Ruhe ließ, aber mit einem toten Alketas war ihr noch weniger gedient.

Ich wollte gerade einem zögernden Kunden erklären, warum der pramnische Wein von Ikaria vergleichsweise so teuer war, als wir draußen Lärm hörten.

«Das kommt von der Agora her», meinte der Kunde und trat neugierig vor die Tür.

«Wir reden morgen weiter!» rief ich ihm zu, rannte in den kleinen Innenhof und warf mich auf das Pferd. Doch es war kein Durchkommen. Vor dem Damm stauten sich die Menschen, brüllten, tanzten; viele von ihnen waren bewaffnet. Ich hielt mein Pferd am Zügel und wollte mich davonstehlen, als ein Bekannter mir zurief:

«Alketas, wo willst du hin? Der Tyrann ist tot, wir werden gleich morgen früh eine Ratsversammlung einberufen. Halte dich bereit!»

König Hieronymos war in den Tartaros gefahren! Die Freude über den gelungenen Anschlag sprengte mir fast die Brust. Ich stürzte in die Frauengemächer, küßte Lanissa ab, umarmte Helena – die immer traurige, da sie ihren Mann vermißte – und rief ihnen zu:

«Jetzt haben wir einen Grund, fröhlich zu sein! Der König ist tot, die Stadt ist frei!»

Nun durfte ich sagen, daß ich der Verschwörung angehört

hatte, und so wußten meine Lieben nun auch, warum ich in letzter Zeit so gereizt und zerstreut war.

Aber wie meist im Leben des Menschen, auch diese Freude währte nur kurz. Einige meiner Freunde stürzten ins Haus.

«Alketas! Sie bringen Hieronymos' ganze Familie um!»

Was war geschehen? Ein paar Tage später wußten wir es genau.

Innerhalb unserer Verschwörung hatte sich eine kleine radikale Gruppe gebildet, die unter sich blieb und von der wir Gemäßigten nichts wußten. Deren Ziel war, nach dem Tod des jungen Königs sofort seine ganze Sippe auszurotten, damit es keinerlei Ansprüche auf den Thron mehr gab.

Sie mußten die schmutzige Arbeit nicht einmal selber tun – der Straßenpöbel nahm sie ihnen ab. Es gab noch einige Töchter des alten Hieron, die schon erwachsene Kinder hatten, es gab Onkel und Tanten; die Sippe mag etwa zwei bis drei Dutzend Köpfe umfaßt haben. Die Meute stürmte ihre Häuser, schlachtete diese Menschen ab – meist zusammen mit dem Hausgesinde –, plünderte und brandschatzte, bis nichts mehr übrig war aus dem Stamm und vom Besitz des Hieron. Daß dieser König durch seine maßvolle Klugheit ihnen und ihren Vätern über ein halbes Jahrhundert Frieden und Wohlstand beschert hatte, war vergessen. Sie rächten sich an seinem Enkel und löschten alles aus, was mit ihm verwandt war.

Nun, das war jetzt geschehen, und wir wollten einen neuen Anfang machen. Doch zeigte es sich schon bei der ersten Ratsversammlung, daß die geplante Demokratie nicht einfach zu verwirklichen war. Jetzt erhoben die Aristokraten wieder Haupt und Stimme.

Sie machten den an sich vernünftigen Vorschlag, da die Römer nun einmal fast ganz Sikelia – diese Lateiner sprachen es Sicilia aus – beherrschten, sollte man auf dem Weg des alten Hieron weitergehen und mit ihnen einen neuen Vertrag aushandeln. Die Jüngeren und Heißblütigeren waren dafür, das alte Bündnis mit Karthago zu erneuern und die Römer zu bekriegen. Eine gar nicht so kleine Gruppe aber sprach sich – wenigstens während der nächsten Jahre – für eine strikte Neutralität aus. Zu dieser Gruppe gehörte ich.

Es kam zu keiner Einigung, doch der Drang des Menschen, den leichtesten Weg zu gehen, führte dahin, daß man sich an die Karthager hielt, weil die inzwischen mit einer gewaltigen Flotte aufgekreuzt waren und kundtaten, sie wollten sich mit uns gegen die Römer verbünden – falls die es überhaupt wagen sollten, einen Krieg anzuzetteln. Sie wagten es.

3

Während ich dies schreibe, stehen die Römer vor den Mauern unserer schwer befestigten Stadt, die sie nun schon seit über sieben Monaten belagern.

Hippokrates und Epikydes, zwei Bürger von Syrakus, führen die Regierungsgeschäfte, und alle haben sich stillschweigend darauf geeinigt, den Römern standzuhalten.

Doch der wahre Führer und vielleicht auch – Zeus möge uns dabei helfen – der künftige Befreier unserer Stadt ist Archimedes. Er genießt bei allen Parteien den größten Respekt und hat vorerst alle Tätigkeiten zugunsten der Rettung von Syrakus aufgegeben. Täglich brütet er über seinen Plänen und entwirft immer kühnere Verteidigungsmaschinen. Da gibt es Katapulte, die imstande sind, einen breit gestreuten Steinhagel in die Reihen des Feindes zu tragen. Eine Maschine verschießt schwere Brandpfeile, die mit einer auch unter Wasser brennenden Substanz getränkt sind. Die römische Flotte war gezwungen, weit außerhalb der Stadt zu ankern, denn jedes Schiff, das sich näherte, wurde sofort in Brand geschossen.

Der Konsul Marcus Claudius Marcellus führte die römischen Truppen, und wir erfuhren durch Kundschafter, daß er sich auf eine sehr lange Belagerung eingerichtet hat.

Die Stadt ist von allen Seiten eingeschlossen, und doch schaffen es die Karthager immer wieder, uns von See her mit Nachschub zu versorgen. Es wird Marcellus also nicht gelingen, uns auszuhungern.

Ich möchte betonen, daß ich nichts gegen die Römer habe. Sie sind mir als Handelspartner genauso recht wie die Karthager oder die Ägypter, und ich kann nicht verstehen, welchem Zweck diese Kriege letztlich dienen. Die Menschen wollen essen, trinken und ein Dach über dem Kopf haben, und im Grunde ist es doch gleichgültig, wer die Steuern eintreibt – ob ein einheimischer König, ob Rom oder Karthago. Aus einer verbrannten Stadt und einer niedergemetzelten Bevölkerung lassen sich keine Steuern gewinnen. Nur wo Handel und Wandel blühen, wo zufriedene Menschen in Sicherheit ihre Kinder großziehen, da und nur da ist Geld zu holen.

Fünf Monate sind vergangen, und die Römer haben mehrmals versucht, unsere Stadt zu stürmen. Jedesmal wurden sie blutig zurückgeschlagen, dank der genialen Erfindungen unseres Archimedes, den die Bürger jetzt wie einen Gott verehren. Sie küssen ihm kniend die Hand und rufen ihm zu:

«Dank unserem Retter, dank den Göttern, die dich uns geschenkt haben! Lebe lange und glücklich!»

Das war freilich ein frommer Wunsch, denn Archimedes war schon ein Greis weit über siebzig. Doch davon war ihm nichts anzumerken, er lief herum wie ein Jüngling, erstieg die Befestigungen und hatte stets ein Täfelchen zur Hand, auf dem er sich Notizen machte.

Die ganze Bürgerschaft ist jetzt einhellig auf Seiten der Karthager, ohne die es weder eine Aussicht auf einen Sieg noch irgendwelche Nachschübe gäbe.

Natürlich haben meine Geschäfte unter der Belagerung gelitten, denn mir fehlt die Verbindung zu den Lieferanten in Hellas und in Ägypten. Zum Glück besitze ich umfangreiche Lagerbestände, besonders an Weinen aus Naxos und Kreta, weil dort die Ernten während der letzten Jahre sehr gut waren. Natürlich führe ich auch sikelische Weine, doch außer den guten Ätnaweinen, die oberhalb meiner Geburtsstadt Katane wachsen, trinken nur meine ärmeren Kunden diese Plempe. Der Vulkanboden verleiht dem Ätnawein ein Feuer, das die Gewächse aus anderen Teilen der Insel missen lassen.

Helena ist tief unglücklich. Vor kurzem ist ihre kleine Tochter gestorben; sie kann es ihrem Mann nicht mitteilen und vermißt ihn jetzt um so mehr.

Wenigstens ist es meinem Schwiegersohn gelungen, uns kurz vor der Belagerung einen Brief zukommen zu lassen. Seine Nachricht kam aus Panormos, das sich schon über vier Jahrzehnte in römischer Hand befindet.

Sobald der Sieg errungen sei, schrieb Sabinus Rufus, werde er zurückkommen, um unsere Familie vor römischer Rache zu schützen. Mein Schwiegersohn zweifelt also keinen Augenblick daran, daß Marcellus früher oder später unsere Stadt einnehmen wird. Sollte es aber umgekehrt gehen, und die Römer von uns und den Karthagern aus Sikelia gejagt werden, dann werde ich alles daran setzen müssen, das Leben meines Tochtermannes und Geschäftspartners zu retten. Ach, wie verabscheue ich diese Zustände, die es den gutwilligen Menschen nicht erlauben, in Ruhe ihren Geschäften nachzugehen.

Die Belagerung geht jetzt in den fünfzehnten Monat, und Marcellus hat schon einige Erfolge aufzuweisen. Die Vorstädte Tyche und Neapolis konnte er erobern, die Höhe Epipolai besetzen sowie die Große Mauer des Dionysios überwinden. In die Festung Euryalos konnte er allerdings nicht eindringen, und es wird ihm wohl nie gelingen – es sei denn, die Besatzung gäbe freiwillig auf. Auch Achratina und Ortygia sind bisher unbezwingbar, nicht zuletzt – ich muß es nochmals erwähnen – durch die genialen Erfindungen unseres großen Archimedes. ·

Nun sind wir um eine Hoffnung ärmer geworden: Die karthagischen Hilfstruppen – seit jeher anfällig gegen die schwüle Sommerluft – sind fast restlos einer Seuche zum Opfer gefallen. Die Römer, im Grunde ein hartes Bauern- und Kriegervolk, überstanden die Krankheit fast schadlos.

Neue Hoffnung keimte auf, als eine karthagische Flotte am Horizont auftauchte und im Norden vor Anker ging. Am dritten Tag segelte sie davon. Offenbar hatten sie durch Kundschafter erfahren, daß ihre eigenen Truppen an der Seuche zugrunde gegangen und wir dadurch in einer schlimmen Lage waren. Sie verhielten sich wie Menschen, die einem Gestürzten nicht aufhelfen, sondern ihm noch einen Tritt versetzen. Noch ein Vergleich trifft zu: Die Ratten verlassen das sinkende Schiff.

Epikydes, einer unserer beiden Regenten und Feldherren, verließ vor einigen Tagen in aller Stille die Stadt, angeblich um Hilfe zu holen.

In Syrakus sind jetzt Unruhen entstanden. Das Verschwinden des Epikydes wird allgemein als Verrat gedeutet. Das Volk ist empört und verunsichert; Hippokrates, der andere Regent, wurde heute früh mit einigen seiner Hauptleute getötet.

Heute abend hielten wir in meinem Haus einen großen Familienrat ab. Meine beiden anderen Töchter kamen mit ihren Männern, dazu Lanissa, Helena und ich. Meine Schwiegersöhne rieten zur Flucht, solange es noch eine Möglichkeit dazu gebe. Doch Lanissa und ich wollten hierbleiben und Helena auch, denn sie hofft, daß mit den Römern auch ihr Gemahl in die Stadt kommt.

Syrakus ist jetzt führerlos. Die schwer bewaffneten Söldner beginnen, auf eigene Faust zu plündern. Sie haben nichts zu verlieren als ihr Leben, müssen sich nicht um Familien, Haus und Besitz sorgen. Offenbar ist niemand mehr imstande, ihnen den Sold zu zahlen, und so holen sie ihn sich selber.

Der Versuch einer Ratsversammlung ist gestern gescheitert. Es sollten neue Strategen gewählt werden, doch keiner wollte sich zur Wahl stellen, alle redeten durcheinander, und dann drangen Söldnerführer ein und jagten uns auseinander.

Ich habe jetzt meine Dienerschaft bewaffnet und unsere Tür mit schweren Balken verrammeln lassen. Einen Teil meiner Weinvorräte habe ich vor kurzem in haltbare Nahrungsmittel umgetauscht, so daß unser Vorratskeller von Korn, Dörrobst, Nüssen, Trockenfisch und anderen lebenswichtigen Dingen fast birst. Auf meine Diener kann ich mich verlassen. In diesen Notzeiten speisen wir an einem Tisch, und sie essen, was wir essen, trinken, was wir trinken. Natürlich brauchen wir zuerst die schlechteren Weine auf; die guten hoffe ich, in Friedenszeiten teuer zu verkaufen.

Irgendwer muß heute den Römern die Stadttore geöffnet haben. Vermutlich waren es die Söldner, die keine Lust haben, mit uns zugrunde zu gehen. Syrakus wird jetzt geplündert; zwei Jahre haben die römischen Soldaten auf diesen Augenblick gewartet.

Ich schreibe dies am Abend bei Kerzenlicht und kann davon berichten, daß mehrmals versucht wurde, unsere Tür aufzusprengen. Als es nicht gelang, legten sie Feuer, denn mein großes stattliches Haus versprach reiche Beute. Lanissa und Helena knieten weinend vor unserem Hausaltar und stammelten Gebete, während der Rauch des Feuers schon in unseren Innenhof drang.

Da hörte ich draußen zwischen den lateinischen Flüchen und Befehlen den griechischen Ruf:

«Alketas, Alketas! Mach auf! Sabinus Rufus steht vor deiner Tür!»

Ich kann nicht sagen, daß ich mit dem Leben schon abgeschlossen hätte, denn das ist nicht meine Art. So lange man lebt, ist Hoffnung, aber ich bin nüchtern genug, keine Wunder zu erwarten.

Ich ließ das schon brennende Tor aufstoßen. Draußen stand mein Schwiegersohn mit einem Trupp römischer Soldaten.

Wir fielen uns in die Arme.

«Sie wollen Beute, Alketas», sagte er schnell auf griechisch, «und du wirst ihnen etwas geben müssen.»

Zum Glück war ein Centurio dabei, ein junger, kluger Mann, wie es schien. Ich bat ihn und seine Krieger herein und schlug vor, eine Wache an das Tor zu stellen.

Ich ließ einen meiner besten Weine holen – es war ein neun Jahre alter Roter aus Lesbos – und führte mit Hilfe meines Schwiegersohnes das folgende Gespräch.

«Ihr seid die Sieger, Centurio, und habt Anspruch auf Beute. Aber es gehört sich nicht, dabei» – ich wies auf Sabinus – «eine römische Familie zu ermorden. Ich bin Händler, mein Geld steckt in den Weinvorräten, und mehr als einen kleinen Krug kann keiner von euch mitschleppen. Dafür überlasse ich euch mein gesamtes Bargeld.»

Ich öffnete die Truhe, auf der ich saß und holte den schon bereitgestellten Beutel mit schön geprägten Di- und Tetradrachmen. Die Münzbilder zeigten die edlen Gesichter von König Hieron und seiner Gemahlin Philistis.

Ich knüpfte den Beutel auf und leerte ihn auf den Tisch.

«Damit aber könnt ihr etwas anfangen. Nimm dir die Hälfte, Centurio, und teile das andere unter deinen Männern auf – oder halte es nach deinem Belieben.»

Der junge Hauptmann lächelte.

«Kein schlechtes Angebot, Alketas. Ich werde das Geld für den römischen Staat einziehen – als die erste Steuerleistung sozusagen. Des weiteren aber hole ich mir jeden dritten Tag einen Krug deines wundervollen Weines als Sondertribut.»

«Wie lange willst du hierbleiben», scherzte ich.

Der Centurio stand auf und entgegnete mit militärischer Strenge:

«So lange wie nötig!»

So konnte ich mit Hilfe meines Schwiegersohnes Sabinus Frau und Tochter, Haus, Hof und Ware retten. Meine anderen Schwiegersöhne kamen mit ihren Familien um.

Das war der Preis, den wir zu zahlen hatten.

Nun greife ich doch noch einmal zur Feder, ein Jahr nach der Einnahme unserer Stadt durch römische Truppen. Das Opfer an Menschen und Gütern war hoch – wie hoch, erfuhren wir erst später. Die einen sagen, es waren fünftausend, andere schätzen die Menschenverluste auf zehntausend.

Unter den Erschlagenen war auch Archimedes. Er wurde nicht getötet, weil er seiner Stadt bis zuletzt gedient hatte, nein, so dumm sind die Römer nicht. Marcellus ließ ihn suchen, um ihn zu schützen für Rom. Ein Trupp Soldaten kam zu seinem Haus und fand einen alten unscheinbaren Mann im Garten, der mit einem Stöckchen Figuren in den Sand zeichnete.

«He, Alter!» rief ihn einer der Römer an, «wohnt hier der berühmte Archimedes?»

Der Mann antwortete nicht, sondern schüttelte nur unwillig den Kopf. Da wurde der Soldat zornig und durchbohrte ihn mit dem Schwert. So starb Archimedes.

Marcellus ließ den schuldigen Soldaten sofort hinrichten und erbaute dem großen Sohn der Stadt ein prachtvolles Grabmal.

Was die Römer aus Syrakus fortschleppten, ist unübersehbar. Etliche Schiffsladungen mit Statuen, Gemälden, kostbaren Möbeln, Gold- und Silberarbeiten und vieles andere wurde auf Schiffe verladen und wanderte in den Rachen der gefräßigen Wölfin – diesem sehr passenden Symbol des römischen Reiches.

Wenn ich heute, als über Siebzigjähriger, zurückblicke und

mein Schicksal betrachte, muß ich sagen, daß es König Hieron ist, dem ich mein Leben und das von Lanissa und Helena zu verdanken habe.

Nach einer Ratsversammlung richtete er einmal das Wort an mich.

«Alketas, du bist ein kluger, besonnener und auch vorausblickkender Mann; mir ist das bei unseren Ratsversammlungen nicht entgangen. Hast du Töchter?»

«Drei, mein König, aber leider keinen Sohn.»

Hieron nickte. «Dann rate ich dir, verheirate wenigstens eine davon mit einem Römer aus guter Familie. Wenn du willst, kann ich es in die Wege leiten. So lange ich lebe, wird Syrakus ein Bundesgenosse der Wölfin sein, aber nach meinem Tod frißt sie euch auf. Sie frißt euch auf! Behalte meine Worte für dich, Alketas, ich möchte nicht als männliche Kassandra in die Geschichte eingehen.»

Ich folgte dem Rat meines Königs, und tatsächlich hat Sabinus Rufus Helena, Lanissa und mich vor dem Rachen der Wölfin bewahrt.

Einige Jahre später gelang es den Römern, die Karthager in Akragas, ihrem letzten Stützpunkt, vernichtend zu schlagen. Den Einwohnern ging es sehr schlecht. Ein großer Teil wurde hingerichtet, der Rest als Sklaven weggeführt. Damit wurde das griechische Sikelia zur römischen Provinz Sicilia. Das Land wurde erbarmungslos ausgepreßt; die meisten der früheren Einwohner, ob Sikaner, Sikuler, Karthager oder Griechen, waren zu Sklaven geworden, die für römische Großgrundbesitzer das Land bearbeiten mußten und oft schlechter behandelt wurden als Tiere. Kaum hundert Jahre später zeigten sich die Folgen.

Der Sklavenkönig

Auf dem Landgut des Damophilos, wenige Meilen von Castrum Henae entfernt, arbeiteten fast zweihundert Sklaven. Sie bestellten die Felder, arbeiteten in den Obst- und Gemüsegärten und natürlich im Haus als Diener des reichen Grundbesitzers und seiner Frau Megallis. Damophilos beschäftigte vier Aufseher für die Sklaven; drei waren für die Feldsklaven verantwortlich und einer für die im Haus.

Damophilos hatte ein ausgeklügeltes System entwickelt, um seine Sklaven – wie er meinte – in ständiger Furcht vor ihrem Herrn zu halten. Es gab für ihre Vergehen ein Punktesystem, nach dem der Aufseher sich zu richten hatte. Auf der Namensliste der Haussklaven wurden fünf Tage lang die Punkte vermerkt, und am sechsten Tag gab es die Strafen. Das war ein Tag des Jammerns, doch für Damophilos und seine Frau war es ein Festtag.

Nach einem ausgedehnten Abendessen saß das Ehepaar in üppige Polster zurückgelehnt, froh und erwartungsvoll, während der Aufseher die Delinquenten hereinführte. Da hieß es dann etwa:

«Der Sklave Haimon, siebzehn Strafpunkte: vierunddreißig Peitschenhiebe», denn jeder Punkt brachte zwei Hiebe ein.

Ein kräftiger Feldsklave vollzog die Strafen, und bald erfüllte lautes Schreien und Jammern den weiten, zum Garten hin offenen Raum. Früher hatte Damophilos Gäste zu dieser Vorführung geladen, doch die fanden das auf die Dauer langweilig und geschmacklos. Einige nannten diese Methode sogar sinnlos und grausam. Sinnlos, weil kein vernünftiger Landbesitzer seine kostbaren Sklaven durch schwere Strafen schwächte, und grausam, denn sie standen in keinem Verhältnis zu den Vergehen. Wurde im Haus des Damophilos ein kleiner Diebstahl aufgedeckt, so gab es dafür fünfundzwanzig Strafpunkte, und das allein bedeutete für schwächere Naturen schon ein Todesurteil. Der die Strafen vollziehende Feldsklave schlug nämlich derart zu, daß der Rücken der Bestraften nach dem zehnten oder zwölften Peitschenhieb schon wie eine große offene Wunde aussah. Bei fünfzig Hieben aber starb jeder zweite.

Doch Damophilos konnte sich diese Ausfälle leisten, denn seine Kornfelder bedeckten das Gebiet um Henae, so weit das Auge reichte, außerdem produzierte er Obst, Nüsse und Wein, handelte mit Holz und betrieb eine große Fabrik für billige Tonwaren. In der hochgelegenen Stadt Castrum Henae besaß er ein Dutzend Geschäfte, die seine eigenen Produkte verkauften. So konnte der Verlust eines Sklaven ihn nicht erschüttern, denn das Vergnügen an seinen Leiden wog für Damophilos und Megallis diesen Verlust leicht auf.

Die sechzehnjährige Metis, einziges Kind des Gutsbesitzers, hegte eine zunehmende Abneigung gegen diese grausamen Straforgien.

«Aber das sind doch Menschen!» hatte sie nach einem langen Strafgericht ihren Vater angeschrien. «Menschen, die nur das Pech hatten, als Sklaven zur Welt zu kommen. Sie dienen uns, ziehen Gewinn aus deinen Feldern, und zur Belohnung werden sie einmal pro Woche halbtot geschlagen. Ihr seid nicht nur grausam, ihr seid dumm und unvernünftig!»

Der fette und halbkahle Damophilos liebte seine Tochter abgöttisch, doch er kümmerte sich nicht um ihre Worte.

«Das verstehst du nicht, mein Kleines. Was du da als Menschen bezeichnest, sind Arbeitstiere, und die werden leicht störrisch und ungebärdig. Das ist wie bei einem Pferd: wer da nicht dann und wann die Zügel straff anzieht, wird das Tier nie in seine Gewalt bekommen.»

Metis wandte sich schaudernd ab. Hatte ihr Vater kein Herz? Wie konnte ein gebildeter und belesener Mann an solchen Grausamkeiten sein Vergnügen finden?

Metis verstand ihre Eltern nicht mehr. Zu ihrer Mutter hatte sie ohnehin ein gespanntes Verhältnis. Damophilos fand sein Vergnügen darin, die Peitsche klatschen und das Gebrüll der Bestraften zu hören, doch die Grausamkeit seiner Frau war subtiler ausgeprägt. Sie quälte ihre Sklavinnen auch seelisch, indem sie genau beobachtete, wer zu wem eine Zuneigung gefaßt hatte, wo sich Freundschaften und Gegnerschaften bildeten.

Warb etwa ein Sklave um eine ihrer Dienerinnen, so schien sie das anfangs zu billigen und zu unterstützen. Sobald aber die Verbindung fester zu werden drohte, riß sie die beiden auseinander. Entweder sie verkaufte die Sklavin oder schickte ihren Freund hinaus zur Feldarbeit, so daß eine weitere Verbindung schwierig, wenn nicht unmöglich war.

Im Lauf der Jahre sammelte sich im Hause des Damophilos ein solcher Haß gegen den Herrn und die Herrin an, daß er Gestalt annahm und schrecklich, wie die Erinyen, durch das Haus geisterte – fühlbar, allgegenwärtig und drohend.

Damophilos aber spürte nichts davon, während seine Frau Megallis manchmal in ihren Träumen von Rachegöttinnen heimgesucht wurde. Schaudernd erblickte sie dann das Gesicht der Allekto oder der Megaira, erschrak vor den verzerrten wachsbleichen Gesichtern, vor den Schlangen, die sich auf ihren Köpfen ringelten, während sie drohend ihre Fackeln schwangen. Wenn sie aber dann erwachte, und eine zitternde Sklavin die Vorhänge zurückzog, löste sich das bedrohliche Traumbild in nichts auf, und Megallis war wieder ganz die alte.

2

Zwei Menschen im Haus des Damophilos waren von den Strafen ausgenommen. Das war einmal Hippios, der alte hochgelehrte Leibarzt, ein Sklave zwar, doch ein sehr kostbarer, von seinen Herrschaften hochgeschätzt. Damophilos in seiner sturen Unbedenklichkeit hätte vielleicht gelegentlich auch den alten Hippios auspeitschen lassen, doch Megallis tippte sich wütend an den Kopf. «Bist du verrückt! Der Mann hat unser Leben in der Hand, und niemand wird es ihm nachweisen können, wenn er dir oder mir einen Todestrank mischt. Den rührst du mir nicht an!»

Damophilos sah es ein.

Der andere war Kynos, der kräftige und als Büttel verwendete Feldsklave. Dieses menschliche Schlaginstrument war Damophilos zu kostbar, als daß er es mutwillig beschädigt hätte. Einmal aber tat er es doch und knüpfte sich damit eine tödliche Schlinge.

Kynos war wegen seiner Kraft für schwere Arbeit eingeteilt – er half beim Dreschen, beim Mahlen von Korn und Hirse, ging auch gelegentlich dem Schmied zur Hand. Im Denken war er etwas langsam, doch er war kein schlechter Mensch. Er prügelte seine Mitsklaven, weil der Herr es befahl, war aber von Natur aus gutmütig.

Seit einiger Zeit hatte er ein Auge auf Eurisia, eine neue Küchensklavin, geworfen, ein junges Ding, das mit verschreckten Augen herumlief und anfangs noch viel falsch machte. Zwar hielten die Küchensklaven fest zusammen und vertuschten ihre ‹Sünden› so gut es ging, aber als Eurisia eine große, noch halb mit Honig gefüllte Amphore zerbrach, gab es Strafpunkte, und Kynos hörte, als er eines Abends seine Delinquenten abfertigte, den Aufseher vorlesen: die Küchensklavin Eurisia – zwölf Hiebe.

Da fühlte der arme Kynos, wie es ihn in zwei Teile riß. Die eine Hälfte wollte Gehorsam leisten und sofort und ohne nachzudenken die Strafe vollziehen, die andere aber leistete Widerstand, denn es ging doch um Eurisia, die er im stillen heiß verehrte. Würde er sie schlagen, konnte er nicht mehr um sie werben, sie mußte ihn dann hassen und verachten.

Megallis wurde ungeduldig.

«Hast du nicht gehört, Kynos? Zwölf Hiebe sollst du dieser Tölpelin verabreichen, also walte deines Amtes!»

Sie war schon festgebunden, die kleine Eurisia, an einer der Säulen des Peristyls, und ihr schmaler, weißer, noch unversehrter Rücken würde sich rot färben, ihre Schreie…

Zum ersten Mal in seinem Leben hatte Kynos intensiv nachgedacht und nicht reagiert wie ein dressiertes Tier. Langsam hob er den Arm mit der Peitsche, wie die eine gehorsame Hälfte es befahl, doch die andere, die verliebte Hälfte gewann die Oberhand.

Er warf die Peitsche auf den Boden und sagte leise, doch deutlich vernehmbar:

«Ich kann es nicht.»

Damophilos war so verblüfft, daß er zuerst glaubte, Kynos hätte die Peitsche aus Versehen fallen lassen. Dann erst drangen ihm die Worte seines bisher so gefügigen Hundes, dieses Kynos, ins Bewußtsein. Er sprang auf.

«Was heißt das, du kannst nicht? Tut dir dein Arm weh, willst du für eine Runde abgelöst werden? Oder heißt das, du willst nicht?»

«Bei Eurisia will ich nicht.»

Jetzt witterte Megallis Morgenluft. War der Tölpel etwa verliebt? Sie lächelte und war freudig erregt. Ihre kalten Augen glänzten.

«Bindet den Kynos an die Säule! Auf Gehorsamsverweigerung steht die Höchststrafe, nämlich fünfzig Hiebe.»

Ein kräftiger, zur Bestrafung angetretener Sklave mußte die Peitsche aufheben und die Strafe vollziehen. Er tat es mit großer Freude, denn nun konnte er dem Kynos endlich zurückzahlen, was dieser so oft ausgeteilt hatte. Hieb um Hieb klatschte auf den breiten muskulösen Rücken, Striemen blühten auf, das Blut rieselte herab. Beim achten Hieb begann Kynos laut zu stöhnen, beim zehnten schrie er auf und brüllte seinen Schmerz hinaus in die stille Abendluft. Beim achtunddreißigsten Hieb wurde er bewußtlos, doch ein Eimer kalten Wassers brachte ihn ins Leben zurück. Danach wurde ein blutiges Bündel Fleisch ins Krankenquartier getragen.

«Kümmere dich um ihn!» befahl Damophilos seinem Leibarzt.

Kynos lag zehn Tage auf dem Bauch, doch er überlebte. Hippios führte mit ihm kurze Gespräche.

«Morgen wirst du wieder an deine Arbeit gehen müssen, Kynos – du bist gesund!»

«Morgen schon...»

Hippios nickte.

«Du weißt, was das heißt? Du wirst deine Leidensgenossen weiterhin auspeitschen müssen, wirst unendlichen Haß auf dich laden und trotzdem nicht sicher sein, daß unser Herr dich verschont. Jetzt weißt du ja, wie es schmeckt. Beim nächsten Mal werde ich dich wahrscheinlich nicht retten können, mein Freund, da wirst du schnurstracks in den Hades fahren. Nun, du bist leicht zu ersetzen. Damophilos ist reich, und Muskelpakete wie dich gibt es auf jedem Sklavenmarkt im Dutzend.»

«Wie geht es Eurisia?»

«Sie hat ihre Portion bekommen und hat es überlebt. So lange sie hier im Hause ist, wird ihr Rücken keine Ruhe bekommen. Du kennst ja unsere Herrschaften.»

Kynos dachte nach – sehr lange.

«Ehe ich beim nächsten Mal totgeschlagen werde, ich oder Eurisia, oder ein anderer, ehe das geschieht...»

«Nun?» fragte Hippios neugierig.

«Ehe das geschieht, wird Damophilos dran glauben müssen.»

«Das ist auch meine Meinung!» sagte der Arzt fest, denn er war ein Anhänger Platons und wünschte seinem Herrn schon lange den Tod. Nur wollte er ihn nicht heimlich vergiften, sondern träumte von einem Akt der Gerechtigkeit. Damophilos und Megallis sollten wissen, warum sie sterben mußten. Sie sollten es durchkosten in aller Bitterkeit. Ein Todestrunk wäre zu gnädig gewesen.

«Höre mir jetzt gut zu, Kynos! Ich werde einiges in die Wege leiten, und schon bald kann es sein, daß gequälte und unzufriedene Sklaven ihr Schicksal selber in die Hand nehmen. Ein Tod in Freiheit ist doch besser, als einer unter der Peitsche. Ich sage dir jetzt drei Namen, merke sie dir gut! Mit diesen Männern tust du dich zusammen und nimmst Damophilos fest, wenn von irgendwoher der Ruf ertönt: Es brennt!»

Kynos nickte stumm. Die tiefen Narben auf seinem Rücken juckten und spannten. Er würde frei sein – frei mit Eurisia! Das brannte sich in sein Hirn, und er wollte es nicht vergessen, genausowenig wie die Namen der drei eingeweihten Sklaven.

Hippios aber meldete sich bei seinem Herrn und bat, nach Castrum Henae gehen und neue Arzneien einkaufen zu dürfen.

«Vor allem brauche ich verschiedene Wundkräuter, da in diesem Hause die Rückenleiden sich häufen.»

Damophilos lachte laut und herzlich.

«Das gefällt mir an dir, Hippios, dein unverwüstlicher Humor. Aber kannst du nicht jemand hinaufschicken mit einer Liste?»

Hippios schüttelte den Kopf.

«Nein, Herr, du weißt ja, wie es mit diesen Aufträgen ist. Ich bekomme dann von einem nur die Hälfte, vom anderen das falsche...»

«Du hast schon recht. Mach dich auf den Weg!»

3

Castrum Henae, die uralte Stadt, der Nabel Siziliens, liegt auf einem hohen, steil abfallenden Bergkegel, hat auch im Hochsommer ein mildes Klima und kann im Winter empfindlich kalt werden. Von hier war an klaren Tagen der über vierzig Meilen entfernte Ätna zu sehen, ein harmloser, im Dunst verschwimmender Schemen, der hier keinen Menschen bedrohte.

In dieser Stadt lebte im Haus eines reichen Kornhändlers der aus Syrien stammende Sklave Eunos. Damit ist allerdings seine Stellung nur unzureichend erklärt. Eunos war Sklave, weil sein Herr ihn vor einigen Jahren legal erworben hatte, doch um ihn war eine Aura des Magischen, des Besonderen. Er galt als prophetisch begabt, behauptete einer Nebenlinie des seleukidischen Königshauses zu entstammen und fungierte als Priester der syrischen Göttin Atargatis, die in ihrer Heimat als ‹große Mutter› verehrt wurde und auch in der Fremde bei den syrischen Sklaven großes Ansehen genoß.

Der Kornhändler hatte Eunos gestattet, seiner Göttin einen Altar zu errichten und war im übrigen sehr stolz auf dieses Wundertier von Sklaven, um den ihn alle beneideten. Eunos mußte keine schweren Arbeiten verrichten, doch sein Herr liebte es, ihn bei seinen Symposien als Propheten und Orakelpriester auftreten zu lassen.

In der Tat besaß Eunos erstaunliche Fähigkeiten; denn er war trotz seiner Jugend ein vorzüglicher Menschenkenner und war imstande, den Leuten ihre Gedanken vom Gesicht abzulesen. Und er war der Abgott vieler Sklaven, besonders der aus Syrien stammenden. Da er niemals den Anschein erweckte, seine Genossen gegen ihre Herren aufzuhetzen, wurde es stillschweigend geduldet, daß viele Sklaven bei ihm Rat suchten.

Kaum hatte Hippios seine Arzneien besorgt, machte er sich auf den Weg zu Eunos, den er seit einiger Zeit kannte und hoch schätzte.

Eunos war ein schlanker mittelgroßer Mann, der sich gemessen und würdig bewegte, und dessen unergründliche Augen kaum spürbar schielten, was ihnen etwas Magisches verlieh. Viele behaupteten, durch seine Augen blicke die Göttin Atargatis und sehe den Menschen tief ins Herz. Hippios glaubte nicht daran, denn als Naturwissenschaftler neigte er dazu, die Götter für Erfindungen der Menschen zu halten. Doch diese Meinung behielt er für sich.

«Wo kann ich ungestört mit dir reden?»

Eunos sah den Arzt mit seinen ungleichen Augen an und sagte:

«Ich sehe dir an, daß es etwas sehr Wichtiges ist. So soll nur die Göttin unsere Zeugin sein.»

Er führte den Gast in eine kleine, an die Rückseite des Hauses angebaute Kapelle. Starr und aufrecht stand die syrische Göttin auf ihrem kleinen, aus billigem Marmor gefertigten Altar und schaute mit leerem Blick über die Menschen hinweg.

Eunos warf einige Weihrauchkörner in ein kleines Becken mit glimmender Holzkohle. Hippios tat es ihm nach und verneigte sich vor dem Kultbild.

«Nun, mein Freund, womit kann ich dir helfen?»

«Die Zeit ist reif», sagte Hippios ernst, «die geprügelte Meute im Haus des Damophilos ist bereit, sich ihres Henkers zu entledigen. Es kommt jetzt nur darauf an, schnell zu handeln, und du Eunos, mußt an der Spitze stehen. Auf dich hören sie, durch deinen Mund spricht die Göttin.»

Eunos lächelte.

«Tut sie das? Du glaubst es doch nicht, mein Freund.»

Hippios schüttelte unwillig den Kopf.

«Es kommt jetzt nicht darauf an, was ich glaube. Die meisten Sklaven werden dir folgen, voran die Syrer.»

«Aber dir geht es doch gut, Hippios. Dein Herr schätzt dich, ein ruhiges gesichertes Alter liegt vor dir...»

«Ich bin Arzt und Wissenschaftler und ein Schüler von Sokrates und Platon. Im Dienst dieses Menschenschinders führe ich ein nutzloses Dasein. Warum soll ich weiterhin für die Gesundheit dieses Henkers und seiner Frau sorgen? Ich möchte etwas Nützliches tun – für uns alle.»

Eunos schwieg und trat vor die Göttin. Er stimmte eine Hymne an, hob die Hände und warf sich dann plötzlich der Gottheit zu Füßen. Dann sagte er mit einem entrückten Lächeln:

«Sie heißt es gut. In vier Tagen steige ich von dieser Stadt herab, und Hunderte werden mich begleiten. Mache dich bereit, Hippios!»

«Gut, aber sage den Leuten, sie sollen laut schreien: Es brennt! es brennt! Dann werden dir die Sklaven des Damophilos zuströmen.»

«Sklaven? Wenn ich komme, sind es keine Sklaven mehr. Freie Menschen werden es sein, die sich meinen Leuten anschließen. Deine Parole ist gut, mein Freund. Wir werden wie ein Brand über Sicilia fegen und alle Bande der Knechtschaft in Asche legen. Ich möchte dann nicht Damophilos heißen...»

In tiefen Gedanken ritt Hippios auf seinem Maultier den steilen Weg hinab in die Ebene. Doch sein Herz war leicht, denn er würde nicht gezwungen sein, den Eid des Hippokrates zu brechen, der dem Arzt verbot, seinen Patienten – wer immer er sei – zu töten.

Unter den Sklaven des Damophilos waren viele Syrer, und denen schärfte Hippios ein: «Wenn Eunos euch besucht, werdet ihr den Ruf hören: Es brennt! Lauft ihm dann entgegen! Ihr braucht nichts weiter zu tun, als ihm entgegenzulaufen.»

Und Eunos kam. Er erschien am Morgen des vierten Tages inmitten einer Schar von etwa vierhundert – meist bewaffneten – Männern. Verwundert blickten die Feldsklaven von ihrer Arbeit auf, und der Aufseher holte schon sein Täfelchen heraus, um Strafpunkte einzutragen. Was riefen diese Leute? Von ferne klang das wie Jubelgeschrei, doch als sie näherkamen, war ihr Ruf deutlich zu vernehmen.

«Es brennt! Es brennt!»

Die syrischen Sklaven horchten auf, sahen Eunos wie einen Feldherrn inmitten von Bewaffneten, ließen ihre Arbeitsgeräte fallen und rannten auf ihn zu.

Als Hippios den Ruf vernahm, traf er sich, wie verabredet mit Kynos im Peristyl. Weitere fünf Männer gesellten sich dazu.

Da trat Damophilos aus dem Innern des Hauses. Er runzelte die Stirn.

«Was ist hier los, woher kommt das Geschrei? Und warum steht ihr alle...»

Das Wort wurde ihm abgeschnitten, denn Kynos schmetterte ihm seine grobe Faust auf den Mund. Damophilos riß entsetzt die Augen auf, taumelte zurück, prallte gegen eine der Säulen und stürzte zu Boden.

«Nun, wie schmeckt das, gnädiger Herr?» fragte Hippios spöttisch und gab den anderen einen Wink. Sie fesselten den kaum sich Wehrenden zu einem hilflosen Paket und trugen ihn ins Haus.

«Jetzt zu Megallis!» befahl Hippios.

Sie betraten die Räume der Herrin und fanden Megallis in ihrem Ankleideraum, wo eine zitternde Sklavin sie gerade frisierte.

«Man macht sich schön für einen neuen Tag? Es könnte dein letzter sein, du Tochter der Medusa.»

Hippios winkte die verängstigte Sklavin hinaus.

«Wir werden uns jetzt um deine Herrin bemühen. Verschwinde!»

«Was wollt ihr?» kreischte Megallis entsetzt. «Ich werde Damophilos rufen, werde...»

«Halt's Maul!» sagte Kynos grob und riß Megallis an ihren Haaren vom Stuhl. «Du wirst jetzt deinem Gemahl Gesellschaft leisten, bis Eunos über euch entschieden hat.»

Auch sie wurde verschnürt und neben ihren Mann gelegt.

Draußen befahl Eunos, alle Sklaven zu versammeln, denn er wollte zu ihnen reden.

«Meine Freunde! Die Göttin Atargatis, uns allen wohlgesonnen, hat bestimmt, daß die Sklaverei von heute an ein Ende hat. Auf ihren Befehl habe ich Castrum Henae von den Römern befreit. Dem Stadtpräfekten und seine Truppe haben wir in den Hades geschickt. Möge er dort Roms Niederlage verkünden! Was nun euer Haus betrifft: Damophilos und Megallis sind gefangen und werden wegen vielfachen Mordes vor Gericht gestellt. Ihr seid frei und habt jetzt zwei Möglichkeiten. Wer unter den Männern eine Waffe zu führen weiß, und sich an den Herren rächen will, kann sich unserer Truppe anschließen. Wer auf dem Gut bleiben und weiterarbeiten will, soll es tun. Bebaut gemeinsam den Boden und genießt seine Erträge. Den zehnten Teil beanspruche ich für meine Truppen, denn sie werden euch schützen und vor neuem Unheil bewahren.»

Ein vielfacher Jubel brandete auf, und das Heer des Eunos wuchs um einige Dutzend meist jüngerer Männer.

Hippios wandte sich an Eunos.

«Was soll mit Metis, der Tochter unserer Herrschaft geschehen? Sie ist erst sechzehn und hat das Verhalten ihrer Eltern nie gebilligt, hat sogar heimlich den Sklaven Beistand geleistet.»

«Dann darf ihr auch nichts geschehen! Sie wird irgendwo Freunde oder Verwandte haben, bringt sie dorthin. Sie soll nicht dabei sein, wenn wir ihre Eltern aburteilen.»

Damophilos und seine Frau wurden auf Esel gesetzt und nach Castrum Henae gebracht. Die ganze Stadt war in Aufruhr. Das Verhältnis der Sklaven zu den Herren war etwa fünfzig zu eins, und so war es für Eunos ein leichtes gewesen, die Bergstadt in seine Gewalt zu bringen.

Im kleinen Theater der Stadt tagte das Gericht, denn es galt die Urteile über grausame und ungerechte Herren zu fällen. Eunos hatte dabei folgendes angeordnet: sprach sich über die Hälfte der Sklaven für eine Begnadigung aus, durfte der Betreffende mit seiner Familie das Gebiet verlassen. Die Verurteilten wurden sofort vor aller Augen hingerichtet, doch es gab auch Fälle, wo die Sklaven sich einstimmig für ihren Herrn einsetzten. Ein solcher durfte bleiben, sein Gut oder seine Geschäfte weiterführen, mußte aber von nun an seine freien Diener bezahlen und dem Eunos einen Tribut entrichten. Gegen Nachmittag wurden Damophilos und Megallis ins Theater gezerrt, und die von ihnen jahrelang Geschundenen nahmen auf den Sitzreihen Platz. Ein von Eunos ernannter Richter trat vor und wies auf Damophilos.

«Meine Freunde, bei diesem Mann kann ich mir eine lange Vorstellung ersparen. Es ist Damophilos, der Menschenschinder. Siebzehn Sklaven – Frauen und Männer – sind unter seiner Peitsche qualvoll zugrunde gegangen. Wer in seinem Haus überlebt hat, trägt schwere Wunden am Körper. Hat irgendwer etwas zu seinen Gunsten vorzubringen?»

Ein Chaos entstand unter den Zuschauern. «Schlagt ihn tot! Ans Kreuz mit ihm! Reißt ihn in Stücke!» rief es aus der Menge.

Als nach einiger Zeit Ruhe eingetreten war, fragte der Richter:

«Soll Damophilos für seine Verbrechen sterben? Wer dafür ist, hebe die Hand!»

Die meisten Arme flogen hoch, doch einige hielten sich zurück.

«Das Scheusal scheint noch einige Fürsprecher zu haben. Tretet vor und nennt eure Gründe!»

Da hielt es Kynos nicht mehr aus.

«Warum fackelt ihr so lange? Für dieses Ungeheuer gibt es nur eine Strafe – den Tod!»

Er sprang vor und hieb mit dem Schwert auf Damophilos ein, bis dem dicken Gutsherrn der Kopf vom Rumpf fiel. Alles jubelte, und der Körper des Gerichteten wurde mit Haken davongeschleift.

«Jetzt müssen wir noch über Megallis richten, die Frau des Mörders. Was soll mit ihr geschehen?»

Wieder brandeten Rufe auf, bis Hippios die Hand hob und neben den Richter trat.

«Ich spreche im Namen der geschundenen ehemaligen Sklavinnen dieses Weibes. Sie bitten das Gericht, ihnen Megallis auszuliefern.»

«Nein! Nein!» kreischte Megallis entsetzt. «Schlagt mir den Kopf ab, schlagt mich tot, aber nicht das! Bitte nicht das!»

In ihrem angstverzerrten Gesicht stand ein solches Entsetzen, daß sie nun tatsächlich einer der Erinyen ähnelte.

Nun erhob sich Eunos, und sofort trat Stille ein.

«Meine Freunde, ich heiße diesen Akt der Gerechtigkeit gut. Megallis – sie müßte eigentlich Megaira heißen – soll ihren Dienerinnen ausgeliefert werden. Mit ihr soll alle Bosheit dieser Welt zum Hades fahren – als Warnung für andere.»

Die Sklavinnen sprangen herbei und schleppten ihre frühere Herrin davon. Wie man später erfuhr, soll sie stundenlang grausam gefoltert worden sein, bis sie von ihren früheren Dienerinnen über die Stadtmauer in die Tiefe gestürzt wurde.

Eunos aber berief für den nächsten Tag beim Demeter-Tempel von Castrum Henae eine Volksversammlung ein.

4

Seinen eigenen Herrn hatte Eunos nicht vor Gericht stellen lassen. Der reiche Kornhändler wurde in seinem Haus gefangengehalten.

Trotz seiner bedenklichen Lage konnte er einen leisen Stolz auf Eunos nicht unterdrücken. Damals, als der Sklavenhändler mit seiner vielköpfigen ‹Ware› in der Stadt auftauchte, war ihm gleich dieser Syrer mit seinem magischen Silberblick aufgefallen. Ein schwächliches Bürschchen, dachte er, doch war er reich genug, um einer Laune nachgeben zu können. So erwarb er Eunos, und nun zeigte es sich, daß er nicht nur Priester, Zauberer und Hellseher war, sondern durchaus imstande, in wenigen Tagen eine Stadt in seine Hand zu bringen. Als Kaufmann war es ihm gleich, an wen er die Steuern abführte, doch er wußte genau, daß die Römer im Laufe der Jahre Sicilia zugrunde richten würden. Ganz einfach deshalb, weil bei den griechischen und karthagischen Herren das Geld im Lande blieb und weiterarbeiten konnte, während es jetzt – wie die Hunderttausende von Scheffeln Korn – in das ferne Rom floß, um dort den Pöbel zu ernähren.

Dann nahmen seine Gedanken eine andere Richtung. Ich habe ihn doch nie schlecht behandelt, überlegte er, warum soll er mich also töten? Meine Sklaven wurden nur geprügelt, wenn es nicht mehr anders ging, und die Sklavinnen…

Ja, das war die Schwäche des verwitweten Kaufmanns gewesen. Jede halbwegs ansehnliche Sklavin wanderte durch sein Bett, so daß schon eine bunte Schar von Kindern das Haus bevölkerte. Er war immer hungrig auf Weiberfleisch, immer zu neuen Bettabenteuern aufgelegt. Dafür konnte ihn Eunos doch nicht verurteilen?

Doch der besorgte Kornhändler erfuhr noch am selben Abend, was über ihn beschlossen war.

«Du warst kein schlechter Herr», sagte Eunos, «wenn auch deine früheren Sklavinnen viel unter dir zu leiden hatten.»

«Leiden?» fragte der Händler empört, «frage sie doch selbst, ob eine gelitten hat!»

«Vielleicht habe ich mich falsch ausgedrückt. Du bist einfach ein geiler Bock und hast sie alle – ob sie wollten oder nicht – durch dein Bett marschieren lassen.»

Eunos richtete seine ungleichen, zauberischen Augen auf den früheren Herrn. «Da kommt mir ein Gedanke. Ich werde dich nicht töten lassen, habe auch keinen Grund dazu. Aber du wirst eine neue Aufgabe und einen neuen Namen erhalten. Wegen deiner Geilheit werde ich dich Satyros nennen, und wie ich für dich seinerzeit eine Art Hofnarr war, so wirst du jetzt der meine sein.»

Dem Kaufmann fehlte es nicht an Humor, außerdem glaubte er nicht daran, daß Eunos sich lange halten würde. Die Hauptsache war zu überleben, und bald würden die Römer dem Spuk ein Ende bereiten. Er lächelte scheinbar geschmeichelt.

«Es wird mir eine Freude sein, dir zu dienen.»

«Gut, Satyros. Du wirst in das frühere Sklavenquartier ziehen, den anderen Teil des Hauses übernehme ich.»

Eunos ging in die Atargatis-Kapelle und warf sich vor der Göttin zu Boden. Nach einer Zeit der Versenkung und des Gebets spürte er ihre Bereitschaft zur Antwort.

«Was soll ich morgen tun, Große Mutter? Soll ich meine Herrschaft ausdehnen, weiterhin Sklaven befreien? Und in welcher Eigenschaft? Als Tyrann? Als Feldherr…»

Die tiefe raumfüllende Stimme der Göttin unterbrach ihn:

«Dehne deine Herrschaft aus – als König! Du bist aus dem Stamm der Seleukiden – nenne dich Antiochos. Dein Vetter gleichen Namens, der den Beinamen Epiphanes Dionysios trug, ist vor einigen Wochen ermordet worden. Übernimm sein Erbe, schaffe dir auf Sicilia ein neues Reich, König Antiochos!»

So sprach die Göttin und mit ihrem Auftrag im Herzen trat Eunos am nächsten Morgen vor das Volk. Auf sein Geheiß mußten die Priester den großen Hof des Demeter-Tempels für das Volk öffnen. Eunos stellte sich auf einen in aller Eile gezimmerten hölzernen Podest. Er trug nur eine schlichte Tunika, sein kurzgeschnittenes dunkles Haar wurde durch ein schmales Band zusammengehalten.

«Freie Bürger einer freien Stadt, liebe Freunde! Um zu bewahren, was wir in wenigen Tagen geschaffen haben, müssen wir unseren Einflußbereich ausweiten. Rom wird es nicht hinnehmen, daß Castrum Henae, das Herz der sizilischen Kornkammer, jetzt für freie Bürger schlägt. Wir müssen den ersten Schritt tun, müssen dem Feind zuvorkommen. Unser Heer ist schon auf über zweitausend Mann angewachsen, doch das genügt nicht. Ich sage euch nur: Ihr seid jetzt frei und frage euch, wollt ihr es bleiben?»

Ein vielstimmiges Ja scholl ihm entgegen.

Eunos wartete, bis wieder Stille eintrat, verschränkte die Arme und richtete die Augen zum Himmel, als erwarte er von dort eine Bestätigung. Die Stille wurde beängstigend. Alle lechzten danach, daß er weitersprach, wollten Beruhigendes und Hoffnungsvolles von dieser warmen weittragenden Stimme hören.

Endlich senkte Eunos den Kopf und sagte:

«Vor hundert Jahren gab es hier eine Zeit, da herrschte ein Mann namens Hieron. Er besiegte die Karthager und hielt ein halbes Jahrhundert lang die Römer in Schach. Das war eine schöne und friedliche Zeit. In welcher Eigenschaft aber herrschte Hieron? Als Strategos? Als Archon? Als Tyrann?»

«Er war König!» hörte man verschiedene Stimmen aus der Menge, und plötzlich ertönte der Ruf:

«Sei du unser König!» Andere fielen ein. «Ja, sei du unser König! Führe uns in eine goldene Zeit! König Eunos! König Eunos!»

Eunos hob die Hand.

«Ich verrate euch jetzt ein Geheimnis, das ich bislang nur mit wenigen teilte. Ich stamme aus dem syrischen Königshaus der Seleukiden, und dort heißen die Könige nach altem Brauch Antiochos. Der Sklave Eunos ist tot...»

«Antiochos ist König!» brüllte das Volk.

In diesem Augenblick traten zwei Männer von hinten an Eunos heran und legten ihm einen goldgestickten Purpurmantel um die Schultern. Ein anderer setzte ihm ein goldenes Stirnband auf das Haar.

«Ich danke euch allen. Ihr habt damit den Wunsch der Göttin Atargatis erfüllt. Wer zu ihr beten will, komme hierher zum Demeter-Tempel, denn sie und die Große Mutter sind eins, tragen nur verschiedene Namen. Heil dir Demeter, Mutter der Erde, Herrin der Fruchtbarkeit, Patronin des Ackerbaus, Mutter aller freien Völker!»

Die in der Nähe stehenden Demeter-Priester nickten sich lächelnd zu. So war es mit dem neuen König besprochen, und er hatte Wort gehalten. Die fetten, weißgekleideten Priester sahen eine goldene Zukunft für sich und ihren Tempel. Auch wenn die Römer wieder die Herrschaft an sich rissen und die Demeter als Ceres bezeichneten – niemand würde sich am Tempel oder seinen Priestern vergreifen.

König Antiochos aber zog sich zurück und übernahm die Amtsgeschäfte. Seine Geliebte, eine frühere Sklavin, die wie er aus Apameia in Syrien stammte, wurde sogleich zur Königin erhoben und erhielt den bei den Seleukiden häufigen Namen Laodike. Der neue König schlug seinen Hof im festgebauten Amtsgebäude des früheren römischen Stadtpräfekten auf. Er schuf sich einen Hofstaat aus tüchtigen Beamten und setzte über seine Truppen bewährte Männer mit militärischer Erfahrung. Ohne sein Zutun dehnte sich sein Herrschaftsbereich von alleine aus, denn der Sklavenaufstand zog immer weitere Kreise, und neue Männer strömten dem König zu. Es kam nur noch selten zu Gerichtsverfahren, denn meist richteten die Sklaven ihre früheren Herren selber.

Ein entscheidendes Ereignis aber trat ein, als berittene Boten aus der Stadt Akragas erschienen und die Nachricht von einem großen Aufstand überbrachten, den Kleon, ein ehemaliger Hirte, anführte.

Antiochos ließ einen Schreiber kommen.

‹König Antiochos an den Feldherrn Kleon.
Edler Kleon, die Götter haben dich auserwählt und begnadet. Doch fürchte ich, allein bist du auf die Dauer zu schwach. Ich mache dir den Vorschlag, dich mit meinen Truppen zu vereinigen. Gemeinsam sind wir stärker als alle anderen. Mir fehlt bis jetzt ein oberster Feldherr, ich ernenne dich zum Strategos, zur rechten Hand des Königs, zum zweiten Mann im Staat. Wenn du einverstanden bist, komme sogleich.›

Auch wenn Kleon nur ein Hirte gewesen war, so zeichnete ihn doch ein scharfer Verstand aus. Allein würde er den Römern nicht lange trotzen können, doch Seite an Seite mit einem König…

So führte Kleon dem Antiochos fast fünftausend bewaffnete Krieger zu. Die vereinigten Heere umfaßten nun etwa fünfzehntausend Mann, und es wurden täglich mehr.

Antiochos und Kleon verstanden sich sofort. Der König besaß eine magische Ausstrahlung, konnte mitreißen und überzeugen, doch seine militärischen Fähigkeiten hielten sich in Grenzen. Diese brachte der nüchterne, aber auch schlaue und listenreiche Kleon mit. Sein scharfer Blick konnte ein Gebiet in wenigen Augenblicken als geeignet oder nicht geeignet für eine Schlacht, einen Überfall, eine Umzingelung, einschätzen. Großen Widerstand gab es zu Anfang ohnehin nicht. Einige der Gutsbesitzer konnten rechtzeitig entkommen und sich zum römischen Statthalter nach Syrakus durchschlagen.

Sklavenaufstand? Der dicke behäbige Statthalter lachte schallend. Er werde doch keine Truppe senden, nur weil ein paar Sklaven ihren Herren davongelaufen seien. Die würden aufgegriffen oder der Hunger treibe sie zurück.

Doch die Fälle mehrten sich, und als der Statthalter erfuhr, daß die Stadt Castrum Henae und ihre Umgebung von einem ehemaligen Sklaven beherrscht werde, der sich nun König Antiochos nenne, stellte er eine Truppe von zwölfhundert Mann auf und meinte:

«Das dürfte genügen, um dieses Pack auszutilgen. Sklaven sind schließlich keine Soldaten. Einer meiner Männer wird mit einigen Dutzend von denen fertig.»

So sprach der Statthalter und ließ das kleine Heer mit dem Schiff nach Katane bringen, von wo es landeinwärts gegen Castrum Henae zog.

Der Strategos Kleon war ein Mann, der nichts dem Zufall überließ und sich gegen überraschende Ereignisse nach Kräften absicherte. Dazu gehörte seine Taktik, daß stets Kundschafter die Grenzen des von Antiochos beherrschten Gebiets zu durchstreifen hatten.

Dieser Vorsorge war es auch zu verdanken, daß er rechtzeitig vom Nahen der römischen Truppe erfuhr. Über tausend Mann sollten es sein, davon etwa zweihundert Berittene. Kleon ließ sich beim König melden.

Antiochos empfing ihn mit der ihm eigenen distanzierten Herzlichkeit. Obwohl sie sich nun länger kannten, schauderte Kleon noch immer unter dem magischen Blick der dunklen, ungleichen Augen. Er war der festen Überzeugung, daß dieser Mensch mit den Göttern in unmittelbarer Verbindung stand. Kleon gab einen kurzen Bericht.

Der König lächelte leise.

«Siehst du, Kleon, die nehmen uns nicht ernst, denn sonst hätten sie fünftausend Mann geschickt. Mit den tausend wirst du doch fertig?»

Der Strategos schien beleidigt.

«Natürlich werde ich mit ihnen fertig. Wir werden sie stellen und in weniger als einer Stunde vernichten.»

«Nein, Kleon, das wirst du nicht tun. Du sollst sie besiegen, aber nicht abschlachten. Ich möchte einen Teil von ihnen in unser Heer eingliedern. Wer sich weigert, kann für uns in Ketten Sklavenarbeit leisten.»

Kleon runzelte die Stirn.

«Neue Sklaven? Ich dachte, in deinem Reich gibt es keine Sklaverei mehr, mein König.»

Antiochos blieb gleichmütig.

«Drehe mir nicht das Wort im Mund herum. Dann nenne sie eben zur Zwangsarbeit verurteilte Kriegsgefangene. Unser Land hat fast ein Jahrhundert für die Römer gearbeitet – jetzt sollen die Römer einmal etwas für uns tun.»

Kleon grinste.

«Das ist richtig, aber Römer? Von dieser anrückenden Truppe sind bestenfalls ein paar Centurionen Römer. Alle anderen sind hier geboren und verstehen auf lateinisch nur die Kommandos. Im übrigen haben wir sie noch nicht.»

Der König nickte.

«Dafür wirst du sorgen, du bist meine rechte Hand – ich vertraue dir!»

Antiochos hatte mit großem Ernst gesprochen, und Kleon war wieder ganz dem Zauber dieses Menschen verfallen. Er küßte dem König mit einer tiefen Verbeugung die Hand.

Kleon hatte keine große militärische Erfahrung, doch er wußte, was zu tun war. Wer unter seinen Männern jemals eine Waffe getragen hatte und damit umgehen konnte, wurde als Ausbilder verwendet. Er ließ den Leuten keine Ruhe, setzte häufig Waffen- und Geländeübungen an und begann eine kleine Reiterei heranzubilden. Besonderes Augenmerk hatte er auf die sikulischen Rinderhirten geworfen, von denen manche noch die alte Kunst des Schlingenwerfens beherrschten. Auf diese Weise fingen sie bestimmte Tiere aus der Herde, doch nun übten sie sich im Menschenfang. Kleon wußte, daß sie es eines Tages mit Berittenen zu tun haben würden und so ging seine Absicht dahin, die waffenstarrenden und gepanzerten Reiter mit der Fangschlinge vom Pferd zu holen. Vom Sturz betäubt waren sie dann mit Keule oder Axt leicht zu erledigen.

Kleon freute sich auf die Begegnung mit dem römischen Heer. Der Sieg war sicher, und die Wirkung auf das Volk würde überwältigend sein. Das würde den Thron des Antiochos festigen und sein Ansehen als genialer Stratege dazu.

5

Zwei Präfekten führten das römische Heer, unterstützt von einem Dutzend Centurionen. Die beiden Präfekten und drei der Centurionen waren geborene Römer, alle anderen, einschließlich des gesamten Heeres von etwa zwölfhundert Mann, stammten aus eingeborenen Familien und sprachen kaum oder gar nicht Latein. Die meisten waren alte Berufssoldaten, Veteranen, die allerdings nie Feindberührung gehabt hatten, denn seit der Eroberung von Syrakus vor knapp achtzig Jahren war Sicilia eine friedliche Provinz der Römer gewesen, ausgebeutet von Statthaltern, Großgrundbesitzern und Steuerpächtern.

In Caecilius Marianus, dem älteren der beiden Präfekten, wuchs

der Zorn von Tag zu Tag. Er fühlte sich vom Statthalter mißbraucht zu dieser unwürdigen Expedition – nur auf ein Gerücht
hin! Er näherte sich den Fünfzigern und hätte eigentlich schon
länger vorgehabt, aus dem römischen Heer auszuscheiden. Seit er
eine reiche Griechin geheiratet hatte, war er auf seinen Sold nicht
mehr angewiesen, doch seine ehrgeizige Frau hielt ihm vor, welches Ansehen mit seinem Rang verbunden war.

Caecilius lächelte bitter. Die ‹Frau des Präfekten›, die ‹Kinder
des Präfekten› – ja selbst die Sklaven prahlten damit, im Haus
eines römischen Präfekten zu dienen.

Um sich von seinem Zorn etwas abzulenken, rief er einen Centurio an seine Seite.

«Wo sind wir im Augenblick?»

Der Centurio zügelte sein Pferd, entrollte eine Karte und sagte:
«Die Karte ist leider veraltet, Präfekt, doch scheinen uns von
Castrum Henae nur noch etwa zwanzig Meilen zu trennen. Zu
Füßen dieses Hügels…», er deutete auf einen Berg im Westen,
«müßte ein großes Landgut liegen. Dort können wir uns erkundi-
gen.»

Der Präfekt nickte und ritt weiter.

Das Gut lag inmitten weiter bebauter Felder und wirkte recht
ansehnlich. Die dort arbeitenden Sklaven hatten beim Aufstand
ihren Herrn und seine Familie erschlagen. König Antiochos hatte
vor kurzem einen fähigen Mann als Verwalter eingesetzt, so daß
der Gutsbetrieb reibungslos weiterlief.

Von den Kundschaftern des Kleon hatte er nun erfahren, daß
die Römer vermutlich hier vorbeikämen, und so waren er und die
früheren Sklaven gut vorbereitet, als das Heer vom Osten heranzog.

«Es soll hier einen Sklavenaufstand gegeben haben», begann
der Präfekt seine Befragung, und der als Gutsbesitzer auftretende
Verwalter hörte aufmerksam zu.

«Das stimmt schon, Präfekt, aber soviel ich weiß, bezog es sich
nur auf einige Güter in der Umgebung von Henae. Meinen Sklaven geht es gut – schau dich nur um –, sie würden so etwas niemals
billigen.»

Der Präfekt gähnte. Sobald sein Zorn verrauchte, überfiel ihn eine lähmende Langeweile. Sollte er jetzt umkehren? Er beriet sich mit dem anderen Präfekten, einem noch jungen, sehr eifrigen Mann.

Umkehren? Beim Herkules, sie wußten ja noch nicht einmal, was überhaupt vorging! Sie einigten sich darauf, einige Meilen vom Gut entfernt das Nachtlager aufzuschlagen, um dann am nächsten Tag Castrum Henae zu erreichen.

Der Strategos Kleon lächelte, als er davon erfuhr.

«Wir haben sie nahe genug herangelockt. Morgen früh schlagen wir los, noch ehe sie ihre lächerlichen Lederpanzer anlegen können.»

Und so geschah es dann auch. Der Weckruf aus dem Horn der Nachtwache wurde für die Angreifer zum Signal. Es gelang den meisten der Legionäre tatsächlich nicht, in ihre Panzer zu schlüpfen. Entsetzt griffen sie nach ihren Schwertern, doch viele wurden niedergemacht, ehe sie sich verteidigen konnten. Einem Teil der gut gedrillten Reiterei gelang es, sich auf die Pferde zu schwingen, doch darauf hatten die sikulischen Schlingenwerfer nur gewartet. Sie rissen die Krieger aus ihren Sätteln und schlugen den Gestürzten die Schädel ein.

Bei Sonnenaufgang war alles vorbei. Von den zwölfhundert Mann lebten noch knapp siebenhundert, darunter der Präfekt Caecilius Marianus und einige Centurionen.

Kleon ließ die Männer entwaffnen und ihnen gleich mitteilen, daß sie im Heer des Königs Antiochos bei gutem Sold aufgenommen würden. Zwangsarbeiter benötige der König allerdings auch... Nun, sie könnten sich das während des Marsches nach Henae überlegen.

König Antiochos wollte die Begegnung mit dem besiegten Heer recht eindrucksvoll gestalten. Da er keinen Palast besaß, ließ er seinen mit Gold und Elfenbein verzierten Thron vor dem Demeter-Tempel aufstellen. Er trug den Purpurmantel und das goldene Diadem; eine ausgesuchte, waffenstarrende Leibwache umgab seinen Thron. Dahinter ragten die mächtigen Säulen des Tempels, so daß der Eindruck entstand, der Thron stehe vor einem gewaltigen Palast.

Viel Volk säumte die Stufen zum Tempel – die heute als Stufen zum Königsthron herhalten mußten. Der gefesselte Präfekt blickte empor, und was er sah, schien ihm wie ein Traum, aus dem er hoffentlich bald erwachen würde.

Da oben saß ein in Purpur gehüllter Mann, umgeben von Bewaffneten; hinter dem Thron standen erlesen gekleidete Höflinge, vier Diener beschirmten mit einem goldverzierten Baldachin das königliche Haupt.

Caecilius Marianus wurde die Stufen hinaufgestoßen und vor dem Thron in die Knie gezwungen. Antiochos saß unbeweglich, hatte die Augen geschlossen – es schien, als schliefe er.

Der Präfekt blickte ihn an und konnte kaum glauben, daß dieser Würde und Hoheit ausstrahlende Mensch ein Sklave gewesen war.

Da hat man uns zum besten gehalten, dachte er verbittert, und ich stehe nun hier und muß büßen, was –

In diesem Augenblick öffnete Antiochos seine Augen und schaute den Präfekten an. Der König kannte die Macht seines Blickes, und es freute ihn immer wieder, wenn sich ihre Wirkung in den Gesichtern der anderen widerspiegelte. Da gab es freilich die unterschiedlichsten Reaktionen. Auf Caecilius wirkten diese zauberischen Augen verwirrend, abstoßend, aber auch gefährlich.

Er begegnete diesem Blick mit Abscheu. So etwas gehört sich nicht für einen Mann, dachte er, eine solche Waffe ziemt sich nicht für einen König.

Verwirrt senkte der Präfekt die Augen. Jetzt rede ich ihn sogar schon im Gedanken als König an...

«Erhebe dich!»

Mühsam stand der gefesselte Präfekt auf.

«Einen solchen Feldzug hast du nicht erwartet, tapferer Römer?» fragte Antiochos spottend.

«Es wird nicht der letzte bleiben; andere werden nach mir kommen, mit stärkeren Truppen – und sie werden siegen!»

Der König lächelte sanft.

«Du sprichst ja wie ein Prophet! Nun, es gibt auch falsche Propheten. Wer sagt, daß Sikelia ewig den Römern gehören soll? Was man geraubt hat, kann man auch wieder verlieren... Es gab hier Sikaner, Elymer, Sikuler, Griechen, Karthager, Römer, es gab Demokratie, Tyrannis, Königreiche. Die Geschichte bleibt nicht stehen, Präfekt, sie ist wie ein Rad, das sich dreht und dreht… Wir wollen euch hier nicht haben, Präfekt. Die Griechen sind friedlich gekommen, haben Sikelia ihre Sprache, ihre Götter, ihr Wissen gebracht. Für euch ist Sikelia nur wie eine Frucht, die man preßt und preßt, bis der letzte Tropfen nach Rom geflossen ist. Du dienst dem Unrecht, Römer, und dafür mußt du nun bezahlen.»

Satyros, der Hofnarr, bleckte seine Zunge und tanzte um den Gefangenen herum.

«Wirst jetzt fliegen lernen müssen, Römer. Fliege gleich weiter nach Rom und erzähle dem Senat von deinen Erfolgen.»

Satyros schlug dazu mit den Händen, als seien es Flügel, und alle lachten, auch der König.

Antiochos gab ein Zeichen. Zwei Männer schleppten den römischen Präfekten Caecilius Marianus an den Rand des Tempels, wo der Fels steil abfiel und warfen ihn wie einen Sack Unrat hinab. Das Volk klatschte und jubelte. Die drei überlebenden Centurionen folgten ihrem Befehlshaber, und einer von ihnen rief: «Es lebe Rom!»

Der König wandte sich zu Kleon um.

«Freilich darf es leben – aber nicht hier!»

Nur ganz wenige der Männer weigerten sich, in das Heer des Antiochos einzutreten. Sie wurden als Zwangsarbeiter auf entfernte Güter gebracht; die anderen mußten einen feierlichen Schwur auf den König leisten.

Kleon hatte nach der Schlacht alle feindlichen Verwundeten töten lassen und sandte Spähtrupps in die Umgebung, um etwaige Flüchtlinge abzufangen. Antiochos wollte nicht, daß ein Überlebender nach Syrakus zurückkehrte und von der Schlacht – auch wenn sie für ihn siegreich war – berichtete. Das römische Heer sollte einfach verschwunden bleiben, wie durch Magie.

Und doch war einer durch die Maschen geschlüpft. Ein fünfzehnjähriger schmächtiger Junge hatte aus Lust am Abenteuer den Feldzug mitgemacht. Als er an jenem schrecklichen Morgen das Hinschlachten seiner Kameraden erlebte, lief er – nur mit einer Tunika bekleidet – hinaus auf die Felder und verbarg sich in einem Olivenhain hinter einem der mächtigen Stämme. Nach der

Schlacht hastete er weiter, nur weg von hier! Nur weg! Er kam in ein kleines Dorf, sagte, er habe sich verlaufen, doch niemand glaubte ihm. Die Menschen lachten.

«Bist ein entlaufener Sklave – das sieht doch jeder! Da kommst du gerade recht, denn bei uns ist die Sklaverei abgeschafft.»

Sie gaben ihm eine Arbeit und niemand, auch nicht Kleons Kundschafter, hätten in dem schmächtigen Bürschchen einen römischen Soldaten vermutet.

Nach einigen Wochen stahl er sich davon und kam ohne Schwierigkeiten nach Syrakus zurück. Dort wurde er vor den Statthalter gebracht. Der lachte nur.

«Das mußt du wohl geträumt haben, mein Kleiner. Du hattest Angst und bist einfach abgehauen, stimmt's?»

Doch der Junge beharrte störrisch auf seinem Bericht. Als aber nach sechs Wochen nicht die geringste Nachricht von dem römischen Heer gekommen war, dafür aber Nachrichten von einer zunehmenden Ausdehnung des ‹Sklavenstaates›, mußte der Statthalter seine Meinung ändern.

Das Königreich des Antiochos begann Gestalt anzunehmen. Nach zwei Jahren umfaßte es die Städte Castrum Henae, Centuripae, Morgantina, Agyrion, Tauromenion, dazu Hunderte von kleineren Ortschaften, Dörfern und Landgütern. König Antiochos ließ Münzen schlagen, die auf der einen Seite seinen Namen trugen, während die andere mit dem Kopf der Demeter geschmückt war. Das noch kursierende griechische und römische Silbergeld ließ er einziehen. Die Händler waren angewiesen, nur die Münzen des Antiochos anzunehmen, und bald hatten sich die Menschen an die neue Währung gewöhnt.

6

Der Statthalter sandte aus Syrakus dringende Hilferufe nach Rom, doch dort herrschten innere Wirren, und der Senat schob eine Entscheidung immer wieder hinaus. Im stillen hoffte man, daß der Sklavenkönig – ein für Römer ohnehin schwer vorstellbarer Begriff – irgendwann auch mit sizilischen Kräften überwunden werden könne.

Doch im dritten Jahr seiner Herrschaft schien König Antiochos' Herrschaft um so gefestigter. Er hatte das Gebiet zwischen Castrum Henae und Tauromenion in der Hand, beherrschte also im Innern Siziliens den wichtigsten Teil, nämlich die ‹Kornkammer› östlich von Henae. Es gab keinerlei Versorgungsschwierigkeiten. Die Göttin Demeter – ihr Symbol war die Weizenähre – schenkte dem von ihr erwählten König reiche Ernten und drückte ihr Wohlwollen unter anderem auch dadurch aus, daß sie dem Feind erheblichen Schaden zufügte.

Das kam so. Spitzel hatten dem König gemeldet, daß der Statthalter offenbar dabei sei, einen weiteren Versuch zu unternehmen, die Herrschaft des Antiochos zu stürzen. So hatte er in Katane aus allen Landesteilen Truppen zusammengezogen, denn von dort war es der kürzeste und unbeschwerlichste Weg nach Henae – mitten durch das weitausschwingende Tal des vielfach verzweigten Flusses Simeto.

«Wir bräuchten eine Hafenstadt», meinte Kleon, als er von der drohenden Gefahr hörte.

Doch Antiochos schüttelte den Kopf.

«Der Ansicht bin ich gerade nicht. Eine Stadt am Hafen mag noch so befestigt sein, sie ist – falls Rom eines Tages Truppen sendet – vom Meer her verwundbar. Da lobe ich mir unser Castrum Henae! Sollte von Katane aus wirklich eine Übermacht gegen uns ziehen, dann nehmen wir in den Bergen Zuflucht, und kein Präfekt wird es wagen, seine Truppen zu zerstreuen, um jeden einzelnen von uns zu suchen. Aber dazu wird es nicht kommen; die Göttin hat mir ihren Schutz zugesagt.»

Kleon wollte einwenden, ihm seien tausend bewaffnete Männer lieber als das Versprechen sämtlicher Götter, doch er sagte nur:

«Das ist ja schön. Weißt du auch, auf welche Weise Demeter – oder Atargatis – uns zur Hilfe kommen will?»

Der König stand auf. Er hatte sich so in seine Rolle hineingelebt, daß ihn keinerlei Zweifel an sich und seiner Berufung quälten. Das frühere Haus des römischen Präfekten hatte er, so gut es ging, in einen Königspalast verwandeln lassen. Es gab einen Thronsaal, einen kleinen Audienzsaal und nach Norden hin einen Flügel für die Königin Laodike und ihre Dienerschaft.

Antiochos trat an das Ostfenster und winkte Kleon heran. Es war ein klarer sonniger Tag im Frühsommer, so daß in der Ferne die dunkle massige Gestalt des Ätna deutlich zu sehen war. Der König deutete hinaus.

«Das wird unsere Rettung sein! Demeter ist eine Schwester des Zeus, und Hephaistos, der im Inneren des Feuerberges wohnt, ist ihr Brudersohn. Es kostet sie nur einen Wink» – Antiochos schnippte anschaulich mit dem Finger – «und der göttliche Schmied wird seine Esse anheizen, bis der Feuerstrom aus dem Schlot quillt und nach Katane strömt, wie vor zwölf oder vierzehn Jahren. Erinnerst du dich? Wir waren beide noch Jünglinge, doch die ganze Insel sprach davon. Auch du mußt es gehört haben.»

Kleon nickte.

«Alle Welt sprach davon. Katane wurde damals fast restlos zerstört. Und das wird sich jetzt wiederholen?»

«Ja! So oder in ähnlicher Form; die Göttin hat es mir zugesagt.»

Antiochos wußte selber nicht, woher er diese Überzeugung bezog. Zwar hatte er im Traum einen vernichtenden Feuerstrom gesehen, doch einen direkten Hinweis von der Göttin gab es nicht.

Antiochos, der Zauberer, sah und fühlte noch etwas anderes. Als Magier hatte er ein sehr feines Empfinden für die Vorgänge in der Natur, und so spürte er, daß in den letzten Tagen die Erde mehrmals leicht gebebt hatte. Es war nur eine Ahnung davon, ein ganz leises, hauchfeines Zittern, doch er hatte es mit allen Fasern seines Körpers aufgenommen. Zugleich hatte sich die ferne Rauchsäule über dem Ätna verstärkt. Und auch heute, an diesem besonders klaren Tag, machte sie auf ihn den Eindruck, als bereite sich im Innern des Berges etwas vor.

Auf Anordnung des Konsuls Gaius Fulvius Flaccus – er hatte Sicilia kurz besucht – bemühte sich der Statthalter neuerdings, ein neues Heer auf die Beine zu stellen. Es gelang ihm, innerhalb von vier Monaten in Katane tausend Berittene und fast siebentausend Fußsoldaten zusammenzuziehen. Freilich war es keine glänzende Truppe, denn etwa die Hälfte bestand aus zwangsverpflichteten, schlecht ausgebildeten Männern, die bei der ersten ernsthaften Feindberührung davonlaufen würden.

Doch beim Aufbau des Lagers hatten die Präfekten einen entscheidenden Fehler gemacht. Sie legten es nicht südlich von Katane in der Flußniederung an, weil hier mit Beginn des Sommers fiebrige Krankheiten drohten, sondern errichteten es im Norden der Stadt, an den flachen Hängen des Ätna. Die Männer sollten hier noch eine Weile an der Waffe ausgebildet werden und dann in den ersten Julitagen – ehe die unerträgliche Sommerhitze einsetzte – gegen den Sklavenkönig losziehen.

Doch Hephaistos hatte die Bitte seiner Vaterschwester vernommen, und auf ihr Geheiß hin unterließ er jede Warnung. Meist hatte er vorher mit dem Hammer gegen die Wände seiner Schmiede geschlagen, so daß Berg und Umgebung erzitterten, doch diesmal schürte er in aller Stille seine Esse, bis sie hoch aufloderte und im Krater Feuer auswarf.

Es war kurz vor Mitternacht. Träge zogen die Wachen ihre Bahn um das Zeltlager, als ein dumpfes Grollen sie aufhorchen ließ.

«Hörst du das?» fragte der wachhabende Legionär seinen Kameraden. Der nickte und wies dann entsetzt auf den Krater. Dort schoß eine feurige Lohe senkrecht in den nächtlichen Himmel, und nach einiger Zeit ertönte ein Krachen, als berste der Berg auseinander. Nun quoll ein glühender Strom aus der Bergspitze, kroch langsam über die Hänge hinab, teilte sich in mehrere feurige Adern, walzte Sträucher und Bäume nieder wie Gras und näherte sich dem Lager. Die Wachen bliesen gellend in ihre Hörner, doch die aus dem Schlaf gerissenen Soldaten glaubten an einen feindlichen Überfall. In der Dunkelheit schlugen sie auf ihre eigenen Genossen ein, fluchten und brüllten herum. Bis sie erkannten, worum es ging, hatten sich schon zwei Dutzend der Legionäre gegenseitig totgeschlagen.

Inzwischen begann der Feuerstrom das Lager einzukreisen. Manche erkannten die Gefahr, ließen alles stehen und liegen und rannten in Richtung auf die Küste. Andere warteten auf die Befehle der Centurionen, doch jeder brüllte etwas anderes, niemand wußte, was zu tun sei.

Der kurze heftige Ausbruch brachte diesmal dem gefährdeten Katane keinen Schaden, denn der Lavastrom floß einige Meilen weiter nördlich ins Meer, doch das Lager der Legionäre wurde von den glühenden Lavamassen niedergewalzt. Zwar konnten die meisten Soldaten sich rechtzeitig davonmachen, doch nur wenige von ihnen kehrten zur Truppe zurück.

Inzwischen war das Gerücht aufgekommen, daß König Antiochos durch seine magischen Kräfte den Feuerstrom in Bewegung gesetzt hatte. Einige hundert Abenteurer und Söldner liefen ihm daraufhin zu, denn unter seiner Führung wähnten sie sich in besserer Hut als im römischen Heer des Statthalters von Sicilia.

Mit Genugtuung konnte der König inzwischen beobachten, daß nicht nur entlaufene Sklaven bei ihm Schutz suchten, sondern auch freie Bauern, Handwerker und kleine Händler – allesamt Leute, denen von römischen Steuereintreibern der letzte Obolos abgepreßt worden war. Antiochos verlangte etwa ein Drittel der früheren Abgaben, und wer unter seiner Herrschaft lebte, opferte gerne den Göttern, um für den König ein langes Leben zu erbitten.

In Rom aber begann man nachdenklich zu werden, da die Hiobsbotschaften aus Sicilia sich häuften. Im Jahr zuvor war der Konsul Gaius Fulvius Flaccus auf Sicilia gewesen und hatte vergeblich versucht, ein neues Heer zu rekrutieren. Daraufhin beauftragte er den Statthalter mit der Truppenaushebung, kehrte nach Rom zurück und ließ von nun an dem Senat keine Ruhe mehr. Hier hatte sich auch schon das Ausbleiben der großen Kornlieferungen bemerkbar gemacht, und so raffte man sich zu einem Entschluß auf.

Mit einem kleinen, aber schlagkräftigen Berufsheer wollte der Konsul und Feldherr Lucius Calpurnius Piso nach Sicilia ziehen.

Er trat vor die Kurie und sagte ruhig:

«Wir haben den Fehler begangen, diesen Mann zu unterschätzen. Er hat aus Sklaven Freie gemacht, und inzwischen wissen wir, daß ihm nicht nur frühere Sklaven dienen. Diese Menschen haben etwas zu verteidigen, und darum müssen wir sie ernst nehmen. Man hat bisher geglaubt, sie mit schlecht ausgebildeten Söldnern besiegen zu können, und ist dabei kläglich gescheitert.

Solche Versuche zu wiederholen, halte ich für sinnlos, und so fordere ich von euch eine reguläre Armee mit erfahrenen Legionären.»

Viele der Senatoren stimmten ihm zu, aber mehr als eine Legion wollten sie ihm nicht überlassen. Es ging schließlich nur gegen Sklaven.

Der frühere Volkstribun war ein kluger entschlossener Mann und hatte den Plan entwickelt, nicht sogleich auf Castrum Henae zu marschieren, sondern zuerst eine der kleineren und am schwächsten verteidigten Städte in seine Gewalt zu bringen. Dafür schien ihm Morgantina am geeignetsten. Hatte er sich hier einmal festgesetzt, konnte er so nach und nach auch andere Gebiete erobern; ganz zuletzt sollte Henae dran sein. Das war sein Plan, und er wollte ihn schnell verwirklichen.

Doch die Kundschafter des Strategos Kleon beobachteten ihn und hielten den König auf dem laufenden. Als deutlich wurde, worauf der Konsul abzielte, meinte Kleon:

«Morgantina soll er haben; ich werde nur einige hundert der am schlechtesten ausgebildeten Soldaten dort einsetzen. Er wird die Stadt in einem Handstreich nehmen, was ihn dann hoffentlich zum Leichtsinn verführt.»

Nach schwacher Gegenwehr brachte der Konsul Morgantina in seine Hand, ließ sämtliche Einwohner niedermachen und auch die nähere Umgebung verwüsten. Von hier aus wollte er das etwa zwanzig Meilen nördlicher gelegene Centuripe erobern. Dafür würde ein Teil seines Heeres – er dachte an etwa tausendfünfhundert Mann – genügen.

Kleon tanzte vor Freude.

«Bei Ares und Herakles! Dieser Dummkopf tut genau das, was ich mir erhoffte – er zersplittert seine Truppen! Er unterschätzt uns, mein König, etwas Besseres können wir uns nicht wünschen.»

König Antiochos gab sich gleichmütig.

«Ich habe es nicht anders erwartet. Demeter duldet keine Römer in ihrem Bereich. Was wirst du jetzt tun?»

Kleon rieb sich die Hände.

«Centuripe liegt in den Bergen. Dort kann ich mich mit meinen

Leuten gut verstecken; ich kenne jeden Winkel in diesem Gebiet. Während der Konsul die Stadt angreift, falle ich ihm in den Rükken. In Centuripe liegt eine Kohorte meiner besten Leute, so wird der Konsul zwischen zwei Fronten geraten.»

«Weißt du, ob er selber die Truppe führt?»

Kleon zuckte die Schultern.

«Darauf kommt es nicht an. Ob er oder einer seiner Präfekten — sie werden scheitern, wie andere vor ihnen.»

Konsul Lucius Calpurnius Piso war ein vorsichtiger Mann und sah seine Laufbahn als römischer Staatsmann noch lange nicht als beendet an. Er blieb also lieber in Morgantina und schickte einen Präfekten mit zwei Kohorten nach Centuripe.

Kleon fiel diesem Heer mit zweitausend seiner besten Soldaten in den Rücken und rieb es in wenigen Stunden auf. Danach zog er sich in das geschützte Castrum Henae zurück.

Als der Konsul von der Niederlage erfuhr, bekam er einen Wutanfall. Er ließ alle Vorsicht fahren, zog mit den verbliebenen acht Kohorten nach Henae und versuchte, die Stadt zu erstürmen.

Kleon hatte monatelang durch Zwangsarbeiter schwere Steinbrocken in die Höhe schaffen lassen, und diese benutzte er als erste Waffe. Die auf einem nach allen Seiten steil abfallenden Felskegel gelegene Stadt bot wenig Angriffsfläche und war sehr gut zu verteidigen. Der einzige Zugang war eine nicht sehr breite Straße, und die hatte Kleon in aller Eile unpassierbar machen lassen. Der Konsul hetzte seine Leute dennoch hinauf, doch sie wurden von einem solchen Stein- und Pfeilhagel empfangen, daß nur wenige lebend zurückkehrten. Nach zwei weiteren Versuchen gab Calpurnius Piso es auf. Er hatte weder Zeit und Lust noch genügend Leute, um die Stadt länger zu belagern, aber er schrie hinauf zu den Mauern und Türmen.

«Wir kommen wieder, Sklavenkönig! Die Henker zimmern schon das Kreuz, an dem du hängen und langsam verrecken wirst!»

Doch niemand hörte oben seine Stimme.

Nach dem Abzug der Römer wartete man drei Tage, um nicht einer List zum Opfer zu fallen. Später fanden Kundschafter heraus, daß der Konsul mit vier Kohorten abgesegelt war, die anderen vier ließ er in Syrakus zurück. Es waren allerdings sehr reduzierte Truppen.

Auf die Stimme des Calpurnius Piso wurde in Rom gehört. Doch er rannte bereits offene Türen ein, denn inzwischen lagen dem Senat Zahlen vor, wie hoch die Einbußen waren, seit Sicilia nicht mehr in vollem Maß ausgebeutet werden konnte.

In Publius Rupilius gewann Piso einen begeisterten Mitstreiter, der für ihn um so wertvoller war, weil er in jenem Jahr das Konsulat innehatte. Diese Begeisterung hatte freilich ihren Grund. Rupilius war auf Sicilia einige Jahre Steuerpächter gewesen und hatte sich dabei so bereichert, daß er in Rom die Senatorenlaufbahn einschlagen konnte. Einen Teil seines Vermögens hatte er auf der Insel angelegt. Er besaß dort Güter, Mühlen, Oliven- und Weingärten, doch etliches davon lag jetzt im Gebiet des Sklavenkönigs und war damit verloren oder brachte zumindest keinen Ertrag.

Rupilius war ein harter Mann, der sich aus kleinen Verhältnissen emporgearbeitet hatte. Nun, da er Konsul war, hatte er den Zenit seiner Laufbahn erreicht, doch dieses Amt währte längstens ein Jahr und kostete viel Geld. Danach wollte Rupilius sich wieder seinen Geschäften widmen, und er dachte nicht daran, seinen sizilischen Besitz so ohne weiteres einem entlaufenen Sklaven zu überlassen.

In kurzer Zeit setzte er beim Senat durch, daß das Problem Sicilia ganz oben auf der Tagesordnung stand. Und er begnügte sich nicht mit Provisorien. Er verlangte ein Heer von zwei Legionen – das waren mindestens zehntausend Mann – und ausreichende Geldmittel, um auch einen längeren Krieg durchstehen zu können. Er bekam, was er wünschte und setzte noch im selben Jahr mit seinem Heer nach Sicilia über.

König Antiochos hatte einen Traum gehabt, an dessen Einzelheiten er sich nach dem Erwachen nicht mehr erinnern konnte, doch eines stand ihm noch deutlich vor Augen: Es ging um die Zahl Sieben. Eine heilige, eine bedeutsame Zahl seit alters her; und jedem Magier bestens vertraut. Sieben Planeten beherrschten den Himmel, eine Woche bestand aus sieben Tagen; außerdem war diese Zahl dem Apollo heilig und hatte noch viele andere Bedeutungen.

Antiochos glaubte, im Traum die Stimme seiner Göttin gehört zu haben, die in sein Ohr flüsterte:

‹Deine Herrschaft geht in das siebte Jahr, König Antiochos, weißt du, was das bedeutet? Das ist Abschluß, kann aber auch ein Neubeginn sein. Sieben ist zudem eine gefährliche Zahl, du mußt behutsam damit umgehen, sie wird dein Schicksal sein – dein Schicksal sein – dein Schicksal –›

Die Stimme war dann verklungen, wie ein Echo, das sich in der Ferne verliert.

Sechs Jahre unbestrittener Königsmacht hatten Antiochos so geprägt, daß er seine Herrschaft – wenn überhaupt – nicht mehr als Provisorium empfand, sondern als dauerhaft und fest gefügt. Antiochos war ein gebildeter Mann und kannte die Geschichte der Völker in groben Zügen. Gab es da nicht eine ganze Reihe von Königen, die weniger als sieben Jahre regiert hatten? Doch dann fiel ihm wieder sein Traum ein. Wie war der Hinweis der Göttin zu deuten? Sie sprach von Ende und einem neuen Anfang. Ein Zyklus? Sie wollte vielleicht darauf hinweisen, daß beim Abschluß eines Sieben-Jahres-Zyklus besondere Gefahren drohen. Aber sie sprach auch von einem Neubeginn, und daran hielten seine Gedanken jetzt fest. Eine Herrschaft von drei mal sieben Jahren wünschte er sich, und dann würde ihm sein jetzt dreijähriger Sohn nachfolgen. Das Reich der Seleukiden auf Sizilien!

Antiochos verlor sich in Träumereien. Er hatte die Warnung der Göttin gehört, aber nicht erkannt, worin die eigentliche Gefahr für seine Herrschaft bestand. Es war der Erfolg. Seit Eunos den Thron gewonnen und als Antiochos zu herrschen begonnen hatte, gab es immer nur Erfolge. Er hatte jeden Angriff abgewehrt, das Volk lief ihm aus ganz Sizilien zu, seine Untertanen waren glücklich und zufrieden. Seine Münzen hatten sich durchgesetzt, insgeheim blühte sogar der Handel mit den von den Römern beherrschten Städten. Antiochos war so klug gewesen, sich nicht – wie etwa die Ptolemäer in Ägypten – göttergleich über das Volk zu erheben; er war ein Volkskönig geblieben. Jeden siebten Tag – wieder die Sieben! – saß er auf seinem Thron vor dem Demeter-Tempel dem Gericht vor. Aber auch sonst konnte sich jeder, der ein ernsthaftes Anliegen hatte, an ihn wenden, wann immer er wollte. Meistens ging es um ungeklärte Besitzverhältnisse, und dafür hatte Antiochos eigens zwei Rechtskundige am Hof. Niemals entschied er nach Laune und Willkür in Fällen, von denen er nichts verstand. Das hatte ihn sehr beliebt und volkstümlich werden lassen; wo immer er sich zeigte, begegnete ihm Beifall und Respekt.

Diese Erfolge auf allen Gebieten hatten seine anfangs so wache Vorsicht eingeschläfert. Freilich, noch immer stand eine Armee von etwa zehntausend Mann unter Waffen, und Kleon konnte sie binnen kurzem auf zwanzigtausend erhöhen. Diese Zahlen hatte Antiochos im Kopf, mit ihnen lebte er, ihnen vertraute er.

Doch die Wirklichkeit sah anders aus. Es gab zwar eine gutbezahlte Kerntruppe von etwa dreitausend Berufssoldaten, die anderen hingegen wurden nur als Zeitsoldaten gebraucht und arbeiteten sonst in ihren Berufen als Handwerker, Bauern oder kleine Händler. Die meisten von ihnen hatten Familien und liebten den Waffendienst keineswegs. Sie griffen zwar zu Schwert und Bogen, wenn es sein mußte und weil sie damit ihren eigenen Besitz und ihre Familien verteidigten, doch lieber waren sie zu Hause und gingen ihren Geschäften nach.

Der Strategos Kleon wußte das, doch wie hätte er es ändern sollen? Sie konnten es sich einfach nicht leisten, zehntausend Mann oder mehr ständig unter Waffen zu halten. Auch seine Wachsamkeit war durch die dauernden Erfolge eingeschläfert, auch er saß im Sommer gerne mit seiner wachsenden Familie auf einer schattigen Terrasse und trank gekühlten Granatapfelsaft.

Dann aber landete Publius Rupilius mit seinen zwei Legionen in Syrakus, und die beschauliche Ruhe hatte ein Ende.

Antiochos zeigte sich nicht überrascht, als Kleon ihm die Hiobsbotschaft brachte.

«Ich wußte es längst. Für das siebte Jahr meiner Herrschaft hat Atargatis mich zu besonderer Vorsicht ermahnt. Doch wir werden sie wieder schlagen, Kleon, glaube mir.»

Der stämmige, braungebrannte und etwas bäuerisch wirkende Kleon seufzte.

«Ich möchte es gerne glauben, doch Rupilius bringt zwei Legionen mit. Zwei Legionen! Das sind erprobte Soldaten, und den Fehler des Piso werden sie kaum wiederholen. Ich habe jedenfalls alle waffenfähigen Männer aufgerufen, wieder einmal mit dem Schwert ihre Freiheit und ihren Besitz zu verteidigen. Mehr kann ich nicht tun.»

Der König lächelte beruhigend.

«Du hast das Richtige getan. Bei zwei Legionen wäre es vielleicht ratsam, nicht eine offene Feldschlacht zu wagen, wenigstens vorläufig nicht. Wir sollten uns in Henae und in Tauromenium verschanzen und sie zu einem langen Festungskrieg zwingen.»

Kleon nickte.

«Das ist auch meine Ansicht. Ich glaube, wir sollten deiner – unserer Göttin diesmal besonders reiche Opfer bringen.»

Siebtes Jahr – Schicksalsjahr. Die Warnung der Göttin hatte nun Gestalt angenommen, die Gefahr war greifbar geworden.

Antiochos sprach mit seiner Gemahlin Laodike.

«Es könnte sein, daß die Römer diesmal mehr Erfolg haben als in den Jahren zuvor. Schlimmstenfalls könnte man dich und unseren Sohn benützen, mich zu erpressen oder dich als Geisel nach Rom schleppen. Ich wünsche daher, daß du dich mit dem Prinzen unsichtbar machst. Du wirst auf ein kleines Landgut in den Bergen gebracht. Die entsprechenden Papiere sind vorbereitet. Du bist Witwe, hast das Gut von einem entfernten Verwandten geerbt; das gesamte Dienstpersonal wird ausgewechselt und kennt nur diese Version. Wenn die Gefahr vorbei ist, kommst du zurück, sollten wir jedoch…»

Antiochos schwieg und schaute Laodike wehmütig an. Die frühere Sklavin verehrte ihren Mann wie ein göttliches Wesen. Sie glaubte an seine Zauberkraft und vertraute ihm vorbehaltlos. Er hatte sie zur Königin gemacht; auf sein Geheiß wurde sie nun Gutsbesitzerin, sie würde ihm überallhin folgen, ohne Fragen zu stellen – sogar wieder in ein Sklavendasein.

Satyros, der Narr und frühere Kornhändler, war immer um den König. Der beachtete seinen Possenreißer kaum noch, und das war ein Fehler. Satyros hörte die meisten Gespräche mit, wußte über alles Bescheid und wartete sehnsüchtig auf den Augenblick der Befreiung. Oft genug war seine Hoffnung enttäuscht worden, doch diesmal – diesmal…

Er ballte zornig die Fäuste. Er jedenfalls war bereit, sich wieder in einen Kaufmann zu verwandeln, sogar bereit, den früheren König wieder als Sklaven zu halten. Bei Hermes, das gäbe ein Aufsehen! Er sah sich schon bei den abendlichen Symposien sitzen und sagen: Jetzt, meine Herren, führe ich euch einen König vor – übrigens einen echten. Ein Wink und herein trat Antiochos, der sein Sprüchlein aufsagte: Sieben Jahre durfte ich durch die Gnade der Göttin Atargatis König sein – jetzt bin ich wieder Sklave.

Satyros seufzte. Diesmal durfte es nicht wieder schiefgehen! Mit zwei Legionen konnte Antiochos nicht fertigwerden, da müßte schon nochmals ein Wunder geschehen, wie damals in Katane.

Diesmal aber geschah keines. Publius Rupilius zog sofort gegen Castrum Henae, mit allen seinen Streitkräften. Die ersten Angriffe brachten ihm furchtbare Verluste. Tausende von Steinen regneten auf die Legionäre herab, und wer zufällig nicht erschlagen wurde, den traf der Pfeil eines Scharfschützen.

Doch hatte auch Henae, wie jede scheinbar uneinnehmbare Stadt, ihre schwachen Stellen. So führte vom Demeter-Tempel ein in den Felsen gehauener Gang hinab in die Ebene; Priester hatten ihn vor vielen Jahren zu ihrer Sicherheit angelegt.

Die Belagerung begann im Frühjahr, und nach einigen Monaten gelang es Rupilius, die Stadt von aller Zufuhr abzuschneiden. Langsam gingen die Nahrungsmittel zu Ende und im Sommer auch das Trinkwasser, da man jetzt nur auf die Zisternen angewiesen war.

«Ehe wir verhungern und verdursten, werde ich einen Ausfall versuchen», sagte Kleon zu Antiochos.

Der König war wie gelähmt. Trotz nächtelanger Gebete und reicher Opfergaben verharrte die Göttin in Schweigen. Wenn kein Wunder geschah, dann war dieses siebte auch sein letztes Regierungsjahr.

Im Morgengrauen versuchte Kleon mit seinen halbverhungerten Männern den Durchbruch, doch Rupilius hatte seit langem damit gerechnet und achtete darauf, daß gut ein Drittel seiner Männer – auch nachts – immer unter Waffen stand.

Der Kampf zog sich bis Mittag hin, und Kleon unterlag der Übermacht. Zuletzt stürzte er sich in das wildeste Kampfgetümmel und sank – aus vielen Wunden blutend – tödlich getroffen vom Pferd. Der Rest seiner Leute versuchte zu fliehen, doch nur wenigen gelang es, den ausgeruhten Römern auf ihren schnellen Pferden zu entkommen.

König Antiochos hegte die unsinnige Hoffnung, mit seiner Person auch sein Königtum zu retten. Mit seiner Leibwache und einem Dutzend seiner vertrautesten Diener floh er durch den Geheimgang, der vom Tempel ins Tal führte. Der geschlossene Belagerungsring hatte sich durch die Schlacht aufgelöst, und Antiochos konnte ohne Schwierigkeiten entkommen.

Der Hofnarr Satyros aber ergriff nach einigen Meilen die Flucht. Antiochos winkte nur ab.

«Laßt ihn laufen, ich brauche keinen Possenreißer mehr.»

Einer der Diener stammte aus den im Norden von Henae gelegenen Bergen und kannte sich aus. Nach langer mühseliger Wanderung, zuletzt mit berggewohnten Maultieren, erreichten sie das Versteck, eine von Hirten benützte Sommerhütte.

«Das wird mein letzter Palast sein», meinte Antiochos wehmütig, doch einer seiner Leibwächter tröstete ihn.

«Du bist nicht der erste König, der fliehen muß, und wirst – so hoffen wir alle – nicht der letzte sein, der zurückkehrt.»

Das halbverhungerte Castrum Henae aber fiel durch Verrat, denn Satyros, der einstige Hofnarr, wandte sich an den römischen Präfekten und zeigte ihm den geheimen Zugang. Bald füllte sich die Stadt mit plündernden Truppen, und wer ihren Ansturm überlebte, kam vor ein furchtbares Strafgericht. Die früheren Sklaven wurden nach grausamen Martern über die Stadtmauer in die Tiefe gestürzt. Eine Anzahl der jüngsten und kräftigsten sparte sich der Präfekt auf; denn die waren gewinnbringend zu verkaufen.

Wenige Tage später fiel die zweite befestigte Stadt im Königreich des Antiochos – das hochgelegene, schwer zu erreichende Tauromenium. Auch hier wurde die schnellste und einfachste Hinrichtungsart angewandt: die Männer wurden – zu Dutzenden zusammengebunden – einfach in die Tiefe gestürzt. Ein paar Hundert der kräftigsten ließ der Konsul am Leben. Die würde er an den Senat schicken mit der Bitte, Spiele zu veranstalten. Die Kerle durften sich dann zum Vergnügen der Römer in der Arena gegenseitig abschlachten. Hatten sie etwas Besseres verdient?

Der Sieg des Publius Rupilius war vollkommen; das Reich des Sklavenkönigs war zerstört. Der Konsul aber fand keine Ruhe und tat alles, um Antiochos aufzuspüren. Er hatte einen hohen Preis auf seinen Kopf gesetzt, verbunden mit dem strengen Befehl, den Sklavenkönig lebend und unversehrt herbeizuschaffen.

Rupilius nämlich hatte einen ehrgeizigen Plan. Er hoffte darauf, der Senat würde ihm den Triumphzug gewähren, dessen wichtigster Schmuck seit jeher der besiegte König oder Feldherr war. Für ihn wäre dies der Höhepunkt und die Krönung seiner Laufbahn gewesen. Er sah sich schon auf der geschmückten Quadriga stehen, voran die Senatoren in ihren weißen, mit dem Purpurstreif geschmückten Togen, dazu Priester, Staatsbeamte, hohes Militär, dann die Tempeldiener mit den Opferstieren – er selber aber in der *Tunica palniata* und der *Toga picta*, mit rotgefärbtem Gesicht, das Adlerzepter in der Hand. Vor dem schwerbepackten Beutewagen mußte der gefangene Sklavenkönig gehen, dieser Antiochos, im Purpur und mit dem Diadem, doch in Ketten…

Der Zug bewegte sich langsam durch die Porta triumphalis in den Circus Flaminius und von dort durch die Porta carmentalis zum Circus Maximus – umjubelt vom Volk –, dann über die Via Sacra zum Capitol.

Ohne diesen König aber hätte der Triumph nur den halben Wert – Antiochos als lebender Beweis für die Stärke Roms. Ob man ihn dann erwürgte und in den Tiber warf oder als Kuriosum und Warnung für königlichen Übermut am Leben ließ, war ohne

Bedeutung. Aber haben mußte er ihn! Er mußte ihn einfach haben! Als es auch nach zehn Tagen nicht den geringsten Hinweis gab, wo Antiochos sich aufhalten konnte, erhöhte Rupilius das Kopfgeld von hundert auf zweihundert Goldstücke.

Bei Castor und Pollux, es konnte doch jetzt niemand mehr geben, der zu diesem Gauklerkönig hielt?

Am dreiundzwanzigsten Tag nach dem Sturz seiner Herrschaft wurde Antiochos durch Zufall entdeckt. Zwei seiner Diener mußten nämlich ins Tal hinab, um Nahrungsmittel zu besorgen, und es fiel den Leuten auf, daß sie mit alten Goldmünzen bezahlten und ihre Esel so vollpackten, als gelte es, eine Kohorte zu versorgen. Ein in der Nähe herumstreifender, römischer Suchtrupp erhielt einen Hinweis, und wenige Stunden später hatten sie Antiochos mit seinem kleinen Hofstaat aufgespürt.

Als dieser dem Centurio ins Gesicht blickte, scheute der altgediente Soldat vor diesen magischen Augen zurück. Verstohlen formte er mit der linken Hand einen ‹cornus›, das Zeichen gegen den bösen Blick, behandelte aber den gestürzten König mit rauher Höflichkeit.

Publius Rupilius atmete auf, als ihm die Festnahme gemeldet wurde. Er war so erleichtert, daß er der Leibwache und den persönlichen Dienern des Antiochos Leben und Freiheit schenkte.

«Auf ihre Weise waren sie treu bis zuletzt, und das achte ich als Römer besonders.»

Antiochos wurde im Kerker des Statthalters in Syrakus gefangengehalten, doch weder war er in Ketten noch mußte er irgend etwas entbehren. Dort suchte der Konsul Rupilius ihn auf.

«Du warst ein starker Gegner, Eunos – oder soll ich dich weiterhin Antiochos nennen?»

«Verfahre nach Belieben, Konsul, schließlich bin ich dein Gefangener. Welche Hinrichtungsart hast du dir für mich ausgedacht. Das Kreuz? Sturz vom Felsen? Oder soll ich in aller Stille erwürgt werden?»

Über das harte, beherrschte Gesicht des Rupilius flog ein Lächeln.

«Nichts dergleichen. Du wirst mich nach Rom begleiten und dort meinen Triumphzug schmücken – als König und im Purpur!»

An alles hatte Antiochos gedacht, nur daran nicht. Als Schaustück sollte er in der riesigen Stadt herumgezeigt werden, zum Stolz der Regierenden, dem Pöbel zur Freude. Nein! Diesen Gefallen wollte er seinem Besieger nicht erweisen. Heimlich tastete er nach seinem schweren Siegelring. Niemand hatte es gewagt, ihm das königliche Schmuckstück zu nehmen, und Rupilius würde es erst recht nicht tun. Antiochos atmete auf; die Göttin hatte zwar zuletzt geschwiegen, doch sie ließ ihn nicht im Stich. Das gab ihm neue Sicherheit.

«Und dann?» fragte er neugierig. «Was geschieht mit mir nach dem Triumph?»

«Darüber entscheidet allein der Senat», sagte der Konsul steif. «Rom ist eine Republik, und die vom Volk in die Regierung gewählten Männer entscheiden das gemeinsam. Vermutlich wirst du danach im Kerker erwürgt.»

«Nun, ein paar Wochen bleiben mir ja noch zum Leben, warum soll ich mir da jetzt schon Sorgen machen? Ich habe mir auch als König nie welche gemacht, habe es immer meinen Räten überlassen, sich ihre Köpfe zu zerbrechen.»

Insgeheim bewunderte Rupilius diesen Mann – seine Beherrschtheit, seine Ironie im Angesicht des Todes. Und diese Augen. Rupilius wich ihrem Zauberblick aus, denn er war etwas abergläubisch.

«Hast du irgendeinen Wunsch? Wenn es geht, erfülle ich ihn dir gern.»

Antiochos dachte nach.

«Ich habe alles, was ich brauche. Du könntest nur dafür sorgen, daß man mir einen besseren Wein kredenzt. Dieser Essig hier eignet sich bestenfalls, um Wunden auszubrennen.»

«Gut, Antiochos, du sollst einen besseren bekommen.»

Mit dem Nachtmahl wurde ihm ein Krug Chioswein gebracht, und Antiochos schnalzte mit der Zunge. Gerade richtig als Abschiedstrunk, dachte er und zog den schweren Siegelring ab. Auf dem Karneol war ein schöner Demeterkopf eingeschnitten, eingefaßt von zwei Kornähren, dem Symbol der Göttin.

Antiochos brauchte alle Kraft, um den Stein herauszulösen. In der Vertiefung darunter befand sich ein gelbliches Pulver, das er behutsam in einen Becher schüttelte. Langsam goß er den schweren, rotfunkelnden Wein darauf und rührte mit dem Zeigefinger um. Er küßte das Bildnis der Demeter auf dem Siegelstein und flüsterte:

«Ich danke dir von Herzen für die sieben Jahre auf dem Thron. Da ich nie wieder als Sklave leben könnte, ziehe ich es vor, als König zu sterben.»

In einem Zug trank Antiochos den Becher leer. Er versuchte aufzustehen, um durch das vergitterte Fenster noch einmal den Himmel zu sehen, doch es gelang ihm nicht mehr. Eine glühende Faust preßte sein Herz zusammen, nahm ihm die Luft zum Atmen, und dann löste sich alles in ein weiches, wohltuendes Dunkel auf.

Der Selbstmord des Sklavenkönigs erregte in Publius Rupilius zwiespältige Gefühle. Er sah sich um seinen Triumph gebracht, doch zu seiner eigenen Überraschung schmerzte es ihn gar nicht so sehr. Statt dessen schrieb er an den Senat in Rom:

Ehrenwerte Väter,
Eunos, der sich als König Antiochos nannte, ist besiegt. Seine Städte sind erobert, seine Anhänger gefallen oder hingerichtet, seine Gefangenen befreit. Da Eunos sich immerhin fast sieben Jahre auf seinem angemaßten Thron halten konnte – ohne nennenswerte Gegnerschaft aus den eigenen Reihen –, habe ich mich bemüht herauszufinden, woran das lag. Denn, ehrenwerte Senatoren, er stützte seine Herrschaft nicht nur auf entlaufene Sklaven; gut die Hälfte seiner Untertanen bestand aus freien Bauern und Handwerkern. Ich hatte lange Gespräche mit einigen seiner überlebenden Hofbeamten, die ihn in Rechts- und Wirtschaftsfragen berieten und bin jetzt zu der Ansicht gelangt, daß Rom in Sicilia einiges falsch gemacht hat. Es ist uns fast gelungen, diese reiche Insel in wenigen Jahrzehnten zugrunde zu richten, doch sehe ich keinen Sinn darin, eine Kuh, die man melken will, zu schlachten. Vor allem die Besteuerung der Landbesitzer müßte von Grund auf geändert werden. Falls ihr mich mit einer Neuordnung der Gesetze betrauen wollt, hochverehrte Senatoren, so laßt es mich bald wissen.

Der römische Senat, froh einen Mann gefunden zu haben, der sich um eine Neuordnung auf Sicilia bemühte, übertrug ihm alle Vollmachten. Ein Jahr darauf wurde die ‹Lex Rupilia› verabschiedet. Von den ursprünglichen Gesetzesplänen des Konsuls war darin nicht mehr viel zu finden. Er hatte vor allem daran gedacht, die kleineren Bauern zu begünstigen und durch gestaffelte Steuergesetze zu stärkerer Produktion anzureizen, aber diese Vorschläge gingen dem Senat zu weit. So konnte auch die Lex Rupilia wenig an den bestehenden Mißständen ändern. Die großen, von Sklaven bewirtschafteten Latifundien blieben weiterhin bestehen – und sie sorgten für neuen Zündstoff.

Knapp dreißig Jahre später kam es zu dem zweiten großen Sklavenaufstand auf Sicilia. Der Anlaß war diesmal ein anderer. Rom benötigte dringend Truppen gegen die wachsende germanische Bedrohung und erbat sich von seinen Vasallen eine Unterstützung.

König Nikomedes von Bithynien lehnte sie mit dem Hinweis ab, daß römische Sklavenhändler einen großen Teil seiner jungen Männer entführt und auf Sicilia verkauft hätten. Daraufhin erging der Befehl an den Statthalter in Syrakus, alle aus Vasallenstaaten stammenden Sklaven sofort freizulassen. Der Andrang war groß, und als der Statthalter etwa achthundert freigelassen hatte und einige tausend das gleiche forderten, verließ ihn der Mut, und er schickte die übrigen zu ihren Herren zurück.

Das war das Signal zu einem neuen Aufstand, der sich schnell über die Insel verbreitete. Einer der Anführer machte sich unter dem Namen Tryphon zum König, und als dieser bald in den Kämpfen fiel, folgte ihm ein Athenion auf den Thron. Doch diesen Führern gelang es nicht, auch nur eine einzige Stadt in ihre Gewalt zu bringen.

So bauten sie sich eine eigene befestigte Residenz mit dem Namen Triocala. Doch auch sie gewannen viele Schlachten und konnten sich fünf Jahre halten.

Als der Feldherr Manius Aquilius sie in einer blutigen Schlacht besiegte, versprach er einem Rest von tausend Überlebenden, die sich in Triocala verschanzt hatten, die Freiheit, wenn sie sich ergaben. Sie glaubten ihm, doch der Feldherr meinte, ein den Sklaven gegebenes Wort sei nicht bindend und schickte sie in Ketten nach Rom. Dort sollten sie in öffentlichen Schauspielen als Gladiatoren gegen wilde Tiere kämpfen. Es heißt, sie hätten sich daraufhin gegenseitig den Tod gegeben.

Ein Gott in Syrakus

«Ihr könnt sie doch nicht sterben lassen!» schrie der Kaiser die beiden Ärzte an und hob die Hand, als wolle er sie schlagen. Doch dann glättete sich sein blasses Gesicht mit den eingefallenen Schläfen und dem schmalen, grausamen Mund. Er trat ganz nahe an die beiden heran. Seine flackernden, irrsinnigen Augen jagten ihnen einen Schauer über den Rücken.

Mit flüsternder Stimme zischelte er:

«Nein, nein, so dumm seid ihr nicht. Wißt ihr, was mir Drusilla bedeutet – wißt ihr das wirklich? Sie ist meine göttliche Gemahlin, unser Band ist von Isis gesegnet. Aber das kümmert euch Dummköpfe wenig – oder?»

«Göttlicher Caesar...», stammelte der eine Arzt, «die hochedle Livia Drusilla ist doch deine Schwester...»

«Ja, ja, ja! Sie ist meine Schwester!» kreischte Caligula in höchster Erregung, «und was haben die Gottkönige von Ägypten jahrhundertelang getan? Ihre Schwestern geheiratet! Und ich bin ein Gott! Ein Gott! Ein Gott! Wißt ihr das nicht? Und sie ist eine Göttin! Also sind wir füreinander bestimmt! Eine Göttin kann nicht sterben, sie darf es nicht! Ich verbiete es. Hört ihr, ich verbiete es!»

Wie ein Rasender stürmte Seine Göttliche Majestät Gaius Julius Caesar Germanicus, Imperator des römischen Reiches, aus dem Saal.

Caligula, Stiefelchen, – so wurde er allgemein genannt – besaß drei Schwestern: Agrippina, Drusilla und Livilla. Alle drei hatte er in sein Bett gezwungen, doch nur eine liebte er – eine nur, die göttliche Drusilla. Und gerade sie, die Vielgeliebte, lag nun im Sterben.

Wie konnten die Götter ihm das antun, ihm, der mit ihnen täglichen Umgang pflegte? Ihm, dem göttlichen Caesar, in dessen

Hand das gesamte römische Weltreich lag, dessen Wort Gesetz, dessen Wille Befehl war? Seine Hilflosigkeit machte den Kaiser rasend.

Wie eine Glocke aus Blutdunst lastete seine Herrschaft über Rom, niemand konnte seines Lebens mehr sicher sein, jeder mißtraute jedem, und der Kaiser mißtraute allen. In jeder noch so harmlosen Äußerung sah er den Keim zu einer Verschwörung, doch es war sein Prinzip, sich niemals etwas anmerken zu lassen. Die Verräter sollten sich in Sicherheit wiegen, bis zuletzt, bis er zuschlug. So mancher Senator oder Ritter, mit dem er am Abend zuvor getafelt, gescherzt und gelacht hatte, fand sich am nächsten Morgen verhaftet, und zwei Tage später erhielten seine entsetzten Verwandten die Nachricht von seinem Tod.

Umgekehrt liebte es der Kaiser aber auch, völlig harmlose Menschen, gegen die er keinen Verdacht hegte – davon gab es noch einige –, durch dunkle Bemerkungen zu ängstigen und zu verunsichern. Keiner wußte, wann es ihn traf, ob es ihn traf – und warum.

Dann aber starb Drusilla. Die beiden verantwortlichen Ärzte fürchteten um ihren Kopf, doch Caligula lobte und beschenkte sie reich. Auf sein Geheiß mußte nun ganz Rom mit ihm in Trauer versinken. Nahezu stündlich kamen neue Anordnungen. Es durfte keinerlei Handel mehr getrieben werden, die Läden mußten geschlossen werden, die Handwerker ihre Arbeit einstellen. Weiterhin war es verboten zu lachen, in den Thermen zu baden, Symposien abzuhalten oder sich auf andere Weise zu vergnügen. Eine Reihe von Priestern beauftragte er damit, die Vergöttlichung der Livia Drusilla in die Wege zu leiten. Dann überwältigte ihn wieder die Trauer, und so trieb es ihn fort aus Rom. Mit einer Leibwache ritt er ziellos nach Süden, verweilte einige Tage in seinem Geburtsort Antium, zog weiter nach Misenum, wo ein Teil der römischen Flotte lag und entschloß sich, ohne Aufenthalt nach Sicilia weiterzureisen.

Syrakus! Er kannte die Stadt und liebte sie, und ihre Einwohner verehrten ihn als ihren Kaiser und Wohltäter. Er war schon einige Male dort gewesen; sie hatten zu seinen Ehren Theaterspiele aufgeführt, und er hatte einige verfallene Tempel wiederherstellen lassen.

Während der Seefahrt kehrten seine Gedanken nach Rom zurück. Er sah den aus edlen Hölzern errichteten Scheiterhaufen lodern, warf selber einige Händevoll des kostbarsten Weihrauches in die Flammen, trat zurück und schaute auf den geliebten Leib, den das Feuer anfiel wie ein Raubtier, sah, wie sich der Körper krümmte und bäumte, als sei noch Leben in ihm. Drusilla! Drusilla! Drusilla! Er brüllte ihren Namen hinaus auf das Meer, hämmerte mit der Faust gegen die Reling, und seltsame Gedanken blühten in seinem Kopf wie giftige Gewächse.

So lange dieser Senat bestand, würde niemals Ruhe einkehren, dabei hatte Tiberius ihn fast entmachtet, hatte den ehrgeizigen Sejanus über Rom herrschen lassen, während er selber auf Capri mißtrauisch jedes vorbeifahrende Schiff beäugte.

Ein zynisches Lachen kroch über die schmalen, verkniffenen Lippen des jungen Kaisers. Wie gut er sich damals verstellt und ihm den treuen, besorgten Sohn vorgespielt hatte! Immer neue Lustknaben und Huren hatte er besorgen müssen, halbe Kinder noch... Dieses Pack verbrauchte sich schnell, nur wenige hatten den ‹Dienst› am Hof des geilen und senilen Trottels überlebt. Caligula lachte in sich hinein. ‹Seine Fischlein› hatte Tiberius sie genannt, wenn sie in den Thermen unter ihm wegtauchen mußten, um sein Scrotum und den alten, schlaffen Phallus zu kitzeln und zu küssen. Und er, der verständnisvolle Adoptivsohn, spielte mit. Spaß hatte es ihm nicht gemacht – damals. Sein einziges Ziel war die Macht – damals. Und nun besaß er sie, hielt sie in Händen, sein Fingerschnippen brachte Rom zum Erzittern.

Dieses Rom! Hätte es nur einen einzigen Hals, er würde nicht zögern, ihn mit einem Hieb durchzuhauen. Aber Rom war eine Hydra, und für jeden abgeschlagenen Kopf wuchsen zwei neue nach. Er mußte handeln wie Herakles und jede Wunde ausbrennen. Die Stadt an den vier Ecken anzünden und alle Senatoren töten lassen... Eine neue Residenz in Antium, seinem Geburtsort, errichten und von dort aus allein und ungestört regieren, ein Gottkönig, der hoch über den Menschen und dem geschriebenen Gesetz stand, ein Gigant, ein Gott. Caligula spürte, wie die Gedanken in seinem Kopf durcheinanderschwirrten, wie Funken über einem brennenden Scheiterhaufen.

Am nächsten Morgen ankerten sie im Hafen von Syrakus. Eine jubelnde Menge drängte sich am Ufer, und Caligula konnte ihre Rufe hören.

«Göttlicher Gaius! Willkommen! Willkommen! Wohltäter! Glücksbringer! Gaius Caesar! Imperator! Caligula! Caligula!»

Der Kaiser hatte nichts dagegen, wenn das Volk ihn bei seinem Kosenamen rief, den die Soldaten ihm verliehen hatten, weil er als Kind häufig seinen Vater auf den Feldzügen begleitet und dabei winzige Soldatenstiefel, die caligulae, trug.

Ja, auch Syrakus, die treue, ihm ergebene Stadt, würde sich als Residenz eignen. Alles war besser als Rom, dieses Brutnest von Verschwörungen, dieses Geschwür am gesunden Körper des Reiches.

Aufatmend betrat er sizilischen Boden, emporgehoben von der Liebe des Volkes, das seinen kaiserlichen Wohltäter aus vollem Herzen pries und bejubelte. Gleich wurde sein Sinn ruhiger, und er begann zu überlegen, welche Ehren er der zu den Göttern versammelten Drusilla hier auf Erden erweisen konnte. Da sie seine, des göttlichen Gaius Schwester gewesen war, loderte auch in ihr der heilige Funke, doch es widerstrebte ihm, sie als «Göttin Drusilla» konsekrieren zu lassen. Er mußte etwas andres finden, und er hatte auch schon eine Idee.

Die Priester der Stadt Syrakus wurden nach Sonnenuntergang zum Kaiser befohlen. Wäre dies in Rom geschehen, so hätten die Männer ihre letzten Verfügungen getroffen und sich von ihren Familien verabschiedet, wie vor einer Hinrichtung. Wer zu Caligula befohlen wurde, konnte nie wissen, ob er zurückkam. Hier jedoch löste die Einladung Freude aus. Arglos und vertrauensvoll machten sich die Männer auf den Weg, in ihren Sänften, auf Maultieren oder zu Fuß.

Für den kaiserlichen Besuch war der Palast hergerichtet worden, den die griechischen Tyrannen sich auf dem Damm zwischen der Insel Ortygia und dem Festland errichtet hatten. Die Priester wurden in den Thronsaal geführt, den im Norden und Süden zwei Säulengalerien einfaßten, so daß man von hier einen schönen Blick auf die beiden Häfen hatte.

Zuerst traten die Priester der kleinen, weniger bedeutenden

Tempel ein; das waren Staatsbeamte oder reiche Händler, die im halbjährigen Wechsel das jeweilige Ehrenamt ausübten. Zuletzt erschien der Oberpriester des Apollon, gefolgt vom Oberpriester am Athena-Tempel, dem ältesten Heiligtum der Stadt. Hier hatten schon die Sikuler eine weibliche Gottheit verehrt, deren Name heute vergessen war.

Die ehrwürdigen Herren nahmen auf den geschnitzten Sesseln entlang den Wänden Platz und blickten erwartungsvoll auf den noch leeren Thron. Sie unterhielten sich leise und fühlten sich sehr erhoben und geehrt durch die kaiserliche Einladung. Plötzlich schwebte ein leiser Harfenklang durch den Raum, und langsam erstarb das Raunen der Stimmen. Der zarte Klang einer Flöte gesellte sich dazu, und ein Reigen fackeltragender Epheben in kurzen Tuniken schritt feierlich herein und stellte sich um den Thron auf.

Was war das? Die ehrwürdigen Priester reckten ihre Hälse und wollten ihren Augen nicht trauen. Eine verhüllte, offenbar weibliche Gestalt näherte sich in seltsam wiegenden Tanzschritten und blieb im Halbkreis der Fackelträger stehen. Das nachtblaue Gewand war mit goldenen Sternen und silbernen Mondsicheln bestickt, das Gesicht von einem dunklen Schleier verhüllt. Zu den Klängen der Harfen und Flöten setzte jetzt das rhythmische Pochen einer Handtrommel ein, während die Tänzerin in seltsamen Verrenkungen und mit komplizierten Schritten ihren kultischen Tanz fortführte. Der endete schon bald in einem furiosen Trommelwirbel, den die Flöten im schrillen Diskant untermalten. Mit dem letzten Trommelschlag sank die Tänzerin zu Boden und blieb reglos liegen. Die Jünglinge löschten ihre Fackeln und senkten sie zur Erde. Aus dem Hintergrund kamen weißgekleidete Gestalten, auf deren Gewändern goldene Sonnensymbole prangten. Sie richteten die Tänzerin auf, entschleierten ihr Gesicht und zogen das nachtblaue Gewand von ihrem Körper. Ein halbkahler, dicklicher Mann kam zutage, dem sofort ein Purpurmantel umgehängt und ein goldener Lorbeerkranz aufgesetzt wurde. Die Priester erhoben sich und fielen auf die Knie. «Gaius Caesar Augustus...», raunte es leise.

Noch atemlos vom Tanz ließ Caligula sich auf den Thron sinken, während die Jünglinge mit ihren noch rauchenden Fackeln von waffenklirrenden Prätorianern abgelöst wurden. Caligulas unsteter flackernder Blick schweifte über die knieenden Gestalten. «Erhebt euch, ehrwürdige Väter!» rief er mit seiner weittragenden, geschulten Rednerstimme.

«Ihr habt soeben einem Tanz beigewohnt, bei dem Caesar in Gestalt der Göttin Luna auftrat, die – von Sol überwältigt – niedersinkt, um sich Nacht für Nacht wieder sieghaft zu erheben. So lange sie auf Erden weilte, wurde Luna von der göttlichen Drusilla verkörpert – nun, da sie unter den Sternen weilt...»

Caligulas Stimme erstarb, und sein flackernder Blick richtete sich zur Decke, als erwarte er, dort die Hingegangene zu sehen.

«Nehmt wieder Platz, ehrwürdige Väter. Ich habe euch kommen lassen, um euren Rat – nein, eure Meinung zu hören. Mich bewegt die Frage, in welcher Gestalt, in welcher Eigenschaft man die verewigte Drusilla den Menschen zur Verehrung empfehlen soll. Nicht mit einer bestimmten Gottheit will ich sie verbunden wissen, das wäre zu eng, zu profan; sie soll alle weiblichen Gottheiten in sich vereinen...»

Der noch junge, prächtig gekleidete Oberpriester des Apoll erhob sich.

«So soll sie als Panthea verehrt werden, göttlicher Caesar, als Allgöttin!»

Caligula nickte, und sein finsteres Gesicht glättete sich.

«Du sprichst aus, was ich längst dachte. Ja, so soll es sein! Der Panthea Drusilla werde ich in Syrakus einen Tempel errichten und ein Priesterkollegium gründen. In ihrem Namen soll man schwören, und ihr Tempel soll jedermann offen sein. Spiele sollen zu ihren Ehren stattfinden; der Tag ihrer Geburt und der ihrer Himmelfahrt sollen öffentliche Festtage werden, an denen euer Kaiser das Volk von Syrakus bewirtet. Setzt euch zusammen, ehrwürdige Väter, und entwerft einen Plan.»

Caligula erhob sich und verabschiedete die Priester mit einer huldvollen Handbewegung.

Kaiser Gaius Julius Caesar Germanicus besuchte während seiner kurzen Herrschaft von kaum vier Jahren das geschätzte Syrakus noch einige Male. Dabei richtete er es so ein, daß er den Spielen zu Ehren der Panthea Drusilla beiwohnen konnte. Das Volk und die Priester bemühten sich voll Eifer, dem Kaiser ein würdiges und angemessenes Schauspiel zu bieten. Caligula war zufrieden und zeichnete die Stadt mit wertvollen Privilegien aus.

In Rom aber wehte ein anderer Wind. Tausende von römischen Bürgern – Senatoren, Ritter, Patrizier, Dichter, Schauspieler und andere ihm Mißliebige – mußten in dieser Zeit ihr Leben lassen, wurden gefoltert, grausam hingerichtet, in der Arena abgeschlachtet. Und plötzlich war das Maß voll, und einige Prätorianer hieben das kaiserliche Scheusal während einer Theaterpause nieder. Auch seine Gemahlin Caesonia und ihre gemeinsame Tochter Drusilla – Caligula benannte sie nach der verstorbenen Schwester – wurden am gleichen Tag getötet.

Aus Caligulas Familie lebte nur noch ein männlicher Verwandter, sein Onkel Claudius, der den harmlosen Trottel gespielt hatte, um die Herrschaft seines Neffen zu überstehen. Er regierte dreizehn Jahre und wurde von seiner vierten Frau Agrippina – einer Schwester des Caligula – vergiftet, weil sie ihren Sohn Nero auf den Thron bringen wollte. So wurde Nero römischer Kaiser.

Paulus in Syrakus

Anonymer fragmentarischer Bericht eines Begleiters des Paulus aus Tarsos, auf seinem Weg von Caesarea nach Rom:

Paulus war es, der vorschlug, der Winterstürme wegen in Lasäa auf Kreta zu bleiben, um erst bei gutem Wetter weiterzusegeln. Doch beim Centurio Julius stieß er auf erbitterten Widerstand.

«Nicht an der Südküste! Die Insel gehört seit kaum sechs oder sieben Jahren zum römischen Reich und ist noch lange nicht befriedet. Ich hafte für deine Sicherheit, Paulus, und so lange wir nicht in Rom sind, bin ich für dich verantwortlich. Wenn wir auf Kreta überwintern wollten, dann nur in dem sturmsicheren Hafen von Phoenix; da gibt es auch eine römische Garnison.»

Lukas, der junge, gelehrte Arzt, Freund und Vertraute des Paulus, hatte sich den Disput schweigend angehört und meinte:

«Möglicherweise erreichst du damit genau das Gegenteil, verehrter Julius. Wer weiß, ob wir bei diesem Wetter dort überhaupt landen können.»

Doch der Centurio blieb störrisch. Ich nehme an, er hatte in Phoenix ein Liebchen, denn er versicherte mehrmals, er kenne den Hafen gut, und die römische Flotte benutze ihn als den sichersten Winterhafen.

Die Bedenken des Lukas aber bewahrheiteten sich. Kaum hatten wir die offene See erreicht, frischte der Wind auf und wandelte sich in einen Nordoststurm, wie man ihn selten erlebt. Das jedenfalls beteuerte der Navis praefectus, der alle Hände voll zu tun hatte, seine angstbebende Mannschaft unter Kontrolle zu halten.

Paulus war wie stets guten Mutes.

«Christus kann nicht wollen, daß ich hier zugrunde gehe – ihr braucht also keine Angst zu haben. Ich werde Rom erreichen, selbst wenn Poseidon und sein ganzer Anhang sich gegen uns verschwören sollten.»

Lukas lächelte.

«Den es freilich nicht gibt – ihn und seinen ganzen Anhang.»

Während ringsum der Sturm tobte, und die Wellen mit ihren schaumigen Krallen schon nach dem Schiffsdeck griffen, hielten die beiden Männer sich am Tauwerk fest und begannen – des Lärmes wegen – mit brüllenden Stimmen einen religiösen Disput.

«Es gibt ihn nicht!» brüllte Paulus, «da hast du freilich recht, und es gibt ihn doch! Allerdings trägt er einen anderen Namen: Satan ist es, der seine Hand nach unserem Schiff ausstreckt. Satan, der alte Widersacher! Er versucht zu verhindern, was unser Herr Jesus Christus bestimmt hat: Geht hinaus in alle Welt, und lehret die Völker! Das paßt nicht in seine teuflischen Pläne, und doch muß er es dulden, denn Christus ist allemal der Stärkere!»

Während die beiden Männer ihren Disput brüllend und von Meerwasser triefend fortsetzten, befahl der Bootsführer ein Opfer an Poseidon, denn er und seine Mannschaft glaubten an ihn. Ich hatte Angst, über Bord gespült zu werden und zog mich ins Unterdeck zurück.

Es gelang schließlich doch nicht, den Winterhafen Phoenix anzulaufen. Wir wurden an der kleinen Insel Klauda vorbei und hinaus ins offene Meer getrieben.

«Wir werden irgendwo an der kleinen oder großen Syrte stranden und können dann noch von Glück reden», jammerte der Navis praefectus und erwähnte die geringen Vorräte an Wasser und Nahrung.

Julius, der weitgereiste Centurio, kannte das Mittelmeer nicht schlechter als ein Seemann.

«Wir sollten wenigstens Sicilia ansteuern...»

«So schlau bin ich auch!» sagte der Navis wütend, «aber solange der Oststurm mehr aus Norden als aus Osten kommt, ist das recht schwierig. Bete lieber zu Aiolos, er möge uns sanftere und geeignetere Winde schicken.»

Unser Paulus aber blieb unerschütterlich, und da wir Christen seine Bedeutung und seine Aufgabe kannten, waren wir alle guten Mutes.

Markus aus Jerusalem meinte:

«Es wäre gar nicht so schlecht, wenn der Wind uns nach Sicilia führen würde. Dort gibt es in Syrakus die bisher einzige christliche Gemeinde auf der Insel, und du wirst dich der Klagen erinnern, die wir in Jerusalem von Marcianus erhielten. Er sei schon alt, die Leute hörten nicht mehr auf ihn, und im übrigen sei es an der Zeit, daß einige der Brüder hierherkämen, die den Meister noch selber gekannt, ihn gesehen und gesprochen hätten...»

Das breite, bärtige Gesicht des Paulus verschloß sich, doch seine Stimme zitterte vor Erregung.

«Dafür kommst nur du in Frage, Markus. Du bist der einzige unter uns, der den Meister noch gekannt, ihn gesehen und gesprochen hat – und ich beneide dich darum!»

Die letzten Worte hatte Paulus so leise gesprochen, daß nur die Nächststehenden sie hören konnten. Auch unter Deck war das Tosen des Sturmwindes zu vernehmen, wenn er auch schon etwas nachgelassen hatte.

Markus hob bescheiden die Arme, wie um sich zu entschuldigen.

«Ich war mit dem Meister nicht sehr vertraut, verstand seine Lehre damals zu wenig. Freilich habe ich ihn mehrmals predigen hören, bin auch von Zeit zu Zeit mit seinen Jüngern herumgezogen; das ist nicht viel...»

«Und doch macht es dich zum Reichsten von uns», sagte Paulus streng. «Was gäbe ich darum...» Er schwieg und hob die Hand. «Hört ihr es? Der Wind hat nachgelassen, und ich werde den Navis bitten, Syrakus anzusteuern, damit wir dort für einige Tage nach dem Rechten sehen können.»

Doch daraus wurde nichts. Der Sturm lebte immer wieder auf, kam aus verschiedenen Richtungen, und unser Schiff trieb zwölf Tage oder noch länger hilflos auf dem Meer herum.

An der Zuversicht unseres Paulus änderte das freilich nichts.

«Wer mit mir auf diesem Schiff ist, wird überleben. Der Engel des Herrn hat es mich wissen lassen. Es ist mir bestimmt, Rom zu erreichen, und keine irdische Macht kann Gottes Willen ändern.»

Bald darauf schrien die Seeleute: «Land in Sicht!»

Das Senkblei zeigte hundert bis hundertzwanzig Fuß, und da niemand wußte, wo wir uns befanden, wagte es der Bootsführer nicht, noch weiter zu fahren, um so mehr, als die Nacht hereinbrach. So warfen sie Anker, und alle erwarteten mit Ungeduld den Anbruch des Tages.

Unter den aus allen Ländern zusammengewürfelten Seeleuten bekamen es einige mit der Angst zu tun. Sie fürchteten, das Schiff könnte über Nacht zerschellen und beschlossen, mit einem der vier Rettungsboote an Land zu gehen. Ihr Vorhaben wurde entdeckt, und die Leute unseres Centurio nahmen sie in Gewahrsam.

Paulus schüttelte nur sein halb kahles Haupt und sagte ungeduldig:

«Warum glauben mir diese Leute nicht? Wenn ich sage, es geschieht ihnen nichts, solange ich auf dem Schiff bin, so ist das ein Versprechen Gottes. Was sind das für Menschen?»

«Nicht jeder hat deinen Glauben», sagte Lukas, «außerdem sind diese Leute keine Christen. Für sie bist du nur ein jüdischer Gefangener, der nach Rom gebracht wird – nichts weiter.»

«Ja, ja, ich verstehe schon.» Paulus winkte müde ab.

Gegen Morgen stellte sich dann heraus, daß sich das Ufer zum Anlegen eines größeren Schiffes nicht eignete. Der Bootsführer ließ…

Hier ist eine bedauerliche Lücke im Bericht unseres anonymen Christen, aber wir wissen aus der Apostelgeschichte des Arztes Lukas, daß sie keinen Hafen fanden, sondern an Klippen hängenblieben und sich schwimmend an Land retten mußten. Sie erfuhren, daß es die Insel Melita im libyschen Meer war; schon über zwei Jahrhunderte im Besitz der Römer und weithin berühmt für feine Baumwollstoffe und den schmackhaften Honig.

Publius, der römische Präfekt, nahm sich sofort der Schiffbrüchigen an, und Paulus konnte mit Gottes Hilfe dessen schwerkranken Vater heilen.

Etwa an dieser Stelle setzt der Begleiter des Paulus seinen Bericht fort:

…aufzubrechen, denn der Centurio drängte auf Abreise. Wir hatten ein neues Schiff gefunden, das aus Alexandria stammte und auf Melita überwintert hatte.

Während der drei Monate, die wir auf der Insel verbrachten,

konnten wir Christen mit unserem Paulus endlich einmal in Ruhe sehr lange Gespräche führen. Dem Thema Sicilia aber wich er aus. Nicht, daß er sich nun weigerte, in Syrakus Halt zu machen und dort nach dem Rechten zu sehen, aber er wies auf unsere lange Verzögerung hin und erwähnte mehrmals, daß es schließlich der römische Statthalter Porcius Festus selber gewesen sei, der ihm diese Romreise angeraten hatte, um an den Kaiser zu appellieren.

«Da wäre es unstatthaft, jetzt eine Missionsreise daraus zu machen. Als römischer Bürger habe ich ein Recht in Anspruch genommen, und wo Rechte sind, da sind auch Pflichten.»

So sprach unser Paulus, aber es schien, als habe es Gott, der Herr anders beschlossen. Unser Schiff nämlich hatte Waren und Passagiere in Syrakus abzuliefern, und der Navis praefectus rechnete mit einem Aufenthalt von drei bis fünf Tagen.

Markus feixte, weil sein Vorschlag sich auf diese Weise durchgesetzt hatte und weil Paulus sich schließlich nicht weigern konnte, in Syrakus an Land zu gehen. So geschah es dann auch. Aus den Briefen des Marcianus war bekannt, daß er in der Nähe des Athena-Tempels wohnte, und so gingen wir – natürlich unter Bewachung – gleich nach unserer Ankunft dorthin.

Marcianus, ein hagerer Graubart, fiel dem Paulus zu Füßen.

«Daß du uns besuchst…, daß du uns besuchst…»

«Auch ihr seid ein Glied unserer, in allen Ländern wachsenden Gemeinde. Wieviel Brüder und Schwestern gibt es hier?»

Diese Frage schien den alten Marcianus in Verlegenheit zu bringen.

«Ich kann das nicht so sicher sagen…» stotterte er. «Unser Ruf hier ist nicht der beste; es haben sich bisher fast immer nur Sklaven taufen lassen, und du weißt ja, Herr, daß solche Leute keine Stütze sind. Sie sind keine freien Menschen, können oft unsere Versammlungen nicht besuchen, oder es wird ihnen von der Herrschaft geradezu verboten, dieser ‹Judensekte von Verrückten› – ja, so nennen sie uns – anzugehören. Es ist nicht leicht, verehrter Paulus, nicht leicht, in Syrakus eine Christengemeinde zu führen.»

Paulus setzte sein strenges Gesicht auf.

«Leicht ist es nirgends! Hier so wenig wie in Ephesus, Korinth, Caesarea oder Rom. Aber wir tun das Werk des Herrn, Marcianus, und er wird es uns dereinst lohnen. Alle sind wir Knechte Christi und müssen in unserer Trübsal Geduld haben. Geduld aber bringt Erfahrung, und diese bringt Hoffnung. Hoffnung aber läßt uns nicht verzweifeln, von ihr und durch sie leben wir, denn Christus ist für uns alle gestorben, er gibt diesen Hoffnung, Nahrung, und sie wird uns zur Gewißheit, daß wir eingehen werden in das Reich Gottes.»

«Amen!» tönte es ringsum.

Marcianus war ganz aufgeregt.

«Du mußt vor den anderen predigen, Paulus, ich werde versuchen, sie zusammenzurufen.»

«Wie lange wird das dauern?»

«Höchstens eine Woche; ein Teil unserer Brüder und Schwestern lebt außerhalb von Syrakus, auf den Landgütern, Sklaven meist – wie ich schon sagte…»

Paulus unterbrach ihn.

«Unser Schiff legt in drei Tagen wieder ab. Versammle so viele du kannst, und ich werde übermorgen zu ihnen predigen.»

Vater im Himmel, wenn ich daran denke, wie einfach das damals noch war! Die Christen hielt man allgemein für harmlose Verrückte, schon weil sie nicht einmal ein Götterbild besaßen, zu dem sie beten konnten. Wenige Jahre später erklärte uns der Kaiser Nero zu Staatsfeinden, die angeblich bei ihren Versammlungen Kinder schlachteten und deren Blut tranken. Der alte Marcianus starb dann auch den Märtyrertod, während ich bis heute durch die Gnade Gottes verschont blieb.

Die Römer hielten uns damals für harmlose Verrückte – ich sagte es schon –, doch ging ihre Toleranz nicht so weit, daß wir unsere Versammlungen innerhalb der Stadt abhalten durften. Das hätte ihre Götzen beleidigen können…

Marcianus mußte mit seiner Gemeinde in den nördlichen Außenbereich der Stadt gehen. Dort gab es ein uraltes Gräberfeld, wo Sikuler, Griechen, Karthager und Römer seit Jahrhunderten ihre Toten bestatteten, das man aber nicht mehr nützte. Der Ort war inzwischen eine Zuflucht für entlaufene Sklaven, Räuber und anderes lichtscheues Gesindel geworden – ich folge der Erklärung des Marcianus –, so daß sich die Römer sagten, hier störe es niemand, wenn die Christen ihre verrückten Feste feierten.

Es war ein jämmerlicher Haufen, der sich dort zusammenfand, um den Prediger Paulus anzuhören. Ein paar verschüchterte und krumm geprügelte Sklaven, ein Dutzend armer und meist älterer Leute, dazu einige Neugierige, die sich am Rande herumdrückten – mehr als dreißig Menschen werden es nicht gewesen sein.

Paulus hielt eine zu Herzen gehende Predigt, redete das Häuflein Christen als ‹die Gerechten und Geretteten› an und bezeichnete die übrigen Bürger der Stadt als ‹arme Verlorene, die das Licht Gottes nicht schauen durften›, es sei denn sie hielten Einkehr und begännen ein neues Leben, um dadurch das ewige zu gewinnen.

Er war kein besonders geschickter Prediger, unser Paulus, aber jeder spürte, daß durch seine Zunge Gott sprach, daß seine Stimme die Stimme unseres Herrn Jesus Christus war.

Ob es ihnen viel geholfen hat? Ich selbst habe von dieser Christengemeinde nie mehr gehört, doch ich stamme aus Tyros und bin später aus Rom wieder dorthin zurückgekehrt.

Von Syrakus fuhren wir weiter über Rhegium nach Puteoli, wo es eine ansehnliche Christengemeinde gab. Wir hielten uns auf Wunsch der Brüder und Schwestern sieben Tage dort auf und fuhren dann weiter nach Rom.

Zwei Tage dauerte es, bis der Fall des Paulus vor den Kaiser kam, und mit Gottes Hilfe wurde er freigesprochen. Jetzt soll Paulus in Hispania sein, um dort Christengemeinden zu gründen. Möge Gott es geben, daß er noch einmal die Heimat unseres Meisters und seine dort stetig wachsende Anhängerschar besucht.

Bericht aus Catania über die Verurteilung und Hinrichtung der Christin Agatha

Gleich nachdem der Feldherr und Praefectus Urbi, Quintus Trajanus Decius, bei Verona den Kaiser Philippus Arabus besiegt und getötet hatte, wurde er von der Truppe gegen seinen Willen mit dem Purpur bekleidet. Als auch der Senat in Rom die Ernennung fast einstimmig bestätigte, übernahm der schon über fünfzig Jahre alte Feldherr – er hatte sich eigentlich auf seinem Landgut zur Ruhe setzen wollen – das hohe Amt und ernannte seinen Sohn Herennius zum Caesar. Ihm war nicht wohl dabei. Er stammte aus einfachen Verhältnissen, war in Pannonien geboren und hatte sich bei der Legion emporgedient. Schließlich machten sie ihn sogar zum Senator, zum Legaten von Moesia und zum Praefectus urbi. Kaiser aber hatte er niemals werden wollen, er fühlte sich zu alt, sein politischer Ehrgeiz war erschöpft.

Nun aber war er es doch geworden, und da sie ihm jetzt das Amt aufgebürdet hatten, wollte er es auch in seinem Sinne nützen.

Decius war ein frommer Mann. Er verehrte die Götter aus reinem Herzen, und es war kein heuchlerisches Schauspiel für die Truppe, wenn er jeden Tag am Feldaltar vor aller Augen dem Jupiter, dem Mars und dem Quirinus reiche Opfer brachte. Dem Quirinus? Ja, auch ihm, den fast schon vergessenen alten Kriegsgott der Römer.

Kaiser Decius setzte sich nächtelang mit Priestern und Gelehrten zusammen, denn ihm schwebte nichts Geringeres vor, als die altehrwürdige römische Götterwelt in ihrem ursprünglichen Glanz wiedererstehen zu lassen. Dieser Glanz war längst getrübt. Fremdländische Götterkulte hatten sich im römischen Reich breitgemacht. Viele Soldaten verehrten den persischen Mithras oder den ägyptischen Serapis, in den Städten wurden Isis und Osiris angebetet, und seit einiger Zeit begann sich eine Sekte – auch bei den Truppen! – breitzumachen, die allen römischen Tugenden ins Gesicht schlug.

Es war dies die jüdische Sekte der Christen. Decius hatte sich erklären lassen, wie sie entstanden sei und auf welche Art ihre Anhänger der Gottheit huldigten. Was er hörte, beunruhigte den Kaiser.

Erstens einmal fand er es seltsam – und auch irgendwie verdächtig –, daß es weder Tempel, Altäre noch irgendwelche Götterbilder gab. Dann war ihm diese Lehre zu unsoldatisch. Er konnte kaum glauben, was die Gelehrten ihm berichteten: Der Sektengründer Christus verlange von seinen Anhängern, daß sie sich ohne Gegenwehr schlagen ließen, ja sogar ihre Feinde liebten! Wenn einer dich auf die rechte Wange schlägt, so halte ihm auch die linke hin, soll er gesagt haben. Seltsam wenig war auch über ihre Kultfeiern bekannt. Sollte da etwas verborgen werden? Sie trinken das Blut ihres Gottes, wurde gemunkelt – aber wessen Blut bedienten sie sich dabei? Eines Tieres wie die Mänaden bei den Dionysosfeiern? Oder gar eines geopferten Menschen? Eines Kindes vielleicht?

Kaiser Trajanus Decius hatte nicht vor, der Sache weiter auf den Grund zu gehen, denn sein Entschluß stand fest: Alle diese fremden Kulte sollten verboten und dafür die römischen – gerade die aus alter Zeit, die vergessenen – neu belebt und gefördert werden. Denn der Kaiser hatte erfahren – und er war regelrecht erschüttert gewesen –, daß diese jüdische Sekte wie eine Seuche das ganze römische Reich durchdrang. Natürlich wußte auch er, daß es sie gab, aber mit einem solchen Ausmaß hatte er nicht gerechnet. In allen römischen Provinzen, von Hispania bis Palästina, von Germania bis Mauretania hatte sie Anhänger gewonnen, und nicht nur in den unteren Schichten – früher war es eine Religion für Sklaven, wurde dem Kaiser gesagt –, nein, dieses Gift durchdrang alle Stände bis hinauf zu den reichen und mächtigen Familien.

Kaiser Trajanus Decius verfaßte ein Rundschreiben, das gleichzeitig an alle Statthalter und Präfekten in alle Welt, soweit sie römisch waren, versandt wurde. So erhielt auch der Proconsul Quintianus, Statthalter von Sicilia, eine Abschrift davon.

Es lebte sich nicht schlecht in Syrakus, und für einen römischen Statthalter galt das in besonderem Maße. Und doch sehnte Quintianus sich zurück nach Rom, nach seinem Landgut bei Tibur, nach den vielfältigen Möglichkeiten der Zerstreuung in der Urbs, die nichts ihresgleichen auf der Welt besaß.

Freilich, die Statthalterschaft über Sicilia war ein ehrenvolles und höchst einträgliches Amt, auch wenn sie nur auf ein Jahr beschränkt war. Da mußte man sich sputen, aus der Insel in so kurzer Zeit möglichst viel herauszupressen. Hier eröffnete das kaiserliche Rundschreiben eine neue Möglichkeit, und Quintianus war fest entschlossen, sie für den Rest seiner Amtszeit – das waren noch knapp drei Monate – nach Kräften zu nützen.

Nochmals überflog er die Schriftrolle und prägte sich die wichtigsten Punkte ein:

Da wir feststellen mußten, daß unsere römischen Staatsgötter nicht mehr die Verehrung genießen, die ihnen seit alters her zukommt, verfügen wir ein Verbot aller aus Asien und Afrika eingeschleppten fremden Kulte; das gilt besonders für die staatsschädigende und den Römern wesensfremde Sekte der Christen. Diese sind, wenn nötig mit Gewalt, auf den Pfad altrömischer Frömmigkeit zurückzuführen. Sie sollen ihrem Gott abschwören… Man wird prüfen müssen, ob in ihren Häusern das Kaiserbild und die römischen Hausgötter den gebührenden Platz einnehmen… Bei Weigerung kann der Betreffende festgenommen, gefoltert und notfalls hingerichtet werden… Sein Vermögen ist einzuziehen…

Dieser Punkt sagte dem Quintianus besonders zu: Das Vermögen ist einzuziehen. Er war nicht ausgesprochen habgierig, der Statthalter von Sizilien, doch manchmal schien es ihm, als hätte er nicht alle Möglichkeiten genutzt, die ihm zur Verfügung standen. Freilich wollte er nicht jenem Gaius Verres nacheifern, der die Insel so schlimm ausgebeutet hatte, daß der große Cicero im Senat seine berühmten Anklagereden hielt. Nein, Quintianus legte schon

Wert darauf, sich als ehrenwerter Mann ins Privatleben zurückziehen zu können. Aber so ein Privatleben kostete auch nicht wenig, da mußte man vorsorgen.

Er ließ den Präfekten Sextius Falco holen. Der befehligte die in Syrakus liegenden Kohorten und war ein gefürchteter Mann. Wenn der einmal durchgriff...

Quintianus lächelte in sich hinein. Er war der Vorgesetzte dieses grimmigen Säbelrasslers, vor ihm muß er kuschen, dieser Falco, und Quintianus hatte es schon etliche Male erprobt.

«Salve Proconsul!»

Erheitert betrachtete Quintianus die straffe, vierschrötige Gestalt des Präfekten. Sein eckiger Schädel, der schmale Mund und die kleinen, tiefliegenden Augen machten ihn zu einer wenig anziehenden Erscheinung. Auch daß er kaum gebildet war, hatte Quintianus längst bemerkt, und oft hieb er schadenfroh in diese Kerbe.

«Salve, Präfekt. Wie Jason, der Argonaut, siehst du heute wieder aus, so entschlossen, so kriegerisch...»

Der ungebildete Falco hatte noch nie von Jason gehört, und so wußte er nicht, ob die Bemerkung des Proconsuls eine Beleidigung oder ein Lob oder auch nur ein Scherz war.

So sagte er nur:

«Jawoll, Proconsul. Du hast mich rufen lassen?»

Quintianus nickte leutselig.

«Deshalb bist du ja hier. Es gibt neue kaiserliche Verfügungen auf der Insel durchzuführen – ich lese dir das Wichtigste vor.»

Er tat es, und Falco lauschte so angestrengt, daß seine Stirn Wellen schlug. Quintianus sah es mit Befriedigung.

«Um dir die Sache noch weiter zu verdeutlichen: Hier geht es nicht um Proscriptionen oder gar um mahnende Hinweise. Es geht ums Leben! Wer sich zum Christentum bekennt oder von anderen beschuldigt wird, dieser Sekte anzugehören, wird erst einmal festgenommen. Sagt er sich davon los oder kann er beweisen, daß der Verdacht falsch ist, so lassen wir ihn vorerst in Ruhe. Der Betreffende muß sich aber in eindeutiger Weise zu den römischen Göttern bekennen. Eindeutig! Das heißt, wir erwarten, in seinem Haus einen kleinen Altar vorzufinden, wir erwarten eine Tempelspende, ein Weihrauchopfer oder dergleichen. Wo weiterhin ein Verdacht bestehenbleibt, wird peinlich nachgefragt. Wer sich freiwillig zu dieser jüdischen Sekte bekennt und nicht von ihr lassen will, macht uns am wenigsten Mühe. Urteil, Hinrichtung, Einzug des Vermögens.»

Falco nickte, er hatte verstanden.

«Betrifft das auch die Juden?»

Quintianus blickte verzweifelt zur Decke.

«Natürlich nicht, du Dummkopf! Muß ich dich daran erinnern, daß die Juden einer religio licita, einer erlaubten Religion, angehören? Bei Castor und Pollux, wer hat dich nur zum Präfekten gemacht?»

Falco kannte solche Anwürfe und schluckte sie hinunter. Die Statthalter kommen und gehen, dachte er, ich werde mir doch nicht meine Laufbahn verderben.

«Jawoll, Proconsul!»

3

Es stellte sich schnell heraus, daß die neue kaiserliche Verfügung im Grund nur die Christen betraf. Mit den Anhängern von Isis und Osiris, von Mithras und Serapis gab es kaum Schwierigkeiten. Bereitwillig opferten sie den römischen Göttern und verbrannten Weihrauch vor dem Bildnis des Kaisers. Ob sie im stillen ihre Gottheiten weiterverehrten, war unerheblich. Wer sich öffentlich zu den römischen Göttern bekannte, genügte den kaiserlichen Anforderungen.

Das tat auch ein Teil der festgenommenen oder denunzierten Christen, aber eben nur ein Teil – etwa die Hälfte von ihnen. Sie beteuerten, ihr Gott Jesus Christus habe selber gesagt, man soll dem Kaiser geben, was des Kaisers ist und im übrigen der Obrigkeit gehorchen, denn sie sei von Gott.

Dagegen läßt sich nichts einwenden, dachte Quintianus zähneknirschend, aber da war ja noch die andere Hälfte. Diese Christen blieben störrisch bei ihrer Ablehnung der römischen Götter und wollten auch dem Kaiser keinen Weihrauch streuen. Selbstverständlich sei der Kaiser auch ihr oberster weltlicher Herr, dem sie Respekt und Gehorsam schuldeten, doch er sei ein Mensch, und sie könnten ihn nicht ehren wie einen Gott.

Es gab Verhöre, auch peinliche, es gab Hinrichtungen, doch die meisten dieser Christen besaßen kein Vermögen, und so hatte man nur Mühe und Scherereien.

Nur ganz wenige von ihnen waren römische Bürger und gehörten reichen Familien an. Dann aber, so bestimmte es eine Verfügung, müsse der Fall direkt an das kaiserliche Sekretariat gemeldet werden. Dort wollte man nicht wissen, wie viele Sklaven, Freigelassene, Tagelöhner oder andere unwichtige Kreaturen sich zum Christentum bekannten und vielleicht hingerichtet wurden, sondern man wollte herausfinden, ob auch römische Bürger von Einfluß und Gewicht dieser Sekte zum Opfer gefallen waren.

Ja, einige solcher Berichte gab es schon zu verfassen, unter anderem den über Valeria Agatha, ein noch junges Mädchen aus der reichen alteingesessenen Familie der Valerianer, einer nach Sicilia ausgewanderten Nebenlinie des gleichnamigen alten Patriziergeschlechts in Rom.

Irgendwelche neidischen Nachbarn hatten diese Familie als heimliche Christen denunziert, und Quintianus mußte der Sache nachgehen. Er vernahm Valerius Probus, das Haupt der Sippe in eigener Person, denn solche heiklen Fälle wollte er nicht dem Tölpel Falco überlassen.

Valerius Probus gab seine Sympathie für die Christen offen zu – aber auch nicht mehr.

«Gestatte mir ein offenes Wort, Proconsul, unter gebildeten Männern. Die Bestrebungen unseres Kaisers sind ja recht löblich, aber – unter uns gesagt – viel Staat ist mit den alten Göttern nicht mehr zu machen. Der Olymp ist ein wenig lächerlich geworden und vor allem eines: was geben diese Götter dem Menschen? Im Diesseits herrscht Willkür und Wirrnis, die Götter sind launisch, und auch das Jenseits bietet wenig Hoffnung, und jeder hat eine andere Vorstellung davon. Schon Leute wie Seneca, der nun beileibe kein Christ war, rückten von den Göttern ab und vermuteten einen einzigen, allmächtigen und unsichtbaren Gott. An einen solchen glauben bekanntlich die Juden, und die Christen haben ihn übernommen. Zudem hat er seinen Sohn, Jesus Christus, als Mensch auf die Erde geschickt, mit der Verheißung, daß die Guten und Gerechten im Jenseits selig werden. Das ist eine große Hoffnung, Proconsul, gerade für jene, die kein Paradies auf Erden haben.»

Quintianus zuckte die Schultern.

«Eine Hoffnung – mehr nicht. Mir geht es aber jetzt vor allem darum, ob du dich mit deiner Familie zu diesem Christus bekennst?»

«Ja, doch für uns ist das eine Herzens- und Privatsache. Wir halten uns getreu an Christi Wort, daß die Obrigkeit von Gott kommt und Respekt verdient. In unserem Fall ist das der Kaiser Gaius Messius Quintus Trajanus Decius, und wenn er verlangt, wir sollen die alten römischen Götter ehren, so tun wir das auch, schon aus Tradition. Als römische Bürger halten wir es für unsere Pflicht.»

Quintianus seufzte.

«Vermutlich ist dagegen nichts einzuwenden. Denkt die ganze Familie so? Deine Frau, deine Söhne und Töchter?»

«Selbstverständlich! Ich habe meine Kinder als treue römische Bürger erzogen und hoffe, sie machen mir keine Schande.»

Valerius hatte recht, doch es gab eine Ausnahme: seine jüngere Tochter Agatha ging keine Kompromisse ein, und sie sagte es unmißverständlich. Sie sei Christin mit Leib und Seele, und ihr graue vor den falschen Göttern, die nichts weiter darstellten, als von Menschenhand geformter Stein oder gegossene Bronze. Steine und Metall aber seien tote Materie, und die habe nicht das geringste mit dem einen und einzigen Gott zu tun, dessen Sohn Jesus Christus alle, die an ihn glaubten, erlösen werde.

Quintianus rührte die Standhaftigkeit des schönen jungen Mädchens, und je länger er sie betrachtete, um so mehr gefiel sie ihm. Er hatte vor einigen Jahren seine Frau durch ein Fieber verloren und konnte sich plötzlich recht gut vorstellen, das Landleben in Tibur mit einer neuen Gemahlin zu teilen – und zu genießen. Die Familie war auch nicht übel, reich und angesehen, und der alte

Valerius würde nicht knauserig sein, wenn er seiner Tochter das Leben rettete. Denn nur darum ging es.

Über Agathas zartem Hals schwebte das Richtschwert, und wenn einer es abwenden konnte, dann war es der Proconsul Quintianus. Dem dummen Ding mußte man nur richtig den Kopf waschen, dann kam alles ins Lot. Das typische Nesthäkchen, dem die Eltern alles erlaubten – launisch, verzogen und eigenwillig. Mit dem elterlichen Beistand war es vorerst einmal vorbei.

Der Proconsul verfügte, daß die Familie der Valerianer ohne Agatha in die Heimatstadt Panormus zurückreiste. Daraufhin ließ er das Mädchen nach Catana bringen, denn in Syrakus schien es ihm zu auffällig, wenn er sich selber mit dem Fall befaßte. Dort mußte Agatha zwei Wochen im Gefängnis schmoren, bis Quintianus sie erneut vernahm.

«Du hast jetzt genügend Zeit zum Überlegen gehabt, Agatha. Deine Familie ist übrigens nach Hause gereist, und dein Vater zeigte sich sehr ungehalten über deinen unsinnigen Widerstand. Er selber sagte mir, im Herzen bleibe er Christ, doch er leiste dem Kaiser Gehorsam. Wäre das nicht auch ein Weg für dich?»

Ein entrücktes Lächeln huschte über das frische schöne Jungmädchengesicht.

«Ich leiste nur einem einzigen Gehorsam: Jesus Christus, meinem Herrn. Was kann dein Kaiser mir schon antun? Den leiblichen Tod fürchte ich nicht, denn er bedeutet das Erwachen der Seele im Paradies, wo die Gerechten Gott und seine Engel schauen dürfen.»

Quintianus bemühte sich um Geduld.

«Ich will dich retten, Agatha! Wenn du auf deiner Meinung beharrst, ist dein Leben in Gefahr. Deinen Gott und seine Engel kannst du auch später noch schauen, du bist noch jung und hast dein Leben vor dir. Ich sage es noch einmal, ich will dich retten! Es ist doch ganz einfach: streue den Marmorstatuen etwas Weihrauch hin, verbeuge dich und glaube weiter an deinen Gott. Das ist doch nicht zuviel verlangt.»

«Du verstehst mich nicht, Proconsul. Mir bedeutet ein langes Leben nichts, wenn ich Christus verraten habe.»

«Du machst es mir wirklich nicht leicht! Agatha, frei herausgesagt, du gefällst mir, und ich möchte dich heiraten. Du mußt deinen Glauben nicht ändern, ich bin tolerant und achte jede Religion, auch wenn es eine religio illicita ist, aber in drei Monaten bin ich ein freier Mann, ziehe mich ins Privatleben zurück und brauche keine Rücksicht mehr zu nehmen. Als meine Gemahlin bist du gerettet, wirst Herrin eines großen Landhauses in Tibur mit über achtzig Sklaven, wirst...»

Agatha hob die Hand und schnitt dem Proconsul die Rede ab.

«Spare dir die Mühe, Proconsul. Ich will niemandens Gattin werden, es sei denn, er wäre ein aufrechter Christ. Die Lauen sind Gott ein Greuel, Quintianus! Ich kann dir nicht helfen, und du nicht mir.»

Quintianus war ein Mann von jähem Stimmungswechsel, und das störrische Verhalten dieses jungen Mädchens – das er schließlich retten wollte! – machte ihn rasend.

«Du bist verzogen und verwöhnt!» brüllte er sie an, «glaubst, es kann dir nichts geschehen, weil der Papa für sein Küken immer alles zum Guten gewendet hat? Damit ist es nun aus, meine Liebe, du stehst allein vor einem römischen Gericht, und nichts als Einsicht und Vernunft können dich retten. Ich gebe dir einen Monat Zeit, darüber nachzudenken, und zwar an einem Ort, der deinen Sinn vielleicht ändern wird.»

Ihm war nämlich inzwischen Aphrodisia – so jedenfalls nannte sie sich – eingefallen, die Besitzerin des größten Freudenhauses von Catana, die ihm von Zeit zu Zeit einen Beutel Gold zukommen ließ, daß er ihre Geschäfte nicht störte.

«Du wirst sie in deinem Haus beschäftigen, aber nicht als Hure, verstehst du! Ich möchte das Mädchen unversehrt wiederhaben. Doch sie soll die niedrigsten und schmutzigsten Arbeiten tun, und daran ist, wie ich glaube, bei dir kein Mangel. Nach spätestens fünf Tagen wird sie die Sklavenarbeit satt haben und mich auf Knien anflehen..., nun, wir werden sehen.»

Aphrodisia, die Vielerfahrene, durchschaute den Proconsul ganz und gar, doch sie fand es nicht klug, sich darüber zu äußern. Sie brachte Agatha in ihr berüchtigtes Haus und bürdete der verwöhnten Patriziertochter Arbeiten auf, die auch abgebrühte Sklaven nur mit Schaudern verrichteten.

So war Agatha von früh bis spät damit beschäftigt, im Gastraum Weinlachen, Speisereste und das Erbrochene betrunkener Gäste wegzuputzen; auch die immer stark verschmutzten Abtritte mußte sie säubern. Dabei wurde sie ständig angepöbelt, besoffene Matrosen und Tagelöhner kniffen schmerzhaft ihre Brüste oder faßten sie grob zwischen die Schenkel. Es wurde ihr keine Demütigung erspart. Zu ihren Aufgaben gehörte es auch, jeden zweiten Tag die schmutzigen samenbefleckten Bettücher zu wechseln, die oft noch warm waren von den Leibern der Huren und ihrer Kunden.

Agatha beklagte sich mit keinem Wort, tat ihre Arbeit, bis sie vor Erschöpfung zusammenbrach, und erregte sogar das Mitleid einiger älterer Huren. Manche rieten ihr sogar: «Ehe du dich mit dieser Dreckarbeit zu Tode schindest, könntest du genausogut in den Betten eine leichtere Arbeit tun. Du bist jung und hübsch, an Freiern wird es dir nicht fehlen.»

Da konnte Agatha nur wehmütig lächeln. Falls man sie zwingen würde, hätte sie für ihren Herrn Jesus Christus auch dieses Opfer auf sich genommen. Doch sie war dankbar, daß man sie nur diese niederen Arbeiten tun ließ, die ihr geradezu schön erschienen im Vergleich zur Tätigkeit der Huren. Sooft sie Zeit fand, betete sie für die armen Mädchen und flehte Gott an, ihnen zu verzeihen.

«Ihre Sünde ist nicht groß», flüsterte sie, «die meisten sind Opfer von Not und Armut – o Herr, laß sie auf Erden ihre Schuld abbüßen und schenke ihnen dafür die ewige Seligkeit.»

Ja, Agatha war eine unerschütterliche Christin, und mit dem Maß ihrer Leiden wuchs auch ihre Bereitschaft, noch mehr zu erdulden, um Christi Willen, bis der bittere Kelch geleert war.

4

Nachdem der Proconsul Quintianus wieder in Syrakus war, sah er den Fall Agatha plötzlich mit anderen Augen. Wie konnte er, der römische Statthalter von Sizilien, auch nur den Gedanken erwägen, sich mit einer Christin – einer Staatsfeindin! – zu verbinden?

Mochte sie auch jung und schön sein und aus einer reichen angesehenen Familie stammen, so war dies kein Grund, die Haltung zu verlieren oder gar die Pflichten eines römischen Beamten zu vergessen.

Nun reute es ihn schon, daß er Agatha nach Catana gebracht hatte. Warum sollte er sich überhaupt wieder binden? Es gab genug hübsche Sklavinnen, und wenn ihm eine besonders gefiel, konnte er sie freilassen und – auch ohne sie zu heiraten – zur Herrin des Hauses machen. Was ging ihn diese Agatha überhaupt an? Schon Seneca hatte geraten: ‹Zuerst müssen wir achthaben auf uns selbst, dann auf die Geschäfte, an die wir gehen…›

Für Agatha war da kein Platz, mochte sie auch jung und schön und reich sein. Zudem war sie eine Gesetzesbrecherin, eine störrische und unbelehrbare dazu. Quintianus atmete tief ein und rief nach seinem Sekretär.

«Laß den Präfekten kommen!»

«Salve Proconsul!»

«Salve Praefectus!»

«Ich möchte, daß du den Fall der Christin Agatha zum Abschluß bringst. Ich habe sie nach Catana bringen lassen, denn in Syrakus hat sie Verwandte, die alles unternehmen, um den Vorgang zu beeinflussen. Sie stammt aus sehr angesehener Familie, doch das wird ihr nicht helfen, wenn sie sich weiterhin so störrisch stellt wie bisher. Wir werden an ihr ein Exempel statuieren, Falco. Die Leute sollen sehen, daß nicht nur christliche Sklaven der Schärfe des kaiserlichen Gesetzes verfallen. Nimm dir das Mädchen vor, befrage sie peinlich, und wenn sie ihren Sinn nicht ändert…»

Der Proconsul fuhr mit dem Zeigefinger über seinen Hals. Falco grinste.

«Ich werde nach deinem Wunsch verfahren, Proconsul.»

In Falcos stumpfem Hirn war schon der Verdacht aufgekeimt, daß der Statthalter hier etwas vertuschen wolle, vielleicht bestochen von den Eltern oder Verwandten des Mädchens, und im geheimen malte er sich bereits aus, wie er diese Verfehlung nach Rom melden würde, aus purem Pflichtbewußtsein! Dazu gab es nun keinen Anlaß mehr, und Falco sah sich um die Möglichkeit betrogen, dem Proconsul eines auszuwischen. Darüber ärgerte er sich, und je mehr er sich in die Sache verbohrte, um so größer wurde sein Zorn. Am Proconsul konnte er ihn nicht auslassen, aber die Christin Agatha würde es büßen müssen. Sie war nun schon in der vierten Woche in Aphrodisias Haus und hatte ihren Sinn keineswegs geändert – ganz im Gegenteil. Nun erst sah sie, wie viele Menschen der Erlösung durch Christus bedurften.

Falco aber fackelte nicht lange. Er ließ Agatha aus dem Freudenhaus holen und gleich in die Folterkammer bringen.

«Machen wir es kurz. Valeria Agatha, ich frage dich nun ein letztes Mal, ob du deiner nicht erlaubten Religion abschwörst und – wie es einer römischen Bürgerin geziemt – unseren Göttern den gehörigen Respekt erweist, nach dem Willen unseres erhabenen Herrn und Kaisers Trajanus Decius?»

Agatha schüttelte nur stumm den Kopf.

Falco nickte, als habe er es nicht anders erwartet.

«Da du dich nicht benimmst wie eine Römerin, sollst du behandelt werden wie eine Sklavin.»

So wurde gleich die schärfste Folter angewandt. Die Knechte rissen dem Mädchen die Kleider herunter und preßten ihr glühende Eisenplatten auf den Leib. In Falcos Augen war es nicht Agatha, sondern der verhaßte Proconsul, der stöhnend und schreiend an seinen Fesseln zerrte.

Als das Mädchen bewußtlos wurde, wandte Falco sich ab.

«Wir machen morgen weiter», befahl er.

Doch diese grausame Pein hatte Agatha in einen Zustand versetzt, den Falco und seine Folterknechte nicht verstehen konnten. Das verzückte und entrückte Mädchen sehnte sich geradezu nach immer stärkeren Prüfungen, um ganz in Christus aufzugehen. Sie sah das Paradies in greifbarer Nähe, und je mehr man sie folterte, um so weiter öffneten sich für sie die himmlischen Tore. Als man ihr am nächsten Morgen den Leib mit eisernen Haken zerfleischte und die Brüste abschnitt, gab sie keinen Laut mehr von sich. Der Schmerz hatte eine Grenze erreicht, da er zur Wollust wurde und nicht mehr bitter, sondern süß schmeckte.

Die Folterknechte wußten nicht mehr weiter. Was hätten sie dem Mädchen noch antun sollen? Auch Falco zuckte die Schultern. Er war wieder nüchtern geworden und fühlte eine leise Scham, denn er ahnte, daß seine gefühllose Grausamkeit nicht gegen Agatha, sondern gegen Quintianus gerichtet war. Er wollte nichts mehr mit der Sache zu tun haben.

«Wenn Valeria Agatha sich wieder erholt hat, wird sie vor ein ordentliches Gericht gestellt», murmelte er und wandte sich ab.

Doch in dem geschundenen Leib der standhaften Christin war kein Leben mehr. Der Präfekt Falco ging nach Syrakus zurück und erstattete Meldung. Quintianus vernahm es mit unbewegter Miene. Ihm lagen inzwischen Eingaben und Anfragen von Agathas besorgten Eltern vor, doch zuerst mußte er an das kaiserliche Sekretariat nach Rom berichten. Er diktierte dem Sekretär:

Die des Christentums verdächtigte alteingesessene römische Familie der Valerianer konnte nach eingehender Vernehmung aller Mitglieder nicht überführt werden, einer religio illicita anzugehören, obwohl eine gewisse Vorliebe für diese jüdische Sekte nicht auszuschließen ist. Die einzige Ausnahme war Valeria Agatha, die sich strikt weigerte, unsere römischen Gottheiten anzuerkennen und sich offen zu jenem Christus bekannte, den diese Sekte als Gott verehrt. Um kein Aufsehen zu erregen, verlegte ich die Verhandlung nach Catana, denn in Syrakus leben Freunde und Verwandte der Valerianer. Der Valeria Agatha habe ich vier Wochen Bedenkzeit eingeräumt, ohne eine Änderung ihres Sinns zu erreichen. Aus Rücksicht auf ihre angesehene Familie hielten wir es für besser, nicht sogleich die Hinrichtung zu vollziehen – wie dies sonst in der Regel geschieht –, sondern versuchten, durch Folter Agathas Starrsinn zu brechen und damit ihr Leben zu retten. Der Präfekt Sextus Falco übernahm diese Aufgabe und hat mir berichtet, daß Valeria Agatha dabei zu Tode gekommen ist. Ihren Körper überlasse ich der Familie zur Bestattung, wie das bei römischen Patrizierfamilien üblich und angemessen ist. Der Fall ist damit abgeschlossen, und ich bitte die Herren, dem erhabenen Kaiser Trajanus Decimus meine ergebenen Grüße zu übermitteln.

Die Christengemeinde in Catana und im übrigen Sizilien aber war größer, als der Proconsul ahnte. Mit der Hinrichtung von ein paar Dutzend Sklaven und einigen römischen Bürgern war die Sekte keineswegs ausgerottet.

Doch die meisten drängten sich nicht so ungestüm zum Martyrium wie die verzückte Agatha es getan hatte. Diese Christen waren einfache und nüchterne Menschen, die nur eine andere Gottheit verehrten und der Ansicht waren, ihrem Glauben als Lebende besser zu dienen. Das hinderte sie freilich nicht, ihre Glaubenszeugen als heiligmäßige Vorbilder zu verehren und auf ihren Gräbern Altäre zu errichten.

So geschah es auch mit dem zerschundenen Leib der zu Tode gefolterten Agatha – zuerst an geheimer Stelle, doch später, als das Christentum gesiegt hatte, wölbte man eine Kathedrale über ihrem Grab und machte es zum Mittelpunkt christlicher Andacht in der Stadt Catana.

Doch es gibt aus der Zeit ihres Todes – es war der fünfte Februar des Jahres 251 nach der Geburt des Herrn – etwas nachzutragen.

Die Christengemeinde auf Sizilien ging nicht – wie Quintianus meinte – nur in die Hunderte, sondern zählte mehr als fünftausend Seelen. Sie hatten sich einen Bischof erwählt, der damals sein Amt im geheimen ausübte und ständig seinen Aufenthaltsort wechselte, denn sein Name war bekannt und auf seinen Kopf ein hoher Preis gesetzt.

Es war in den Jahrzehnten zuvor Gewohnheit geworden, über wichtige Ereignisse an den Bischof von Rom zu berichten, der schon in jener Zeit als eine Art Oberhaupt angesehen wurde, denn seine Stadt barg die heiligen Überreste der Apostel Petrus und Paulus.

Doch während der Herrschaft des Trajanus Decius war es nicht ratsam, ein Schreiben christlichen Inhalts abzusenden; außerdem war auch Bischof Fabian von Rom ein Opfer der Verfolgung geworden. Ein neues Oberhaupt wagte man in diesen schlimmen Zeiten nicht zu wählen, so daß der römische Bischofsstuhl achtzehn Monate leer stand.

Als der Kaiser Anfang des Jahres 251 gezwungen war, einen Feldzug gegen die Goten vorzubereiten, wurde mit Cornelius der neue Bischof von Rom gewählt. Der Kaiser fiel im Juni desselben Jahres in der Schlacht bei Abrittus, zusammen mit seinem Sohn Herennius Etruscus. Die Christen atmeten auf. Den Kaiserthron bestieg Hostilianus, der jüngere Sohn des Decius; die Verfolgungen wurden eingestellt. Auch als der junge Kaiser einige Monate später an der Pest starb und der General Trebonianus Gallus von seinen Soldaten auf den Thron gehoben wurde, änderte sich daran nichts.

Die Christen auf Sizilien aber blieben auf der Hut, denn die Kaiser wechselten schnell, und sie wollten einer neuen Verfolgung keine Nahrung bieten.

Dem Statthalter Quintianus war es nicht vergönnt, sein schönes Landhaus bei Tibur wiederzusehen. Als er nach Ablauf seiner Amtszeit zum Hafen ritt, um sich nach Rom einzuschiffen, scheute sein Pferd und warf ihn ab. Dahinter aber kam der schwerbeladene Wagen mit dem Hausrat des Quintianus und seiner schweren eisernen Kasse, in der einige tausend Goldstücke klingelten. Auch dessen Pferde scheuten, gingen durch, und eines der eisenbeschlagenen Räder des Karrens fuhr Quintianus über den Hals.

Nur wenige Wochen später kam der Präfekt Falco ums Leben, als er im Hinterland ein Räubernest ausheben wollte.

«Das ist die Strafe Gottes!» flüsterte es reihum bei den Christen, und nicht wenige von ihnen sprachen am Grab der Jungfrau und Märtyrerin Agatha ein heißes Dankgebet.

Schon bald ereigneten sich an diesem Grab die ersten Wunder. Ein von einem Hund gebissener Sklave, dessen Arm in Brand überzugehen drohte, wurde gesund, nachdem er das Grab berührt und ein Bittgebet gesprochen hatte. Großes Erstaunen erregte die seit Jahren gelähmte Frau eines Bäckers. Sie wurde zum Grab getragen und ging auf eigenen Beinen von der heiligen Stätte weg. Bei Ausbrüchen des Ätna rettete später der von ihr getragene Schleier die Stadt vor der Vernichtung, und so wird die heilige Agatha auf Sizilien als Patronin gegen Feuersgefahr verehrt.

Versteckt die Frauen – vergrabt das Gold!

Johannes stammte aus einem winzigen Dorf nördlich von Agrigentum. Sein Vater war einer der kleinen Pachtbauern, die sich Jahr um Jahr auf steinigem Boden abrackerten, um leben, um überleben zu können, und doch blieb der Hunger ihr ewiger Gast. Die mageren Felder gehörten zu einem großen Gut, das weit entfernt in einem fruchtbaren Flußtal lag.

Dort war der kleine Hof im Buch des Domänenverwalters verzeichnet, mit dem Hinweis, welche Pachterträge in schlechten, mittelmäßigen und guten Erntejahren etwa zu erwarten seien. Alle paar Jahre wurde der Zustand sämtlicher Pachthöfe durch eine Inspektion überprüft, doch beim letzten Mal hatte der dicke und bequeme Verwalter sich geweigert, den steilen Weg in die Berge hinaufzureiten. Statt dessen sandte er seinen Sekretär, der einmal froh war, dem ewigen Genörgel seines an chronischer Verstopfung leidenden Vorgesetzten zu entkommen.

Der gutherzige junge Mann war erschüttert, als er das Elend in Johannes' Elternhaus sah. Elf hungrige Kinder umringten den Besucher, die Eltern standen nur stumm dabei und reagierten kaum auf die Fragen des Sekretärs.

Bei seinem ersten mündlichen Bericht sagte er, es wundere ihn, daß diese Menschen überhaupt noch am Leben seien, denn auf den Äckern gebe es mehr Steine als Erdreich, und der Pächter habe ihm gesagt, sie fürchteten nichts mehr als zu starken Regen, der hier oben die dünne Erdkrume wegspüle und die Steine liegen lasse. Man dürfe dieses Land gar nicht bewirtschaften, schloß der Sekretär seinen Bericht, denn damit verurteile man den Pächter und seine Familie zu einem langsamen Hungertod.

Das brachte den dicken Verwalter in Zorn, und er brüllte:

«Das sage einmal unserem Herrn! Außerdem wurde niemand gezwungen, das Land da oben in Pacht zu nehmen, die Leute kamen freiwillig, ja sie rissen sich förmlich darum.»

«Freiwillig? Gezwungen durch Armut und Verzweiflung!»

Der Dicke zuckte die Schultern und sagte versöhnlich:

«Was geht das uns an? Ich kann mir schon vorstellen, wie es da oben aussieht. Wir werden schreiben: Durch ständige Bodenverschlechterung keine namhaften Erträge mehr zu erwarten. Danach mag der Herr seine Entscheidung treffen.»

Doch das änderte im Grunde wenig. Das einzige, was es dort oben im Überfluß gab, waren Kinder.

Johannes kannte sein genaues Alter nicht; er mochte elf oder zwölf Jahre sein, da hatte er neun lebende Geschwister. In dieser Zeit hütete er ein paar Ziegen und Schafe, die er den ganzen Tag weit auf den steinigen Höhen herumführen mußte, damit sie genügend Nahrung fanden. Täglich mußte er die Tiere melken, um dann die Milch säuern zu lassen und eine Art Topfenkäse daraus zu gewinnen. Diese Milch war seine einzige Nahrung bis auf ein Stück Brot, das ihm eines seiner Geschwister jeden dritten oder vierten Tag hinaufbrachte.

Damals aber hatte er sich mit seinen Tieren ziemlich weit von zu Hause entfernt, so daß ihn niemand fand und er kein Brot erhielt. In seiner Verzweiflung aß er den ganzen Käsevorrat auf, doch gerade den hatte man auf dem Hof schon dringend erwartet. Der Vater ließ keine Rechtfertigung gelten und prügelte den Jungen aus dem Haus. Johannes aber war zu stolz, um jemals wieder dorthin zurückzukehren.

Er wanderte bettelnd das Flußtal hinunter und erreichte nach einigen Tagen die Stadt Akragas, von den Römern Agrigentum genannt. Hier brachte er sich als Taglöhner durch, immer willig, jede, auch die schmutzigste Arbeit anzunehmen. In seinen Mußestunden saß er oft am Hafen, fragte die herumlungernden Seeleute aus, die ja bekanntlich an Land sehr geschwätzig sind und gerne von ihren Heldentaten erzählten. Da hörte er dann auch immer dieselben Klagen. Wenn nach einigen Tagen auf See das frische Obst zu Ende ging und man sich von schimmeligem Brot und stinkendem Dörrfisch ernähren mußte, wenn die Seefahrerkrankheit einen quälte, bei der Haare und Zähne ausfielen, wenn der Sturm einem die Seele aus dem Leib blies...

Johannes begann nachzudenken. Seit er sich in dieser großen lebhaften Hafenstadt durchbringen mußte, hatte er einen schnellen, scharfen Verstand entwickelt, und dem ließ die Versorgung auf den Schiffen keine Ruhe. Natürlich verdarb das frische Obst schnell, doch in seinem Elternhaus hatte man sich notdürftig mit Nüssen und Dörrobst über den Winter gebracht. Sie führten auf den Schiffen doch auch getrockneten Fisch mit sich, warum keine Früchte? Trauben, Pflaumen, kleine Birnen, Aprikosen, ja sogar Äpfel ließen sich trocknen und waren dann zwar nicht unbegrenzt, aber doch sehr lange haltbar.

So machte er selber seine ersten Versuche mit Äpfeln, die er sich nachts zusammengestohlen hatte. Er schälte sie, schnitt sie in ganz dünne Scheiben und legte sie auf dunkle Steine in die Mittagssonne. Nach wenigen Stunden waren die Scheiben fast trocken, schmeckten aber nicht schlecht, auch wenn man sie länger kauen mußte. Mit Birnen und Pflaumen war es schwieriger, sie zogen Wespen und Fliegen an und trockneten langsamer.

Da müßte man nachhelfen, dachte Johannes, müßte in geschlossenen luftigen Räumen eine stärkere Hitze entwickeln. Im Geiste sah er es schon vor sich, wie er von den Bauern ganze Wagenladungen Obst übernahm, trocknete, verpackte und an Schiffseigner weiterverkaufte. Doch er lebte von der Hand in den Mund, gab das wenige, was er verdiente, sofort wieder aus.

2

Johannes lebte und arbeitete schon zwei Jahre in Agrigentum und begann sich allmählich nach den Mädchen umzusehen, als im Jahre des Herrn 440 an einem schönen windigen Frühsommertag die bunten Segel einer Flotte am Horizont auftauchten. Die Hafenmiliz wußte gleich Bescheid: Das waren die Schiffe der Vandalen, einem in Nordafrika unter ihrem König Geiserich ansässigen Volk, das mit Vorliebe seine näheren und weiteren Nachbarn überfiel und ausplünderte. Vor einigen Monaten hatte sie Panormus erfolglos belagert, vor kurzem die kleine Stadt Lilyläum an der Westküste eingenommen.

Der Militärpräfekt von Agrigentum schlug Alarm, zog alle verfügbaren Truppen zusammen, bewaffnete so gut es ging die wehrfähigen Bürger, während der bunte Segelwald draußen immer größer wurde und schließlich wie ein Schwarm von Raubvögeln den Hafen füllte.

Irgendwer hatte Johannes eine rostige Lanze in die Hand gedrückt, doch er, der keinen Besitz und keine Familie zu verteidigen hatte, sah nicht ein, warum er sein Leben aufs Spiel setzen sollte. Er lief hinauf zur Akropolis und verbarg sich hinter den Säulen eines Tempels.

Sizilien war zwar längst christlich geworden, aber es gab noch immer Menschen, die hier oben den alten Göttern heimlich Opfer brachten, auch wenn sie dann am Sonntag in der Kirche zu finden waren – einer Kirche übrigens, die häufig auf die Trümmer eines alten Tempels gesetzt war. Hier oben aber standen sie noch in alter Pracht, die Tempel des Zeus, der Hera, der Dioskuren und anderer von den Christen als heidnische Götzen bezeichnete Gottheiten. Heute aber suchte das Volk wieder Zuflucht bei ihnen, strömte in Scharen hinauf zur Akropolis – Männer, Frauen, Kinder, alte Leute, aber auch Händler und Handwerker, die nicht mit einer Waffe umgehen konnten oder wollten. Von hier war ein Teil der Stadt zu überschauen.

Die Vandalen überwanden schnell die nur schlecht verteidigte Mauer zwischen Hafen und Stadt, drangen in die Straßen und Gassen ein, wichen aber tunlichst dem Kampf mit der Stadtmiliz aus. Sie wollten so wenig wie möglich kämpfen, aber so viel wie möglich plündern. In kleinen Gruppen drangen sie in die Häuser ein, hieben nieder, was sich ihnen in den Weg stellte, räumten Schränke und Truhen aus und mußten diesmal nicht lange suchen, um Geld oder Gold zu finden, da niemand mit dem Überfall gerechnet und nichts vergraben oder versteckt hatte. Auch war es die eiserne Regel der Vandalen, Brände oder größere Zerstörungen zu vermeiden, denn sie hatten vor, bald wiederzukommen.

Der Miliz war es inzwischen gelungen, die Flotte in Brand zu stecken, worauf die Vandalen heulend und schreiend zum Hafen liefen, sich auf einige noch unversehrte Schiffe retteten und in aller Eile verschwanden.

Die Stadt war nicht gerade leergeplündert, hatte aber doch große Verluste erlitten, vor allem was die wohlhabenden Händler und Handwerker im Hafenviertel betraf.

Viele von ihnen waren schwer verletzt oder erschlagen worden, und die Stadt versank tagelang in dumpfer Trauer.

Johannes nützte diesen Umstand, und es gelang ihm, den unschlüssigen, noch sehr jungen Sohn eines getöteten Händlers zu überreden, ihm auf Kredit ein verwüstetes, aber noch halbvolles Lager mit Sommerobst zu überlassen. Er konstruierte – in Gedanken hatte er es längst getan – eine Dörrvorrichtung, die mit Holzkohle zu beheizen war und tat tagelang nichts anders, als Aprikosen zu halbieren und Äpfel in dünne Scheiben zu schneiden. So begann die Tätigkeit des Pächtersohnes und Taglöhners Johannes als Hersteller und Händler von Trockenfrüchten, die er im Laufe der Zeit nicht nur in Agrigentum an den Mann brachte, sondern weithin an Kunden in Italien, Hellas, manchmal sogar nach Ägypten verkaufte.

Mitten im Aufbau seines Geschäfts, das war etwa drei Jahre nach dem ersten Überfall der Vandalen, erfolgte ihr zweiter. Diesmal war die Stadt besser gerüstet: die Miliz war verdreifacht worden. Aber auch die Vandalen erschienen in größerer Stärke, bauten sogar am Hafen primitive Belagerungsmaschinen auf, doch diese wurden gleich am nächsten Tag durch Brandpfeile vernichtet. Die Belagerung zog sich über einige Tage hin, doch das lange Warten gehörte nicht gerade zu den Tugenden dieses germanischen Räubervolkes.

Sie schickten einen Boten und versprachen sofortigen Abzug nach Bezahlung einer bestimmten Summe. Es wurde lange hin und her beraten. Die einen meinten, habe man erst einmal gezahlt, werde man diese Piraten nie mehr los; denn die kämen dann immer wieder, um ihr ‹Schutzgeld› einzukassieren. Andere gaben zu bedenken, daß dies ein geringer Preis sei, verglichen mit der Möglichkeit einer Zerstörung der Stadt und den vielen zu erwartenden

Toten. Man fand eine Zwischenlösung und bot die Hälfte. Die Vandalen sagten sofort zu, nahmen das Geld und segelten ab.

Zwei Tage später kehrten sie in der Nacht zurück und überfielen im Morgengrauen die Stadt. Doch die Miliz war von einem nächtlichen Fischer gewarnt worden und richtete ein Blutbad unter den überraschten Vandalen an. Nur etwa die Hälfte überlebte und konnte sich auf die Schiffe retten.

«Wir kommen wieder!» hörte man ihre rauhen Stimmen, während sie die Anker lichteten.

Johannes hatte seine Vorräte unter Strohballen verborgen und sein weniges Geld – fast alles steckte in seiner Ware – vergraben.

Die Stadt ließ in den Kirchen Dankmessen lesen, und alle gingen wieder an ihre Arbeit.

Nun begann man die Vandalengefahr ernster zu nehmen. Das waren nicht bloß Piraten, die von allen gejagt, ihr Leben auf dem Meer verbrachten, sondern ein Volk, das sich in Nordafrika ein eigenes Reich geschaffen hatte. König Geiserich führte die Vandalen von Sieg zu Sieg, nahm den Römern zuletzt sogar das alte Karthago ab und machte es zu seiner Hauptstadt. Und nun, so munkelte man, habe er Sizilien, Sardinien und Korsika im Auge.

Das einst so festgefügte römische Weltreich begann abzubröckeln, und die Erben Konstantins des Großen mußten Stück um Stück ihres Imperiums an fremde Eroberer abtreten. Die Perser bedrängten das Reich im Osten, die Hunnen hatten sich in den Donauländern festgesetzt und die Vandalen in Nordafrika. Das römische Reich war derzeit unter den Kaisern Theodosius – im Osten – und Valentinian – im Westen – aufgeteilt: Beide waren sie schwache Regenten, von Frauen und Höflingen beherrscht, unfähig etwas Ernsthaftes gegen die Bedrohung zu unternehmen.

So kam es, daß aus Sizilien Truppen, die man an anderen Fronten benötigte, abgezogen wurden und die Insel einem neuen Zugriff der Vandalen ausgesetzt war, nicht gerade wehrlos, aber doch wesentlich geschwächt.

Die Bürger in Syrakus, Catana, Panormus, Agrigentum und anderswo wußten das und versuchten, sich auf ihre Art zu schützen. Jede Familie war gesetzlich verpflichtet, einen Bewaffneten zu stellen oder auszurüsten.

Johannes hatte inzwischen Susanna, die Tochter seines Haupt-
lieferanten geheiratet. So blieb das Vermögen schön in der Familie, vielleicht konnte man später die beiden Geschäfte zusammenlegen. Johannes war in dem Bewußtsein aufgewachsen, daß ihnen
die Felder nicht gehörten, auf denen sie sich abrackerten, und nun
wollte er seinen Traum vom eigenen Grund und Boden verwirklichen, auch deshalb, weil man das Land – im Gegensatz zum Geld
– niemals rauben und fortschleppen konnte. So steckte er seine
Gewinne nach und nach in den Landerwerb. Doch es waren keine
steinigen Äcker, die er sich zulegte, sondern fruchtbare Felder zu
beiden Seiten des Akragas-Flusses, doch in gehöriger Entfernung
von der Stadt. Dort baute er sich ein flaches, unauffälliges Landhaus, versteckt hinter Bäumen – schwer zu erreichen, schwer zu
entdecken.

Kurz nachdem Prisca, sein erstes Kind geboren wurde, erschienen
die Vandalen wieder einmal vor Agrigentum. Diesmal hatten sie
sich etwas Neues einfallen lassen. Sie ankerten westlich der Stadt,
doch außer Sichtweite und teilten ihre Truppen so, daß die eine
Hälfte von Land, die andere mit einem Teil der Flotte von See her
kam.

In aller Eile setzte Johannes Frau und Kind auf ein kräftiges
Maultier und schickte sie mit zwei Knechten auf sein Landhaus. Er
selber hatte sich diesmal vom Zorn seiner Mitbürger anstecken
lassen, zwängte sich in ein ledernes Panzerhemd und bewaffnete
sich mit Schwert und Lanze.

Seit einiger Zeit fanden regelmäßige Waffenübungen statt, bei
denen erfahrene Soldaten versuchten, den Kaufleuten und Handwerkern den Umgang mit Bogen, Schwert, Lanze und Streitaxt
beizubringen. Johannes hatte regelmäßig daran teilgenommen
und zudem einen seiner Knechte – dem kräftigen Jungen machte
das auch noch Spaß! – bewaffnen und ausbilden lassen.

So stießen die Vandalen auf erbitterten Widerstand, mit dem sie
– auf eine schwache Verteidigung bauend – nicht gerechnet hatten.

Ihr Auftrag war diesmal ein anderer. Geiserich hatte seinen
Heerführern zu verstehen gegeben, daß er, um sein Reich abzu-

runden, auf den Besitz der schönen und fruchtbaren Insel erpicht sei.

«Natürlich auch aus strategischen Gründen», hatte er hinzugefügt, denn wer sich am Mittelmeer festsetzen und behaupten wolle, könne auf Sizilien als Stützpunkt nicht verzichten.

Einige weitere Städte hatten die Vandalen schon in ihre Gewalt gebracht und zu stark befestigten Stützpunkten ausgebaut.

Wie stets, hatte Johannes das bare Geld und andere Wertsachen vergraben und sein Warenlager mit Strohballen so aufgefüllt, daß es aussah, als handle er mit Stroh anstatt mit Trockenfrüchten.

Nach neuntägiger Belagerung drangen die Vandalen – vermutlich durch Verrat eines unzufriedenen Sklaven – in die Stadt ein, doch nahezu jedes Haus hatte sich in eine Festung verwandelt und mußte erobert werden. Die Männer der verschiedenen Stadtviertel hatten sich zu Kampfgruppen zusammengeschlossen und fügten den Vandalen schwere Verluste zu.

Nicht ohne Bangen hatte der unkriegerische Johannes dem Kampf entgegengesehen. Immer wieder hatte er sich sagen müssen: du tust es für deine Familie, deinen Besitz, deine Stadt. Als aber dann eine brüllende Horde Vandalen um sich schlagend und stechend in das Stadtviertel einbrach und einer der blond- oder rothaarigen Teufel Johannes anfiel wie eine wütende Hornisse, sprang er – wie man ihn gelehrt hatte – einige Schritte zurück, legte die Lanze an und spießte den Vandalen auf. Dem schoß ein Strahl schaumigen hellroten Blutes aus dem Mund, er zappelte und keuchte, doch Johannes war schon mit den anderen beschäftigt, hieb mit seinem Langschwert um sich, Rücken an Rücken – auch das wurde ihnen empfohlen – mit seinem jungen Knecht, dem das Dreinschlagen einen solchen Spaß machte, daß er über das ganze Gesicht grinste. Doch ein Schwerthieb löschte das Grinsen aus und nahm Johannes die Rückendeckung.

Er erwachte aus seinem Taumel, warf die Waffe weg und wandte sich zur Flucht. Zitternd erreichte er sein Haus, lief ins Lager und wühlte sich tief in die Strohballen. Der Lärm kam näher, Türen splitterten, Tongeschirr zerbrach klirrend, und Johannes wußte, das war nun sein Haus, sein mühsam errungener

Besitz, der hier zerstört wurde. Bei jedem Geräusch fühlte er einen Stich im Herzen, aber dann war Stille, und er atmete auf. In diese Stille aber tönte ein leises Knistern, das schnell zu einem Krachen und Fauchen wurde und Johannes aus seinem Versteck trieb. Sein Haus brannte, und bald würden die Flammen auf das Lager übergreifen.

Auf Schleichwegen lief er hinauf zur Akropolis; denn hier, in den morschen Tempeln der alten Götter würden die Vandalen keine Schätze suchen. Daran hatten auch andere gedacht, doch es waren fast nur Frauen, Kinder und alte Leute, die Johannes mit bösen Blicken empfingen.

«Hasenfuß!» scholl es ihm entgegen, «willst wohl deine Haut in Sicherheit bringen, während andere ihr Leben einsetzen?»

Plötzlich fühlte Johannes, wie ihm etwas Feuchtes über die Brust lief, während an seiner linken Schulter ein brennender Schmerz einsetzte. Blut! Ohne es zu merken, hatte ihn ein Schwerthieb an der Schulter gestreift.

«Ich bin verwundet», sagte er, «da darf ich mich doch wohl in Sicherheit bringen.»

Doch diesmal zogen die Vandalen sich nicht ganz zurück, sondern hielten das Hafenviertel besetzt. Die überlebenden Einwohner brachten nicht die Kraft auf, sie von dort zu vertreiben, denn sie mußten das Übergreifen der Brände verhindern oder waren mit der Pflege ihrer Wunden beschäftigt.

Johannes schlich bei Einbruch der Dämmerung in die Stadt zurück und fand sein Haus mit dem Lager nur noch als qualmende Trümmer vor. Er wusch seine Wunde, verband sie notdürftig und machte sich im Morgengrauen auf den Weg nach Norden. Ins Landesinnere waren die Vandalen niemals vorgedrungen, da es bei den Bauern nichts zu holen gab und die Güter der reichen Grundbesitzer meist sehr abseits lagen.

Am Abend kaufte Johannes sich von dem vorsorglich eingenähten Geld einen Esel und erreichte gegen Mittag sein Landhaus. Von da an lebte Johannes als kleiner Gutsbesitzer von den Erträgen seines Bodens. Sein Geschäft in Agrigentum baute er nicht wieder auf, und er tat gut daran.

Noch zweimal drangen die Vandalen in die Stadt ein, beim dritten Mal blieben sie, besetzten die besten Häuser und behandelten die Einwohner wie Sklaven.

Anno Domini 468 konnte König Geiserich die Insel Sizilien seiner Krone einverleiben. Wie eine schwere Faust lastete die Vandalenherrschaft auf Sizilien, es herrschten Ausbeutung und Willkür. Vor allem die größeren Städte waren dem Zugriff der Eroberer ausgesetzt, wurden immer wieder geplündert, mit Abgaben belegt, zu Fronarbeiten herangezogen. Viele der Bürger flohen aufs Land oder in die Berge, in den Kirchen beteten Volk und Priester unablässig um die Befreiung von dieser schweren Last.

Ein anderer Germanenfürst brachte die Rettung. Odoaker, von seinem Heer zum König von Italien ausgerufen, wollte sein neues Reich mit Sizilien abrunden und bat den Vandalenkönig, ihm die Insel gegen einen Jahrestribut zu überlassen. Geiserich war so klug, es zu tun, und nun kehrten wieder geordnete Verhältnisse ein. König Odoaker erkannte nämlich die Oberhoheit von Byzanz an und änderte nicht das geringste am bewährten römischen Verwaltungssystem. Auf Sizilien gab es wieder einen Statthalter, an den man sich wenden, Verordnungen und Gesetze, an die man sich halten konnte.

Die von den Vandalen enteigneten Besitztümer wurden zurückerstattet, und nun wagte auch Johannes – schon um seiner Kinder willen – einen neuen Anfang. Er baute Haus und Lager wieder auf und führte seinen jetzt zwölfjährigen Sohn Hanno in die Geheimnisse der Dörrobstbereitung ein.

Der Insel Sizilien aber war unter der Herrschaft von Odoaker und später von Theoderich ein halbes Jahrhundert von Frieden und Wohlstand beschieden.

Nach Süden, nach Süden…

I

Hildebrand stammte aus einer hörigen Familie, und sein ganzer Besitz war der schöne, von König Theoderichs berühmtem Waffenmeister entlehnter Name.

«Es gibt nur eine Möglichkeit, ein freier Gote zu werden», hatte ihm sein Vater eingeschärft, «nämlich im Heer. Du mußt Soldat werden, mein Junge, so früh es geht, sonst kannst du dich dein Leben lang im Dienst eines Freien schinden.»

Hildebrand war dem Rat seines Vater gefolgt, hatte als Achtzehnjähriger in der großen Schlacht bei Verona mitgekämpft und hatte den großen Sieg über Odoaker miterlebt, dessen Heer an der Adda in einer mehrtägigen Schlacht aufgerieben wurde.

Hildebrand kam mit leichten Verletzungen davon, die ihn stolz machten und die er wie eine Auszeichnung trug. Drei Jahre lang mußte Odoaker noch in Ravenna belagert werden; denn an die mächtige, mitten in den Sumpf gebaute Stadt war nur schwer heranzukommen.

Hildebrand war bei seinen Vorgesetzten beliebt und hatte es schon mit neunzehn Jahren zum Unterführer gebracht. Er zahlte einen Monatssold in die Heereskasse und konnte sich nun als freier Mann betrachten, als gotischer Krieger im Heer des gewaltigen Theoderich.

Während Ravenna belagert wurde, eroberten die Goten das übrige Italien, bis auf die große Insel Sizilien, die wieder von den Vandalen besetzt war. Der kluge Theoderich aber vermied den Kampf, solange es andere Möglichkeiten gab, und es gelang ihm durch geschickte Verhandlungen, den Vandalenkönig Geiserich gegen einen alljährlichen Tribut zur Aufgabe der Insel zu bewegen.

Bald darauf wurden Freiwillige gesucht für eine kleine Besatzungsarmee, die dem neuen gotischen Statthalter in Syrakus unterstellt war.

Hildebrand meldete sich, denn er war jung und abenteuerlustig, außerdem hörte man von der schönen, fruchtbaren Insel Wunderdinge.

Sie landeten in Syrakus; die Hauptleute und Unterführer wurden tags darauf zum Statthalter befohlen. Der gotische Comes (Graf), ein alter Militär, hatte diese schönen Pfründe als Belohnung für seine Verdienste erhalten. Mit rauher, bellender Stimme hielt er den Männern eine Ansprache.

«Meine Herren, ihr seid hier der verlängerte Arm unseres Königs – Gott gebe ihm eine lange Regentschaft! – und habt euch demgemäß zu verhalten. Da wir die Insel nicht erobert, sondern durch Vertrag übernommen haben, heißt das: keine Plünderungen, keine Vergewaltigungen, keine Willkür, kein Druck – nichts, was die Leute befremden oder beleidigen könnte. Die haben von den Vandalen genug aushalten müssen. Unser König will nicht, daß man hier auf Schritt und Tritt über gotisches Militär stolpert, darum sind unsere Stützpunkte weit voneinander entfernt und gering besetzt; das heißt – Syrakus ausgenommen – in den Städten werden es höchstens achtzig Mann sein, auf dem Land in zentralen Garnisonen zwanzig bis fünfzig Mann. Jeder Hauptmann hat die Standgerichtsbarkeit, kann also Plünderer, Brandstifter oder Frauenschänder sofort hängen lassen. Noch Fragen?»

Ein junger, für einen Soldaten etwas zu sorgfältig gekleideter Hauptmann meldete sich.

«Es ist ja nicht immer so, daß man die Frauen zwingen muß... Ist uns jeder Kontakt zu den Einheimischen untersagt?»

Der Statthalter lachte bellend.

«Eine gute Frage. Natürlich könnt ihr in allen Ehren mit den Frauen und Mädchen anbandeln – aber bitte keine Ehefrauen! Da kennen die Sizilianer keinen Spaß! Aber im Ernst: Der König hat ausdrücklich verfügt, daß Kontakte mit der Bevölkerung erwünscht sind. Auch Heiraten werden gestattet, falls kein ernsthaftes Hindernis besteht. Ich muß es noch einmal erwähnen: Die

Vandalen haben hier fast acht Jahre gehaust wie die Hunnen; die Bevölkerung hat viel an Blut und Besitz opfern müssen. Nun sollen sie sehen, daß ein anderer Wind weht, daß wir die Gesetze achten und ausschließlich dazu da sind, um Recht und Ordnung wiederherzustellen. Habe ich mich deutlich genug ausgedrückt?»

Es gab keine Fragen mehr.

2

Hildebrand wurde der Militärstützpunkt bei Solus, einer kleinen Stadt im Nordwesten der Insel, übertragen. Er befehligte vierundzwanzig Mann, und es wurde ihm in Aussicht gestellt, daß er wegen der hohen Verantwortung dieses Postens in etwa zwei Jahren mit einer Beförderung rechnen könne. Er war es zufrieden und pries seinen Einfall, sich für Sizilien gemeldet zu haben. Wenn er Hauptmann war, würde er seine Eltern aus der Hörigkeit loskaufen, das nahm er sich fest vor.

Mit ihren paar Brocken Lateinisch konnten hier die Männer nichts anfangen, denn die mehr als vier Jahrhunderte römischer Herrschaft hatten die Sprache der Sieger – zumindest bei den einfachen Leuten – nicht heimisch werden lassen. Auf dem Land gebrauchte man eine schauerlich klingende Sprache, die ein gebildeter Grieche schwerlich verstanden hätte.

Für Küchen- und Säuberungsarbeiten stellte Hildebrand einige Einheimische an, und er bemühte sich redlich, von ihnen wenigstens die Grundbegriffe ihrer Sprache zu lernen. Der besseren Übung wegen begleitete er den Koch bei seinen Einkäufen auf dem Markt von Solus. Die Leute hatten schnell gespürt, daß diese Goten nicht mit den wilden Vandalen zu vergleichen waren. Alle Einkäufe wurden bis auf die letzte Kupfermünze bezahlt, Handlangerdienste ortsüblich entlohnt. Schon nach wenigen Wochen wurde Hildebrand freundlich begrüßt, manchmal sogar angeredet oder in ein Gespräch gezogen, doch dazu benötigte er einen Dolmetscher. Er gab Anweisung, keinen bestimmten Händler zu bevorzugen, doch mit der Zeit stellte sich heraus, daß nicht jeder auf dem kleinen Markt imstande war, Obst und Gemüse für etwa dreißig Mann zu liefern.

Einen aber gab es, das war ein älterer, immer etwas traurig lächelnder Mann, der bot eine solche Auswahl, daß er den Ansprüchen fast immer gerecht werden konnte.

«Ein tüchtiger Händler», radebrechte der Koch, «hat aber viel Unglück gehabt.»

Hildebrand horchte auf.

«Unglück?»

Der Koch nickte düster.

«Vandalen seine zwei Söhne getötet, hat jetzt keine Erben mehr...»

Einige Wochen später saß ein junges Mädchen unter den Obst- und Gemüsebergen.

«Wo ist der Alte?» ließ Hildebrand fragen.

«Mein Vater ist krank, die Mutter pflegt ihn, und ich führe so lange das Geschäft.»

«Wie heißt du?»

«Lucia, wie unsere große Heilige.»

Hildebrand war arianischer Christ und hatte keine Ahnung von den sizilischen Heiligen, doch das Mädchen Lucia gefiel ihm sofort. Sie war eher ärmlich und unscheinbar gekleidet, aber auf dem langen, schlanken Hals saß ein hübsches Köpfchen mit lustigen, dunklen Augen, einer schmalen, leicht gebogenen Nase und einem großen, ausdrucksvollen Mund, dessen Lippen sich so anmutig nach oben bogen, wenn sie lächelte.

Hildebrand machte einige scherzhafte Bemerkungen, nur um sie lächeln zu sehen, und sie tat ihm jedesmal den Gefallen. Auch Lucia gefiel der große blonde Gote mit seiner breiten Brust und den erstaunlich schmalen gebräunten Händen. Seine großen grauen Augen blickten immer so militärisch ernst, aber sie erkannte gleich, daß dies nicht seinem Wesen entsprach, daß auch er gerne lachte und scherzte.

Von da an begleitete Hildebrand den Koch bei jedem seiner Einkäufe, und wenn der Mann noch anderes zu besorgen hatte, blieb Hildebrand bei Lucia stehen und wartete auf seine Rückkehr. Sein Griechisch machte jetzt erstaunliche Fortschritte – die Worte flogen ihm nur so zu. Bald konnte er mit dem Mädchen einfache Unterhaltungen führen und verstand sie auch, als sie sagte:

«Hillobrandes», ach, wie liebte er seinen entstellten Namen aus ihrem Mund, «Hillobrandes, du darfst nicht immer hier stehenbleiben. Die Leute reden schon über uns.»

Er schaute sie entzückt an.

«Laß sie reden! Wir tun schließlich nichts Ungehöriges, stehen nur da und unterhalten uns. Noch dazu dienstlich, denn ich kaufe bei dir für meine Männer ein.»

Doch der Alte wurde wieder gesund und führte seine Geschäfte weiter. Hildebrand war so enttäuscht, daß er am liebsten weggelaufen wäre, aber so etwas gehörte sich nicht.

In höflichen Worten fragte er nach dem Ergehen von Lucia.

«Ja, ja, es geht ihr gut. Ich habe es nicht gern, wenn sie hier auf dem Markt stehen muß – allen Blicken ausgesetzt –, aber die Vandalen – Gottes Zorn über sie! – haben mir meine Söhne erschlagen, und so ist sie unsere einzige Stütze. Ich kann jetzt nur noch auf einen tüchtigen Schwiegersohn hoffen, denn die von uns ausgesuchten lehnte sie bisher ab. Kannst du dir das vorstellen, Herr? Eine Tochter weigert sich, den vom Vater für sie ausgewählten Mann zu heiraten! Braun und blau hätte man sie früher geprügelt... Aber was soll ich tun? Ich bin alt, sie ist jetzt mein einziges Kind...»

Ach, wie froh hatten seine Worte den großen blonden Hildebrand gemacht! Lucia war weder verlobt, noch verheiratet – frei und ledig war sie, aber – o Gott, da türmten sich die größten Hindernisse auf, denn Hildebrand besaß nicht die geringsten Erfahrungen mit Frauen. Sein bisheriger Kontakt beschränkte sich auf gelegentliche Besuche von Lagerhuren, doch das war teuer und nicht immer sehr erfreulich. Hier gab es ja nicht einmal so etwas, und seine Männer murrten schon vernehmlich.

Beim nächsten Mal sagte Hildebrand so nebenher zu Lucias Vater – er mußte sich dabei allerdings heftig räuspern:

«Du würdest mir eine große Freude bereiten, wenn Lucia dich dann und wann begleiten dürfte. Ihr ist es nämlich gelungen, mir Griechisch beizubringen, und außerdem – nun, du kannst dir denken, so ein Leben bei der Truppe, immer unter Männern...»

Der Alte schmunzelte.

«Ich kann es mir schon denken, aber jeder, der zur Armee geht, muß damit rechnen, daß es da keine Frauen gibt, wenigstens keine anständigen.»

Da kam Hildebrand ein Gedanke.

«Weißt du, ich komme ja auch aus dem Bauernstand. Meine Eltern waren Gutspächter, wir bauten Weizen, Roggen, etwas Hafer, auch ein kleiner Obstgarten war da…»

Zwar war dies nur die halbe Wahrheit, denn Hildebrands hörige Eltern waren keine Pächter, doch sie verrichteten Landarbeit auf einem Gutshof.

Der Alte horchte auf.

«Warum bist du dann…?»

Hildebrand grinste.

«Warum wohl? Ich hatte noch drei ältere Geschwister, und jeder weiß, daß es bei den Pachtbauern hinten und vorne nicht reicht. Mir blieb gar nichts anderes übrig, verstehst du? Aber wenn mir der Geruch deiner Äpfel und Birnen in die Nase steigt, dann muß ich an die Heimat, an meine Eltern denken.»

Hildebrand machte zu diesen Worten ein betrübtes Gesicht, und es fiel ihm nicht einmal schwer.

«Möchtest mal wieder Landluft schnuppern?»

Hildebrand ahnte mehr, was der Alte meinte, als daß er es verstand und nickte eifrig.

«Schau dir ruhig meinen Besitz an. Wir haben auch unsere Sorgen damit, das darfst du mir glauben.»

Hildebrand wollte natürlich Lucia sehen und keine Obstbäume oder Gemüsefelder, aber das konnte er dem Alten nicht sagen. Sie setzten den nächsten Sonntag fest, und Hildebrand wurde zum Mahl geladen.

«Dann komme ich um die Mittagsstunde?»

Der Alte drohte scherzhaft mit dem Finger.

«Du willst wohl nur wegen des Essens kommen? Nein, nein, mach dich gleich nach Tagesanbruch auf den Weg, es gibt viel zu sehen.»

Natürlich fügte sich Hildebrand dem Alten, der etwa drei Reitstunden südlich von Solus in einem abgelegenen Flußtal seine

Landwirtschaft betrieb. Laut Vorschrift hätte Hildebrand nicht allein wegreiten dürfen, sondern nur in Begleitung von mindestens drei seiner Leute, doch etwas in ihm sträubte sich, den friedlichen Bauern mit militärischer Bedeckung aufzusuchen.

Der niedrige, mit Holzschindeln gedeckte Hof schmiegte sich in einen flachen Hügel des kleinen Flußtales und war so dicht mit Feigenbäumen umstanden, daß man ihn erst sah, wenn man unmittelbar davorstand. Der Alte hatte ihm den Weg genau beschrieben; trotzdem ging Hildebrand mehrmals in die Irre und mußte sich bei Feldarbeitern durchfragen, die ihm scheu und kaum verständlich antworteten.

So war es schon später Vormittag, als er eintraf. Der Alte begrüßte ihn ohne Vorwurf und rief seine Frauen aus der Küche herbei.

Lucia lächelte ihn an.

«Wir braten gerade ein Lamm für unseren hohen Gast, mit Pflaumen und Birnen langsam geschmort...»

Lucias Mutter, eine gebeugte, verhärmte Frau, tadelte die Tochter sanft.

«Herr Hillobrandes wird sich kaum für Küchenangelegenheiten interessieren.»

«Ganz im Gegenteil, verehrte Dame, als Haupt einer Militärabteilung muß ich es sogar. Meine Leute beginnen schnell zu murren, wenn ihnen das Essen nicht schmeckt, darum gehe ich auch so oft auf den Markt – zum Glück, muß ich sagen, denn sonst hätte ich Lucia nicht kennengelernt.»

Lucia errötete ganz leicht und huschte schnell in die Küche zurück. Der Hausherr aber führte seinen Gast hinaus, zeigte ihm die Wiesen und Äcker, die Obsthaine und Weinstöcke.

«Den Wein baue ich nur für mich selber an. Eigentlich ist es hier zu schattig dafür; meist gerät er ziemlich sauer, und wir müssen ihn mit Honig süßen.»

Der Alte deutete auf die sanft gerundeten Hügel.

«Jenseits des Tales liegt ein umfangreicher Besitz, den zwei Brüder gemeinsam betreiben. Mein Vater hat sich einmal bei deren Vater verschuldet und sein Leben lang abbezahlt. Nun möchten die beiden beweisen, daß die Schuld nicht voll getilgt ist und haben

242

ein Auge auf meinen Besitz geworfen, mit dem sie gerne den ihren abrunden wollen. Sie können dem Richter eine höhere Bestechungssumme zahlen... Nur gut, daß meine Söhne tot sind, denn am Ende wäre nichts für sie geblieben.»

«Haben sie schon Forderungen gestellt?»

«Solange ihre Mutter lebt – sie ist jetzt weit über neunzig –, wagen sie es nicht. Die fromme alte Frau hat mich schon als kleinen Jungen gekannt, ohne sie hätte mein Vater kein Geld von ihrem Mann bekommen. Aber wenn sie stirbt...»

«Nein», sagte Hildebrand fest, «so geht das jetzt nicht mehr. Bei den Goten herrscht Recht und Ordnung. Sollten die beiden mit unziemlichen Forderungen an dich herantreten, so wende dich an mich, und ich gebe es an den Statthalter weiter. Ein Advocatus wird sich dann darum kümmern, und der ist unbestechlich.»

Die Unterhaltung zwischen den beiden Männern war freilich nicht so problemlos, wie sie hier wiedergegeben ist. Hildebrand verstand den Alten schlecht, weil er undeutlich und im Bauerndialekt sprach. Der Alte wiederum konnte mit den lateinischen Brokken nichts anfangen, die Hildebrand in sein holpriges Griechisch mischte. So etwa kannte er das Wort Advocatus nicht, doch sein rascher Händlerverstand zog meistens die richtigen Schlüsse.

Das mit Pflaumen und Birnen geschmorte und mit frischen Kräutern gewürzte Lamm schmeckte vorzüglich, während den selbstgezogenen Wein auch der beigefügte Honig nicht wesentlich verbessern konnte. So schmeckte er wie gesüßter Essig, doch Hildebrand lobte ihn und pries das Getränk als unverfälschten, naturreinen Bauernwein. Lucia sprach in Gegenwart ihrer Eltern nur wenig, doch nach dem Essen bat sie ihren Vater, dem Gast ihren eigenen Garten zeigen zu dürfen.

Der Alte schmunzelte.

«Geht nur, Kinder, geht nur, aber bedenkt, daß wir euch durchs Fenster sehen können.»

Als sie draußen waren, sagte Lucia lachend:

«Sehen schon, aber nicht hören.»

Sie hatte sich hinter dem Haus ein eigenes Gartenstück angelegt, auf dem sie seltene Blumen zog, die sie manchmal auf dem Markt verkaufte.

«Seit die Vandalen weg sind, freuen sich die Leute wieder am Schönen, auch wenn man es nicht essen oder trinken kann.»

«Ich freue mich an deiner Schönheit, Lucia, und wünschte mir, dich öfters zu sehen. Noch nie im Leben habe ich bisher an Ehe oder Familie gedacht, aber du bringst mich auf solche, für einen Soldaten unnütze Gedanken.»

Lucia senkte den dunklen Kopf.

«Deine Gedanken kann ich dir nicht vorschreiben, Hillobrandes. Deine Eltern waren auch Bauern, hat Vater mir erzählt.»

«Ja, Pachtbauern, unfrei und an die Scholle des Herrn gebunden. Da habt ihr es besser. Dein Vater ist ein freier Mann, kann tun und lassen was er will.»

«Wie lange noch? So lange es unseren reichen Nachbarn gefällt...»

«Dein Vater hat es mir erzählt, doch daraus wird nichts, das verspreche ich dir.»

Er schwieg und blickte um sich.

«Ich könnte es mir gut vorstellen, diesen Besitz zu bewirtschaften. Die Erde im Tal ist sehr fruchtbar, hier braucht man nur ein Drittel der Fläche, verglichen mit den kargen Böden in den Bergen.»

Lucia schüttelte zweifelnd den Kopf.

«Du redest nur so daher, willst mir schöntun, weil du ein Liebchen brauchst – ein Liebchen, aber keine Frau.»

«Was ist daran so seltsam? Auch Soldaten sind Männer, jung und voll Saft. Wir kämen gut miteinander aus, schöne Lucia.»

Hildebrand faßte sie am Arm, doch Lucia schüttelte seine Hand ab.

«Laß das, die Eltern können uns sehen. Du kannst dich ja in Solus im Hurenhaus austoben, aber mich laß in Ruhe!»

Doch Lucia hatte es in einem Ton gesagt, der die Tür einen Spalt offenließ, und Hildebrand nahm sich vor, alles zu tun, um die Tür eines Tages aufzustoßen. Doch in den nächsten Wochen und Monaten kamen andere Sorgen auf ihn zu.

Drei- bis viermal im Jahr sandte der Statthalter eine Prüfungskommission zu den auf der Insel verstreuten Stützpunkten. Sie nahm Klagen und Vorschläge entgegen, sprach Beförderungen aus und gab Nachrichten von Angehörigen weiter. Die wenigsten der Männer konnten schreiben und lesen – auch Hildebrand konnte es nicht –, aber bei der Kommission war ein Schreiber, der Briefe vorlas oder aufnahm – gegen entsprechende Gebühr.

Diesmal erschien die Kommission im Sommer, was ungewöhnlich war, denn niemand reiste in der heißen Zeit gerne über Land. Insgeheim hatte Hildebrand gehofft, schon jetzt seine Beförderung zum Hauptmann zu erhalten, doch zu seiner Überraschung erfuhr er etwas ganz anderes.

Der Secretarius erklärte ihm folgendes:

«Äh – also, man hat in Ravenna beschlossen, einige der Militärstützpunkte zu vergrößern, weil die vor den Vandalen geflohenen Bauern jetzt wieder auf ihre Besitzungen zurückkehren. In der königlichen Provinzverwaltung scheint man jetzt Sizilien in einem anderen Licht zu sehen als bisher. Wie dem auch sei, die Station bei Solus soll auf fünfzig Mann erweitert und einem Hauptmann unterstellt werden.»

Dieser Hauptmann werde natürlich ich sein, dachte Hildebrand froh, das geht schneller, als ich dachte.

Da sprach der Secretarius weiter.

«Der dafür vorgesehene Hauptmann wird in drei bis vier Wochen aus Italien eintreffen und die zusätzlichen Leute gleich mitbringen. Du, Hildebrand, wirst ihm unterstellt sein, sollst aber deine eigenen Männer wie bisher führen. Für dich ändert sich eigentlich nichts...»

«Nichts?» fragte Hildebrand empört, «bisher habe ich den Stützpunkt allein und in voller Verantwortung geleitet, und jetzt werde ich irgendeinem – irgendeinem –»

«Ich verstehe deine Enttäuschung, Hildebrand. Aber es gibt eine neue Anordnung, daß eine Beförderung zum Hauptmann die Beherrschung von Wort und Schrift voraussetzt. Und nicht nur das – auch hinreichende lateinische Kenntnisse werden verlangt.

Ja, Hildebrand, es weht ein neuer Wind, denn der König will sich nicht mehr von den Römern nachsagen lassen, eine Horde unwissender Barbaren regiere ihr Land.»

«Aber wo – wo hätte ich es denn lernen sollen, das Lesen und Schreiben? Ich war immer nur Soldat, habe mich nie um etwas anderes gekümmert, als um Befehle und Pflichten...»

«Ich kann dir nicht helfen, gebe nur weiter, was man mir aufgetragen hat.»

Diese Nachricht traf Hildebrand wie ein schwerer Schlag, und er fühlte sich tagelang wie betäubt.

Es war doch nicht seine Schuld, wenn er nicht schreiben konnte! Nie hatte es jemand von ihm verlangt oder erwartet, es gab kaum einen Unterführer im gotischen Heer, der solche Kenntnisse besaß. Die meisten der Krieger machten sich eher lustig darüber; in ihren Augen war das etwas für Pfaffen oder Hofbeamte. Und nun? Soviel er wußte, dauerte es viele Monate, bis man diese schwierige Kunst halbwegs beherrschte, dafür war es jetzt auch zu spät. In wenigen Wochen kam der Neue, und er, Hildebrand, durfte den Untergebenen, den Handlanger und Befehlsempfänger spielen. Er war zwar ein freier Mann, soweit hatte er es glücklich gebracht, doch ein Leben lang Unterführer bleiben und vielleicht noch als Vierzigjähriger von einem grünen Bürschchen Befehle entgegenzunehmen – nein, damit konnte er sich nicht anfreunden. Zum ersten Mal in seinem Leben war er hilflos, wußte nicht, was er machen, wie es weitergehen sollte.

Anfang September erschien der Neue, ein mit Hildebrand etwa gleichaltriger, schlanker und gepflegter Mann. Der Hauptmann Dietwolf pflegte sich latinisiert Theodulfus zu nennen und schien lieber Latein als Gotisch zu sprechen. Er hatte eine herablassende Art, mit den Leuten zu reden, sein Gotisch klang seltsam gepreizt und war immer mit lateinischen Brocken vermischt. Hildebrands Leute lehnten ihn sofort ab, das tat ihm gut, doch es half nichts: Dietwolf war das Haupt der nun erweiterten Militärstation, und Hildebrand hatte seinen Weisungen zu gehorchen. Sie gerieten hart aneinander, die beiden Männer, und Hildebrand warf dem Hauptmann vor, seinen Rang erkauft und nicht wie er, durch kriegerische Bewährung erdient zu haben. Doch Dietwolf blieb geduldig.

«Zum Teil stimmt es, was du sagst, aber wir leben auch in einer neuen Zeit. Hier auf Sizilien werden keine Haudegen mehr gebraucht, sondern Leute, die mit den Gesetzen umgehen können und imstande sind, darüber etwas nachzulesen. Die Zeit des Kriegführens ist vorbei, dafür hat unser guter König gesorgt.»

«Auch König Theoderich soll nicht schreiben und lesen können.»

«Er braucht es nicht», sagte Dietwolf geduldig, «dafür hat er seine Sekretäre. Einen solchen habe ich nicht, ich bin auf mich selber gestellt. Du mußt das verstehen, Hildebrand, von jetzt an wird nicht mehr mit dem Schwert regiert, sondern mit der Feder.»

Hildebrand ahnte, was der Hauptmann meinte, doch alles in ihm sträubte sich gegen die Vorstellung, jetzt als Soldat weniger zu gelten, weil er die Federfuchserei nicht beherrschte.

Er vermied es von nun an, längere Zeit als irgend nötig, in der Station zu verbringen. Dietwolf, nicht unklug, ließ ihn gewähren und erteilte ganz allgemein die Weisung von Erkundungsritten drei- bis viermal pro Woche. Hildebrand ließ keinen aus, doch der Stachel saß tief, bohrte in ihm weiter, ließ ihn kaum eine ruhige Stunde erleben. Seine Leute spürten die tiefe Enttäuschung ihres Unterführers und suchten ihn auf ungeschickte Art zu trösten, doch Hildebrand konnte sich nicht damit abfinden.

Mit irgend jemand mußte er sich aussprechen, und dafür kam nur Lucias Vater in Frage.

Der Alte hörte sich den Fall geduldig an und meinte:

«Gerechtigkeit, Hillobrandes, Gerechtigkeit suchen wir auf Erden vergebens. Damit habe ich meine bitteren Erfahrungen gemacht; du bist jung und wirst noch einiges erleben müssen. Was soll ich dir jetzt raten? Dich zu ducken, alles hinzunehmen als Fügung Gottes? Oder aufzubegehren, dagegen anzukämpfen? Das eine wird dich bitter und unzufrieden machen, das andere wird nichts nützen und dich nur in Schwierigkeiten bringen.»

«Es gibt eine dritte Möglichkeit», sagte Hildebrand ruhig. «Ich tue, was ich längst hätte tun sollen und bitte dich um die

Hand deiner Tochter Lucia. Ich stamme von Bauern ab und hätte Bauer bleiben sollen. Deine Söhne sind tot, und ich werde mich bemühen, sie zu ersetzen.»

Der Alte runzelte die Stirn.

«Mir kann es nur recht sein, aber ob Lucia dich nimmt?»

«Ich werde sie fragen.»

Hildebrand tat es, und zu seiner Überraschung stimmte sie zu, ohne zu zögern oder sich zu zieren.

«Was bleibt mir anderes übrig», fragte sie lächelnd, «du hättest ja doch keine Ruhe gegeben. Werden deine Vorgesetzten einverstanden sein?»

«Der Hauptmann ganz gewiß, der ist froh, wenn er mich los wird. Zwar kommt es auf ihn nicht an, doch er kann mein Gesuch befürworten.»

Hildebrand hatte ihn richtig eingeschätzt.

«Ein guter Entschluß, mein Freund, um den ich dich fast beneide. Du wirst Herr auf dem eigenen Grund und Boden, deine Familie wird wachsen, Söhne und Enkel werden dein Werk weiterführen...»

Wider Willen mußte Hildebrand lachen.

«Das klingt ja, als wärst du mich gerne los, Hauptmann.»

«Ich mag dich, Hildebrand, aber du bist zu lange der Führer unseres Militärpostens gewesen, und ich sehe, daß du dich mit der Rolle des Zweiten nicht abfinden magst. Das verstehe ich, aber ich kann es nicht ändern.»

«Du kannst eines tun, Hauptmann. Schreibe für mich das Gesuch an den Statthalter um Entlassung aus der Armee und um eine Heiratsbewilligung mit einer Sizilianerin. Schreibe es so, daß es überzeugt und einleuchtet. Damit wäre mir sehr geholfen – und letztlich auch dir.»

Der Hauptmann verfaßte das Gesuch und flocht geschickt die Absicht des Königs ein, Sizilien für ewige Zeit der gotischen Herrschaft einzugliedern.

«Wie läßt sich dies besser bewerkstelligen, als durch die Verbindung von möglichst vielen unserer Männer mit einheimischen Familien? Damit werden die letzten Vorbehalte beseitigt, und eine gotisch-sizilische Mischbevölkerung wird uns schon bald nicht mehr als fremde Herren, sondern als Freunde und Verwandte betrachten.»

Es gab nicht die geringsten Schwierigkeiten. Ohne großes Aufsehen trat Hildebrand vom arianischen zum römischen Christentum über, denn die Unterschiede der beiden Richtungen hatte er ohnehin nie verstanden. Die Frage, ob Jesus Christus als der von Gott seit ewig bezeugte und mit ihm Wesensgleiche angesehen wird oder, wie Arius lehrte, ein zeitlich geschaffener und Gott wesensfremder Mensch war, hatte ihn nie berührt.

Zum Hochzeitsmahl lud er den Hauptmann und seine früheren Untergebenen ein. Es wurde eine laute fröhliche Feier, und da man sich gegenseitig kaum verstand, gab es viel Anlaß zu Gelächter.

Hildebrand, in der Familie bald nur noch Hillo genannt, zeugte mit Lucia fünf Kinder, von denen drei – ein Sohn und zwei Töchter – überlebten. Die reichen Nachbarn waren klug genug, ihren fragwürdigen Anspruch gegen den neuen Gutsbesitzer nicht aufrechtzuerhalten.

Hildebrand erlebte noch die Ankunft des oströmischen Feldherrn Belisar, der Sizilien den Goten entriß. Vierzehn Jahre später, anno 549, versuchte der Gotenkönig Totila die Insel zurückzuerobern, doch wenig später fand die Gotenherrschaft in Italien am Vesuv ihr klägliches Ende, und die Insel kam für drei Jahrhunderte unter byzantinische Verwaltung.

Die Flucht nach Sizilien

I

Der Aufbruch geschah ganz plötzlich. Seine Majestät Flavius Heraklius Konstans, den sie Pogonatus, den Bärtigen, nannten, äußerte plötzlich den unklaren Befehl, es sei nun an der Zeit, die
Hauptstadt des Römischen Reiches in den Westen zurückzuver-
legen. Er sagte nur ‹Westen›, ohne sich auf eine bestimmte Stadt
festzulegen. Es wurde allgemein angenommen, daß damit Rom
gemeint sei, Sitz und Residenz der alten Kaiser, bis der große Konstantin die Hauptstadt nach Byzanz verlegte.

Was ihn dazu bewog, von Konstantinopel wegzuziehen, gab
Konstans nicht bekannt, und niemand wagte es, ihn danach zu
fragen. Er war schließlich ein Porphyrogenetos, ein Purpurgeborener, und kein namenloser Usurpator, der sich den Thron ergau-
nert oder mit Gewalt genommen hatte. Freilich, sein Großvater
Heraklius hatte den Thronräuber Phokas gestürzt und selber die
Herrschaft übernommen, doch er stammte aus einer Patrizier-
familie und tat es mit Zustimmung des Volkes.

Konstans war der Enkel und der Sohn eines Königs, ein echter
Purpurgeborener, heilig, unantastbar, der irdische Vollzieher des
göttlichen Willens. So waren seine Befehle göttliche Befehle und
seine Entschlüsse von Gott inspiriert und gebilligt. Der wahre
Grund aber, die alte Hauptstadt für immer zu verlassen, lag so tief
in der Seele des Kaisers verborgen, daß er selber erstaunt gewesen
wäre, hätte man ihm diesen genannt.

2

Kein Tag verging, an dem Konstans nicht an seine Gemahlin Kallista gedacht hätte. Doch Kallista war tot, im Kindbett gestorben bei der Geburt ihres dritten Sohnes Tiberius. Das lag nun fast fünf Jahre zurück, aber ihm schien es, als sei damals die Zeit stehengeblieben. Und weil sie stehenblieb und nichts sich änderte, weil ihm ihre Gestalt in der vertrauten Umgebung des Palastes immer vor Augen stand, hielt er es nicht mehr in der Stadt am Bosporus aus, begann er alles zu hassen, was ihn an sie erinnerte.

Er haßte das Hippodrom, wo sie an seiner Seite auf der Konsultribüne die Wettrennen der Grünen und Blauen verfolgt hatte, er haßte die Hagia Sophia, wo sie mit ihm die Messe gehört, wo sie die Krone empfangen hatte. Auch den Bukeleon-Hafen verabscheute er, denn von dort waren sie zu ihren Lustfahrten aufgebrochen, und er haßte den Palastgarten, wo sie im vertrauten Gespräch auf- und abgegangen waren. Doch sein Haß beschränkte sich nicht nur auf leblose Dinge, er bezog auch die Menschen mit ein. Die Gesichter ihrer Hofdamen und Dienerinnen erinnerten ihn daran, daß Kallista tot und dieses unnütze Pack am Leben war. Er jagte sie allesamt davon, vom Haushofmeister bis zum Türsteher, von der adeligen Vorleserin bis zur Bademagd. Allmählich zog sein Haß weitere Kreise, begann alle zu umfassen, die sie gekannt, mit ihr Umgang gehabt hatten, ja, bezog sogar die Heiligen auf Kallistas Hausikonen mit ein, vor denen sie ihre Gebete verrichtet hatte.

Der kaiserliche Hof, dem nicht die geringste Veränderung im Wesen und Verhalten des Herrschers entging, nahm diese Entwicklung zuerst mit Erstaunen, dann mit Befremden und schließlich mit Furcht zur Kenntnis. Aus dem umgänglichen, vergnügten, sein hohes Amt mit Lust und Arbeitsfreude ausübenden Kaiser Konstans war im Laufe der Jahre nach Kallistas Tod ein mürrischer, mißtrauischer, des Thrones überdrüssiger Herrscher geworden. Doch er wußte: ein Kaiser stirbt im Bett, im Kampf, durch Mord oder durch das Schwert eines Thronräubers, aber er dankt niemals ab. Das von Gott verliehene Amt ist heilig, und nur Gottes Entschluß kann es einem anderen übertragen.

So blieb Flavius Heraklius Konstans zwar Kaiser, doch um die Krone weiterhin tragen und ertragen zu können, mußte er weg aus Konstantinopel, weg von der Stätte, da ihn so vieles, so unerträglich vieles an die geliebte Tote erinnerte.

Die innere Wandlung des Kaisers entsprach auch einer äußeren. Den gepflegten, kurzgeschnittenen Kinnbart ließ er wuchern wie ein Eremit; er, der täglich gebadet hatte, vernachlässigte seinen Körper; er, der den kaiserlichen Ornat mit Anstand und Würde getragen hatte, ließ sich gehen und war nur noch bei hochoffiziellen Anlässen zu bewegen, seine Prunkkleider anzulegen.

Um seine drei Söhne kümmerte er sich kaum noch. Den Thronfolger Constantin überließ er den Händen seiner Lehrer und Erzieher, Heraclius wuchs auf wie ein Junge aus dem Hafenviertel, doch den fünfjährigen Tiberius haßte er.

Er haßte ihn, weil er Kallistas Tod verursacht hatte, weil er ihr am meisten ähnlich sah.

Da war noch Theodosius, der jüngere Bruder des Kaisers. Kallista hatte den fröhlichen Burschen gerne gehabt, und der hatte sie, die schöne Brudersfrau, auf jungenhafte Art bewundert und verehrt.

Konstans fand nichts dabei, doch nach Kallistas Tod erwachte sein Mißtrauen und zischelte ihm die seltsamsten Vermutungen ins Ohr. Diese gestaltlose Flüsterstimme quälte ihn Tag und Nacht, und die harmlose Bemerkung seines Bruders, der einmal sagte, wenn er heirate, müsse es eine Frau wie Kallista sein, erregte einen solchen Zorn in Konstans, daß er Theodosius des Hochverrats bezichtigte und ihn im Kerker ermorden ließ. Der junge Prinz aber war am ganzen Hof beliebt gewesen, und Konstans spürte geradezu körperlich, wie man ihn fürchtete und verabscheute.

Da war noch etwas, Kallistas Mutter stammte aus Sizilien, und oft hatte sie – halb im Spaß, halb im Ernst – gesagt, ihr Herz verlange, diese schöne und geheimnisvolle Insel kennenzulernen. Und Konstans hatte jedesmal im Scherz geantwortet: Wenn wir alt sind, Kallista, und unsere Söhne die Zügel übernommen haben, dann werden wir eine Lustreise, eine späte Hochzeitsreise, dorthin unternehmen.

Als er sie dann in seinen Armen hielt und spürte, wie das Leben aus dem geliebten Körper wich, hörte er sie flüstern:

«Nun wird es wohl nichts mehr mit unserer Reise…»

3

Im Frühsommer des Jahres 662 stach die kaiserliche Flotte in See. Konstans hatte als Ziel die Hafenstadt Piraeus genannt; er wollte Athen besuchen, das einstige Herz des alten Hellas. Es war nur eine Laune, denn die Ruinen der zerstörten und bedeutungslosen Stadt ließen ihn gleichgültig.

Im Frühling des nächsten Jahres zog er weiter nach Tarentum, wo ihn eine Abordnung hilfesuchender Bürger aufsuchte, deren Städte von den Langobarden besetzt waren. Konstans besann sich auf seine kaiserlichen Pflichten, und sein Machtwort zog schnell ein großes Heer aus Süditalien und Sizilien zusammen. Allerdings ein fragwürdiges Heer, zusammengewürfelt aus Abenteurern, Glücksrittern und zwangsverpflichteten Bauern, allesamt wenig oder nicht kampferprobt. Damit belagerte der Kaiser das von Herzog Romuald besetzte Benevent. Als ihm aber gemeldet wurde, daß der Langobardenkönig Grimoald auf dem Wege sei, seinem Sohn beizuspringen, gab Konstans die Belagerung sofort wieder auf und zog weiter nach Rom.

Dort wurde die Ankündigung, der Kaiser werde die Stadt besuchen, mit Zittern und Zagen aufgenommen. Konstans lag mit der römischen Kirche in ständigem Hader; so ritt ihm der schwache und nachgiebige Papst Vitalian demütig bis zum sechsten Meilenstein entgegen. Vielleicht rechnete der Kirchenfürst mit einer harten Auseinandersetzung, doch Konstans hatte anderes im Sinn.

Man führte Konstans an das Petersgrab, dann richtete er sich mit seinem Hof notdürftig in den Ruinen der alten Kaiserpaläste ein. Nicht nur sie, ganz Rom lag in Trümmern. Die Tempel, Thermen, Paläste, Arenen, Theater, Stadien und Foren – verfallen, mit Gras und Sträuchern bewachsen, zum Steinbruch geworden für die überall aus dem Boden wachsenden Kirchen.

Der Kaiser blieb zwölf Tage, verlangte vom Papst Geld für den Kampf gegen die Araber, und als er keines bekam, ließ er alles aus Rom fortschleppen, was ihm wertvoll erschien, darunter die vergoldeten Bronze-Dachziegel des Pantheons.

Die kaiserliche Flotte zog weiter nach Neapel, ergänzte die Vorräte, segelte nach Sizilien und legte in Syrakus an.

«Wir sind am Ziel», gab der Kaiser bekannt, «hier werde ich die neue Residenz errichten, von hier aus das Reich regieren.»

In Gedanken aber setzte Konstans seine Rede fort: Jetzt habe ich unsere Reise doch allein unternehmen müssen, Kallista, Geliebte. Doch du bist bei mir, in mir, in meinem Kopf, meinem Herzen; wir sind daheim, hier können wir von neuem beginnen.

4

Die Stadt Syrakus, die Insel Sizilien – sie waren überrumpelt von der unerhofften Ehre, Herz und Zentrum des oströmisches Reiches zu werden.

Kaiser Konstans ließ die halbverfallene Festung an der Spitze der Insel Ortygia zum kaiserlichen Palast ausbauen, umgeben von Kasernen, Magazinen und Wohnhäusern für den Hofstaat. Was dabei im Wege war, wurde weggerissen und die ehemaligen Besitzer mit einer geringen Entschädigung davongejagt.

Die Baumaßnahmen, die Hofhaltung, die Leibtruppe kosteten viel Geld, und die Beamten des Kaisers ersannen Steuern, die ihrer Phantasie alle Ehre machten. Beim Eintreiben waren sie nicht zimperlich, und vor allem die sizilischen Patrizier begannen vernehmlich zu murren. Gerade sie hatten es immer verstanden, die meisten Abgaben auf das kleine Volk abzuwälzen, wurden dadurch immer reicher und mächtiger. Ein paar Dutzend Familien beherrschten die ganze Insel, und nie hatten sie sich um den fernen Kaiser gekümmert. Nun aber war der Kaiser nah und rückte ihnen mit harten Forderungen mehr und mehr auf den Leib.

Der von Gott erwählte Kaiser spürte ihren Widerstand und nahm mit Freude den Kampf auf. Das lenkte ihn ab, und er beschloß, diese Herren nachdrücklich das Gehorchen zu lehren. Bald rollten die ersten Köpfe, und es waren nicht die der kleinen Leute. Wer den kaiserlichen Steuereinschätzer betrog, wurde zuerst verwarnt und mit einer harten Geldstrafe belegt. Im Wiederholungsfall kam es zur Enteignung des halbes Besitzes, bei weiterer Unbotmäßigkeit zur Hinrichtung des oder der Schuldigen. Wer mit den Steuern wegen schlechter Ernten oder anderen Unglücksfällen schuldlos im Rückstand blieb, durfte seine Schuld auch auf andere Weise abgelten, zum Beispiel durch Dienstleistung.

So etwa im Falle des Gutsbesitzers Troilus, der seinen großen Besitz noch rechtzeitig – und wie er meinte, sehr klug – unter Verwandten und Freunden aufgeteilt hatte, um den unsinnigen Steuerforderungen zu entgehen. Doch die erprobten kaiserlichen Beamten durchschauten die List und setzten ihm hart zu. So wurde unter anderem auch sein Sohn Andreas zum Hofdienst gepreßt und trug mit täglich zwölf Stunden Arbeit als Kammerdiener zur Tilgung der väterlichen Schulden bei. Urlaub gab es nur in Ausnahmefällen; den Stadtbereich von Syrakus durfte man nur mit besonderer Genehmigung verlassen.

Eine solche hatte Andreas nun erlangt, denn die Mutter seines Vaters war im hohen Alter gestorben und sollte unter Beteiligung der ganzen Sippe feierlich beigesetzt werden. So konnten Vater und Sohn nach langer Zeit endlich wieder ein ungestörtes Gespräch führen.

Troilus war ein gewandter, listenreicher Mann, den auch seine Diener und Pächter mochten, weil er sie nicht über Gebühr ausbeutete und in schlechten Jahren beide Augen zudrückte. Er konnte es sich leisten, großzügig zu sein, doch er lehnte es ab, den ewig hungrigen kaiserlichen Adler weiterhin zu mästen.

«Was will er denn noch von uns? Sollen wir uns ein paar Pfund Fleisch von den Knochen schneiden, um seine Gier zu befriedigen? Wer mag ihn nur auf den unseligen Gedanken gebracht haben, sich unser armes Sizilien als Thron unter den fetten Hintern zu schieben? In einigen Jahren hat er die Insel leergefressen, und es wird mehr als ein Menschenalter dauern, bis sie sich wieder erholt.»

Andreas nickte stumm und hob in einer hilflosen Geste die Schultern.

«Du kannst dir denken, wie mir zumute ist, wenn ich diese bärtige, ungepflegte, nach Schweiß, Knoblauch und Wein stinkende Majestät bedienen muß. Ich bete dabei jedesmal zu meinem Namenspatron, daß er mir weiterhin die Kraft zu diesem Sklavendienst schenken möge.»

Troilus blickte seinen Sohn lange schweigend an, als wolle er ihm ins Herz schauen. Dann ging er zur Tür, öffnete sie, um zu prüfen, ob man sie belauschte. Ganz nahe trat er an seinen Sohn heran.

«Das Beten wird uns auf die Dauer wenig helfen», sagte er leise, «wir müssen handeln und hoffen, daß Gott auf unserer Seite ist. Besser, man vernichtet einen Menschen, als das Leben von Hunderten in die Waagschale zu werfen. Es tut sich etwas, Andreas, mehr kann ich dir im Augenblick nicht sagen, doch eine Reihe von sizilischen Bürgern ist nicht mehr gesonnen, jede Verfügung dieses kaiserlichen Vielfraßes so ohne weiteres hinzunehmen. Wir müssen uns wehren, Andreas, dieser Ausbeuter zwingt uns dazu.»

Andreas gab seinem Vater recht, doch von einer Verschwörung – und nach den Worten seines Vaters schien sich eine anzubahnen – wollte er nichts wissen. Seit er in der Umgebung des Kaisers arbeitete, wußte er, daß überall Spitzel lauerten, daß die Leibwache allgegenwärtig war und daß Konstans unter dem Gewand einen Kettenpanzer trug.

Wie einst der Tyrann Dionysios verwandelte er den Stadtteil Ortygia in eine Festung, verstärkte seine Truppen und ließ jeden, den er empfing, von Kopf bis Fuß auf Waffen untersuchen.

Der Kaiser Flavius Heraklius Konstans aber schien Sizilien weiterhin als eine persönliche Pfründe zu betrachten, die er nach Belieben auspressen konnte. Es hätte freilich dieser besonderen Anstrengung gar nicht bedurft, denn das Steueraufkommen des oströmischen Reiches war gewaltig, und es sammelten sich hier – abgesehen vom Mutterland – die Gelder aus Ägypten, Numidien, Libyen, Syrien, Palästina, Unteritalien und Sardinien. Ein weniges davon kam auch Syrakus zugute, denn die Hofhaltung kaufte vieles auf den Märkten ein, doch die hohen Steuern und die von Konstans festgesetzten niederen Preise machten alles wieder zunichte. Der kaiserliche Hof wurde allen zur Last, und nicht nur die Patrizier hatten zu klagen.

Andreas wurde zwar als Kammerherr geführt, doch er war nur ein besserer Sklave und mußte oft die niedersten Dienste verrichten. Der Kaiser nämlich mißtraute den meisten Höflingen, und je höheren Ranges sie waren, um so seltener wurden sie von ihm empfangen. Konstans lebte in dem Irrtum, er werde von den Sizilianern geliebt, während er seinen Griechen mehr und mehr mißtraute. Zu Andreas hatte er eine seltsame Zuneigung gefaßt. Ihm traute er nichts Böses zu, und schließlich durfte den Kaiser sogar bis ins Schlafgemach oder in die Bäder begleiten.

Einmal bemerkte Konstans scherzhaft:

«Dein Vater hat so hohe Schulden bei mir, daß du bis an dein – oder mein – Lebensende bei mir bleiben darfst. Schöne Aussichten, nicht wahr?»

In dem aufgeschwemmten, vom Vollbart überwucherten Gesicht blitzten die kleinen Augen ironisch, doch Andreas verlor niemals die Beherrschung. Der verneigte sich tief.

«Ich könnte mir nichts Besseres wünschen, Majestät. Ist es schon ehrenvoll, in deinem Haus zu dienen, so habe ich noch den Vorzug, zu deiner persönlichen Verfügung zu stehen. Keiner deiner Minister oder Feldherrn darf deinen Anblick so oft und so lange genießen wie ich.»

Konstans nickte zufrieden, er nahm die Worte seines Kammerherrn für bare Münze.

«Ich weiß, daß ich dir trauen kann, Andreas, auch wenn dein Vater und seine Standesgenossen mich nicht schätzen. Und noch eines: Keiner, der mir treu gedient hat, mußte es jemals bereuen. Keiner!»

Andreas verstand nicht, was der Kaiser damit sagen wollte, doch er hielt es für leere Worte, und seine Abneigung vertiefte sich.

Kaiser Konstans hatte lange enthaltsam gelebt; in Sizilien kehrte seine Lust auf Frauen zurück. Bei Kallistas Tod hatte er geschworen, sich nie mehr zu verheiraten, und daran hielt er fest. Nun aber ging er dazu über, die Steuerlast seiner Schuldner auch mit der Arbeit ihrer Töchter abzahlen zu lassen. Damit traf er einen empfindlichen Punkt. Die Sizilianer der oberen Schicht hatten ihre Frauen seit jeher von der Öffentlichkeit ferngehalten, und was man in einer Residenzstadt als hohe Ehre empfand – nämlich den Hofdienst eines Mädchens –, wurde hier als Frechheit und Zumutung empfunden. Konstans aber zwang die jungen Frauen nicht nur in seinen Dienst, er zwang sie auch in sein Bett und fand mehr und mehr Gefallen an der Sprödigkeit und der hilflosen Scham dieser unberührten, im innersten Familienkreis aufgewachsenen Mädchen.

5

Im Frühling des Jahres 668 erbat sich Andreas einen längeren Urlaub. Troilus hatte mit seinem einzigen Sohn viel zu besprechen, doch Konstans wollte ihn nicht fortlassen ohne ein Pfand.

«Hast du Schwestern?» fragte ihn der Kaiser.

«Ja, aber sie sind viel zu jung für den Hofdienst.»

«Du bist doch verlobt?» fragte Konstans auf gut Glück.

«Ja…», platzte Andreas heraus und bereute es im selben Augenblick. Doch nun konnte er nicht mehr zurück, und Sophia, die Tochter eines Gutsnachbarn, mußte als Geisel für Andreas den Hofdienst antreten.

«Siehst du», sagte Troilus mit zornrotem Gesicht, «er erpreßt uns alle. Mich mit meiner angeblichen Steuerschuld, dich mit deiner Verlobten. In seinen Augen sind wir allesamt Sklaven, zu nichts weiter auf der Welt, als seiner Willkür und seinen Launen zu dienen.»

Wieder ging Troilus zur Tür und schaute hinaus.

«Es hat sich eine Verschwörung gebildet, mein Sohn, die bis in den engsten Kreis des Kaisers reicht. Bald werden wir zuschlagen; ich werde dich vorher warnen, damit du dich in Sicherheit bringen kannst.»

«Zuschlagen?» fragte Andreas entsetzt. «Wie denkt ihr euch

das? Der Kaiser ist Tag und Nacht von seiner Leibwache umgeben, läßt keinen Besucher nahe an sich heran, trägt ein Panzerhemd…»

«Das wissen wir alle», sagte Troilus ruhig, «doch glaube mir, wir haben vorgesorgt. Es gibt Augenblicke, da ist seine Wache nicht in der Nähe, und kein Kettenhemd hindert ein Schwert daran, einen Hals zu durchschlagen.»

Andreas schüttelte störrisch den Kopf.

«Du weißt nicht, wie es am Hof zugeht, Vater. Der Kaiser ist, er ist – kein Mensch, ich meine, kein gewöhnlicher Mensch. Um ihn ist eine Leere, eine gefährliche Leere. Dieser Leerraum ist tödlich…»

«Hast du etwa Angst vor diesem Blutsauger, diesem Vampir? Ein Fürst, der sein Volk zugrunde richtet, steht nicht mehr unter Gottes Schutz. Er selber macht seine Weihe und Salbung ungültig, wandelt die Krone in nutzloses Blech. Du haßt ihn doch auch, Andreas?»

Andreas dachte an seine unwürdige Sklavenrolle am Kaiserhof und sagte leise:

«Ich hasse ihn, weil ich ihm nahe sein muß. Wer dem Kaiser so nahe kommt wie ich, sieht nur noch den von Wein und Speiseresten verklebten Bart, das aufgedunsene Gesicht, den haarigen ungepflegten Körper, riecht seine Ausdünstung…»

Troilus nickte zufrieden.

«Nun bist du von selbst auf das Thema gekommen, das ich ansprechen wollte. Eben weil du ihm so nahe bist, weil er dir offenbar vertraut, haben wir erwogen – nun, wir dachten, du könntest die Tat vollbringen.»

Andreas verstand nicht sogleich.

«Die Tat? Was habt ihr vor?»

«Aber das weißt du doch, oder solltest du es vergessen haben? Wir wollen Sizilien und damit das römische Reich vor weiterem Schaden bewahren. Du weißt offenbar nicht, was vorgeht. Während dieser sogenannte Kaiser unsere durch Generationen erworbenen Besitztümer mit seinen Huren verpraßt und der einfachste Soldat seiner Leibtruppe den Lohn eines hohen Staatsbeamten bezieht, erheben die Araber im Osten immer frecher ihr Haupt. Das

griechische Asia wird Jahr für Jahr von dieser Gottesgeißel heimgesucht, und in Afrika gewinnen sie immer mehr an Boden. Sie
kämpfen im Namen ihres Propheten, wollen seine Lehre in aller
Welt verbreiten. Das macht sie stark und furchtlos, und wenn bei
diesem frommen Werk auch noch reiche Beute anfällt, so zeige mir
den Krieger, der da widerstehen kann. Und was tut unser dicker
Konstans? Er hält sich feige auf Sizilien versteckt, preßt uns den
letzten Obolus ab, während sein Reich im Osten und Süden ums
Überleben kämpft. Und nun mißbraucht er auch noch unsere
Frauen! Vielleicht liegt deine Verlobte Sophia gerade in seinem
Bett, und...»

«Schweig, Vater, ich bitte dich!»

Genau da wollte ich dich haben, dachte Troilus zufrieden, und
klugerweise lockerte er den Zügel sofort wieder.

«Niemand will dich zu einer Tat zwingen, die dein Herz nicht
gutheißt. Ich sagte ja nur, wir haben erwogen, dich mit der Ausführung zu betrauen, denn du könntest es am gefahrlosesten tun.
Kehre an den Hof zurück, erwäge unseren Vorschlag, doch bedenke, die Zeit wird knapp. Schon jetzt ist dein Erbe so geschmälert, daß ich dir kaum noch die Hälfte von dem hinterlassen kann,
was ich vor unserer Heimsuchung besaß. Andere sind noch
schlechter dran. Dieser Mensch hat in vier Jahren unsere Insel so
ausgebeutet, wie es den berüchtigten Statthaltern in der römischen
Republik nicht in Jahrhunderten gelang. Besteht keine Hoffnung,
daß er wieder nach Konstantinopel zurückkehrt? Du hörst doch
sicher einigen Hofklatsch?»

Andreas schüttelte den Kopf.

«Nein, Vater, jetzt nicht mehr. Es soll vor zwei Jahren dort
einen Aufstand gegeben haben, der aber vom Kronprinzen schnell
unterdrückt wurde. Daraufhin hat er Konstantin zum Mitregenten ernannt; der junge Kaiser soll sehr fähig und energisch sein.
Jedenfalls hat Konstans keinen Grund mehr, in seine alte Hauptstadt zurückzukehren.»

«Also muß es getan werden!» sagte Troilus fest und legte seinem Sohn eine Hand auf die Schulter.

6

Einige Tage nachdem Andreas seinen Urlaub angetreten hatte, rief Konstans nach dem vertrauten Diener.

«Andreas ist beurlaubt, Majestät, du hast es selber verfügt.»

Konstans hatte schon einen Krug Wein geleert, doch er erinnerte sich sofort.

«Stimmt, ich habe ihm die Erlaubnis erteilt, wenn er eine Geisel stellt. Dann soll sie seinen Dienst tun.»

Wenig später erschien Sophia, die Verlobte des jungen Andreas.

Konstans lachte mit heiserer, weinfeuchter Stimme.

«Das ist aber eine schöne Abwechslung! Ob du genauso geschickt bist wie dein Bruder?»

«Andreas ist mein Verlobter, Majestät.»

«Der Verlobte? Auch recht. Du sollst mich im Bad bedienen, schöne Sophia. Bist sicher noch eine Jungfrau, wie?»

Sophia war kein scheues Reh, das sich vor allem und jedem fürchtete, und sie, die sich als einzige Tochter gegen eine Schar von Brüdern behaupten mußte, hatte vor Männern keine Angst. Doch dieser Mann war der Kaiser, und Sophia sammelte ihre Kräfte.

«Natürlich, Majestät. Mein Vater oder meine Brüder hätten jeden getötet, der mir zu nahe trat. Außerdem bin ich verlobt…»

«Ja, ja – schon gut! Ich kenne eure Sitten hierzulande. Da werden die Frauen versteckt wie kostbarer Besitz. Aber ich bin der Kaiser und stehe über Gesetz, Sitte und Brauchtum. Was der Kaiser tut, ist immer recht, merk dir das gut!»

Konstans erhob sich schwankend und tippte Sophia mit dem Zeigefinger an die Stirn. Er lachte.

«Möchte wissen, was da drin vorgeht.»

Der Geruch seines fetten, unreinlichen Körpers stieg in Sophias Nase, doch alles in allem mißfiel ihr dieser Mensch nicht. Hinter dem wuchernden, fast bis zum Gürtel reichenden Vollbart war ein nicht unschönes Gesicht zu erkennen, seine grauen Augen blickten traurig, und Sophia glaubte, in ihnen etwas wie Scheu oder Verletzlichkeit zu entdecken.

Er müßte nur in die Hände einer richtigen Frau kommen, dachte sie, müßte täglich baden, weniger trinken und wäre dann ein ansehnlicher stattlicher Mann. Ein kühner Gedanke blitzte in ihrem Kopf auf. Ich könnte mich seiner annehmen, behutsam und unauffällig, könnte mich eine Weile zieren, später mit ihm das Bett teilen – vielleicht Kaiserin werden...

Doch der Funke erlosch schnell, denn ihr kam Andreas in den Sinn, und sie wußte natürlich auch, wie verhaßt Konstans ihrem Vater und seinen Standesgenossen war. Trotzdem...

Sie folgte dem Kaiser in sein privates Bad, einem kleinen, dampferfüllten Raum mit zwei marmornen Becken. Vier Mann der Leibwache begleiteten sie und nahmen an der Türe Aufstellung. Im Baderaum wartete ein Diener, der den Kaiser schnell entkleidete, und Sophia sah durch den Dampf einen dicht behaarten, unförmigen Körper, der sich erstaunlich sicher bewegte. Sein baumelndes Geschlecht war von der überhängenden Bauchwampe halb verdeckt, doch Sophia konnte den Blick nicht wenden, denn es war der erste nackte Mann, den sie sah.

Ob Andreas –? Nein, ihr Verlobter war schlank und jugendschön, so jedenfalls konnte er nicht aussehen.

Der Kaiser plätscherte im Wasser, tauchte unter, kam prustend und wasserspeiend wieder empor und befahl:

«Sophia, schütte mir einen Krug mit kaltem Wasser über den Kopf. Eiskalt muß es sein!»

Der Diener lief und holte den Krug. Sophia trat an den Rand des Beckens und goß das Wasser langsam über das kaiserliche Haupt.

«Schneller! Schneller!»

Sie mußte es ein zweites und drittes Mal wiederholen, bis Konstans genug hatte.

«Jetzt bin ich wieder frisch!» rief er munter.

Sollte er mich jetzt auffordern, ihn zum Schlafraum zu begleiten, so würde – nein, so müßte ich es tun.

Doch Konstans besaß genug Klugheit und Einsicht, Sophia unbehelligt zu lassen. Warum sollte er den reichen Patrizier Troilus und seinen Sohn verärgern? Aber der Kaiser war nicht klug und hellsichtig genug, um zu erkennen, daß er sich Troilus und viele andere schon längst zu Todfeinden gemacht hatte.

Wenige Tage später trat Andreas wieder seinen Dienst an. Sophia, die Geisel, wurde entlassen, doch zuvor hatten sie ein kurzes Gespräch.

Aus Scham, überhaupt daran gedacht zu haben, sich in des Kaisers Bett zu legen, klagte sie Konstans in bewegten Worten an.

«Ach, Andreas, ich bin vor Scham fast gestorben! Er hat mich gezwungen, ihn im Bad zu bedienen, lief nackt vor meinen Augen herum, ich mußte – nein, ich kann es nicht sagen…»

Andreas runzelte die Stirn. «Was mußtest du? Ihm zu Willen sein?»

«Nein, das gerade nicht, er war wohl zu müde vom vielen Wein, aber ich habe mich so gefürchtet. Ich könnte das nicht noch einmal durchstehen…»

Sie sah ihn traurig und hilflos an.

Andreas hatte genug gehört.

In diesen Julitagen war es schwül und gewittrig, Schwärme von Fliegen quälten Mensch und Tier, die heißen Winde aus Afrika erregten und reizten die Gemüter. Nirgends war das deutlicher zu spüren als am Hof, wo viele Menschen dicht beieinander lebten, sich aneinander rieben, wodurch Funken, manchmal Brände entstanden.

Auch der Kaiser war gereizt. Er brüllte herum, gab Befehle, widerrief sie, erteilte neue. Der Schweiß stand ihm auf der Stirn, rieselte ihm über den Rücken, sein ganzer Körper war klebrig und juckte. Sonst badete er höchstens einmal pro Woche und immer vor dem Zubettgehen, doch diesmal rief er Andreas herbei und sagte:

«Ich muß mich abkühlen, sonst fahre ich aus der Haut. Begleite mich ins Bad, kannst auch mitmachen, wenn du willst.»

Die Leibwache folgte auf dem Fuß.

Andreas war in schrecklicher Stimmung. Immer sah er das Bild vor Augen, wie die behaarte Hand des Kaisers nach Sophias Brüsten griff oder nach ihrem Schoß tastete. Bei diesem Gedanken legte sich ein roter Schleier über seine Augen, seine Kehle wurde trocken, sein Herz begann zu rasen.

Konstans stieg in das Kaltwasserbecken und schnaufte zufrieden.

«Das ist in diesen Tagen der einzig erträgliche Aufenthaltsort. Zieh dich aus und komm herein, ich erlaube es dir.»

Hier im Bad war es gewesen, schoß es Andreas durch den Kopf, hier war Sophia seinen geilen Blicken, den grapschenden, fetten Händen ausgesetzt…

«Danke, Majestät, ich komme.»

Andreas sah auf dem Marmortisch die bronzene Amphora mit dem Salböl stehen. Er packte das schwere Gefäß, trat von hinten an den Kaiser heran und schmetterte es ihm mit aller Kraft auf den Kopf. Während die Amphora niedersauste, sah Andreas eine kahle Stelle durch das nasse Haar schimmern. Jetzt wird er auch schon alt, dachte Andreas flüchtig. Mit einem leisen Ächzen sank der Kaiser zurück, sein Kopf tauchte unter, das Blut breitete sich in dunklen Wolken unter Wasser aus, färbte es rot.

Andreas erwartete den Todesstoß der beiden Leibwachen, blickte zur Tür, doch da war niemand. Wie manchmal, wenn der Kaiser badete, waren die beiden Krieger ins Quellhaus hinuntergestiegen und hatten sich durch kalte Güsse erfrischt.

Andreas traf sie auf der Treppe und sagte:

«Der Kaiser ist tot, führt mich zu eurem Centurio.»

Doch seltsam, niemand zog Andreas zur Verantwortung.

«So, der Alte – ich meine, Seine Majestät ist tot? Im Bad? Gut, ich werde es weitermelden.»

Entweder hatte die Verschwörung schon weite Teile des kaiserlichen Hofes erfaßt, oder die meisten wünschten insgeheim seinen Tod – jedenfalls zog niemand Andreas zur Verantwortung. Sein Vater empfing ihn wie einen Retter, fremde Männer umarmten ihn heftig, Frauen küßten ihm die Hand, manche auf Wangen oder Mund.

Die kaiserliche Armee, im Gegensatz zur Leibtruppe schlecht gehalten und kläglich entlöhnt, hob einen jungen armenischen Adeligen – einen allseits beliebten Militärpräfekten – auf den Schild und riefen ihn zum Kaiser aus. Die Geistlichkeit gab ihren Segen, die Bevölkerung jubelte dem jungen Kaiser zu.

Er hieß Mezizius und wußte kaum, wie ihm geschah. Doch schnell gewöhnte er sich an Purpur und Krone, erließ Gesetze und Verfügungen, wuchs in sein hohes Amt hinein. Die Leibtruppe wurde davongejagt, der Hof verkleinert, die Steuern auf ein Jahr erlassen.

Ehe Konstantin IV. in Konstantinopel davon erfuhr, er eine Armee sammelte und im Frühling aufbrechen konnte, war ein Jahr vergangen. Ein Teil der Truppe hatte sich vorsichtig aus Sizilien abgesetzt, denn gerade die älteren erfahrenen Soldaten wußten, daß das Recht auf Seiten des Thronfolgers war und daß der Usurpator sich nicht lange würde halten können.

Und so kam es dann auch. Mit einem überlegenen Heer erschien Kaiser Konstantin auf der Insel und besiegte das Heer des Mezizius schon in der ersten Schlacht. Viele kleine Leute verloren dabei ihr Leben, denn sie glaubten, den von ihnen gewählten Kaiser verteidigen zu müssen. Der Usurpator fiel im Kampf.

Andreas konnte sich im Bergland verstecken, nahm später einen anderen Namen an und kaufte sich mit Hilfe seines Vaters ein Gut in der Gegend von Panormus, wo ihn niemand kannte. Seine Verlobte Sophia hat er nicht geheiratet, niemand weiß, warum, vielleicht geschah es aus Vorsicht.

Die Patrizier aber verständigten sich schnell mit dem Sohn des Ermordeten. Konstantin IV. war ein kluger, besonnener Mann und verlegte den Hof sogleich wieder nach Konstantinopel zurück, in die alte Hauptstadt. So hatten die Verschwörer am Ende doch erreicht, was sie wollten. Im übrigen waren sie der Ansicht, daß sie selber am besten geeignet seien, Sizilien auszubeuten. Dazu brauchte man keinen Fremden.

Halbmond über Sizilien

Seit im Jahre 632 der Prophet Mohammed in die Seligkeit Allahs, des Barmherzigen eingegangen war, stürmten seine Anhänger wie ein Orkan über Arabien, Vorderasien und Nordafrika hin und hatten mit der Eroberung der iberischen Halbinsel seit 711 auch einen Fuß auf Europa gesetzt. Nach Spanien lag Sizilien der arabischen Welt am nächsten, und darauf wollten die frommen Eroberer den zweiten Fuß setzen. Und ein Christ war es, ein ehrgeiziger Verräter, der ihnen diesen Schritt erleichterte.

Die friedliche und gedeihliche Herrschaft der Ostgoten nahm mit dem Untergang dieses germanischen Volkes ein Ende, Sizilien kam wieder unter die direkte Herrschaft von Konstantinopel, und in Syrakus regierte ein Prätor im Namen des fernen Kaisers. Doch Rom war näher als Konstantinopel, so daß die Westkirche – und mit ihr der Papst – dort mehr und mehr Einfluß gewann. Unter Gregor (590–604) war der Kirchenbesitz auf Sizilien so umfassend geworden, daß der Papst zu dessen Verwaltung einen eigenen Rektor einsetzte. Auch das schon geschilderte Zwischenspiel mit Kaiser Konstans II. konnte es nicht verhindern, daß die Bindung an Westrom und den Papst sich immer mehr verstärkte, während das ferne Konstantinopel genug mit eigenen Problemen zu tun hatte. Trotzdem war es durch einen Statthalter präsent, dessen Zwist mit dem kaiserlichen Admiral Euphemios eine Entwicklung einleitete, die den Muslimen ihren zweiten Schritt nach Europa ermöglichte – den nach Sizilien.

In diesem Jahr wollte sich der Sommer nicht verabschieden. Schon in den ersten Tagesstunden hatte eine flammende Sonne die Kühle der Nacht ausgetrieben und blies ihren heißen Atem über das verdörrte Land. Ende Oktober setzten in der Regel die ersten längeren Regenfälle ein, doch diesmal blieben sie aus. Zwar zogen in den ersten Novembertagen einige schwere, dunkle Wolken über Kairuan hinweg, und es war auch ein leises Grollen zu hören, doch ein heißer trockener Wind fuhr in die Wolkenberge, verjagte sie und machte der gnadenlos sengenden Sonne wieder Platz.

Ziyadet-Allah, der Emir von Kairuan, hatte sich in den kühlsten Teil seines weitläufigen, von außen völlig schmucklosen Palastes zurückgezogen. An die einfache, von geschnitzten Holzsäulen getragene Galerie grenzte ein kleiner, gepflegter Garten mit einem nur noch dürftig plätschernden Brunnen.

Der Emir ließ sich auf die Polster sinken und klatschte dem Diener, der aber schon wußte, was sein Herr um diese Zeit verlangte und ein Tablett mit verschiedenen Fruchtsäften hereintrug. Der Emir, ein kleiner dunkler Mann in mittleren Jahren, richtete sich seufzend auf.

«Wann wird Allah uns den Regen senden, Ali, wann?»

Der grauhaarige Leibdiener verneigte sich tief.

«Wann es ihm gefällt, du Licht der Gläubigen, denn er ist gnädig und barmherzig.»

«Vielleicht will uns der Allmächtige für irgend etwas bestrafen, uns durch diese Strafe eine Sünde, eine Nachlässigkeit ins Gedächtnis rufen? Aber welche? Bin ich ein schlechter Herrscher, Ali? Was sagt das Volk über mich?»

«Du bist der Schatten Allahs, Herr, und dem Volk steht es nicht zu, an dir Kritik zu üben. Du drückst es nicht mit zu hohen Abgaben, bist streng und gerecht – einen besseren Fürsten könnte man sich nicht wünschen.»

Der Emir lächelte.

«Von dir höre ich auch nur, was ich hören will. Vielleicht werde ich dich einmal ein wenig foltern lassen, um die Wahrheit zu erfahren.»

Der alte Diener schmunzelte, denn er kannte seinen Herrn.

«Wie es dir beliebt, Herr. Hast du noch einen Wunsch?»

Mit einer müden Handbewegung scheuchte der Emir seinen Diener hinaus. Bis die Kühle des Abends einsetzte, wollte er ein wenig schlummern.

Er schob sich ein Polster unter den Nacken, streckte sich aus und schloß die Augen.

Eine leise Stimme weckte ihn.

«Herr! Herr! Verzeih, daß ich deine Ruhe stören muß. Ein Bote aus Susa ist eingetroffen mit einer sehr wichtigen Nachricht aus Sizilien.»

Der Emir richtete sich auf.

«Aus Sizilien? Gib her!»

Das Schreiben war in Lateinisch abgefaßt, und der Emir ließ den Dolmetscher holen. Der zog sich für eine Stunde zurück. Unterdessen hatte der Emir einige seiner engsten Ratgeber zu sich befohlen, darunter auch den Kadi Ased-ibn-Forat, einen berühmten Rechts- und Religionsgelehrten. Der Emir wußte nämlich, daß vor einigen Monaten auf Sizilien schwere Unruhen ausgebrochen waren, die sich gegen die Herrschaft des Kaisers Michael II. richteten. So warteten sie alle mit kaum gezügelter Neugierde auf diese Nachricht.

Der Dolmetscher trat ein und verneigte sich.

«As-salamu' aleikum, erhabener Fürst und hohe Herren.»

Er entfaltete eine Rolle und begann zu lesen.

«Kaiser Euphemius an den Emir von Kairuan...»

Der Emir runzelte die Stirn.

«Euphemius? Wer soll das sein? Habe den Namen nie gehört.»

«Ein Usurpator wahrscheinlich», bemerkte der Kadi, «das wäre in Konstantinopel ja nichts Neues.»

Der Emir winkte ab.

«Lies weiter!»

‹Gruß und Gottes Segen über dein Haupt!
Euphemius, ehemals Admiral der kaiserlichen Flotte und jetzt vom Volk erwählter Herrscher, möchte dir Bericht erstatten und dich um deine Unterstützung bitten.

Der Statthalter von Sizilien – Schande über sein Haupt – hatte Anfang dieses Jahres bei Seiner Majestät Kaiser Michael II. meine Absetzung und Festnahme erwirkt. Meine Erfolge als Feldherr und meine Beliebtheit bei Armee und Volk hatten seinen Neid erregt, und nun wollte er mich durch Lüge und Verleumdung zu Fall bringen. Da empörte sich das Volk, richtete den Verleumder hin und rief mich zum Kaiser aus. Einige Monate später hetzte ein bestochener Söldnerführer seine Soldaten gegen mich auf, und meine Lage wurde unhaltbar. Ich schiffte mich in aller Eile nach Susa ein, von wo ich den Eilboten mit diesem Schreiben zu dir sandte. Wenn du mich gnädig in Kairuan empfangen willst, so werde ich dir ein großes Geschenk zu Füßen legen, erhabener Fürst, nämlich die reiche Insel Sizilien.›

Der Dolmetscher verneigte sich und rollte das Schreiben sorgfältig zusammen.

Der Emir blickte seine Ratgeber fragend an.

«Redet ihr zuerst! Ich möchte eure Meinung hören, ehe ich meinen Entschluß verkünde.»

Der Iman – nach dem Emir das religiöse Oberhaupt – ergriff zuerst das Wort.

«Ich würde diesem Mann nicht trauen, Erhabener. Er will dich als Werkzeug benutzen, um seine verspielte Herrschaft wiederzugewinnen. Stehst du ihm bei, so ist das eine Kriegserklärung an den Kaiser in Konstantinopel. Laß die Ungläubigen sich gegenseitig vernichten, und triff dann deine Entscheidung.»

Die anderen Ratgeber nickten zustimmend, denn es war auch ihre Meinung.

Nur der Kadi äußerte sich nicht und wartete unbewegten Gesichts, bis der Emir ihn ansprach.

«Ich möchte auch deine Meinung hören, gelehrter Ased.»

«Man soll einen Schritt nach dem anderen tun. Wir müssen uns diesen Euphemius anhören, ehe wir über ihn und seine Pläne urteilen. Doch bedenkt eines: Mag dieser Usurpator vorhaben, was er will, auf Sizilien herrscht Umsturz und Unruhe; ich sehe darin ein Zeichen, eine Aufforderung Allahs, die Lehre des Propheten dorthin zu tragen. Die Lage unserer Glaubensbrüder in Maghrib vor einem Jahrhundert war sehr ähnlich. Die christlichen Herrscher in Spanien waren untereinander zerstritten, und einer von ihnen bat Tarik um Hilfe. Tarik griff zu und gewann in wenigen Jahren fast die ganze iberische Halbinsel für den Islam. So könnte dieser Euphemius für uns auch nur ein Werkzeug sein, um Allahs Willen zu tun. Dem Islam gehört die Welt! Der Prophet Issa, Jesus, war ein Vorläufer Mohammeds, und jeder Muslim ehrt und achtet sein Andenken. Doch Mohammed hat vollendet, was jener vorbereiten durfte. Und wir, die wahren Gläubigen, sind von Allah aufgerufen, sein Werk weiterzuführen, bis die ganze Welt geeint ist im Islam!»

«Du redest ja schon wie ein Mullah, mein Freund. Was du sagst, ist die Wahrheit, und wir alle wissen es. Nur hat Allah uns einen Verstand gegeben, und der gebietet uns, die Verbreitung des wahren Glaubens behutsam voranzutreiben und nichts zu überstürzen.»

Der Schatzmeister des Wesirs räusperte sich.

«Der Glauben ist das Wichtigste, hat selbstverständlich Vorrang. Trotzdem möchte ich daran erinnern, daß es alte muslimische Tradition ist, ihn niemand aufzuzwingen mit Gewalt oder Drohung. Nur wer sich freiwillig dem Islam zuwendet, ist Allah willkommen. Damit will ich sagen, daß der Besitz Siziliens in jedem Fall ein Gewinn wäre, auch wenn sich die Menschen dort weiterhin zum Christentum bekennen. Auch Spanien ist überwiegend christlich geblieben, doch das Land blüht und gedeiht unter den Omaijaden wie nie zuvor. Kurz gesagt, erhabener Emir, auch deiner Staatskasse würde Sizilien zum Vorteil gereichen.»

Der Emir lachte.

«Gut gesprochen, Schatzmeister! Warum sollten wir nicht an den Gewinn denken? Auch ein Dschihad, ein Glaubenskrieg, ist mit vollen Beuteln leichter zu führen.»

Der Iman wies auf den Himmel.

«Die Sonne versinkt, Zeit zum Gebet!»

Die Männer knieten auf dem Teppich nieder, neigten sich gen Osten und riefen:

«Im Namen Allahs, des Allbarmherzigen! Lob und Preis sei Allah, dem Herrn aller Weltenbewohner, dem gnädigen Allerbarmer, der am Tage des Gerichtes herrscht. Dir allein wollen wir dienen ...»

Noch in derselben Nacht fiel der erste heftige Regen. Der Emir nahm es als ein Zeichen.

2

Nach vier Stunden Kamelritt war es Euphemius so übel geworden, daß er um eine Pause bat. Auf was hatte er sich da eingelassen! Doch er erholte sich schnell, und sein eiserner Wille, sein glühender Ehrgeiz gewannen wieder die Oberhand. Ihn hatte das Volk zum Herrscher erhoben, und Volkes Wille war Gottes Wille! Der Purpur gebührte dem, der ihn errang, und Euphemius war bereit, alles zu tun, um seine Herrschaft auf Sizilien zu sichern. Da er in der christlichen Welt keinen Beistand fand, zögerte er nicht, sich an den Emir Ziyadet zu wenden – ja, selbst den Teufel hätte er notfalls zur Hilfe gerufen!

Ächzend kletterte Euphemius auf den Rücken des knienden Kamels und wäre beinahe heruntergefallen, als das Tier sich mit ruckartigen Bewegungen erhob. Er blickte um sich. Kein Wunder, daß die Muslimen sich auszubreiten suchten. Ein Schwarm Reiher erhob sich von einem der in die Steppe eingebetteten Salzseen. Unfruchtbares Land, wohin man blickte.

Nun begann es auch noch zu regnen. Zuerst fielen vereinzelt schwere große Tropfen, doch plötzlich stürzte eine solche Sintflut vom Himmel, daß Euphemius sich erschreckt in seinen schwankenden Sattel duckte. Der Dolmetscher rief ihm beruhigend zu:

«Das dauert nicht lange, Herr. In wenigen Augenblicken scheint wieder die Sonne.»

Und er hatte recht. Die Wolken verzogen sich bald, die milde, aber noch immer kräftige Herbstsonne trocknete schnell die vor Wasser triefende Kleidung.

Der Emir Ziyadet-Allah empfing den Gast in seinem ‹Thronsaal›, einem bis auf die schöngewebten Wandteppiche und den mit Polstern überhäuften Diwan völlig schmucklosen Gemach.

Der Emir-Palast erhob sich wenige Schritte westlich der großen Moschee und war von Ziyadets Großvater in wenigen Wochen aus Holz und Lehm errichtet worden. Die Araber – im Herzen noch immer Nomaden – hielten nicht viel von aufwendigen Bauten, und die meisten von ihnen fühlten sich im Zelt viel wohler. Aus festem Stein erbaute man nur die Moscheen, denn die Häuser Gottes mußten stehen wie ein Fels – unverrückbar, unzerstörbar, ein Fundament des Glaubens.

Als Euphemius zum Palast geleitet wurde, wies ihn der Dolmetscher darauf hin, daß der Emir die Große Moschee beträchtlich erweitern wolle, denn die Stadt sei in den letzten Jahrzehnten merklich gewachsen. Der Dolmetscher wies auf die Baustelle:

«Jetzt entsteht gerade der neue Betsaal mit siebzehn Schiffen – doppelt so groß wie der frühere. Der alte Turm soll stehenbleiben, er dient ja nur dem Muezzin.»

Euphemius blickte auf das wuchtige, viereckige Minarett, fünfzig bis sechzig Ellen hoch, mit umlaufenden Zinnen und einer kleinen Kuppel. Er schwieg, was seine Begleiter als Bewunderung auslegten. Euphemius aber dachte an die Kirchen in Palermo und Syrakus und unterdrückte ein Lächeln. Dann fiel ihm auch noch Konstantinopel ein – er war zweimal dort gewesen – mit seinen mächtigen Gotteshäusern, an der Spitze die gewaltige Hagia Sophia, und ein leises Unbehagen beschlich ihn. Ob die Muslimen sich mit der Oberherrschaft über Sizilien abfanden? Ob ihnen ein jährlicher Tribut genügte? Und wenn dies der Beginn einer Eroberung des oströmisches Reiches war? Wenn die schönen Kirchen auf Sizilien zu Moscheen wurden, wenn der Ruf des Muezzins die vertrauten Glocken ersetzte…? Er schob diese Gedanken beiseite, wollte sie nicht zu Ende denken.

Der Emir empfing ihn ohne großes Zeremoniell. Er saß mit gekreuzten Beinen auf seinem erhöhten Diwan, dahinter stand die schwerbewaffnete Leibwache. An den Wänden saßen seine Ratgeber und Würdenträger, einer neben dem anderen – wie Mönche bei einer Nachmittagsvesper, dachte Euphemius.

Bei seinem Eintritt standen die Höflinge auf, Euphemius verneigte sich tief vor dem Emir, der sich, um den Gast zu ehren, kurz erhob, um dann gleich wieder in seinen Polstern zu verschwinden.

Es wurden einige nichtssagende Floskeln gewechselt, wobei Euphemius immer als Basileus bezeichnet wurde, und das war die offizielle Anrede für den oströmischen Kaiser.

Danach ging der Emir mit seinem Gast, dem Dolmetscher und einigen seiner engsten Berater in einen kleinen Nebenraum. Sie nahmen ganz formlos auf Sitzpolstern Platz, und der Emir begann das Gespräch.

«Jetzt sind wir unter uns, Euphemius, und wollen in einem ersten kurzen Gespräch unsere Standpunkte klären, um abzuwägen, ob sich weitere Beratungen lohnen – für dich und für mich. Dein Schreiben war kurz, hat uns aber sehr beeindruckt. Wenn ich es recht verstanden habe, willst du mir Sizilien zu Füßen legen. Das wenigstens sagt der letzte Satz...»

Euphemius lächelte fein.

«Das ist freilich nicht wörtlich zu verstehen und bedarf einer Erläuterung. Wir haben einen gemeinsamen Feind – den Kaiser in Konstantinopel. Ihn lehnt das Volk von Sizilien ab, denn es hat mich zu seinem Herrscher bestimmt. Doch verfüge ich über zu wenig Truppen, um diese Ansprüche durchzusetzen. Deshalb mein Vorschlag: ihr helft mir dabei, die Macht auf Sizilien zurückzugewinnen, und ich erkenne dich, den Emir Ziyadet-Allah als obersten Herrn an, zahle euch jährlichen Tribut und gestatte euch, Truppen dort zu stationieren. Man muß diese Dinge noch im einzelnen besprechen, aber ich halte es ganz allgemein für gut, wenn sich die Machtverhältnisse am Mittelmeer in der Waage halten. Sizilien könnte dabei eine Rolle eines neutralen Korridors spielen – christlich verwaltet, von einem Christen beherrscht, der seinerseits aber nicht dem Kaiser, sondern dem Emir von Kairuan verpflichtet ist, ihm Tribut zahlt und notfalls mit seinen Truppen rechnen kann.»

Der Emir schwieg eine Weile und spielte mit den Bernsteinkugeln seiner islamischen Gebetskette. Leise klickend ließ er Perle um Perle durch seine Finger gleiten. Plötzlich richtete er sich auf.

«Dein Vorschlag hört sich gut an, Kaiser Euphemius. Man müßte einzelne Punkte noch erörtern, da hast du recht. Die Frage für uns lautet: Lohnt sich der Aufwand? Ich werde alle verfügbaren Truppen für diesen Feldzug zusammenziehen müssen, viele meiner Männer werden auf Sizilien fallen – und dies alles für ein paar Goldstücke jährlichen Tributs. Mehr wird aus der Insel nicht herauszuschlagen sein…»

Euphemius verstand die indirekte Frage und ging darauf ein.

«Ihr kennt Sizilien nur von gelegentlichen Beutezügen. Sind die Städte an der Küste schon sehr reich, so ist es das Innere des Landes nicht minder. Steppen oder Wüsten, wie sie sich hier meilenweit erstrecken, gibt es nicht. Die Erde ist überall fruchtbar, Wasser gibt es im Überfluß. Ihr solltet einmal unsere ‹Kornkammer› sehen. Sie liegt im Innern der Insel und hat jahrhundertelang das alte Rom miternährt. Nur ein Bruchteil der Ernte wird im eigenen Land verbraucht; ein Drittel davon würde genügen, um die Menschen deines Herrschaftsgebiets zu ernähren.» Euphemius sah die zweifelnden Gesichter ringsum und bekräftigte seine Aussage mit den Worten:

«Ich sage die reine Wahrheit und schwöre es bei dem Heil meiner Seele. Sollte nur etwas davon nicht stimmen, dürft ihr mich als Verräter hinrichten. Wir können das in unseren Vertrag einfügen.»

Ein Verräter bist du allemal, dachte der Emir, doch allmählich fand er an dem Plan Gefallen. Er sagte:

«Ich werde deine Vorschläge mit meinen Ratgebern ausführlich erörtern. Ziehe dich zurück, Kaiser Euphemius, verfüge über mein bescheidenes Haus. Im übrigen mögen wir uns mit einem Satz aus der 59. Sure trösten: ‹Allah ist Allah, außer ihm gibt es keinen Gott. Er kennt die geheime dunkle Zukunft und die offenbare Gegenwart, er der Allbarmherzige›.»

Als Euphemius gegangen war, stellte sich heraus, daß die meisten der Anwesenden ihn für einen Lügner und Aufschneider hielten und kaum einer ihm traute. Der Emir ließ die Männer ihre Meinung dartun, bis er mit erhobener Hand Schweigen gebot.

«Ich sehe schon, der Christ hat euch nicht überzeugen können. Hätte ich nicht noch andere Quellen als seine Aussage, wäre ich so mißtrauisch wie ihr. Ased-ibn-Forat, jetzt rede du!»

Der alte Kadi hatte sich nicht an der Diskussion beteiligt. Nun stand er auf und stellte sich neben den Diwan des Emirs.

«Was Euphemius über den Reichtum Siziliens berichtet hat,

stimmt, und ich bin dafür, ihm die gewünschte Hilfe zu leisten. In unserem Heer gibt es einen alten Söldnerführer, der lange Jahre als oströmischer Soldat auf Sizilien gedient hat. Er kennt die Insel wie seine eigene Tasche, und Euphemius hat heute bestätigt, was dieser mir schon früher erzählt hat. Die Insel ist außerordentlich fruchtbar, und wer sie nicht verwüstet, sondern hegt und pflegt, wie unsere Glaubensbrüder es in Spanien halten, dem wird sie reichen Ertrag bringen. Das heißt natürlich nicht, daß wir uns mit dem Tribut dieses Schattenkaisers begnügen werden. Mag er fürs erste auf dem Thron sitzen, wenn das Volk es so will, auf längere Sicht aber werden wir Sizilien zu unserem Land machen und es Allah demütig zu Füßen legen. Moscheen werden dort aus dem Boden wachsen, und der Ruf des Muezzins wird in den Straßen von Panormus, Syrakus und Agrigentum ertönen.»

Der Emir erhob sich.

«Der Kadi hat begeistert wie ein Jüngling gesprochen und nicht wie ein alter Mann, dem Allah schon über sieben Jahrzehnte geschenkt hat. Tut er nicht recht daran, uns an unsere Aufgabe als Hüter und Verbreiter des einzig wahren Glaubens zu erinnern? Wir sind nicht nur auf der Welt, um Speise und Trank zu genießen, unsere Frauen zu beschlafen und Söhne zu zeugen, wir haben auch Allah gegenüber eine Verpflichtung. Erinnert euch an die fünfte Sure im heiligen Koran, wo es heißt: ‹Gläubige, fürchtet Allah und strebt nach Vereinigung mit ihm und kämpft für seine Religion, damit ihr glücklich werdet.›

Dieser Auftrag, meine Freunde, ist unmißverständlich: kämpft für seine Religion, damit ihr glücklich werdet. Und dies ist nicht der einzige Hinweis im heiligen Koran auf die Pflicht des Gläubigen, die Lehre des Propheten zu verbreiten. Sie sollte Vorrang haben vor allen anderen.»

Das war so eindeutig, daß keiner der Höflinge es wagte, einen anderen Vorschlag zu machen. Sie nickten mit ihren turbanumwundenen Köpfen und murmelten beistimmend. Der alte Kadi bemerkte es mit zufriedener Miene und blickte stolz um sich. Der Emir hatte sich wieder in die Polster sinken lassen und bemerkte leichthin:

«Da du so eifrig die Sache der Eroberung Siziliens vertreten hast, wird es dich freuen, wenn ich dich zum Befehlshaber der Truppen ernenne. Führe unsere Männer nach Sizilien und pflanze dort die grüne Fahne des Propheten auf.»

Damit hatte der Kadi nun nicht gerechnet. Freilich, er traute sich diese Aufgabe schon zu, hatte aber erwartet, der Emir würde einen Jüngeren damit betrauen. Doch als islamischer Herrscher war er der ‹Schatten Allahs auf Erden›, und sein Befehl war auch der Wille des Allmächtigen. Der Kadi neigte sein graues Haupt.

«Ich fühle mich sehr geehrt.»

3

Während des Winters erging der Befehl an alle zum Herrschaftsbereich des Emirs gehörenden Stämme – meist Berber –, die übliche Anzahl von Kriegern zu stellen, die sich bis Ende Mai in der Hauptstadt einzufinden hatten. Nicht alle waren von dem Plan einer Eroberung Siziliens begeistert, und so mancher Nomadenpatriarch sah nicht ein, warum er seine Söhne und Enkel für die Kriegspläne des Emirs opfern sollte. Bei den Nomaden wurde jede Hand gebraucht, und gerade ein Verlust an jungen Männern schwächte die Sippe auf gefährliche Weise. Man führte ja auch untereinander gelegentlich Kleinkriege, von denen der Emir in der Regel nichts erfuhr.

Wie ein Steppenbrand verbreitete sich die Nachricht von den Plänen des Emirs, und so manche Berbersippe begab sich vorsichtshalber in das benachbarte Herrschaftsgebiet der Idrisiden. Es war allerdings auch so, daß sich nicht wenige der jungen Männer aus Abenteuerlust freiwillig meldeten – ohne die Erlaubnis des Stammesführers.

«Dem Emir muß man gehorchen», bemerkten die Grünschnäbel frech und zogen nach Kairuan.

Dort hatten sich bis Ende Mai etwa zehntausend Krieger versammelt, dazu kamen noch etwa siebenhundert Berittene, von denen der Emir über die Hälfte selber ausgerüstet und bewaffnet hatte. Anfang Juni setzte sich der Heerwust nach Susa in Bewegung und wurde dort auf eigens angefertigte geräumige, dafür sehr schwerfällige Schiffe gepfercht.

Kaiser Euphemius fuhr zusammen mit dem Kadi auf dem Admiralsschiff und fieberte der Stunde entgegen, da er in Syrakus seinen Thron besteigen konnte. Ased-ibn-Forat hörte sich ungerührt die Zukunftsvisionen des Verräters an – denn nichts anderes war Euphemius in seinen Augen. Für ihn war dieser ‹Kaiser› schon ein toter Mann, ein Werkzeug, das man benutzte und wegwarf.

Die Flotte ankerte bei der alten karthagischen Hafenstadt Mazara an der Südwestküste Siziliens. Dort erwartete sie schon ein byzantinisches Heer, das allerdings zahlenmäßig unterlegen war, auch wenn es ein paar hundert Berittene gab. Aber was nützt einem Krieger sein Pferd, wenn drei junge Berber – den Dolch zwischen den Zähnen – es anspringen wie jagende Panther und dem Streiter die Kehle durchschneiden? Der Kampf war schnell entschieden, die kleine Stadt wurde zerstört. Das nächste Ziel war Syrakus, Herz und Hauptstadt der Insel, ohne dessen Einnahme sich niemand Herr von Sizilien nennen konnte. Doch die Stadt hatte sich eingeigelt und widerstand allen Stürmen.

Das muslimische Heer richtete sich auf eine lange Belagerung ein, während berittene Trupps die Umgebung in Schrecken versetzten. Dörfer und Gutshöfe wurden geplündert und gebrandschatzt – Dschihad, der ‹heilige Krieg›, zeigte sein wahres Gesicht, nämlich die häßliche Fratze von Habgier und Grausamkeit.

Euphemius hatte schnell gespürt, woher der Wind nun wehte. Die Araber benützten ihn als Vorwand, um Sizilien in ihre Gewalt zu bringen. Er flüchtete nach Agrigentum, wo er Freunde und Anhänger besaß, und konnte die Bürger davon überzeugen, daß der Emir ihn getäuscht und hintergangen habe, nun aber zum Glück dabei sei, sich zu Tode zu siegen.

Die Ereignisse schienen dem Euphemius recht zu geben. Beim Einsetzen der Regenzeit stiegen Fieberseuchen aus den Sumpfgründen um Syrakus, und den Arabern ging es nicht anders als fast jedem Belagerungsheer in der Vergangenheit. Die Seuche dezimierte sie so sehr, daß sie nach einem Jahr Belagerung aufgaben, um so mehr als auch ihr Anführer, der glaubensfanatische Kadi Ased-ibn-Forat, der Krankheit erlag. Doch der Emir von Kairuan gab nicht auf. Er sah in dieser vorläufigen Niederlage eine Prüfung Allahs und wollte sich – wie Hiob – standhaft im Glauben erweisen. Er stellte ein neues Heer zusammen und schickte es nach Sizilien mit dem ausdrücklichen Befehl, alle Kräfte auf Agrigentum zu richten, um diese Stadt mit ihrem ‹Kaiser› zu vernichten.

Die schon so oft geplünderte und zerstörte Stadt geriet wieder einmal in die blutigen Mühlen des Krieges, und diesmal ruhten die Angreifer nicht, bis sie ihr Ziel erreicht hatten. Euphemius, der alte Kämpfer, stellte sich gepanzert und gerüstet den Angreifern entgegen, um mit dem Schwert seinen Schattenthron zu verteidigen. Doch der Kaisertraum war ausgeträumt, und eine Meute von zähen, blutgierigen Berberkriegern kreiste ihn ein und schlug ihn tot.

Die Stadt wurde geplündert, aber nicht zerstört und erhielt eine starke arabische Besatzung. Wenig später fiel Panormus, das die Araber von nun an Bulirma nannten und zur Hauptstadt Siziliens machten, da Syrakus noch immer nicht erobert war.

Der Emir Ziyadet-Allah starb 838, also elf Jahre nach der Landung seiner Truppen auf Sizilien, und noch immer nicht erscholl der Ruf des Muezzins von den Türmen aller Städte. Erst seine Nachfolger durften erleben, daß auch die übrigen Widerstandsnester fielen, ganz zuletzt, im Mai 878, Syrakus, das den Arabern über ein halbes Jahrhundert getrotzt hatte. Die Strafe war furchtbar. Es mußte ja keine Hauptstadt bewahrt werden – diese Rolle hatte längst Bulirma übernommen –, so wurde das schöne Syrakus geplündert, seine Einwohner abgeschlachtet, die Häuser und Festungen zerstört. Allein die in den Athena-Tempel gebaute Kathedrale blieb stehen und wurde in eine Moschee verwandelt. Doch als der Ruf des Muezzins ertönte, folgten nicht viele seinem Aufruf zum Gebet. Syrakus blieb bis zum Abzug der Araber eine tote Stadt und hat sich später nur langsam von seiner schrecklichen Zerstörung erholt.

Bulirma indessen – wir wollen es künftig Palermo nennen – wuchs und gedieh.

Als die Araber endlich unbestritten die Herren von ganz Sizilien waren, blühte die Insel auf wie ein zuvor grausam beschnittener

Rosenstock. Doch der eigentliche Aufschwung setzte erst ein, als die Aghlabiden – sie waren und blieben ein wenig kultiviertes Nomadenvolk – 976 von den ägyptischen Fatimiden gestürzt wurden. Arabische Techniker bauten kunstvolle Bewässerungsanlagen und kultivierten dadurch bisher weniger ertragreiche Teile der Insel. Baumwolle, Papyrus und Reis wurden angebaut, Orangen- und Dattelbäume aus Ägypten eingeführt. Es kehrte ein allgemeiner Wohlstand ein, begünstigt von der toleranten und gerechten Verwaltung der Fatimiden. Christen, Juden und Muslime lebten friedlich Tür an Tür; niemand wurde wegen seines Glaubens verfolgt oder benachteiligt.

Am Hof in Palermo blühte die Geldsparsamkeit; hier wirkten Dichter, Korandeuter, Astronomen, Mediziner und Rechtsgelehrte. Später werden wir sehen, daß ihre Wirkung auch nach der christlichen Rückeroberung bis in die Zeit der Staufer ausstrahlte. Kaiser Friedrich II., der seine Kindheit in Palermo verbrachte, hatte ganz selbstverständlich auch arabische Lehrer, deren Sprache er zeitlebens besser beherrschte als das Deutsche – und das über hundert Jahre nach dem Untergang der muslimischen Herrschaft! Diese geistigen Spuren sind leider fast alles, was von den Muslimen auf Sizilien geblieben ist. Keine Moschee – abgesehen von Resten in Palermo –, kein Palast, keine Inschrift, nichts erinnert an die fast zweieinhalb Jahrhunderte dauernde Herrschaft der Araber. Bescheidene Spuren haben sich in den normannischen Bauten erhalten, da die Eroberer aus dem Norden fast nur arabische Baumeister auf der Insel vorfanden. Sie haben ihre Kunst in der Capella Palatina, im Schlößchen La Zisa und an zahlreichen anderen Bauwerken Palermos mit der christlich-abendländischen vermischt und damit den ‹normannisch-sizilischen› Stil geschaffen.

Die glanzvolle Herrschaft der Fatamiden dauerte nur sechzig Jahre. Sie hatten Sizilien zu einem selbständigen Emirat gemacht, doch in der zweiten Generation kam es zu Thronstreitigkeiten. Der Emir Hassan Eddaula wurde von seinem Bruder Abu Kaab 1036 aus Palermo vertrieben und floh nach Ägypten. Nun setzte eine ungute Kräftezersplitterung ein; fast jede größere Stadt hatte ihren eigenen Herrscher, wie in der Zeit der griechischen Tyrannen. Diese Situation nützte Byzanz, um sich die goldene ertragreiche Insel zurückzuholen. Kaiser Michael IV. sandte im Jahre 1038 seinen Feldherrn Georgios Maniakes nach Sizilien, zusammen mit einem kleinen, verbündeten Normannenheer, das der Herzog Guaimar von Salerno stellte – natürlich nicht um Gottes Lohn, sondern wegen der zu erwartenden fetten Beute. Die Byzantiner hatten nämlich im Fall eines Sieges den Normannen die Hälfte aller Eroberungen zugestanden. In einem Blitzfeldzug wurden den zerstrittenen Arabern Syrakus, Messina und noch ein Dutzend kleinerer Städte entrissen. Doch der versprochene Lohn blieb aus. General Maniakes glaubte, die tumben Nordmänner betrügen zu können, doch er hatte sie so schwer gekränkt, daß sie nur noch auf Rache sannen. Sie eroberten zuerst einmal Apulien und setzten sich dort fest. Doch das schöne Land gehörte zu Byzanz, und so zog ihnen General Maniakes nach, um sie von dort wieder zu vertreiben. Er mußte deshalb seine Truppen aus Sizilien abziehen und verschaffte so den Arabern eine Gnadenfrist.

Der Aufstieg der Normannen war unaufhaltsam. Wilhelm Eisenarm machte sich zum Grafen von Apulien, Papst Leo IX. belehnte ihn mit allen Ländern Unteritaliens – auch mit solchen, die er noch erobern mußte. Sein späterer Nachfolger Robert Guiscard (Schlaukopf) durfte sich schon Herzog von Apulien und Kalabrien nennen. Sein Bruder Roger aber zog nach Sizilien und holte sich, was die Byzantiner seinen Landsleuten vor fünfundzwanzig Jahren verweigert hatten – er landete am 18. Mai 1061 –, und er begnügte sich nicht mit der Hälfte, er holte sich die ganze Insel.

Der Glanz der Krone

Der päpstliche Reisezug bewegte sich schwerfällig auf der schmalen Bergstraße nach Norden, geschützt und geleitet von den normannischen Kriegern Rogers, des Grafen von Sizilien. Obwohl es hier im Vergleich zur Küste merklich kühler geworden war, schwitzte Papst Urban in seinen geistlichen Gewändern wie ein Lastträger. Nun bereute er es, sich in einer stickigen Sänfte herumschaukeln zu lassen, anstatt – wie er es geplant hatte – auf einem Maultier zu Rogers Residenz zu reisen. Aber sein Zeremonienmeister war unerbittlich gewesen und meinte, es stünde dem Heiligen Vater nicht an, Leib und Leben auf diesen unmöglichen Bergpfaden zu gefährden.

Der Papst wischte mit einem Seidentuch über sein hageres asketisches Gesicht. Wie sein Vorgänger und verehrtes Vorbild Papst Gregor VII. trug auch Urban einen kurzen gepflegten Kinnbart. Warum Graf Roger nicht seine dauernde Residenz in Palermo oder Messina aufgeschlagen hatte, war dem Papst ein Rätsel. Aber Roger bestand darauf, im Sommer von dem Bergnest Troina aus die Geschicke der Insel zu leiten. Und wer ihn sprechen wollte, mußte hierher kommen, sogar der erwählte Stellvertreter Christi auf Erden.

Diese Reise war keine ganz freiwillige gewesen. In Rom behauptete sich seit fast einem Jahrzehnt der von Kaiser Heinrich IV. unterstützte Gegenpapst Klemens, so daß die kirchentreuen Kardinäle ihre Wahl in Terracina abhalten mußten. Da keine Aussicht bestand, unter diesen Umständen nach Rom zu gelangen, reiste Urban gleich nach seiner Wahl in den Süden, um Graf Roger einen Besuch abzustatten.

Nun wurde es doch merklich kühler, und Urban atmete tief die reine Bergluft. Der Pfad wand sich zwischen karstigen, mit Steinen übersäten Hängen in Serpentinen nach oben, wo jetzt hinter einer felsigen Hügelkuppe ein schlanker Kirchturm auftauchte.

Ein Offizier der Wachtruppe lenkte sein Pferd neben die Sänfte und deutete hinauf.

«Die Kirche von Troina, Heiliger Vater. Eine knappe Stunde noch, und wir sind oben.»

«Danke, mein Sohn. Dieser Ort scheint mir allerdings einem Büßerkloster angemessener als einer Fürstenresidenz.»

«Mit Verlaub, Heiliger Vater, da oben lebt es sich im Sommer recht gut. Eure Heiligkeit wird sich gewiß wohl fühlen.»

«Wir werden sehen...»

Der ‹Palast› erwies sich als ein größerer Gutshof und hatte überhaupt nichts Fürstliches an sich. Graf Roger beugte vor der Sänfte das Knie, hinter ihm stand der Bischof von Troina und küßte seinem Oberhirten ehrerbietig den Fischerring.

Graf Roger war ein Mann in den Vierzigern, hochgewachsen, mit einem stolzen Gesicht, doch die hellen Augen des Nordländers verrieten Güte und Frohsinn.

«Ich hoffe, die Reise hat Eure Heiligkeit nicht zu sehr angestrengt?»

«Ich bin kein Greis, Graf Roger, und reite – wenn es sein muß – gut fünfzig Meilen am Tag. Das kann mir nichts anhaben, aber was diesen sogenannten Kaiser Heinrich betrifft...»

Urban schwieg vielsagend.

«Davon werden wir später reden. Jetzt erholt und erfrischt Euch, und beim Nachtmahl sehen wir uns wieder, falls es Euch recht ist.»

Urban schlug flüchtig ein Kreuz über den sich verneigenden Roger.

«Je eher, je besser! Es gibt viel zu bereden.»

Der Herr von Sizilien wußte natürlich recht gut, warum der Papst die Mühsal einer Reise nach Troina auf sich genommen hatte.

«Das Wasser steht ihm bis zum Hals!» hatte Roger vor einigen Tagen zu einem Vertrauten bemerkt.

«In Rom sitzt dieser Klemens auf dem Stuhl Petri, und er scheint gar nicht so wenig Anhänger zu haben. Kaiser Heinrich soll auf dem Weg nach Italien sein, und da ist für Urban kein Platz. Was kümmert es diesen Herrn, daß er schon seit zwölf Jahren gebannt ist? Er hat Papst Gregor damals einfach für abgesetzt erklärt.»

«Dafür mußte er schon im Jahr darauf den Weg nach Canossa gehen.»

Roger lachte.

«Aber nicht aus Demut, mein Freund – aus Klugheit! So zog er die Reichsfürsten wieder auf seine Seite und verhinderte seinen Sturz. Kaum war er wieder obenauf, ließ er Gregor von neuem für abgesetzt erklären und zwang die Bischöfe – mußte er sie überhaupt zwingen? – zur Wahl des ihm genehmen Klemens. Der hat ihm dann zu Ostern die Kaiserkrone aufgesetzt, und wie man hört, haben die Römer laut gejubelt.»

«Die Römer jubeln schnell.»

Roger nickte.

«Ein wahres Wort! Und ihr Jubel gilt jedesmal einem anderen – eines Tages vielleicht sogar unserem Urban.»

Mit einigem Recht hatte Graf Roger von Sizilien den verfolgten Papst ‹Unseren Urban› genannt, denn ohne die Hilfe der Normannen wäre es nicht einmal zu seiner Wahl gekommen.

Nach dem Mahl ließ Roger zwei bequeme Sessel in den kleinen Garten stellen, dessen Üppigkeit in einem seltsamen Kontrast zu der felsigen Umgebung stand. Im Westen erhob sich der dunkle Kegel des Ätna, der über zwanzig Meilen entfernt lag und von hier eher wie ein verschwommener Schattenriß aussah und nichts Bedrohliches an sich hatte.

Roger entließ die Diener und Hofleute.

«Ich werde mich selber um Seine Heiligkeit kümmern.»

Er goß Wein in den Silberkelch des Papstes, doch der hob sofort die Hand.

«Halt, mein Sohn! Nur einen Fingerbreit, den Rest fülle mit Wasser auf.»

Sie tranken. Urban betrachtete nachdenklich den silbernen Kelch.

«Eine sizilianische Arbeit?»

«Ja, von arabischen Goldschmieden gefertigt.»

«Von Muslimen?»

«Das ist anzunehmen.»

Der Papst stellte den Kelch auf den Tisch und schob ihn, wie angeekelt, von sich weg.

«Damit wären wir schon beim Thema, Graf Roger. Wie könnt Ihr, ein christlicher Herrscher, diesen heidnischen Unflat auf die Dauer dulden? Man hat mir berichtet, in Euren Städten leben Juden und Muslime mit Christen Tür an Tür wie friedliche Nachbarn. Und die Christen sollen mancherorts sogar in der Minderheit sein! Vollends verwirrt war ich, als ich hörte, Ihr habt einen Griechen zum Emir von Palermo ernannt, und daß nicht nur Eurer Schatzmeister ein Muslim ist, sondern auch der Admiral Eurer Flotte. Ihr habt Euch den Ungläubigen ausgeliefert, Roger! Wie lange wird das gutgehen, wann wird Euch der Schatzmeister betrügen, der Admiral einen Aufstand anzetteln?»

Roger blieb ruhig. Sein schönes herrisches Gesicht verriet keine Regung, nur in seinen hellen Augen blitzte es belustigt.

«Das sind allesamt treue Untertanen, auf die ich mich verlassen kann. Meine muslimischen Beamten sind sich durchaus bewußt, einem christlichen Herrscher zu dienen, und darum strengen sie sich besonders an. Soll ich diesen friedlichen Zustand ändern, Heiligkeit? Wäre es christlich, Juden und Muslime gegeneinander zu hetzen oder sie durch strenge Gesetze zu benachteiligen? Soll ich die tüchtigsten Kaufleute, Handwerker und Techniker außer Landes jagen? Was geschieht mit Sizilien, wenn die von den Arabern erdachten und erbauten Bewässerungsanlagen verfallen? Wenn die jüdischen und muslimischen Kunsthandwerker ihre Arbeit einstellen? Wenn die mit aller Welt Handel treibenden alten Kaufmannsfamilien ihren Einfluß und ihr Wissen mit in ein anderes Land nehmen? Unter ihnen gibt es Christen, Muslime und Juden zu gleichen Teilen, und es ist noch kein Fall bekannt geworden, daß die Religion sie an ihren Geschäften hindert. Selbst wenn ich es aus religiöser Überzeugung nicht wollte – aus staatspolitischer Klugheit muß ich Toleranz üben.»

«Geschieht das nicht auf Kosten der Christen, die Ihr dadurch benachteiligt? Wie stand Euer verstorbener Bruder, der Herzog von Apulien, dazu?»

«Er hielt es wie ich. Zwischen uns gab es nie Streit.»

«Aber Palermo gehört doch seinen Erben?» warf der Papst ein.

Roger lächelte geduldig.

«Robert hat mir schon zu Lebzeiten die Hoheit über das ganze Sizilien zugestanden. Er war auf der Insel mein Vasall. Seine Erben haben mir Palermo sogar zum Kauf angeboten. Aber damit hat es Zeit. Es gibt keinen Zwist unter den Normannen in Süditalien und Sizilien. Kaiser Heinrich würde sich glücklich schätzen, wenn er das von seinem Reich und seinen Fürsten auch sagen könnte.»

Da flog ein Schatten über das Gesicht des Papstes. Seine Hand krampfte sich um den vorher beiseite geschobenen Silberbecher.

«Der unbußfertige Sünder wird in die Hölle fahren! Glaubt ja nicht, daß ich es ihm wünsche; ich bete täglich für sein Seelenheil. Möge er doch sein Unrecht erkennen, den falschen Klemens davonjagen und in den Schoß der wahren Kirche zurückkehren. Wie oft habe ich ihm angeboten, sich zu unterwerfen und zugleich alle christlichen Fürsten zu einem Kreuzzug aufzurufen. Versteht Ihr, Roger, der Kreuzzugsgedanke könnte das christliche Abendland vereinigen zum Kampf gegen den Erbfeind, der das Grab unseres Erlösers noch immer in seinen Teufelsklauen hält. Daher auch mein Rat und meine Bitte. Jagt die Muslime außer Landes, beschlagnahmt ihren Besitz und verwendet ihn für den Kreuzzug.»

Das Gesicht des Papstes hatte sich gerötet, seine Asketenaugen glühten.

«Das wäre gottgefällig! Mit dem Geld der Heiden das Grab Christi befreien! Was haltet Ihr davon?»

«Nichts!» sagte Roger fest, doch es lag keine Schärfe in seiner Feststellung.

«Nichts, weil ich meine Untertanen nur bestrafe, wenn sie sich gegen die Gesetze vergangen haben. Ich kann die Araber auf Sizilien doch nicht dafür verantwortlich machen, daß ihre Glaubensbrüder sich Jerusalem angeeignet haben. Wie stellt Ihr Euch das vor? Wenn ich so Recht und Gesetz mit Füßen trete, zerstöre ich mein eigenes Land.»

«Und Ihr nennt Euch einen Christen!» rief Papst Urban empört.

Roger blieb unerschütterlich.

«Ja, das tue ich, und gerade Ihr müßtet es eigentlich zu schätzen wissen. Klemens, der Papst von des Kaisers Gnaden, hat mir aus Rom so manche Botschaft gesandt, mit verlockenden Angeboten. Zum König wollte er mich krönen, um mir und meinen Nachkommen auf ewige Zeiten die Herrschaft über Sizilien zu sichern – natürlich unter der Bedingung, ich erkenne seine Wahl als rechtmäßig an. Und was habe ich, der schlechte Christ, getan? Ich habe mich auf Eure Seite gestellt, gegen Kaiser und Reich und einen beträchtlichen Teil der Kirche.»

Der Papst senkte den Kopf.

«Verzeiht, Graf Roger, das war unbedacht. Aber ihr müßt verstehen, wie sehr mir die Befreiung des Heiligen Grabes am Herzen liegt. Ich will die Herzen der christlichen Fürsten für diesen Gedanken entzünden, um sie damit zugleich aus ihren unseligen Zwisten zu reißen. Nicht immer nur Christen gegen Christen! Das ist ein unwürdiges Schauspiel und ein Greuel in den Augen des Herrn. Christen gegen Heiden! Jerusalem, die Königin der Städte, das heilige Jerusalem den gottlosen Händen der Muslime entreißen! Ich bete täglich zu Gott, er möge mich so lange leben lassen, bis dies erreicht ist.»

«Ein schönes Ziel – ohne Zweifel. Aber Jerusalem ist den Juden und Muslimen ebenso heilig. Man müßte mit den Seldschuken Verhandlungen aufnehmen…»

«Verhandlungen!» höhnte der Papst.

«Diese beschnittenen Barbaren verstehen nur eine Sprache – die des Schwertes!»

«Ich will Euren Eifer nicht dämpfen, Heiligkeit. Aber bitte versteht auch noch: schuldlose Untertanen nur um ihres Glaubens willen zu verfolgen, würde den Untergang Siziliens bedeuten. Ich wäre dann nicht mehr wert, der Fürst dieses Landes zu sein und –» Roger machte eine Pause und hob warnend den Finger.

«– und ich könnte Euch mein Schwert nicht mehr leihen.»

Der Papst rang sichtbar um Fassung. Er wußte, daß Roger die Wahrheit gesprochen hatte, und zwang sich mit aller Kraft zur Mäßigung.

«Ich billige Euer Verhalten nicht, Graf Roger, aber ich verstehe es. Möge Gott uns allen beistehen!»

Graf Roger von Sizilien hielt sein Wort. Weder ließ er sich zur Teilnahme am Kreuzzug überreden, noch lieferte er Papst Urban seinen Gegnern aus. Erst fünf Jahre nach seinem Besuch in Triona konnte der Papst sich in Rom niederlassen und betrieb von dort unermüdlich seine Werbung für den Kreuzzug.

«Dio lo vult!» (Gott will es!) war die Parole.

Zwei Wochen nach der Eroberung Jerusalems durch das Kreuzfahrerheer unter Gottfried von Bouillon starb der Papst in Rom. Zwei Jahre später folgte ihm sein Schutzherr Roger, Graf von Sizilien, in den Tod. Er hinterließ das Land seinen Söhnen Simon und Roger, sieben und vier Jahre alt, und seiner Witwe Adelasia, die mit starker Hand die Regentschaft übernahm. Doch der Thronfolger starb als Zwölfjähriger, und so legte die Regentin im Jahre 1112 ein wohlgeordnetes Staatswesen in die Hände ihres siebzehnjährigen Sohnes Roger II.

2

Am Weihnachtstag des Jahres 1130 konnte der weite Platz vor dem Dom im Palermo die Masse der Schaulustigen kaum fassen, die – mehr oder weniger geduldig – auf das Ende der langwierigen Krönungszeremonien warteten, um ihren verehrten und geliebten Fürsten, den Herzog von Sizilien, Apulien und Kalabrien im Glanz des Königskrone willkommen zu heißen. Für die besseren Gäste – vor allem solche, denen der Zutritt zum Dom untersagt war – hatte man hölzerne Tribünen aufgebaut. Hier saßen in würdiger Pose die jüdischen Rabbis von Palermo Schulter an Schulter mit den islamischen Mullahs, die, hätten sie nicht Turbane getragen, sich in Barttracht und Gesichtsschnitt kaum von den jüdischen Ehrengästen unterschieden.

Weniger ruhig und gar nicht würdevoll ging es unten am Domplatz zu. Das wuselte und wirbelte durcheinander, Mütter liefen hinter ihren Kindern her, Halbwüchsige balgten sich, einige Männer stritten und schrien sich an, und ihre Hände tasteten immer häufiger nach den Messern, bis zwei Soldaten der Stadtmiliz erschienen und kurzen Prozeß machten. Die Streithähne bekamen ein paar Hiebe mit dem flachen Schwert auf den Kopf und stürzten zu Boden. Schnell zogen Freunde oder Verwandte die leblosen Körper beiseite. Wer dem Gebrodel der Stimmen lauschte, hätte glauben können, hier herrsche die berühmte babylonische Sprachenverwirrung, nur mit dem Unterschied, daß jeder jeden verstand – ob er nun arabisch, griechisch oder Latein redete. Das weiche Französisch der Normannen war seltener zu hören, einmal, weil es weniger von ihnen hier in der Menge gab, aber auch weil die seit zwei Generationen ansässigen normannischen Familien sich des Vulgärlateins bedienten, das nun langsam, vor allem in den größeren Städten, das Griechische zu verdrängen begann.

Der Lärm dieser vielsprachigen Menge drang nur ganz gedämpft ins Innere des Domes. Die normannischen Vasallen in ihren höfischen Prunkgewändern füllten den Dom bis zum letzten Platz. Die Männer standen im Hauptschiff, die Frauen saßen in den seitlich eingerichteten Galerien. Viele von ihnen waren verschleiert, ohne – wie ihre muslimischen Schwestern – von religiösen Rücksichten dazu gezwungen zu sein. Sie fanden es einfach reizvoll und vornehm, in der Menge ihr Gesicht zu verbergen, was einen jungen normannischen Ritter zu der geflüsterten Bemerkung veranlaßte:

«Man kann fast sicher sein, daß es nur die Häßlichen sind, die ihr Gesicht verschleiern. Wer jung und schön ist, will es zeigen...»

Vorne am Altar spielte sich eine Zeremonie ab, die seit der Krönung Karls des Großen im Petersdom inoffiziell als das achte Sakrament der katholischen Kirche angesehen wurde – die Salbung und Krönung eines christlichen Königs.

Herzog Roger kniete in einem langen weißen Unterkleid am Altar; die Kroninsignien – Krone, Zepter, Schwert und Reichsapfel – lagen auf purpurnen Kissen zu seiner Rechten. Der Erzbischof trat vor die Knienden und entrollte die mit schweren Goldsiegeln behängte päpstliche Bulle. Mit lauter Stimme verkündete er den Willen des Papstes, daß sein geliebter Sohn, Rugerius, Herzog von Sizilien, Kalabrien und Apulien in den Rang eines christlichen Königs erhoben werde und künftig den Titel Rex Siciliae tragen würde.

Dann hielt der Erzbischof dem Herzog eine Bibel hin. Roger legte seine rechte Hand darauf und schwor mit weithin vernehmlicher Stimme, die Gesetze zu achten, den Glauben zu ehren, die Kirche zu schützen und den ihr anvertrauten Untertanen – gleich welchen Glaubens! – allzeit Gerechtigkeit widerfahren zu lassen.

Nun erhob sich Roger und wurde durch ein von drei Geistlichen gehaltenes weißes Seidentuch dem Blick der Menge entzogen. Zwei Mönche entkleideten ihn bis auf den schmalen Lendenschurz, und der Bischof salbte Kopf, Arme, Brust und Beine mit dem heiligen Öl, um dem künftigen König Weisheit, Ruhm und Stärke zu verleihen. Zum Zeichen seines gutes Willens und seiner reinen Absichten wurde ihm ein weißes Tuch auf den Kopf gelegt. Die Mönche hüllten Roger wieder in sein langes Unterkleid, und das Seidentuch wurde weggezogen. Nun konnten alle sehen, wie die Priester den ehemaligen Herzog Roger mit Königsrock und -mantel bekleideten. Zwei seiner Vasallen legten ihm kniend die goldenen Sporen an und reichten ihm das Schwert. So trat Roger vor den Altar, wo der Erzbischof an ihn die Frage richtete:

«Ich beschwöre dich im Namen des lebendigen Gottes, diese Ehre nur anzunehmen, wenn du bereit bist, deinen Eid unverbrüchlich zu halten.»

Mit fester Stimme antwortete Roger:

«Mit Gottes Hilfe werde ich ihn halten!»

Nun kam der Höhepunkt. Roger legte sein Schwert nieder, und zwei Vasallen reichten ihm das Kreuzzepter und den Reichsapfel. Er kniete an den Stufen des Altars nieder, der Bischof nahm die funkelnde Krone des neuen Königreiches – übrigens hatten sie arabische Goldschmiede gefertigt – und übergab sie dem Fürsten Robert von Capua, dem mächtigsten Lehnsmann Rogers, der sie seinem Lehnsherrn feierlich auf das Haupt senkte. Im Glanz der königlichen Insignien trat Roger vor seine Vasallen hin, die in den dreifachen Ruf ausbrachen:

«Vivat Rex! Vivat Rex! Vivat Rex Siciliae!»

Die Krönung von Rogers Gemahlin Elvira – mit ihr war er schon seit über zwölf Jahren verheiratet – ging weniger feierlich vor sich. Roger faßte ihre Hand, sie knieten zusammen nieder,

und der Bischof setzte ihr die Krone mit einem kurzen Segens-
wunsch auf, während das machtvolle Kyrieeleison des Chors einsetzte.

Nach der dreistündigen feierlichen Messe traten König und
Königin hinaus auf den Domplatz, wo sie eine jubelnde Menge
vielsprachig hochleben ließ.

Die arabischen und jüdischen Würdenträger verließen ihre
Sitze und huldigten kniefällig ihrem zum König erhobenen
Herrn. Ihren Gesichtern war anzumerken, daß sie dabei nicht
nur einer Untertanenpflicht genügten, sondern daß sie es gerne
taten. Immer wieder hörte Roger den Glückwunsch:

«Du mögest lange leben!» und war stolz darauf, denn er
herrschte schon seit achtzehn Jahren über Sizilien und hatte alles
getan, um Menschen mit unterschiedlichen Sprachen und Religionen zu Sizilianern zu machen, ohne ihnen nur ein Jota ihres
Glaubens und ihrer Sitten zu nehmen. Und nun dankten sie es
ihm mit dem von Herzen kommenden Wunsch, er möge noch
recht lange ihr Herr sein.

Den Beifall und die Zustimmung seiner Sizilianer teilten aber
nicht alle Untertanen seines Reiches. Der süditalienische Adel be-
gehrte zwar nicht auf, doch hielt er sich mit seiner Zustimmung
zurück. Diese selbstbewußten Barone hatten seit Jahrhunderten
ihre Ländchen wie kleine Könige regiert, und nun sollten sie
Vasallen eines einzigen sein? Die freien Kommunen in der Campania und in Apulien dachten nicht anders. Molfetta, Trani,
Amalfi und ein Dutzend anderer Städte hatten eine republikani-
sche Verfassung und regierten ihr Gebiet mit einem gewählten
Stadtsenat.

So war König Roger zwei Monate nach seiner Krönung gezwungen, gegen das widerspenstige Amalfi in den Krieg zu ziehen. Mit seiner Flotte blockierte er den Hafen der reichen Stadt,
nachdem er alle dort liegenden Schiffe gekapert hatte. Unterdessen zog sein Landheer von Süden heran, und es dauerte nicht
lange, bis die Stadtväter erkannten, daß gegen einen solchen Gegner jeder Widerstand sinnlos war. Sie waren allesamt Kaufleute,
nüchtern und verschlagen – jedem Heldentum abhold. So liefer-
ten sie den Normannen die Schlüssel zur Burg und Stadt aus, um

sich nachher durch zähe Verhandlungen möglichst viele ihrer alten Freiheiten zu bewahren.

Herzog Sergius VII. von Neapel hatte ursprünglich die Amalfitaner gegen König Roger zur Hilfe rufen wollen, aber die Nachricht von der Kapitulation der stolzen Stadtrepublik ließ ihn vernünftig werden. Da er fest entschlossen war, den Platz auf seinem Herzogsthron zu behalten, unterwarf er sich dem König und bot ihm kniend sein Schwert dar. Roger nahm es und gab es dem Herzog mit den Worten zurück:

«So empfange denn Unsere Herrschaft Neapolis als dein Lehen aus meiner Hand.»

Sie tauschten den Bruderkuß, und Sergius atmete auf. Er war ein Mann der Vernunft und ein Feind von Krieg und Streit. Er liebte seine königliche Sommervilla auf dem Pausilypon und mochte es gar nicht, sich in der finsteren und stickigen Stadtburg auf lange Belagerungen einzurichten.

So war Rogers Festlandbesitz schnell befriedet, und er segelte im Frühsommer nach Palermo zurück – mit einem Ehrengeleit von drei neapolitanischen Schiffen. In Höhe der liparischen Inseln besann sich der alte heidnische Windgott Aiolus auf seine Macht, blies die Backen auf und trieb mit schwerem Sturm die christliche Flotte auseinander. Eines der Begleitschiffe manövrierte ungeschickt und kenterte, zwei weitere strandeten an den Felsriffen von Lipari und Vulcano.

Der Kapitän des Königsschiffes hatte blitzschnell die Segel abschlagen lassen, doch das Ruder war gebrochen, und so trieb König Roger auf seinem steuerlosen Schiff, vom wütenden Sturm hin- und hergejagt, auf die Küste Siziliens zu.

Der wachsbleiche junge Hofkaplan brüllte seinem Herrn ins Ohr:

«Wir sollten die Jungfrau um Rettung anflehen, Majestät. Vielleicht mit einem Gelübde…»

Rogers stolzes Gesicht blieb beherrscht und gelassen. Doch in seinem Innern regte sich heftiger Widerstand gegen einen sinnlosen und ruhmlosen Tod irgendwo auf dem Meer. Gott konnte ihn doch nicht zum König erheben, um ihn kurz darauf so enden zu lassen? Hatte er für die Kirche Siziliens zu wenig getan?

Nun, es gab tatsächlich nicht viel, das von Rogers Frömmigkeit Zeugnis ablegte, abgesehen von eher bescheidenen Zuwendungen an einige Klöster.

Mit Mühe kletterte der König an Deck des schlingernden Schiffes, klammerte sich irgendwo fest und blickte nach oben. Der Sturm jagte schiefergraue Wolkenballen über den verhangenen Himmel, es erklang ein Heulen, als habe sich die Hölle geöffnet.

«Da, schaut!» rief Roger und deutete zum Himmel, doch der Sturm riß ihm die Worte vom Mund. Er glaubte einen Reiter zu sehen, in funkelnder Rüstung, mit eingelegter Lanze, der gedankenschnell über das Firmament jagte.

Als normannischer König, als Ritter und Krieger hatte es ihm widerstrebt, die sanfte Madonna um Hilfe zu bitten. Das war etwas für Frauen und Mönche. Doch nun rief er den heiligen Georg um Hilfe und Rettung an, denn nur er konnte es sein, der sich ihm dort oben gezeigt hatte.

Am Nachmittag des sechsten August – es war der Tag der Verklärung Christi – warf der Sturm das hilflose Schiff an Land, doch es zerschellte nicht an den Klippen, sondern glitt knirschend über felsiges Geröll und neigte sich dann leicht zur Seite.

Mit zitternden Knien kletterten Roger und seine Leute an Land und blickten sich um. Unter einem hochaufragenden steilen Felsmassiv duckte sich eine kleine Stadt, doch die meisten der Häuser waren zerstört oder schienen verlassen. Inzwischen hatte sich zaghaft eine kleine Gruppe von Menschen genähert, die Georg von Antiochia, des Königs Admiral, jetzt freundlich heranwinkte.

Ein älterer Mann trat vor, verneigte sich und sagte etwas Undeutliches.

«Er scheint Griechisch zu sprechen», meinte König Roger.

«So klingt es», sagte der Admiral, «aber ich verstehe es auch nicht.»

Mit viel Geduld fanden sie heraus, daß die Stadt – oder was von ihr übrig war – Kephaloidonia hieß und während der Sarazenenkriege zerstört worden war.

«Zerstört? Von wem?»

Der Alte, nun sicherer geworden, sprach jetzt verständlicher. Er deutete hinauf zum Felsen.

«Als Graf Roger die Sarazenenfestung dort oben belagerte und nach wenigen Tagen eroberte, zerstörte er auch unsere Stadt. Der Hafen ist jetzt versandet, es leben nicht mehr viele Menschen hier. Nur noch ein paar Alte, die Jungen ziehen alle weg, gehen nach Palermo...»

König Roger schwieg nachdenklich. Sein Vater also hatte diese Stadt zerstört, an deren Ufer nun der Sohn Rettung gefunden hatte.

«Ich bin König Roger von Sizilien.»

Da fiel der Alte auf die Knie und wimmerte:

«Verzeih, Majestät, verzeih mir...»

«Was soll ich dir verzeihen?»

«Daß ich deinen Vater beschuldigt habe...»

Roger lachte.

«Was heißt hier beschuldigt? Du hast ganz einfach die Wahrheit gesprochen, und damals mußte wohl sein, was geschah. Geh zurück, Alter, und sage deinen Mitbürgern – auch den Jungen –, daß niemand mehr die Stadt verlassen soll. Bald wird es mehr Arbeit geben, als ihr bewältigen könnt, holt also eure Söhne ruhig aus Palemo zurück.»

Während der Alte sich erhob, wandte Roger sich an seine Begleiter.

«Ich werde nämlich hier, wo wir jetzt stehen, dem heiligen Georg eine Kapelle errichten lassen, zum Dank für die Rettung aus Seenot. Und dort drüben, zu Füßen der Felswand, werde ich Christus, unserem Herrn, einen Dom errichten, wie ihn die Welt noch nicht gesehen hat. Und aus Kephaloidonia werde ich wieder eine richtige Stadt machen, die sich vor ihren Nachbarn nicht zu schämen braucht.»

In Palermo berief der König seine besten Architekten zu sich, und das waren zwei Griechen und drei Araber. Ohne lange nachzudenken, begann der König das Gespräch auf arabisch, das auch die Griechen – wie fast alle gebildeten Sizilianer – fließend beherrschten.

«Meine Herren», begann König Roger das Gespräch, «ich habe für euch eine Aufgabe, die alle Kräfte erfordert, denn es gilt nicht nur einen Dom zu errichten, sondern ich wünsche auch den Wiederaufbau der Stadt Kephaloidonia. Da ich mich dort öfter aufhalten werde, wenn es meine Zeit gestattet, soll mir in der Nähe des Domes ein Haus erbaut werden, ein schönes geräumiges Haus – kein Palast.»

Das Wort des Königs setzte alle Kräfte in Bewegung. In Kephaloidonia strömten Steinmetzen, Maurer, Zimmerleute und Taglöhner zusammen. Der Bau des Domes und der königlichen Villa brachte Leben und Arbeit in die schon fast erstorbene Stadt. Roger gewährte allerlei Sonderrechte, ließ Märkte abhalten und befreite Kephaloidonia auf zehn Jahre von allen Steuern und Abgaben. Das lockte noch mehr Menschen herbei, alte Besitzrechte wurden wahrgenommen, die zerstörten Wohnhäuser wieder aufgebaut, und bald gab es auch keinen Mangel mehr an jungen Leuten, die sich niederließen und Familien gründeten.

König Roger erhob die Stadt zum Sitz eines lateinischen Bischofs, denn er wollte Sizilien nach und nach ohne Gewalt von der griechischen Kirche weg- und der römischen zuführen.

Langsam wuchs der Dom aus seinem felsigen Untergrund. Der König hatte befohlen, alles Beiwerk vorerst zu vernachlässigen, damit die drei Schiffe der Kirche so schnell als möglich eingewölbt werden konnten.

So stand der Dom nach einigen Jahren als mächtiger Torso da, ohne Fassade, ohne Türme. Die drei Schiffe wurden von sechzehn schlanken Säulen getragen, die fast zu schwach schienen für die Last der maurischen Spitzbögen, wie man sie auch in den Moscheen von Palermo finden konnte.

Nach der feierlichen Einweihung deutete Roger zur Apsis.

«Von dort oben soll Christus als Pantokrator, als Weltherrscher, auf seine Gläubigen herabschauen, im Kreis der Engel und Erzengel, der Madonna und der Apostel.»

Er wandte sich an den Bischof.

«Dafür möchte ich die besten lebenden Künstler, und wenn ihr sie mir vom Ende der Welt herbeiholt.»

Obwohl auf Sizilien das Kunsthandwerk blühte und es an tüchtigen Schnitzern, Steinmetzen, Goldschmieden und Teppichwebern nicht mangelte, so war doch durch arabische Herrschaft die

Malkunst vernachlässigt worden. Die muslimische Bilderfeind-
lichkeit hatte keinen Bedarf für Fresken oder Mosaiken, und so
wandte sich Roger auf Anraten seiner Baumeister an den Patriar-
chen von Konstantinopel. Er sandte zwei seiner griechischen Bischöfe dorthin und stattete sie so reich mit Geld aus, daß sich viele
Künstler um den Auftrag aus dem fernen Sizilien bewarben. Sie
alle hatten sich schon beim Entwerfen und Setzen von Mosaikbil-
dern bewährt, und es waren meist jüngere Leute, die – von der
Fremde und vom Gold gelockt – sich nach Sizilien einschifften.

Mit ihnen verhandelte König Roger in Kephaloidonia an Ort
und Stelle, und die Künstler machten sich sofort ans Werk. Roger
versuchte, ihnen begreiflich zu machen, daß das lateinisch geprägte Christentum die starren byzantinischen Formen weniger
schätzte und sie ihre Bilder weicher und menschennäher gestalten
sollten.

Er führte sie in seine reich ausgestattete Bibliothek und zeigte
ihnen die lebendigen Illustrationen westlicher Künstler zu religiösen und naturwissenschaftlichen Werken. Die Künstler verstanden ihn sofort, denn sie waren jung und für alles Neue aufgeschlossen.

König Roger bezog seinen kleinen Palast nahe beim Dom und
verfolgte ihre Arbeit mit Spannung und Neugierde. Die Künstler-
gruppe setzte sich zusammen aus Malern, Steinsetzern und Handwerkern. Die Maler fertigten auf langen Papierbögen ihre Ent-
würfe, die von den Steinsetzern nach einem komplizierten Verfahren auf Apsis und Wände des Domes ins Große übertragen wurden. Sie zeichneten die Bilder in Umrissen auf den feuchten Verputz und setzten dann die farbigen Mosaiksteine nach dem Vorbild des malerischen Entwurfs. Die Handwerker schließlich waren
mit allen nichtkünstlerischen Arbeiten betraut. Sie fertigten die
Mosaiksteine aus den unterschiedlichsten Materialien, meist jedoch aus Glasfluß, seltener aus farbigen Stein- oder Marmorarten.
Wenn der feuchte Putz aufgetragen war, mußten sie auf dem Gerüst immer zur Stelle sein, um mißlungene Bilder – was aber selten
geschah – abzuschlagen und sofort neuen Putz anzubringen. War
eine Partie fertig gesetzt, so reinigten sie das Bild mit scharfer
Lauge von allen Mörtel- und Schmutzresten und durften sogar

kleine Lücken ausbessern, oder – wenn der dunkle Verputz zu sehr hervortrat – mit Farbe abdecken.

Das gewaltige Brustbild des Pantokrators in der Apsis hielt die rechte Hand zum Segen erhoben und trug in der linken ein aufgeschlagenes Buch. Als die Beschriftung der beiden Buchseiten diskutiert wurde, meinte der Bischof von Kephaloidonia:

«Ihr habt ein lateinisches Bistum errichtet, Majestät, und so wäre es nur recht und billig, die Inschrift in lateinischer Sprache und Schrift anzubringen.»

Roger schüttelte leicht den Kopf.

«Du hast auch Griechen in deinem Bistum, außerdem wollen wir die Künstler aus Byzanz ehren, die dieses Wunderwerk vollbracht haben. So soll die eine Seite den griechischen, die andere den lateinischen Text tragen.»

Und so war nun zweisprachig zu lesen: ‹Ich bin das Licht der Welt; wer mir nachfolgt, der wird nicht wandeln in der Finsternis.›

Daß die Maler und Mosaiksetzer alle übrigen Inschriften – die der Engel und Heiligen – unbeirrt in Griechisch ausführten, wurde stillschweigend hingenommen, denn alle standen bewundernd vor der schönsten Kirche Siziliens, die – äußerlich noch ein Torso – im Innern den Glanz und die Herrlichkeit des Paradieses ausstrahlte.

König Roger setzte den byzantinischen Künstlern mit verlockenden Angeboten so zu, daß sie sich – bis auf wenige Ausnahmen – in Sizilien niederließen, um weitere Arbeiten auszuführen.

Auch der nächste Auftrag kam vom König. Roger wollte nach Art der byzantinischen Kaiser eine kleine private Kirche haben – eine Palastkapelle, wo er und seine Familie, unbehelligt vom gaffenden Volk, beten und die Messe hören konnten. Die Kapelle ließ Roger im Zentrum seines Palastes einfügen, die Säulen ließ er, um keine Zeit zu verlieren, aus antiken Tempeln zusammentragen. Dann machten sich die byzantinischen Mosaikmeister ans Werk, doch diesmal konnte der König ihre Arbeit nicht mitverfolgen, denn seine süditalienischen Vasallen probten den Aufstand.

An der Spitze standen Fürst Robert von Capua – vor zwei Jahren hatte er Roger die Krone aufs Haupt gesetzt – und Graf Rainulf von Alife, der Schwager des Königs. In Erwartung eines päpstlichen und eines kaiserlichen Heeres waren sie von Roger abgefallen und hatten eine Reihe kleinerer Herren auf ihre Seite gezogen.

3

Lange mußte sich der König von Sizilien mit den Aufständischen herumschlagen, und Süditalien lernte einen harten und grausamen Fürsten kennen. Roger ließ Städte verwüsten, Verräter lebendig verbrennen, hängen und pfählen, bis er nach zwei Jahren glaubte, Ruhe geschaffen zu haben.

Nach seiner Rückkehr erkrankten er und seine Frau auf den Tod. Die treue und geliebte Königin Elvira starb, und schnell verbreitete sich das Gerücht, auch König Roger sei der Seuche erlegen. Für Süditalien war dies das Zeichen zu einer neuen Erhebung.

Graf Lothar von Supplinburg wurde 1125 als Trotzkandidat der Staufergegner zum deutschen König gewählt, und sieben Jahre später setzte ihm Papst Innozenz II. in Rom die Kaiserkrone auf. Doch der Papst mußte noch immer im Exil leben, denn in Rom hielt sich der von Roger unterstützte Gegenpapst Anaklet. Aber nicht nur deshalb war der König von Sizilien ein erklärter Feind des deutsch-römischen Kaisers. Lothar nahm sein hohes Amt sehr ernst. Er war der Schutzherr und Verteidiger von Papst und Kirche, und er hatte dabei mitzureden, ob es dort im Süden noch einen Herrscher geben dürfe, der sich König nannte. Für ihn war Roger ein Usurpator oder bestenfalls der Graf von Sizilien, und was er in Süditalien zusammengerafft hatte, war Landraub – zumal einige der dortigen Fürsten unter Zwang dem Sizilianer den Vasalleneid geschworen hatten.

So machte sich der kranke und hinfällige, schon über siebzigjährige König Lothar auf den Weg über die Alpen – um Papst Innozenz heimzuführen, um die lombardischen Städte zu unterwerfen und um Roger von Sizilien zu zerschmettern. Die oberitalienischen Städte ergaben sich schnell, denn dort herrschte kaufmännische Vernunft, und das gewaltige kaiserliche Heer flößte Respekt ein. Mit dem Papst aber gab es Differenzen. Er beanspruchte einen erklecklichen Anteil der Kriegsbeute für sich, überwarf sich mit Lothars Heerführern, und niemand schien gewillt, Anaklet aus Rom zu verjagen, um ihm, dem rechtmäßigen Papst, dort Zugang zu verschaffen.

Unterdessen war das kaiserliche Heer dabei, Roger aus Süditalien zu vertreiben. Doch der König von Sizilien wartete in Palermo ruhig ab. Er dachte nicht daran, gegen den Kaiser eine Niederlage zu riskieren, er vertraute auf die lähmenden und oft auch todbringenden Kräfte des Südens. Als letzte große Stadt kapitulierte Salerno, was das pisanische Hilfsheer maßlos erzürnte, denn es hatte auf Beute und Plünderung gehofft.

Kaiser Lothar sah seinen Feldzug als beendet an; im übrigen fühlte er sich todkrank und wollte nur noch nach Hause. In Eilmärschen erreichte er mit seinem Heer im November 1137 die Alpen, konnte sie auch noch überqueren, starb aber dann am 3. Dezember in dem kleinen Tiroler Bergdorf Breitenwang in einer armseligen Berghütte.

Kaum war der Kaiser mit der Hauptmasse seines Heeres abgezogen, erschien König Roger auf dem Festland. Schon drei Monate später hatte er einen Teil seiner süditalienischen Besitzungen wieder zurückgewonnen, doch es dauerte noch bis zum Ende des Jahres 1139, ehe er mit Hilfe seiner treuen arabischen Truppen den letzten Gegner niedergezwungen hatte. Seine vier Söhne setzte König Roger als Vasallen in Süditalien ein, um künftigem Verrat und Abfall vorzubeugen. Von nun an wollte er seine ganze Kraft dem schönsten Stein in seiner Krone, dem geliebten Sizilien, widmen.

Roger haßte das ihm feindlich gesonnene Byzanz, aber den dort seit Jahrhunderten geübten Kult, den König als überirdisches, sakrosanktes Wesen zu betrachten und zu verehren, hatte er übernommen. Dem hatte er auf einem Mosaik in der von Admiral Georg gestifteten Marienkirche Ausdruck verliehen, wo Christus ihm eigenhändig die Krone aufs Haupt setzt.

Rogers Beamte waren allgegenwärtig, ob als Emir, Archon, Logothet oder Protonotarius, aber alles geschah in seinem, des Königs Namen, so daß das Volk immer und überall seine Gegenwart spürte. Palermo aber, seine Residenzstadt machte Roger zu einem Zentrum von Kunst und Wissenschaft. Ärzte, Philosophen, Geographen und Mathematiker von Rang waren immer an seinem Hof willkommen, und er, der sich mit einer Aura göttlicher Majestät umgab, scheute sich nicht, wenn er Gelehrte oder Wissenschaftler empfing, von seinem Thron herabzusteigen und den Gast an der Hand zu seinem Platz zu führen.

Sein besonderer Freund war der arabische Geograph Abu Abdullah Mohammed al-Idrisi, der seinem König ein Buch mit dem Titel widmete: ‹Der Zeitvertreib eines Mannes, begierig, vollständige Kenntnis von den verschiedenen Ländern der Erde zu erlangen.›

In Rogers Hofgesellschaft überwogen bei weitem die Araber, deren Weltanschauung – im Gegensatz zu den Christen – keinen Unterschied zwischen religiösen und profanen Studien machte. Arabisch war die unbestrittene Sprache der Wissenschaft, und zwar schon deshalb, weil es für viele Begriffe in Mathematik, Geometrie und Physik keine griechischen oder lateinischen Bezeichnungen gab.

König Roger von Sizilien hätte das Jahrzehnt bis zu seinem Tod wohl weniger sicher und weniger friedlich verbracht, wäre es nach dem Willen seiner beiden Hauptwidersacher gegangen: Manuel, dem Kaiser von Byzanz, und dem deutschen König Konrad von Hohenstaufen. Kaiser Manuel mußte sich von seinen Geschichtsschreibern daran erinnern lassen, daß Sizilien wie Süditalien lange Zeit zum oströmischen Reich gehörten, wovon die griechische Sprache in diesen Gebieten noch lebhaftes Zeugnis ablegte. Und Konrad pflichtete ihm bei: ein Königreich Sizilien müsse und dürfe es nicht geben.

Das war auch der Inhalt langer Gespräche, während sich König Konrad auf dem Weg ins Heilige Land am Kaiserhof in Konstantinopel aufhielt. Die dauernden Aufrufe zum Kreuzzug waren endlich auf fruchtbaren Boden gefallen. König Ludwig VII. von Frankreich und Konrad von Hohenstaufen führten ihn an, aber er endete mit einer völligen Niederlage der christlichen Heere und verhinderte so den lange geplanten Krieg gegen das Reich König Rogers.

Nach der fast völligen Vernichtung des deutschen Kreuzfahrerheeres flüchtete Konrad schwerkrank nach Konstantinopel, wo ihn der auch als Arzt dilettierende Kaiser Manuel gesund pflegte. Ihren Plan, das Königreich Sizilien zu vernichten, werden sie dabei vorerst aufgegeben haben.

Roger konnte wieder freier atmen, und seine Flotte, geführt von dem tüchtigen Admiral Georg von Antiochia, beherrschte das südliche Mittelmeer und bald auch Teile der Ägäis. So ganz nebenbei besetzte Georg kampflos die Insel Korfu, plünderte in einem Handstreich Athen und wenig später auch Theben, das Zentrum der byzantinischen Seidenherstellung. Um die blühende Seidenweberei in Palermo von teuren Einfuhren unabhängiger zu machen, nahm Georg gleich ein paar Dutzend der erfahrenen Seidenraupenzüchterinnen mit, dazu korbweise die angesetzte Brut der fleißigen Kokonspinner.

Der eigentliche Zweck dieser Raubfahrten war natürlich ein anderer. König Roger wollte den Kaiser von Byzanz aus strategischen Gründen schwächen, um eventuelle Angriffe zu erschweren oder unmöglich zu machen. Dieser Plan schien Gestalt anzunehmen, als Manuel die Venezianer als Verbündete gegen Roger gewann.

Im April 1148 sollte die vereinte Flotte gegen Sizilien ziehen, doch wieder scheiterte der ausgeklügelte Plan an dem guten Stern, der zeitlebens über Rogers politischem Leben waltete. Ein südrussischer Stamm fiel mordend und brennend über die Donau in oströmisches Gebiet ein, und die Venezianer erfuhren vom plötzlichen Tod ihres Dogen. Zugleich hinderten überraschend auftretende Stürme die Flotte am Auslaufen.

Wieder einmal zerrann der schöne Plan zur Eroberung Siziliens, und König Roger begann seine Seeherrschaft auf die afrikanische Küste auszudehnen. Tripolis, Mahdia und Tunis fielen in die Hand des mutigen und schlauen Georg von Antiochia, so daß König Roger auf sein Schwert gravieren lassen konnte: Appulus et Calaber, Siculus mihi servit et Afer (Apulier, Kalabrier, Sizilianer und Afrikaner – sie gehorchen mir alle).

Über König Rogers privatem Leben aber herrschte kein guter Stern. Er mußte fünf von sechs Kindern seiner geliebten Elvira überleben. Tankred von Bari und Alfonso von Capua waren schon vor Jahren gestorben, Heinrich hatte die Kindheit nicht überlebt, und Roger, der Erstgeborene und Thronfolger, der glänzende Soldat und beliebte Fürst, fiel im Mai 1148 erst dreißigjährig bei einem kleinen Scharmützel. Übrig blieb nur noch Wilhelm, der vierte Sohn des Königs, den er an Ostern des Jahres 1151 in Palermo zum Mitregenten salben und krönen ließ. Drei Jahre später, am 26. Februar 1154, starb König Roger II. von Sizilien und wurde – entgegen seinem Wunsch – im Dom zu Palermo beigesetzt. Der für ihn gefertigte Porphyrsarg im Dom zu Kephaloidonia blieb vorerst leer.

Die Geschichte König Wilhelms von Sizilien

I

Dies hat aufgeschrieben der Mönch Fulbertus, ehemals Kaplan
und Beichtvater am Königshof zu Palermo:

Im Namen Gottes, des Allmächtigen! Ich bin jetzt, was ich vordem war: ein Mönch im stillen Bergkloster Monte Vergine, und betreue dort die Bibliothek zur höheren Ehre des Allmächtigen und Seiner Heiligen Kirche, bis es GOTT gefällt, mich armen Sünder von seiner irdischen Hülle zu befreien. Möge ER mir allzeit gnädig sein. Amen.

Mit sechzehn Jahren trat ich als Novize in unser strenges Kloster ein, das der fromme und asketische Wilhelm von Vervelli gegründet hatte und das nach den Regeln des heiligen Benedikt lebte. Dies geschah in einer Zeit, da sich Roger, der zweite seines Namens, noch Graf von Sizilien nannte.

Als er durch die Gnade Gottes und mit Hilfe seines Dieners, des Erzbischofs von Salerno, zum König erhoben wurde, mußte er sich viele seiner Besitzungen auf dem Festland erst untertänig machen. Dazu gehörte auch das Städtchen Avellino, das zu Füßen des Monte Vergine liegt und damals dem Grafen Richard gehörte. Als dieser durch einen königlichen Boten an seine Lehenspflichten erinnert wurde, ließ er dem Unglücklichen die Augen ausstechen und die Nase aufschlitzen. Daraufhin sandte König Roger seine Truppen, und Graf Richard mußte fliehen.

Wir in unserem Kloster auf dem Monte Vergine erfuhren von diesen Greueln, und wir konnten nur Gott um Gnade für unsere verblendeten und verfeindeten Brüder draußen in der Welt bitten. Von den Ereignissen blieben wir unberührt – vielleicht weil niemand wagte, den Frieden unseres Klosters zu stören, oder weil jedermann wußte, wie arm unser strenger Orden war.

Auch während der folgenden Jahre herrschte in Campania keine Ruhe, woran vor allem der Bruder unseres Stadtherrn, Graf Rainulf von Alife – ein Schwager des Königs – die Schuld hatte. Er hatte von neuem seinen Treueid gebrochen und war nun, im Sommer des Jahres 1134, in die Hände des Königs gefallen. Er unterwarf sich bedingungslos, und König Roger ließ Gnade walten.

So kehrte nun auch in das Gebiet von Avellino Ruhe ein, aber unser Kloster wurde durch die Nachricht aufgestört, daß König Roger uns einen Besuch abstatten wolle. Unser Abt hielt im Refektorium eine kurze Rede.

«Geliebte Brüder, unser aller weltlicher Herr, der König von Sizilien, Apulien und Kalabrien, wird uns morgen in den Mittagsstunden mit seinem Besuch beehren. Begegnet ihm mit dem schuldigen Respekt, vergeßt aber dabei nie, daß er – wie wir – einem höheren Herrn dienen und sich einstmals vor Ihm verantworten muß.»

Ich war damals zweiundzwanzig Jahre alt, hatte mein Noviziat schon seit einigen Jahren abgeschlossen und erwartete in einigen Monaten die Priesterweihe. Ich hielt es nicht für genug, unserem Orden nur als Frater zu dienen, Garten- oder Küchenarbeit zu leisten und den Geist verkümmern zu lassen. Obwohl ich nur der Sohn eines kleinen Handwerkers war, hat Gott mir doch einen regen Verstand verliehen, der mich befähigte, mir in kurzer Zeit alles anzueignen, was von einem Priester der Heiligen Römischen Kirche erwartet wird. Beim Abt fand ich dabei lebhafte Unterstützung, denn er war der Ansicht, von einem Kloster müsse auch eine geistige Wirkung ausgehen und dazu bedürfe es nun einmal der Gelehrsamkeit.

Nachdem der Abt uns entsprechend auf den hohen Besuch vorbereitet hatte, sagte er:

«Bruder Fulbertus, ich wünsche, daß du uns aus Lukas 22 vorliest, und zwar die Verse fünfundzwanzig bis achtundzwanzig.»

Ich trat an das Lesepult, schlug die Heilige Schrift auf und las:

«Christus aber sprach zu ihnen: Die weltlichen Könige herrschen, und die Gewaltigen heißt man gnädige Herren. Ihr aber tut das nicht! Der Größte unter euch soll sein wie der Geringste, und der Vornehme wie ein Diener. Denn welcher ist wichtiger: der zu Tisch sitzt oder der ihn bedient? Ist nicht der zu Tische sitzt wichtiger? Ich aber bin unter euch wie ein Diener...»

Da war es mäuschenstill geworden im Refektorium, und allen gefiel es, wie nichtig doch der Glanz der Könige war und daß wir alle nur Diener des einen und einzigen Gottes waren. Und in meinem mönchischen Hochmut fühlte ich mich dem König in dieser Stunde weit überlegen und sah seinem Besuch mit gelassener Neugierde entgegen.

König Roger erschien bereits zwei Stunden nach Sonnenaufgang mit wenigen Begleitern an der Pforte des Klosters. Er hörte mit uns die Morgenmesse und benahm sich so bescheiden und zurückhaltend, daß ich mich meiner stolzen Gedanken schämte und Gott für meinen Hochmut um Verzeihung bat. An der Seite des Abtes nahm er an unserem Mittagsmahl teil und hatte – wie ich später vom Bruder Küchenmeister erfuhr – ausdrücklich darum gebeten, den üblichen Speisezettel beizubehalten. Es war der 29. Juli, der Tag des Festes der heiligen Apostel Petrus und Paulus, und ich weiß noch – als sei es gestern gewesen –, was unsere Fratres an Speisen auftrugen. Es war dies eine Suppe aus grünen Kräutern, danach gedünstete Forelle mit frischem Klosterbrot und als Nachspeise Nüsse in Honig. Die Stadt Avellina ist für ihre vorzüglichen Nüsse seit dem Altertum bekannt.

Nach dem Essen zog sich der König mit dem Abt zurück, doch zwei Stunden später wurden wir zu einer Versammlung gebeten. Während der Abt zu uns sprach, saß König Roger schweigend auf einem Sessel und blickte über unsere Köpfe hinweg auf das große Kruzifix über dem Eingang.

«Unser gnädiger König hat mich gebeten, euch folgendes mitzuteilen. Seine Majestät hat den Auftrag erteilt, in der Stadt Palermo in unmittelbarer Nähe seines Palastes ein Kloster zu errichten, das dem heiligen Johannes geweiht ist. Nach reiflicher Überlegung will er es einer Brüdergemeinschaft anvertrauen, die sich zu den Regeln des heiligen Benedikt bekennt, aber die strengere Observanz bevorzugt. Die Wahl Seiner Majestät ist auf uns gefallen, und er bittet mich, unter euch die Brüder auszuwählen, die mir dafür geeignet erscheinen.»

Als sich unter den Mönchen eine leise Unruhe bemerkbar machte, hob der Abt die Hand.

«Darüber braucht ihr euch jetzt keine Gedanken zu machen, denn es werden noch einige Jahre hingehen, bis Kirche und Konvent vollendet sind.»

Der König stand auf und kniete vor dem Abt nieder, der ihm segnend beide Hände auf das Haupt legte. Wir waren alle von dieser frommen Geste sehr angerührt, und so mancher von uns mag – wie ich – seine Ansicht über den König von Sizilien geändert haben.

Es dauerte aber noch acht Jahre, bis das Kloster eingeweiht werden konnte, und ich gehörte zu denen, die nach Palermo übersiedelten. Ich hatte nicht darum gebeten, das darf ich frei und offen sagen – Gott sei mein Zeuge –, aber ich hatte es mir gewünscht. Die strenge Observanz unseres Ordens machte mir nichts aus, aber der Gedanke, bis zu meinem Tod auf dem Monte Vergine zu sitzen, betrübte mich doch ein wenig. Neugierde gehört schließlich nicht zu den Todsünden, und sie war es, die mich nächtelang Gott um die Gnade bitten ließ, er möge mich in das neue Kloster nach Palermo senden.

Heute weiß ich, daß Gott meinen Wunsch erfüllte, nicht um mir einen Gefallen zu tun, sondern um mein Herz und meine Standhaftigkeit zu prüfen. Ich habe die Prüfung schlecht bestanden und werde nicht ruhen, Gott täglich dafür um Vergebung zu bitten.

2

Mit Zustimmung des Königs eröffneten wir im Kloster eine kleine Schule, um den Söhnen der Adligen und Hofbeamten einen angemessenen Unterricht zu erteilen. Manchmal nahmen sogar königliche Prinzen daran teil, aber das brachte immer gewisse Schwierigkeiten mit sich und bedeutete für die Lehrer eine zusätzliche Belastung.

Es war für die Mönche eines strengen Eremitenordens schon eine seltsame Umstellung, anstatt auf einsamen Bergeshöhen nun mitten in einer lebhaften Stadt zu wohnen. San Giovanni degli Eremiti war nur einen Steinwurf vom Palast entfernt, und der König stattete es mit allerlei Reichtümern und Privilegien aus. Unser Abt – wir hatten ihn auf Vorschlag des Königs gewählt – war zugleich der offizielle Hofkaplan und Beichtvater Seiner Majestät und bekleidete den Rang eines Bischofs. An Festtagen las er die Messe in der Capella Palatina, einem Wunderwerk ohnegleichen. Beim Anblick Christi, seiner hochwürdigen Mutter, der Apostel und Heiligen, deren Bildnisse gütig und streng von goldenen Decken und Wänden blicken, spürte man den Abglanz der himmlischen Herrlichkeit. Als ich zum ersten Mal als einer der Cozelebranten mit dem Abt hier die Messe las, war ich so überwältigt, daß ich einmal fast das Meßbuch fallen gelassen hätte. Mein Gott – wie unterschied sich diese von Reichtum und Luxus geprägte Welt von unserem bescheidenen Kloster auf dem Monte San Vergine!

Der Abt wurde nicht müde, uns vor den Gefahren des Hoflebens zu warnen, und er hatte in den ersten Jahren stets die Warnung parat: «Hinter all dem Luxus lauert der Teufel.»

Doch seit er Beichtvater Seiner Majestät war, äußerte er sich zurückhaltender, und ich glaubte hinter seiner ernsten frommen Miene – wenn er in seinen bischöflichen Prunkgewändern die Messe zelebrierte – einen gewissen Hochmut zu entdecken.

Die glanzvolle Herrschaft unseres Königs endete im Februar des Jahres 1154. Da es seine Gewohnheit war, unserem Kloster von Zeit zu Zeit einen Besuch abzustatten, machten wir uns Sorgen, da wir schon Monate nichts von ihm gehört hatten. Unser Abt, der ja sein Hofkaplan war, blieb stumm wie ein Fisch. Seit er die Beichte des Königs hörte, schwieg er über Hofangelegenheiten wie ein Grab und trat überhaupt auf, als sei er einer der engsten Vertrauten und Ratgeber Seiner Majestät.

Ende Februar wurde unser Abt in den Palast gerufen, um König Roger die Sterbesakramente zu erteilen. Zu diesem Versehgang durfte ich ihn mit einem zweiten Bruder begleiten. Wie die Hofkapelle, so funkelte auch der ganze Palast. Nur waren hier die frommen Bilder durch Jagdszenen, Fabeltiere und kunstvolle Ornamente ersetzt. Die Räume quollen über vor gestickten Seidenvorhängen, mit Perlen und Edelsteinen besetzten Wandteppichen, prächtigen Möbeln aus Ebenholz und Elfenbein. Aus silbernen Schalen quoll der Weihrauch, an allen Ecken standen goldene Kandelaber, von den Decken hingen schön geschmiedete vielarmige Leuchter. Es war, als sei der ganze Reichtum Siziliens in diesem Palast zusammengeströmt.

Doch König Roger konnte ihn nicht mehr genießen, denn er lag im Sterben. Als wir den Schlafraum betraten, sank die ganze um das Bett versammelte Hofgesellschaft in die Knie, denn der Abt trug in seinen Händen den goldenen Kelch mit dem Leib Christi.

Der König atmete schwer, sein bärtiges Gesicht sah bleich und eingefallen aus, auf seiner Stirn perlte der Schweiß. Beatrix, seine dritte Frau, kniete vor dem Bett und hielt die schlaffe Hand des Sterbenden. Man sagte, er habe nur aus Gewissenhaftigkeit wieder geheiratet, um dem Volk kein schlechtes Beispiel zu geben, denn seine Liebe galt über das Grab hinaus der schon vor zwanzig Jahren verstorbenen Elvira von Kastilien. Deren einziger überlebender Sohn, der schon über dreißigjährige Mitregent Wilhelm, kniete mit finsterem Gesicht auf der anderen Seite des Bettes.

Bei dieser Gelegenheit sah ich ihn zum ersten Mal ganz nah. Die athletische und hochgewachsene Gestalt war ein Erbe seiner normannischen Vorfahren, doch Haar und Bart waren dunkel, und mit seinem dicklichen und aufgeschwemmten Gesicht ähnelte er eher einem arabischen Sultan. Seine Körperkräfte waren berüchtigt und kursierten wie Legenden im Volk. Er konnte ein Hufeisen mit bloßen Händen auseinanderbiegen und soll einen gestürzten Packesel ohne fremde Hilfe hochgehoben und wieder auf die Beine gestellt haben. Nun, das Volk liebte solche Geschichten, doch man munkelte auch viel von ungeheueren Ausschweifungen – von Lastern, die ich mir als keusch lebender Klosterbruder nicht einmal vorstellen konnte. Sein Vater hatte ihn schon früh mit Margarete von Navarra verheiratet. Sie hatte ihm vier Söhne geboren, doch seit er zum Mitregenten gekrönt war, schien er sich um seine Familie kaum noch zu kümmern. Er hielt sich vor den Toren der Stadt in einem verschwiegenen Schlößchen einen eigenen Harem und machte auch sonst keinen Hehl aus seiner Vorliebe für Frauen und

Schwelgereien. Er galt als träge und an Staatsgeschäften uninteressiert.

Diese Dinge gingen mir durch den Kopf, als ich neben dem Abt niederkniete und ihm bei der letzten Wegzehrung assistierte.

Mit halblauter Stimme betete der Abt:

«Allmächtiger und barmherziger Gott, Du hast dem Menschengeschlecht die Arznei des Heiles und die Gaben des ewigen Lebens geschenkt. So blicke denn gnädig auf uns, Deine Diener, und erquicke die Seelen, die Du geschaffen, damit sie in der Stunde ihres Hinscheidens durch die Hände der heiligen Engel ohne Sündenmakel vor Dein Antlitz gelangen.»

Der König lag schon in tiefer Bewußtlosigkeit, und es schien aussichtslos, ihm noch die Hostie zu reichen, so daß der Abt dem Sterbenden das Sakrament der letzten Ölung erteilte. Er tauchte ein Stück Baumwolle in das geweihte Öl und bestrich Augen, Ohren, Nase und Mund, Hände und Füße des Sterbenden mit dem Zeichen des Kreuzes.

Ich betrachtete unterdessen König Wilhelm aus den Augenwinkeln. Als kümmere ihn der sterbenden Vater nicht, ruhte sein finsterer Blick auf seiner Stiefmutter Beatrix, deren hohe Schwangerschaft auch unter den langen Gewändern zu erkennen war. Es war, als wollte er mit seinen schwarzen Augen ihren Leib durchbohren, um herauszufinden, ob dieses Kind männlich war und für seine Zukunft eine Gefahr bedeuten könnte.

Als seine Augen sie endlich losließen, wanderten sie zu Simon, seinem illegitimen Halbbruder, den König Roger zum Fürsten von Tarent erhoben hatte. Der noch junge Mann war sofort nach Sizilien gekommen, als er von der Krankheit seines Vaters hörte, doch er hatte niemals den geringsten Ehrgeiz gezeigt, aus seiner Abstammung mehr zu machen, als sein Vater im Sinn hatte. Von ihm hörte man nur Gutes, aber die Blicke seines Halbbruders verrieten Argwohn und Mißtrauen. Simon kniete in der Nähe der Tür, als wolle er andeuten, daß er nicht beabsichtige, in den inneren Kreis der Familie vorzudringen.

Wilhelms Augen lösten sich von ihm und trafen überraschend mich. Ich errötete, senkte sofort den Kopf und konzentrierte mich auf die Gebete.

Wie lange wir am Bett König Rogers knieten, kann ich nicht sagen, es werden wohl einige Stunden gewesen sein. Nach dem endgültigen Amen halfen wir unserem Abt auf die Beine, und alle anderen erhoben sich mit ihm. Er segnete die Anwesenden, worauf Wilhelm auf ihn zutrat und ihm in höflichen Worten dankte.

«Ich werde Euch wieder holen lassen, wenn ich Euch brauche», fügte er noch hinzu. Dann schaute er mich an, und in seinen schwarzen Augen lag eine Art geringschätziges Wohlwollen.

«Bist du geweihter Priester?»

«Ja, Majestät.»

«Dann bleibst du vorläufig hier.»

Der Abt nickte sein nicht verlangtes Einverständnis und zog sich zurück. Wilhelm trat auf seine Stiefmutter zu, flüsterte einige Worte und führte sie behutsam hinaus.

Schließlich war ich mit dem Arzt allein, der auf einem Hocker neben dem Bett saß und den Sterbenden nicht aus den Augen ließ. Längst war die Nacht über den Palast gesunken, und der Arzt hatte die Fenster weit öffnen lassen, um den lähmenden Geruch nach Weihrauch, Medikamenten und Tod durch die frische kühle Nachtluft zu ersetzen.

Plötzlich fühlte ich eine Hand an der Schulter. Ich fuhr erschrocken auf und blickte in die stolzen schwarzen Augen von König Wilhelm.

«Bleib nur sitzen, Mönchlein», sagte er belustigt und drückte mich auf den Stuhl zurück. Ich spürte die eiserne Kraft in den Pranken dieses schwarzbärtigen Riesen. Er sprach ein etwas unbeholfenes Griechisch, aber in welcher Sprache hätten wir uns unterhalten sollen? Die Hofsprache, das normannische Französisch, war mir ebenso fremd wie das Arabische, und die mir vertraute italische Volkssprache hatte in Palermo noch nicht Fuß gefaßt. Wenn wir eine Unterhaltung in Kirchenlatein vermeiden wollten, so bleib nur noch das Griechische.

«Ich mag euren Abt nicht», begann Wilhelm das Gespräch, «der Mann ist mir zu gespreizt und hat sich auf sein Amt als Hofkaplan zuviel eingebildet. Bei mir wird das anders! Ich bin ein christlicher König und stehe treu zur römischen Kirche, aber ich finde, die Priester sollten sich auf ihr geistliches Amt beschränken und von weltlichen Dingen – also von Politik und von Weibern – die Finger lassen.»

Da sprach er mir ganz aus dem Herzen, und ich stimmte ihm begeistert zu.

«Da denke ich ganz wie Ihr, Majestät, und der heilige Benedikt von Nursa, nach dessen Ordensregeln wir leben, hätte Euch gewiß zugestimmt.»

Ein lautes Röcheln des Sterbenden unterbrach unser Gespräch. König Roger hatte die Augen aufgerissen und stammelte etwas Unverständliches. Der Arzt nützte diesen Augenblick, flößte dem Todkranken die Medizin ein, und zwang ihn mit sanftem Druck in die Kissen zurück. Wilhelm war aufgestanden, doch er setzte sich wieder, als er sah, daß sich sein Vater beruhigt hatte.

«Wer seinem König zustimmt, hat schon eine der Hauptpflichten des guten Untertanen erfüllt. Aber Priester widersprechen nun einmal gerne, und manche glauben gar, daß ihre Weihe sie über den König erhebt.»

Wilhelm schaute mich neugierig an, er wollte offenbar meine Meinung dazu hören.

«Die Obrigkeit – und damit der König – ist von Gott eingesetzt, und wir Priester sind Gott geweiht. Da sollte sich keiner über den anderen erheben. Aber neben seinem Amt ist ein Priester auch noch Untertan eines Grafen, Fürsten oder Königs, und dem hat er in weltlichen Dingen zu gehorchen.»

Ich hörte den König leise lachen und empfand es an diesem Ort nicht einmal als ungehörig.

«Du drückst dich sehr geschickt aus, Mönchlein – an dir ist ein Hofmann verlorengegangen. Vertrauen gegen Vertrauen! Weißt du, ich möchte manches anders machen als mein Vater. Er hat sich um alles gekümmert, prüfte die Abrechnungen seines Schatzmeisters, blätterte nächtelang in Gerichtsakten, las jeden Brief, der ihn erreichte – auch die ganz unwichtigen. Das möchte ich anders machen. Ein König sollte sich nicht mit jeder Kleinigkeit befassen. Wofür hat man hochbezahlte Kanzler, Emire, Präfekten? Die sollen dem Herrscher wenigstens die Friedensarbeit abnehmen. Wenn ein Krieg kommt, muß der König seine Truppen selber anführen, da stimme ich meinem Vater zu.»

Er gähnte und blickte zum Bett des Königs.

«Da hat er nun über dreißig Jahre sein Land regiert, hat Mühsal und Gefahren auf sich geladen, und was hat er selber davon gehabt? Ich finde, es genügt nicht, König zu sein, man muß es auch genießen können.»

Wieder gähnte er lange.

«Ich kann das – du wirst sehen. Rufe mich sofort, wenn Seine Majestät erwacht oder wenn eine Verschlechterung eintritt.»

«Das soll geschehen, Majestät.»

3

König Roger starb in den Morgenstunden des nächsten Tages, ganz ruhig, ohne einen Laut. Der Arzt und ich waren eingeschlafen, doch wir schämten uns und beschlossen zu melden, wir hätten bis zum letzten Atemzug bei seiner Majestät gewacht.

Schon mit seiner ersten Anordnung setzte sich Wilhelm über einen Wunsch seines Vaters hinweg. König Roger nämlich hatte zu Lebzeiten verfügt, er wollte in seiner Gründung zu Kephaloidonia begraben werden, doch sein Sohn lehnte dies ab mit dem Hinweis, das Bistum sei bis jetzt nicht von Rom anerkannt, und man könne den Leichnam später immer noch umbetten. Niemand wagte zu widersprechen, und so wurden die Trauerfeiern im Dom zu Palermo abgehalten, wo die Bildhauer Tag und Nacht an der Grabstätte arbeiteten.

Wilhelm bestand darauf, ein zweites Mal gekrönt zu werden, und dies geschah am Ostersonntag des Jahres 1154 durch den Erzbischof Hugo von Palermo. Das Volk jubelte wie immer, aber die Zurufe der Vasallen klangen ein wenig schwach, wollte mir scheinen. Doch Wilhelm schien sich keine Sorgen zu machen. Er bewirtete das jubelnde Volk mit Brot, Wein und Spießbraten über mehrere Tage, bis es in Palermo keinen hungrigen Magen mehr gab.

Daraufhin zog sich der König in sein Schloß zurück und überließ – wie er es in unserem Gespräch schon angedeutet hatte – die Staatsgeschäfte seinen Beamten. Das waren vor allem der Erzkanzler Maio von Bari und der Erzbischof Hugo von Palermo. Maio trug den Titel ‹Emir der Emire› und hatte schon unter König Roger weitgehende Vollmachten besessen. Weder beim Volk noch beim Adel war er beliebt, weil man alles Unangenehme – Steuer, Zölle, Verfügungen – seinem Einfluß zuschrieb. Davon später mehr.

Unser Klosterleben nahm seinen üblichen Gang, doch es entging uns nicht, daß der Abt noch kein einziges Mal in seiner Eigenschaft als Hofkaplan und Beichtvater in den Palast gerufen worden war.

Im Herbst – ich glaube es war in den ersten Septembertagen – kam ein Bote vom Palast und befahl den Abt und mich zum König.

«Nun scheint Seine Majestät uns doch einmal zu brauchen…», witzelte unser sonst gar nicht zum Humor neigender Abt.

Wir wurden zu Emir Maio geführt, der sehr erregt schien. Der dick und behäbig gewordene Kanzler rief uns entgegen:

«Jetzt ist Seine Majestät auch noch krank geworden! Das Reich ist in Gefahr! Den Vasallen auf dem Festland ist es endlich gelungen, Sizilien mit ihrem Verrat anzustecken. In Butera soll eine Rebellion ausgebrochen sein! Wir müssen…» Er hielt inne: «Warum erzähle ich euch das? Mit Mönchen ist schließlich kein Krieg zu führen.»

Da wurde der Abt böse.

«Ihr vergeßt, mit wem Ihr sprecht! Ich bin Abt von San Giovanni und Beichtvater…»

Maio grinste.

«Ja – aber von wem? Ich denke, du wirst gleich mehr erfahren, der König erwartet euch.»

König Wilhelm wälzte sich fluchend in seinem Prunkbett, während zwei Ärzte ihn zu beruhigen suchten.

«Die Hitze bringt mich noch um, und ihr Dummköpfe gebt mir nur Medizin zu trinken.»

Er preßte jammernd beide Hände auf seinen Bauch.

«Da drinnen ist der Teufel los, es zerreißt mir fast die Gedärme. Den Nachttopf!»

Ein Diener lief herbei und schob ihm das flache Nachtgeschirr unter. Ich hörte es wie Wasser plätschern, und ein infernalischer

Gestank zog durch den Raum. Einer der Ärzte warf eine Handvoll Weihrauch in das schwelende Becken.

«Jetzt ist mir besser.»

Er legte sich aufatmend zurück und winkte uns herbei.

«Um es kurz zu machen, Herr Bischof: Ihr wart der Hofkaplan meines seligen Vaters, und ich entlasse Euch aus diesem Dienst. Wenn Ihr wollt, könnt Ihr den nächsten freiwerdenden Bischofsstuhl haben, könnt aber auch nach Monte Vergine zurück, falls Euch das lieber ist. Zu Eurem Nachfolger ernenne ich dieses Mönchlein da.»

Er grinste mich an und weidete sich an meinem Erstaunen.

«Ja, Fulbertus, du siehst, ich habe mir sogar deinen Namen gemerkt. Jetzt brauchen dich deine Mitbrüder nur noch zum Abt zu wählen, dann hat alles seine Ordnung. Ich möchte gleich bei dir beichten, wer weiß, was aus meiner Krankheit noch wird? Wer will schon unvorbereitet vor Gottes Richtstuhl treten?»

Diese Feststellung war ernst gemeint, das sah man ihm an.

«Ihr übrigen verschwindet!»

Die Diener liefen hinaus, mein Abt und die Ärzte schritten würdevoll hinterher. Ich nahm König Wilhelm die Beichte ab, holte aus der Palastkapelle den Leib Christi und reichte ihn dem Kranken.

«Nun bin ich gerüstet», sagte Wilhelm zufrieden, «gerüstet für Kampf und Tod.»

«Warum Kampf, Majestät?»

«Kampf gegen meine Krankheit, die ihren Höhepunkt erst erreichen wird, und wenn ich überlebe, Kampf gegen die aufständischen Vasallen. Die sollen mich kennenlernen! Hat schon mein Vater zweimal ihre Städte niederbrennen müssen, um Ruhe zu schaffen, ich werde es gern ein drittes Mal tun. Keine Gnade für Abtrünnige und Verräter!»

Wilhelm fuhr mit dem Zeigefinger über seine Kehle.

«Ratsch! Aufhängen, köpfen, ertränken, verbrennen – da ist mir mein Vater ein guter Lehrmeister gewesen.»

«Jetzt habt Ihr gerade gebeichtet, Majestät, und redet nun daher, als würdet Ihr Euch auf das Morden und Brennen freuen.»

«Warum nicht? Das gehört nun einmal zur Aufgabe eines Königs, und daheim wartet dann das andere Vergnügen – die Frauen, die Bäder und Gärten, die köstlichen Weine...»

Er seufzte.

«Wenn ich nur jetzt einen Schluck davon hätte! Aber meine Jünger des Hippokrates halten es für sehr gefährlich, wenn – ah, ah!»

Er stöhnte und griff sich an den Leib.

«Hole schnell die Diener!»

Erleichtert lief ich hinaus und überließ den König seinen Ärzten und Pflegern.

Die Krankheit war schwer und zog sich bis Weihnachten hin. Doch dann erschien ein schlank gewordener König mit festem Schritt in der Palastkapelle, wo ich – nun Abt von San Giovanni – die Weihnachtsmesse zelebrierte. Mein Vorgänger hatte sich nach Monte Vergine zurückgezogen; er sagte, er habe nun genug von weltlichen Umtrieben. Ich aber war mit meinem Amt gewachsen, oder bildete es mir jedenfalls ein. Aus dem ‹Mönchlein› war ein Träger der Bischofsmitra geworden, der im Königspalast aus- und einging und dem jedermann respektvoll die Hand küßte, ausgenommen Maio, der Emir der Emire. In seinen Augen stand nur der König über ihm, aber sein Hochmut sollte ihn bald zu Fall bringen.

Im März zog König Wilhelm mit einer kleinen Streitmacht nach Butera, wo ihm eine Abordnung der Aufständischen mitteilte, nicht gegen ihn, den König, sei der Widerstand gerichtet, sondern gegen Maio, der das Land aussauge und dessen heimliche Absicht es sei, sich die Krone anzueignen. Wenn er den Verhaßten verjage, seien sie sofort bereit, sich zu ergeben.

Der König war klug, gab eine beruhigende unverbindliche Antwort, und Butera ergab sich ihm ohne einen Handstreich. Er hatte wenig Zeit, denn auf dem Festland drohte eine viel größere Gefahr. Die Byzantiner hatten sich dort an mehreren Stellen festgesetzt und waren gerade dabei, die wichtige Hafenstadt Brindisi zu erobern. Wilhelm setzte mit seiner Flotte über und bereitete den Griechen eine vernichtende Niederlage. Die feindlichen Schiffe – soweit sie nicht verbrannt oder gesunken waren – wurden gekapert, und die überlebenden Griechen durften abziehen. Den verräterischen Vasallen, die sich den Byzantinern angeschlossen hatten, ging es weniger gut. Wer nur mit Blendung oder Kerkerhaft davonkam, konnte sich glücklich preisen.

Ich hatte den König begleiten dürfen und war am Tag des Gerichts dabei. Auf dem Domplatz von Brindisi wurden hohe Scheiterhaufen geschichtet, und ein gutes Dutzend der schlimmsten Verräter fand einen schrecklichen Tod in den Flammen. Ihre Schreie gellen mir noch heute in den Ohren. Andere wurden mit Steinen behängt ins Meer geworfen, ein Teil war zum Galgen ‹begnadigt› worden.

Meine schüchternen Einwände, die Hinrichtungen nicht ganz so grausam zu gestalten, fegte der König beiseite.

«Sie würden es mir als Schwäche auslegen und mich wieder verraten, sobald ich ihnen den Rücken kehre.»

«Aber sie leben ja dann nicht mehr...»

Wilhelm lachte böse.

«Sie nicht, aber ihre Söhne, Brüder, Neffen und Vettern, die sich inzwischen verkrochen haben. Das ist wie eine Hydra. Nein, Mönchlein, keine Milde! Ich kann das vor Gott verantworten.»

Damit mußte ich mich abfinden, und heute meine ich, daß ich es mir zu einfach machte.

Kaum war Wilhelm in Sizilien, verfiel er in sein altes zurückgezogenes Lotterleben, während Maio von Bari wieder die Zügel der Herrschaft übernahm. Die Zahl seiner Feinde hatte sich beträchtlich vermehrt, doch am Hof besaß er einen Kreis ergebener Freunde und Anhänger, aber wichtiger noch, der König schenkte ihm nach wie vor sein uneingeschränktes Vertrauen.

Einmal sagte König Wilhelm zu mir:

«Ich weiß, daß Maio in Sizilien viele Feinde hat. Fast täglich legt mir mein Secretarius eines der meist anonymen Schreiben vor, die den guten Maio der unglaublichsten Verbrechen beschuldigen. Es geht sogar das Gerücht um, er sei der Liebhaber meiner Frau und habe sich die Krönungsinsignien schon angeeignet. Aber solcher Blödsinn wird vom Volk geglaubt, und die ihn verbreiten, tun es nicht ohne Grund, Maio wird sich vorsehen müssen.»

Das tat der Emir natürlich, aber es half ihm nichts. Nur wenige Wochen nach diesem Gespräch wurde Maio nach einem Besuch beim Erzbischof Hugo auf offener Straße erschlagen. Obwohl dies kurz vor Mitternacht geschah, wußte es binnen einer Stunde die ganze Stadt. Der Lärm drang bis in unser Kloster; einige der Mönche – darunter auch ich – kleideten sich an und traten auf die Straße. Der Name des Mörders schwirrte durch die Luft, und die Menschen feierten ihn wie einen Heiligen.

Matteo Bonnellus, ein junger Adliger aus reicher, bei Messina ansässiger Familie, hatte die ‹Heldentat› vollbracht.

Ohne gerufen zu sein, ging ich am nächsten Morgen in den Palast. Der König besprach gerade mit seinen Ratgebern die nächsten Schritte und begrüßte mich freundlich:

«Mein kluges Mönchlein kommt gerade recht, um seinem König mit gutem Rat beizustehen. Bonnellus ist natürlich geflohen, doch das Volk erwartet nicht nur, daß ich ihn begnadige – nein, ich soll den Mörder meines Emirs noch lobpreisen. Was hältst du davon?»

«Einen Mörder feiern? Das ist gegen jedes menschliche und göttliche Gesetz! Bonnellus muß gefangen und bestraft werden.»

Erzbischof Hugo blickte mich streng an.

«Das kann dem König die Krone kosten. Solange Bonnellus so hoch in der Gunst des Volkes steht – und nicht nur des Volkes! –, müssen wir klug sein und abwarten. Er wird seiner Strafe trotzdem nicht entgehen.»

Hugo drang mit seiner Meinung durch, und Matteo Bonnellus wurde der Gnade des Königs versichert; im übrigen könne er jederzeit nach Palermo zurückkehren. Der junge Adlige tat es, und er tat noch mehr. Unter der Südwestecke des Königspalastes befanden sich die Kerker für Staatsgefangene. Bonnellus bestach den dafür zuständigen Beamten mit einem Sack voll Gold und versah die Gefangenen – darunter viele Opfer von Maios Willkür – mit Waffen und Instruktionen. Er hatte nichts Geringeres vor, als den König gefangenzunehmen und den kleinen Kronprinzen auf den Thron zu setzen. Dann konnte er, Matteo Bonnellus, die Regentschaft übernehmen und Sizilien in seinem und seiner Freunde Sinn regieren. Diese Pläne kamen später zutage, und sie konnten nur dem Hirn eines jungen heißblütigen Dummkopfs entsprungen sein.

Am Morgen des 9. März war ich kurz nach Sonnenaufgang in den Palast gekommen, um das Kind eines engen Freundes des Königs in der Capella Palatina zu taufen, und Wilhelm sollte der Pate sein. Es war ein schöner, sonniger und friedlicher Morgen. Wer Sizilien im Frühling kennt, weiß, daß die Insel zu dieser Zeit ihr lieblichstes Gesicht zeigt. Bäume und Büsche, Gräser und Blumen blühen und grünen um die Wette, die Sonne ist noch mild und wohltätig, die Nächte sind kühl und angenehm.

So war auch ich in heiterer Laune und freute mich, Christus, unseren Herrn, durch die Kraft des Sakraments eine Seele zuführen zu dürfen.

Die Taufe war bald vollzogen, und wir gingen hinüber zum Pisanischen Turm, wo Heinrich Aristippus – der neuernannte Kanzler und frühere Lehrer des Königs – seine Amtsräume hatte. Ich war gerade dabei, mich vor der Tür zu verabschieden, als wir Rufe und Waffengeklirr vernahmen. Wir liefen schnell in den Raum, doch ehe unsere Wachen die Tür verrammeln konnten, drangen die Verschwörer ein, stießen mich und andere beiseite und stürzten sich auf den völlig überraschten König. Wilhelm lief zum Fenster und rief laut um Hilfe, doch sie rissen ihn zurück und führten ihn ab.

Ich war so verstört, daß ich zitternd in einer Ecke stand und sinnlose Gebete stammelte. Wohin war die Welt geraten, wenn ein geweihter und gesalbter König in seinem eigenen Palast nicht mehr sicher sein konnte? Ich mußte etwas zu seiner Rettung unternehmen. Da niemand auf mich achtete, schlich ich zum Fenster und rief mit lauter Stimme.

«Der König ist in Mörderhand! Rettet den König! Rettet euren König! Wilhelm ist gefangen! Befreit euren König!»

Ich rief so laut ich konnte und sah, wie das Volk unten zusammenströmte. Einige Rufe drangen herauf zu mir, doch ich konnte nichts verstehen. Wieder rief ich:

«Rettet euren König! Der König ist –»

Da traf mich von hinten ein Schlag, und ich verlor das Bewußtsein. Was ich von den weiteren Ereignissen berichte, habe ich nicht selbst erlebt, sondern von anderen erfahren.

Die Verschwörer schlossen König Wilhelm zusammen mit seiner Familie in einen Raum ein und plünderten den überreich ausgestatteten Palast so gründlich, wie es ein feindliches Heer nicht besser hätte machen können. Die Frauen und Mädchen aus dem Harem wurden davongezerrt, die Palasteunuchen erschlagen. Sie waren fast ausschließlich Muslime, und ihr Tod schien in ganz Palermo eine Haßstimmung auf die Araber zu erzeugen. Jahrhundertelang hatte man friedlich Seite an Seite gelebt, einer des anderen Religion achtend, und nun begann eine erbarmungslose Jagd auf alle, die sich zu Mohammeds Lehre bekannten. Christen erschlugen ihre muslimischen Nachbarn; die zahlreichen Araber in den Ämtern und Behörden mußten um ihr Leben laufen, und nicht wenige verloren es.

Inzwischen war die Menge vor dem Palast angeschwollen, was nicht zuletzt meinen Hilferufen zu verdanken war. Aber mein «Rettet den König!» hatte bei den Menschen große Verwirrung erzeugt. Retten? Vor wem? War der König tot? War er verletzt? Konnte er fliehen? Die Verschwörer warfen Hände voll Goldmünzen aus den Palastfenstern, um die aufgebrachten Menschen abzulenken.

Dann trat ein Herold hinaus und verkündete, der König habe zugunsten seines Sohnes, des neunjährigen Roger, abgedankt. Die Aufrührer setzten den Jungen auf ein Pferd und führten ihn herum. Doch der Jubel hielt sich in Grenzen, denn Wilhelm war beim Volk beliebt, und niemand wollte ein Kind zum König, so lange er lebte. Das Volk murrte, und die Verschwörer wurden nachdenklich. Einige zogen sich stillschweigend zurück, bei den anderen brach ein erbitterter Streit aus. Doch der Schwung der Rebellion war dahin, und die Häupter der Verschwörung beschlossen zu warten, bis der ‹Volksheld› Matteo Bonnellus in die Hauptstadt kam. Auf ihn würden die Leute hören.

Doch die Königstreuen blieben nicht untätig. Sie brachten Gerüchte unters Volk, daß Bonnellus die Plünderung und Gefangennahme des Königs weder befohlen noch gutgeheißen habe, und erinnerten die Leute daran, daß der geraubte Staatsschatz nur durch erhöhte Steuern wieder aufgefüllt werden konnte. Daraufhin schlug die Stimmung um, und die Verschwörer standen allein. Bonnellus hielt sich wohlweislich zurück, und nun traten die königtreuen hohen Geistlichen vors Volk, die Bischöfe von Palermo, Messina, Salerno und Syrakus. Sie riefen die Menschen dazu auf, den Palast zu stürmen und den König mit seiner Familie zu befreien.

Unterdessen einige Worte über mein Schicksal. Wer mich am Fenster niedergeschlagen hatte, weiß ich nicht, doch Diener des Königs trugen mich ins Freie, wobei ich langsam meine Besinnung wiederfand. Hilfreiche Hände stützten mich, und so kam ich in mein Kloster. Der Bruder Medicus befühlte meinen schmerzenden Kopf und sagte:

«Eine riesige Beule, doch scheint mir nichts gebrochen. Ich werde Euer Gnaden eine kühle Kompresse anlegen, und in einigen Tagen ist alles vorbei.»

Doch der Schlag muß sehr heftig gewesen sein, denn mir wurde bald darauf übel, und ich erbrach mich. Auf Anraten des Bruders Medicus mußte ich einige Tage unbeweglich im Bett verbringen.

Zurück zu den Ereignissen. Der Aufruf der Bischöfe vereinte die Bürger von Palermo gegen die Rebellen. Als sie dabei waren, den Palast zu stürmen, trat der König ans Fenster und wurde sofort freudig begrüßt. Dann bat er das Volk, die Waffen niederzulegen und ruhig nach Hause zu gehen. Nur so könne er sich mit den Rebellen einigen; im übrigen sei er von der Treue und Zuneigung seiner lieben Palermitaner erfreut und gerührt. Sollte er weiterhin ihre Hilfe benötigen, werde er sie rufen lassen.

Die Leute zogen willig ab, doch der König – der sich nur mühsam beherrscht hatte – brach weinend zusammen.

Roger, sein Kronprinz, lag im Sterben. Ihn hatte ein verirrter Pfeil ins Auge getroffen, und er starb wenig später in den Armen seines Vaters. Wilhelm erholte sich lange nicht von dem Schlag, und er pflegte oft zu fragen, warum Gott ihn so bestraft habe.

«Was hat der kleine Junge Schlechtes getan? Ein unschuldiges

Kind mußte sterben, während die Rebellen am Leben sind und vermutlich über neuen Plänen brüten.»

Der König hatte sie damals ungehindert abziehen lassen, um sich und seine Familie nicht zu gefährden. Aber was sollte ich ihm auf sein Klagen antworten, wie ihn trösten?

«Vielleicht wollte Gott Euch – uns alle – an die Sünden und Verfehlungen erinnern, deren wir uns unausgesetzt schuldig machen. Ihr habt jetzt einen Fürbitter im Himmel, die reine Seele Eures Kindes…»

Wilhelm lächelte bitter.

«So kann man es auch sehen, Mönchlein. Du bist Priester, du mußt so reden – aber vielleicht hast du recht.»

Sie wären keine Sizilianer gewesen, hätten die Rebellen jetzt nicht auf Rache gesonnen. Matteo Bonnellus tauchte wieder auf und überredete eine Handvoll Adliger zum Sturm auf Palermo. Sie besetzten alle Zufahrtsstraßen, zögerten aber, als die ersten königlichen Soldaten auftauchten. Es wurden mehr und mehr, und Bonnellus sah sich in einer hoffnungslosen Minderheit. Er begann mit dem König zu feilschen, während seine Freunde sich nach und nach stillschweigend zurückzogen. Nun verlor sogar der träge Wilhelm die Geduld. Er ließ Bonnellus festnehmen, einkerkern und später blenden. Auch seine Spießgesellen kamen nicht mehr so leicht davon. Wo immer man ihrer habhaft wurde, mußten sie den Weg zum Galgen antreten.

4

Mit Ruhe und Frieden war es nun vorbei. Das schlechte Beispiel machte Schule, und überall begann der Aufruhr zu lodern, auf dem Festland und leider auch auf Sizilien. Der illegitime Sproß seines verstorbenen Bruders Roger machte jetzt dem König zu schaffen. Dieser Tankred von Lecce hatte schon bei der Gefangennahme des Königs eine führende Rolle gespielt, und nicht wenige sahen in ihm einen möglichen Thronprätendeten. Die illegitime

Geburt war ein Hindernis, das Tankred mit doppelter Tatkraft zu überwinden suchte. Nun stiftete er im Süden der Insel Unruhe, hetzte Christen und Muslime aufeinander und brachte es fertig, daß in dem Gebiet zwischen Butera und Piazza sämtliche muslimischen Bauern die Flucht ergriffen und es auch später nicht mehr wagten zurückzukehren.

Wo waren die friedlichen Tage eines König Roger geblieben, da jeder mit jedem gut nachbarlich verkehrte? Einmal hörte ich König Wilhelm sagen:

«Ich hätte den alten muslimischen Brauch des Verwandtenmordes auch auf Sizilien einführen sollen. Da ist es üblich, daß der vom Sultan bestimmte Nachfolger seine Brüder, Halbbrüder und Vettern umbringen läßt, um Thronstreitigkeiten und Bürgerkriege zu vermeiden. So sterben allenfalls ein Dutzend Männer, aber wieviel hat mein sauberer Vetter schon auf dem Gewissen? Ach, Mönchlein, liebte ich die schönen Frauen nicht allzu sehr, ich hätte mich längst in ein Kloster zurückgezogen. Aber da ich nun einmal König bin, werde ich wieder einmal in den Krieg ziehen müssen. Wann habe ich zum letzten Mal gebeichtet?»

«Das ist schon eine Weile her, Majestät.»

«Gut, dann werde ich jetzt meine Seele reinigen, um Platz zu machen für neue Flecken.»

«Es ist Gotteslästerung, schon vor der Beichte an weitere Sünden zu denken, Majestät.»

Wilhelm seufzte.

«Ich denke an nichts Bestimmtes, aber ich kenne mich zu gut, um nicht zu wissen, daß ich immer wieder in den Sündenpfuhl zurückplumpse.»

Damit hatte der König die Wahrheit gesprochen. Er war gewiß kein schlechter Mensch, doch seine triebhafte Natur und sein jäher Zorn ließen ihn immer die Laster von Wollust und Grausamkeit begehen.

Der Kriegszug im Süden war schnell beendet, die Städte Piazza und Butera mußten ihren Abfall schwer büßen, doch Vetter Tankred entwischte wieder einmal.

Um einiges länger dauerte die Strafexpedition auf dem Festland. Allein Wilhelms Erscheinen versetzte die Abtrünnigen in Angst und Schrecken. Es gab nur wenig Widerstand, aber die Schuldigen traf ein grausames Strafgericht. Es war ein Rachezug ohnegleichen, gesäumt von Hingerichteten, Geblendeten und Verstümmelten. Wer nur mit dem Verlust seiner Nase, Ohren oder einer Hand durchkam, konnte von Glück reden.

Dazu kamen noch hohe Geldbußen, zu denen die Städte verurteilt wurden und die Wilhelms beim Aufstand geleerte Schatztruhen wieder füllten. Dieser Kriegszug hinterließ zerstörte und geplünderte Ortschaften und einen Leichenhaufen von mehr oder weniger Schuldigen. So hatte Wilhelm seine Festlandbesitzungen wieder eimal ‹befriedet› und kehrte auf die Insel zurück.

Hier hatte ein getaufter Eunuch namens Martin – mit stillschweigender Billigung des Königs – ein Schreckensregiment geführt. Wer auch nur im leisesten Verdacht stand, mit dem inzwischen im Kerker verstorbenen Matteo Bonnellus in Verbindung gestanden zu haben, wurde mit schweren Bußgeldern belegt – und das traf ganze Städte, die nichts weiter getan hatten, als den Abenteurer für eine Nacht zu beherbergen.

So waren die Schatzkammern wieder voll, die Menschen kuschten, und Wilhelm hielt die Zügel von neuem fest in der Hand. Doch er gab sie – wie stets – gleich an ein von ihm ernanntes Triumvirat weiter und erteilte den strengen Befehl, ihn von nun an mit nichts mehr zu behelligen.

Doch diesmal sank er nicht in ein unfähiges Lotterleben zurück, sondern erbaute sich vor den Toren der Stadt ein Lustschloß. Er liebte es, den schnell wachsenden Bau seinen Freunden zu zeigen, und so nahm er auch mich eines Tages dorthin mit.

Wenn ich mich zu König Wilhelms Freunden zähle, so geschieht dies nicht ohne Vorbehalt. Daß Wilhelm mich auf eine gönnerhafte Art schätzte und mochte, steht außer Zweifel. Er vertraute mir auch außerhalb der Beichte viel von seinen Gedanken und Vorstellungen an, wohl wissend, daß ich damit niemals Mißbrauch treiben würde. Ich aber fühlte mich durch das, wenn auch häufig vergebliche, Bemühen an ihn gebunden, in diesem jähzornigen und wollüstigen Prasser den guten Kern freizulegen und ihm seine Laster immer wieder vor Augen zu führen. Das machte ihn keineswegs zornig oder ungeduldig. Einmal sagte er:

«Dafür habe ich dich ja, Mönchlein, daß du mir alten Sünder von Zeit zu Zeit die Leviten liest. Das ist manchmal ein hartes Brot, ich weiß, aber im Himmel wird es dir sicher hoch angerechnet.»

Nach solchen Worten war ich entwaffnet und konnte dem rückfälligen Sünder nicht mehr böse sein.

Das Volk nannte Wilhelms Lustschloß bald La Zisa, was ‹die Großartige› heißt und vom arabischen Wort ‹aziz› herstammt. Rundherum hatte Wilhelm von arabischen Architekten einen weitläufigen wunderschönen Park anlegen lassen, mit Brunnen, Gartenhäusern und verschlungenen Wegen zwischen Lorbeer-, Myrte- und Oleanderbüschen und kleinen Gruppen von Zitronen-, Granatapfel- und Mandelbäumen. Entlang der Gartenmauer hatte Wilhelm verschiedene Palmenarten pflanzen lassen, doch die wuchsen recht langsam und wirkten ein wenig kümmerlich.

Hierher lud er in den Sommermonaten seine Freunde, und sie verbrachten die Nächte im Freien mit Frauen, Musik und stundenlangen Schlemmermählern. So war auch ich einmal dazu geladen, denn Wilhelm meinte, auch ein Mönch verdiene gelegentlich eine kleine Erholung, noch dazu, wenn er der Beichtvater des Königs sei. Doch diese sündhaften Vergnügungen stießen mich ab, und ich habe mich schnell zurückgezogen, als verschleierte, aber fast nackte Tänzerinnen zu einer monotonen arabischen Musik auftraten. Im Gegensatz zu vielen meiner geistlichen Brüder konnte ich an dem weltlichen Treiben niemals Gefallen finden, vermutlich deshalb, weil ich schon von Jugend an zum geistlichen Amt erzogen wurde.

Um der Gerechtigkeit willen möchte ich noch erwähnen, daß sich König Wilhelm in seiner Zurückgezogenheit keineswegs nur mit Frauen, Musik und Schlemmereien befaßte. In seinem Stadtpalast wie in dem fast fertigen Lustschloß hatte er sich umfangreiche Bibliotheken einrichten lassen, und nicht nur, um sich damit zu brüsten. Er diskutierte gerne mit Gelehrten und Wissenschaftlern, beschäftigte auch mehrere Vorleser, die er zu den unterschiedlichsten Zeiten zum Vortrag befahl. Selber las er nicht gerne, schätzte aber Bücher mit Illustrationen, die er stundenlang aufmerksam betrachtete. Er lebte die letzten Jahre recht glücklich, doch er zeigte sich nur noch ganz selten in der Öffentlichkeit.

Sein von Ausschweifungen geschwächter Körper machte ihm zunehmend Sorgen. Der so häufig mit gewürzten Speisen überlastete Magen wurde schwach und empfindlich, die Leber war stark geschwollen. Doch der König lachte nur über die Warnungen seiner Ärzte, und nicht einmal sein vertrauter Freund, der in Salerno zum Arzt ausgebildete Erzbischof Romuald hatte mit seinen Ermahnungen Erfolg.

Im März des Jahres 1166 erkrankte König Wilhelm an der Ruhr, die er wohl auch überstanden hätte, wäre er nicht nach der kleinsten Besserung gleich wieder rückfällig geworden. Er aß dann, was ihm gerade schmeckte, und trank schwere Weine dazu. So wurden die Rückfälle immer häufiger, und Anfang Mai hatten wir alle die Hoffnung auf eine Genesung aufgegeben – und er selbst wohl auch.

Eines Nachmittags befahl er mich an sein Bett. Sein feistes Gesicht war eingefallen, doch in seinen dunklen Augen glomm noch ein heftiger Funke des Lebens, das Wilhelm so liebte. Mit schwacher Stimme begrüßte er mich.

«Es sieht nicht gut aus, Mönchlein. Die Quacksalber haben alles mit mir versucht, sie sind mit ihrer Kunst am Ende. So brauche ich nur noch einen Seelenarzt, und darin hast du die beste Erfahrung.»

Der König beichtete, und ich reichte ihm die Kommunion. Viel gab es nicht mehr zu bekennen, denn die letzten Jahre waren ruhig und friedlich verlaufen, und er lag schon über zwei Monate krank. Doch er war erst sechsundvierzig Jahre alt und bekannte in dieser Stunde:

«Ein paar Jahre hätte ich gerne noch gelebt, das gebe ich offen zu. Aber Gott hat es anders beschlossen, und so werde ich mich eben fügen müssen. Riechst du den Tod? Seit Tagen habe ich diesen Geruch nach Verwesung in der Nase, und manchmal sehe ich ihn auch in einer dunklen Ecke lauern, den hohläugigen Knochenmann, aber er schreckt mich nicht mehr. Nur eine Frage beschäftigt mich jetzt noch, aber ich erwarte keine Antwort darauf. Warum hat Gott mich zum König gemacht? Jeder meiner drei älteren Brüder wäre eher dazu geeignet gewesen. Hier auf meinem Sterbebett gestehe ich es dir, Fulbertus, ich bin niemals gerne König gewesen. Ich habe meine Pflichten gehaßt und habe den Krieg verabscheut. Ich war kein schlechter Kämpfer, viele haben es bitter erfahren müssen, doch ich bin niemals gerne hinausgezogen, um meine Vasallen zu züchtigen. Tempi passati, Mönchlein – jeder bekommt sein Kreuz aufgeladen. Ich möchte jetzt schlafen, besuche mich morgen wieder.»

Doch dazu kam es nicht. Ein heftiges Fieber und eine darauffolgende tiefe Bewußtlosigkeit beendeten am Nachmittag des 7. Mai das Leben König Wilhelms von Sizilien. Das Volk hatte ihm seine harten Maßnahmen längst verziehen und betrauerte ihn aufrichtig. Er hatte – wenn auch ohne große Freude – das Reich zusammengehalten und hatte Sizilien, mit einigem Glück, vor äußeren Feinden bewahren können.

Seit seinem Tod sind jetzt drei Jahre vergangen, doch Wilhelm II., unser neuer König, ist mit seinen fünfzehn Jahren noch immer nicht mündig, und seine Mutter Margarethe war bisher nicht fähig, sich mit ihrer Regentschaft durchzusetzen. So hat es viel Verwirrung und Chaos gegeben, und die Emire wechselten wie die Jahreszeiten. Mich kümmert das wenig, ich habe mich von meinen Ämtern als Abt von San Giovanni und als Hofkaplan zurückgezogen, bin wieder nach Monte San Vergine gegangen, in das stille Bergkloster – meine wahre Heimat.

5

Wilhelm II. wurde 1171 zum König von Sizilien gekrönt, und alles atmete auf. Die Zeit wechselnder, einander befeindender Kanzler und Berater war vorbei. Königin Margarethe legte erleichtert die ungeliebte Regentschaft nieder, und das Volk bejubelte einen Achtzehnjährigen, dessen männliche Schönheit entzückte. Es sprach sich herum, wie klug und gebildet er war und wie leicht es ihm fiel, sich in allen Landessprachen zu unterhalten. Den Jähzorn und die Neigung zur Zurückgezogenheit hatte er von seinem Vater nicht geerbt. Er begegnete jedermann freundlich und versuchte, die wachsenden Spannungen zwischen Christen und Muslimen zu mildern.

Im Februar 1177 heiratete Wilhelm die knapp elfjährige Johanna, die jüngste Tochter König Heinrichs von England. Während das übrige Europa sich im Kampf zwischen Kirche und Reich zerfleischte – Kaiser Friedrich Barbarossa erlitt eine schwere Niederlage bei Legnano –, erlebte Sizilien eine goldene Friedenszeit, wenn es auch innere Zwiste gab.

So hatte sich während Margarethes schwacher Regentschaft der Erzbischof von Palermo einen Einflußbereich geschaffen, der weit über sein geistliches Amt hinausreichte. Er war Engländer und hieß eigentlich Walter of the Mill, woraus die Sizilianer ‹Ophamilus› oder ‹Offamiglio› machten. Unter König Roger war er Lehrer der kleinen Prinzen gewesen und mit dem Amt eines Erzdiakons von Cefalù belohnt worden. Rücksichtslos, klug und maßlos ehrgeizig, war es ihm schließlich gelungen, den Stuhl des Erzbischofs von Palermo zu erobern. Das Volk mochte ihn nicht, aber ein großer Teil des Feudaladels hing ihm an, und er war eine Art zweiter König auf Sizilien.

Wilhelms begabter Ratgeber Matthäus von Aiello wies ihn wiederholt auf diese Gefahr hin, und der König war einsichtig genug, sie ernst zu nehmen. Aber was sollte er tun? So wurde eine Idee geboren, der das Abendland eine seiner schönsten Kirchen zu verdanken hat – den Stiftsdom von Monreale.

Der junge König ging die Sache recht geschickt an. Er ließ verbreiten, er sei nach einer Jagd eingeschlafen, die heilige Jungfrau sei ihm im Traum erschienen und habe ihm die Stelle eines von seinem Vater vergrabenen Schatzes verraten mit dem Hinweis, ihn für fromme Zwecke zu verwenden. Damit wollte der König vermutlich den Widerstand abschwächen, der ihn bei den zu erwartenden Kosten begegnen würde. Bis 1175 konnten Wilhelm und Matthäus ihren Plan geheimhalten, aber dann wurde er doch offenkundig.

Vor den Toren Palermos sollte auf einer Anhöhe eine gewaltige Kathedrale mit einem großen Benediktinerkloster errichtet werden, dessen Abt – Walter Offamiglio spuckte Gift und Galle, als er es hörte – zugleich Erzbischof des neu zu gründenden Bistums von Monreale werden sollte. Bei Papst Alexander, der dem ehrgeizigen und eigensüchtigen Erzbischof von Palermo seit längerem mißtraute, fand König Wilhelm lebhafte Unterstützung. Wutschnaubend mußte Walter mit ansehen, wie eine Reihe von Pfarreien aus seinem Bistum gelöst und Monreale einverleibt wurden.

So wuchsen Dom und Stift schnell in die Höhe, und bald bezogen hundert Benediktiner ihr neues Kloster.

Aus Trotz ließ Walter Offamiglio den alten Dom von Palermo abreißen und durch einen größeren Neubau ersetzen. Doch was in Monreale entstand, stellte alles in den Schatten, und wir haben das Glück, die Kathedrale noch genauso vorzufinden, wie sie damals erbaut wurde, während der Dom von Palermo einer gnadenlosen und entstellenden Barockisierung zum Opfer fiel.

Die von König Roger aus Konstantinopel geholten und in Sizilien angesiedelten Mosaikarbeiter werden damals alle im Dienst des Doms von Monreale gestanden haben, den sie auf 6430 qm mit einer Bildergalerie schmückten, die auf der Welt ihresgleichen sucht und an Ausdehnung sogar die Markuskirche in Venedig weit übertrifft.

Der Tod hinderte Papst Alexander III. daran, die beabsichtigte Bestätigungsbulle zu senden, doch sein Nachfolger Lucius III. holte es nach und erhob am 5. Februar 1183 die neue Kirche zur Kathedrale und das Gebiet von Monreale zum Erzbistum. Eine zusätzliche Bedeutung sollte der Dom dadurch gewinnen, daß König Wilhelm ihn zur Grabstätte seiner Dynastie bestimmte. Er hat wohl nicht geahnt, wie bald er seinen Eltern – die er hierher überführen ließ – in den Tod nachfolgen sollte. Aber selbst dabei ließ ihm Walter Offamiglio keine Ruhe. Als nämlich König Wilhelm II. am 18. November 1189 – erst sechsunddreißigjährig – starb, ließ Erzbischof Walter ihn ungerührt im Dom von Palermo beisetzen. Doch sein geistlicher Kollege, der Erzbischof von Monreale, protestierte heftig, und so stritten sich die beiden würdigen Herren um den Leichnam des Königs. Monreale trug den Sieg davon, und so finden wir heute König Wilhelm II. mit seinen Eltern und zwei seiner Brüder dort bestattet.

Mit König Wilhelms Tod fiel ein Schatten über Sizilien, der immer länger wurde und unselige Jahrhunderte von Krieg und Knechtschaft mit sich brachte. Wer heute die Sizilianer fragt, welche der vielen fremden Herren sie als ihre, als angestammte Dynastie betrachten, so wird man hören: die Normannen. Sie regierten vom ersten Tag an auf Sizilien, identifizierten sich mit Land und Volk und gingen nur aufs Festland, um dort ihre Vasallen zu züchtigen.

Daß man heute in den Geschichtsbüchern König Wilhelm I. mit dem Beinamen ‹der Böse› belegt, während sein Sohn als ‹der Gute› bezeichnet wird, ist weder richtig noch gerecht und kam erst zwei Jahrhunderte später in Gebrauch. Wilhelm I. war nicht grausamer als sein Vater Roger II., und Wilhelm II. hatte das Glück, nach einer Zeit inneren Friedens als gutaussehender Mann in den besten Jahren zu sterben. Als Regent war er eher farblos, besaß aber einen Hang zu gefährlichen Abenteuern. Er soll die Absicht gehabt haben, die oströmische Kaiserkrone dem grausamen Andronikos abzunehmen, doch der mit einem Riesenaufwand in Szene gesetzte Feldzug – an dem er nicht selber teilnahm – scheiterte an der Ermordung des Kaisers Andronikos und am Widerstand der Griechen. Das sizilianische Heer wurde zerschlagen, ein Teil der Flotte ging verloren – der Kaisertraum war ausgeträumt. Dafür träumte ein anderer Kaiser – nämlich der des Westens – von der Eroberung Siziliens, und dieser Traum wurde bald zur bitteren Realität.

Ein seltsamer Gast – Richard Löwenherz

I

Der schöne und beliebte König Wilhelm war kinderlos gestorben, und es lebten nur noch zwei männliche Nachkommen des Geschlechtes Hauteville: Roger, Graf von Andria, und Tankred von Lecce. Jeder hatte sich in Kriegen bewährt, doch die Verwandtschaft des Grafen von Andria mit dem Herrscherhaus stand auf sehr schwachen Beinen; er war bestenfalls ein ganz entfernter Vetter, während Tankred von Lecce in direkter, wenn auch illegitimer Linie von König Roger II. abstammte. So einigte man sich schließlich auf ihn, und im Januar des Jahres 1190 setzte ihm Walter Offamiglio in Palermo die Königskrone aufs Haupt.

Das erste Problem, mit dem Tankred sich auseinanderzusetzen hatte, war der Streit zwischen Christen und Muslimen. Der hatte nun allerdings tiefere Gründe als ein schnell wieder beizulegender Zwist von Bürgern verschiedener Religion und Sitte. Mit der militärischen Niederlage des Königs Guido von Jerusalem am 4. Juli 1187 bei Hittim war der Untergang dieses christlichen Königreichs in Palästina besiegelt.

Sultan Saladin (Jussuf Salah-ed-Din) war ein ritterlicher, aber sehr entschlossener Gegner, und so fiel am 5. Juli Tiberias, am 10. Juli Akkon, am 6. August Beirut, und am 2. Oktober zog Saladin in Jerusalem ein. Er allerdings schonte die christlichen Einwohner, während bei der ‹christlichen› Eroberung der Stadt im Jahre 1099 alle Muslime niedergemetzelt worden waren.

Nun war also fast das ganze Heilige Land wieder in den Händen des Islams – das Abendland erschauerte, und eine Wellenbewegung davon erfaßte auch das bisher so tolerante Sizilien. Aus den vorherigen Kreuzzügen hatten sich die Hauteville mit Geschick herausgehalten – es blieb bei der ‹moralischen› Unterstützung.

Dazu kam noch die ständige Zuwanderung aus Nord- und West-europa, die allmählich ein christliches Übergewicht – vor allem in den Städten – schuf und die Muslimen zu einer geduldeten Minderheit machte.

Im königlichen Palast bestand auch unter Wilhelm II. und Tankred die Mehrzahl der Dienerschaft aus Muslimen, doch sie scheinen in dieser Zeit ihre Religion nur noch im stillen ausgeübt zu haben. So hatte sich das Gesicht Palermos in den vergangenen Jahrzehnten grundlegend gewandelt: aus der Stadt der zweihundert Moscheen war eine Stadt der Kirchen geworden, und der Ruf des Muezzins ertönte nur noch in den rein islamischen Dörfern im Innern der Insel.

Druck erzeugt bekanntlich Gegendruck, und bei den einstmals völlig gleichberechtigten Muslimen wuchs der Widerstand, aus dem im Westen der Insel ein regelrechter Aufstand wurde.

König Tankred konnte ihn zwar bis Ende des Jahres 1190 unterdrücken, doch seine Feinde auf dem Festland hatten diese Zeit genutzt und sich um ihren Thronkandidaten, Graf Roger von Andria, geschart. Tankred konnte Sizilien wegen des Muslimenaufstands nicht sogleich verlassen, sandte aber dem Bruder seiner Frau, Richard von Acerra, große Geldsummen, damit dieser ein Heer aufstellen konnte. Der Schwager löste seine Aufgabe glänzend, zerstreute die Rebellen und nahm Roger von Andria gefangen. Der mußte nun, anstatt zur Krönung zu schreiten, den Gang zum Henker antreten.

In dieser Zeit war auch Erzbischof Walter Offamiglio gestorben, so daß König Tankred zwei seiner Hauptgegner los hatte.

Der verstorbene König Wilhelm hatte – wie seine Vorgänger – den Aufruf zum Kreuzzug nicht gerade mißachtet, doch eine Teilnahme abgelehnt. Statt dessen schlug er vor, Sizilien zu einem Sammelpunkt der Kreuzfahrer zu machen, quasi als letzte Station, um dann von hier vereint und – das natürlich schon! – vom sizilischen König mit Waffen und Geld unterstützt, die Fahrt nach Palästina anzutreten. Kaiser Friedrich Barbarossa – nun schon ein rüstiger Siebziger – wollte, wie schon einmal, den Landweg nehmen, doch die Könige Richard von England und Philipp August von Frankreich sagten ihr Erscheinen auf Sizilien zu, und Tankred konnte das von seinem Vorgänger gegebene Versprechen nicht gut zurücknehmen.

So schloß man in Messina fröhliche Wetten ab, welcher der beiden Könige zuerst erscheinen würde, denn damals dachte man sich ihren Besuch noch als heitere Abwechslung. Die Sizilianer schienen aber nicht zu wissen, daß die beiden seit vielen Jahren wie Hund und Katze zueinander standen und keiner dem anderen über den Weg traute. Das hatte allerdings gute Gründe.

Richard Löwenherz, der sich zwar König von England nannte, beherrschte kaum ein Wort der Landessprache, denn seine Eltern – Eleonore von Aquitanien und Heinrich von Anjou – waren Franzosen. So lagen auch seine Hauptbesitzungen in Frankreich, wo er der größte Lehnsmann des französischen Königs war und dort mehr Land besaß als Philipp August. Für beide war dies ein ständiger Anlaß zum Streit, und hätte König Philipp nicht das Kreuz genommen, wäre Richard Löwenherz aus berechtigtem Mißtrauen auch zu Hause geblieben.

Äußerlich wie charakterlich unterschieden sich die beiden Könige grundlegend. Der fünfundzwanzigjährige Philipp wirkte wesentlich älter, war klein, unscheinbar und nach Verlust eines Auges noch häßlicher geworden. An ihm war nichts Heldenhaftes oder Ritterliches, doch er besaß einen scharfen Verstand und nahm sein hohes Amt sehr ernst.

Der dreiunddreißigjährige Richard Löwenherz war eine der strahlenden Rittergestalten seiner Zeit. Ein blonder Recke, umgänglich, leutselig, mutig und dabei Musik und Dichtung von Herzen zugetan. Man mußte ihn einfach gern haben. Seinen Lebensweg säumte eine lange Spur tapfer überwundener Feinde, doch es gab seltsamerweise keine Frau, keine Liebschaft, kein lediges Kind – nichts. Für einen dreiunddreißigjährigen König war es überdies recht ungewöhnlich, daß er noch nicht verheiratet war, doch wen störte das schon? Daß er nichts von Verwaltungsarbeit hielt und sein jäh aufbrausender Zorn ihn manchmal in schwierige Situationen brachte, verzieh man dem blonden athletischen Ritter gerne. Er war ja auch der Bruder der verwitweten Königin Johanna, und so war es fast, als empfinge man einen Verwandten.

Wer von den Einwohnern Messinas auf Philipp von Frankreich gesetzt hatte, gewann seine Wette. Die halbe Stadt lief hinab zum Hafen, als die Schiffe mit dem Lilienbanner und der Kreuzfahrerflagge am Horizont auftauchten.

Der König stand aufrecht am Bug seines Flaggschiffes – klein, unscheinbar, finster.

Der Admiral näherte sich mit einer tiefen Verbeugung.

«Das Volk von Messina erwartet Euer Kommen mit Freude, Majestät. Schaut doch! Der Hafen ist schwarz von Besuchern.»

«Das ist mir nicht entgangen, Admiral, auch wenn ich nur ein Auge habe. Aber Ihr wißt, ich mag müßige Menschenansammlungen nicht, habe auch keine Lust, mich von den Sizilianern wie ein Affe bestaunen zu lassen. Steuert den Hafen der Zitadelle an.»

Der kleine Hafen bei der Festung war durch eine Mauer von der übrigen Stadt abgetrennt und nur für die Kriegsflotte vorgesehen. So kam es, daß der französische König ungesehen und in aller Stille den Boden Siziliens betrat, während seine Kreuzritter, geführt vom Vetter des Königs, dem Herzog von Burgund, an Land gingen. Da viele den prachtvoll gekleideten Herzog für den König hielten, bejubelten sie ihn, so daß der hohe Herr zu seinen Begleitern soldatisch knapp bemerkte:

«Gute Leute, das! Wissen, was sich gehört!»

Der Irrtum sprach sich schnell herum, aber auf einen Fürsten, der die Öffentlichkeit scheute, konnte man hier in Messina gut verzichten. Außerdem mußte in den nächsten Tagen König Richard Löwenherz eintreffen, dessen Legende ihm längst nach Sizilien vorangeeilt war.

Warum aber traf der englische König später ein? Er und Philipp hatten sich in Vezelay mit ihren Truppen versammelt und waren von dort gemeinsam aufgebrochen. König Richard vermied jedoch längere Schiffsreisen, weil er leicht seekrank wurde.

So segelten zwar beide Könige von Genua ab, doch Richard ging in Neapel an Land, während Philipp den direkten Weg nach Messina nahm.

Der wesentlich mühsamere Landweg kostete natürlich mehr

Zeit, so daß Richard eine gute Woche nach Philipp an der Straße von Messina eintraf. Dort wartete seine Flotte, und mit ihr hielt er nun Einzug, wie man es von einem König erwartete.

Die Galeeren umgaben in Formation das königliche Schiff, auf dem neben der Kreuzesfahne die prachtvolle Flagge mit den drei schreitenden Löwen im Wind flatterte. An den kleinen Schiffen funkelten die Schilde der Ritter, die einheitlich das Kreuzeszeichen trugen, während ihre Wappen auf den über Deck gespannten Wimpeln prangten. Die Wände der Schiffe waren mit Kampf- und Wahlsprüchen beschrieben – alles in allem ein eher heiteres und friedliches Bild, als ginge es nicht zu grausamen Schlachten, sondern zu einem lustigen Turnier.

Unter dem hellen fröhlichen Klang der Fanfaren und den Hochrufen der Menge betrat König Richard von England den Boden der Stadt Messina. Wer hätte in dieser Stunde des Hochgefühls ahnen können, daß die Bevölkerung diesen Gast schon bald verfluchen würde?

König Richard schritt langsam durch die Menge, damit sie ihn alle genau bewundern konnten, blieb da und dort stehen, warf Frauen und Mädchen ritterliche Handküsse zu und bot dabei das prächtige und makellose Bild eines christlichen Ritters.

Richard war ungewöhnlich groß und überragte die meisten seiner Begleiter um Haupteslänge. Bart und Haare waren rotblond, sein Haupt schmückte eine schmale goldene Lilienkrone. Unter dem einfachen Kreuzfahrermantel trug er einen blauen Samtrock mit den goldgestickten gekrönten Löwen seines Hauswappens.

«Wo ist unser König?» hörte man Stimmen aus der Menge rufen. «Wo ist König Tankred?»

Es war ja tatsächlich seltsam, daß der König von Sizilien seinen hohen Gast nicht selbst begrüßte, sondern eine Abordnung von Hofbeamten geschickt hatte. Diese geleiteten nun Richard in sein Quartier, das vor den Mauern der Stadt lag.

Über die schmalen Lippen des englischen Königs flog ein spöttisches Lächeln. Er wandte sich an seine Begleiter.

«Nur seltsam, daß König Philipp, mein lieber Vetter, innerhalb der Stadt untergebracht ist, während man uns wie Aussätzige vor den Stadtmauern einquartiert. Woran mag das liegen?»

Die Frage war an niemand Bestimmten gerichtet, aber Richard Palmer – der ehrgeizige Engländer hatte es mittlerweile zum Bischof von Messina gebracht – griff die Frage auf.

«Verzeiht, Majestät, da fühle ich als Bischof von Messina mich angesprochen. Dieses Quartier außerhalb der Stadt verdankt Ihr keiner bestimmten Absicht, sondern allein dem Zufall. Wäre König Philipp nach Euch gekommen, so hätte man Euch in der Stadt untergebracht und ihn hier. Ich darf Euch versichern, daß dies nur eine Raumfrage war.»

«Lassen wir es dabei, Herr Bischof. Immer eines nach dem anderen. Wo ist meine Schwester Johanna – und wie geht es ihr? Ich dachte, sie bei meiner Begrüßung vorzufinden.»

«Niemand wußte genau, wann Ihr kommt, doch wir haben Königin Johanna schon benachrichtigt. Auch unser König freut sich über Eure Ankunft…»

«So? Freut er sich wirklich? Nun, wir werden ja sehen. Ich nehme an, Ihr werdet gleich nach Palermo reiten, und so bitte ich Euch, meinem lieben Vetter Tankred dieses Schreiben zu übergeben.»

Richard winkte, sein Sekretär wieselte herbei und reichte dem Bischof eine gesiegelte Schriftrolle.

Am nächsten Morgen ritt König Richard mit kleinem Gefolge in die Stadt, um dort Philipp von Frankreich einen Höflichkeitsbesuch abzustatten. Der maßlos stolze Richard hätte niemals diesen ersten Schritt getan – als Könige waren sie ja gleichrangig –, wäre es nicht seine Pflicht als französischer Lehnsmann gewesen, den Lehnsherrn zu begrüßen.

Es war eine förmliche Begegnung, kalt, zeremoniell, und das Gespräch erschöpfte sich in einem Austausch von Floskeln. Die beiden Könige kamen überein, den Winter in Sizilien zu verbringen, um dann – je nach den Wetterverhältnissen – Ende März, spätestens aber in der Osterwoche, also Mitte April, ins Heilige Land abzureisen.

In Palermo wartete König Tankred gespannt auf die Reaktion seines englischen Gastes. Nicht ohne Grund hatte er es vorgezogen, in seiner Residenzstadt die Ankunft von Richard Löwenherz abzuwarten, dem er ebensowenig traute wie seinen Vasallen auf dem Festland.

Da wurde ihm der Bischof von Messina gemeldet. Ungeduldig ging ihm Tankred entgegen.

«Wie war es? Was hat er gesagt?»

Richard Palmer überreichte ihm die Schriftrolle.

«Er schien in wenig gnädiger Stimmung. Wir müssen uns vorsehen, Majestät. König Richard mag ein weithin bekannter Ritter mit hohen Tugenden sein, aber er gilt als jähzornig, gewalttätig und rachsüchtig. Darf ich Euch das Schreiben vorlesen?»

Tankred zögerte, doch dann nickte er. Was der Engländer von ihm wollte, konnte ohnehin nicht geheim bleiben. Doch seine Diener und die Leibwache schickte er hinaus. Der Bischof brach das Siegel, räusperte sich und las: «Gottes Gruß und Segen über König Tankred, meinem lieben Vetter. Wie ich höre, mußte meine geliebte Schwester Johanna einiges Unbill ertragen, seit ihr Gemahl – Euer erlauchter Vorgänger – von Gott abberufen wurde. Nicht nur, daß man meiner Schwester das Witwengeld vorenthält, man hat auch mich um mein Erbe betrogen, denn es ist bezeugt und belegt, daß König Wilhelm meinen Vater Heinrich…»

Und dann folgte eine lange Aufzählung, was Wilhelm Richards Vater vermacht hatte, nämlich zwei Galeeren, ein goldenes Tafelgeschirr, ein seidenes Zelt und anderes mehr, auf das nun er, König Richard, als Erbe und Nachkomme seines Vaters Anspruch erhebe.

Als der Bischof geendet hatte, blickte ihn Tankred unbehaglich an.

«Dieser Richard ist so habgierig wie ein griechischer Weinhändler. Das alles soll Wilhelm dem Engländer vermacht haben? Laßt es nachprüfen, Bischof. Wir werden fürs erste, um ihn zu beruhigen, Königin Johanna nach Messina senden. Für das angebliche Erbe werde ich ihm eine Ausgleichszahlung anbieten.»

Zwei Tage später traf Johanna in Messina ein. Richard wollte seiner Schwester einen festlichen Empfang bereiten und hatte König Philipp dazu eingeladen.

Die dreiundzwanzigjährige kinderlose Witwe hatte es nach dem Tod ihres Gemahls nicht leicht gehabt, doch weder war sie eingesperrt noch sonstwie belästigt worden. Nur war sie jetzt politisch wertlos geworden, und man hatte offenbar erwartet, daß sie sich stillschweigend in ein Kloster zurückziehen würde, doch die hübsche und lebenslustige Johanna dachte gar nicht daran.

Liebevoll sah sie ihren Bruder an.

«Seit Wilhelms Tod habe ich Tag für Tag darum gebetet, daß du mich von hier fortholst.»

«War es so schlimm, Schwesterchen?»

«Nicht schlimm, aber unerfreulich. Man ließ mich bei jeder Gelegenheit spüren, daß ich unerwünscht und überflüssig bin. Hätte ich Kinder gehabt…»

«Nun, das ist jetzt vorbei. Du bist in Sicherheit, und einen neuen Mann werden wir auch für dich finden.»

«Das dürfte gar nicht so schwer sein», bemerkte König Philipp und schaute Johanna verliebt an. Der französische König schien wie ausgewechselt. Seit er Johanna begrüßt hatte, scharwenzelte er um sie herum, lächelte ständig, machte ungeschickte Scherze und gebärdete sich wie ein läufiger Kater. Trotz seines jugendlichen Alters war Philipp bereits Witwer, und Richard beobachtete sein Verhalten mit wachsendem Argwohn. Johanna mit Philipp verheiraten? Das hätte ihm gerade noch gefehlt. Dann wäre er der Schwager seines Lehnsherrn, und wenn Kinder kämen, würde Philipp sofort Ansprüche auf Anjou und Aquitanien erheben. Nein – und nochmals nein!

Richard kürzte das Treffen jäh ab und brachte Johanna gleich am nächsten Tag nach Kalabrien. Dort besetzte er die kleine Küstenstadt Bagnara und erklärte sie zum vorläufigen Witwensitz seiner Schwester. Erregte dieses Verhalten schon unliebsames Aufsehen – es sollte noch schlimmer kommen.

Ohne Vorankündigung besetzte er das griechische Elora-Kloster auf einer Halbinsel vor der Stadt und warf die Mönche einfach hinaus. Dort quartierte er einen Teil seines Heeres ein, und nun wurde man in der Stadt stutzig. Man empfand die Besetzung des Klosters nicht nur als einen unhöflichen Akt, sondern sah darin schon fast eine Kriegserklärung. Was konnte dies anders bedeuten, als den Versuch, sich in den Besitz der Stadt und später von ganz Sizilien zui setzen?

Schon das Benehmen der englischen Kreuzfahrer hatte in den letzten Tagen den Unwillen der Einwohner erregt. Unter diesen Menschen befand sich viel Gesindel – Abenteurer, Glücksritter, entlaufene Sträflinge, die im Heiligen Land auf fette Beute hofften. Um so besser, wenn dies noch ehrenvoll und gottgefällig war! Nun traten sie aber hier schon auf, als wäre dies Feindesland, belästigten die Frauen und behandelten die Sizilianer wie Dienstvolk.

In Messina brachen Unruhen aus. König Philipp sah den Kreuzzug in Frage gestellt und schaltete sich als Vermittler ein. Mit dem Bischof von Messina und König Tankreds Admiral Margaritos erschien er am Morgen bei Richard und redete ihm behutsam ins Gewissen.

«Solche Zwischenfälle können den Kreuzzug gefährden! Wir sind hier Gäste, lieber Vetter, und auf die Unterstützung König Tankreds angewiesen. Ich bitte Euch um der Liebe Christi willen bestraft einige der Übeltäter und zügelt Eure Leute mit strengeren Befehlen. Sie sollen sich ihren Übermut für Palästina aufsparen – dort ist unser Feind und nicht hier.»

Richard, der schon begonnen hatte, bei Philipps Worten die Stirn zu runzeln, ließ sich besänftigen.

«Ihr habt recht, Philipp. Ich werde für Ruhe und Ordnung sorgen. Allerdings...»

Er hielt inne und hob lauschend die Hand. Von draußen drang Lärm durch die Fenster, und Rufe wurden laut. Zugleich stürzte ein Bote herein, der Richard ins Ohr flüsterte:

«Hugo von Lusignan wird in der Stadt belagert. Wenn sie das Haus stürmen...»

Richard sprang auf und griff nach seinem Schwert.

«Auf, meine Herren! Wir müssen den Herzog befreien!»

Ja, nun war Richard Löwenherz in seinem Element. Sein Lieblingstroubadour Bertrand de Born sang ihm da aus dem Herzen:

Nicht solche Wonne flößt mir ein,
Schlaf, Speis und Trank, als wenn es schallt
von beiden Seiten: drauf und drein!

Doch die argwöhnisch gewordenen Einwohner der Stadt hatten sich verbarrikadiert, ihre Bürgerwehr bewaffnet und waren nun recht froh, daß König Richard mit seinen Männern draußen saß. In aller Eile hatten sie König Philipp noch auf ihre Seite ziehen wollen, doch der kluge und nüchterne Franzose blieb neutral, denn er mußte auch künftig mit Richard Löwenherz auskommen, sollte nicht der Kreuzzug schon hier ein Ende finden.

Wutschnaubend inspizierte Richard mit seinen Hauptleuten die Befestigungsanlagen. Einer sagte:

«Die Stadt läßt sich nicht in einem Handstreich nehmen, Majestät. Ich weiß nicht, ob eine wochenlange Belagerung…»

«Halt den Mund! So schlau bin ich selber; außerdem führen wir hier keinen Krieg, sondern wollen nur Hugo von Lusignan aus seiner Lage befreien. Ich kann nicht untätig zusehen, wie einer meiner Ritter von diesen Pfeffersäcken abgeschlachtet wird. Suche ein paar Leute aus, sie sollen jede Elle der Stadtmauer abklopfen – vielleicht findet sich ein schwacher Punkt.»

Und er fand sich in Gestalt einer kleinen unbewachten Tür, die hinter Gestrüpp und altem Mauerwerk verborgen lag.

Richard glühte vor Tatenlust und Begeisterung. Er versammelte seine Heerführer und Schiffskapitäne um sich.

«Mein Plan ist folgender. Nach Einbruch der Dunkelheit werde ich mit einigen meiner Männer durch die kleine Tür in die Stadt eindringen. Während ihr», er wandte sich an die Kapitäne, «versucht, die Hafenblockade zu durchbrechen, werden wir das Haupttor zur Stadt von innen öffnen. Aber ich wünsche kein Feuer und keine Metzeleien! Nur wer sich zur Wehr setzt, wird niedergemacht – verstanden!»

Die Hauptleute hatten ihre Ohren gespitzt, und es war ihnen nicht entgangen, daß der König kein Plünderungsverbot ausgesprochen hatte. Und Messina war eine reiche Stadt…

Mit nur zwei Begleitern machte sich Richard nach Einbruch der Dunkelheit auf den Weg. Sie trugen dunkle Kleidung und hatten ihre Gesichter mit Ruß geschwärzt. Die kleine Tür war alt und morsch, sie widerstand nicht lange. Da die ganze Aufmerksamkeit der Verteidiger nach draußen gerichtet war, kamen die drei unbehelligt zum Haupttor, das mit schweren Balken verrammelt war. Mit kräftigen Beilhieben lösten sie die Sperre, und noch ehe man auf den Lärm aufmerksam wurde, drangen die englischen Truppen in die Stadt.

Während christliche Kreuzritter christliche Bürger einer christlichen Stadt niedermachten und beraubten, durchbrachen englische Schiffe die Hafensperre und setzten die sizilianische Flotte in Brand.

Das Quartier des französischen Königs wurde sorgsam ausgespart, die übrige Stadt aber besetzt. Richard forderte eine Anzahl von Geiseln, um König Tankred unter Druck zu setzen.

Philipp von Frankreich verhielt sich scheinbar neutral, sandte aber insgeheim seinen Vetter, den Herzog von Burgund, nach Palermo, um Tankred Hilfe anzubieten. Der aber dachte an die Zukunft. Die beiden Könige würde er im Frühjahr wieder loswerden, doch die Staufer in Deutschland rüsteten zum Krieg gegen Sizilien. Und Richard Löwenherz – ein Freund und Verwandter der Welfen – war ein erbitterter Gegner der Staufer und somit, trotz allem, ein Freund Siziliens.

So lehnte Tankred die französische Hilfe ab und sandte in aller Eile vierzigtausend Unzen Gold – gemünzt und ungemünzt – nach Messina. Die eine Hälfte sollte Richard als Ablösung für das väterliche Erbe erhalten, die andere war für Königin Johanna als Witwengeld gedacht.

König Richard, solch gleißenden Argumenten immer zugänglich, zeigte sich besänftigt, um so mehr, als ihm Tankred das französische Hilfsangebot nicht verschwiegen hatte. Sobald Richard das Nachgeben eines Gegners spürte, erwachte sein ritterlicher Sinn. Grausamkeit und Rachsucht waren bei ihm nur kurze Aufwallungen, aber keine Charakteranlage.

Um die neue Freundschaft sogleich zu vertiefen, schlug er eine Verlobung seines Neffen Arthur mit einer von Tankreds Töchtern vor und bat Tankred um eine baldige Zusammenkunft.

König Philipp war also ausgebootet, doch er trug es mit Fassung, denn er sah die Dinge in einem größeren Zusammenhang. Gefühle, wie sie den jähen Richard dauernd bewegten, waren dem nüchternen Franzosen fremd. Nachdem nun auch Johanna seiner Werbung entzogen war, sah er keinen Grund mehr, sich länger in Messina aufzuhalten.

Er traf mit Richard noch Vereinbarungen wegen des Kreuzzugs und stach Mitte Oktober in See. Wenige Stunden später zwangen ihn schwere Herbststürme zur Umkehr. Nun mußte auch er sich *nolens volens* entschließen, den Winter auf Sizilien zu verbringen.

König Richard aber, besänftigt und in friedlicher Stimmung, lud den königlichen Herrn Vetter zu einem prachtvollen Weihnachts- und Versöhnungsmahl.

4

König Tankred hielt sich vorerst zurück. Er sandte einige hohe sizilianische Adelige zu dem Fest, ließ herzliche Weihnachtswünsche und prachtvolle Geschenke überbringen.

König Richard aber hatte ein Festzelt errichten lassen, wo er seine Gäste mit höfischem Zeremoniell empfing. Nach brüderlicher Umarmung und weihnachtlichem Friedenskuß geleitete er seinen Vetter Philipp zur erhöhten, festlich gedeckten Tafel, an der nur die beiden Könige Platz nahmen, umgeben von den Tischen — je höher der Rang, je näher bei den Majestäten — des adeligen Gefolges.

Ein Kreuzzug war ein Kriegszug und als solcher eine rauhe Angelegenheit, bei der man es mit dem Zeremoniell nicht so genau nahm. Da saß auch ein König mit seinen Männern am Boden um den Spießbraten herum und trank wie sie, wenn Wasser gefunden wurde, gierig aus der hohlen Hand. In Ruhezeiten jedoch, wie jetzt auf Sizilien, verlief das höfische Zeremoniell nicht anders als zu Hause in den Stammschlössern. Da funkelten die Lilienkronen auf den Häuptern der Könige, auf ihren Tischen glänzte das massiv goldene Tafelgeschirr, und die diensthabenden Ritter sanken in die Knie, wenn sie Fleisch, Brot und Wein servierten.

Die tiefsitzende Angst vor Vergiftungen gebar die absonderlichsten Bräuche, denen man auch hier in der Fremde treu blieb. So mußten jetzt die zwei bei Tisch dienenden Ritter jeden Gegenstand – Messer, Teller, Platten, Schüsseln, Krüge und Kelche – vor ihrer Benützung mit den Lippen berühren. Ein Vorkoster prüfte Speisen und Getränke, während ein anderer Diener mit dem Licorn bereitstand. Dieses Stück Horn stammte von dem geheimnisvollen Tier, das kein Jäger jemals sah, an das aber alle glaubten. Das Einhorn zeigte sich nur Jungfrauen, denen es vertrauensvoll seinen Kopf in den Schoß legte.

Das Licorn aber galt als zuverlässigstes Mittel gegen Gifte jeglicher Art. So berührte der Diener mit ihm Brot, Fleisch und Obst, tauchte es in Wasser und Wein. Sollten sich trotzdem bei einem der hohen Herren Vergiftungserscheinungen zeigen, so würde man ihm das Licorn geraspelt verabreichen.

Nun, bei diesem Weihnachtsmahl war alles in Ordnung, und Könige, Fürsten, Grafen und Ritter speisten in fröhlicher Eintracht. Natürlich entging es Philipp von Frankreich nicht, daß alle Augen verehrungsvoll an Richard Löwenherz hingen, neben dessen hoher, männlich schöner Gestalt er zu einem lächerlichen Nichts schrumpfte, auch wenn die Lilienkrone seinen hohen Rang unterstrich. Die Unterhaltung bestritt Richard fast allein. Sein helles fröhliches Lachen wirkte so ansteckend, daß auch die französischen Ritter ungeniert mitlachten, ohne auf das sauertöpfische Gesicht ihres Königs zu achten. Aber auch er bemühte sich um Freundschaft und Versöhnung, denn im heiligen Land war er ohne Richard und seine englischen Truppen verloren.

Merklich hellte sich seine Miene auf, als ihn Richard nach Beendigung des Mahles mit kostbaren Gold- und Silbergeschirren beschenkte. Die stammten zwar aus der Beute von der Plünderung Messinas, aber daran nahm niemand Anstoß. Richard konnte unter Umständen sehr raffgierig sein, doch mit der anderen Hand schenkte er es großzügig wieder weg.

So verging der Winter mit Festen, Besuchen, Ausritten und Jagden. Anfang März kam es endlich zu einer Begegnung der beiden Könige von Sizilien und England, doch Tankred zog es vor, Richard nach Catania und nicht ins verlockend reiche Palermo zu laden. Weiß Gott, welche Gelüste den Engländer überkamen, wenn er die prächtige Stadt sah?

Richard, der auch im Schenken alle zu übertreffen suchte, hatte lange überlegt, welches Präsent für Tankred geeignet wäre. Gold, Silber und Edelsteine besaß der Sizilianer im Übermaß – nein, es mußte etwas ganz Besonderes sein. Und so trennte sich Richard Löwenherz von König Arthurs sagenhaften Schwert Excalibur, das man vor kurzem in Glastonbury, dem früheren Avalon, gefunden hatte. So mancher Ritter hätte für dieses Schwert sein Seelenheil verpfändet, und Tankred war so überrascht und gerührt, daß er Richard die Plünderung Messinas und die Zerstörung einiger Schiffe vollends verzieh.

Zusammen fuhren sie mit dem Schiff nach Tauromenium, das wie ein Adlernest auf seinem Felsplateau über dem Meer hing. Dort stellte sich auch König Philipp ein, aber Richard – auf den Wogen der Freundschaft für Tankred schwimmend – wollte den häßlichen Franzosen jetzt nicht sehen und ging nach Messina zurück.

Dort stürzte er sich in eine Reihe ungezügelter Festlichkeiten, um dann eines Morgens mit entblößtem Oberkörper vor den Türen des herrlichen Domes zu erscheinen, den König Roger II. erbaut hatte.

Die Einwohner der Stadt rieben sich die Augen. Kniete dort wirklich ihr grausamer Bezwinger, dem die Welt den Beinamen Cuor-di-Leone, Löwenherz, verliehen hatte? Demütig und barhaupt wie ein zur öffentlichen Buße verurteilter Sünder kniete er da und sprach laut ein Schuldbekenntnis.

Wessen aber bezichtigte er sich? War es die Reue über das geplünderte Messina, die niedergemetzelten Menschen, die zerstörten Schiffe?

Nein, da kannten die Menschen ihn schlecht. So etwas gehörte zum ‹Handwerk› eines Ritters und Abenteurers – das hatte er längst vergessen.

Richard klagte sich widernatürlicher Sünden an, wobei auch gelegentlich das Wort Sodomie (damals für homosexuelle Beziehungen verwendet) fiel. Aber die neugierigen Bürger konnten ihre Ohren noch so hingebungsvoll spitzen, sie verstanden das Reuebekenntnis nicht, denn Richard legte es im heimischen französischen Dialekt ab, während man hier nur Griechisch oder die lateinische Lingua vulgaris sprach. Immerhin, da kniete ein reuiger Sünder, und so mancher aus der Menge war von dieser Büßergeste ergriffen. Aber auch wenn die Menschen hier ihn verstanden hätten, so wäre Richard mit seinem Schuldbekenntnis eher auf Verständnis gestoßen. Hier lebte noch die alte griechische Tradition, und – im Gegensatz zu Westeuropa – sexuelle Verirrungen oder Abarten wogen leicht.

Da nun Richard Löwenherz gerade mit geistlichen Dingen beschäftigt war, suchte er bald darauf den im Ruf der Heiligkeit stehenden Abt Joachim von Corazzo auf, mit dem er einen längeren Disput hatte. Der heilige Mann hatte eine seltsame These über die Bedeutung des apokalyptischen Drachens entwickelt, dessen sieben Köpfe er mit Herodes, Nero, Constantius, Mohammed, Melsemuth (islamischer Sektengründer), Saladin und dem Antichristen identifizierte. Letzterer habe vor etwa fünfzehn Jahren in Rom das Licht der Welt erblickt und werde später den päpstlichen Thron usurpieren.

Da meinte Richard lachend:

«Ich glaube, der Antichrist sitzt schon in Gestalt des Papstes Clemens auf dem Stuhle Petri.»

Das fand der heilige Abt gar nicht lustig und sprach ein paar väterlich ermahnende Worte. Dann fügte er hinzu:

«Ihr, König Richard, seid von Gott dazu ausersehen, den Drachen Saladin zu besiegen und das Grab Christi den Muslimen zu entreißen. Dafür gebe ich Euch meinen Segen.»

Und der stolze Ritter kniete nieder und ließ sich von Joachim segnen. Dabei stellte seine Umgebung erstaunt fest, daß der kniende Richard noch immer fast so groß war wie der zierliche Abt.

An einem weiteren wichtigen Ereignis im Zusammenhang mit Richard Löwenherz durfte Messina noch teilnehmen: Der englische König empfing hier seine künftige Gemahlin. Königin Eleonore hatte es endlich für nötig befunden, ihrem dem weiblichen Geschlecht nicht besonders zugeneigten Sohne eine Braut zuzuführen.

Das war die blutjunge Berengaria von Navarra, die er – zusammen mit seiner Mutter – in Reggio abholte und nach Messina brachte.

Am gleichen Tag segelte König Philipp von dort ab, vielleicht weil er einer Begegnung mit der ersten Frau seines Vaters Ludwig ausweichen wollte. Die Ehe war nach fünfzehn Jahren wegen ‹zu naher Verwandtschaft› aufgelöst worden, in Wahrheit aber deshalb, weil der fromme Ludwig die außerehelichen Abenteuer der wilden Eleonore nicht mehr ertragen konnte. Sie heiratete dann später den zehn Jahre jüngeren Heinrich von Anjou, wurde englische Königin und Mutter von Richard Löwenherz. Die etwa siebzigjährige, noch sehr rüstige Eleonore war ebenfalls über Philipps Abreise erleichtert.

Zu Richard meinte sie:

«Du solltest ihm einige deiner Galeeren als Begleitung mitschikken, das gebietet die Höflichkeit zwischen Königen.»

Richard, der seiner Mutter nur selten widersprach, erfüllte sofort ihren Wunsch.

Als er endlich selber abfuhr, atmete nicht nur Messina, sondern ganz Sizilien auf. Zwar hatte er sich mit König Tankred versöhnt, doch das Volk hat ein längeres Gedächtnis und muß ja am Ende immer die Rechnung bezahlen. So blieb er der Bevölkerung von Messina in schlechter Erinnerung, auch wenn sie als gute Christen dem Sultan Saladin einen solchen Gegner von Herzen gönnten.

Richards künftige Abenteuer hatten mit Sizilien nichts mehr zu tun, und so widmen wir ihnen nur noch wenige Zeilen.

Auf der Fahrt ins Heilige Land machte er in Zypern eine Zwischenlandung, die er dazu nützte, um die Insel in einem Handstreich zu erobern und von ihrem verhaßten Tyrannen, dem ‹Kaiser› Isaak Komnenos, zu befreien. Dort heiratete er seine Braut, um die er sich dann kaum noch kümmerte. Der Kampf mit Saladin blieb unentschieden, Jerusalem wurde damals nicht ‹befreit›, wenn auch durch Verträge für christliche Pilger zugänglich gemacht.

Bei der Heimreise geriet Richard Löwenherz in die Gefangenschaft von Kaiser Heinrich VI., wurde freigekauft und starb fünf Jahre später bei einem kleinen Scharmützel mit einem aufsässigen Vasallen an einem Pfeilschuß in den Hals – noch nicht einmal zweiundvierzig Jahre alt und kinderlos.

Der Schatten des Adlers

Kaiser Friedrich I., seines rotblonden Bartes wegen Barbarossa genannt, hatte zeitlebens den Gedanken nicht aufgegeben, das reiche
und üppige Sizilien seiner Krone anzugliedern. So begehrlich er
auch nach dieser süßen Frucht schielte, sie hing einfach zu hoch.
Wenn er mit seinem Heer über die Alpen zog, mußten erst einmal
die ewig aufrührerischen oberitalienischen Städte – an der Spitze
Mailand – ‹befriedet› werden, wie er dies wiederholt und 1185
mit besonderem Nachdruck getan hatte. Dazu kam der Zwist mit
den jeweiligen Päpsten, denen er – mit wechselndem Erfolg – Gegenpäpste ins römische Nest gesetzt hatte. Bis dies alles geregelt
war, reichte die Kraft nicht mehr aus, über Rom hinaus nach Süden zu ziehen, Apulien, Campanien und Kalabrien zu besiegen
und dann noch in Sizilien einzufallen. Die glutheißen Sommer
schwächten und dezimierten das kaiserliche Heer – wie Barbarossa und viele vor ihm erfahren mußten – oft gründlicher, als dies
dem Feind möglich gewesen wäre. So blieb die süße Frucht unge-
pflückt; im übrigen hatte der Kaiser genug mit Rom zu tun.

Sieben Päpste und ein halbes Dutzend Gegenpäpste hatte Barbarossa überlebt, als er als fast Siebzigjähriger mit Rom Frieden
schloß, und um dies zu besiegeln, den von Papst Klemens III. pro-
pagierten Kreuzzug anführte.

Er sollte Abschluß und Krönung seines Lebens werden, zugleich
auch Sühne für das viele Christenblut, das Barbarossa im Laufe
seiner Herrschaft im Interesse des Reiches hatte vergießen müssen.

Er führte sein Heer über das Taurusgebirge in die Ebene von Seleu-
kia. Es war ein langer anstrengender Marsch gewesen, und der
Kaiser wollte seinen Durst löschen, ehe er in die Stadt einzog. Er-

hitzt und ohne seine Rüstung abzulegen, lief er an das Ufer des Kalykadnos, kniete nieder und sog gierig das kühle Wasser in sich hinein. Es wurde ihm schwindlig, er verlor das Gleichgewicht und stürzte in den Fluß.

«O, in flumine lumen extinctum», klagten später die Chronisten – der Fluß hat das Licht ausgelöscht.

Doch der Kaiser hatte das Reich nicht unbestellt hinterlassen – sein Sohn Heinrich war schon als Dreijähriger zum Deutschen König gekrönt worden, und er hatte den Einundzwanzigjährigen mit der elf Jahre älteren Konstanze von Sizilien verheiratet. Diesem rein politischen Ehebündnis waren mehrere Versuche vorausgegangen, das militärisch auf absehbare Zeit nicht zu bezwingende Sizilien durch Heirat an das Reich zu binden. Schon 1173, als Wilhelm II. nach einer geeigneten Braut Ausschau hielt, hatte Barbarossa eine seiner Töchter in Vorschlag gebracht. König Wilhelm war sich mit seinen Vasallen und dem ganzen Land einig, daß aus einer solchen Ehe nur Unheil erwachsen konnte. Wilhelm heiratete Johanna von England, und Sizilien atmete auf.

Doch Kaiser Friedrich Barbarossa ließ die schöne Insel nicht aus den Augen und sann auf Abhilfe. Zehn Jahre später erschienen seine Gesandten am Hof zu Palermo und machten den Vorschlag, der – so ungewöhnlich und ehrenvoll er sein mochte – für Sizilien noch weitaus gefährlicher war. Der Kaiser bat um die Hand der Prinzessin Konstanze für seinen Thronerben Heinrich. König Wilhelms Ratgeber, mit Matthäus von Aiello an der Spitze, rieten dringend ab und zweifelten keinen Augenblick daran, daß ihr Rat ohnehin der Meinung des Königs entsprach.

Zum Entsetzen aller stimmte Wilhelm dem Heiratsprojekt jedoch zu, und zwar aus zwei Gründen. Er war dreißig Jahre alt und seine Frau Johanna erst achtzehn, und so zweifelte er nicht daran, daß sich noch Nachwuchs einstellen würde. Zum anderen war er dabei, sich Hals über Kopf in sein byzantinisches Abenteuer zu stürzen, um dem grausamen Usurpator Andronikos die Krone wegzunehmen. Da konnte er sich im Westen keinen Gegner leisten und durfte Kaiser Friedrich nicht verprellen.

So war König Rogers posthum geborene Tochter Konstanze dazu ausersehen, die Pläne ihres königlichen Neffen zu unterstützen. Sie war schon vor Jahren in ein Kloster eingetreten und hatte mit der Welt abgeschlossen. Als die königlichen Boten dort eintrafen, um Konstanze mit der neuen Rolle vertraut zu machen, weinte sie. Doch die Tränen halfen ihr nichts, sie flossen nur mit den Millionen anderer zusammen – unschuldige Opfer von Fürstenwillkür, Grausamkeiten, Kriegen und Staatsrücksichten.

2

Zu Beginn des Jahres 1186 verkündeten kaiserliche Herolde im ganzen Reich, daß am 27. Januar der junge König Heinrich in Mailand die Prinzessin Konstanze von Sizilien ehelichen würde.

Kaiser Friedrich, der Vater des Bräutigams, hatte die lombardische Hauptstadt vor zwei Jahrzehnten so gründlich zerstört, daß es jetzt keinen Festsaal mehr gab, der groß genug gewesen wäre, die von allen Seiten heranströmenden Gäste aufzunehmen. So mußte vor den Toren der Stadt eine große hölzerne Halle errichtet werden, damit die vielen weltlichen und geistlichen Würdenträger das Fest unter Dach und Fach begehen konnten. Die eisigen Winde waren nämlich um diese Jahreszeit berüchtigt, und vor einigen Tagen hatte es sogar etwas geschneit.

Trotz ihrer schweren Prunkkleidung litt Prinzessin Konstanze unter der eisigen Kälte in der unwirtlichen, zum Teil noch immer zerstörten Stadt. Doch nicht nur die Kälte machte sie frösteln, sie sah auch ihrer Zukunft mit Bangen entgegen. Was würde sie, eine ältliche Jungfer und halbe Nonne, diesem jungen König bedeuten? Im Augenblick spielte sie die Dame im großen Schachspiel der Politik, aber was war, wenn sie kinderlos blieb wie ihre königliche Nichte in Sizilien? Oder wenn Heinrich starb? Dann würde man sie in eine kalte Burg in Deutschland oder Norditalien einsperren, und sie mußte sich dort – von der sonnigen Heimat träumend – zu Tode frieren.

Konstanze versuchte, diese finsteren Gedanken abzuschütteln, während sie – geleitet von sizilischen Edlen – auf Sankt Ambrosius zuschritt, der ältesten Kirche auf mailändischem Boden. Vor achthundert Jahren war sie vom heiligen Ambrosius auf den Trümmern eines heidnischen Tempels erbaut und seitdem mehrmals vergrößert und mit Reichtümern ausgestattet worden.

Der Jubel war dünn. Die meisten Mailänder blieben zu Hause, denn sie konnten dem Kaiser die völlige Zerstörung ihrer Stadt im März des unseligen Jahres 1162 nicht verzeihen. Sie mußten sich damals zwei Meilen außerhalb Mailands in vier neugegründeten Ortschaften ansiedeln, und Friedrich datierte von da an seine Urkunden stolz ‹vom Tage der Zerstörung Mailands› an.

Sie hatten sich ihm unterworfen, aber – gegen den kaiserlichen Befehl – wieder begonnen, ihre Stadt aufzubauen. Friedrich hatte es nicht anders erwartet und ließ es stillschweigend geschehen. Sein Einverständnis damit und seine Versöhnung wollte er mit dem Hochzeitsfest andeuten, das er ebensogut in Aachen oder in Rom hätte ausrichten können.

König Heinrich, der achtzehnjährige Thronfolger, entsprach so gar nicht dem Bild eines kraftvollen und frohgemuten christlichen Ritters. So manchem schien es, als hätte ein Kuckuck dieses seltsame Ei in das staufische Nest gelegt. Trotz der flachen Schuhe und dem züchtig geneigten Haupt der Braut, sowie des betont aufrechten Ganges des Bräutigams war nicht zu übersehen, daß Konstanze ihren künftigen Gemahl um eine Handbreit überragte. Auch der Glanz der schweren höfischen Kleidung konnte Heinrichs schmächtigen Körper nicht verbergen. Sein bleiches Gesicht mit der hohen Stirn wirkte entschlossen und finster und ließ ihn weit älter erscheinen, als er war. Nichts von der fröhlichen Leutseligkeit seiner Vorfahren war auf ihn gekommen, so daß das majestätisch-heitere Gesicht seines Vaters, des über sechzig Jahre alten Kaiser Friedrichs, mehr jugendliche Kraft ausstrahlte, als das des Sohnes. Das war kein Thronfolger, der beim Volk Zustimmung und Jubel auslöste. Wer ihn näher kannte, wußte auch, daß ihm der Beifall der Massen nichts bedeutete.

Kaiser Friedrich Barbarossa machte aus der Heirat seines Thronerben einen politischen Akt, der aller Welt zeigen sollte, wer die Staufer waren und worauf sie Anspruch erhoben.

Nach der ziemlich kurzen Hochzeitszeremonie kniete Friedrich am Altar nieder und ließ sich von einem burgundischen Bischof feierlich die Kaiserkrone aufsetzen. Freilich hatte dies vor vielen Jahren schon ein Papst getan, aber es konnte nicht schaden, dies den Menschen ins Gedächtnis zu rufen. Der Patriarch von Aquilea krönte König Heinrich, und der Erzbischof von Mainz vollzog dies bei Konstanze von Sizilien.

Wollte Friedrich damit andeuten, daß der Patriarch von Aquilea den längst zum deutschen König erwählten Heinrich nun auch zum König von Italien krönte? Nicht wenige empfanden dieses Schauspiel als Anmaßung; einige sogar als Auftakt zu neuen blutigen Zwisten.

Den jungen König Heinrich aber bewegten andere Gedanken. Für ihn war Konstanze die nächste rechtmäßige Erbin von Sizilien, und sie würde durch ihn ihre Rechte geltend machen, falls König Wilhelm ohne Nachkommen starb.

Drei Jahre später war es soweit – König Wilhelm von Sizilien sank kinderlos ins Grab, und sein Nachfolger, der illegitime Sproß Tankred, war in Heinrichs Augen nur ein Usurpator.

Konstanze war die rechtmäßige Erbin Siziliens, und er, als ihr Gemahl, mußte diesen Anspruch vertreten, konsequent, mit Nachdruck und Härte.

Der rechte Augenblick schien ihm gekommen, als Kaiser Friedrich Barbarossa während des Kreuzzugs im Juni 1190 ertrank und die Herrschergewalt auf seinen Sohn überging. Heinrich brauchte den Rest des Jahres, um alle mit Barbarossas Ableben entstandenen Fragen zu klären, und brach, da es ein milder Winter war, noch Ende des Jahres nach Süden auf – um sich in Rom zum Kaiser krönen zu lassen und um Sizilien in seine Hand zu bringen.

Klemens III. aber starb, noch ehe der kaiserliche Zug Rom erreichte. Der neue Papst Coelestin III. – bereits fünfundachtzigjährig – krönte schon wenige Tage nach seiner Wahl König Heinrich zum römischen Kaiser. Er fürchtete die deutschen Truppen und wollte sie und ihren Herrn bald wieder los sein.

Heinrich tat ihm den Gefallen und betrat vierzehn Tage später süditalienisches, der Krone Sizilien zugehöriges Gebiet.

Zunächst schien es, als werde aus dem Kriegszug des kaiserlichen Heeres ein kampfloser Triumph- und Siegeszug. Reihenweise fielen die Vasallen von Tankred ab, bereitwillig öffneten sich die Tore der Städte – auch so wichtige wie Capua, Aversa und Salerno. Nur das in den letzten Jahrzehnten sehr wohlhabend gewordene und von Tankred mit vielen Privilegien ausgestattete Neapel igelte sich ein. Seine Verteidigungswälle waren kürzlich erneuert, die Lagerhäuser und Getreidespeicher vorsorglich gefüllt worden.

Hier wartete Richard von Acerra – Tankreds Heerführer auf dem Festland – in Ruhe die weitere Entwicklung ab. Wie jeder Südländer wußte er, daß es wichtig war, bis zum Sommer durchzuhalten, denn diese Jahreszeit war der stärkste Verbündete gegen Truppen aus dem Norden.

Kaiser Heinrich belagerte die gut gerüstete Stadt, aber seine Angriffe von der Landseite prallten an den gewaltigen Mauern ab, und die sizilianische Flotte war der kaiserlichen überlegen. Es gelang den Angreifern nicht einmal, die Hafeneinfahrt zu sperren, so daß der Nachschub von See ungehindert fortgesetzt werden konnte.

Im August griff Tankreds stärkster Verbündeter ein – die Hitze des Sommers. Malaria, Ruhr und Cholera hießen seine Waffen, und sie lichteten die Reihen der kaiserlichen Truppen in wenigen Wochen beträchtlich. Eine immer größere Zahl der italienischen Söldner und Hilfstruppen setzte sich ab. Warum sollten sie für diesen verrückten Deutschen ihr Leben riskieren? Kein vernünftiger Mensch führte hier im Juli und August Krieg. Diese Männer waren hier zu Hause, sie wußten, wo sie unterschlüpfen konnten.

Den stets so beherrschten und selbstsicheren Kaiser zermürbten die täglichen Hiobsbotschaften. Längst hätte er sich selber vom Zustand seines Lagers überzeugen sollen, doch er litt seit Tagen unter Fieber und Durchfällen, und seine Ärzte flehten ihn an, erst eine Besserung abzuwarten, ehe er sich draußen der Sonne aussetze. Doch nun ließ es ihm keine Ruhe mehr. Die Ärzte mußten ihn von Kopf bis Fuß mit Weingeist abreiben, und dann trat er, von zwei Rittern gestützt, vor sein Zelt.

Das Lager war im Norden der Stadt auf einer Anhöhe errichtet worden, das kaiserliche Zelt stand am höchsten Punkt. Heinrich ging schwankend durch das fast ausgestorbene Lager. Stöhnende

Kranke hatte man jetzt am Abend vor die Zelte gelegt, es roch nach Kot, Urin, Schweiß und Verwesung. Ein Mann kroch heran, schweißüberströmt, ausgemergelt und hielt den Fuß des Kaisers fest.

«Der Teufel geht hier um, hoher Herr», krächzte der Kranke, «er will uns nicht im Land haben, bläst Tag für Tag giftige Luft in unser Lager. Noch einige Wochen, und das hier ist ein Friedhof...»

Heinrich machte sich los und ging weiter. Viele Zelte standen leer, ihre Bewohner waren gestorben oder geflohen.

«Der Mann hat recht», murmelte der Kaiser, «das hier ist jetzt schon ein Totenlager.»

Wenige Tage später gab Kaiser Heinrich den Befehl, die Belagerung Neapels abzubrechen. Das war der 24. August, und in den ersten Septembertagen machte sich ein reduziertes und krankes Heer auf den Rückzug.

Doch für Kaiser Heinrich war das nur ein Aufschub, und er ließ keinen Zweifel daran, daß er wiederkommen würde. In die großen Städte legte er starke Besatzungen, und um zu zeigen, wie schnell er zurückzukehren gedachte, ließ er seine Gemahlin Konstanze in Salerno.

Das war eine Herausforderung und bewies nur, wie wenig der deutsche Kaiser die Zustände des Südens kannte. Jetzt, da die kaiserlichen Truppen über alle Berge waren, begannen die Einwohner der abgefallenen Städte, um ihr Leben zu fürchten. Die Blutgerichte der normannischen Könige standen noch in lebhafter Erinnerung, und niemand zweifelte daran, daß Tankred den Bräuchen seiner Vorfahren treu bleiben würde.

So verfielen die Einwohner Salernos auf den Gedanken, Kaiserin Konstanze festzunehmen, um sie Tankred als Geisel auszuliefern. Dafür hofften sie auf Schonung ihres Lebens und der Stadt.

Konstanze wurde nach Sizilien gebracht, und ihr Neffe empfing sie mit den Worten: «Gott zum Gruße, liebe Tante. Nie habe ich einen Gast freudiger empfangen als dich. Ich fürchtete ohnehin, du würdest dort oben im Norden erfrieren. Die Heimat hat dich wieder, Konstanze!»

Die Kaiserin ging nicht auf die Scherze ihres Neffen ein, sondern sagte:

«Ja, Tankred, ich freue mich, wieder in Sizilien zu sein. Doch jetzt bin ich die Frau des Kaisers, und meine Heimat ist an seiner Seite. Er wird es dir niemals verzeihen, daß du mich gefangengesetzt hast. Er ist rachsüchtig, heimtückisch und machtgierig. Er würde mich leichten Herzens opfern, um in den Besitz Siziliens zu gelangen. Was bedeute ich ihm denn schon? Fast könnte ich seine Mutter sein, und wenn er Sizilien in den Klauen hat, habe ich jeden Nutzen verloren. Wir haben ihn beide zu fürchten, Tankred – ich nicht weniger als du.»

Der König schüttelte verwundert den Kopf.

«Du sprichst von deinem Gemahl, als sei er dein Feind.»

«Es war ein Fehler, mich ihm auszuliefern. Im Grund hat er nicht mich, sondern Sizilien geheiratet, aber das Beilager ist noch immer nicht vollzogen. Das wird eine blutige Hochzeitsnacht, Tankred, und ich werde dir nicht helfen können. Die Staufer haben den Adler im Wappen, er schwebt schon über Sizilien und wartet nur darauf, seine Krallen in die Beute zu schlagen.»

Tankred winkte ab.

«Er hat es ja schon versucht und ist gescheitert – übrigens recht kläglich.»

«Er wird wiederkommen!»

«Und wieder scheitern!»

«Das hoffe ich und bete täglich darum, aber Heinrich ist mit dem Teufel im Bund.»

Tankred lächelte.

«Und wir mit unserem Sommer, den die Nordländer nicht vertragen. Vor Neapel sind mehr seiner Männer gestorben als in drei blutigen Schlachten.»

«Vorläufig bin ich deine Trumpfkarte, Tankred. Laß dich nicht dazu bewegen, mich auszuliefern, ehe nicht alles vertraglich geregelt ist.»

«Wenn das der Kaiser hören würde! In seinen Augen wäre es Verrat…»

«Und in meinen Augen wäre es Verrat, ihm Sizilien auszuliefern. Du mußt dir einen Verbündeten suchen, Tankred, einen starken Verbündeten.»

Der König lächelte bitter.

«Wer soll das sein? Süditalien verrät mich, sobald der Kaiser auftaucht. Ich habe nur Sizilien.»

«Der Papst! Gewinne den Papst! Nur er kann dir helfen. Coelestin hat Heinrich zwar gekrönt, doch er mag die Staufer nicht, und bald werden sie zerstritten sein.»

3

König Tankred hielt sich an den Rat seiner Tante und sandte Unterhändler nach Rom. Sie fanden in Papst Coelestin einen geneigten Partner, denn das kaiserliche Heer hatte sich beim Rückzug im Kirchenstaat aufgeführt, als stehe es in Feindesland. Die Päpste sahen sich schon seit über hundert Jahren als die Lehnsherren von Sizilien, und so lautete Coelestins wichtigste Forderung, Tankred müsse von ihm mit Sizilien belehnt werden, erst dann trage er seine Königskrone zu Recht. Im übrigen bestand er darauf, den sizilianischen Klerus nun in allen Punkten Rom zu unterstellen, was auch bedeutete, daß der König auf Bischofswahlen keinen Einfluß mehr hatte. Im übrigen müsse man auch dem Kaiser seinen guten Willen zeigen, und so schlage er vor, Konstanze nach Rom zu senden und sie unter seine, unter päpstliche Obhut zu stellen.

Was hätte Tankred tun sollen? Über ihm hing das Damoklesschwert eines zweiten Feldzugs, und so mußte seine Tante zum zweiten Mal die Reise nach Norden antreten. Tankred hätte sie mit seine Flotte nach Rom senden wollen, doch sie nahm der späten Jahreszeit wegen den Landweg und wurde bei Ceprano von kaiserlichen Rittern aufgegriffen und ‹befreit›.

König Tankreds letztes und bestes Pfand war nun dahin, und der staufische Adler würde sogleich zum Sturzflug ansetzen. Daß es nicht gleich dazu kam, hatte einen ganz einfachen Grund: Dem Kaiser fehlte das Geld zu einem zweiten Feldzug. So nützte Tankred diese Gnadenfrist, um seine Vasallen auf dem Festland zu züchtigen, doch er tat es halbherzig und mit wechselndem Erfolg. In seiner Verzweiflung wandte er sich um Hilfe an Byzanz, und es gelang ihm sogar, seinen ältesten Sohn mit der Tochter des Kaisers

Isaak Angelos zu verloben. Bald darauf wurde in Brindisi die Hochzeit gefeiert, aber der kaiserliche Schwiegerpapa ließ es bei der Mitgift bewenden und versprach für ‹irgendwann› auch Waffenhilfe.

Ja, nun wurde die sizilische Krone allmählich zu einer Last, die dem sonst heiteren und zuversichtlichen König Tankred die Lebensluft abschnürte – die Lebenslust nahm. Im Herbst erkrankte er und mußte nach Palermo zurück, wo er am 20. Februar 1194 starb. Mit ihm starb die Hoffnung auf ein freies Sizilien.

Wer sollte den Kampf fortsetzen? Der Thronfolger Roger war wenige Monate nach seiner Hochzeit verstorben, und nun gab es nur noch die von Trauer betäubte Königin Sibylla und den unmündigen Wilhelm. Die Königin stand alleine da, denn der tüchtige Kanzler Matthäus von Aiello, war schon vor einem Jahr gestorben, außerdem hatte sie sich nie um Politik gekümmert.

So konnte man nur abwarten, welchen Schritt Kaiser Heinrich als nächsten unternehmen würde, um Sizilien endlich an sich zu bringen. Er konnte sich jetzt Zeit lassen, denn der Kinderkönig Wilhelm III. war kein Gegner mehr, den er ernst zu nehmen hatte, und die süditalienischen Städte würden nach Tankreds Tod eine leichte Beute sein. Noch immer aber fehlte Heinrich das Geld, um eine schlagkräftige Armee auszurüsten.

Doch das Schicksal zeigte sich freundlich und legte ihm unversehens ein goldenes Ei in das staufische Adlernest. Und es war ausgerechnet ein Freund Siziliens und ein Feind der Staufer, der diesen Feldzug – gezwungenermaßen – bezahlen sollte, nämlich Richard Löwenherz, König von England. Dessen Bruder Johann hatte in England während seiner Abwesenheit Zwist gesät, und so mußte Löwenherz möglichst schnell und ohne Aufsehen heimkehren. Er tat dies mit nur wenigen Begleitern als Kaufmann verkleidet, wurde aber in der Nähe von Wien erkannt und von dem mit ihm verfeindeten Leopold von Österreich gefangengenommen. Der lieferte ihn an Kaiser Heinrich aus, und der Staufer nützte die Gelegenheit, für Richards Freilassung hunderttausend Silbermark zu erpressen. Das war ungesetzlich, denn ein Kreuzritter galt als unantastbar und durfte weder auf der Hin- noch auf der Rückreise behelligt werden. Den finsteren Staufer kümmerte das wenig. Ihm war jedes Mittel recht, um endlich seinen Sizilienfeldzug ausrüsten zu können. Nun, England löste seinen König wieder aus, und Kaiser Heinrich teilte sich mit Leopold von Österreich den Schatz. Der Kaiser selbst reiste dem Geld bis zum Niederrhein entgegen und verlor auch weiterhin keine Zeit, um seine Pläne voranzutreiben.

Schon im Mai des Jahres 1194 – Tankred war gerade zwei Monate tot – finden wir ihn dabei, die Seestädte Genua und Pisa gegen Sizilien aufzuwiegeln. Vor den Ratsversammlungen der reichen und mächtigen Städte lockte Kaiser Heinrich mit einem Versprechen.

«Wenn ich Sizilien erobere, habt ihr den Vorteil davon; denn ich muß nach Deutschland zurück, und ihr könnt bleiben.»

Dieses gewichtige, auf künftige Handelsbeziehungen gemünzte Argument verfehlte seine Wirkung nicht, und so wurde dieser Feldzug zu einem fast mühelosen Siegeszug. Vor der vereinigten genuesisch-pisanischen Flotte öffnete sogar Neapel widerstandslos seine Tore, und andere Städte folgten. Nur Salerno wehrte sich verzweifelt, denn es hatte damals die Kaiserin Konstanze ausgeliefert und fürchtete die Rache des grausamen Kaisers. Die Stadt wurde erobert, geplündert und vernichtet. Nur wer rechtzeitig die Flucht ergriff, überlebte das blutige Strafgericht.

Doch das war nur die Schale – nun ging es an die goldene Frucht. Siziliens Flotte war noch intakt, und der Regentschaftsrat dachte nicht daran, so ohne weiteres zu kapitulieren. Aber es half nichts, die Flotte wurde besiegt, Messina besetzt. Catania und Syrakus gaben nach kurzem Widerstand auf, die Insel versank im Chaos.

Königin Sibylla verschanzte sich mit ihrem Sohn und den drei Töchtern auf der Burg Caltabellotta an der Südwestküste, während Kaiser Heinrich gegen Palermo zog. Die Stadt unterwarf sich sofort, worauf Heinrich Plünderung und Gewalttat streng untersagte. Das war am 20. November 1194, und mit diesem Tag endete die über hundertzwanzig Jahre dauernde Herrschaft des Normannengeschlechts der Hauteville über Sizilien.

Am Weihnachtstag ließ sich Kaiser Heinrich im Dom zu Palermo zum König von Sizilien krönen. Königin Sibylla und der entthronte Kinderkönig Wilhelm III. mußten von Ehrenplätzen den Triumph ihres Gegners mitansehen. Sein Triumph wäre noch vollkommener gewesen, hätte er gewußt, daß seine Gemahlin Konstanze – er hatte sie wegen ihrer Schwangerschaft in Mittelitalien zurückgelassen – am Tage seiner Krönung in Jesi den Thronerben gebar – Friedrich Roger, Erbe der Staufer, Erbe von Sizilien.

Zunächst war Kaiser Heinrich über seinen schnellen Erfolg so erleichtert, daß er dem entthronten Wilhelm die Grafschaft Lecce und das Fürstentum Tarent anbot. Königin Sibylla nahm den Vorschlag dankbar an, denn sie war froh, die Last einer fragwürdigen Krone abgestreift zu haben. Auch das Volk nahm diese Entwicklung erleichtert zur Kenntnis. Es verbreitete sich das Gerücht, Kaiser Heinrich würde bald abziehen, und Konstanze, der letzte legitime Sproß aus dem Hause Hauteville, würde für ihn den sizilianischen Thron – ihren Thron! – einnehmen.

Nach der Krönung versammelten sich die sizilianischen Edlen in Palermo, um zusammen mit Kaiser Heinrich über die Zukunft des Landes zu verhandeln.

Der große Bankettsaal im Normannenschloß war bis zum Bersten gefüllt, denn immer neue Barone und Grafen forderten Einlaß. Dem Thron am nächsten saßen die Bischöfe und Erzbischöfe, der Admiral Margaritus von Brindisi, Roger von Avellino, Richard von Acerra und viele andere, die hofften, auch unter der neuen Regentschaft in Amt und Würde zu verbleiben. Auch als alle versammelt waren, blieb der Thron leer, und es kam Unruhe auf.

Von draußen war gedämpftes Waffengeklirr und das dumpfe Dröhnen vieler Schritte zu hören, und dann, plötzlich, erschien Kaiser Heinrich, aber er nahm nicht auf seinem Thron Platz. Seinem bleichen Gesicht war nichts anzumerken, doch seine kleine schwächliche Gestalt bebte vor Zorn, und seine Augen glühten. Er trug in der einen Hand einen Packen Papiere, ballte die andere zur Faust und schlug mehrmals darauf. Es war totenstill geworden, und alle fühlten, daß großes Unheil drohte. Der Kaiser sprach lateinisch, und wer nicht jedes Wort verstand, wußte doch, was gemeint war.

«Hier in meiner Hand trage ich die Beweise für euren Verrat! Ich habe Palermo geschont, habe für den gewesenen König Wilhelm und seine Mutter Sibylla Gnade walten lassen, wollte Sizilien in Frieden und Eintracht regieren – und nun das! Ein Gericht wird die Echtheit dieser Briefe klären und jeden von euch nach dem Grad seiner Schuld bestrafen. Vorerst seid ihr alle festgenommen!»

Nach diesen Worten strömten Bewaffnete in den Saal und führten die sizilischen Barone und Grafen, Prälaten und Bischöfe ab. Einige konnten in der Verwirrung die Flucht ergreifen, und schaudernd erfuhren sie in ihren Verstecken, wie grausam Kaiser Heinrich die angeblichen Verräter bestraft hatte.

Wer unmittelbar an der Krönung Tankreds oder Wilhelms mitgewirkt hatte – ob Geistlicher oder Adeliger –, wurde bei langsamem Feuer auf dem Domplatz verbrannt. Andere wurden mit Gewichten beschwert im Meer versenkt, gepfählt, lebendig begraben oder – und das war ein Glück – büßten am Galgen. So hatten alle vier Elemente – Feuer, Erde, Wasser und Luft – an der Bestrafung teil.

Dem kleinen Exkönig Wilhelm stach man die Augen aus und dann wurde er zusammen mit seiner Mutter, den Schwestern und anderen Verwandten nach Deutschland gebracht. Dort verschwanden sie in Kerkern und abgelegenen Klöstern und somit aus dem Gedächtnis der Menschen.

Doch Kaiser Heinrich begnügte sich nicht mit der Bestrafung der Lebenden. Seine wahre Natur kam zutage, als er die Gräber von König Tankred und dessen Sohn Roger öffnen ließ. Die Toten wurden ihrer Kronen beraubt, und man riß ihnen die fürstlichen Kleider von den verwesten Körpern. Tankreds Leichnam aber mußte der Henker auf dem Domplatz den Schädel vom Rumpf trennen.

Was die Bestrafung der Lebenden vielleicht nicht oder zumindest nicht so schnell bewirkt hätte, löste nun diese Schandtat aus. Kaum war Heinrich von Sizilien abgereist, bildete sich unter den geflohenen und versteckten Adeligen eine neue Verschwörung, mit dem Ziel, Heinrich, sobald er sich wieder auf der Insel zeigte, zu ermorden. Und Kaiserin Konstanze schloß sich den Verschwörern an. Heinrich hatte sie zur Regentin während seiner Abwesenheit ernannt, doch Adel wie Volk betrachteten sie – die letzte Hauteville – als ihre wahre Königin, und sie taten es um so lieber, als der kleine Friedrich eine legale Erbfolge versprach.

Kaiser Heinrich hatte seinen Sohn erst einmal gesehen, doch nun wurde er sogleich in die ehrgeizigen Pläne seines Vaters mit einbezogen.

Auf dem Reichstag zu Worms im Dezember des Jahres 1195 schlug Heinrich vor, den einjährigen Friedrich zum deutschen König zu wählen. Damit wollte er die Thronfolge sichern und tat nur, was auch schon Friedrich Barbarossa mit ihm selber durchgesetzt hatte. Doch was von den Reichsfürsten seinem Vater zugestanden wurde, schlug man dem finsteren und wenig beliebten Heinrich ab.

Das hinderte ihn aber nicht, wenige Monate später auf dem Hoftag in Mainz eine weitere Forderung zu stellen. Er regte an, das deutsche Königtum durch Reichsgesetz erblich zu machen, um somit den Staufern ‹auf ewige Zeiten› den Thron zu sichern. Wieder lehnten die Fürsten ab, und auch der Hinweis auf die sizilische Erbmonarchie konnte sie nicht dazu bewegen, das Wahlkönigtum aufzugeben. Den Zorn des Kaisers beschwichtigten sie damit, daß sie seinen jetzt zweijährigen Sohn nun doch zum deutschen König wählten.

Zu einem Vertrauten sagte Heinrich später:

«Sie sind so leicht zu übertölpeln, die Herren Reichsfürsten. Man muß nur sehr viel verlangen, um dann einen Teil zu bekommen. Später werde ich auch die Erbmonarchie durchsetzen, doch dazu müssen wir erst den Papst gnädig stimmen.»

Um dies in die Wege zu leiten, erklärte Heinrich sich bereit, den geplanten Kreuzzug anzuführen und im Dezember 1196 ins Heilige Land aufzubrechen.

Der nun neunzigjährige Coelestin III., seit Jahren mit Kaiser Heinrich verfeindet, horchte auf. Sollte da einer zu Kreuze kriechen? Daß dem Kaiser der Kreuzzug kein Herzensbedürfnis war, wußte jeder, der ihn kannte, aber die Befreiung des Heiligen Grabes war nun einmal der innigste Wunsch des Papstes.

Doch die Vorbereitungen zogen sich hin, und der Dezembertermin verstrich. So wurde der Mai des Jahres 1197 endgültig für den Beginn des Kreuzzuges festgesetzt.

Da kam aus Sizilien die Nachricht vom Aufruhr des Adels, der nun doch nicht mit einer Frau als Regentin zufrieden war und den normannischen Grafen Giordano zum Thronprätendenten erklärt hatte. Admiral Margaritus und Richard von Acerra waren weitere Führer dieser Verschwörung.

Heinrich brach sofort mit einem Teil des Kreuzfahrerheeres nach Sizilien auf, und dieses Heer bestand aus dem üblichen Gesindel von Abenteurern, entlaufenen Verbrechern und überzähligen beute- und landgierigen Adelssöhnen. Sie fegten wie eine verheerende Seuche über die Insel und konnten durch ihre Übermacht den Aufstand schnell ersticken.

Diesmal hatte sich der Kaiser eine besondere Bestrafung ausgedacht. Er ließ auf dem Domplatz eine Zuschauertribüne aufbauen, und von hier mußte Kaiserin Konstanze die ‹Krönung› des unseligen Grafen Giordano mit ansehen. Zu diesem Zweck hatte ein Schmied einen eisernen Thronsessel angefertigt, der nun auf einem Reisigfeuer zum Glühen gebracht wurde. Zwei Schergen führten den gefesselten Grafen herbei und hoben ihn auf den glühenden Eisenthron. Der Gefolterte schrie und wand sich, doch die Hände der Büttel hielten ihn fest. Dann brachte der Henker mit Zangen eine ebenfalls glühend gemachte Eisenkrone, setzte sie dem Unglücklichen auf und nagelte sie an seinem Kopf fest.

Heinrich betrachtete dabei seine Gemahlin Konstanze, die ihr tränenüberströmtes Gesicht von der Greuelszene abgewandt hatte.

«Warum wendest du dich ab? Es geschieht doch nur, was ihr euch alle so sehnlich gewünscht habt – euer neuer König wird gekrönt. Doch es sieht so aus, als würde er die Zeremonie nicht überleben, und so fürchte ich, müßt ihr mit mir vorliebnehmen.»

«Siete un mostro, Ihr seid ein Scheusal», sagte Konstanze leise.

Heinrich lachte.

«Ich bin nur gerecht», sagte er und gab den Bütteln einen Wink.

Sie schleppten den zu Tode gequälten Grafen Giordano davon und brachten neue Delinquenten. Richard von Acerra wurde von Pferden durch die Stadt geschleift und dann an den Füßen aufgehängt. Als er nach zwei Tagen immer noch lebte, erbarmte sich ein Hofnarr des Gequälten und erdrosselte ihn heimlich in der Nacht. Eine Reihe weiterer Adliger wurde bei langsamem Feuer verbrannt, andere gepfählt, enthauptet, ertränkt. Heinrich hielt diese Strafen für wirksam und exemplarisch, obwohl er sie nun schon zum zweiten Mal anwenden mußte.

Kaiserin Konstanze, deren Mitwirkung an der Verschwörung nicht eindeutig erwiesen war, wurde von nun an streng bewacht, und Heinrich war gerade dabei, in See zu stechen, als ein neuer Aufstand losbrach.

Der größte Teil des Kreuzfahrerheeres war schon vorausgefahren, so daß der Kaiser kaum noch Truppen zur Verfügung hatte. So mußte er sich diesmal – gegen seinen Willen – zur Milde entschließen. Er verkündete eine Generalamnestie und machte eine Reihe von Zugeständnissen. Zu seinem eigenen Erstaunen tat dieses Mittel seine Wirkung, und die Gemüter beruhigten sich wieder.

Heinrich liebte die Jagd, doch er fand selten Zeit dazu. Er war ein sehr guter Bogenschütze, und so zog er die Vogeljagd allen anderen vor, auch weil sie keine große Kraft und keinen persönlichen Mut erforderte. Zu einer Bären- oder Eberhatz hätte sich Heinrich niemals bereitgefunden.

Im Süden von Palermo erstreckte sich ein weites Sumpfgelände, wo es von Enten, Wasserhühnern, Wildgänsen und anderen Vögeln nur so wimmelte. Im Sommer wurde der Platz wegen seiner Fieberluft gemieden, doch das wußten nur die Einheimischen.

Konstanze hatte einem ihr ergebenen Jagdmeister eine hohe Belohnung versprochen, falls es ihm gelänge, den Kaiser dorthin zu locken. Es brauchte dazu keine große Überredung. Wie immer, wenn alles sich seinem Willen unterworfen hatte, war Heinrich bester Laune und der Ansicht, er habe nun eine Erholung verdient.

Der Jagdmeister achtete streng darauf, daß keiner seiner Gehilfen eine Warnung aussprach, und so zogen sie eines Morgens los, um dort im Sumpf Vögel zu jagen. Alle bewunderten die Treffsicherheit des Kaisers, und der Jagdmeister schmeichelte ihm mit der Bemerkung, daß keiner es ihm gleichtun könne. Da lebte der

Kaiser auf, seine finstere Schwermut fiel von ihm ab, und es war einer der ganz seltenen Tage, da er sich seines Lebens freute und glücklich fühlte. Was niemand wußte: Kaiser Heinrich trug schwer an der ihm von Gott verliehenen Macht, und er verstand seine Aufgabe so, daß diese Macht furchterregend, schrecklich und unerbittlich aufzutreten hatte, vor allem bei jenen, die sich ihr entgegensetzten. So war Heinrich, wie er meinte, nicht grausam, sondern gerecht und tat auf Erden Gottes Werk.

Gegen Abend wurde die Mückenplage so schlimm, daß der Kaiser die Jagd beendete und seinen Plan aufgab, hier draußen in einem Zelt zu übernachten. Doch bald schon wollte er dieses Vergnügen wiederholen, denn es blieb ihm nicht viel Zeit, und er mußte den Rock des Kreuzritters anlegen.

Inzwischen reiste er nach Messina, um seine Flotte zu inspizieren. Dort überfiel ihn plötzlich mit starkem Schüttelfrost ein Fieber, das schnell abklang, aber nach drei Tagen wieder einsetzte und den wenig widerstandsfähigen Körper des Kaisers immer mehr schwächte.

Heinrichs deutsche Leibärzte waren ratlos. Das sei ein Wechselfieber, meinten sie, es komme nach drei Tagen zur gleichen Stunde wieder, da müsse man abwarten, bis es mit Hilfe Gottes den Leib des Kaisers wieder verlasse. Sie reichten fiebersenkende Mittel, wandten kalte Umschläge an und ließen in den Klöstern Siziliens den Befehl verbreiten, Tag und Nacht für die Genesung des Kaisers zu beten.

Die Bewachung Konstanzes hob man jetzt auf, und je schwächer der Kaiser wurde, desto häufiger wandte man sich an sie. Die Kaiserin aber betete täglich in der Palastkapelle, Gott möge ihr Land von dem Ungeheuer namens Heinrich befreien, das nur der Satan geschickt haben konnte, und sie betete des weiteren darum, daß auf ihren Sohn Friedrich nichts von der väterlichen Natur gekommen sei.

Mitte September zogen die Ärzte Heinrichs auf dessen Wunsch ihre arabischen Kollegen bei. Einer davon, ein graubärtiger Alter, den Konstanze schon seit ihrer Kindheit kannte, erstattete Bericht.

«Es ist die Malaria, Majestät. Das sehr pünktliche Wechselfieber und die stark geschwollene Milz weisen darauf hin. Seine Majestät wird täglich schwächer. Hätte man uns rechtzeitig die Behandlung anvertraut…»

Konstanze blickte den alten Arzt vertrauensvoll an.

«Ja, mein Freund, ich kenne eure Fähigkeiten, dagegen sind die westlichen Ärzte nur Quacksalber. Da mein Gemahl nun nicht mehr zu retten ist, so beschränkt euch darauf, seinen Tod zu erleichtern.»

Obwohl er es nicht verdient, setzte sie in Gedanken hinzu. Laut sagte sie:

«Heinrich hat Sizilien fressen wollen, nun verschlingt es ihn. Er hat die Erde der Insel mit sehr viel Blut getränkt, jetzt wird er sie mit seinem eigenen Leib düngen. Das ist doch gerecht?»

Der alte Arzt strich behutsam seinen langen grauen Bart.

«Nur Allah weiß, was Gerechtigkeit ist, aber wir Menschen stünden schlecht da, würde er sie wörtlich anwenden. Die Dschehenna würde überquellen… So bleibt uns nichts anderes, als auf die Allbarmherzigkeit des Höchsten zu vertrauen.»

Konstanze nickte heftig.

«Ja», sagte sie zornig, «möge Gott ihm verzeihen – ich kann es nicht, Sizilien wird es ebensowenig tun.»

Außerhalb der starken, nur wenige Stunden andauernden Fieberschübe blieb Kaiser Heinrich bei klarem Verstand. Jetzt, da er sein Ende nahen fühlte, überfiel ihn manchmal bittere Reue. Wenn das Fieber seine heißen Klauen in den schwachen Körper schlug und seinen Kopf mit wirren Traumbildern peinigte, fühlte Heinrich die Qualen der von ihm Verurteilten am eigenen Leib. Er stand neben den Bischöfen auf dem Scheiterhaufen und fühlte den sengenden Atem des Feuers, spürte den erstickenden Rauch in der Kehle, rang nach Luft und wachte schweißgebadet auf.

An das Reich verschwendete Kaiser Heinrich keinen Gedanken, seine Sorge galt allein Sizilien, und das drückte er in seinem Testament aus.

«Sollte Unsere Gemahlin vor Unserem Sohn Friedrich sterben, dann soll dieser das sizilische Reich behalten; stirbt er ohne Nachkommen, so fällt es an die Heilige Römische Kirche. Stirbt Unser Sohn vor Unserer geliebten Gemahlin, so soll diese zeitlebens Sizilien regieren, das nach ihrem Tod an die Römische Kirche fällt.»

Am 28. September 1197 starb Kaiser Heinrich VI. in Messina, und es gab nur sehr wenige Menschen, die ihm nachtrauerten. Seinen Sohn Friedrich hatte er nicht mehr gesehen, denn er ließ den Jungen aus Sicherheitsgründen bei Freunden außerhalb Siziliens erziehen.

Konstanze, die während der letzten Lebenstage des Kaisers in Messina gewesen war, schickte sofort eine Abordnung aufs Festland, um Friedrich nach Palermo zu holen.

Philipp von Schwaben, der jüngere Bruder des Kaisers, machte sich aus ganz anderen Gründen auf den Weg nach Foligno, wo Friedrich lebte. Heinrich – von dessen Tod Philipp noch nichts wußte – hatte ihn beauftragt, den Dreijährigen nach Mainz zu holen, um seine Wahl zum deutschen König durch die Krönung abzusichern.

Doch Konstanzes Boten waren schneller; außerdem mußte Philipp schon in Oberitalien die Flucht ergreifen, da nach Bekanntwerden von Heinrichs Tod sogleich ein Aufstand gegen das Reich ausgebrochen war.

Konstanze aber hatte noch mehr getan. Sie sandte eine Delegation an den Papst, um diesen zur Zustimmung der Erbfolge Friedrichs als König von Sizilien zu bewegen. Unterdessen starb der zweiundneunzigjährige Coelestin, doch sein Nachfolger Innozenz III. unterschrieb ohne weiteres den Vertrag, dessen Bedingungen Rom nur von Nutzen sein konnten. Sizilien war nun ganz offenbar päpstliches Lehen und mußte an Rom einen hohen Jahrestribut entrichten. Viele der von den normannischen Herrschern erstrittenen Vorrechte waren gestrichen, doch Konstanze blieb keine andere Wahl, um dem kleinen Friedrich sein Erbe zu sichern. Außerdem stand sie wegen ihrer Krankheit unter Zeitdruck.

Am Pfingstfest des Jahres 1198 wurden Konstanze und ihr vierjähriger Sohn Friedrich zu Königen von Sizilien gekrönt.

Ein halbes Jahr später, am 27. November, starb Königin Konstanze in Palermo. In ihrem Testament hatte sie den Papst zum Vormund ihres Sohnes bestimmt.

Der Knabe mit den Feueraugen

I

Seine früheste Erinnerung war die an seine Amme mit ihren vertraut duftenden, milchschweren Brüsten, wenn sie sich über ihn beugte und lockend sagte: Hat mein Fanciullo schon Hunger? Will mein Ragazzetto etwas trinken?

Ihre rauhe, zärtliche Stimme hüllte ihn ein wie ein warmes flauschiges Tuch, er fühlte sich geborgen und versorgt, bis ihm Madrina eines Tages sagte, es müsse nun vorbei sein mit der Ammenwirtschaft, er sei schließlich kein Säugling mehr. Da war Federico schon über drei Jahre alt und verstand recht gut, was Madrina meinte. Er unterdrückte die aufsteigenden Tränen, und sein schon früh entwickelter Stolz regte sich. Auch Madrina mochte er gerne und hatte auch nicht einsehen wollen, warum er sie nicht Mama oder Madre nennen durfte.

«Das habe ich dir schon öfters erklärt, Rico. Du hast ja eine richtige Mutter, die sich zur Zeit nicht um dich kümmern kann, weil dein Vater meint, daß es auf Sizilien jetzt noch zu gefährlich für einen kleinen Jungen sei. Sobald die Gefahr vorüber ist, kehrst du zu ihr zurück und darfst sie Mama nennen. Wir beide aber bleiben bei Madrina, Patin, das klingt ja ähnlich, und du sollst ruhig wissen, daß ich dich genauso gern habe, als wärst du mein eigenes Kind.»

Die Herzogin von Spoleto hatte bei diesen Worten nicht gelogen, denn sie liebte dieses ihr von Konstanze anvertraute Kind, als sei es ihr eigenes.

In dem staufischen Foligno gab es eine feste Burg, und auch Kaiser Heinrich war einverstanden, daß sein Sohn hierblieb, bis Sizilien befriedet war.

Um diese Zeit, als Friedrich seiner Amme entwöhnt wurde,

spürte er immer deutlicher, daß er kein Kind wie andere war. Bei den Spielen im Burghof war ihm das bisher nicht aufgefallen, denn da zählte nur das Alter nach den uralten eisernen Regeln jeder Kindergesellschaft. Daß Bernardo, der Sohn des Burghauptmanns, drei Jahre älter war, machte ihn für Friedrich zur Respektsperson, deren Anordnungen er sich zu fügen hatte, so wie alle Kinder gemeinsam den Erwachsenen gehorchten. Freilich, viele Spielgenossen gab es nicht auf der Festung zu Foligno, aber ein halbes Dutzend, im Alter von drei bis zehn Jahren, war es doch.

Auf einmal spürte Friedrich, daß die streng beachteten Altersgesetze nicht mehr galten, daß die anderen, auch Ältere, vor ihm zurückwichen, ihn nicht mehr zurechtwiesen, nicht mehr spüren ließen, daß er zu den Kleinsten gehörte. Das war ihm zuerst gar nicht recht, denn Kinder lieben die hierarchische Ordnung und unterwerfen sich ihr gerne. Er verstand die Welt – seine Welt – nicht mehr, doch sein Stolz hinderte ihn, die anderen geradeheraus zu fragen, warum sie nicht mehr so mit ihm spielten wie bisher. Nicht daß sie ihn gerade mieden, aber sie waren auf Abstand bedacht, und es war – das erschien ihm so seltsam –, als hätte sich die Rangordnung umgekehrt. Plötzlich hörten auch die Älteren auf seine Worte, taten ihm manchen Gefallen, fügten sich seinen Launen, und wenn er sie grob anfuhr – dafür hätte man ihm früher eine Kopfnuß verpaßt –, duckten sie sich und schlichen weg.

Lange schaute Friedrich in den Spiegel. Hatte sich sein Gesicht verändert? War er plötzlich gewachsen oder gar so häßlich geworden, daß andere vor ihm zurückschreckten? Doch aus dem Spiegel schaute ihn ein rundes gesundes Knabengesicht an, mit dem rotblonden, immer etwas struppigen Schopf und seinen großen, leuchtenden, eng beieinanderstehenden Augen.

Einesteils machte ihn das Verhalten der anderen – die ihn trotz seines Alters häufig zum Anführer erkoren – stolz, zum anderen ließ es ihn ratlos werden, weil er es nicht verstand.

So wandte er sich eines Abends an Madrina:

«Kannst du mir sagen, was mit den anderen los ist? Ich glaube, sie mögen mich nicht mehr, aber dann soll ich wieder ihren Anführer spielen. Ist etwas mit mir? Bin ich anders als sie?»

Der fast Vierjährige blickte in kindlichem Vertrauen zu ihr auf, und sie mußte eine Antwort finden.

«Du bist der Sohn des Kaisers, Rico, aber das habe ich dir ja schon früher erklärt. Deine Mutter ist die Kaiserin, und du bist das einzige Kind deiner Eltern. Das heißt also, du bist der Erbe des Herrn der Welt, denn der Kaiser nimmt den höchsten Rang in der Christenheit ein. Du bist also ein Prinz, Rico, und dein Vater hat sogar die Absicht, dich zum deutschen König wählen zu lassen. Das alles wissen deine Spielgefährten von ihren Eltern, und wenn sie es auch noch nicht genau verstehen, so spüren sie doch, daß du einen hohen Rang einnimmst und Respekt verdienst.»

Friedrich verstand gar nichts. Daß er der Sohn des Kaisers war, wußte er seit langem, doch für ihn war das nicht viel anders, als der Sohn des Burghauptmanns oder des Stadtpräfekten zu sein. Jeder Junge hatte einen Vater, und jeder Vater war irgend etwas: Gärtner, Hufschmied, Hauptmann – und seiner war eben Kaiser.

«Was ist ein Kaiser genau? Und was heißt Respekt? Und warum soll ich König werden? Ich bin doch noch ein Kind.»

Die Herzogin seufzte. Aber Friedrich hatte ein Recht auf eine Antwort, und sie hatte die Pflicht, ihm eine zu geben.

«Schau, das ist so. Einer muß unter den Menschen immer der Höchste sein und den anderen sagen, was sie zu tun haben. Es gibt das Volk, also Bauern, Handwerker, Kaufleute, Soldaten, und sie werden von Baronen, Grafen, Herzögen, Fürsten und Königen regiert. Über ihnen allen aber steht der Kaiser, er ist nur noch Gott verantwortlich, und so ist er unter den Menschen der höchste. Da du aber sein Sohn und Erbe bist, verdienst du Respekt, das heißt, deine Spielgefährten müssen sich jetzt schon daran gewöhnen, daß du über ihnen stehst und daß sie dir später Gehorsam schuldig sind. Ihre Eltern haben es ihnen gesagt, und dir ist es nun aufgefallen, daß sie anders sind als früher. Auch du gewöhnst dich besser schon jetzt daran, daß du anders bist als sie. Dann wird es dir später leichter fallen, dein Herrscheramt auszuüben. Hast du das verstanden?»

«Ein bißchen. Aber ich mag nicht anders sein, ich möchte spielen wie früher. Noch bin ich kein König und auch kein Kaiser. Ich bin ein kleiner Junge, und es dauert noch sehr lange, bis ich erwachsen bin. Kannst du den anderen nicht sagen, daß sie ihren Respekt aufheben sollen für später?»

Da mußte die Herzogin lachen.

«Damit täte ich niemandem einen Gefallen. Es wäre das beste, wir lassen alles, wie es ist. Du wirst dich daran gewöhnen; außerdem glaube ich, daß sie dich bald nach Deutschland holen zur Krönung.»

Doch Friedrich hatte schon nicht mehr zugehört. Er war hinausgelaufen in den Burghof, wo Bernardo gerade mit seinem Kinderbogen auf faule Äpfel schoß, die er auf eine Mauer gelegt hatte. Wild entschlossen riß ihm Friedrich den Bogen aus der Hand und schleuderte ihn weit fort. Bernardo wurde gleich wütend und verpaßte Friedrich eine Guanciata, eine Ohrfeige, die ihn fast umriß. Der rieb sich die Wange und rief fröhlich:

«Ha – Bernardo hat keinen Respekt! Jetzt können wir wieder spielen wie früher.»

2

Doch Friedrichs Tage auf der Festung Foligno waren gezählt.

Der Winter war diesmal rauher als sonst gewesen; es hatte sogar zweimal geschneit, auch wenn der Schnee nur wenige Tage liegenblieb. So blühten heuer die Mandel- und Pfirsichbäume später als sonst, aber die Wiesen zu beiden Seiten des durch die Frühjahrsregen wild dahinschäumenden Topino waren längst grün geworden, und das im Winter mager gewordene Vieh füllte sich die hungrigen Mägen.

Eines Tages holten sie Friedrich in die Burg und taten alle recht feierlich. Seine Madrina hatte ein Festgewand angelegt, und ihr Mann, Konrad von Urslingen, den der Kaiser mit Spoleto belehnt hatte, machte ein feierliches Gesicht, was ihm aber nicht recht gelang, denn er sah eher grimmig aus. Er verneigte sich vor Friedrich, der erstaunt die Augen aufriß.

«Prinz Friedrich, ich habe Euch eine traurige Mitteilung zu machen. Euer Vater, Seine Majestät Kaiser Heinrich VI., ist in den

Frieden Gottes eingegangen. So hegt Eure Mutter, Ihre Majestät, die Königin von Sizilien, den dringenden Wunsch, Euch bei sich in Palermo zu wissen. Sie hat eine Abordnung hierhergeschickt, die Euch nach Sizilien geleiten wird. Ihre Majestät hat den Heiligen Vater bis zu Eurer Mündigkeit zum Vormund bestimmt, so daß Ihr in Rom haltmachen werdet, um Seiner Heiligkeit einen Besuch abzustatten.»

Der wackere Hezog Konrad hatte sein bestes Italienisch hervorgeholt, doch er sprach stockend und fehlerhaft, so daß Friedrich nur verstanden hatte, daß er fort mußte von hier. Die Tränen schossen ihm in die Augen, er konnte nichts dagegen machen. Warum ließen sie ihn nicht in Ruhe? Er wollte nicht nach Sizilien, wollte kein König werden, wollte bei Madrina bleiben.

Er wagte es nicht, sich die Augen zu wischen, und so nahm er tränenblind nur undeutlich wahr, wie einige Herren aus dem Hintergrund vortraten, um ihren künftigen König der Reihe nach mit Kniefall und Handkuß zu begrüßen. Friedrich zog seine Hand schnell zurück, doch diese gestiefelten und gespornten Ritter haschten danach, um ihre feuchten Lippen darauf zu drücken.

Von Königin Konstanze war die Anweisung ergangen, den Prinzen Friedrich keinesfalls den Gefahren einer Seefahrt auszusetzen. So mußte denn die Reise zu Land vonstatten gehen, und der kleine Friedrich saß abwechselnd mit einem seiner künftigen Vasallen zu Pferd und hatte großen Spaß daran.

Schnell war der bittere Abschied vergessen, als Madrina ihn gar nicht aus ihren Armen lassen wollte und immer wieder einen Vorwand fand, ihn festzuhalten.

«Hast du dies, hast du jenes?» fragte sie, während ihre Augen in Tränen schwammen.

Sie waren schon zum Burgtor hinausgeritten, da lief sie noch hinterher und drückte ihm ein Päckchen in die Hand.

«Die Honigmandeln! Die habe ich dir doch als Wegzehrung versprochen!»

Und der kleine Friedrich beugte sich vom Pferd hinab wie ein Ritter, der von seiner Dame ein Abschiedsgeschenk entgegennimmt.

Nun aber hatten sie Spoleto schon durchquert und bewegten

sich in Richtung Süden über Terni nach Rom. Sie reisten befehlsgemäß nur in kleinen Tagesstrecken, denn die Gesundheit des Prinzen hatte Vorrang vor allem anderen. In Rom war ein Besuch beim neugewählten Papst vorgesehen, der im Januar als Innozenz III. den zweiundneunzigjährigen Coelestin abgelöst hatte.

An der Porta Flamina erwartete sie eine Abordnung des Papstes. Ein rotgekleideter dicker Kardinal quälte sich ächzend aus seiner Sänfte und begrüßte Friedrich zeremoniell.

«Hoheit, ich darf Euch im Namen Seiner Heiligkeit, des Papstes Innozenz, in Rom, der durch die Gräber Petri und Pauli geheiligten Stadt, willkommen heißen. Euer Vormund erwartet Euch schon in väterlicher Sorge und sendet Euch diese Sänfte, die Euch bequem und sicher in den Lateranus bringen wird.»

Friedrich, seit vielen Tagen an das Reiten hoch zu Roß gewöhnt, protestierte:

«Ich möchte auf dem Pferd bleiben! Ein König setzt sich nicht in eine Sänfte wie eine Frau. Außerdem sehe ich dann nichts von der Stadt...»

Die sizilischen Barone schmunzelten. Das Bürschchen kehrt schon den König heraus, dachten sie, das kann bei diesen Pfaffen nicht schaden.

Der Kardinal ließ sich nicht erschüttern.

«Wie Ihr wünscht, Hoheit.»

Schnaufend und stöhnend kletterte er in seine Sänfte zurück, während sich die Prozession in Bewegung setzte. Ein Trupp päpstlicher Leibsoldaten schützte den hohen Gast und seine Begleiter, doch das erregte in Rom kaum Aufsehen, denn es war ein gewohntes Bild. Der Papst empfing ständig irgendwelche Abordnungen aus aller Welt, und der römische Stadtadel – etwa die Colonna oder Orsini – übertraf bei seinen Auftritten oft noch den Papst mit prunkvoll gekleideten und glänzend bewaffneten Söldnern.

Friedrich fand es lustig, wie die Menschen in den Straßen und Gassen durcheinander wimmelten und wie die päpstlichen Soldaten rücksichtslos eine Schneise durch die Menge zogen. Da wurde mancher Wasserträger beiseite gestoßen, daß er hinfiel und seine schweren Tonkrüge wie reife Melonen zerplatzten. Auch entgegenkommende Sänften oder Reiter wurden an die Hauswände gedrückt oder abgedrängt, und rauhe Flüche schwirrten durch die Luft.

Im Thronsaal des Lateranpalastes wartete schon Seine Heiligkeit Innozenz III. Der Zeremonienmeister nahm Friedrich bei der Hand und flüsterte:

«Ihr geht mit geneigtem Kopf auf den Thron zu, dann wird Seine Heiligkeit – weil Ihr königlichen Rang besitzt – aufstehen und Euch entgegengehen. Ihr kniet vor Seiner Heiligkeit nieder und küßt den Fischerring an seiner rechten Hand.»

Friedrich, eingeschüchtert von dem ihm ungewohnten Prunk, sehnte sich nach dem Burghof in Foligno zurück, nach seinen Spielgefährten mit ihren rauhen Späßen und nach der sanften Madrina, an die er während der Reise immer denken mußte, besonders am Abend vor dem Einschlafen.

«Habt Ihr mich verstanden?» drängte der Zeremonienmeister.

Friedrich seufzte hörbar und nickte trotzig.

Als der Papst ihm entgegenschritt, hätte er beinahe lachen müssen, denn dieser mächtige Mann war so klein geraten, daß die ringsum stehenden Prälaten ihn ausnahmslos überragten. Er kniete nieder und küßte den Annulus piscatoris, den er vorher verstohlen betrachtete. Auf der Metallplatte war ein Kahn mit einem darin sitzenden Mann abgebildet, der in einer Hand einen riesigen Schlüssel hielt. Da der Mann einen Heiligenschein trug, mußte es wohl Petrus der Fischer sein, an den sich Friedrich aus der Bibelstunde erinnerte.

Gleich nach dem Kuß hob ihn der Papst hoch und blickte ihn ernst an.

«Du also bist Fridericus, Unser Mündel. Deine fromme und sorgenvolle Mutter hat Uns als deinen Vormund bestimmt, nachdem dein Vater von Gott abberufen wurde. Sie hat recht daran getan, Unsere Tochter Konstanze, denn im Schutz des Papstes sind Leib und Seele in guter Hut. Hast du Uns verstanden, mein Sohn?»

Der erst siebenunddreißigjährige Innozenz, vorher Lothar Graf Segni, ein energischer und scharfsinniger Jurist, konnte – wenn er wollte – ungemein liebenswürdig sein, und seine Frage war mit einem gütigen und bezaubernden Lächeln an den kleinen Friedrich gerichtet.

Dieses Lächeln nahm ihn ein. Er griff nach der Hand des Papstes und sagte:

«Ich glaube schon. Du bist jetzt so etwas wie mein Vater, oder?»

Innozenz nickte, gerührt vom Vertrauen des Jungen. Er führte ihn zu einem Sessel unterhalb des päpstlichen Thrones und sagte, ohne den Pluralis majestatis zu gebrauchen:

«Ich werde jetzt kurz deine Begleiter empfangen, und dann zeige ich dir die Scala Santa.»

Die heilige Treppe? Das muß schon etwas Besonderes sein, dachte Friedrich, wenn sie mir der Papst selber zeigen will.

Wieder nahm ihn der Papst bei der Hand, und sie gingen – begleitet von Prälaten und sizilischen Adeligen – zu einem Gebäude, das dem Lateranspalast gegenüber lag. Die Mauern des schmalen Hauses umschlossen die achtundzwanzig Mamorstufen der Scala Santa, jener Treppe, die einstmals zum Palast des Pilatus in Jerusalem gehört hatte.

Innozenz deutete auf die Marmorstufen.

«Diese Treppe ist unser Herr Jesus Christus hinaufgeschritten, als Pilatus ihn zu sich befahl. Die heilige Kaiserin Helena hat sie nach Rom gebracht, und wer sie betreten will, darf es nur auf Knien tun.»

Friedrich war nur mäßig beeindruckt. Sein Sinn stand nach Honigmandeln, denn die der Madrina waren längst zu Ende gegangen.

Während sie in den Lateran zurückgingen, fragte Friedrich:

«Gibt es in Rom auch Honigmandeln? Ich esse sie so gern, und unterwegs waren keine zu kriegen.»

Innozenz war noch jung genug, um sich seiner eigenen Kindheit zu erinnern.

«Natürlich, mein Sohn. In Rom gibt es alles, was Leib und Seele begehren. Ich lasse dir welche besorgen.»

Während der Überfahrt nach Messina und dem Ritt nach Palermo mußte Friedrich immer an seine Mutter denken. Er konnte sich nicht mehr an sie erinnern, aber er hatte sich in den Gedanken verbissen, sie müsse aussehen wie Madrina oder er könne sie nicht lieben. Wie sollte er zu einer fremden Frau Zuneigung fassen, nur weil sie behauptete, seine Mutter zu sein?

Der begeisterte Empfang in Messina hatte ihn von seinen Grübeleien ein wenig abgelenkt. Die Menschen liefen den Schiffen entgegen, die Hafenmole wirkte aus der Ferne wie der Ameisenhaufen, den Friedrich gesehen hatte, als der Herzog ihn auf die Jagd mitnahm.

«Re Federico! Re Federico!» riefen sie ihm zu, obwohl er noch gar nicht ihr König war.

«Sie begrüßen ihren künftigen Herrn», sagte einer seiner Begleiter.

«Ihr müßt zurückwinken, Hoheit.»

Gehorsam hob Friedrich seine schmale Kinderhand und winkte heftig.

Der Ritt nach Palermo verlief ungestört und erregte kaum Aufsehen. Im Dom von Cefalù hielt der Bischof eine Dankmesse, und Friedrich konnte kaum seinen Blick von dem gewaltigen Christus in der Apsis lösen. Ja, das war der wirkliche König, der vom Himmel herab die Geschicke der Menschen leitete. Wer in Seiner Gnade sei, brauche nichts zu fürchten, hatte der alte Pater bei den Bibelstunden immer wieder betont.

Nach der Messe hatte sich viel Volk vor der Kirche versammelt, und noch ehe einer der Barone, wie üblich, den Kleinen zu sich aufs Pferd heben konnte, hatte die fröhliche Menschenmenge ihn eingeschlossen. Sie wollten ihn von ganz nahe betrachten, ihren kleinen König, ihn berühren und bewundern dürfen. Rasche Hände glitten über sein rotblondes Haar, seine kleinen Hände wurden ergriffen und mit schnellen Küssen bedacht. Friedrich verstand das meiste nicht, was diese Menschen sagten, einmal, weil ein Teil von ihnen Griechisch sprach, zum anderen, weil er nicht wußte, worauf sie anspielten.

«Hoffentlich gerät er nicht seinem Vater nach…»

«Ich finde, er gleicht mehr seiner Mutter…»

«Gott sei Dank wieder ein echter Hauteville als König…»

«Aber wir müssen zehn Jahre warten, bis er regieren kann…»

«Lieber warten, als einen Fremden…»

Die Stimmen brandeten um seine Ohren, aber er spürte, daß es freundliche Worte waren, daß die Menschen sich freuten, ihn hier zu haben.

Als ein paar Begleitsoldaten ihm ziemlich grob eine Gasse hauen wollten, hob einer der sizilischen Barone warnend die Hand.

«Laßt ihn noch eine Weile. Je früher die Leute sich an ihn gewöhnen, um so besser für uns alle.»

Nachdem die Menschen sich satt gesehen hatten, lockerte sich der Ring um den Vierjährigen, der ihnen zum Abschied zurief:

«Ich liebe euch alle! Wenn ich größer bin, besuche ich euch wieder!»

«Ja, tu das, kleiner König! Du bist uns immer willkommen. Wir haben deinen Großvater nicht vergessen! Werde wie er! Werde wie er!»

Friedrich wandte sich an seinen Begleiter.

«Wen meinen sie damit?»

«König Roger, Hoheit, der Vater eurer hochgeborenen Mutter, dessen Namen ihr als zweiten tragt.»

Natürlich, die Madrina hatte es ihm ja oft genug erklärt, daß er Friedrich Roger nach seinen beiden Großvätern hieß, aber wenn er sie bat, ihm von den beiden etwas zu erzählen, dann kamen lange Geschichten von Friedrich Barbarossa, während sie von König Roger nichts wußte.

«Warum erzählst du mir niemals von ihm?» hatte er sie gefragt.

«Ich bin in Deutschland aufgewachsen, mein Kleiner, und da kannte jedes Kind den Namen des gewaltigen Barbarossa. Von Sizilien weiß ich leider nichts, und so wirst du später deine Mutter bitten müssen, dir von König Roger zu erzählen.»

Der Gedanke an seine Mutter beherrschte ihn wieder ganz, und ein klein wenig fürchtete er sich vor dieser Begegnung. Doch das war alles wie weggewischt, als sie ihm aus dem Portal des Königsschlosses entgegentrat – groß, blond und mit geöffneten Armen.

Aber sie sah ja fast so aus wie seine Madrina! Er sprang vom Pferde und warf sich in ihre Arme, spürte ihren weichen Busen, und ihr langes goldenes Haar kitzelte ihn im Gesicht.

«Mama, da bin ich…»

«Dank sei Gott! Dank sei Gott, Federico, daß ich dich gesund wiederhabe. Und das soll jetzt auch unser erstes Anliegen sein, nämlich Gott zu danken, daß er mir meinen Sohn und Sizilien den König erhalten hat.»

Sie gingen in den Palast, und Konstanze ließ es sich nicht nehmen, ihren Sohn eigenhändig zu baden. Zärtlich trocknete sie den kleinen festen Körper ab und kleidete ihn in leichte frische Gewänder. Dann hörten sie in der Pfalzkapelle eine Dankmesse, und Friedrich blickte sich staunend um. Noch nie hatte er eine Kirche gesehen, die so klein und zugleich so prächtig war.

An diesem Abend brachte Konstanze ihren Sohn selber zu Bett. Sie betrachtete ihn liebevoll.

«Du bist jetzt zu Hause, Rico. Dein Vater war der deutsche König, und er zwang die Reichsfürsten, dich schon als Einjährigen zu seinem Nachfolger zu wählen. Aber was man gezwungen tut, hat keine Gültigkeit. Du bist Sizilianer, mein Kleiner, ein Normanne, ein Hauteville. Mögen sie es in Deutschland halten, wie sie wollen, du gehörst hierher, das Volk will dich, und was das Volk einmütig verlangt, ist Gottes Wille. Daran glaube ich, Federico, und daran haben sich unsere Vorfahren, die Könige von Sizilien gehalten. Deinen Onkel, Philipp von Schwaben, haben sie in Deutschland zum Reichsverweser bestellt, solange du unmündig bist, aber ich meine, du solltest die Finger von Deutschland lassen. Sie würden dich dort gnadenlos für ihre Zwecke ausnützen, und ich hätte keine ruhige Stunde mehr. Weißt du, daß sie dabei waren, dich in Foligno zur Krönung in Mainz abzuholen? Wären meine apulischen Grafen nicht schneller gewesen, so säßest du heute im kalten Deutschland, fern deiner wahren Heimat, fern deiner Mutter. Wäre dir das lieber?»

Friedrich, schon schläfrig, hatte von der langen Rede seiner Mutter nur die erste Frage verstanden, gähnte herzhaft und sagte mit Überzeugung:

«Ich möchte bei dir sein, Mama, und nirgends anders.»

375

Konstanze nickte zufrieden.

«So ist es recht, mein Kleiner, und hierher gehörst du auch. Ich habe inzwischen alle Deutschen aus Sizilien gejagt, weißt du das? Dein Vater hat sie damals mitgebracht, und sie haben sich hier eingenistet wie die Maden im Speck; an ihrer Spitze dieser habgierige Rüpel Markward von Annweiler, den mein Gemahl zu seinem Scaleo, seinem Truchseß, machte. Ihm hat er sein Testament anvertraut, und er gibt es nicht heraus. Aber ich weiß ohnehin, was drinsteht, Heinrich hat es mir gesagt. Kaum war dein Vater tot, stellte sich dieser deutsche Rüpel frech vor mich hin und verlangte die Regentschaft über Sizilien, weil, wie er sagte, es man dem Volk nicht zumuten könne, von einem Weib regiert zu werden. Da habe ich ihm ins Gesicht gelacht und ihn gefragt, ob er wisse, wer nach dem Tod des Grafen Roger in Sizilien König gewesen sei. Der Kerl hatte natürlich keine Ahnung und sagte: vermutlich dessen Sohn. Ja, sagte ich, das stimmt, doch der Thronfolger war damals vier Jahre alt, etwa wie du, mein Kleiner. Und für ihn, sagte ich zu Markward, hat die Gräfin Adelasia zwölf Jahre lang die Regentschaft geführt, zur Zufriedenheit des Volkes und ihrer Vasallen. Und genau das werde ich auch tun, und dabei seid Ihr überflüssig, Ritter Markward.

Du hättest den Deutschen sehen sollen, Federico, er wäre mir am liebsten an den Hals gesprungen.

Ihr werdet noch an mich denken, fuhr er mich an, wenn Eure Vasallen Euch verraten und betrügen. Seit wir Deutschen auf der Insel sind, herrscht hier Ruhe und Ordnung…

Wieder lachte ich dem Rüpel ins Gesicht.

Ja, die Ruhe eines Friedhofs und die Ordnung der Tyrannei. Glaubt Ihr, das Volk hätte es vergessen, daß der Kaiser seine Bischöfe vor dem Dom in Palermo verbrennen ließ? Daß seine Henker – und Ihr wart einer der eifrigsten – jeden hinschlachteten, den bezahlte Angeber als Verräter bezeichneten? Und da wundert Ihr Euch, daß die Deutschen hier verhaßt sind und das Andenken an Eure Herren nicht das beste ist?

Da hättest du ihn sehen sollen, mein Kleiner.

Ihr vergeßt, wer Ihr seid! brüllte er mich an, und Ihr vergeßt ebenso, wer ich bin – der Truchseß des Reiches!

Ich lachte.

Aber, aber Herr Markward, es hilft doch nichts, die Vergangenheit zu beschwören. Ich bin ebensowenig noch Kaiserin, wie Ihr der Truchseß seid. Der finstere Heinrich ist tot, und niemand weint ihm nach; hier nicht und vermutlich auch nicht in Deutschland. Was aber mich betrifft, so bin ich nur noch die Königin von Sizilien und regiere das Land bis zur Volljährigkeit meines Sohnes. Euch und die anderen Deutschen brauche ich dazu nicht. Ihr habt binnen drei Tagen unser Reich zu verlassen, und wir verbieten Euch sogar, unseren Besitz auf dem Festland zu betreten! Wir werden Euch Schiffe zur Verfügung stellen, die Euch außerhalb Unseres Herrschaftsgebiets an Land setzen. Dann müßt Ihr selber sehen, wie Ihr weiterkommt.»

Sie lachte leise und streichelte ihrem Sohn die Schulter.

«Weißt du, ich habe zuletzt absichtlich im Pluralis majestatis gesprochen, damit der Kerl spürte, daß es mir ernst war. Dein Vater hatte Walter von Pagliara zum Cancelliere Siziliens ernannt, doch ihn konnte ich nicht von der Insel jagen, denn er ist ja aus normannischem Geschlecht und damit mein Untertan. Ihn ließ ich vorsorglich in den Kerker werfen, denn er war ein enger Vertrauter deines Vaters, und die Sizilianer sollten spüren, daß ich auf ihrer Seite stand. Doch Walter und Markward waren erbitterte Feinde, weil jeder von ihnen glaubte, der bessere Berater seines Herrn zu sein. Kaum waren die Deutschen abgereist, holte ich Walter aus dem Gefängnis und bat ihn um Verständnis für diese Maßnahme. Nun, auch der Papst hatte sich inzwischen für ihn eingesetzt, denn Walter ist ja auch Bischof von Troja, obwohl ich bezweifle, daß er sein apulisches Bistum jemals gesehen hat. Er ist jetzt, was er vorher war, doch nun habe ich, die Königin von Sizilien, ihn zu meinem Kanzler ernannt. Er ist klug und tüchtig, halte dich an ihn, Federico, falls mir etwas zustößt.»

Inzwischen war das Öllämpchen am Bett erloschen, und Konstanze erhob sich, um ein anderes vom Fenstersims zu holen. Da sah sie, daß Friedrich längst eingeschlafen war und sie nur zu sich selber gesprochen hatte.

Aber wem, so dachte sie, kann ich diese Dinge erzählen, als meinem Sohn? Wem sonst?

Leise ging sie hinaus und spürte dabei wieder diesen bedrohlichen dumpfen Schmerz im Innern ihres Leibes, als nage dort von Zeit zu Zeit ein gefräßiger Wurm an ihren Eingeweiden. Bis jetzt hatte sie zu niemand davon gesprochen, doch sie spürte, wie sich dieser bohrende Schmerz langsam verstärkte, so als wachse dieser Wurm und werde von Mal zu Mal gefräßiger.

4

Die Krönung des kleinen Friedrich Roger wurde auf den Pfingstsonntag festgesetzt. Da blieben noch gut sechs Wochen zur Vorbereitung, denn Konstanze wollte aus dieser Zeremonie einen Festtag ohnegleichen machen. Das Volk sollte merken, daß es wieder einen Herrscher aus dem alten angestammten Haus besaß und daß sie, die Königin, sich durch Geburt als Hauteville und Normannin fühlte und daß die aufgezwungene Rolle als Gemahlin des Staufers nun endgültig vorbei sei. Die ausdrückliche Zustimmung des Papstes samt seinem Segen waren eingetroffen, denn Innozenz konnte nichts daran liegen, daß sich die deutsche und die sizilische Krone in einer Hand befanden.

So verzichtete Konstanze im Namen ihres Sohnes ausdrücklich auf alle das deutsche Reich betreffenden Ansprüche und ließ fortan den Zusatz ‹Rex Romanorum› im Siegel Friedrichs durch ‹Rex Siciliae› ersetzen.

Die arabischen Tuchweber und Schneider waren damit beauftragt worden, für den kleinen König die Krönungskleider anzufertigen. Die alte sizilische Königskrone wurde innen so ausgepolstert, daß sie auf Friedrichs Köpfchen für einige Zeit Halt fand.

So ließ Fridericus Rogerius die altehrwürdige, aus Byzanz übernommene Zeremonie der Salbung und Krönung eines Königs mit für sein Alter ungewöhnlicher Würde und Geduld über sich ergehen. Soviel hatte er verstanden, daß dieser Akt für das Gedeihen und die Zukunft des Landes bedeutsam und wichtig war.

Als er mit der schweren, ausgepolsterten Krone durch das Domportal ins Freie trat, rief das Volk nach altem Brauchtum:

«Christus Victor! Christus Rex! Christus Imperator!»

Nur die wenigen noch in Palermo ansässigen Muslime enthielten sich dieses Zurufs, doch auch sie flehten den Segen Allahs, des Allmächtigen und Allbarmherzigen auf den kleinen König herab.

Das Haus Hauteville hatte ihre Rechte immer nach Kräften geschützt, und diesen Schutz brauchten sie jetzt um so mehr, da sie inzwischen zahlenmäßig den Christen hoffnungslos unterlegen waren und sich nur innerhalb des Königshofes oder in entlegenen Bergdörfern ungefährdet bewegen konnten. Mit den hohen Ämtern, die Konstanzes Vorfahren den Muslimen noch anvertraut hatten, war es nun freilich vorbei. Am Hof gab es noch einige arabische Ärzte und Gelehrte, ansonsten bekleideten die Muslime nur noch niedere Stellungen in der Leibtruppe und bei der Dienerschaft.

Nach der Krönung begann für Friedrich wieder der Alltag, den nun seine Mutter regelte. Sie hatte in Magister Wilhelm Franciscus einen geeigneten Lehrer und Erzieher gefunden und wachte darüber, daß der Kleine – wenn auch vorerst nur spielerisch – mit Waffenübungen vertraut gemacht wurde.

So wurde der arabische Bogenschütze Omar Friedrichs heiß bewundertes Vorbild, denn der schnauzbärtige Araber traf einen Apfel auf achtzig bis hundert Schritte so genau, daß die Frucht in zwei Hälften auseinanderfiel. Omar, der kaum Italienisch sprach, redete mit seinem Schüler unbekümmert Arabisch, und Friedrich brauchte gar nicht lange, bis er einigermaßen mithalten konnte.

Magister Franciscus aber wurde ihm bald so wohlvertraut, daß er den knapp dreißigjährigen Cecchino nannte und ihm erlaubte – Königin Konstanze gab ihr Einverständnis –, ihn ganz formlos mit Federico anzusprechen.

Konstanze regierte das Land für ihren Sohn mit fester Hand, doch sie spürte, wie der Wurm in ihrem Leib ihre Lebenskraft aufzehrte. Die Schmerzen wurden manchmal so heftig, daß sie fürchtete, ohnmächtig zu werden. Sie konsultierte einen arabischen Arzt, der sie fragte, ob er ihren Leib betasten dürfe. Konstanze lächelte den alten Arzt, den Hakim, schmerzlich an und versuchte zu scherzen:

«Ihr seid ja nicht ein feuriger Liebhaber, den es abzuwehren gilt, sondern mein Arzt, der mir helfen will. Versucht also, ob ihr dem gefräßigen Tier auf die Spur kommt, das mein Inneres aufzuzehren beginnt.»

Der Arzt verneigte sich und betastete kundig durch die Kleider ihren Körper. Schließlich fand er die Stelle, bei deren Druck die Königin zusammenzuckte.

«Es ist ein Frauenleiden, Majestät», konstatierte er. «Ich fürchte, da werden wir wenig dagegen machen können. Ich gebe Euch etwas gegen die Schmerzen, die Euch nicht hindern dürfen, Euer hohes und verantwortungsvolles Amt wahrzunehmen. Denn Ihr, Majestät, seid auch die Hoffnung meiner Glaubensbrüder, von denen schon ein Teil unter der Herrschaft Eures Gemahls die Insel verlassen hat.»

«Das weiß ich, Magister. Aber was verstehen die Deutschen von Sizilien? Sie trampeln wie Büffel durch unser Land, dessen Besonderheit sie nicht verstehen, und wäre mein Gemahl nicht gestorben, so hätten sie es zugrunde gerichtet.»

«Nicht alle sind gegangen...», gab der Arzt zu bedenken.

«Das weiß ich, Magister. Es drücken sich noch welche in unzugänglichen Winkeln herum und warten auf ihre Stunde. Gott möge es verhüten, daß diese Stunde jemals kommt.»

Je schwächer Konstanze sich fühlte, desto mißtrauischer wurde sie. Der Königspalast schien ihr für Friedrich nicht mehr sicher genug, und so brachte sie ihn zur Hafenfestung Castellamare, wo er von einer ausgesuchten und ergebenen Leibwache beschützt wurde. Ihm war das gar nicht recht, denn er liebte die Nähe seiner Mutter, aber Konstanze versüßte es ihm dadurch, daß sie sagte, er sei schließlich der König einer Seefahrernation und müsse auch mit dem Meer vertraut werden.

Ein Teil der sizilischen Flotte lag im Hafenbecken, und auf seine Bitten zeigte ihm der Admiral die schönen, hochseetüchtigen Schiffe, und Friedrich fühlte einen großen Stolz auf ‹seine Flotte›.

Am Tag der heiligen Caecilie, am 22. November, erschien der Kanzler Walter von Pagliara in Castellamare, und Friedrich erkannte an seiner förmlichen Anrede, daß etwas Wichtiges geschehen sein mußte.

«Die Gesundheit der Königin hat sich ziemlich verschlechtert, Majestät, und wir alle halten es für besser, wenn Ihr in dieser Stunde bei Eurer Mutter seid.»

Friedrich wußte, daß seine Mutter an einer Krankheit litt, aber viele Erwachsene klagten über irgendwelche Leiden, und er hatte sich keine besonderen Sorgen gemacht.

Königin Konstanze war schon seit Tagen zu schwach, um ihr Bett verlassen zu können, und wer sie länger nicht mehr gesehen hatte, hätte sie jetzt kaum wiedererkannt. Der nagende Wurm hatte ihren stolzen, kräftigen Körper in ein Skelett verwandelt.

Um ihren Anblick für den Sohn erträglicher zu machen, hatte sie sich sorgfältig schminken lassen, doch der Erfolg war eher kläglich. Auf ihren eingefallenen Wangen brannte ein unnatürliches Karmesinrot, das der Fieberschweiß jetzt langsam auflöste. Von Zeit zu Zeit flog ein schmerzliches Zucken über ihr Gesicht, das der im Hintergrund wartende Arzt sorgsam beobachtete.

«Wenn Ihr Arznei wünscht, Majestät…»

«Nein, Magister, jetzt nicht.»

Mit ihrer entfleischten Hand winkte sie Friedrich näher.

«Mir geht es nicht gut, mein Kleiner, aber das siehst du ja selber. Ich habe Gott gebeten, mir noch ein paar Jahre zu schenken, damit ich unser Sizilien einem etwas größeren König hinterlassen kann, aber der unerforschliche Wille Unseres Herrn macht zunichte, was wir Menschen hoffen oder wünschen. Gott will mich bestrafen, und da ich weiß, warum, nehme ich es in Demut auf mich – so schwer es mir auch fallen mag.»

Sie hatte mit leiser stockender Stimme gesprochen und hielt nun erschöpft inne. Ihr Körper begann sich zu drehen und zu winden, als kämpfe sie mit einem Reptil in ihrem Innern. Das schmale Gesicht wurde zu einer Maske unsäglichen Schmerzes.

«O Jesus – o Jesus!» stöhnte sie, während der Arzt herbeilief.

Unendlich sanft hob der alte Araber den Kopf der sich windenden Königin und flößte ihr behutsam die Arznei ein. Nach wenigen Minuten entspannte sich ihr schmerzverzerrtes Gesicht, und ihr Körper beruhigte sich.

«Warum muß meine Mama so leiden», fragte Friedrich erbittert, und er haßte diesen Gott, der ihr das antat.

Der Arzt führte ihn beiseite und flüsterte:

«Ich hoffe, sie schläft jetzt ein. Du fragst, warum sie leiden muß? Warum gibt es überhaupt Krankheit und Tod? Weil Allah dies als Preis verhängt hat für das Geschenk des Lebens. Eine andere Antwort habe ich nicht, mein kleiner König, und du wirst auch vermutlich mit dieser nicht viel anfangen können.»

«Wird sie sterben?»

«Ich wollte, ich könnte dir mit Nein antworten. Aber ihr Körper ist bereits so schwach geworden, daß er nur noch einige Tage durchhält. Bleib in der Nähe, Federico, vielleicht will sie dich noch einmal sehen.»

Walter von Pagliara ließ seinen Schützling nicht aus den Augen. Eine von ihm bestellte Leibwache mußte den kleinen König auf Schritt und Tritt begleiten; auch schien den Kanzler die ständige Anwesenheit des Magisters Franciscus zu stören.

«Ich werde Euch einen anderen Lehrer besorgen, denn mir scheint, der gute Franciscus ist auf die Dauer doch nicht geeignet für Euch.»

Da pochte der Vierjährige zum ersten Mal in seinem Leben auf seinen hohen Rang. Die kleine Gestalt straffte sich, und seine großen engstehenden Augen wurden hart.

«Herr Kanzler, das werdet Ihr nicht tun! Cecchino bleibt mein Lehrer – ich will es so! Habt Ihr verstanden?»

Der verblüffte Kanzler verbeugte sich leicht und sagte ernst:

«Jawohl, Majestät.»

«Dem hast du's aber gegeben», sagte Franciscus später.

«Auch wenn ich noch ein Kind bin, darf niemand vergessen, wer hier der König ist – auch du nicht.»

Da die letzten Worte lächelnd gesprochen waren, sagte der Magister grinsend:

«Natürlich nicht, Majestät.»

Am Abend des 26. November rief man Friedrich an das Bett seiner Mutter. Er glaubte, eine Sterbende vorzufinden, doch Konstanze schien wach und munter und machte einen lebhaften Eindruck.

«Setz dich zu mir ans Bett, ganz nahe, damit ich nicht so laut reden muß.»

Er tat es, und sie schickte alle anderen hinaus, auch den Arzt.

«Der König wird Euch rufen, falls es nötig ist.»

«Nun höre mir gut zu, mein Kleiner. Wenn es mir auch heute besser geht, so kann doch jeder Tag mein letzter sein.

Halte dich an Walter von Pagliara, wenn ich nicht mehr bin. Ihn habe ich zum Regenten bestimmt, denn er ist zwar persönlich von brennendem Ehrgeiz, aber er will nur seine Macht behalten und ausdehnen. Er hält zu dir, denn er braucht dich, kann seinen Einfluß nur von dir, dem gesalbten König herleiten und rechtfertigen. Du brauchst ihn, und er braucht dich! Es gibt keinen Anwärter auf den sizilischen Thron, den man gegen dich ausspielen könnte, dafür hat dein Vater gesorgt. Sie sind alle tot oder spurlos in irgendwelchen Klöstern verschwunden. Du bist der einzige und letzte Hauteville, und der Papst, dein Vormund, wird deine Ansprüche schützen, denn ihm habe ich Sizilien als Lehen der Kirche in die Hand gelegt. Du bist noch zu klein, um dies alles zu verstehen, aber halte dir eines immer vor Augen: Wenn ihr drei – du, der Papst und Kanzler Walter – unverbrüchlich zusammenhaltet, kann keine Macht der Welt euren Bund zerreißen. Nicht alle Deutschen sind mit Markward abgezogen, sie werden nach meinem Tod ihre sogenannten Ansprüche wieder anmelden, vermutlich auch mit Gewalt. Laß dich zu nichts zwingen, gebe ihnen keinen Fußbreit nach! Walter ist zwar ein Freund der Staufer, doch in Sizilien will er allein die Regentschaft führen. An ihn halte dich!»

Konstanze war erschöpft und rang nach Atem.

«Gott schütze dich, mein Sohn. Ich wünschte, du wärst zehn Jahre älter, aber ich weiß dich in guten Händen.»

Sie strich wie segnend über sein rotblondes Haar.

«Gott schütze dich!» wiederholte sie laut und fest.

«Geh jetzt und bitte den Arzt herein.»

In den frühen Morgenstunden des nächsten Tages verschied die Kaiserinwitwe Konstanze, die zuletzt nur noch Königin von Sizilien sein wollte.

5

Der Tod seiner Mutter hatte Friedrich tief getroffen. Er war noch zu klein, um mit den Erwachsenen über seine Gefühle zu sprechen, doch von da an zeigte er ein schroffes verschlossenes Wesen, weigerte sich wochenlang, mit Omar Waffenspiele zu unternehmen; nicht einmal sein geliebter Cecchino konnte in den Tagen nach der Beisetzung Konstanzes zu ihm vordringen.

Friedrich wohnte jetzt wieder im Königsschloß, argwöhnisch bewacht vom Kanzler Walter, der sich nun auf Konstanzes Testament berufen konnte.

Friedrich mochte den Mann nicht. Mit dem Instinkt des Kindes spürte er, daß Walter für ihn als Person keinerlei Zuneigung empfand. Für den Kanzler war er das kostbare Pfand, der Schlüssel zur Regentschaft, und um so kostbarer, da er erst vier Jahre alt war. Das verhieß dem ehrgeizigen Walter von Pagliara eine zehnjährige Herrschaft über das reiche und blühende Sizilien – Zeit genug, um seine Familie einflußreich und wohlhabend zu machen.

Nach einigen Wochen begann Friedrich wieder aufzutauen. Er wandte sich an seinen Freund und Lehrer:

«Ich möchte von dir wissen, Cecchino, warum Gott nicht auf unsere Gebete hört. Wozu beten wir dann überhaupt? Während meine Mutter krank war, habe ich Gott jeden Morgen und jeden Abend um ihre Gesundung angefleht und freiwillige Bußübungen auf mich genommen. Ich habe gefastet, Wasser statt Milch getrunken, keine Honigmandeln mehr angerührt, und doch hat Gott nichts getan, um ihr zu helfen. Warum also beten? Da es nichts nützt, kann man es auch sein lassen.»

Wilhelm Franciscus war zwar in einem Kloster erzogen worden, doch er trug kein geistliches Gewand, sondern hatte sich weltlicher Gelehrsamkeit verschrieben. Er war in allen Wissenschaften zu Hause, sprach Latein, Griechisch und Arabisch und war von Konstanze ausgewählt, um Friedrich eine vielseitige, nicht nur religiös geprägte Erziehung zu vermitteln.

Franciscus hatte den Koran ebenso gründlich studiert wie die Bibel, und er kannte eine Reihe gelehrter Juden, die ihren Glauben als den einzig wahren und Christentum wie Islam als spätere Verwirrungen darstellten. So war Franciscus zum Freigeist geworden, denn mit gutem Gewissen konnte er nicht mehr daran glauben, daß die eine Religion absolut richtig und die andere absolut falsch war. Er stellte sich Gott als unendlich ferne Allmacht vor, in dessen Augen der Streit um Glaubensfragen unerheblich, ja lächerlich wurde. So fand er zu der Erkenntnis, daß es zwar einen Gott, aber verschiedene Wege gab, ihn zu verehren. Zwar scheute er sich davor, seinen Schüler nach dieser Doktrin zu erziehen, aber aus allem, was er tat und sagte, war doch eine Toleranz zu spüren, die im Laufe der Jahre nicht ohne Einfluß auf Friedrich blieb.

So dachte der Magister lange nach, ehe er Friedrichs Frage beantwortete.

«Was du getan hast, war trotzdem richtig. Jeder hat das Recht, sich an Gott zu wenden, wenn er in Not ist oder ihn etwas bedrückt. Wenn Gott nun deinen Wunsch nicht erfüllt hat, so mußt du dir das so vorstellen: Nach der Rangordnung, die hier auf Erden gilt, steht der König über dem Volk und Gott über dem König. Da kommt nun ein Mann zum König, der durch Schulden in Not geraten ist, und bittet um einen Beutel Gold. Der König lehnt die Bitte ab, ohne es zu begründen, und der Mann muß auf andere Weise mit seinem Problem fertig werden. Er wird sich fragen, warum der König ihn abgewiesen hat, und fühlt sich ungerecht behandelt. Der König aber kann selber in Geldnot gewesen sein, oder er war gerade schlechter Laune, oder hat erfahren, daß der Bittsteller an seiner Lage selber schuld war. Und es gibt noch ein Dutzend anderer möglicher Gründe.

Du, Friedrich, bist ein König und näherst dich Gott mit einer Bitte. Sie wird nicht gewährt, und du wirst niemals erfahren, warum. Du mußt es hinnehmen, denn Gott steht über dir und ist dir keine Rechenschaft schuldig, so wenig wie ein König seinen Untertanen.»

Franciscus fand seinen Vergleich nicht sehr geglückt, aber für das Verständnis eines Vierjährigen doch geeignet.

«Vielleicht wollte er meine Mutter für etwas bestrafen, wovon ich nichts weiß», sagte Friedrich zögernd.

Da dachte der Magister an das nie verstummte Gerücht, Konstanze habe den Kaiser aus Rache für seine an ihren Freunden und Verwandten verübten Grausamkeiten getötet, und so sagte er:

«Das wäre schon möglich, aber Gott wäre nicht Gott, würde er uns alles offenbaren.»

So wuchs König Friedrich heran, betreut von einem freigeistigen Magister und einem muslimischen Waffenmeister. Für seine religiöse Erziehung sorgte der Hofkaplan, doch das war ein schon älterer behäbiger Mann, der den sizilischen Wein und die bei Hof gebotenen Tafelfreuden über alles schätzte und sich darauf beschränkte, seinem Schüler die wichtigsten Stellen des Neuen Testaments flüchtig zu erläutern. Friedrich langweilte sich von Mal zu Mal mehr und schwänzte häufig den Unterricht, wofür der Hofkaplan ihm auch noch dankbar war.

Auch Magister Franciscus bemerkte in den folgenden Jahren, daß sein Schüler sich ihm entzog, was aber ihr festes Freundesband keineswegs trennte. Friedrich, der zunehmend spürte, wie sehr ihn sein Königsrang auch als Kind über alle anderen hinaushob, nützte seine hohe Stellung zu Freiheiten, die man keinem anderen gewährt hätte. Zum Unterricht erschien er nur noch nach Lust und Laune, aber er begegnete seinem Freund und Lehrer niemals schroff, sondern bezauberte ihn mit seiner fröhlichen Zungenfertigkeit.

«Ach, Cecchino, du mußt das doch verstehen. Jetzt hat es zwei Tage geregnet, und da nun heute die Sonne scheint, können wir uns nicht in die Studierkammer setzen. Ich lasse dir ein Pferd satteln, und wir reiten mit Omar hinaus vor die Stadt und schießen ein paar Enten. Das ewige Herumsitzen schadet deiner Gesundheit, Cecchino, und wenn du dich schon nicht darum kümmerst, muß ich es tun – ich möchte dich nämlich noch länger behalten.»

Was sollte der Magister darauf antworten? Er war ja selber froh um etwas Abwechslung.

Walter von Pagliara kümmerte sich nicht um solche Belanglosigkeiten, denn die politische Lage hatte sich zugespitzt, und er mußte alle Kräfte darauf verwenden, einen Ausweg zu finden. Die süße goldene Frucht Sizilien übte seit jeher auf Abenteurer und

Beutejäger eine magische Anziehung aus. Die von der Insel vertriebenen Deutschen erzählten zu Hause Wunderdinge von einer üppigen Insel, die keinen Winter kannte und deren fruchtbare Erde zwei, manchmal drei Ernten schenkte.

So gründlich auch Kaiser Heinrich die Hautevilles verfolgt und ausgelöscht hatte, eine Tochter von König Tankred lebte noch als Gemahlin des normannischen Grafen Walter von Brienne. Das war ein rechter Haudegen und Schlagetot, der nach Konstanzes Ableben Morgenluft witterte. Er war so klug, nicht gleich das Ganze zu wollen, doch er meldete seine Ansprüche auf Lecce und Tarent an.

Papst Innozenz, dem nur Sizilien am Herzen lag, unterstützte diese Ansprüche, doch als Walter mit seinen Söldnern erschien, zwang ihn der Papst zum Waffendienst gegen die Staufer, mit denen er im Streit lag. Daraufhin wandte sich der sizilische Kanzler vom Papst ab, denn er stand unerschütterlich auf Seiten der Staufer.

Von dieser Entwicklung spürte der kleine König nichts, bis Markward von Annweiler im November des Jahres 1201 vor den Toren Palermos auftauchte.

Er sei im Besitz des Testaments von Kaiser Heinrich, ließ er wissen, und dieser habe ihn und nicht den abtrünnigen Walter von Pagliara zum Kanzler Siziliens bestimmt. Doch der war ein Mann des scharfen Verstandes und nicht des Schwertes. Als ihm gemeldet wurde, daß die deutschen Truppen dabei seien, das kaum befestigte Palermo zu besetzen, ergriff er die Flucht, ohne sich weiter um Friedrich zu kümmern. Seine Hofleute folgten ihm, und bald waren Friedrich und Magister Franciscus mit einigen Dienern allein im Königsschloß.

Als von draußen Waffenlärm hereinklang, faßte Franciscus seinen Schüler bei der Hand und zog ihn mit sich.

«Sollen die sich erst einmal austoben, vielleicht übersehen sie unser Versteck!»

Sie stiegen eine steile Treppe hinauf und betraten eine kleine Turmstube, die vor Jahren ein arabischer Astronom zum Betrachten der Sterne benützt hatte.

Doch hatte einer der Diener ihren Fluchtweg beobachtet, und

als die Deutschen eindrangen, verkaufte er sein Wissen gegen bare Münze. Bald hörten die beiden das Trampeln schwerer Tritte, die Tür flog auf, und einige Bewaffnete drängten sich in die Turmstube.

«Da ist ja das Bürschchen», bemerkte der eine noch atemlos, und ein anderer sagte grinsend: «Der wird uns eine fette Belohnung einbringen.»

Franciscus hatte sich vor Friedrich gestellt und rief:

«Keiner rührt den König an! Er ist der Gesalbte des Herrn, sein Leib ist sakrosankt!»

Die deutschen Landsknechte verstanden kein Wort, sondern feixten nur hämisch. Einer ging auf Franciscus zu und schlug ihm seinen Schwertknauf auf den Kopf. Der Magister taumelte beiseite, und der Soldat griff nach Friedrich. Der aber sprang ihn plötzlich an wie eine Katze und biß ihn so kräftig in die Hand, daß der Mann mit einem Schmerzenslaut losließ. Friedrich riß sich seinen goldgestickten Brokatmantel von den Schultern und schrie:

«Tretet ihn mit Füßen, den Mantel des Königs von Sizilien!»

Er zerkratzte sich mit seinen Fingernägeln die Brust und rief:

«Da! Trinkt das Blut des Königs – hoffentlich verreckt ihr daran!»

Inzwischen hatte Markward von Annweiler vom Versteck des Königs erfahren und betrat das Turmgemach, als sich der wütende Friedrich gerade die Brust aufriß. Markward war zwar ein Haudegen und Schlagetot, der den Krieg über alles liebte, doch es fehlte ihm nicht an Schläue. Mit einem Blick erkannte er die Situation. Er stieß die Soldaten beiseite und sank vor dem König in die Knie.

«Verzeiht, Majestät, aber was hier geschehen ist, wollte ich nicht. Hat man Euch unziemlich berührt oder sonst einen Schaden zugefügt?»

«Man hat meinen Lehrer niedergeschlagen und versucht, mich festzunehmen.»

Markward erhob sich und drehte sich um:

«Wer von euch war das?»

Der Soldat trat vor und stammelte:

«Ich, Herr, aber ich dachte…»

«Halt's Maul, du Esel.»

Er wandte sich an seine Leibwachen.

«Abführen und aufhängen! Die beiden anderen auspeitschen!»

Sein zernarbtes Kriegergesicht verzog sich zu einem liebenswürdigen Lächeln, doch es wurde nur ein schiefes Grinsen daraus.

«Euer Vater, Majestät, hat mich zum Regenten von Sizilien ernannt, und wo ich bin, muß Zucht und Ordnung herrschen. Solange ich in Palermo die Regentschaft führe, wird niemand es wagen, Euch je wieder zu belästigen.»

«Es gibt aber schon einen Regenten», entgegnete Friedrich trotzig, «meine Mutter, die Königin, hat Herrn Walter von Pagliara dazu ernannt.»

«Euer Vater war der Kaiser, sein Wille hat das größere Gewicht», sagte Markward knapp, verneigte sich tief und ging hinaus.

Magister Franciscus saß am Boden und rieb sich die Beule auf seinem Kopf.

«Hast dich tapfer gehalten, Cecchino», lobte ihn Friedrich, «brauchst du einen Arzt?»

Franciscus schüttelte den Kopf und stand mühsam auf.

«Nur eine Beule… Dieser Markward scheint seiner Sache sehr sicher zu sein. Glaubst du, daß das mit dem Testament stimmt?»

Friedrich zuckte die Schultern.

«Alle sagen es, aber für mich hatte bisher die Entscheidung meiner Mutter den Vorrang. Wir werden auch diesen Markward überstehen…»

Franciscus nickte.

«Auch er hat Feinde. Ich glaube nicht, daß der Papst ruhig zusieht, wie man den Bischof von Troja davonjagt.»

Friedrich lächelte.

«Bei Herrn Walter vergißt man immer, daß er auch noch Bischof ist. Warten wir es ab. Ich mag dich sehr, Cecchino, und seit heute bist du mir noch lieber geworden.»

Der Magister errötete leicht über dieses Lob, winkte aber bescheiden ab. «Wohin kämen wir, wenn Lehrer und Schüler nicht zusammenhielten?»

«Du bist mehr für mich, Cecchino, du bist mein Freund.»

6

Im Gegensatz zu Walter von Pagliara, der den kleinen König niemals aus den Augen gelassen hatte, kümmerte sich Kanzler Markward überhaupt nicht um Friedrich. Er konnte kommen und gehen, wann er wollte, es gab weder eine Leibwache noch einen Aufpasser. Dank Magister Franciscus konnte Friedrich seit seinem sechsten Lebensjahr schreiben und lesen; er sprach jetzt fließend Lateinisch, Griechisch und Arabisch, und so bat ihn der Kanzler – der immer auf Form hielt – von Zeit zu Zeit um eine Audienz.

Da legte er dem Knaben dann Papiere vor, Erlasse, Verträge, Schenkungen, Ernennungen und bat ihn, unter das Königssiegel seinen Namenszug zu setzen. Friedrich war zu stolz, um nach Einzelheiten zu fragen, außerdem wußte er, daß der Regent auch ohne ihn hätte handeln können.

«Es soll alles seine Ordnung haben, Majestät», pflegte Markward dann zu bemerken, «wenn Ihr einmal volljährig werdet, dann seid Ihr den Umgang mit Staatspapieren schon gewöhnt, und mir kann man nicht vorwerfen, ich habe Eure königlichen Rechte geschmälert.»

Markward informierte den König gelegentlich auch über die Ereignisse in Deutschland, und Friedrich erzählte sie gleich seinem Freund Cecchino weiter.

«Weißt du, daß sie in Deutschland jetzt zwei Könige haben? Papst Innozenz hat den Welfen Otto anerkannt und meinen Onkel Philipp gebannt. Die Staufer haben immer Schwierigkeiten mit den Päpsten, auch mein Großvater Friedrich Barbarossa hat sich zeitlebens mit Rom herumgerauft. Da habe ich es mit Sizilien leichter.»

Der Magister mußte lachen.

«Übrigens war nicht ganz richtig, was du eingangs bemerkt hast. Genau gesehen gibt es sogar drei deutsche Könige – du hast nämlich dich selber vergessen.»

Friedrich winkte ab.

«Das ist vorbei. Sie wollten mich ja damals nach Deutschland holen, aber ich bin froh, daß meine Mutter ihnen zuvorgekommen ist. Ich weiß, was mein Vater den Sizilianern angetan hat, und freue mich, daß alle in mir nur den Sohn Konstanzes sehen. Mit Deutschland und mit den Staufern möchte ich nichts zu tun haben.»

«Ein Deutscher führt die Regentschaft über Sizilien!» gab Franciscus zu bedenken.

«Leider!» fuhr Friedrich auf. «Ich hoffe, das wird sich ändern, noch ehe ich mündig bin.»

«Du bist jetzt erst zehn, da heißt es noch lange Geduld haben.»

«Nach sizilischem Lehensrecht bin ich mit vierzehn volljährig. Dann jage ich diesen Markward aus Sizilien und ernenne dich zum Kanzler. Ja, dich, Cecchino! Dann weiß ich wenigstens, daß ich einem Menschen am Hof vertrauen kann.»

«Ach, Rico», sagte der Magister gerührt, «an mir hättest du keine Freude als Staatsmann. Ich bin Lehrer und Gelehrter, mit Leib und Seele, aber du wirst einen anderen finden, dem du vertrauen kannst. Mir genügt es, wenn ich dir als Ratgeber zur Seite stehen darf.»

Die großen leuchtenden Augen strahlten ihn an, und Franciscus wunderte sich nicht, daß manche sie als ‹Feueraugen› bezeichneten.

«Niemand ist so auf gute Freunde angewiesen wie ein Fürst, der damit rechnen muß, daß alle Welt ihn täuscht und hintergeht. Wenn ich erst König bin...»

Friedrich schwieg und schaute hinüber zum stumpfen Turm des Johannesklosters, um den träge einige Dohlen kreisten.

«Du bist schon König», sagte der Magister still, «aber ich kann verstehen, daß du es unter diesem Markward allmählich vergißt.»

«Nein!» sagte Friedrich laut und hart, «ich vergesse es nicht. Niemals!»

Was Markward von Annweiler betraf, so hatte Franciscus jedenfalls recht, denn der Kanzler schien tatsächlich vergessen zu haben, daß es noch einen König gab. Der Deutsche wußte genau, daß er sich hier nicht mehr allzulang würde halten können, und so begann er, die gestohlene Frucht erbarmungslos auszupressen. Seine Steuereintreiber waren in Wirklichkeit Strauchdiebe, die alles mitnahmen, was nicht niet- und nagelfest war. So war es nur konsequent, daß Markward alle Ausgaben für den Königshof strich, natürlich nur soweit es ihn selber nicht betraf. Für König Friedrich aber blieb nur das Wohnrecht; seine wenigen noch verbliebenen Diener, darunter der Koch, waren entlassen worden.

«Majestät müssen mit unserer bescheidenen Küche vorliebnehmen; die kräftigen deutschen Mahlzeiten werden Euch guttun...»

Friedrich zog es vor, auf diese zynische Einladung nicht zu reagieren.

Auch Magister Franciscus war entlassen worden, denn – wie Markward meinte – der König könne ja längst schreiben und lesen. Sie blieben aber trotzdem zusammen, und Franciscus fand immer wieder eine Möglichkeit, seine Kasse durch Privatunterricht aufzubessern. Die königstreuen Familien in Palermo fühlten sich geschmeichelt, wenn der Lehrer Seiner Majestät ihre Söhne unterrichtete, und sie empfanden es als besondere Ehre, wenn Friedrich ihn gelegentlich begleitete. Daß dies hauptsächlich deshalb geschah, um wieder einmal zu einer anständigen Mahlzeit zu kommen, mögen einige dieser Patrizierfamilien zwar geahnt haben, aber niemand redete davon.

Wenn er Lust hatte, nahm Friedrich am Unterricht teil, aber damit konnte man niemals rechnen. Häufig verschwand er einfach in den winkeligen Gassen der Altstadt, um – wie er lachend sagte – «sein Volk kennenzulernen».

Franciscus hatte es sich abgewöhnt, den jetzt Zwölfjährigen nach seinen Plänen zu fragen, und Friedrich hatte es stillschweigend akzeptiert – vielleicht sogar erwartet –, daß sein Lehrer ihn vor anderen ‹mein gnädiger König› anredete und das Du vermied. Aber auch Friedrich wahrte die Form und nannte seinen Cecchino im Kreis von Freunden immer nur ‹verehrter Magister Franciscus›.

Großen Wert legte Friedrich auf körperliche Übungen. Er hatte es durchgesetzt, daß sein Waffenmeister Omar vom Regenten bezahlt wurde und immer zu seiner Verfügung stand. Ein reicher königstreuer Kaufmann bot Friedrich an, sich aus seinem Reitstall nach Belieben zu bedienen, und so war der König von Sizilien wenigstens beritten.

Als Friedrich von einem scharfen Ausritt zusammen mit Omar ins Schloß zurückkehrte, fanden sie den ganzen Hof des Regenten in Aufruhr. Es wurde herumgebrüllt, in aller Eile gepackt; im

Schloßhof stapelten sich Truhen, Kisten und Ballen, Ochsenwagen wurden angeschirrt, und Markwards Hauptleute saßen bewaffnet und in voller Rüstung zu Pferd und trieben ihre Leute an.

Magister Franciscus lief Friedrich und Omar entgegen und verkündete atemlos:

«Markward ist heute früh plötzlich gestorben, und jetzt setzen sich die Herren in aller Eile ab, ehe es bekannt wird und der Aufruhr beginnt. Wir sollten uns einstweilen ins Kloster zurückziehen.»

Friedrich nickte, und sie gingen gemeinsam hinüber nah San Giovanni degli Eremiti, wo der Abt seit einiger Zeit für den König zwei Zellen bereithielt.

Nun, die Lage klärte sich bald, aber anders als Friedrich und sein Lehrer es erhofft hatten. Der legal gewählte, aber vom Papst gebannte deutsche König Philipp von Schwaben – ein Onkel Friedrichs – war einer Privatrache zum Opfer gefallen und im Juni 1208 ermordet worden. Der von Innozenz unterstützte Gegenkönig Otto von Braunschweig wurde nun auch von den Kurfürsten akzeptiert und einmütig zum deutschen König gewählt.

Unmittelbar nach Markwards Tod hatte sich ein gewisser Diepold von Schweinspeunt auf seinen Platz gesetzt, war aber vertrieben worden. Nun tauchte er mit einem Söldnerheer wieder auf, von König Otto IV. beauftragt, das Königreich Sizilien dem Reich anzugliedern.

Friedrich, der letzte überlebende Staufer, war dem neuen König ein Dorn im Auge, denn Otto wollte die Macht seines Hauses, der Welfen, auf Unteritalien und Sizilien ausdehnen. Es gab keinen Befehl, doch hätte Otto nichts dagegen gehabt, wenn Diepold den König von Sizilien kurzerhand beseitigt hätte.

Doch da gab es noch den Papst, der sein Mündel zu schützen suchte und den Ottos Absichten empörten. Er hatte den Welfen im Oktober zum Kaiser gekrönt, und das war nun der Dank! Sizilien war päpstliches Lehen, und Innozenz wollte es mit Krallen und Zähnen verteidigen. Von Kaiser Otto schwer enttäuscht, bemerkte er:

«Das Schwert, das Wir Uns geschaffen, schlägt Uns schwere Wunden.»

Aber die Rechnung des Welfen sollte nicht aufgehen.

7

Am 26. Dezember 1208 war König Friedrich von Sizilien nach sizilischem Recht volljährig geworden, doch der selbsternannte Regent Diepold von Schweinspeunt dachte nicht daran zurückzutreten. Er berief sich auf seinen Befehl auszuharren, bis Kaiser Otto mit einer Streitmacht erschien, um Sizilien dem Reich einzuverleiben.

Friedrich unternahm vorläufig nichts, denn er war dabei, sich zu verehelichen.

In seiner Sorge um den letzten Staufer, der das einzige Gegengewicht zu Kaiser Otto war, kam Innozenz auf die naheliegende Idee, sein Mündel dürfe nicht lange der einzige Staufer bleiben. Das Problem war nur durch schnelle Heirat zu lösen, und der Papst fand auch bald eine geeignete Braut für den vierzehnjährigen König.

Es war die fünfundzwanzigjährige Konstanze von Aragon, Witwe des Königs Emerich von Ungarn. Diese Verbindung brachte zwei Vorteile – einen für den Papst und einen für Friedrich. Konstanzes Mitgift nämlich bestand unter anderem aus fünfhundert kampferprobten spanischen Rittern, mit deren Hilfe Friedrich sein Königreich quasi zurückgewinnen sollte. Zudem war das Königreich Aragon – wie Sizilien – ein päpstliches Lehen, und der kluge Innozenz tat alles, um Roms Macht zu stärken.

Friedrich war zuerst empört und vertraute sich – wie stets in solchen Fällen – sofort seinem Freund und Lehrer an.

«Meine eigene Großmutter soll ich heiraten, weil seine Heiligkeit es so will! Was hältst du davon? Ich habe natürlich sofort abgelehnt.»

«Jetzt beruhige dich, Federico. Wie alt ist sie denn, diese Großmutter?»

«Schon über fünfundzwanzig! Und Witwe ist Konstanze auch noch! Ich lege mir doch nicht einen gebrauchten Handschuh ins Bett.»

Franciscus, der seinen Schüler kannte, wußte, daß gutes Zureden nur das Gegenteil bewirkte. So gab er ihm recht.

«Das kann ich verstehen, damit wäre kein richtiger Mann einverstanden. So etwas kann sich auch nur der Papst ausdenken! Sind wenigstens irgendwelche Vorteile zu erwarten?»

Friedrich druckste herum.

«Das schon... Sie soll fünfhundert Ritter mitbringen – wenn's wahr ist!»

Franciscus wiegte nachdenklich seinen Gelehrtenkopf.

«Das wäre freilich nicht zu verachten. Aber du hast natürlich recht, die Sache muß Hand und Fuß haben. Mit den fünfhundert könntest du übrigens die Deutschen aus dem Land jagen – jetzt um so mehr, als Herr Diepold, wie man sagt, von seinem Herrn zur Unterstützung nach Italien gerufen worden ist. Vermutlich wollen die beiden beraten, wie man den Papst am besten übers Ohr haut. Im Grunde hat es Innozenz ja gut gemeint. Vermutlich stand keine andere Braut in Aussicht, die dir gleich ein beachtliches Heer zuführt. Überlege es dir gründlich, Federico, die Zeit drängt, und es bricht wieder einmal einer auf, um nach dem goldenen Apfel Sizilien zu greifen – aber diesmal ist es kein Staufer. Der letzte bist du und zugleich der letzte Hauteville.»

Friedrich war nachdenklich geworden und blickte seinen Freund stirnrunzelnd an. Da fügte Franciscus noch hinzu:

«Übrigens sind manche Frauen gerade mit fünfundzwanzig am reizvollsten...»

«Du bist ein alter Gauner!» bemerkte Friedrich in gespieltem Ernst, sandte aber noch am selben Tag seine Zustimmung nach Rom.

Etwas anderes trug auch noch zu seinem Entschluß bei. Im Frühjahr hatte er mühsam ein kleines Heer zusammengestellt, um die überall in Sizilien aufflammenden Unruhen zu ersticken. Die Herren Barone rebellierten gegen alles und jeden. Im Lande herrschte Anarchie, der zurückgekehrte Diepold konnte sich mit Hilfe seiner Truppen nur noch in und um Palermo behaupten. Er hegte die stille Hoffnung, daß Friedrich bei diesem Heerzug umkäme, und so kam ihm dieser Aufruhr gerade recht.

Friedrich kam nicht um, aber er erreichte auch nichts. Die Adelsherren verschanzten sich bei seinem Nahen in unzugänglichen Burgen, die zu belagern oder gar zu erobern der junge König viel zu schwach war.

Aber mit den fünfhundert spanischen Rittern würde es gehen, und so biß er in den sauren Apfel.

Als seine Braut Konstanze im August mit ihrer Truppe in Palermo anlangte, hatte sich ‹Kanzler› Diepold schnell verdrückt. Er wollte es auf eine Kraftprobe nicht ankommen lassen, außerdem befolgte er den Befehl des Kaisers Otto, in Apulien für die Sache des Reiches Stimmung zu machen.

Nun hätte Friedrich aufatmen können, doch der sizilische August mit seinem tödlichen Feueratem unterschied nicht zwischen Freund und Feind. Binnen weniger Wochen waren die spanischen Ritter einer grassierenden Seuche erlegen; auch Konstanzes Bruder befand sich unter den Opfern. Nur ein paar Dutzend überlebten, doch Friedrich zeigte schon als knapp Fünfzehnjähriger, daß es wider seine Natur war, etwas aufzugeben, solange er atmete.

Er heiratete Konstanze in aller Eile, verbrachte mit ihr eine wenig aufregende Hochzeitsnacht – von den Mädchen Palermos war er anderes gewöhnt – und brachte es trotz aller Widerstände dahin, daß er zusammen mit dem Rest der Spanier ein neues Heer aufstellte. Mit dieser Truppe gelang es ihm, einen Aufstand niederzuschlagen, der – wie er später erfuhr – gegen sein Leben gerichtet war. Als er den Anstifter, einen Grafen aus Kalabrien, festnehmen konnte, brach die Verschwörung zusammen.

Doch es war wie bei einer Hydra: kaum war ein Haupt abgeschlagen, wuchs ein neues nach.

Kaiser Otto war in Apulien mit offenen Armen empfangen worden, auch die kalabrischen Barone waren schnell gewonnen. Diese ewig unzufriedenen sizilischen Vasallen gingen von der Voraussetzung aus, daß der deutsche Lehnsherr wieder über die Alpen nach Hause ging und sie dann mehr Freiheit genossen als unter dem König von Sizilien, der in wenigen Tagen zur Stelle war, wenn er seine Vasallen züchtigen wollte. So blickten sie voll Zuversicht auf ihren neuen Herrn, der sich anschickte, vom Festland nach Sizilien überzusetzen, um sie von diesem Knabenkönig zu befreien.

König Friedrich von Sizilien hatte sich in Castellamare, der Stätte seiner Kindheit verschanzt, wo ihn eine sarazenische Leibwache – mit Omar als Hauptmann – Tag und Nacht bewachte.

Er saß mit seinem Lehrer in der behaglichen Turmstube vor einem Schachbrett und schüttelte den Kopf über einen haarsträubend falschen Zug seines Partners.

«Cecchino, wo hast du nur deine Gedanken? Oder willst du nur den braven Untertan spielen, der seinen König aus Ergebenheit gewinnen läßt? So etwas dulde ich nicht, das weißt du genau! Beim Schach gibt es zwei gleichberechtigte Spieler, und da zählt kein Rang, sondern der schärfere Verstand.»

Magister Franciscus blickte auf und lächelte zerstreut.

«Das weiß ich doch, Rico, hast es mir ja oft genug gesagt. Aber ich mache mir Sorgen um deine Zukunft. Da unten wartet eine Galeere auf deine Flucht, und Omar wird dich sicher nach Afrika bringen. Aber was ist damit gewonnen, wie soll es weitergehen?»

Friedrich lachte.

«So!»

Mit einer Handbewegung fegte er die Schachfiguren vom Brett, um sie dann sogleich sorglich wieder aufzustellen.

«Damit meine ich, daß sich nach einer Tabula rasa die Figuren zu einem neuen Spiel ordnen werden. Kaiser Otto wird auf Sizilien landen, wird es im Handstreich erobern, wird einen Regenten einsetzen, um dann nach Deutschland zurückzukehren. Aber glaubst du, der Papst ist damit einverstanden? Er kann es nicht sein, denn er hat mich, sein ehemaliges Mündel, zum Vasallen ernannt und wird mit allen Mitteln zu verhindern suchen, daß Sizilien dem Reich anheimfällt. Dann, mein Lieber, werden die Figuren neu aufgestellt. Warum soll ich mich von Otto fangen und zur Geisel machen lassen? Damit hätte er alle Trümpfe in der Hand. Ich bin jung, ich kann abwarten. Ich sitze am längeren Hebel.»

Friedrich hatte so ruhig und zuversichtlich gesprochen, daß auch Franciscus wieder Hoffnung schöpfte.

«Verlaß dich nicht zu sehr auf den Papst», wandte er noch ein, «den hast du mit der Entlassung Walters von Pagliara ziemlich vergrämt.»

Friedrich schlug auf den Tisch, daß die Schachfiguren tanzten.

«Was hätte ich denn tun sollen? Kaum war Diepold außer Landes, kam mein schlauer Exkanzler zurück und setzte sich auf seinen alten Stuhl. Das hätte ich ja noch hingenommen, denn irgendwer muß schließlich Kanzler sein, aber dann seine Bemerkungen wie, man solle sich vielleicht doch dem neuen Kaiser anschließen, denn die weltliche Macht habe immer die größeren Armeen, und vom Papst sei nicht mehr viel zu erhoffen, außerdem seien Apulien und Kalabrien ja auch schon zum Kaiser übergelaufen. Da habe ich ihn davongejagt, und es rührt mich wenig, wenn der Papst jetzt einen väterlichen Brief sendet mit der Ermahnung, so könne man doch nicht mit einem Bischof umgehen. Immer wenn es gefährlich wird, bringen diese Herren ihr geistliches Amt ins Spiel, das bei Walter nicht mehr ist als eine ertragreiche Pfründe. Lassen wir jetzt dieses unerfreuliche Thema.»

Der Magister nickte.

«Gut. Mit Gottes Hilfe wirst du erreichen, was du dir vorgenommen hast. Und ich werde dich jetzt besiegen!»

Sie spielten das uralte Spiel noch einige Dutzend Male in der Hafenfestung Castellamare, immer gewärtig, mit der Galeere sofort die Flucht ergreifen zu müssen.

Doch dann erschien ein Schiff am Horizont, das die päpstliche Flagge mit den gekreuzten Schlüsseln trug.

«Vielleicht eine Finte?» vermutete der mißtrauische Friedrich. Er wandte sich an Omar, der ebenfalls gebannt auf das Meer starrte.

«Schick dem Schiff ein Boot entgegen und gib mir ein Zeichen, wenn es sich wirklich um ein päpstliches Schiff handelt. Hisse dann eine rote Flagge. Ich gehe inzwischen auf meine Galeere und fahre sofort ab, wenn kein Zeichen erfolgt.»

Omar nickte und stürzte davon.

Friedrich stellte sich ans Heck seines Schiffes und ließ Omars kleines Boot nicht aus den Augen. Es näherte sich dem päpstlichen Schiff, legte an, und nach bangen Augenblicken, die ihm wie Stunden schienen, sah Friedrich deutlich, wie ein rotes Tuch geschwenkt wurde.

Voll Freude schlug er Franciscus auf die Schulter.

«Komm, Cecchino, gehen wir zurück. Wir werden den päpstlichen Abgesandten im Königsschloß gebührend empfangen.»

Friedrich legte dort seinen prunkvollen Ornat an und drückte die sizilische Königskrone auf seine rotblonden Locken. Im Halbkreis um den Thron stand die sarazenische Wache, auf Sesseln an den Wänden saßen die Bischöfe und Hofleute.

Der päpstliche Bote, ein hoher Prälat, betrat den Saal, verneigte sich, schritt vor bis zum Thron und verneigte sich wieder. Er nahm ein Schriftstück zur Hand und begann einen lateinischen Text abzulesen:

> An den Hochedlen König von Sizilien und getreuen Lehnsmann Seiner Heiligkeit des Papstes Innozenz.
> Mit Gottes und Seiner Heiligen Hilfe können Wir Dir, Du getreuer Sohn der römischen Kirche, eine gute Nachricht überbringen.
> Nachdem Wir Uns gezwungen sahen, auf den ungetreuen und vertragsbrüchigen Otto, vormals Kaiser des Heiligen Römischen Reichs Deutscher Nation, Unseren Bannstrahl zu richten, haben sich die deutschen Fürsten von ihm losgesagt. Er wollte seine Frevlerhand nach dem von Uns an Dich verliehenen Sizilien ausstrecken, mußte aber die Flucht ergreifen, um in seine Stammlande zurückzukehren. Die Gefahr ist vorüber, der Frevler wird bestraft werden, die Gerechtigkeit hat mit Gottes und Seiner Heiligen Hilfe gesiegt.

Das Schreiben enthielt noch einige fromme Floskeln, doch Friedrich hörte nicht mehr hin. Alles in ihm jubelte, so daß er alle Mühe hatte, sich auf seinem Thron ruhig zu verhalten.

Erst als er mit seinen engen Freunden, darunter Franciscus und Omar allein war, brach es aus ihm heraus.

«Da seht ihr es, meine Freunde! Geduldiges Warten hat auch einen Sinn. Hätte ich den Kopf verloren und klein beigegeben, so säße ich als Geisel auf einer deutschen Burg, und der Papst müßte um meine Auslösung feilschen. Und jetzt, meine Herren, werden wir uns zuerst einmal Apulien und Kalabrien vornehmen, um den Herren dort nachdrücklich einzubleuen, wer ihr König ist.»

Doch dazu sollte es vorläufig nicht kommen, denn wenige Tage nach den päpstlichen Prälaten traf eine Gesandtschaft der deutschen Reichsfürsten in Palermo ein, geführt von dem schwäbischen Adligen Anselm von Justingen. Dem noch jungen höfischelegant gekleideten Ritter war gleich anzusehen, daß er eine gute, eine hochbedeutsame Nachricht brachte.

Wieder saß Friedrich im Thronsaal, umgeben von seinen Hofleuten, als Ritter Anselm mit jugendlichem Schwung eintrat, schnellen Schritts vor den Thron trat und dort niederkniete.

Friedrich gab ihm sofort ein freundliches Zeichen, sich zu erheben; Anselm nahm von einem sich gebückt nahenden Sekretär eine gesiegelte Rolle entgegen, brach sie auf und begann mit klingender Stimme zu lesen – nein, zu deklamieren:

Die versammelten Fürsten des Deutschen Reiches entbieten dem Erlauchten Herrn, dem König von Sizilien und Herzog von Schwaben, Friedrich, ihren Gruß.

Wir, die Fürsten des Deutschen Reiches, denen von alten Zeiten her das Recht und die Macht gegeben ist, ihren König und Herrn zu erwählen und solchen auf den alten Thron der Römischen Kaiser zu setzen, sind in Nürnberg zusammengekommen, um über das gemeine Beste zu ratschlagen und uns einen neuen König zu wählen. Wir richten nun unsere Augen auf Dich als den, der solcher Ehre am allerwürdigsten erscheint, der zwar ein Jüngling an Jahren ist, aber ein Greis an Einsicht und Erfahrung, den die Natur mit allen edlen Gaben mehr als irgendeinen anderen Menschen ausgestattet hat, den edelsten Sproß jener erhabenen Kaiser, die weder ihre Schätze noch ihr Leben geschont haben, das Reich zu mehren und alle ihre Untertanen zu beglücken.

In Betracht all dessen bitten wir Dich nun, daß Du Dich aus Deinem Erbreich erheben und zu uns nach Deutschland kommen wolltest, um die Krone dieses Reiches gegen den Feind Deines Hauses zu behaupten.

Friedrich war so verwirrt, daß er alle Kraft aufwenden mußte, um Anselm nicht mit dem Ruf: Das kann nur ein Irrtum sein! zu unterbrechen. Mit allem hatte Friedrich gerechnet, nur nicht damit, daß die Fürsten dieses fernen, verhaßten, kalten Landes ihn zu ihrem König wählen würden.

Seine Höflinge und Berater versuchten, ihn sogleich von einer

Zusage abzubringen. Auch seine Freunde rieten ihm ab, Magister Franciscus, Omar und alle anderen. Der alte weise Erzbischof von Palermo warnte: «Das hieße Gott versuchen, mein Sohn. Ihr würdet Euch in ein ungewisses Abenteuer stürzen, dessen Ende nur Gott allein kennt. Wartet erst einmal ab, bis Kaiser Otto vor dem Reichstag erscheint, und Ihr werdet erleben, daß ein Teil der Reichsfürsten wieder zu ihm überläuft. Habt Ihr nicht die Arglist der Deutschen zur Genüge kennengelernt? Denkt an Eure Erfahrungen mit Markward von Annweiler oder Diepold von Schweinspeunt. Auch Euer Alter wird man ins Spiel bringen. Sollen wir uns von einem Knaben beherrschen lassen, wird man fragen. Lehnt den Vorschlag nicht rundweg ab, aber laßt Euch Zeit, und ich glaube – und hoffe –, daß Ihr zu denselben Erkenntnissen kommen werdet wie ich.»

Die Warnungen des Erzbischofs waren nicht von der Hand zu weisen, überlegte Friedrich, doch er kannte sich selber gut genug, um zu wissen, daß niemand und nichts ihn bei seinem Entschluß beeinflussen konnte.

Seine spontane Regung, bei Anselms überraschender Botschaft zu rufen: Das kann nur ein Irrtum sein, war nicht mehr als ein maßloses Erstaunen, daß man ihn, den fern in Sizilien lebenden Staufer, erwählt hatte, ohne daß irgendwer für ihn gesprochen oder geworben hätte. Ganz tief in ihm hatte etwas sofort ja gesagt, hatte triumphiert und ihm das Bewußtsein vermittelt, daß es nach göttlichen und menschlichen Gesetzen keine andere Wahl gab als ihn, den letzten Staufer, den Enkel von Friedrich Barbarossa und Sohn des schrecklichen Kaisers Heinrich.

Seit in Friedrich der ordnende Verstand erwacht war und auf seine Gefühle Einfluß nahm, hatte er sich zum Erbe seines Vaters bekannt, ohne den er – und das war das Wichtigste – niemals in den Besitz Siziliens gelangt wäre. Tankred, der erwählte König, hatte männliche Erben hinterlassen, und Friedrichs Mutter Konstanze wäre als Nonne gestorben. Er hatte auch nicht gezögert, seinen vor kurzem geborenen Sohn auf den Namen Heinrich zu taufen. Daß seine Mutter die Deutschen damals aus Sizilien gejagt hatte, konnte er verstehen, aber der ihm anerzogene Haß gegen seinen Vater war einem nüchternen Verständnis gewichen.

Seiner Mutter verdankte er Sizilien, dem Vater aber den magischen, in ganz Europa bewunderten Namen der Staufer, dem sein Onkel, der ermordete Friedrich von Schwaben durch ein makelloses ritterliches Leben neuen Glanz hinzugefügt hatte.

Er kannte seinen Gegner nicht persönlich, doch Anselm von Justingen schilderte ihm in langen Gesprächen Wesen und Art des abgesetzten Kaisers, der – wie der junge Ritter betonte – nur noch in seinen Stammlanden auf Unterstützung zählen konnte.

Anselm, der ein elegantes Latein sprach, kräuselte spöttisch seinen Mund, als er sagte:

«Es ist kein Glanz und kein Glück um das Welfengeschlecht. Ottos Vater war der grimmige Heinrich der Löwe, den Euer Großvater Barbarossa wegen ständigen Ungehorsams bannte und enteignete. Er hat seines Vaters Jähzorn und Trotz geerbt und – unter uns gesagt – auch eine gewisse Beschränktheit. Er ist ein großer ungeschlachter Mann, der seine Jugend in England und Frankreich verbrachte und auf allen Turnieren glänzte. Euer Geschlecht ist oftmals mit den Päpsten in Streit gelegen, aber kein Staufer wäre jemals so unklug gewesen, einen ihm günstig gesonnenen Papst derart zu täuschen und zu hintergehen, wie der Tölpel Otto es tat. Nun, die Rechnung wurde ihm präsentiert, er ist abgesetzt und so gut wie geächtet. An Euch, hochverehrter König, ist es jetzt, dem Reich durch eine staufische Herrschaft wieder Glanz zu verleihen.»

Friedrich hörte ihm gern zu, dem höflichen und gebildeten Anselm von Justingen.

«Ihr seid wohl meinem Hause sehr verbunden, Herr Ritter?»

«Auf Gedeih und Verderb!» sagte Anselm stolz.

«Mein Großvater begleitete den Euren auf nahezu allen Kriegszügen, und er starb im Heiligen Land – wie der Eure. Meine Stammburg Justingen ist von der Festung Hohenstaufen einen guten Tagesritt entfernt. Dem Ursprung nach seid auch Ihr, Herr König, Schwabe wie ich.»

Friedrich lachte, und seine Feueraugen blickten den Ritter freundlich an.

«Ein Schwabe, der kaum Deutsch spricht...»

«Ihr werdet es schnell lernen.»

«Etwas anders noch, Ritter Anselm. Wißt Ihr Näheres über den Tod meines Onkels, des Königs Philipp? Mehr als ein Gerücht ist nicht hierhergedrungen; auch heißt es, Kaiser Otto sei daran nicht unbeteiligt gewesen.»

«Ja, der Verdacht lag nahe, doch Heimtücke und Königsmord gehören nicht zu den Untugenden des Welfen. Der Fall ist aufgeklärt, es war die persönliche Rache des Grafen Otto von Wittelsbach. Die Sache ist schnell erzählt.

Euer Onkel hielt sich damals in Bamberg auf, wo die Vermählung seiner Nichte gefeiert wurde. Er begleitete das davonziehende Brautpaar noch eine kurze Strecke und kehrte dann um, weil er sich nicht wohl fühlte. König Philipp wohnte als Gast in der Altenburg nahe Bamberg. Er legte sich hin und befahl einen Aderlaß, als Graf Otto hereinstürzte und ihn mit dem Schwert tötete, noch ehe man es verhindern konnte. Angeblich hatte ihm Philipp vor Zeiten eine seiner Töchter zur Frau versprochen, die Sache aber dann vergessen oder seinen Sinn geändert. Der Mörder wurde sofort für vogelfrei erklärt, wenig später in seinem Versteck aufgespürt und erschlagen. Ach, Herr König, Ihr hättet Philipp geliebt, wie alle Welt ihn liebte. Um ihn war etwas Strahlendes, eine Milde und Ritterlichkeit, wie man sie selten antrifft. Auch sein Gegner, Kaiser Otto, achtete ihn hoch und hat sich gleich nach dem Mord mit Philipps Tochter Beatrix verlobt. Sie war damals erst zehn Jahre, und er wollte – und will es vermutlich noch – mit ihr die Geschlechter der Staufer und Welfen verbinden.

Nun, das hat seine Krone auch nicht gerettet, denn Ihr, mein König, seid sein gewählter und unbestrittener Nachfolger. Darf ich – darf die Welt – auf Eure Zustimmung hoffen?»

«Geduldet Euch ein wenig», bat ihn Friedrich mit einem Lächeln. Daß er noch nicht zusagte, obwohl sein Entschluß feststand, hatte einen gewichtigen Grund.

Friedrichs Gemahlin Konstanze begann zu weinen, sobald er davon sprach. Sie hielt ihm seinen Sohn hin und klagte:

«Soll es ihm ergehen wie dir, soll er vaterlos aufwachsen, soll ich, eine Spanierin, in deinem und seinem Namen Sizilien regieren? Das kann und will ich nicht. Als der Papst mich zu deiner Braut erwählte, wurde mir gesagt, ich heirate den König von Sizilien und nicht den künftigen Kaiser. Sie werden dich ermorden, wie deinen unseligen Onkel, oder du wirst in Deutschland an Haß und Kälte zugrunde gehen. Du bist mein Mann, Federico, und ich lasse dich nicht ziehen.»

Es war nicht einfach, die unglückliche Konstanze zu trösten und zu beruhigen. Er mußte ihre Einwände gelten lassen, weil er selber wußte, daß er sich kopfüber in ein Abenteuer von ungewissem Ausgang stürzte. Er besaß keine Hausmacht, keine Truppen, und nicht alle schwäbischen Vasallen würden so eifrig sein wie der Ritter Anselm von Justingen. In diesem Königsspiel besaß Friedrich allerdings zwei große Vorteile, die ihm unter Umständen eine ganze Armee ersetzen würden: Er war ein Staufer, und der Papst stand hinter ihm.

Als Königin Konstanze schließlich merkte, daß ihr junger Gemahl nicht umzustimmen war, beugte sie sich dem Schicksal, das ihn zum Herrn des Heiligen Römischen Reiches Deutscher Nation gemacht hatte, und Friedrich ließ Anselm von Justingen kommen.

«Wir reisen ab, Herr Ritter, sobald sich das Wetter beruhigt hat. Wenn die deutschen Fürsten mich zu ihrem Herrn erwählt haben, obwohl mich keiner von ihnen kennt, so vernehme ich daraus Gottes Stimme, und wer könnte es wagen, sich Seinem Befehl nicht zu beugen?»

Am 18. März des Jahres 1212 stach König Friedrich mit einer kleinen Flotte in See. Er war siebzehn Jahre alt, und keiner seiner Freunde begleitete ihn bei dem gefährlichsten Abenteuer seines Lebens.

Magister Franciscus hatte er zum Majordomus des Königspalastes ernannt, «damit ich alles wieder so vorfinde, wie ich es verlassen habe.» Und Omar, den muslimischen Waffenmeister, hatte Friedrich beauftragt, eine Leibtruppe aus waffenerprobten Sarazenen zusammenzustellen, «weil sie die einzigen sind, denen ich in Italien trauen kann.»

Als das Schiff den Hafen von Palermo verließ, warf Friedrich nicht einen einzigen Blick zurück. Er stand am Bug und blickte beharrlich nach vorn.

8

Friedrichs Weg durch Italien verlief nicht ohne Hindernisse, denn die Welfen besaßen auch dort noch Anhänger, die ihm überall auflauerten.

In Rom stattete ihn Papst Innozenz mit Geld aus, ohne das er seine Reise nicht hätte fortsetzen können. Freilich war Innozenz nicht ein Mann, der etwas umsonst gab, Friedrich mußte einen feierlichen Lehnseid schwören, um dann aus den Händen des Papstes die Herrschaft über Sizilien zu erhalten.

In der Lombardei geriet er in einen Hinterhalt der Mailänder und konnte gerade noch rechtzeitig die Flucht ergreifen, mußte aber mit seinem Pferd durch den Lambro schwimmen. «Der Knabe hat seine Hosen im Lambro gewaschen», spotteten seine Gegner. Der junge König zog unbeirrt weiter, aber das war nun beileibe kein Triumphzug, sondern eher eine Flucht. Den Weg über den Brenner hatten seine Feinde gesperrt, so daß sich Friedrich auf abenteuerlichen Gebirgspfaden ins Engadin durchschlagen mußte, wo er im Gebiet des Bischofs von Chur vorläufig in Sicherheit war.

Und doch war es eine Reise nach seinem Geschmack, die Kühnheit verlangte und alle seine Kräfte forderte.

Von Chur ritt der junge König mit etwa fünfzig Mann über die Alpen und traf im September in Konstanz ein.

Kaiser Otto hatte seine Absetzung nicht demütig hingenommen, sondern kämpfte erbittert um seinen Thron. Er hatte die Reise seines Gegners argwöhnisch verfolgt, und als seine Spitzel ihm meldeten, daß Friedrich auf dem Weg zum Bodensee sei, brach er in Gewaltmärschen dorthin auf. Die Stadt Konstanz hatte er von seinem Kommen unterrichtet, und die Stadtväter bereiteten eilig alles für den hohen Besuch vor. Daß er abgesetzt war, kümmerte sie wenig, denn noch war kein Nachfolger in Sicht, und sie wollten ihre Stadt keiner Gefährdung aussetzen. Von Ottos vorausgereisten Köchen wurde sogar schon das Festmahl gerichtet.

Während der Welfe in Überlingen die Bodenseefähre erwartete, stand Friedrich schon vor den Toren der Stadt, und der Bischof von Chur konnte den verstörten Konstanzern nur mühsam klarmachen, daß dies der erwählte und vom Papst bestätigte deutsche König sei.

So setzte sich Friedrich an die für seinen Gegner gerichtete Festtafel und gewann mit seiner fröhlichen und verbindlichen Art alle Herzen für sich.

«Man sieht schon, daß Gott Eure Wahl billigt», meinte der Bischof schmunzelnd, während der unselige Otto vor den verschlossenen Toren der stark befestigten Stadt vergeblich Einlaß forderte.

Das Glück blieb dem jungen Staufer weiterhin treu, und sein Weg durch Deutschland wurde zum Triumphzug. In Aachen setzte er sich in der Pfalzkapelle auf den Thron Karls des Großen und wurde zum deutschen König gekrönt.

Die Kaiserkrönung nahm fünf Jahre später Papst Honorius III. vor, denn Innozenz war inzwischen gestorben. An Friedrichs Seite kniete Königin Konstanze, die ihren Gemahl nach langen Jahren wiedersah und nun zusammen mit ihm die Kaiserkrone erhielt. Der gütige Papst stellte keine Bedingungen, er forderte von Friedrich lediglich das Versprechen zu einem neuen Kreuzzug. Der Kaiser gab es, doch sein Sinn stand in diesen Tagen nicht nach der Befreiung des Heiligen Grabes, sondern nach seinem geliebten Sizilien, wo in seiner Abwesenheit Unruhen ausgebrochen waren. Er, dem es gelungen war, die ewig zerstrittenen Reichsfürsten zu einen, vor dem Otto der Welfe sich gedemütigt in seine Stammlande verkrochen hatte, wo er erst sechsunddreißigjährig vor zwei Jahren gestorben war – er, der Herr der Welt, würde allein durch seine Anwesenheit in Sizilien, seinem geliebten Königreich, Ordnung schaffen.

Die sizilischen Barone ahnten schon, was auf sie zukam, und ein Teil von ihnen hatte sich huldigend in Rom zur Krönung eingefunden.

«Sie betteln um gut' Wetter», bemerkte der Kaiser unbeeindruckt zu seinem Kanzler und verkündete das schon vorbereitete Gesetz ‹De resignandis privilegiis›. Darin wurden sämtliche Verleihungen, Privilegien und Besitzrechte der letzten dreißig Jahre für ungültig erklärt. Alle betreffenden Dokumente mußten beigebracht werden, um durch die kaiserliche Kanzlei geprüft und danach bestätigt, abgelehnt oder abgeändert zu werden.

Damit wollte Friedrich das in den letzten Jahrzehnten entstandene Chaos beseitigen, denn jeder der ‹Regenten› hatte nach eigenem Belieben Rechte entzogen oder solche erteilt. Sie waren alle so eingeschüchtert, daß sie ihre Burgen und Festungen bereitwillig öffneten, als Friedrich von Rom nach Capua zog, wo er im Dezember 1220 einen Hoftag abhielt und sein neues Gesetz aller Welt verkündete.

Der mächtige Graf von Molise sträubte sich und verschanzte sich in seinen festen Burgen. Friedrich besiegte ihn nach langen Kämpfen, setzte im Mai 1221 nach Sizilien über und hielt in Messina einen weiteren Hoftag ab. Hier gab der Kaiser bekannt, auf welche Weise er in Sizilien die Anarchie beseitigen wolle, denn nur einen Herrscher dürfe es geben, nur ein Gesetz.

Die Köpfe duckten sich, denn alle spürten, wie ernst es dem Kaiser und König war. Als erstes beseitigte er so nach und nach die zahlreichen Handelsrechte, die sich die Seerepubliken Genua, Pisa und Venedig im Laufe der Zeit erkauft, erschlichen und angemaßt hatten. Am schlimmsten stand es mit Syrakus, wo sich der genuesische Pirat Alaman da Costa zum Grafen und Alleinherrscher erhoben hatte. Eine solche Vormachtstellung konnte Friedrich nicht dulden, und der ‹Graf von Syrakus› wurde davongejagt. Nicht anders erging es den von Pisa und Venedig besetzten Häfen. Friedrich wollte nun sehr schnell eine eigene Flotte aufbauen, und so zwang er die fremden Kapitäne und Kauffahrer, ihm ihre Schiffe zu vermieten oder zu verkaufen. Daneben schuf er sich eine mächtige Kriegsflotte, die nicht nur im Dienst des sizilischen Königreichs stand, sondern als Reichsflotte auf ihren Flaggen den kaiserlichen Adler im goldenen Feld trug.

In dieser Zeit wurde Palermo zur Hauptstadt des Heiligen Römischen Reiches Deutscher Nation und das alte Normannenschloß zur kaiserlichen Residenz.

Dem Volk gefiel das, denn es empfand Friedrich als ‹seinen› angestammten König, als den Nachfahren der Herrscher des Hauses Hauteville. Der Knabe mit den Feueraugen war erwachsen geworden, und der magische Glanz der Kaiserkrone erhob ihn weit über alle anderen Herrscher.

Magister Franciscus hatte getreulich sein Amt als Majordomus die Jahre über ausgeübt, doch dem Kaiser gegenüber fand er nicht mehr zur alten Unbefangenheit, wie sie einstmals zwischen Schüler und Lehrer bestanden hatte.

Friedrich faßte ihn liebevoll bei den Schultern.

«Cecchino, jetzt sei doch nicht so steif! Daß ich Kaiser bin, ändert doch nichts an unserer Freundschaft. Du bist der beste Teil meiner Jugend, ohne dich wäre ich meinen verschiedenen Regenten vollends ausgeliefert gewesen. Was wäre aus mir geworden ohne Omar und dich? Ich könnte weder schreiben noch lesen, wüßte das Schwert nicht zu führen und könnte keinen Bogen spannen.»

Der Magister schmunzelte.

«Jetzt übertreibt Ihr aber, Majestät. Ihr wärt durchaus imstande gewesen, Euch diese Fähigkeiten ohne uns anzueignen!»

«Nicht Majestät, wenn wir allein sind. Es soll wenigstens noch einen Menschen geben, der mich Federico nennt, wie in alten Zeiten.»

Auch Omar, der frühere Waffenmeister, hatte sich kaum verändert. Er war ein wenig dick und sein Schnurrbart noch prächtiger geworden, doch die Freude über das Wiedersehen ließen bei dem alten Krieger die Tränen springen.

«Manchmal glaubte ich schon, Herr, du hättest dein Sizilien ganz vergessen. Die Regentschaft deiner Frau, der verehrten Königin Konstanze war nicht so – also ich meine, konnte eben einen Mann nicht ersetzen!»

Friedrich lachte schallend.

«Omar, du alter Gauner! Aus dir spricht wieder einmal die Lehre des Propheten, der bekanntlich den Frauen nicht allzuviel zutraute. Wie viele hast du dir inzwischen zugelegt?»

«Der Prophet – Allah sei ihm gnädig und barmherzig – stellt den Mann über die Frau, wie der Mensch über dem Tier und Gott über den Menschen steht. Ich kann an dieser natürlichen Ordnung nichts Seltsames finden, Herr.»

«Ist ja gut. Wie viele also?»

«Im letzten Jahr habe ich die dritte geheiratet, aber nur weil Fatima, die Mutter meines erstgeborenen Sohnes, wegen einer hartnäckigen Krankheit weiblicher Hilfe und Unterstützung bedarf. Nur deshalb!»

«Ein ehrenwerter Grund», meinte Friedrich ernst, aber ein leiser Spott klang durch.

«Wie steht es mit meiner Leibtruppe? Taugen die Männer etwas?»

«Wer sich nicht bewährt, muß gehen. Es sind jetzt um die zweihundert, aber ich traue ihnen zu, daß sie fünfhundert Christen besiegen.»

«Das könnte mir nur recht sein. Von nun an kannst du weitere Männer anwerben, bis die Truppenzahl sich verdoppelt hat. Dafür ist dein Hauptmannsrang zu gering, ich mache dich zum Obersten meiner sarazenischen Truppen.»

Omar fiel auf die Knie und küßte Friedrich die Hand.

«Steh auf, Oberst! Da ist noch etwas, und ich hoffe, daß du dir darüber im klaren bist. Im Innern Siziliens gibt es noch einige tausend deiner Glaubensbrüder, die – und ich muß sagen, leider! – vor den Nachstellungen der Christen dorthin geflohen sind. Nun sind sie nicht mehr bereit, sich mir zu unterwerfen; Mißtrauen und Starrsinn hat sie verleitet, meine Boten umzubringen, meine gutgemeinten Friedensangebote zu mißachten. Ihre Hauptfeste ist Jato, wo sie sich unter einem Emir von eigenen Gnaden verschanzt haben. Du weißt, wovon ich spreche?»

«Natürlich, Herr. Das ist Ibn-Abbad, dem Allah den Verstand erhellen möge. Deine muslimischen Soldaten mißbilligen sein Verhalten, denn wo ein König ist, muß auch Gehorsam sein. Sonst ginge die Welt bald zugrunde.»

«Von dir habe ich diese Einstellung erwartet, und von deinen Soldaten hoffe ich, daß sie sie teilen. Nächste Woche werde ich gegen Ibn-Abbad ziehen, doch nur mit Christen. Ich will unbedingt vermeiden, daß Muslime gegen ihre Glaubensbrüder kämpfen müssen.»

«Danke, Herr», sagte Omar einfach.

Der befestigte Ort Jato lag nur einen knappen Tagesritt südlich von Palermo in den Bergen, und in Friedrich schwoll der Zorn, wenn er bedachte, daß der Feind immer noch vor der eigenen Haustür stand.

Als die Kundschafter des Emirs ihm von der Stärke des kaiserlichen Heeres berichteten, verlor Ibn-Abbad den Mut. Er kleidete sich in Sack und Asche, ging mit seinen Söhnen ins kaiserliche Lager und warf sich vor Friedrich zu Boden.

Wie eine rote Woge schoß der jähe Stauferzorn in ihm hoch.

«Hat Allah deinen Verstand getrübt!» schrie er den Emir an. «Wie kannst du es wagen, gegen deinen König zu rebellieren? Das ist, als erhöbe sich ein Wurm gegen einen Drachen!»

In maßloser Wut trat Friedrich den stumm Daliegenden gegen den Leib, wobei seine scharfen Sporen die Seite des Emir aufrissen. Der wimmerte nur leise, doch Friedrich wandte sich ab und sagte:

«Hinaus mit dem Pack!»

Tags darauf wurde Jato kampflos besetzt und der Emir mit seinen Söhnen vor der Festung an einen Galgen geknüpft.

Doch damit war das Sarazenenproblem auf Sizilien noch lange nicht gelöst. Die in Jato hinterlassene Besatzung wurde einige Monate später von aufgehetzten Muslimen bis auf den letzten Mann niedergemacht.

Vorbei waren die schönen Zeiten, da Christen und Mohammedaner einträchtig neben- und miteinander lebten und arbeiteten. Jetzt wetterten die Priester von der Kanzel gegen die Irrlehre des Islam, und die muslimischen Mullahs hetzten ihre Gläubigen zum Widerstand gegen die Christen auf. So wurde die Rückeroberung Jatos von ihnen als Zeichen Allahs gepriesen, der jeden dabei getöteten Gläubigen sofort als Märtyrer in sein Paradies aufnahm.

Friedrich, in religiösen Dingen außerordentlich tolerant, hegte für den Islam eine große Sympathie und versuchte, den unseligen Zwist auf eine möglichst friedliche Weise zu beenden. Trotzdem war er gezwungen, den Feldzug gegen die aufständischen Sarazenen im darauffolgenden Sommer fortzusetzen.

Ehe er aufbrach, hatte er mit Oberst Omar eine Unterredung.

«Wir sprechen jetzt ohne Zeugen, Omar, und ich bitte dich, deine freie unverstellte Meinung zu äußern, auch wenn du spürst, daß ich nicht damit einverstanden bin. Morgen geht es wieder gegen deine Glaubensgenossen, die sich trotz ihrer aussichtslosen Lage immer wieder von ihren Mullahs aufhetzen lassen. Natürlich werde ich sie auch diesmal besiegen, aber damit ist das Problem nicht gelöst. Sie werden es immer wieder versuchen, und mir bleibt nichts anderes übrig, als sie auszurotten, mit Mann und Frau und Kind.»

«Und das willst du tun?» fragte Omar mit vor Erregung heiserer Stimme.

«Nein!» sagte Friedrich fest, «das will ich nicht, und deshalb habe ich dich kommen lassen. Es muß eine andere Lösung geben. Was schlägst du vor?»

«Laß sie nach Afrika ausreisen und behalte nur die ausgebildeten Soldaten zurück. Mit deinen muslimischen Truppen wirst du keine Schwierigkeiten haben – dafür sorge ich.»

«Das weiß ich, mein Freund. Aber die Almohaden in Tunis warten doch nur darauf, ihre Glaubensgenossen ‹befreien› und Sizilien – die goldene Frucht – ihrem Reich einzugliedern, wie es erstmals unter den Aghlabiden geschah. Wenn ich ihnen rund zwanzigtausend meiner muslimischen Untertanen ausliefere, so wird sie das eher anfeuern, nach Sizilien zu greifen, denn die Emigranten werden ihnen Wunderdinge von einer reichen und fruchtbaren Insel erzählen. Nein, Omar, das ist nicht der rechte Weg.»

«Aber du wirst keinen Frieden finden, ehe die Sarazenen nicht Sizilien verlassen haben.»

«Das weiß ich, und genau das wollte ich von dir hören. Ich habe auch schon einen Plan. Hör zu!»

So vernahm der staunende Omar, daß sein Herr plante, die gesamte muslimische Bevölkerung in mehreren Schüben nach Apulien zu verpflanzen.

«Aber dort wird man sie noch mehr verfolgen», wandte Omar ein, «denn hier ist der Islam eine vertraute Erscheinung, aber ich fürchte, in Apulien hat noch niemand einen Araber gesehen.»

Friedrich lächelte.

«Sie haben nichts zu fürchten, denn ich stelle ihnen dort eine ganze Stadt zur Verfügung. Lucera, die alte römische Garnisonstadt, wird ihre neue Heimat. Verstehst du, Omar, die Muslime werden mit der christlichen Bevölkerung gar nicht in Berührung kommen. Ich werde alle Christen aus Lucera und Umgebung aussiedeln lassen; die Stadt wird befestigt und bekommt ein Kastell – dazu Moscheen und Mullahs; über das ganze Gemeinwesen setze ich einen Kaid, dem wiederum Scheichs unterstellt sind. Kein Christ soll und darf dieser muslimischen Gemeinde dreinreden, sie werden sich selber verwalten und sind nur mir allein verantwortlich. Aus Lucera werde ich meine Leibtruppen beziehen – Fußvolk, leichte Reiterei und Bogenschützen. Sie sollen Bauern und Handwerker bleiben wie bisher, doch jeder wehrfähige Mann soll an einer Waffe ausgebildet werden, damit sie mir zur Verfügung stehen, wenn ich sie brauche. Und ich werde sie brauchen, Omar! Ihnen kann der päpstliche Bann nichts anhaben, sie werden die Treuesten meiner Treuen sein.»

Da war auch Omar hingerissen von dem kühnen Plan seines Herrn, und es sollte sich schon bald beweisen, daß sich Friedrichs Hoffnungen mehr als erfüllten.

In diesem Sommer war Königin Konstanze in Catania gestorben. Sie hatte in den letzten Jahren sehr unter der sommerlichen Hitze Palermos gelitten, und Friedrich hatte ihr an den fruchtbaren Hängen des Ätna oberhalb von Catania ein luftiges Sommerhaus errichten lassen. Dort starb sie an einem Fieber, und Friedrich, der sie immer hoch geachtet hatte, obwohl er ihr Bett seit langem mied, ließ sie im Dom von Palermo bestatten. Er setzte ihr die Grabschrift:

Siziliens Königin war ich, Konstanze, die angetraute Kaiserin, hier wohne ich nun, Friedrich – die Deine.

In den folgenden Jahren hielt sich Friedrich noch mehrmals in Sizilien auf, doch es waren kurze Besuche. Aber er ließ sein Erbland nicht aus den Augen; nannte es in Briefen seinen ‹Augapfel›, einen ‹Lustgarten unter Dornengestrüpp› und einen ‹Hafen in der Flut›.

Papst Innozenz IV., der Kaiser Friedrich gebannt hatte und ihn mit unbändigem Haß verfolgte, benutzte Sizilien als Lockmittel zu einer Verschwörung gegen das Leben des Staufers und seines Sohnes Enzio. Tibaldo Francesco, kaiserlicher Podestà von Parma, war als Anführer gewonnen worden, und er sollte nach der Ermordung des Kaisers als Lohn das Königreich Sizilien vom Papst zum Lehen erhalten.

Die Verschwörung erfaßte weite Kreise, und eine Reihe von Freunden und Vertrauten des Kaisers waren darin verstrickt. Doch Friedrich, den die Welt inzwischen ‹Stupor mundi› (das Staunen der Welt) nannte, besaß für Verrat einen sechsten Sinn. In wenigen Wochen zerschlug er die Verschwörung und nannte seine abtrünnigen Freunde ‹Vatermörder›, denn er habe sie wie leibliche Söhne angesehen. Ihre Strafe war grausam. An Gliedern und Gesicht verstümmelt, wurden sie verbrannt, erhängt und ertränkt.

Tibaldo Francesco aber, den der Papst mit der goldenen Frucht Sizilien gelockt hatte, wurde geblendet und verstümmelt auf einer Schindermähre durch die Städte geführt, und an seiner Stirn war das päpstliche Schreiben befestigt, das aller Welt offenbarte, wer die Verschwörung angestiftet hatte und was ihr Lohn sein sollte.

Nun duckte sich das ganze Reich vor diesem Giganten, der den Papst gedemütigt und die Verschwörer ausgetilgt hatte. Aus dem in Palermo herumstreunenden ‹Regulus›, dem kleinen König, war ein vom Volk geliebter und von den Großen gefürchteter Kaiser geworden, der sich nun, im Winter 1246/47, auf seine geliebte Insel begab, um sich dort unter alten Freunden zu entspannen und zu erholen.

Im März brach er nach Deutschland auf, um den von einigen papsttreuen Bischöfen gewählten Gegenkönig Heinrich Raspe von Thüringen niederzuwerfen. Doch der war inzwischen gestorben, und der Kaiser blieb in Oberitalien, wo eine Reihe von Städten wieder einmal den Aufstand probte.

In den drei Jahren, die Kaiser Friedrich noch zu leben hatte, verblieb ihm keine Zeit, sein geliebtes Erbland zu besuchen, und erst als Toter kehrte er nach Sizilien zurück und fand im Dom zu Palermo seine letzte Ruhestätte.

Der Sturz des Adlers

Der Bericht des Arztes Johannes von Procida

I

Mein Herr und Freund, König Manfred von Sizilien, ist tot. Warum hat Gott den Sieg an die Fahnen des finsteren Karl von Anjou geheftet? Aber der Kampf geht weiter, und ich werde nicht ruhen, bis der anmaßende Franzose den ihm gebührenden Lohn erhalten hat.

Dies aber schreibt weder ein Feldherr noch ein Vasall, sondern Johannes von Procida, Freund, Arzt und Vertrauter des Weltenbewegers Friedrich, Zeuge seines Todes und Zeuge auch der kurzen glanzvollen Herrschaft seines Lieblingssohnes Manfred, des Königs von Sizilien.

Durch die Gnade Gottes und Seiner Heiligen wurde ich in jener Stadt geboren, die das Ziel von Studenten der Heilkunst aus aller Welt ist. Nicht wenige nehmen Reisen von einigen Monaten auf sich, um nach Salernum zu gelangen, meiner geliebten Heimatstadt – Hort und Zentrum einer Schule der Heilkunst, deren Ruf in der Welt nicht ihresgleichen hat.

Ich wurde in jenem Jahr (1210) geboren, da Papst Innozenz III., geleitet von göttlicher Einsicht, den Welfenkaiser Otto bannte und sein Mündel, den Staufersproß Friedrich zur Wahl vorschlug. Mein Vater betrieb unweit des Domplatzes eine Spezieria, so daß ich die Pharmaceutica, eine der drei Säulen der Heilkunst, schon mit der Muttermilch einsog. Unser Laden war meine Schule, und mein Vater lehrte mich das übrige: Schreiben und Lesen, Latein und Griechisch. Als Erstgeborener sollte ich natürlich sein Nachfolger werden, doch meine Mutter gebar ihm – zum Glück! – im Jahr darauf einen zweiten Sohn. Salernum aber ist ein Teil des sizilischen Königreiches auf dem Festland, und so wurde ich nach

Landesrecht mit vierzehn Jahren volljährig, wußte aber mindestens seit meinem zehnten Lebensjahr, daß ich nicht Apotheker, sondern Arzt werden wollte. So unterschrieb ich eine Verzichtserklärung auf mein Erstgeburtsrecht und sah frohen Herzens der Zukunft entgegen.

Seit ich im Laden meines Vaters Gehilfe war, sah ich tagaus, tagein die Ärzte in ihren weiten Talaren und mit den nur ihnen vorbehaltenen, samtbesetzten Kappen, durfte dies oder jenes herbeiholen, und bewunderte ihre Würde, ihre Sicherheit, ihr hohes Ansehen. Meinem Vater fiel es nicht schwer, mich als Schüler unterzubringen, und schon nach kurzer Zeit konnte ich ihm beweisen, daß mein Weg der richtige war.

Das Collegium hippocraticum lobte meinen Eifer und sagte mir eine glänzende Zukunft voraus. So kletterte ich schnell die Leiter der Gelehrsamkeit hinan mit den Sprossen Scholar, Baccalaureus, Magister und Doctor. Ich muß nicht eigens betonen, daß die werdenden Ärzte der Hochschule von Salernum neben dem Studium der Heilkunst auch in Theologie, Philosophie und Jurisprudenz ausgebildet wurden. Diesem harten ‹Studium generale› ist es letztlich zu verdanken, daß von unserer Schule umfassend gebildete Ärzte abgehen, und nicht nur geschickte Knocheneinrichter und Urinbeschauer.

Genug von meiner Ausbildung, die sich in nichts von anderen Medizinstudenten in Salernum unterschied, dafür aber mehr von meinem Leben am Hof des Kaisers Friedrich, der sein Königreich Sizilien über alles liebte, die Hochschule in Salernum nach Kräften förderte und ihr in seinem ‹Liber augustalis› strenge, aber sehr notwendige Richtlinien gab.

Als Mindestzeit für das Studium hatte der Kaiser fünf Jahre vorgeschrieben; danach mußte man noch ein Jahr unter der Aufsicht eines erfahrenen Arztes praktizieren. Wer sich spezialisieren wollte, mußte auch darüber einen Nachweis erbringen. Für die Chirurgen etwa schrieb das ‹Liber augustalis› vor, daß keiner zur Praxis zugelassen werden sollte, ‹wenn er nicht schriftliche Zeugnisse der in der medizinischen Fakultät lehrenden Professoren beibringt, daß er wenigstens ein Jahr lang den Teil der Medizin studiert hat, der in Chirurgie unterweist…

Ja, er kümmerte sich um alles, unser erhabener Kaiser, und ließ es sich nicht nehmen, von Zeit zu Zeit die Schule in Salernum persönlich zu besuchen. So auch in jenem Jahr, da der Kaiser an dem angstschlotternden Rom verachtungsvoll vorbeizog, jenen Papst Gregor ignorierend, der ihn vor kurzem gebannt hatte und der von ihm behauptete, Friedrich habe Moses, Jesus und Mohammed als die drei großen Betrüger bezeichnet. Das war natürlich eine Zwecklüge, um das Volk gegen seinen Kaiser aufzubringen. Friedrich war ein Freigeist, gewiß, doch er wäre niemals so unklug gewesen, sich eine solche Bemerkung zu erlauben.

Der Kaiser also zog an Rom vorbei, um in sein Erbland Sizilien heimzukehren, wo es einiges zu regeln gab.

In Salernum nahm er kurzen Aufenthalt und gab damit meinem Schicksal eine entscheidende Wendung. Ich praktizierte damals schon einige Jahre erfolgreich im Haus meines inzwischen verstorbenen Vaters, während mein jüngerer Bruder die Apotheke weiterführte. Der Kaiser muß sich bei den Professoren nach einem tüchtigen Arzt erkundigt haben und geriet dabei an einen Lehrer, zu dessen Lieblingsschülern ich gehört hatte.

Ich war damals dreißig Jahre alt und befand mich in einem schlimmen Seelenzustand, denn meine junge Frau war an ihrer ersten Geburt gestorben, und ich, der Arzt, hatte ihr nicht helfen können. Vergeblich versuchte ich, meinen Schmerz mit Arbeit zu betäuben; auch der freiwillige Dienst im Leprosenspital vor der Stadt konnte meine quälenden Gedanken nicht verscheuchen.

Da erreichte mich der Ruf des Kaisers, der einen zweiten Leibarzt suchte, der für ihn und seine Angehörigen in Süditalien zur Verfügung stand. Ein weiterer Leibarzt – dessen unseliger Name hier niemals genannt sein soll – hielt sich in Oberitalien zur Verfügung des Kaisers.

Auf Befehl meines erlauchten Herrn richtete ich in Andria eine Praxis ein, denn diese Stadt war in Apulien der Lieblingsaufenthalt des Kaisers, wo im Dom Jolanthe von Jerusalem, seine zweite Gemahlin, begraben lag. Gut zehn Meilen südlich davon war vor kurzem der Grundstein zum Jagdschloß Castel del Monte gelegt worden, einem wundervollen Bau, dessen Fortschritt der Kaiser von Zeit zu Zeit überwachte.

Kaum hatte ich mich in Andria eingerichtet, wurde ich eilig nach Foggia befohlen, wo derzeit Isabella von England, die dritte Frau des Kaisers, ihren Hof aufgeschlagen hatte. Sie war hochschwanger und brachte kurz nach meiner Ankunft ein totes Kind zur Welt. Wenige Tage später starb sie an einem hitzigen Fieber. Ich aber sage, sie starb an dem Kummer, den ihr Heinrich bereitet hat, der ungeratene Sohn, als er sich gegen seinen Vater auflehnte und von ihm zu lebenslanger Kerkerhaft verurteilt wurde.

Sobald der Kaiser in den Süden kam, schloß ich mich seiner Hofhaltung an, und ich möchte keinen der kostbaren Augenblicke missen, die er mir schenkte. Da ich kein politisches Amt an seinem Hof innehatte, sprach er mit mir frei und offen über alles, was ihn bewegte, und nannte mich manchmal im Scherz seinen ‹Beichtvater›.

Im Lauf der Jahre wurde ich von meinem hohen Herrn reich beschenkt, vor allem mit Ländereien in der Gegend von Neapel. Darunter befand sich auch die Insel Procida, die jetzt allgemein meinem Namen hinzugefügt wird – Johannes von Procida.

Auf diese Weise kam ich auch mit den meisten anderen Kindern meines Herrn in Berührung. So behandelte ich König Konrad wegen einer schweren Prellung, die er sich beim Sturz vom Pferd zugezogen hatte, schiente einen Armbruch des gutmütigen Friedrich von Antiochien und lernte auch einige der vielen Töchter kennen, die der Kaiser mit unbekannten Konkubinen gezeugt hatte, wie die stolze Selvaggia, die schüchterne Margarethe, die hübsche und schnippische Blanchefleur und die schweigsame und beharrliche Violante, die ihren Gemahl, den Grafen von Caserte, überallhin begleitete, auch wenn es dem gar nicht so recht war. Der Kaiser war bis an sein Lebensende ein stürmischer Liebhaber und verstreute seinen Samen in ganz Europa, so daß die vorhin genannten Söhne und Töchter wohl nur ein kleiner Teil seiner vielen Sprößlinge sind.

Dann kam jener Tag der Schande, da ein verräterischer und abtrünniger Arzt unseren Herrn in Cremona vergiften wollte. Doch Friedrich war gewarnt und forderte den Arzt auf, ihm zuzutrinken, worauf dieser scheinbar aus Versehen stolperte und den Becher verschüttete. Der Wein erwies sich als vergiftet und der sich des Kaisers Leibarzt nannte, wurde unter unsäglichen Martern hingerichtet.

Im Jahr darauf reiste der Kaiser wieder nach Süden, um in Foggia hofzuhalten und sein geliebtes, nun fast vollendetes Castel del Monte zu besuchen. Seit dem Tod Isabellas hatte der Kaiser nicht mehr geheiratet, doch er unterhielt in Foggia einen Harem mit Mädchen aus aller Welt, die ihm während seiner Reisen begegnet waren und die er zu seinen Konkubinen gemacht hatte. Er wollte den Winter in Apulien verbringen, lesend, jagend, mit Freunden diskutierend, wie er es liebte, wenn eine Zeit der Ruhe und der Entspannung eingetreten war. Und tatsächlich schien er in jenen Tagen über alle seine Feinde zu triumphieren.

Ende November des Jahres 1250 wurde ich nach Foggia gerufen und fand Kaiser Friedrich in glänzender und leutseliger Stimmung.

«Seid mir gegrüßt, Magister Johannes! Den Freund ließ ich rufen und nicht den Arzt, denn ich befinde mich wohl und werde morgen auf die Jagd gehen.»

«Mit dem Falken?» fragte ich erwartungsvoll.

Er lächelte, denn er kannte meine Vorliebe für diese edle Form der Jagd, über die er selbst ein vorzügliches Buch verfaßt hatte: ‹De arte venandi cum avibus›.

Doch aus der Jagd wurde nichts; was so fröhlich begonnen hatte, endete bitter im Castel Fiorentino. Während der letzten Jahre hatte Friedrich eine Anfälligkeit für Darmkrankheiten gehabt, die meist mit leichtem Fieber auftraten, aber nach strikter Ruhe und intensiver Behandlung wieder verschwanden. Diesmal aber war die Dysenterie mit hohem Fieber und Schwächeanfällen verbunden, so daß ich von einer Rückreise nach Foggia abriet und wir in dem nahegelegenen Castel Fiorentino Unterkunft nahmen. Der Kaiser wand sich in schmerzhaften Koliken, sein Stuhl war mit Blut durchsetzt, und eine völlige Appetitlosigkeit erschwerte es mir, ihm stärkende Mittel zuzuführen. Ich behandelte ihn mit warmen Umschlägen und mit Einläufen von Eichenrindenabsud. Durch Verabreichung von Wein mit Honig vermischt versuchte ich, eine Stärkung des Leibes zu erreichen, doch es war alles vergebens.

Auf seinen Wunsch schickten wir Eilkuriere, um die Vertrauten herbeizuholen, die der Kaiser in seinen letzten Stunden um sich haben wollte.

So trafen innerhalb weniger Tage ein: Erzbischof Berard von Palermo, der vertraute väterliche Freund schon aus Jugendtagen, dazu einige Richter und Notare, während des Kaisers Lieblingssohn Manfred, der geschätzte Stallmeister Pietro Ruffo und der Schwiegersohn Graf Richard von Caserta ohnehin schon Teilnehmer der Jagdgesellschaft gewesen waren.

Einen Tag vor seinem Tod diktierte der Kaiser seinen Notaren das Testament, und wir alle waren Zeugen. Sein zweitgeborener Sohn Konrad wurde zum Erben des Imperiums eingesetzt; er war ohnehin schon seit dreizehn Jahren deutscher König.

Während die schwache, doch feste Stimme des Kaisers den kleinen Raum füllte, richtete ich meinen Blick verstohlen auf den achtzehnjährigen Prinzen Manfred. Er glich dem Vater wie ein jüngerer Bruder mit den rotblonden Haaren, dem strahlenden Blick und seinem fröhlichen, gewinnenden Wesen. Er war ein Sproß leidenschaftlicher Zuneigung, denn nach allem, was man weiß, hat Kaiser Friedrich in seinem Leben nur eine einzige Frau wirklich geliebt, nämlich die Markgräfin Bianca Lancia, die er – um ihre Kinder zu legitimieren – heiratete, als sie auf ihrem Sterbebett lag. Das war nun schon sechzehn Jahre her, doch der Kaiser hatte Manfred immer in seiner Nähe gehabt und ihn sorgfältig erziehen lassen.

Der Prinz hielt den Kopf gesenkt, während sein Vater mit leiser Stimme die letzten Verfügungen traf. Dann hörten wir, wie er sagte:

«Was Unseren geliebten Sohn Manfred betrifft, den Fürsten von Tarent, so soll er der Statthalter Unseres Erblandes Sizilien sein, im Namen seines Bruders Konrad, des deutschen Königs.»

Bei diesen Worten hob Manfred sein Haupt, und nun sahen wir alle, daß sein Gesicht von Tränen überströmt war. Wortlos fiel er auf die Knie, ergriff die schlaffe Hand seines Vaters und flüsterte vernehmlich:

«Ich will nichts haben, Vater! Der Preis ist mir zu hoch! Dich will ich haben, du sollst hier bei uns bleiben – wir brauchen dich! Wir brauchen dich so sehr...»

Der Kaiser entzog Manfred die Hand und streichelte sanft sein rotblondes Haar. Ohne auf die Worte des Sohnes einzugehen, sprach er weiter. Es folgten Legate, Verfügungen und eine Reihe von Schenkungen an treue Diener. Für die Kirche blieb nichts. Nicht einmal angesichts des Todes konnte sich Friedrich zu der frommen Lüge einer Kloster- oder Kirchenstiftung zugunsten seines Seelenheils durchringen. Er dürfte auch der bisher einzige deutsche König gewesen sein, der weder Kirchen noch Klöster erbaut hatte. Und dennoch spielte er die Rolle eines christlichen Kaisers vor unser aller Angesicht mit Würde zu Ende. Er ließ sich von Erzbischof Berard die Absolution erteilen und befahl, seinen todkranken Körper in eine Mönchskutte zu kleiden. Als ich ihm danach noch eine Medizin reichen wollte, lehnte er ab.

«Es ist genug, mein Freund. Meine letzte Bitte an dich: Kümmere dich um Manfred, steh ihm bei – nicht nur als Arzt. Versprichst du es mir?»

«Ich verspreche es, mein Kaiser.»

Ich glaube, ich habe mein Wort gehalten.

2

Da in diesem Bericht nicht von mir die Rede sein soll, mag es genügen, wenn ich erwähne, daß ich in Apulien wieder geheiratet und zwei Söhne und drei Töchter gezeugt hatte.

Ich ließ die Meinen in Andria zurück und begleitete den Prinzen Manfred auf dem Trauerzug nach Sizilien.

In einem Brief an seinen Halbbruder, den König Konrad, hatte Manfred geschrieben: «Untergegangen ist die Sonne der Welt, die über den Völkern geleuchtet hat, untergegangen die Sonne der Gerechtigkeit, der Hort des Friedens.»

Die Partei des Papstes aber jubelte, als sei sie nun endlich von einem Teufel in Menschengestalt befreit – vom Antichrist, wie Papst Innozenz IV. ihn nannte. Seinen Bischöfen verkündete er die frohe Botschaft: Es freuen sich die Himmel, und die Erde frohlockt.

Doch diese Meinung wurde von den wenigsten geteilt, und durch Europa zog eine Welle der Trauer. Sehr schwer hatten es die Sarazenen in Lucera getroffen, denn sie lebten allein aus der Treue zum Kaiser, der seine schützende Hand über ihre muslimische Stadt hielt, und nun wußten sie nicht, wie lange man sie noch unter den Christen dulden würde.

So bewegte sich der langsame Trauerzug mit dem Leichnam des Kaisers in einem vergoldeten Holzschrein auf einem von vier Rappen gezogenen Wagen. Um die Verwesung des Körpers während der langen Reise aufzuhalten, hatte ich den Toten einbalsamiert – eine Kunst, die man auch in Salernum lehrte, obwohl sie kaum noch angewandt wird.

Um die Weihnachtszeit setzten wir nach Messina über, wo eine schweigende Menschenmenge den Trauerzug am Hafen empfing. In Palermo zelebrierte der greise Erzbischof Berard ein feierliches Requiem, und Kaiser Friedrich wurde in dem von vier Löwen gestützten Porphyrsarkophag neben den Gräbern seines Großvaters und seines Vaters zur letzten Ruhe gebettet.

Über Sizilien aber ging strahlend der Stern des Prinzen Manfred auf, dem es mit Leichtigkeit gelang, das Volk und den Adel für sich einzunehmen. Dem Rang nach war er nur der Fürst von Tarent und der Statthalter des Königs Konrad in Sizilien, aber er entfaltete ein Hofleben, das von Anfang an königlich war. Musik und Dichtung spielten eine große Rolle, denn Manfred und sein engster Freund, der Graf von Maletta, dichteten um die Wette, und es verging kaum ein Abend, da die Musikanten und Sänger nicht neue Canzonen vortrugen.

Damit habe ich König Manfreds Beschäftigung während der folgenden Jahre schon hinreichend beschrieben. Er war ein fröhlicher und großzügiger Mensch, unser schöner Prinz, aber er tat nichts, um in dem innerlich zerstrittenen Sizilien die Ordnung wiederherzustellen. Er schob die Verantwortung von sich weg.

Ich hatte meine Familie nach Salernum nachkommen lassen und lebte nun schon fast ein halbes Jahr auf Sizilien, als Manfred mich zu einer Audienz befahl. Er war sehr gesund und benötigte keinen Arzt, und so hatte ich ihn schon länger nicht gesehen.

Die fröhlichen Stauferaugen strahlten mich an.

«Magister Johannes! Welche Freude, Euch einmal wieder zu sehen! Nein, ich brauche keinen Arzt, und auch meine Gemahlin und die Kinder sind wohlauf. Und doch habe ich einen Patienten für Euch, der Eurer Heilkunst dringend bedarf.»

«Wer ist der Kranke?» fragte ich neugierig.

«Der Kranke heißt Sizilien.»

Verblüfft schaute ich ihn an.

«Aber ich bin kein Staatsmann, Hoheit...»

Manfred winkte ab.

«Aber Ihr habt die Fähigkeiten dazu. Johannes, ich weiß nicht mehr, was ich tun soll! Die einen raten mir dies, die anderen das Gegenteil. Halte dich an den Papst, sagen die einen, denn Konrad in Deutschland ist ziemlich machtlos, und andere wieder meinen, ich soll ihn dazu überreden, in Italien einzufallen. Als könnte ich dem deutschen König etwas befehlen, auch wenn er mein Bruder ist. Ihr sollt Euch ein Bild machen, Johannes, unabhängig von meinen anderen Räten, die nur in ihre eigene Tasche schielen. Ihr seid ein Stauferanhänger mit Leib und Seele, und so sollt Ihr ab jetzt nicht nur mein Arzt sein, sondern mir als geheimer Sekretär und Berater dienen.»

Ich verneigte mich.

«Das tue ich mit Freuden, mein Prinz, und ich kann nur hoffen, daß Ihr meine Fähigkeiten nicht überschätzt.»

So tat ich einmal das Nächstliegende und sandte hochbezahlte, mir persönlich verpflichtete Spitzel nach Italien, um herauszufinden, was Innozenz IV., der alte Stauferfeind, wirklich plante. Der Papst residierte damals in Perugia, denn König Konrad war längst dabei zu tun, was viele von ihm erwarteten: Er überzog Italien mit Krieg.

Im Januar des Jahres 1252 erschien König Konrad in Apulien und betrat damit sein sizilisches Königreich. Nun brauchte Manfred keine Berater mehr, sondern kämpfte vereint mit seinem Bruder, um das italische Erbe der Staufer zu festigen und zu bewahren. Der Papst sandte aus Perugia ohnmächtige Drohbriefe in alle Welt, doch er besaß nicht mehr viele Freunde in Europa. Als Manfred den Winter 1253 in Sizilien verbrachte, berichtete er mir und den anderen Hofleuten:

«Der Heilige Vater ist dabei, das Reich – Sizilien inbegriffen – in der Christenheit feilzubieten wie saures Bier. Beim Bruder des französischen Königs hat er es vergeblich offeriert, dann dem reichen Graf Richard von Cornwallis, aber dem sind seine Geldsäcke lieber als eine zweifelhafte Königswürde.»

Manfred lachte fröhlich.

«Das Allerbeste kommt noch! Sogar der ferne König Haakon von Norwegen hat ein Angebot erhalten, aber er soll nicht einmal geantwortet haben.»

Alle lachten. Ich schüttelte besorgt den Kopf.

«Trotzdem, mein Prinz, sollten wir den Papst nicht unterschätzen. Er wird nicht ruhen und rasten, bis er sein Ziel erreicht hat.»

«Ach was!» sagte Manfred unbekümmert, «schließlich sind wir auch noch da, und wenn Not am Mann ist, haben wir noch unsere Sarazenen.»

Da wir ihn alle fragend anschauten, fügte er noch hinzu:

«Ja, ich habe Lucera im Sommer besucht, und ich kann euch sagen, die guten Muslimen brennen nur darauf, von ihrer Untätigkeit erlöst zu werden. Dort stehen gut zehntausend geübte Krieger unter Waffen, und ich kann nur die Voraussicht meines erlauchten Vaters rühmen, der uns mit diesen Leuten eine nicht zu unterschätzende Waffe in die Hand gegeben hat.»

Unterdessen setzte König Konrad seinen erfolgreichen Heereszug in Unteritalien fort, den er im Oktober 1253 mit der Eroberung von Neapel krönte. Er verbrachte den Winter auf den Schlössern seines Vaters in Apulien und wollte im nächsten Frühjahr nach Deutschland zurück, um auch dort seine Herrschaft zu festigen.

Manfred wollte sich in Melfi von ihm verabschieden, und ich durfte ihn dorthin begleiten. Es galt auch, eine Trauerbotschaft zu überbringen, denn Prinz Heinrich, der jüngere Bruder Konrads, war im Dezember in Palermo gestorben. Ich habe seinen Namen bisher nicht genannt, denn er war noch ein Kind und wäre erst nach Konrads oder Manfreds Tod von politischer Bedeutung gewesen.

Im April kamen wir in Melfi an und fanden König Konrad in sehr zuversichtlicher Stimmung. Er kam gerade von der Falkenjagd und begrüßte seinen nur vier Jahre jüngeren Halbbruder mit besonderer Herzlichkeit.

«Ach, Manfred, was hätte ich ohne deine Hilfe getan? Aber seitdem wir die apulischen Herren zwischen Neapel und Sizilien in der Zange haben, sind sie wieder recht zahm geworden. Im Mai gehe ich nach Deutschland zurück, um die Reichsfürsten spüren zu lassen, daß auch dort ein Staufer regiert.»

«Und nicht der Papst!» ergänzte Manfred zornig.

«Der Papst hat ausgespielt», sagte Konrad ruhig, «und er wird sich damit abfinden müssen, daß unser erlauchter Vater in seinen Söhnen weiterlebt.»

Ich wurde dem König vorgestellt und konnte mich nicht enthalten, ihm einen ärztlichen Rat zu geben.

«Majestät, die Sommer in Apulien sind gefährlich! Ich bitte Euch, den Mai nicht abzuwarten, sondern schon jetzt aufzubrechen. Euer Großvater, Kaiser Heinrich, hat es bitter büßen müssen, als damals im Sommer vor Neapel fast sein gesamtes Heer an einer Seuche starb.»

«Ich danke Euch für den gutgemeinten Rat, Magister Johannes, aber Ihr müßt bedenken, daß gut zwei Drittel unserer jetzigen Truppen Italiener sind, die das Klima gut vertragen.»

«Ich denke an Euch, Majestät.»

«Wir sind alle in Gottes Hand», meinte Konrad zuversichtlich.

Wenige Tage vor seinem geplanten Aufbruch überfiel den König am Abend ein heftiges Fieber, und alle Versuche, ihm das Leben zu retten, waren vergeblich. Am 21. Mai starb der deutsche König Konrad in Lavello bei Melfi und hatte sterbend seinem Halbbruder Manfred das Schicksal seines zweijährigen Söhnchens Konradin ans Herz gelegt. Manfred erzählte mir davon, während wir den Leichnam des toten Königs nach Sizilien begleiteten, das er zu Lebzeiten niemals betreten hatte. Er sollte im Dom zu Palermo seine letzte Ruhe finden.

«Konrad hat mir dringend geraten, mich an den Papst zu wenden. Ich solle vernünftig sein, hat er gesagt, und meinen Groll vergessen, denn nur ein Frieden mit dem Papst könne uns weiterhelfen. Nun sei es an mir, die Staufer mit dem Papst auszusöhnen und für den kleinen Konradin das Wohlwollen der Kirche zu erlangen. Was sagt Ihr dazu?»

«Ob Innozenz mit sich handeln läßt? Einen Versuch ist es jedenfalls wert. Es wäre schade, wenn der deutsche Gegenkönig Wilhelm von Holland durch den Tod Konrads mehr Anhänger gewänne.»

«Dieser Pfaffenknecht! Der hat bisher nichts anderes getan, als das Reichsvermögen zu verschleudern. Aber was sollen wir ihm jetzt entgegensetzen? Ein zweijähriges Kind?»

Die Lage war tatsächlich wenig aussichtsreich, und Manfred konnte im Augenblick nichts anderes tun, als das sizilische Königreich für die Staufer zu sichern. Dazu aber brauchte er den Papst.

Und es gelang ihm auch! Manfred, von Natur aus etwas träge und dem Vergnügen zugeneigt, konnte ungeahnte Fähigkeiten entwickeln, sobald es um das Wesentliche ging.

Im September 1254 erkannte er die Oberhoheit des Papstes über Sizilien an und bemühte sich, die Rechte seines Neffen Konradin, ‹des Herzogs von Schwaben und Königs von Jerusalem›, zu sichern. Innozenz ernannte ihn zum päpstlichen Vikar von Sizilien, und das war mehr, als man erwarten konnte. So hatte Manfred zunächst das Wichtigste gerettet und war schon dabei, sich in Palermo den Vergnügungen seines Musenhofes hinzugeben, da kam aus Neapel die Hiobsbotschaft, daß päpstliche Truppen dort einmarschiert seien.

Manfred lachte bitter.

«Nun hat es ihn doch gereut, mir so weit entgegengekommen zu sein. Ich jedenfalls weiß, was jetzt zu tun ist.»

Manfred hielt sich nicht damit auf, in Sizilien eine Armee auszuheben, sondern zog in Eilmärschen mit ein paar hundert Mann seiner Leibtruppe nach Lucera, wo er mit beispiellosem Jubel empfangen wurde.

Ich war nicht selbst dabei, doch Manfred hat mir später erzählt, daß der muslimische Scheich ihm vor Freude zu Füßen fiel, als er hörte, daß es gegen den Papst gehe.

«In Euch ist Euer Vater wiederauferstanden!» rief er begeistert.

«Allah gebe Euch die Kraft, die dem erlauchten Friedrich zu eigen war!»

Am 2. Dezember wurden die päpstlichen Truppen bei Foggia vernichtend geschlagen. Als der Papst davon erfuhr, erkrankte er vor maßlosem Zorn und starb wenige Tage später.

Bei einem Teil der Kardinäle hatte sich wegen des unbändigen Hasses, den Innozenz gegen die Staufer hegte, ein gewisses Befremden eingestellt. Auf diesem Weg wollte man nicht weitergehen, und so wurde der milde und versöhnliche Kardinal Rinaldo von Ostia als Alexander IV. auf den Thron Petri berufen.

3

Wir in Sizilien erlebten jetzt eine friedliche Zeit. Doch mir schien, als sammelten die Gegner nur frische Kräfte, um erneut zuzuschlagen. Der friedliche Papst Alexander setzte – wenn auch mit Maßen – die Politik seines Vorgängers fort und bot Sizilien dem englischen König zum Lehen. Der stimmte unter dem Vorbehalt zu, daß nicht er, sondern sein achtjähriger Sohn Edmund das Königreich übertragen bekäme.

Das gab Manfred bei einer Beratung bekannt, doch es schien ihn eher zu erheitern.

«Ein englisches Prinzchen als König von Sizilien! Wie stellt der Papst sich das vor? Das ist ein rechtes Danaergeschenk, ihr werdet es sehen. König Heinrich wollte nicht nein sagen, aber er wird zu klug sein, um wirklich nach Sizilien zu greifen.»

Manfred sollte recht behalten. Er verwaltete das sizilische Reich unangefochten für seinen Neffen Konradin, doch man setzte ihm zu, wieder die alten Zustände herzustellen.

«Überlasse den Deutschen ihr Reich und ihre Probleme», riet Graf Maletta seinem Freund.

«Wir wollen dich zum König von Sizilien und sollten versuchen, uns mit dem Papst zu einigen. Es hat niemals Glück gebracht, Sizilien als einen Teil des römisch-deutschen Reiches zu sehen. Dazwischen steht Rom, und das liegt seit den Zeiten des Kaisers Barbarossa im Streit mit dem Reich. Warum die alten Fehler wiederholen? Halten wir uns doch einfach heraus!»

Manfred schüttelte den Kopf.

«Ich kann Konradin nicht im Stich lassen. Solange er lebt, bin ich in seinem Namen nur der Regent in Sizilien.»

Später nahm mich Maletta beiseite.

«Was sagt Ihr dazu, Magister Johannes? Ihr habt großen Einfluß bei Prinz Manfred. Würdet Ihr meinem Vorschlag zustimmen: weg vom Reich und für Manfred die Königskrone?»

«Ja, das würde ich. Doch auch ich bin staufisch gesinnt und muß Konradins Ansprüche berücksichtigen.»

«Wie alt ist der Kleine jetzt?»

«Etwa sechs Jahre.»

«Kinder sterben oft in diesem Alter...»

Ich runzelte die Stirn. «Was wollt Ihr damit sagen, Graf Maletta?»

«Nichts, mein Freund; ich habe nur eine Möglichkeit angedeutet.»

Einige Wochen nach diesem Gespräch im Sommer des Jahres 1258 verbreitete sich das Gerücht, der kleine Konradin sei in Bayern, wo er am Hofe Herzog Ludwigs aufwuchs, plötzlich gestorben. Die sizilischen Barone strömten sofort nach Palermo und boten Manfred die Krone an.

«Auf wen sollen wir jetzt noch Rücksicht nehmen?» bedrängten sie Manfred, der ihnen nur allzu gerne zustimmte.

Zunächst aber sammelte er seine engsten Vertrauten um sich, befragte jeden einzelnen.

«Ist der Tod Konradins nur ein Gerücht oder verbürgte Nachricht?» wollte ich wissen.

«Und wenn es nur ein Gerücht wäre!» rief Maletta, «früher oder später hätten wir Manfred gezwungen, die Krone anzunehmen! Was hat unser Fürst mit Deutschland zu schaffen? Seine Mutter entstammte einem alten italischen Adelsgeschlecht, seine Großmutter Konstanze war Normannin – eine Hauteville! Deren Erbe gilt es zu bewahren! Spricht Manfred Deutsch? Nein! Dafür aber Italienisch, Griechisch und Arabisch. Wir brauchen die Deutschen nicht, um Sizilien zu regieren, und Deutschland soll seine Hände von unserer Insel lassen.»

«Und der Papst?» fragte der Erzbischof von Messina, «wie wollt ihr es mit ihm halten?»

«Mit dem Papst wird man sich einigen müssen», sagte ich, «aber nun schließe ich mich der Meinung der meisten an: Prinz Manfred soll sich krönen lassen und die Welt vor vollendete Tatsachen stellen. Das ist auch der Wille des Volkes. Verhandeln können wir nachher!»

Ein lebhafter Beifall kam auf, und Manfred blickte mich wohlwollend an.

«Sizilien ist mir näher als Rom und noch näher als Deutschland. Ich nehme euren Vorschlag an.»

Am 10. August wurde Manfred im Dom zu Palermo vom Erzbischof gekrönt und mit ihm seine zweite Gemahlin, die blutjunge Helena von Epiros aus dem byzantinischen Fürstengeschlecht der Angeloi.

Es muß ihr alles sehr vertraut erschienen sein, der griechischen Prinzessin, denn die Zeremonie der sizilischen Königskrönung, wie auch die Throninsignien hatten bereits die Normannen von den Byzantinern übernommen. Duftender Weihrauch umwölkte das junge Königspaar, als es nach der Krönung seine Thronsitze im Dom einnahm.

Nachdem Manfred sich erhoben hatte und das Reichsschwert in die Hand nahm, erinnerte er in dem goldfunkelnden Königsornat und mit seinem stolzen schönen Staufergesicht an den Erzengel Michael. Seine zierliche Gemahlin sah neben ihm eher unscheinbar aus: ihr rundes Kindergesicht unter der schweren Krone wirkte angestrengt, aber alle hielten diese Brautwahl für sehr vorteilhaft, denn Byzanz konnte unter Umständen ein wertvoller Verbündeter sein.

Einige Tage nach seiner Krönung gab König Manfred neue Ernennungen bekannt. Zu meiner Überraschung wurde ich zum Kanzler des Reiches bestimmt, während dem Grafen Maletta das Amt des Großkämmerers zufiel. Nach der offiziellen Feierstunde hielt er uns beide zurück.

«Seid ihr überrascht? Für mich jedenfalls gab es keinen Zweifel, wem die beiden höchsten Staatsämter gebühren. Dir, Maletta, weil du bist wie ich – ein Freund von Poesie und Musik und weil du mich liebst, und Euch, Johannes, weil Ihr der treueste Parteigänger der Staufer seid. Nach dem von Rom gemachten Gesetz ist meine Stellung illegitim, das wißt ihr ja. Der Papst hat Sizilien dem Prinzen Edmund von England zu Lehen gegeben, aber was Alexander tut und was in Sizilien geschieht, sind, wie der Volksmund so schön sagt, zwei Paar Stiefel. Ihr beide werdet mich nicht enttäuschen, das weiß ich, ihr werdet zu mir stehen, was auch geschieht.»

«Du kennst mein Herz, Manfred, es gehört dir bis in den Tod», sagte Graf Maletta einfach. König Manfred blickte mich an, und wieder erinnerten mich seine strahlenden fröhlichen Augen an Kaiser Friedrich.

«Wenn mich heute alle Welt Johannes von Procida nennt, so habe ich das Eurem erlauchten Vater zu verdanken. Man mag als Arzt sein Auskommen haben, doch zu Rang und Namen kommt man nur durch ein fürstliches Lehen. Deshalb also…»

Manfred lächelte, und es war, als fiele ein Sonnenstrahl auf sein anmutiges Gesicht. Er unterbrach mich.

«Aber Johannes, das bißchen Besitz kann doch nicht der Grund für Eure Treue sein. Dazu kenne ich Euch zu gut. Wir sind hier unter Freunden – also sagt mir die Wahrheit, ich bitte Euch.»

Da brach es aus mir heraus.

«Die Wahrheit wollt Ihr hören, mein König? Nun gut – hier ist sie. Ich habe Euren erlauchten Vater besser gekannt als so mancher seiner Söhne und Verwandten. Wenn wir allein waren oder ohne Zeugen beim Schachspiel saßen, hat mir Euer Vater ein so großes Vertrauen, ich glaube sogar, seine Freundschaft geschenkt, weil er fühlte, daß ich nichts von ihm wollte als eben dies: seine Freundschaft. In seiner Todesstunde hat er mich gebeten, sie auf Euch zu übertragen, und Ihr sollt wissen, daß es mir sehr leichtgefallen ist. Ihr allein seid der wahre Sohn Eures Vaters, und hättet Ihr mich nicht zum Kanzler gemacht, meine Treue und Zuneigung wären unverändert geblieben.»

Manfred lachte und sprang auf. «Wir drei gegen Rom!»

Er nahm eine Laute vom Tisch; schlug einige Töne an und sang ein Spottlied auf den Papst, das der große deutsche Trovatore Walther von der Vogelweide im Dienst des gebannten Kaisers Otto gedichtet hatte.

Wer in solchen Zeiten sich des Bösen noch erwehrt,
nachdem sogar der Papst den falschen Glauben mehrt;
in dem wohnt Gottes Gnade und ein Engel.
Betrachtet jetzt die Lehre und das Tun der Pfaffenschwengel:
Früher waren sie in Wort und Werken rein.
Jetzt stimmen beide nur noch dadurch überein,
daß sie unrecht handeln, schlimme Lügen noch verbreiten,
anstatt als gutes Vorbild uns voranzuschreiten.
Da könnten wir als Laien schier verzagen
und wieder hör' ich meinen lieben Klausner bitter klagen.

Manfred schlug ein paar Schlußakkorde und legte die Laute behutsam zurück.

«Dieses Lied war gegen Innozenz III. gerichtet, aber hat sich inzwischen etwas geändert? Nichts! Auch Papst Alexander treibt harte Machtpolitik – lügt, betrügt und hintergeht. Wir werden das bald zu spüren bekommen.»

«So müssen wir uns wappnen», meinte Graf Maletta.

Manfred nahm einen Schluck Wein, den er geräuschvoll kostete.

«Der ist aus der Gegend von Catania, da schmeckt man den Lavaboden. Freilich, wir müssen auf der Hut sein, aber wir sollten die Gefahr nicht überschätzen.»

«Manfred…», begann Maletta mit warnender Stimme, doch da blitzten die Sternenaugen des Königs, und er unterbrach den Freund.

«Schluß damit! Es gibt ja auch noch Erfreuliches. Heute früh habe ich gehört, daß unser Giacomo vom Festland zurück ist. Ich bin süchtig nach seinen Gesängen, da ich mit euch ja nur ernste Staatsgeschäfte bereden kann.»

Der König sprang auf und klatschte. Den hereinspringenden Dienern rief er zu:

«Richtet uns ein paar Leckerbissen, und bringt noch mehr Wein. Ist der Notar Giacomo von Lentini in der Nähe? Er soll sofort kommen!»

Graf Maletta blickte mich an, und ich zuckte lächelnd die Schultern. Wir kannten unsern gnädigen Herrn und seine Eigenheiten. Manfred wich einem ernsten Gespräch niemals aus, doch danach gönnte er sich zur Erholung etwas Gutes – sich und seinen Freunden.

Giacomo von Lentini hatte er an seinen Hof gezogen und ihm die Würde eines Notars verliehen. Der quecksilbrige junge Mann war ein begnadeter Dichter und Sänger und gehörte bald dem engeren Freundeskreis um Manfred an. Schnell war er gefunden, stürmte zur Tür herein, kniete flüchtig, doch voll Anmut nieder und küßte Manfred die Hand. Der zog ihn sofort hoch.

«Was soll das, Giacomo? Du bist nicht unser Vasall, sondern mein Freund. Wir drei haben ernste Gespräche geführt und sehnen uns nach etwas Abwechslung. Hast du ein neues Lied ersonnen? Wenn nicht, so singe uns ein altes – ich kann sie immer wieder hören.»

«Ja, es gibt ein neues. Bei unserem letzten Gespräch im Freundeskreis wurde die Frage diskutiert, ob das uns verheißene Paradies nicht einen Fehler hat, wenn wir die Herzensgeliebte auf Erden zurücklassen müssen. Das hat mir keine Ruhe gelassen...»

Während die Diener den Wein und die Speisen hereintrugen, stimmte Giacomo seine Laute, wartete ab, bis Ruhe eingekehrt war, trank ohne Hast einen Becher Wein, trocknete mit einem Mundtuch den kurzen gepflegten Bart – und begann sein Lied in der lingua volgare, der sizilischen Volkssprache:

Ich hab's gelobt, von Herzen Gott zu ehren,
auf daß ins Paradies ich möchte kommen
zum heilgen Ort, von dem wir sagen hören,
daß große Freuden dort bereitet sind den Frommen.

Doch sollt' ich die Geliebte dort entbehren
ihr blondes Köpfchen und die lichten Wangen

getrennt von ihr in jenen sel'gen Sphären,
trüg' nach dem Paradies ich kein Verlangen.

Nicht sag' ich dies mit frechem Mut,
als wollt ich eine Sünde dort begehen
nur möcht' ich ihrer Augen sanfte Glut
den süßen Leib, das klare Antlitz sehen…

Giacomo blickte uns lächelnd an, zupfte noch einige Akkorde und ließ die Laute sinken. Wir klatschten in die Hände, und Manfred meinte:

«Ein schönes Lied, ein freches Lied, aber ein Lied nach unserem Herzen. So ist es doch, meine Freunde?»

Natürlich stimmten wir unserem Herrn zu.

Noch manches Lied wurde in dieser Nacht gesungen und mancher Becher dazu geleert. Diese frohen Stunden trösteten uns über eine Situation hinweg, die nicht gerade tröstlich war. In den Augen des Papstes waren wir alle Gesetzesbrecher und Abtrünnige.

Der König war gebannt und mit ihm jeder, der in seinem Dienst stand. Dies galt um so mehr, als sich inzwischen herausgestellt hatte, daß Konradin noch lebte. Doch Manfred hatte übertrieben; dieser Papst war kein Fanatiker wie sein Vorgänger, er hielt still und wartete ab. So waren die drei Jahre von Manfreds Krönung bis zum Tod Alexanders IV. trotz allem eine ruhige und friedliche Zeit. Die kleine Gemahlin unseres Königs gebar in schneller Folge drei Söhne, so daß die Thronfolge mehr als gesichert war. Manfred fiel in seine alte Untätigkeit zurück, jagte, dichtete, sang zur Laute und zeigte sich gelegentlich dem begeisterten Volk, das die alten friedlichen und glanzvollen Zeiten der Normannenkönige wiedererweckt sah. Doch die Freude war kurz, denn im Mai 1261 starb der Papst, und sein Nachfolger Urban IV. nahm die verhängnisvolle Politik von Innozenz IV. wieder auf. Nachdem England seine Ansprüche endgültig aufgegeben hatte, bot der Papst Karl von Anjou ein zweites Mal Sizilien zum Lehen an, und diesmal sagte der französische Prinz zu.

König Manfred nahm es leicht.

«Wo soll dieser Habenichts seine Truppen hernehmen? Sein

Bruder, der fromme König Ludwig, wird ihm kein Geld dafür geben; seit ihn sein Volk aus muslimischer Gefangenschaft freikaufen mußte, sind die Kassen leer.»

«Der Papst wird neues Geld beschaffen», gab ich zu bedenken.

«Das Kardinalskollegium ist auf acht Herren zusammengeschrumpft; Urban braucht nur ein paar rote Hüte zu verkaufen. Er wäre nicht der erste, der das tut.»

«Warten wir es ab. Auch wir haben Truppen und sind nicht wehrlos; ich werde dafür sorgen, daß wir gerüstet sind.»

Manfreds Zuversicht steckte uns an, und so waren wir guten Mutes, als Karl von Anjou im Mai des Jahres 1265 in Rom eintraf, an der Spitze eines gewaltigen Heeres, das er schneller aufgestellt hatte, als wir gedacht hatten. Der kürzlich verstorbene Papst Urban war durch Clemens IV. abgelöst worden, ehedem französischer Kardinal, der natürlich Karl von Anjou mit besonderem Eifer unterstützte. Daraufhin erwachte Manfred aus seiner Untätigkeit, trommelte ein Heer zusammen und marschierte nach Apulien, um weitere Truppen zu sammeln, darunter auch die Sarazenen aus Lucera.

Wer die Ausbildung an der Medizinschule in Salernum kennt, wird wissen, daß dort auch Waffenübungen angeboten werden. Sie sind keine Pflicht, aber die meisten der jungen Männer machen davon Gebrauch, denn in unseren unruhigen Zeiten ist es gewiß kein Nachteil, wenn man ein Schwert führen kann.

So erlernte auch ich den Umgang mit Schwert, Dolch und Lanze, hatte aber bisher keine Gelegenheit, diese Fähigkeiten zu nützen – zum Glück, möchte ich hinzufügen. Nun aber hielt ich es für meine Pflicht, unseren König nach Apulien zu begleiten; auch Graf Maletta und Giacomo, der Trovatore, schlossen sich an.

Die apulischen Vasallen taten recht eifrig, aber ich wurde den Verdacht nicht los, daß hinter ihrem Eifer der nackte Verrat lauerte. Ein Blick in die Geschichte der sizilischen Königreiche zeigt, wie geübt sie darin waren und wie oft sie ihre Lehnsherren hintergangen hatten.

Manfreds Heer jedenfalls war beachtlich, als es in jenem Sommer versuchte, seinen Gegner zur Schlacht zu reizen. Wir fielen mehrmals in den Kirchenstaat ein, um Karl zu einer Reaktion zu bewegen, doch es wurden nur kleine Scharmützel daraus, denn der Gegner hielt sich aus gutem Grund zurück. Ich kann nicht leugnen, daß mir das freie Leben gefiel – heute hier, morgen dort und immer vom Glanz unseres königlichen Heerführers umgeben, den die Bevölkerung hochleben ließ, wo immer er sich zeigte. Mangels Feindberührung führten wir untereinander mit stumpfen Schwertern Scheinkämpfe durch, und bald fühlte ich mich wie ein alter, erprobter Krieger jedem Kampf gewachsen. Ich glaube, für mich war es der letzte Versuch, die entschwundene Jugend zurückzugewinnen, denn ich hatte das fünfte Jahrzehnt schon zur Hälfte überschritten und wäre damals wohl besser zu Hause geblieben.

Offenbar wartete Karl von Anjou seine Krönung ab, ehe er zum entscheidenden Schlag gegen uns ausholte. Aus Feigheit wagte es der Papst nicht, das sichere Perugia zu verlassen, und so wurde Karl von fünf Kardinälen in Rom zum König von Sizilien gekrönt. Manfred legte, weil er sich im Recht fühlte, beim Papst Protest gegen die Krönung ein und bat um Christi willen, diesen Landräuber von einem Angriff auf Sizilien abzuhalten. Die Antwort des Heiligen Vaters lautete: «Manfred mag wissen, daß die Zeit der Gnade vorbei ist. Alles hat seine Zeit, doch die Zeit hat nicht alles. Der Held in Waffen tritt schon aus der Tür, das Beil ist an die Wurzeln gelegt.»

Nun ging alles sehr schnell. Karl heuerte noch ein lombardisches Söldnerheer an und bewegte sich mit einer gewaltigen Armee nach Süden. Die Berichte unserer Kundschafter klangen so entmutigend, daß Manfred sich entschloß, an den Grenzen seines Reiches auf den Angreifer zu warten. Daß dies meistens falsch ist, weiß jeder erfahrene Soldat, denn der Angreifer – auch wenn er schwächer ist – hat einige Vorteile für sich. Wir hatten die beiden Hauptpässe ausreichend gesichert, als das französische Heer sich von Frosinone näherte, um bei Ceperano durchzubrechen. Hier sicherte der Graf von Caserta den Durchgang, und er war es – ob durch Feigheit oder Verrat mag dahingestellt bleiben –, der den Untergang des staufischen Sizilien einleitete. Jedenfalls gab er den Weg frei, und die Franzosen drangen ins Land und hatten bald alle wichtigen Punkte in Campanien besetzt. König Manfred zog sein Heer an einem strategisch günstigen Punkt bei Benevent zusammen, um hier den Gegner zu erwarten.

Wir, seine Freunde, redeten ihm gut zu, doch Manfred hatte alle Zuversicht verloren. Er gab zu bedenken:

«Unser stärkster Verbündeter seit je, der süditalische Sommer, ist noch fern. Die Franzosen wissen, daß sie hier im fremden Land um ihr Leben kämpfen, daß sie nur von Feinden umgeben sind. Ein Apulier oder Kalabreser findet, wenn ihm die Sache zu gefährlich wird, bei Verwandten Unterschlupf, für die Franzosen aber heißt es siegen oder sterben. Was haben wir dem entgegenzusetzen?»

Wir antworteten mit Ausflüchten, und ich schlug sogar vor, den Gegner mit kleinen Gefechten hinzuhalten, bis im Mai mit der Hitze die Fieber und Seuchen einsetzten. Am Tag zuvor waren achthundert deutsche Berittene zu uns gestoßen, außerdem wurden noch aus den Abruzzen Verstärkungen erwartet. So riet ich nochmals zum Aufschub. Doch Manfred schüttelte den Kopf.

«Das wird nicht gehen. Hört Euch doch um! Die apulischen Ritter reden jetzt schon ganz offen von Verrat und warten nur darauf, daß ich eine Schwäche zeige. Nein, meine Freunde, es wird nur eine Schlacht geben, und sie wird die Entscheidung bringen.»

Der Morgen des 26. Februar war kühl und sonnig, und Karl von Anjou hatte – gegen die meisten seiner Ratgeber – diesen Tag für die Entscheidungsschlacht bestimmt. Kurz nach Sonnenaufgang brachen die französischen Truppen wie ein Gewittersturm über uns herein. Graf Maletta und ich hielten uns mit einigen Vertrauten dicht an König Manfred, den seine treue und erprobte Leibwache umgab – übrigens meist Deutsche aus dem Gefolge seines verstorbenen Vaters.

Habe ich gekämpft, habe ich getötet? Ich kann es nicht mit Sicherheit sagen. Die schwer gepanzerten Leibsoldaten deckten uns so vorzüglich, daß kaum ein feindlicher Soldat in unsere Nähe kam. Von einer Anhöhe aus verfolgte König Manfred das Schlachtgeschehen und erteilte von Zeit zu Zeit seine Befehle.

Unsere Vasallen begannen sich abzusetzen, das war leider nicht zu übersehen. An unserer rechten Flanke ging ein ganzer Trupp apulischer Reiter zum Feind über. Als Manfred sah, wie seine Truppen wankten und auseinanderfielen, setzte er seine Sturmhaube auf und griff in die Zügel. Wir versuchten, ihn noch zurückzuhalten, rieten ihm zur Flucht, um später ein neues Heer aufzustellen, doch er schüttelte nur den Kopf. Dabei löste sich der silberne Adler an seinem Helm und fiel zu Boden.

«Ecce Signum Domini – Das ist ein Zeichen Gottes!» rief er und stürzte sich, ehe wir ihn zurückhalten konnten, ins dichteste Schlachtgewühl. Wir wurden abgedrängt, ich schlug mit meinem Schwert um mich wie rasend, bis Maletta meine Zügel ergriff und mein Pferd mit sich riß.

«Es ist aus und vorbei!» rief er mir zu, «wir müssen am Leben bleiben, um Manfred zu rächen.»

Wir versteckten uns in den Uferauen des Calore-Flusses und stiegen von unseren Pferden.

«Ihr redet, als sei er schon tot! Manfred wird sich in Sicherheit bringen», stieß ich hervor, noch ganz außer Atem.

Maletta schüttelte traurig den Kopf.

«Ich kenne ihn. Er hat sich und seine Sache aufgegeben – er sucht den Tod.»

Die Schlacht war verloren. Wir hatten uns zusammen mit einigen Versprengten in einer Bauernscheune versteckt, wo uns die Franzosen aufstöberten. Ein Hauptmann trat an uns heran.

«Es ist entschieden, meine Herren, Gott hat der gerechten Sache und unserem König Karl den Sieg geschenkt. Es gibt keine Rache, ihr könnt gehen, wohin ihr wollt.»

«Wo ist König Manfred?» fragte ich.

«Der, den Ihr König nennt, ist gefallen, doch sein Leichnam wurde bis jetzt nicht gefunden.»

«Ich bin Johannes von Procida, sein Leibarzt, und möchte mich an der Suche beteiligen.»

Der Hauptmann verneigte sich.

«Jeder in Italien kennt Euren Namen. Darf ich Euch zum König bringen?»

Was sollte ich antworten? Notgedrungen ging ich mit bis zu dem blauen, mit goldenen Lilien bestickten Königszelt. Der

Hauptmann meldete mich an, die Wache öffnete ihre gekreuzten Speere.

Meine Augen mußten sich erst an die Dämmerung im Zelt gewöhnen, bis ich den Mann erkennen konnte, der auf einem Feldstuhl vor einem Tisch saß. Wie es schien, hatte er gerade seinem Sekretär etwas diktiert, denn zu seinen Füßen hockte ein Schreiber mit einem Tragpult auf dem Schoß und einer Feder in der Hand. Ich beugte das Knie und wartete darauf, angesprochen zu werden. Doch Karl ließ sich Zeit, er schien mich genau zu betrachten.

«Erhebt Euch, Magister Johannes! Oder soll ich Euch Kanzler nennen? Gewesener Kanzler eines Usurpators?»

«Wie es Euch beliebt, Majestät.»

«Lassen wir das! Setzt Euch dorthin.»

Er wies auf einen Feldstuhl.

«Die Schlacht ist geschlagen, der Feind besiegt; ich bin kein Mensch, der zurückblickt – ich schaue nach vorne!»

Während er redete, hatte ich Muße, ihn genau zu betrachten. Sein Gesicht wirkte finster, die Stirn war gerunzelt, die großen, kalten Augen standen seltsam eng an der langen, gebogenen Nase. Seine Hautfarbe war fahlgelb, und sofort regte sich in mir der Arzt, doch ich unterdrückte die Regung.

«Das ist erst der Anfang», hörte ich seine schnarrende Stimme sagen, «denn Wir beabsichtigen, im einstigen Reich Unseres Feindes so manches zu ändern. Ihr, Magister Johannes, seid von Uns begnadigt, obwohl Ihr dem Usurpator als Kanzler gedient habt. Wenn Ihr wollt, könnt Ihr Euch an der Suche nach dem Leichnam Eures Herrn beteiligen.»

Ohne mich weiter zu beachten, setzte er sein Diktat fort, und ich hörte im Hinausgehen die Worte:

«Ich melde Eurer Heiligkeit diesen großen Sieg, damit Ihr dem Allmächtigen dankt, der ihn verliehen hat und durch meinen Arm die Sache der Kirche verficht. Wenn ich aus Sizilien die Wurzel des Übels ausgerottet habe, so werde ich...»

Mehr konnte ich nicht hören, doch ich barst vor Zorn über diese frömmlerische Heuchelei.

Gegen Nachmittag fanden wir unseren König, den die Leichenfledderer schon fast gänzlich entkleidet hatten. Doch seine Pur-

purstiefel hatten sie ihm gelassen, denn damit war nichts anzufangen. Sein Gesicht war bis zur Unkenntlichkeit zerhauen, die Brust von mehreren Stichen durchbohrt. Karl von Anjou verweigerte dem vom Papst Gebannten ein christliches Begräbnis. So begruben wir ihn nahe einer Brücke über den Fluß Calore und häuften Steine auf sein Grab, um wilde Tiere abzuhalten.

Bei dieser traurigen Arbeit schwor ich, alles in meinen Kräften Stehende zu tun, um Karl von Anjou die Freude am Sieg und an der Eroberung Siziliens zu vergällen.

4

Der neue König von Sizilien war so klug, nach der gewonnenen Schlacht von Benevent sogleich eine Amnestie zu verkünden, die jedem, der nicht unter Anklage stand, alle von Kaiser Friedrich verliehenen Besitztümer beließ, während König Manfreds Verfügungen samt und sonders als ungültig erklärt wurden. Dem muß ich hinzufügen, daß diese Amnestie für die wenigsten galt, denn mit einer Anklage waren die Franzosen schnell zur Hand.

Ich durfte also Procida und alles andere behalten, doch ich zog mich aus dem politischen Leben zurück und eröffnete auch keine Arztpraxis mehr. Ich hatte den Glauben an die Menschheit verloren und hielt es für aberwitzig, meine Heilkunst auf Kreaturen zu verwenden, die ihr verlängertes Leben womöglich dazu nutzten, andere zu schädigen oder zu töten.

So kümmerte ich mich nur noch um die Angelegenheiten meiner Familie und grübelte darüber nach, auf welche Weise der finstere Karl am besten zu treffen sei. Aber was konnte ich, gewesener Kanzler eines eroberten Reiches, schon tun? So hütete ich weiter das Pflänzlein der Vergeltung, hegte und pflegte es, daß es blühen und Frucht tragen möge.

Karl von Anjou hatte Sizilien bis jetzt nicht betreten – sollte es auch in Zukunft nicht tun –, sondern dort einen Statthalter eingesetzt, der das Land erbarmungslos auszupressen begann. Der neue König mußte dem Papst einen sehr hohen Lehenszins zahlen und hatte auch sonst noch viele Schulden abzutragen, die ihm von seinem Feldzug geblieben waren. Mit der neuen Herrschaft strömten viele Franzosen auf die Insel und übernahmen die enteigneten oder durch Tod herrenlos gewordenen Besitzungen der sizilischen Barone.

Während Karl in Neapel residierte und viel Geld auf die Verschönerung der Stadt verwandte, blieb Sizilien das Stiefkind und war der Willkür des habgierigen Anjou hilflos ausgeliefert.

Papst Clemens hatte sich übrigens – ich weiß nicht, warum – für mich bei König Karl eingesetzt und empfahl ihm meine ärztliche Kunst. Dieser französische Papst hatte Rom noch immer nicht betreten und residierte jetzt in Viterbo.

Dorthin reiste ich in jenem Schicksalsjahr 1267, um über die Verlobung meiner ältesten Tochter mit einem Kammerherrn des Papstes zu verhandeln. So wurde ich Seiner Heiligkeit vorgestellt und konnte mich für seine Empfehlung bedanken. Clemens IV. war ein farbloser Mann, dem man ansah, daß er früher Jurist gewesen war. Er hatte einen Zug ins Kleinliche, Verbissene und war als Stellvertreter Christi auf Erden ebensowenig geeignet, wie die meisten seiner Vorgänger. Er hatte nicht geruht, bis Manfreds Gebeine aus seinem Grab am Fluß wieder hervorgeholt wurden, denn es gehöre sich nicht, daß ein Gebannter in der Erde eines päpstlichen Lehens ruhe. Auf seinen Befehl wurde der halbverweste Leichnam am Flußufer niedergelegt, damit Wind, Wetter und wilde Tiere ihn vertilgen mochten. Diese Tat spricht für sich, und so erübrigen sich weitere Erörterungen über das Wesen dieses ‹Heiligen Vaters›.

Meine Geschäfte waren bald erledigt, und ich bereitete mich vor, nach Süden aufzubrechen, als die Nachricht von Konradins Feldzug in Viterbo eintraf.

Der päpstliche Hof summte wie ein aufgestörtes Wespennest, und ich gönnte Papst Clemens den Schrecken und die Empörung von Herzen. Er hatte wohl nicht damit gerechnet, daß auch dieser letzte Staufer antreten würde, um sein verschleudertes väterliches Erbe einzufordern.

Mit einem Schlag fühlte ich mich verjüngt, war begeistert und aufgeregt, spürte wie meine Rachegelüste sich kräftig regten.

Während Konradin mit einem stetig anwachsenden Heer über die Alpen zog, ging ich nach Rom, um mich ihm anzuschließen. Im Juli ritt der junge König wie ein Triumphator durch die ewige Stadt, und das wankelhafte Volk jubelte wieder einmal einem Staufer zu. Nun, Corradino, wie die Italiener ihn nannten, hatte die hoheitsvolle Anmut und das heitere gewinnende Wesen seines Geschlechts ererbt, und wer ihn sah, mußte ihn einfach gern haben. Ich küßte dem jungen Fürsten die Hand, und er wußte sofort, wer ich war.

«Magister Johannes, ich beneide Euch darum, daß Ihr meinen Vater und meinen Onkel Manfred gekannt habt. Mir war das leider nicht vergönnt, aber nun bin ich hier, um mein Erbe einzufordern. Wie Ihr wißt, geht es um Sizilien, und so freue ich mich über jeden von euch, der mich dabei unterstützt. Gott segne Euch, Magister Johannes, und seid von Herzen bedankt.»

Der Erfolg, den Konradins Heer bei Ponte di Valle gegen Karl errungen hatte, setzte sich im August fort, als Karls Admiral Robert von Lavena zur See vernichtend geschlagen wurde. Damit war der Besitz von Sizilien gesichert, soweit es die Insel betraf. Doch weite Teile des Königreiches lagen auf dem Festland, und dort, in Apulien, mußte die Entscheidungsschlacht geschlagen werden.

Doch Konradin sollte das Erbland seiner Väter niemals betreten. Auf Anraten seiner Heerführer nahm der junge König den Weg durch die Abruzzen, da man hoffte, auf diese Weise in den Rücken des Feindes zu gelangen.

Auch ich hatte mich wieder in einen Krieger verwandelt und traf in Konradins Heer auf viele alte Freunde aus Sizilien, darunter den unverdrossenen Grafen Maletta, der wie ich einem Racheschwur verpflichtet war. Anders als damals mit Manfred bei Benevent waren wir alle voll Zuversicht, dem schon mehrfach geschlagenen Karl hier den Todesstoß zu versetzen. Ich bin kein Stratege und will nicht lange über den Grund unserer Niederlage bei Tagliacozzo spekulieren; jedenfalls gerieten wir in einen Hinterhalt, und die Schlacht war verloren. Doch Konradin konnte fliehen, und das taten wir anderen auch – soweit wir überlebten. Der junge König war nach Rom geflohen, doch der Geschlagene stieß auf Ablehnung und Gleichgültigkeit derer, die ihn noch vor einem Monat umjubelt hatten.

Um zum Wesentlichen zu kommen, werde ich es jetzt kurz machen. Konradin wurde gefangen und auf Befehl des rachsüchtigen Karl von Anjou in Neapel mit einigen seiner Freunde hingerichtet. Der Papst in Viterbo schwieg dazu und billigte so den Mord an einem Jüngling, der nichts weiter getan hatte, als sein Recht zu suchen. Wir anderen wurden gejagt wie Hasen, und wer Karl in die Hände fiel, endete auf dem Schafott oder im Kerker. Es gelang mir, nach Venedig zu entkommen, wo ich später auf Umwegen erfuhr, daß alle meine Güter eingezogen wurden und meine Familie vertrieben sei. Dabei fand einer meiner Söhne den Tod, meine Frau und die Töchter wurden mißhandelt und gedemütigt. Ein weiterer Grund für mich, meine Rache sorgfältig zu planen, wobei wir umsichtig zu Werke gingen. Wenn ich sage ‹wir›, so meine ich damit die Hauptverschworenen, die sich in der nächsten Zeit zusammenfanden, nämlich Alaimo von Lentini, Walter von Caltagirone und Palmieri Abbate. Niemand von uns konnte damals ahnen, wie viele Jahre sich unsere Bemühungen hinziehen würden, aber Gott hatte die Gnade, mir ein langes Leben zu gewähren.

Zuerst suchten wir einen Enkel von Kaiser Friedrich, nämlich den Landgrafen von Thüringen, dazu zu bewegen, die Macht der Staufer in Italien wieder aufzurichten. Doch das Blut des großen Friedrich hatte sich in diesem Enkel verdünnt, und mehr als halbherzige Zusagen waren nicht von ihm zu erlangen. Heute verstehe ich es auch, denn was konnte diesem deutschen Reichsfürsten das ferne Sizilien schon bedeuten?

Wohin sollten wir uns jetzt wenden, wer war noch geblieben aus staufischem Blut – und in Freiheit? Karl von Anjou hatte alle Verwandten der Staufer, soweit er ihrer habhaft werden konnte, eingekerkert, darunter die drei kleinen Söhne Manfreds. Doch dessen älteste Tochter, Konstanze, war nicht nur frei, sondern die Gemahlin eines mächtigen Fürsten, des Königs Peter von Aragon, der den Thron seines Vaters übernommen hatte.

Ihn suchte ich jetzt auf, und wir verstanden uns gleich beim ersten Gespräch so gut, daß der junge König mich zum Kanzler von Aragon machte, gewiß auch auf Betreiben seiner Gemahlin, die mich mit den Worten ehrte:

«Hätten wir nur ein Dutzend Männer wie Euch auf Sizilien, so wäre mein Vater nicht verraten worden und hätte Karl von Anjou besiegt.»

Nun, dieses Lob aus Frauenmund mag vielleicht übertrieben klingen, hatte aber im Kern etwas Wahres.

Mein Vorschlag, auf den Sturz des Anjou hinzuarbeiten, fand die volle Zustimmung des Königspaares. Ich nahm dann Verbindung zu Karls Feinden auf, nämlich König Rudolf von Habsburg, Alfons von Kastilien und die reichstreuen Städte in Oberitalien. Sein wichtigster Gegner aber war Kaiser Michael von Byzanz, denn Karl von Anjou strebte ganz offen nach der byzantinischen Kaiserkrone und besaß dafür die volle Unterstützung des Papstes, der dann hoffte, die griechischen Katholiken in römische zu verwandeln.

So reiste ich als erstes zu Kaiser Michael nach Konstantinopel, wohin übrigens einige Sizilianer geflüchtet waren, die meinen Empfang bei Hofe vorbereiteten. Dieser kraftvolle Regent hatte 1261 das lateinische Kaisertum gestürzt und die Franzosen aus dem Land getrieben. Kaiser Michael regierte sein Land mit Klugheit und Geschick; das Volk liebte ihn und hatte ihm längst verziehen, daß er einstmals seinen Mitregenten Johannes hatte blenden und einkerkern lassen.

Ich wurde am Hof mit ungeheurer Prachtentfaltung empfangen und hatte bisher in meinem ganzen langen Leben nirgends in Europa einen derartigen Prunk erlebt. Allein der Königspalast war eine Stadt für sich, der Thronsaal schien mir größer als der Normannenpalast in Palermo. Mächtige Porphyrsäulen stützten seine himmelhohe Decke; der Thron des Kaisers stand erhöht unter einer mit Mosaiken geschmückten Apsis.

Der Kaiser, eine kraftvolle Erscheinung, dem man sein Alter nahe der sechzig nicht ansah, behandelte mich sehr gnädig und hatte für mein Anliegen volles Verständnis. Ich empfing Briefe an den König von Aragon und an das Volk von Sizilien und eine sehr hohe Summe Geldes. Den Bedingungen, es nur gegen Karl von Anjou zu verwenden, konnte ich mit gutem Gewissen zusagen.

Falls ich den Papst dazu überreden könnte, Karl fallenzulassen, sicherte mir der Kaiser eine weitere Unterstützung zu.

Nach dreimonatigem Aufenthalt in Konstantinopel legte ich eine Mönchskutte an und reiste nach Sizilien. Dort erwarteten mich die anderen Verschworenen, die schon die Hoffnung verloren hatten, jemals das Joch des Anjou abzuschütteln. Ich zeigte ihnen das Geld und die Briefe, und wir entwarfen gemeinsam ein Bittschreiben an Peter von Aragon, er möge uns von König Karl befreien und namens seiner Gemahlin das Zepter über Sizilien ergreifen.

Weiterhin als Franziskaner verkleidet, reiste ich nach Viterbo, wo Papst Nikolaus III. residierte, den ich – als er noch Kardinal war – von einem hartnäckigen Leiden befreit hatte. Dies und daß er ein Feind Karls von Anjou war, bewirkte, daß er mir ein Schreiben mitgab, das Peter von Aragon ermächtigte, Sizilien den Franzosen zu entreißen. Ein Batzen byzantinischen Geldes rundete mein Gesuch bei dem habgierigen Nikolaus ab.

So schnell es nun ging, reiste ich nochmals nach Konstantinopel, wo ich in einer Geheimaudienz dem Kaiser das schriftliche Einverständnis des Papstes überreichen konnte. Michael war anzusehen, daß ihm ein Stein vom Herzen fiel. Die Macht des Karl von Anjou war ihm ein Dorn im Fleisch, und er empfand sie als ständige Bedrohung. Mit dreißigtausend Unzen Gold im Gepäck verließ ich Byzanz und traf mich mit den anderen Verschwörern in Trapani auf Sizilien. Unterwegs mußte ich zu meiner Bestürzung erfahren, daß Papst Nikolaus gestorben war, doch ich erwähnte davon kein Wort, um meine Genossen nicht zu entmutigen. Einige Tage später erfuhren sie es aber doch, und so blieb mir nur ein Argument: Ich öffnete die kleine, eisenbeschlagene Truhe mit den byzantinischen Goldmünzen.

Da meinte Alaimo von Lentini: «Falls König Peter von Aragon noch immer bereit ist, uns zu unterstützen, so bin ich dabei. Ich finde, wir haben schon eine zu lange Strecke Wegs zurückgelegt, um jetzt umzukehren. Ich hoffe, die anderen teilen meine Ansicht?»

Walter von Caltagirone und Palmieri Abbate nickten, die übrigen schlossen sich ihnen an.

«Gut», sagte ich, «nun ist es an mir als Kanzler von Aragon, meinen Herrn von unserer Entschlossenheit zu überzeugen.

Doch König Peter erwies sich als standhaft, auch als mit Martin IV. ein französischer Kardinal den Stuhl Petri bestieg.

Der ahnungslose Karl von Anjou verfolgte weiter seine ehrgeizigen Pläne. Er stellte eine gewaltige Kriegsflotte auf, um gegen Kaiser Michael zu ziehen.

Das gleiche tat Peter von Aragon, unter dem Vorwand, einen Kreuzzug gegen die Muslime vorzubereiten.

Mich beschäftigte in diesen Tagen vor allem ein Problem: Sosehr die Sizilianer unter der französischen Ausbeutung litten, so sehr hatte Karl sich auf dem Festland beliebt gemacht. Ja, die Campanier, Apulier und Kalabreser schätzten seine Herrschaft, denn Karl hatte Häfen und Straßen anlegen lassen, um den Verkehr und den Handel zu beleben, hatte die Barone mit Privilegien und Stellungen geködert, von denen er in seinem großen Reich – ihm gehörten noch die Provence und Teile von Albanien – eine ganze Reihe zu vergeben hatte. Doch die Kriegsflotte kostete sehr viel Geld und konnte nur durch Sondersteuern finanziert werden, über die man auch in Apulien und Kalabrien murrte.

Als bekannt wurde, daß Karls geplanter Angriff Konstantinopel galt, wurden die noch immer zahlreichen Griechen auf dem Festland unruhig.

Ich sandte Agenten nach Unteritalien, die diesen Krieg als sinnlos und gefährlich anprangerten und vor der weit überlegenen Heeresmacht Kaiser Michaels warnten. Diese Gerüchte verbreiteten sich in Windeseile, und als Karl dann tatsächlich seine Schiffe in der Meeresenge von Messina zusammenzog, zweifelte niemand mehr an seinen Absichten.

Der Volkszorn in Sizilien kochte, als es sich herumsprach, daß Karl die erpreßten Gelder dazu benutzte, Kaiser Michael anzugreifen, wo man doch schon seit Generationen mit Byzanz im Frieden lebte.

Doch König Peter war nicht untätig geblieben. Seine angeblich für den Kreuzzug bereitgehaltene Flotte lag an der Mündung des Ebro und wartete nur auf den Befehl zum Auslaufen. Noch ehe die beiden Könige ihren Kampf eröffneten, kochte der schon lange siedende Topf Sizilien über...

Hier endet der Bericht des Arztes und Kanzlers Johannes von Procida.

Il Vespro Siciliano

(Die Sizilianische Vesper)

In diesem Jahr 1282 fiel das Osterfest schon früh auf die letzten
Märztage. Vor der Kirche Santo Spirito jenseits der alten Stadtmauer von Palermo sammelte sich eine festliche Menge, die am
Vesper-Gottesdienst teilnehmen wollte. Doch es war keine friedliche Menge. Die kleinen Leute waren empört, daß ihnen die französischen Steuereinnehmer nun auch noch das letzte Schwein und
den letzten Scheffel Korn weggenommen hatten. Ihr spöttischer
Hinweis, König Karl führe Krieg, und da müsse das Volk ihn unterstützen, ließ den Zorn der Sizilianer erst richtig aufflammen.
Was ging sie dieser Krieg an? Byzanz war seit vielen Jahren ein
friedlicher Nachbar gewesen, ein Handelspartner, und sie empfanden es als demütigend, für diesen sinnlosen und gefährlichen
Krieg ihr Letztes hergeben zu müssen.

Trotzdem ließen sich die Palermitaner an diesen Tag nicht
daran hindern, das Osterfest auf ihre Weise mit Singen, Schwatzen
und kleinen Spielen zu genießen. Doch ihr feiertäglicher Frohsinn
erstarb mit einem Mal, als eine Gruppe französischer Beamter auftauchte und sich unter die Menge mischte. Sie sagten, sie hätten
den Auftrag, nach versteckten Waffen zu suchen, und da sie offenbar betrunken waren, benahmen sie sich sorglos und ungezwun-
gen, machten dumme Scherze auf Kosten der Einheimischen und
schienen nicht zu spüren, daß sie von einem Meer von Feindselig-
keit umgeben waren.

Einer tat sich besonders hervor, dieser Sieur Drouet, der plötzlich mit lallender Stimme sagte, man müsse die Waffensuche auch
auf die Frauen ausdehnen, denn die Sizilianer seien schlau, sehr
schlau, da habe er schon öfter wahre Wunder erlebt. Noch während er dies sagte, ging er schwankend auf eine hübsche junge Frau

zu, die ihn mit ihren schwarzen Augen furchtlos anblitzte und keinen Zoll zurückwich. Ein paar Schritte entfernt stand ihr Ehemann, der sich mit einem Freund unterhielt, ohne den Franzosen aus den Augen zu lassen.

Drouet grapschte an der jungen Frau herum und hob schließlich ihren weiten gerüschten Rock in die Höhe.

«Mal sehen, ob ich da ein Messer finde...», sagte er feixend, als er eine scharfe Stimme hörte:

«Hier ist das Messer, das du suchst!»

Der junge Ehemann packte den überraschten Franzosen am Gewand und stieß ihm den Dolch in die Brust. Drouet riß erstaunt die Augen auf und sackte lautlos zusammen. Das war nun der berühmte Tropfen, der den Kessel zum Überlaufen brachte. Als gehorchten sie einem Befehl, fielen die Sizilianer über die anderen Franzosen her und schlachteten sie ab wie eine Herde Vieh. Andere liefen stadtauswärts mit dem lauten Ruf: «Moranu li Francischi – Tod den Franzosen!»

Jeder wußte, wo sie zu finden waren, die verhaßten Unterdrükker; man stürmte ihre Häuser, ihre Kneipen und metzelte sie auf offener Straße nieder. Nicht einmal die französischen Mönche in den Klöstern wurden vergessen, man zerrte sie auf die Straße und zwang sie, das Wort ‹Ciciri› auszusprechen. Wer von ihnen dies nicht auf sizilische Weise konnte, wurde erschlagen.

Der französische Gouverneur Saint-Rémy schloß sich in den Königspalast ein, doch es fehlte an Leuten zur Verteidigung, da die meisten wegen des Osterfests in der Stadt waren.

«Sie werden das Schloß anzünden und uns hier bei lebendigem Leibe braten», sagte der Gouverneur unbehaglich, während er aus dem Fenster blickte. Der wachhabende Hauptmann meinte:

«Da habt Ihr recht, Euer Gnaden. Wenn Ihr mich fragt, so wäre ich für einen Ausbruch. Das ist unsere einzige Chance zu überleben.»

Saint-Rémy nickte.

«Gut, zieht Eure Leute zusammen.»

Es war ein recht klägliches Häuflein Franzosen, das sich im Schloßhof zusammenfand, um den Ausbruch zu versuchen. Einige der Männer waren bleich vor Angst und Sorge. Die Älteren mußten nun ihre Familien in der Stadt zurücklassen und wären am liebsten hiergeblieben. Doch eine andere Möglichkeit gab es nicht.

Der Gouverneur war kein besonders mutiger Mann; er liebte das bequeme Leben und war zufrieden, wenn alles reibungslos vonstatten ging. Damit war es nun vorbei. Alle erwarteten, daß er sich beim Ausbruch an die Spitze stellte, und so tat er es auch.

Zwei Männer lösten den schweren Riegelbalken an der Tür und, wie es schien, hatten die Aufständischen draußen auf diesen Augenblick gewartet. Saint-Rémy warf sich ihnen entgegen, ein Schwerthieb streifte seine rechte Wange, ein weiterer traf krachend seinen festen Eisenhelm.

Das waren zu viele! Er hatte seine Pflicht getan und wollte jetzt nur noch an sich selber denken. Der Gouverneur kämpfte sich frei, winkte den beiden Leibwachen, schlüpfte mit ihnen durch eine unscheinbare Tür in die Schlafkammer der Pferdeburschen und von dort in die Ställe. Sie griffen sich drei Pferde und konnten durch den hinteren Stallausgang entkommen.

«Die ganze Stadt ist in Aufruhr!» rief Saint-Rémy seinen Begleitern zu, «wir müssen uns nach Vicari durchschlagen.»

Die Festung Vicari, einen knappen Tagesritt südlich von Palermo im Bergland gelegen, hatten sich die mißtrauischen Franzosen als Fluchtburg für Notfälle eingerichtet. Dort waren haltbare Vorräte für Monate eingelagert, und die Burg war durch ihre Lage fast uneinnehmbar.

Niemand behelligte die eiligen Reiter, denn noch war der Aufstand nicht ins Landesinnere gedrungen. In den nächsten Tagen fanden sich weitere Flüchtlinge auf der Festung ein, manche verwundet, und den meisten stand noch das Entsetzen im Gesicht, das sie bei dem gnadenlosen Blutbad ergriffen hatte.

Am nächsten Morgen lagen in den Straßen von Palermo die Leichen der Franzosen verstreut, wo die Wut der Menge sie niedergestreckt hatte. Der Straßenpöbel in seinem Blutrausch war nicht davor zurückgeschreckt, auch die Frauen und Kinder der Besatzer niederzumetzeln. Wer sich von den Einheimischen dazu hergegeben hatte, in den Dienst der Franzosen zu treten, wurde nun gezwungen, die vielen hundert Leichen wegzuräumen. Man warf sie in Massengräber, die vor den Mauern der Stadt ausgehoben wurden.

Besonnene Männer riefen die Vertreter der Stadtbezirke zu einer Ratsversammlung auf, denn nun sollte Ordnung geschaffen werden, um das Erreichte nicht leichtsinnig wieder zu verspielen. Zum Stadtpräfekten wurde der angesehene Ritter Roger Mastrangelo gewählt, der, gefragt, was als erstes zu tun sei, nur stumm hinausdeutete. Dort oben wehte auf dem Schloßturm noch immer die verhaßte Fahne des Karl von Anjou. Sie wurde eilends eingeholt und durch das Banner mit dem staufischen Adler ersetzt, das Kaiser Friedrich einst der Stadt verliehen hatte.

Als nächstes aber – da waren alle sich einig – mußte die Burg Vicari erstürmt werden, um den Franzosen jede Möglichkeit zu nehmen, sich von draußen Hilfe zu holen. Ein schnell aufgestelltes Bürgerheer zog einige Tage später nach Süden und legte um die Burg einen Belagerungsring.

Johannes von Saint-Rémy beobachtete von einer Schießscharte aus besorgt das Treiben und erschrak vor der Menge der Belagerer, die von Stunde zu Stunde größer wurde. Dieser rachsüchtige Ameisenhaufen wird uns einfach überrennen, dachte er mutlos und entschloß sich, die Übergabe anzubieten – gegen freien Abzug bis zur Küste.

Der Unterhändler kam zurück, Saint-Rémy stieg auf den Wehrgang und rief hinab:

«Nun, was sagen sie?»

«Sie sind einverstanden, Euer Gnaden.»

Als der verhaßte Gouverneur sich zeigte, flammte der Zorn in einigen Männern wieder auf, und ein wohlgezielter Pfeil traf ihn in den Hals. Saint-Rémy schnappte nach Luft, ein Blutstrom schoß ihm aus dem Mund, und er fiel rücklings in den Burghof. Als hätte er damit ein Zeichen gegeben, stürmten die Belagerer die Festung und töteten jeden, der ihnen über den Weg lief.

Wie ein vom Sturm vorangetriebenes Feuer ergriff der Aufstand in wenigen Tagen die ganze Insel. Nach Palermo schlossen sich Corleone, Trapani und Caltanisetta dem Aufstand an, doch in Messina geschah zunächst nichts. Der dortige Gouverneur Hubert von Orléans verfügte über ausreichende Machtmittel, um die Aufständischen in Schach zu halten, und zudem lag die französische Flotte im Hafen vor Anker.

Karl von Anjou wußte, welche Bedeutung Messina für Sizilien besaß, und so hatte er einen Teil der Adeligen und Ratsherren mit Geschenken und Privilegien für sich gewonnen, allen voran die Riso, eine führende Familie in der Stadt.

Zwei Wochen nach dem Aufstand befanden sich weite Teile der Insel im Besitz der Aufständischen, die natürlich wußten, daß ohne Messina ihre Bewegung zum Stillstand verurteilt war. Roger Mastrangelo, der neue Stadthauptmann von Palermo, sandte ein Schreiben an Gesinnungsgenossen in Messina, die ihm antworteten, daß die Lage vorerst aussichtslos sei.

Hubert von Orléans begann Gegenmaßnahmen zu ergreifen. Er sandte sieben Kriegsschiffe nach Palermo, um dort den Hafen zu sperren und eine Basis für Gegenangriffe zu schaffen.

Nun trat einer der ganz seltenen Fälle ein, da kleine Leute sich mit ihresgleichen solidarisch erklären: die Matrosen der Kriegsschiffe weigerten sich, gegen Palermo zu kämpfen. Inzwischen begann auch in Messina die öffentliche Meinung umzuschlagen. Die meisten der einheimischen Soldaten, die im Dienst der Franzosen standen, machten sich davon, und der Gouverneur spürte, wie die Gefahr mit jeder Stunde wuchs.

Er schloß sich mit seinen Leuten in der Festung Mategriffon ein, und am nächsten Tag brach der Aufstand los. Ihm fielen nur ein paar leichtsinnige Franzosen zum Opfer, weil sie die Bedrohung unterschätzt hatten oder es ablehnten, sich feige in einer Burg zu verkriechen.

Die Flotte aber, Karl von Anjous stolze Flotte, mit der er sich die byzantinische Kaiserkrone erringen wollte, wurde von den Aufständischen in Brand gesteckt. Hilflos schaute Hubert von Orléans von seiner Burg auf die brennenden Schiffe hinab, und er ballte die Fäuste, als das blaue Lilienbanner in Flammen aufging und der Wind die verkohlten Fetzen auf das Meer hinaustrieb.

«Das sollen sie mir büßen», murmelte er und überlegte, auf welche Weise er halbwegs ehrenvoll aus dieser Zwangslage herauskäme.

Er begann mit den Aufständischen zu verhandeln, und da er sich in allem nachgiebig zeigte, wurde ihm und seinem Anhang der freie Abzug gestattet. Er mußte allerdings vor einem Marienbild schwören, daß er geradewegs nach Frankreich fahren und niemals nach Sizilien zurückkehren werde. Er leistete den Eid mit dem Vorsatz, ihn gleich danach zu brechen. Schon jenseits der Meerenge befahl er, in Catona anzulegen, wo er auf Schiffe und Truppen des Karl treu ergebenen Grafen Ruffo traf. Sie vereinigten ihre Streitkräfte und beschlossen, bei nächster Gelegenheit Messina anzugreifen.

Dort hatte man inzwischen einen Stadtrat gewählt, der dem Stadthauptmann Maniscalco zur Seite stehen sollte. Die Sizilianer sind heißblütig, oft unberechenbar, aber niemals undankbar. So verfügte der Stadtrat von Messina, als erstes einen Boten nach Byzanz zu senden, um Kaiser Michael zu danken und ihm die gute Nachricht von der Vernichtung der französischen Flotte zu übermitteln.

Kaiser Michael war außer sich vor Freude. Er lud die Gesandten aus Messina zu einem Dankgottesdienst in die Hagia Sophia ein und sagte immer wieder:

«Ich habe mitgeholfen, Sizilien zu befreien, und damit mein Reich vor einem langen Krieg bewahrt.»

Am Hofe Karls von Anjou in Neapel hatte man zunächst den Aufstand der Sizilianer nicht ernst genommen.

«Ich werde sie niederwerfen, und sie werden bei mir zu Kreuze kriechen», prophezeite König Karl und sandte ein paar Schiffe nach Palermo, ‹um die Ruhe wiederherzustellen›. Doch die Ruhe war längst dahin, und von den Schiffen kehrten nur zwei wieder zurück.

Als aber die Nachricht von der völligen Zerstörung seiner Kriegsflotte vor Messina eintraf, rief Karl entsetzt:

«Herrgott, da es dir gefallen hat, mich zu vernichten, so tue es wenigstens in kleinen Schritten.»

Selbst in dieser Lage versuchte seine habgierige Krämerseele, mit Gott zu feilschen.

Wenn auch viel verloren war, so gab König Karl sich nicht geschlagen. Er zog seine verbliebenen Schiffe aus anderen Häfen zusammen, um damit Sizilien zurückzuerobern.

Papst Martin stand natürlich auf seiner Seite, und als eine Abordnung aus Palermo in Orvieto eintraf, verweigerte er die Audienz. Am 7. Mai erließ er eine Bannbulle gegen die aufständischen Sizilianer, eine zweite traf Kaiser Michael, der darüber nur lächelte und sie in seinem Archiv ablegen ließ.

«Spürt ihr etwas von dem Bannstrahl aus Rom?» fragte er spöttisch seine Hofleute.

«Ich höre nur Papier rascheln», sagte der Patriarch von Konstantinopel, der sich dem Bischof von Rom in keiner Weise verpflichtet fühlte.

Auch in Sizilien zeigte man sich wenig beeindruckt. Die Päpste kamen und gingen, der eine tat dies, der andere jenes – jedenfalls gab es keinen Grund, die Hoffnung zu verlieren.

König Peter von Aragon war vom sizilianischen Aufstand nicht weniger überrascht als Karl von Anjou, doch für ihn war es eine erfreuliche Nachricht. Die französische Hauptflotte war vernichtet, und sollte er demnächst eingreifen müssen, so war sein Gegner nun wesentlich schwächer. Peter stand zu seinem Wort, in Sizilien die Herrschaft zu übernehmen, doch er war ein kluger Taktiker und wartete erst einmal ab. Noch immer tat er so, als wolle er gegen die Ungläubigen ziehen, kreuzte mit seinen Schiffen vor der algerischen Küste und sandte einen Boten zum Papst, um sich dessen Segen für den ‹Heiligen Krieg› zu erbitten. Doch Papst Martin ließ sich nicht täuschen und gab dem Boten eine abweisende Antwort.

Auch König Karl ließ sich Zeit bei diesem Schachspiel um die goldene Frucht Sizilien. Eine zweite Niederlage wollte er nicht hinnehmen, und als er den Oberbefehl über seine Streitkräfte zu Land und zur See übernahm, hatte er eine stattliche Armee aufgeboten.

Mit ihr traf er im Sommer des Jahres 1282 an der Meerenge von

Messina ein und schlug sein Lager in den Weinbergen nördlich der Stadt auf. Zunächst einmal versuchte es der König mit Zuckerbrot, ehe er die Peitsche hervorholte. Er verkündete Gesetze, die seinen Beamten verboten, das Volk auf irgendeine Weise zu erpressen, und die zu Kriegszwecken beschlagnahmten Güter sollten künftig bezahlt werden. Jedermann in Sizilien verstand, daß dies eine Finte war, um die Leute gefügig zu machen. Sie wurden dadurch nur um so vorsichtiger und rüsteten sich auf einen neuen Zusammenstoß.

Der neue Stadthauptmann von Messina, Alaimo von Lentini – einer der Hauptverschwörer –, setzte seine Stadt in Verteidigungszustand und tat alles, um seine Truppen zu verstärken. Dabei kam ihm zugute, daß Karl von Anjou viele Feinde besaß. So unterstützten ihn Ancona, Venedig und Genua mit Schiffen und Truppen.

Nun hielt König Karl es für an der Zeit, die Peitsche hervorzuholen, da man sein Zuckerbrot verschmäht hatte.

Sein erster Versuch, den Hafen von Messina zu erstürmen, schlug fehl, ebenso ein zweiter und dritter.

Der ungewöhnlich regenreiche August kam den Verteidigern zur Hilfe, während die Angreifer draußen im Schlamm versanken. Karl wartete, bis der Boden wieder trocken war, und griff am 15. August die Stadt erneut an. Den Plan, Messina auszuhungern, hatte er aufgegeben, da der kräftige Regen den Feldern und Gärten innerhalb der Stadt eine reiche Ernte beschert hatte.

Allmählich wurde Karl von Anjou ungeduldig. Die gallige Färbung seines finsteren Gesichts hatte zugenommen, die Zornfalten auf der Stirn vertieften sich von Tag zu Tag.

Am Abend des 13. September versammelte er seine Hauptleute und befahl für den nächsten Morgen einen umfassenden Angriff, den er selbst anführen wolle.

Gepanzert und bewaffnet, von seinen Rittern umgeben, führte König Karl seine Soldaten vor die Mauern der Stadt und feuerte sie mit Zurufen an.

Auf der Stadtmauer hatte man erkannt, welch edles Wild sich hier herumtrieb, und ein wohlgezielter Stein traf zwei neben Karl stehende Edelleute. Dem einen zerplatzte der Kopf wie ein zerschmetterter Kürbis und bespritzte Karl von Anjou mit Blut und

Gehirn. Er wandte sich schaudernd ab und befahl den Rückzug. Dieses Erlebnis bewog ihn, wieder etwas mehr Zuckerbrot hervorzuholen. Er sandte an den Stadthauptmann Alaimo eine geheime Botschaft und versprach ihm für den Fall einer Übergabe die erbliche Grafenwürde und ein reichliches Geldgeschenk. Dafür müsse er nur sechs Bürger zur Bestrafung ausliefern, und natürlich die Schlüssel zur Stadt.

Alaimo wies den Bestechungsversuch zurück und sandte einen Hilferuf an König Peter, mit der Bitte, nun, da die Gefahr am größten sei, helfend einzugreifen und Sizilien für seine Frau Konstanze – König Manfreds Tochter – endgültig von der französischen Gefahr zu befreien.

Nun hielt auch der vorsichtige Peter von Aragon seine Zeit für gekommen. Er ließ die Sizilianer wissen, daß er ihrem Hilfsgesuch folgen würde, um seine Gemahlin auf ihren rechtmäßigen Thron zu setzen.

Am 30. August landete Peter mit seiner Kriegsflotte in Trapani, um Karl von Anjou die goldene Frucht endgültig zu entreißen.

3

Nun, da Peter von Aragon sich zum Krieg entschlossen hatte, gab es kein Zaudern mehr. Schon am 2. September traf er zu Land in Palermo ein, während seine Schiffe ihm entlang der Küste folgten. Seine Absicht, sich im Dom stellvertretend für Konstanze zum König von Sizilien krönen zu lassen, mußte er fallenlassen, denn der Erzbischof von Palermo war vor kurzem gestorben, und der von Monreale war papsttreu und hatte die Flucht ergriffen. So ließ sich Peter vom Volk zum König ausrufen und beschwor, die Rechte und Freiheiten der Sizilianer zu achten, wie sie von König Wilhelm II. verkündet worden waren.

Er rief die Männer Palermos zum Waffendienst auf und zog mit einem verstärkten Heer über Nicosia und Troina nach Messina. Einen Botschafter an König Karl hatte er vorausgesandt mit der Aufforderung, die Insel unverzüglich zu verlassen, um ein Blutvergießen zu vermeiden. Karl zögerte einige Tage mit der Antwort, die dann so zweideutig ausfiel, daß Peter seinen Feldzug in Richtung Messina fortsetzte. Durch Kundschafter erfuhr Karl von der überlegenen Heeresmacht, die sich unaufhaltsam näherte, und er begann, nach und nach seine Truppen nach Kalabrien zu verlegen.

In Messina war inzwischen bekanntgeworden, daß König Peter nur noch eine Tagesreise entfernt war, und so halfen sie dem Rückzug der Franzosen auf ihre Weise nach und zwangen die letzten Soldaten zur Flucht auf die Schiffe, wobei sie fast ihr gesamtes Gepäck – Waffen und Proviant – zurücklassen mußten.

Am 2. Oktober zog König Peter in Messina ein und wäre dabei von der begeisterten Menge fast erdrückt worden. Doch er wollte seinem Gegner keine Zeit geben, sich zu erholen. Mit einer vereinigten spanisch-sizilianischen Armee setzte er nach Kalabrien über, griff die französische Flotte an, die er in alle Winde zersprengte, wobei er zwanzig mit Waffen vollgesteckte Galeeren erbeutete. Nun galt es, König Karl auch vom Festland zu vertreiben, und das war die weitaus schwierigere Aufgabe. Wie immer beim Kampf um das Königreich Sizilien würden auch jetzt die Würfel in Apulien fallen, und König Peter befand sich dabei auf unsicherem Boden. So sehr er auf die Sizilianer zählen konnte, so wenig war auf die Apulier und Kalabrier Verlaß, denn hier hatte Karl alles getan, um sich beliebt zu machen.

Zudem besaß er eine Reihe von festen Verbündeten, zuallererst in seinem Neffen Philipp, dem König von Frankreich. Der schickte Geld und Truppen in beträchtlicher Menge, während ihn der Papst mit weiteren Bannsprüchen gegen König Peter und seine Verbündeten unterstützte. Er konnte es einfach nicht verwinden, daß dieser Aragonese seine, des Papstes, oberste Autorität in Frage gestellt und sich Sizilien einverleibt hatte.

Doch die beiden gegnerischen Könige hatten einen gemeinsamen Feind: die Zeit. Der Unterhalt derart großer Armeen kostete ungeheure Summen, die weder Peter noch Karl auf die Dauer zur Verfügung standen. Die höhere Besteuerung der Untertanen machte böses Blut und konnte nur über kurze Zeit angewandt werden.

Da traf Ende des Jahres 1282 ein seltsamer Vorschlag von König Karl in Reggio ein, wo Peter seine vorläufige Residenz aufgeschlagen hatte. Er lautete, den Besitz Sizilien nicht durch einen Krieg, sondern durch den Zweikampf der Könige zu entscheiden.

Peter von Aragon, der wichtige Entscheidungen niemals ohne gründliche Beratung traf, ließ das Schreiben seinen Freunden vorlesen.

Vor einigen Tagen war sein Kanzler Johannes von Procida aus Aragon eingetroffen, und ihn, den weisen, alten Arzt und Staatsmann, forderte er als ersten auf, seine Meinung zu äußern. Johannes von Procida, der das siebzigste Lebensjahr schon um einiges überschritten hatte, war einer der Urheber der Sizilianischen Vesper gewesen und verfolgte Karl von Anjou seit vielen Jahren mit kaltem, zielbewußtem Haß. Er ließ sich mit der Antwort Zeit. Dann begann er mit leidenschaftsloser Stimme zu reden, als lese er aus einem Schriftstück vor.

«Majestät, verehrte Herren, ich hatte bislang als einziger von euch den zweifelhaften Vorzug, Karl von Anjou persönlich kennenzulernen. Dieser König von Papstes Gnaden ist habgierig, kalt und verschlagen und macht einen solchen, uns ritterlich erscheinenden Vorschlag gewiß nicht ohne Grund. Er, der seine eigene Mutter für ein Stück Land verkaufen würde, denkt nicht im Traum daran, Euch, Majestät, in Waffen gegenüberzutreten. Erstens einmal, weil er damit rechnen muß, Euch, dem fünfzehn Jahre Jüngeren, zu unterliegen, und zum anderen, weil es nicht seine Art ist, den Besitz eines Reiches wie Sizilien vom Zufall eines Zweikampfes abhängig zu machen. Ich bin Arzt, meine Herren, und da blickt man nicht nur auf den Leib, sondern häufig auch in die Seele der Menschen. Und ich sage euch, es kann nur einen Grund geben, warum Karl diesen Vorschlag gemacht hat: die Zeit. Er braucht Zeit, um neue Verbündete zu gewinnen, Zeit, um Geld und Truppen zu sammeln. Auf Menschen, die Karl weniger gut kennen, mag es freilich einen günstigen Eindruck machen, wenn er sich zum Zweikampf stellt.»

König Peter blickte in die Runde.

«Aber ablehnen kann ich nicht; alle Welt würde mich einen Feigling schelten.»

Johannes von Procida strich nachdenklich seinen Gelehrten-
bart.

«Nein, das könnt Ihr nicht, Majestät. Aber stellt eine Bedin-
gung: Bis Ort und Zeitpunkt des Zweikampfes feststehen, wollt
Ihr den Krieg weiterführen. Damit hat Karl sein Hauptziel, den
Zeitgewinn, nicht erreicht.»

Peter nickte sein Einverständnis.

«Im übrigen sollte der Papst von Karls Vorschlag unterrichtet
werden.»

Das geschah, und Papst Martin zeigte sich entsetzt. Er mußte
den Anschein des Friedensfürsten wahren und verbot seinem
Schützling den Zweikampf; wollte außerdem jedes Land mit dem
Bann belegen, das sich als Austragungsort zur Verfügung stellte.

Unterdessen ging der Krieg weiter, in kleinen, aber für König
Peter durchaus erfolgreichen Schritten. Karl war nach Frankreich
gereist und hatte seinem Sohn, dem Herzog von Salerno, den
Oberbefehl in Italien übergeben. Durch Steuererleichterungen
versuchte sich der Kronprinz in Süditalien beliebt zu machen und
versprach dem Volk Freiheiten, die er nach dem gewonnenen
Krieg wieder zurückzunehmen dachte. Da er seinen Soldaten
streng verboten hatte, in Kalabrien zu rauben und zu plündern,
setzte bald eine Hungersnot ein, die ihm schwer zu schaffen
machte.

Peter von Aragon hielt die Umstände für günstig, nach Sizilien
zurückzukehren, wo im Frühjahr seine Gemahlin mit ihren jüngeren Söhnen Jakob und Friedrich eingetroffen war.

Auf einem Hoftag in Messina ließ Peter verkünden, daß sein
zweitgeborener Sohn Jakob ihm als König von Sizilien nachfolgen
würde, während Königin Konstanze inzwischen als Regentin eingesetzt sei. Johannes von Procida wurde – was er schon unter König Manfred gewesen war – zum Kanzler von Sizilien ernannt,
Roger von Lauria zum Großadmiral, Alaimo von Lentini zum
Obersten Richter.

Um dem Volk die Ernsthaftigkeit seines Versprechens zu demonstrieren, veranstaltete er mit seinem Sohn Jakob, dem künftigen König, einen Umzug durch die Insel, und das allein genügte,
um die Menschen neue Hoffnung schöpfen zu lassen. Hier ritt der

Enkel des unvergessenen Manfred in Fleisch und Blut durch Sizilien, und alle Herzen flogen ihm zu.

König Peter reiste in sein spanisches Königreich zurück, blieb zwei Wochen in Valencia und brach dann nach Bordeaux auf, wo der Zweikampf stattfinden sollte. Der Fall war nicht vergessen, die Komödie mußte, trotz Einspruch des Papstes, ritterlich zu Ende gespielt werden.

Der Zweikampf war auf den 1. Juni festgesetzt worden, doch — ob versehentlich oder absichtlich mag dahingestellt bleiben — niemand hatte die Tagesstunde bestimmt. König Peter erschien als erster auf dem Turnierplatz und mußte feststellen, daß er allein war. Er ließ durch Herolde seine Anwesenheit verkünden, wartete eine Stunde und zog wieder ab, nicht ohne vorher bekanntzugeben, der Sieg gebühre ihm, da sein Gegner nicht erschienen sei. Gegen Mittag trat König Karl mit fürstlichem Gepränge auf und sagte mit anderen Worten dasselbe: Er sei dagewesen und sein Gegner nicht, und so erklärte er sich zum Sieger.

So verließen zwei Unbesiegte stolz den Turnierplatz, und jeder nannte später den anderen einen Feigling.

Unbestrittene Tatsache aber blieb, daß Peter von Aragon mit Willen und Einverständnis von Adel, Städten und Volk der neue Herrscher von Sizilien war. Papst Martin, krank vor Zorn und empört über das Versagen Karls von Anjou, verkündete am 13. Januar 1283, daß der Krieg gegen Peter von Aragon ein heiliger Krieg und ebenso verdienstvoll wie ein Kreuzzug sei. Doch das war bereits bis zum Überdruß bekannt und lockte keinen einzigen Soldaten mehr zu den Waffen. Da ging der Papst einen Schritt weiter. Er setzte Peter von Aragon als König ab und erklärte ihn aller Besitzungen verlustig und jeden Umgang mit ihm, dem halsstarrigen Ketzer, als verwerflich.

König Eduard von England, der seine Tochter mit Peters ältestem Sohn verlobt hatte, wurde angewiesen, den Bund aufzulösen, doch der kümmerte sich so wenig um das Zetern des empörten Papstes wie die Republik Venedig, die sich geweigert hatte, Karl von Anjou zu unterstützen.

Nachdem ein Kaiser Friedrich den Reichsthron innegehabt

hatte, war der von den Päpsten zu häufig geschleuderte Bannstrahl stumpf geworden, und es gab kaum noch einen Fürsten, der sich viel darum scherte. Die niedere Geistlichkeit hielt zum Landesherrn und las weiter Messen, traute junge Paare und segnete die Toten aus – Handlungen, die in einem gebannten Land streng untersagt gewesen waren.

Der Krieg in Süditalien schleppte sich dahin. Karl von Salerno, der Erbprinz Karls von Anjou, wußte vor Geldnot nicht, wie er seine Truppen weiter unterhalten sollte. Auf seine verzweifelten Hilferufe liehen ihm die Könige von Frankreich und England Geld, auch die Banken in Lucca und Florenz ließen sich zögernd einiges herauslocken. Jedenfalls genügte es, um eine Flotte auszurüsten.

Als erstes sollte die Insel Malta von den Spaniern ‹befreit› werden, denn sie war ein wichtiger Flottenstützpunkt. Doch der tüchtige sizilische Admiral Roger von Lauria lockte die Schiffe in eine Falle und vernichtete sie fast vollständig. Darauf segelte er im Triumph nach Neapel, wo er in einem Handstreich die Inseln Capri und Ischia den Franzosen wegnahm.

Dieser Sieg brachte für Sizilien neuen Aufwind, denn Königin Konstanze hatte dort einen schweren Stand. Die Sizilianer hatten die Aragonesen voll Hoffnung als Befreier vom Joch des Karls von Anjou begrüßt und mußten nun erleben, daß die Spanier sie des endlosen Krieges wegen nicht weniger hoch besteuerten. Als sich Konstanze in ihrer Verzweiflung an den Kaiser von Byzanz wenden wollte, aber zuvor bei ihrem Gemahl anfragte, erhielt sie von ihm ein empörtes Schreiben, das ihr diese Anfrage untersagte.

Im übrigen plagten auch Peter schwere Sorgen. Der Papst hatte kurzerhand das Königreich Aragon an Karl von Valois, den Bruder des französischen Königs, zu Lehen gegeben. So wagte es Peter nicht, sein Land zu verlassen, denn er mußte damit rechnen, daß man es ihm hinter seinem Rücken wegstahl.

Karl von Anjou, der bisher seinem Sohn die Kriegsführung in Süditalien überlassen hatte, wurde nun plötzlich aktiv. Er zog Truppen aus allen Teilen seines Landes zusammen und sandte sie nach Kalabrien, denn nun wollte er sie mit aller Macht zurückgewinnen, die goldene Frucht Sizilien. Doch das südliche Mittelmeer beherrschte der tapfere und listenreiche sizilische Admiral Roger, der inzwischen Capri und Ischia als Hauptstützpunkte für seine Schläge gegen die Franzosen ausgebaut hatte. Das bedeutete für Neapel eine Seesperre, denn jedes Schiff, das dort den Hafen verließ, wurde von Roger gekapert oder versenkt. Er machte dabei reiche Beute, und ihm hatte es Peter von Aragon letztlich zu verdanken, daß er von Zeit zu Zeit seine Truppen bezahlen konnte.

Als man Karl von Anjou wieder einmal den Verlust von zweien seiner besten Schiffe meldete, lief das mürrische, wachsgelbe Gesicht des Königs rot an.

«Da wir Roger nicht besiegen können, müssen wir ihn eben kaufen!» rief er zornentbrannt. Das Bestechungsangebot wurde dem Admiral in aller Eile überbracht. Aber Roger von Lauria war ein Pirat alten Schlages, der Tod und Teufel nicht fürchtete.

«Antwortet dem alten Geizkragen, daß ich es weiterhin vorziehe, im Dienst Siziliens seine Schiffe auszurauben. Wenn ihm das nicht paßt, soll er nach Frankreich zurückgehen, hier hat er sowieso ausgespielt.»

Karl von Salerno, von seinem Vater in Neapel allein gelassen, raffte sich zu einem Entschluß auf, was ihm nicht leichtfiel, denn er fürchtete den König. Als ihm gemeldet wurde, daß Rogers Flotte gerade im Süden sei, wollte er die Gelegenheit nützen. Er bewaffnete einige eben fertiggestellte Galeeren und verließ den Hafen von Neapel. Doch der schlaue Roger besaß in der Stadt geschickte Kundschafter, die das Gerücht von seiner Abwesenheit ausstreuten. So fuhr Karl von Salerno mit seinen Schiffen dem Admiral Roger geradewegs in die Arme. Der Kampf war kurz, zwei Galeeren wurden versenkt, die anderen gekapert und ihre Besatzung festgenommen – unter ihnen der Fürst von Salerno, Karl von Anjous Sohn und Thronerbe.

Kaum war diese Nachricht in Neapel bekanntgeworden, wiederholte sich dort die Sizilianische Vesper. Wer von den Franzosen nicht rechtzeitig in der Festung Zuflucht fand, wurde umgebracht.

Roger von Lauria nutzte die Gunst der Stunde. Er wußte, daß Königin Konstanzes Halbschwester Beatrice seit Manfreds Untergang in Neapel eingekerkert war – auch sie ein unschuldiges Opfer des grausamen Karl von Anjou. So stellte Roger die Frau seines Gefangenen vor die Wahl, Beatrice sofort freizulassen oder den Tod ihres Mannes in Kauf zu nehmen. Natürlich folgte die Fürstin von Salerno dieser Aufforderung, und die seit achtzehn Jahren gefangene Beatrice wurde auf Rogers Schiff gebracht.

Dann fuhr der Admiral mit seiner Flotte nach Messina, denn nur in Sizilien wußte er seinen kostbaren Gefangenen in Sicherheit.

Wenige Tage später traf König Karl in Neapel ein, wo mit Hilfe des Adels der Aufstand schon niedergeschlagen war. Als er vom Unglück seines Sohnes erfuhr, sagte er voll Verachtung:

«Wer einen Narren verliert, hat gar nichts verloren.»

Seine Umgebung schwieg entsetzt, denn immerhin war der Fürst von Salerno der einzige Sohn ihres Herrn und Königs. Ein entfernt stehender Höfling flüsterte einem anderen zu:

«Allmählich empfinde ich es als Strafe, diesem Menschen dienen zu müssen. Ihn muß Gott zu unserer Buße auf Erden gesandt haben.»

Um seinen Zorn zu beschwichtigen, ließ Karl von Anjou einhundertfünfzig Rädelsführer des Aufstandes in den Straßen Neapels ‹zur Warnung› aufhängen. Das machte ihn nicht beliebter und brachte ihn seinem Ziel um keine Spanne näher. Stolz und selbstbewußt schrieb er an den Papst, den Verlust dieses Sohnes könne er leicht verschmerzen, denn er habe zahlreiche Enkel, die bereit seien, sein Werk weiterzuführen. Damit hatte Karl nicht übertrieben, denn unter den dreizehn Kindern, die sein Sohn gezeugt hatte, waren acht Knaben.

Er fügte seiner aus der Provence mitgeführten Flotte noch zwei Dutzend weitere Schiffe hinzu, die er in den Docks von Neapel bauen ließ. Das war ohne Zweifel eine schöne Flotte, aber mit seiner Truppe sah es weniger gut aus. Ein Teil dieser Männer war zum Kriegsdienst gepreßt worden und sann bei jeder Gelegenheit auf Flucht.

König Karl war gezwungen, sich weiterhin Geld zu leihen, um wenigstens seine kampferprobten Söldner halten zu können, auf die nur Verlaß war, solange das Gold in der Kriegskasse klingelte.

Am 24. Juni 1284 brach Karl von Anjou mit etwa fünftausend Berittenen und zwanzigtausend Mann Fußvolk nach Süden auf.

Seine Flotte folgte ihm entlang der Küste, und diese gewaltige Streitmacht warf einen dunklen Schatten über Siziliens Zukunft. Was konnte die ausgeblutete Insel dem entgegensetzen, wie sollte Peter von Aragon sich einer solchen Übermacht erwehren?

Johannes von Procida, Siziliens greiser Kanzler, sah sich um seine Rache betrogen. Wie sehr hatte er sich abgemüht, um das Land gegen die Franzosen aufzubringen, wieviel hatte er an Lebenszeit und Familienglück geopfert, um noch den Tag zu erleben, da der finstere Karl, der Staufermörder, als Besiegter in die Hölle fahren würde! Der Königin gegenüber zeigte er sich jedoch zuversichtlich.

«Wir haben den größten Triumph in unserer Hand: Karl von Salerno. Wenn sein Vater auch nur ein einziges Schiff über die Meerenge schickt, werde ich – Euer und Eures Gatten Einverständnis vorausgesetzt – den Fürsten von Salerno am Hafen aufknüpfen lassen. Auf diese Weise kann er dann seinen erlauchten Vater begrüßen.»

«Ihr seid voll Haß, Kanzler Johannes. Und Haß führt, wie Ihr wißt, zu immer neuen Kriegen, zu neuem Leid.»

Johannes zuckte die Achseln.

«Wir sind in höchster Gefahr, Majestät, und der gefangene Thronerbe ist unsere einzige Hoffnung.»

«Und Roger von Lauria? Er hat uns so oft geholfen.»

«Der Admiral ist tüchtig, ohne Zweifel. Aber gegen eine solche Übermacht müßte ihm der Erzengel Michael mit seinen himmlischen Scharen zur Hilfe kommen.»

Konstanze lächelte.

«Vielleicht tut er es? Ich werde darum beten.»

4

König Karl ließ sich Zeit. Der Sieg sollte erarbeitet, nicht erzwungen werden. Langsam bewegte sich der riesige Heerwurm nach Süden, und wo der Feind schon Fuß gefaßt hatte, wurde er vertrieben. Doch vor den Toren Reggios mußte Karl anhalten, denn die Stadt dachte nicht daran, sich dem schrecklichen Anjou zu ergeben. Karl schlug sein Quartier im benachbarten Catona auf und machte den ersten Versuch, in Sizilien zu landen.

Der Versuch mißlang, und Karl überlegte, ob es nicht besser sei, zuerst einmal den gefürchteten Roger mit der sizilischen Flotte zu schlagen. Dann müßte ihm Sizilien wie eine reife Frucht in den Schoß fallen. Doch der geschickte Roger nützte einen Seesturm und entwich auf das offene Meer, wo er kleine Kampftrupps an Land setzte, die Karls großer Armee zunehmend zu schaffen machten. Da auch Reggio weiterhin standhielt, trat der übervorsichtige Anjou einen taktischen Rückzug an. Er wollte nicht das geringste riskieren, denn er wußte, eine solche Heeresmacht würde er niemals wieder aufstellen können. Im übrigen war ihm auch die Nachricht zugespielt worden, daß sein Sohn in höchster Gefahr sei, sobald er die Insel angreifen würde. Ein weiterer Grund für den Rückzug war die Massenflucht der Zwangssoldaten, die sein Heer von Tag zu Tag minderte – ungeachtet der angedrohten Strafen.

Eines Abends rief Karl von Anjou seine Vertrauten und Ratgeber ins königliche Zelt.

«Meine Herren, ich habe mich entschlossen, diesen Feldzug bis zum nächsten Frühjahr aufzuschieben. Mein erlauchter Vetter Philipp wird dann zur gleichen Zeit gegen Aragon ziehen, um den ihm vom Papst verliehenen Thron einzunehmen. Auf diese Weise treffen wir den Feind an seinen beiden wichtigsten Punkten – in Spanien und Sizilien. Der von Gott und dem Papst verdammte Peter kann dann als Bettler durch Europa ziehen.»

Einige der Höflinge lachten, doch es klang falsch. Die meisten hatten den Glauben an Karls Feldherrnglück verloren. Seit er König Konradin, den letzten legitimen Staufer hatte hinrichten lassen, waltete ein Unstern über Karls Haupt, und daran änderte auch der Segen des Papstes nichts.

Ehe Karl seine Ratgeber entließ, gab er bekannt, daß er den Winter über seine Residenz in Foggia aufschlagen würde. Im übrigen klangen die Nachrichten aus Sizilien für Karl sehr ermutigend. Dort hatte es Streit und Verrat gegeben, und nur mit äußerster

Mühe gelang es Königin Konstanze und ihrem treuen Kanzler Johannes, die Ruhe wiederherzustellen. Der einstige Mitverschwörer Alaimo von Lentini wurde des Verrats überführt, mußte sich in Spanien vor König Peter verantworten und büßte seine Schuld mit lebenslanger Haft.

Doch auf Roger von Lauria war weiterhin Verlaß. Er nutzte Karls Rückzug zu einem Überfall auf die Insel Dscherba, wobei ihm eine gewaltige Beute in die Hände fiel. So kam Konstanze wieder zu Geld, das sie dringend für den im Frühjahr zu erwartenden Feldzug benötigte.

Inzwischen waren Stimmen laut geworden, Karl von Salerno hinzurichten, da sein Vater ganz offensichtlich einen neuen Angriffskrieg vorbereitete. Das sei nur eine gerechte Vergeltung für die Hinrichtung Konradins und werde Karls Stellung schwächen, da seine Enkel noch unmündig seien. Doch die gutherzige Königin lehnte eine solche Forderung ab. Lebend sei Karl von Salerno ein wertvolles Pfand, und sie dächte nicht daran, es aus der Hand zu geben. Sie ließ Karl in das Schloß von Cefalù bringen und durch zuverlässige Leute bewachen.

König Karls Imperium war nicht nur durch den Verlust Sizilien beträchtlich zusammengeschmolzen. Wenn er von Foggia nach Osten blickte, so mußte er sich sagen, daß sein Besitz jenseits des adriatischen Meeres bis auf wenige Reste dahin war. Das Fürstentum Achaia zahlte gerade noch seine Tribute, ohne ihn mit Truppen oder Geld zu unterstützen. Ähnlich stand es mit Korfu, doch vom Königreich Albanien war ihm lediglich die feste Stadt Durazzo geblieben, und auch sie war nur mit großem Besatzungsaufwand zu halten. Das ihm nominell übertragene Königreich Jerusalem beschränkte sich auf die von Kreuzrittern gehaltene Stadt Akko und kostete nur Geld.

So hatte er keine Wahl: nur die Rückeroberung Siziliens konnte sein zerbröckeltes Reich und seinen angeschlagenen Ruf wieder festigen. Noch etwas anderes machte ihm Sorgen: er fühlte sich in letzter Zeit müde und abgeschlagen, erledigte nur langsam und zögernd die anfallenden Arbeiten, war zerstreut und vergeßlich. Er kannte sich selber nicht mehr. Was blieb ihm denn noch, wenn ihm die Arbeit keinen Spaß mehr machte? Sie war seine einzige

Freude, die einzige Leidenschaft, der er frönte. Er hatte keine Mätressen, hielt Musik und Dichtung für überflüssige Laster, ging nur ganz selten auf die Jagd und auch nur deshalb, weil man es von einem Fürsten erwartete. Seine einzige Schwäche war die Habgier, doch in seiner trockenen, frömmlerischen Art redete er sich ein, er als christlicher Fürst raffe nur zur höheren Ehre Gottes.

Wirkliche Freunde besaß er nicht, ausgenommen vielleicht seinen Kämmerer Johannes von Montfort, der ihm in allem nach dem Mund redete und dem keine Kritik über die Lippen kam.

Am Tag der Heiligen Drei Könige fühlte Karl, wie ihn plötzlich seine Lebenskraft verließ. Flüchtig zog es ihm durch den Kopf, daß ihn der Arzt Johannes von Procida vielleicht retten könnte, aber der stand unverbrüchlich auf der Seite seiner Gegner. Für kurze Zeit belebte ihn der Haß auf die Stauferbrut, die er – Gott sei's geklagt – nicht so gründlich ausgerottet hatte, wie es nötig gewesen wäre. Nun saß Peters Frau Konstanze auf dem ihm vom Heiligen Vater verliehenen Thron in Sizilien, und Beatrice, die andere Stauferin, war auch freigepreßt worden. Sollte dieses Schlangengezücht wieder fröhliche Urständ feiern? Er jedenfalls hatte getan, was er konnte, um die christliche Welt von diesem Ketzergeschlecht zu befreien.

Erschöpft fiel der Kranke in einen kurzen, unruhigen Schlaf, den schreckliche Traumbilder belebten. Der Tag seines Triumphes damals in Neapel wandelte sich nun zum Alptraum. Immer wieder sah er das junge, blonde Haupt von Konradin unter dem Streich des Henkers fallen, doch jedesmal erhob sich der junge Staufer vom Richtblock, setzte sich seinen Kopf wieder auf und ließ sich vom Volk bejubeln.

Das Entsetzen stand noch auf Karls Gesicht, als er schweißgebadet aufwachte. Johannes von Montfort wachte mit zwei Ärzten an seinem Bett und beugte sich nun besorgt über seinen Herrn und Freund.

«Habt Ihr einen Wunsch, mein König?»

Karls schweißfeuchte Hand klammerte sich an den Arm seines Kämmerers.

«Konradin ist doch tot, Johannes? Oder ist er wieder auferstanden?»

«Natürlich ist er tot, vermutlich habt Ihr nur schlecht geträumt.»

«Ich sah ihn lebendig, so lebendig… Und Sizilien, Johannes, was ist mit Sizilien? Wir werden es doch wiedergewinnen im Frühjahr? Gott kann doch nicht zulassen, daß es in den Händen dieser Ketzer bleibt? Meine schöne goldene Frucht… Ich habe nie Zeit gefunden, mich dort umzusehen, aber im Frühjahr, nach dem Sieg, werde ich es tun. Und du wirst mich begleiten, Johannes, und ich werde mich in Palermo auf meinen Thron setzen, der nach göttlichem Recht mir gebührt, mir allein…»

Der Sterbende schloß die Augen und träumte seinen Lieblingstraum von einem Königreich, das an Glanz und Herrlichkeit das seines gehaßten und insgeheim doch verehrten Vorbildes Friedrich des Staufers noch übertraf. Nun, die Krone Siziliens trug er ja schon fast zwei Jahrzehnte, ebenso die von Jerusalem, die dieser ketzerische und ungläubige Staufer sich auch angemaßt hatte. Um es ihm gleichzutun, war noch die Kaiserkrone zu gewinnen. Die des Westens war fest in den Händen der Habsburger, also mußte er nach der oströmischen greifen, wobei ihn Seine Heiligkeit wohlwollend unterstützte, galt es doch, die schismatischen Byzantiner in den Schoß der römischen Kirche zurückzuführen.

Die bohrenden Schmerzen in seinem aufgetriebenen Leib weckten Karl aus seinen Wunschträumen. Und mit dem Schmerz, der seinen Körper zerriß, kam ihm die Erkenntnis, daß alles verspielt war: Sizilien, die Kaiserkrone – alles. Er biß sich die Lippen blutig, um nicht aufzuschreien vor Schmerz, vor Gram, vor Enttäuschung.

Am Abend ließ Karl den Notar kommen und diktierte sein Testament. Für den Fall, daß sein Sohn aus der sizilischen Gefangenschaft nicht mehr zurückkäme, setzte er seinen Enkel Karl Martell als Erben ein. Selbst auf dem Sterbelager kostete es ihn große Überwindung, für seinen Hofstaat zehntausend Unzen Goldes als Geschenk auszusetzen. Doch er knüpfte eine Bedingung daran, denn seine Krämerseele duldete es nicht, daß er etwas umsonst verschenkte. Die Empfänger des Legats mußten seinem Erben ewige Treue schwören. Nach einer unruhigen Nacht raffte er sich bei Morgengrauen noch zu einem Gebet auf.

«Herr Gott, so wahrhaftig ich glaube, daß du mein Erlöser bist, bitte ich dich um Gnade für meine Seele. Du weißt, daß ich das Königreich Sizilien zum Wohl deiner heiligen Kirche nahm und nicht zu meinem eigenen Vorteil. So sollst du mir denn meine Sünden verzeihen.»

Nach diesem letzten Feilschen mit Gott fiel König Karl in tiefe Bewußtlosigkeit, aus der er nicht mehr erwachte. Nur wenige bedauerten sein Hinscheiden, und selbst durch seinen Hofstaat ging ein verstohlenes Aufatmen, als ihr Herr am 7. Januar die Augen schloß.

Woanders aber brach unverhohlener Jubel aus. Als in Sizilien die Nachricht vom Tode des Erzfeindes eintraf, feierte die ganze Insel diese gute, diese befreiende Botschaft. König Peter von Aragon konnte nun seine Streitkräfte allein zur Verteidigung seines Erblandes einsetzen, und das war auch bitter nötig, denn Philipp von Frankreich wollte nun endlich das ihm vom Papst verliehene Aragon in Besitz nehmen und zog mit einem gewaltigen Heer über die Pyrenäen. Doch auch er hatte kein Glück. Der geniale Admiral Roger von Lauria vernichtete die französische Flotte an der katalanischen Küste, im Heer Philipps wütete eine Seuche, an der er selber erkrankte. Er befahl den Rückzug, und es wurde eine kopflose Flucht daraus. So wurde der vom Papst feierlich angekündigte Kreuzzug gegen den ‹Ketzer› zum Fiasko, dessen Ende Martin IV. nicht mehr erlebte.

5

König Peter von Aragon konnte sich seines Sieges nicht lange erfreuen, denn er folgte seinem Erzfeind Karl ein halbes Jahr später ins Grab. Für Sizilien hatte das keine schlimmen Folgen, da sein Sohn Jakob den sizilischen Thron bestieg, während in Aragon der Thronfolger Alfons III. gekrönt wurde. Nun besaßen die beiden Reiche eigene Herrscher, Brüder, die sogleich ein Schutz- und Trutzbündnis untereinander abschlossen.

Leider hatte man – gegen Johannes von Procidas Rat – den gefangenen Karl von Salerno auf Druck des Papstes freigelassen, der seinen Schützling nun prompt mit Sizilien belehnte. Doch dieser zweite Karl besaß weder die Härte noch die Konsequenz und Rücksichtslosigkeit seines Vaters. Die goldene Frucht Sizilien hing für ihn zu hoch, und er mußte sich mit dem Besitz Neapels zufriedengeben.

Doch Sizilien, der ewig umstrittenen Insel, standen neue Zwiste bevor, da König Alfons von Aragon im März 1291 plötzlich starb, ohne Erben zu hinterlassen. So fiel sein Reich an Jakob von Sizilien, der sogleich erklärte, er müsse, so sehr er es bedaure, nach Spanien gehen, um dort den Thron zu übernehmen. Er setzte seinen jüngeren Bruder Friedrich als Statthalter ein, und die Sizilianer waren es zufrieden. Friedrich gewann trotz seiner Jugend sofort die Herzen des Volkes. Er wurde im Januar 1296 von Adel und Volk einmütig zum König ausgerufen, nachdem sein Bruder Jakob die Insel an den Papst abgetreten hatte. Das war der Anlaß zu einem langen, erbitterten Krieg, denn der Papst hatte Sizilien Karl II. zugedacht, der eine seiner Töchter Jakob von Aragon zur Frau gegeben hatte und ihn so auf seine Seite zog. So führte Jakob, zusammen mit Karl II. von Neapel, sechs Jahre lang Krieg gegen den eigenen Bruder. Doch Friedrich, das Volk und der Adel von Sizilien standen in seltener Einmütigkeit zusammen, und sie trugen schließlich den Sieg davon. Der Vertrag von Caltabellotta besiegelte den Frieden um den Preis, daß König Friedrich eine andere Tochter Karls II. heiraten sollte und alle Besitzungen auf dem Festland an Neapel fielen.

Friedrich wurden im Frühjahr 1303 mit Eleonore in Messina getraut, und er lebte noch lange genug, um auf Sizilien Ordnung zu schaffen. Mit seinem Bruder Jakob schloß er Frieden, und mit seinem Schwiegervater Karl II. versöhnte er sich. Der Frieden hielt bis zu Karls Tod im Jahre 1309, denn in seinem Sohn und Nachfolger Robert keimte wieder der alte Haß auf.

Friedrich wandte sich um Hilfe an den deutschen König Heinrich VII., der über Robert die Reichsacht verhängte, selber aber – wie nicht wenige seiner Vorgänger – dem italienischen Sommer zum Opfer fiel und im August in der Nähe von Siena starb. Friedrich, der ihm entgegengezogen war, setzte nun ohne deutsche

Hilfe den Kampf fort, der mit Unterbrechungen bis zu seinem Tod im Juni 1337 andauerte. Unter seinem Sohn und Nachfolger, dem unfähigen Peter II., brach das Chaos aus. Die großen sizilischen Geschlechter Chiaramonte und Ventimiglia bekriegten sich erbittert, zur Freude Roberts von Neapel, der mehrere Städte auf der Insel besetzen konnte. Der Papst tat noch ein übriges, als er allen Christen den Handel mit Sizilien untersagte. Noch schlimmer wurde es, als Peter starb und den fünfjährigen Kronprinzen Ludwig hinterließ, für den ein Onkel die Regentschaft übernahm. Der starb 1348 an der Pest, die damals ganz Europa überrollte und jeden dritten dahinraffte. Schnell wechselten nun die Vormünder und Regenten des kleinen Ludwig; manchmal gab es mehrere gleichzeitig, die sich bekämpften und gegeneinander Gesetze erließen. Es gab keine Autorität mehr auf Sizilien, Handel und Wandel stockten, bis das hilf- und ratlose Parlament sich an Johanna von Neapel wandte, König Roberts Nachfolgerin.

Die tatkräftige Königin sandte eine Flotte, besetzte Palermo und Syrakus und hielt im Winter 1356 selber Einzug in Messina. Der Knabenkönig war inzwischen gestorben; sein dreizehnjähriger Bruder Friedrich trug jetzt die wertlos gewordene Krone. Sizilien war dabei, wieder an die Anjou zu fallen, denn Johannas Soldaten hatten schon die ganze Ostküste besetzt.

Nach unendlichen Wirren vermittelte Papst Gregor XI. den Frieden zwischen Sizilien und Neapel im August 1372. Fünf Jahre später starb König Friedrich und vermachte Sizilien seiner vierzehnjährigen Tochter Maria, die 1390 in Barcelona den Prinzen Martin von Aragon heiratete. Damit war die Insel wieder und diesmal für sehr lange Zeit an die Spanier gekommen. Nach zwei Generationen starb Martins Linie aus, und die Insel wurde fortan – bis zum Jahre 1713 – von spanischen Vizekönigen regiert.

Und mit den Spaniern kam die Inquisition.

Antonello da Messina

Seit Meister Antonello degli Antoni wieder nach Messina, seiner Geburtsstadt, zurückgekehrt war, verging kein Tag, da nicht irgend jemand etwas von ihm wollte. Da kamen Verwandte, an die er sich nicht oder kaum noch erinnern konnte, und meist waren es Verarmte, die um eine kleine Unterstützung baten, da erschienen nacheinander die Ratsherren und Patrizier der Stadt, da meldeten sich Schüler mit Arbeitsproben, die in seiner Werkstatt erlernen wollten, was Meister Antonello da Messina – so nannte ihn alle Welt – als einer der ersten in Italien zur Vollendung geführt hatte: die Malerei mit in Öl gebundenen Farben.

Im September des Jahres 1476 war er in seine Heimatstadt zurückgekehrt, um wieder in seiner geräumigen Werkstatt unweit des Domes die Arbeit aufzunehmen. Inzwischen hatten sich schon so viele Aufträge angesammelt, daß er die weniger wichtigen ablehnen mußte oder die Kunden an einige seiner früheren Schüler verwies, die in Messina oder Palermo lebten.

Meister Antonello hatte sein vierzigstes Lebensjahr noch nicht vollendet, doch er wirkte älter. Sein kluges ernstes Gesicht mit den großen dunklen, den Dingen auf den Grund sehenden Augen, seine gemessenen Bewegungen, seine ruhige leise Sprache ließen ihn älter erscheinen, als er es tatsächlich war.

In der Werkstatt standen ihm sein Sohn Jacobello und seine Neffen Antonio und Pietro zur Seite, daneben versuchten zwei Schüler, die der Meister aus der Flut der Bewerber ausgewählt hatte, in die Geheimnisse der Ölmalerei einzudringen.

Antonello nützte gerade das milde Licht des späten Nachmittags, um eine von seinem Sohn gemalte Madonna zu überarbeiten. So konnte man dem Auftraggeber sagen, hier habe der Meister

selber mit Hand angelegt – und das kostete natürlich etliche Goldstücke mehr. Im übrigen war er nicht unbegabt, der flinke und
geschickte Jacobello, und er hielt sich brav an den vom Vater erar-
beiteten Stil und an dessen erprobte Technik.

Antonello besaß eine kleine Werkstatt für sich, gleich neben der
großen, wo der Sohn und die anderen arbeiteten. Hier malte er
eigenhändig die hochbegehrten Werke für reiche Klöster, adelige
Auftraggeber oder für seine wohlhabende Heimatstadt, deren Rat
es sich etwas kosten ließ, vom weithin bekannten und hoch-
geschätzten Antonello da Messina nach und nach Werke zu erwerben.

Der Meister war gerade dabei, die Wangen der Madonna mit
einem hauchfeinen zarten Karminrot zu lasieren, als er ein behutsa-
mes Klopfen hörte. Jacobello war das nicht – der klopfte nur kurz
und stürzte gleich herein, während Antonio und Pietro die Meister-
werkstatt nur betraten, wenn sie dazu aufgefordert wurden.

«Herein mit dir!» rief Antonello gutgelaunt, und da stand einer
der Schüler, verbeugte sich etwas ungelenk und sagte mit vor Ehrfurcht bebender Stimme:

«Magister Riccardo möchte Euch sprechen…»

Antonello wußte im Augenblick nicht, wer dies war, doch er
wollte ohnehin eine Pause machen, und so sagte er:

«Führt ihn herein, den Magister Riccardo.»

Ein gutgekleideter älterer Mann erschien, verneigte sich etwas
steif und sagte:

«Ich bin Magister Riccardo, Ratsschreiber und Stadtchronist.»

Jetzt fiel es Antonello wieder ein. Riccardo war ein steinreicher
Sonderling, der eine der größten Bibliotheken in Messina besaß und
seit vielen Jahren an einer umfassenden Stadtgeschichte arbeitete.
Bei feierlichen Ratssitzungen übte er den Beruf eines Schreibers aus.
Er tat es freiwillig und ohne Entlohnung, um, wie er sagte, stets ein
Auge auf der Entwicklung Messinas zu haben und damit seinem
Lebensziel, der großen Stadtchronik, zu dienen. Antonello kannte
ihn flüchtig von früher und fragte zuvorkommend:

«Was kann ich für Euch tun, Magister? Wollt Ihr der Stadt Euer
Konterfei schenken, damit die Ratsherren ihren großen Chronisten
nicht vergessen? Oder soll es…»

Riccardo hob eine Hand, um Antonello zu unterbrechen.

«Nichts dergleichen, verehrter Meister. Zwar will ich etwas von Euch, aber nicht nach einem Werk von Eurer Hand steht mir der Sinn, sondern nach der Geschichte Eures Lebens. Niemals hat Sizilien einen so glänzenden Maler hervorgebracht, und da Gottes Vorsehung Euch in Messina zur Welt kommen ließ, ist es meine, des Chronisten, Pflicht und Schuldigkeit, Euch in meiner Stadtgeschichte einen angemessenen Platz einzuräumen.»

Als er sah, daß Antonello ungeduldig die Stirn runzelte, meinte er beschwichtigend:

«Ich weiß, ich weiß, daß Euch dazu die Zeit fehlt, aber wir beide, verehrter Antonello, sind der Nachwelt etwas schuldig. Ihr habt das meiste dazu schon getan, Euer Werk wird die künftigen Generationen anregen und erfreuen, doch man wird sich fragen: Wer war nun eigentlich dieser Antonello da Messina? Wie hieß sein Vater, wo erlernte er seine Kunst, wohin haben ihn seine Reisen geführt? An mir ist es nun, die Geschichte Eures Lebens und Wirkens der Nachwelt zu überliefern, und dazu brauche ich Eure Hilfe.»

Antonello hob bedauernd die Hände.

«Ihr sagtet es ja selber: mir fehlt dazu die Zeit. Kommt wieder, wenn ich alt geworden bin und mich von der Arbeit zurückgezogen habe.»

Da mußte Riccardo schmunzeln.

«So lange kann ich nicht warten. Wenn Ihr alt geworden seid, bin ich tot. Nein, Verehrter, wir werden schon einen Weg finden. Würde es Euch stören, wenn ich mir Notizen mache, während Ihr arbeitet?»

Plötzlich empfand Antonello Sympathie für die Beharrlichkeit, mit der Riccardo seine Absicht verfolgte, und da er – wie jeder Künstler – nicht ohne Eitelkeit war, hielt er es nur für richtig und angemessen, wenn er seinen gebührenden Platz in der Stadtchronik fand. So zuckte er in gespielter Gleichgültigkeit die Schultern.

«Freilich, das würde schon gehen. Ich bin es von früher gewohnt, bei der Arbeit Gespräche zu führen. Würde Euch eine Stunde täglich genügen?»

Riccardo sprang auf.

«Aber natürlich, Meister, ich muß Euch recht herzlich danken. Ich hatte schon mit Schwierigkeiten gerechnet…»

Antonello hob warnend die Hand.

«Die wird es auch geben! Erwartet von mir nicht, daß ich mein Leben nun in seiner zeitlichen Abfolge vor Euch hinbreite. Ich kann Euch nur mit Erinnerungsfetzen dienen, so wie sie mir gerade in den Sinn kommen. Wenn Euch das genügt…?»

«Ich werde schon eine Ordnung hineinbringen, Meister Antonello, darum müßt Ihr Euch nicht sorgen. Wann fangen wir an?»

«Kommt morgen, eine Stunde nach Sonnenaufgang. Da sind wir beide frisch und ausgeruht, aber es soll zunächst nur eine Probe sein. Wir müssen beide das Recht haben, den Versuch abzubrechen. Seid Ihr einverstanden?»

Riccardo strich erregt über seinen kurzen gepflegten Bart.

«Aber gewiß doch. Ich bin überzeugt, wir werden zurechtkommen.»

2

Ich komme aus einer Handwerkerfamilie. Mein Großvater war Steinmetz, mein Vater auch, doch er konnte dazu recht geschickt mit dem Schnitzmesser umgehen und war durchaus imstande, eine einfache Heiligen- oder Madonnenfigur herzustellen. Seine Kunst war allerdings zu bescheiden, als daß er mit ihr reiche Auftraggeber angelockt hätte – zu ihm kamen Dorfpfarrer oder bestenfalls die Priore unbedeutender Klöster, und was sie bezahlten, war nur ein kleines Zubrot zu meines Vaters Verdienst als Steinmetz. Diese Arbeit verlangte zwar Kraft und ein genaues Auge, doch keine Kunstfertigkeit. Er meißelte Tür- und Fensterstöcke, besserte die Mauern an Kirchen und Häusern aus und war sich nicht zu gut dafür, auch Mahlsteine für Olivenpressen und Getreidemühlen anzufertigen. Ja, ja, ich sehe schon Euer ungeduldiges Gesicht, Magister Riccardo, Ihr wollt hören, wie ich bei einem solchen Vater zur Malerei kam. Natürlich erwartete Giovanni degli Antoni – so hieß mein Vater –, daß sein erstgeborener Sohn in seine Fußstapfen treten würde, und natürlich wußte auch ich, daß es gar nicht anders sein konnte, schon der Kosten wegen. Dem eigenen Vater braucht man schließlich kein Lehrgeld zu zahlen – alles bleibt in der Familie, nicht wahr? Nun gut, ich ging dem Vater schon früh zur Hand, sog quasi schon mit der Muttermilch den Beruf ein, der uns alle ernährte. Dazu muß ich sagen, daß mir von Anfang an die Bearbeitung des Holzes mehr zusagte als das Behauen von Stein. Zu meinem eigenen Erstaunen schufen meine Hände mit Hilfe eines kleinen Messers Hunde, Katzen, Esel, Spielpuppen und zierliche Holzbecher, die sich ganz leicht für ein paar Kupfermünzen verkaufen ließen.

Mein Vater sah es nicht ohne Wohlwollen, doch er bemerkte dazu, davon könne man nicht leben, und das Wichtigste sei die Bearbeitung von Stein. Wie alt mochte ich damals sein? Zehn oder zwölf? In jener Zeit hielt sich unser König Alfons – Gott habe ihn selig! – für ein paar Tage in Messina auf, um bei der Übergabe eines Bildes dabeizusein, das er dem Dom gestiftet hatte. Er war überhaupt ein freigebiger Mann, der die Annehmlichkeiten des Lebens liebte und wegen seiner vielen Sünden Kirchen und Klöster großzügig bestiftete. Ihr wißt natürlich, welches Bild ich meine, es ist die Altartafel des Jan van Eyck, die allerdings – unter uns gesagt – hauptsächlich von seinen Schülern stammt.

Es sprach sich in den Kreisen der Maler und Bildhauer bald herum, daß es mit diesem Werk etwas Besonderes auf sich hatte, denn seine Farben sollten, wie man hörte, nicht mit Eiweiß und Wasser gebunden sein, sondern mit Öl. In dieser Zeit – ich war, wie gesagt, zehn oder zwölf Jahre alt – hatte ich gerade meine ersten Zeichenversuche gemacht und mir schien, es sei fast so leicht, Hunde, Katzen oder Pferde zu zeichnen, wie sie zu schnitzen. Mein Gott, Riccardo, wenn Ihr wüßtet, worauf ich damals gezeichnet habe! Kein Stückchen Holz, Rinde oder Stoff war vor mir sicher, denn daß ich jemals Papier oder gar Pergament dafür zur Verfügung hätte, daran wagte ich nicht einmal im Traum zu denken.

Mein besessenes Zeichnen erregte allmählich den Unwillen meines Vaters, und es setzte die ersten Ohrfeigen. Er drückte mir Hammer und Meißel in die Hand und stellte mich vor einen unbehauenen Steinblock. Natürlich müßte ich gehorchen, doch heimlich zeichnete ich weiter, und dabei verfolgte mich immer jenes wunderbare Bild im Dom, das ich nur aus der Ferne kannte. Das ließ mir keine Ruhe. Ich wandte mich an einen Freund, dessen Vater gelegentlich als Freskenmaler arbeitete, und erreichte es schließlich, daß dieser mich mit in den Dom nahm, wo er den Mesner gut kannte. Ich durfte das geheimnisvolle Bild von ganz nahe betrachten und hörte den Mesner herablassend sagen:

«Das sind Farben, hart und dauerhaft wie polierter Stein. Man kann Wasser und Seifenlauge darüberschütten, ohne daß sie darunter leiden. Da können unsere Pinselschwinger in Messina nur staunen!»

Dabei sah er meinen Begleiter spöttisch an, doch der ließ sich nicht aus der Ruhe bringen.

«Alles läßt sich erlernen, und Ihr selbst werdet es vielleicht noch erleben, daß man auch hier mit Öl malt.»

Der Mesner zuckte die Schultern.

«Warten wir's ab. Jetzt aber hinaus mit euch, ich habe auch noch anderes zu tun!»

Nun, Magister Riccardo, Ihr könnt Euch denken, daß mich der Gedanke nicht mehr losließ, eines Tages auch ein so schönes Werk zu schaffen und vielleicht sogar in der neuen Technik.

Als mein Vater sah, daß die Püffe und Ohrfeigen meine Zeichenlust nicht dämpfen konnten, wurde er vernünftig und sagte zu meiner Mutter:

«Warum soll der Junge neben der Steinmetzarbeit nicht auch das Malen lernen? Je mehr einer kann, desto leichter hat er es im Leben.»

Es stellte sich aber bald heraus, daß bei den wenigen Malern, die in Messina lebten, nichts Großartiges zu lernen war. Zwar gab es damals in Palermo einige angesehene Maler – ich denke etwa an Gaspare da Pesaro –, doch da flammte der alte Stolz des Messinesers in meinem Vater auf, der nichts mit dem gehaßten Palermo zu tun haben wollte.

«Nein, und nochmals nein!» rief er zornig. «Ehe ich dich diesen dummstolzen Palermitanern ausliefere, schicke ich dich nach Neapel.»

Nun, wie Ihr als Historiker sicher wißt, war Neapel seit 1442 wie Sizilien Teil des Königreiches von Aragon und Kastilien, und unser bildersüchtiger König Alfons hatte dort eine schöne Residenz. Sein Hof zog die Künstler an wie Honig die Wespen. Wenn es auch mit einheimischen Malern damals nicht zum besten stand, so hatte die flämische Schule bis nach Neapel gewirkt, und geschickte Künstler eigneten sich schnell das Wesentliche davon an. Zu ihnen gehörte Niccolò Collantonio, dessen Schüler ich wurde.

Aber auch Meister Niccolò wagte es nicht, die Ölmalerei anzuwenden, da man damals in Neapel über diese Technik noch wenig wußte. Von Niccolò lernte ich viel, aber noch mehr von den flämischen Bildern, die in den Kirchen und Klöstern Neapels hingen. Bald waren mir Namen wie Jan van Eyck, Rogier van der Weiden, Dieric Bouts und Petrus Christus so vertraut, als hätte ich in ihrer Werkstatt gearbeitet. Damals befand sich auch der großartige ‹Heilige Hieronymus› von Jan van Eyck in Neapel, und immer wieder standen wir staunend davor. Es ließ Meister Niccolò keine Ruhe, bis er sich auch an dem Thema versucht hatte – ich durfte an dem Werk mitarbeiten –, und sein ‹Hieronymus im Gehäus› wurde später sehr gelobt.

Als sich herumsprach, daß der große Petrus Christus – er hatte die Werkstatt des verstorbenen van Eyck übernommen – sich wegen eines Auftrags in Mailand aufhielt, ließ mir das keine Ruhe. Meister Niccolò versuchte mich zu halten, doch ich gab ihm zu bedenken, wie wertvoll und wichtig es für unsere Zunft sei, wenn einer von uns die Ölmalerei bei Meister Petrus, dem Schüler Jan van Eycks, studieren könne.

Ich nahm ein Schiff nach Genua und ritt von dort in höchster Eile nach Mailand. Ihr findet es vielleicht anmaßend, Magister Riccardo, daß ein junger Maler quer durch Italien reist, um einen großen Kollegen aufzusuchen, in der Hoffnung, er werde ihm das Geheimnis der Ölmalerei verraten. Aber ich kann Euch versichern, daß mir diese Sache zu wichtig war, um sie nur meinem guten Stern zu überlassen. Meister Niccolò verschaffte mir ein Empfehlungsschreiben des Königs Alfons an Francesco Sforza, den Herrn von Mailand. Wenn es um die Malerei ging, war unser König sehr zugänglich, und mir öffnete das Schreiben in Mailand

Tür und Tor. Zwar bekam ich den gewaltigen Sforza nicht zu Gesicht, doch sein Hof empfahl mich an Meister Petrus weiter, der damals für den mailändischen Adel einige Bildnisse malte.

Ach, Riccardo, Ihr könnt Euch nicht vorstellen, wie aufgeregt ich war, als ich dem großen Meister gegenüberstand. Er war um einiges älter als ich, hätte gut schon mein Vater sein können. Das Empfehlungsschreiben betrachtete er nur flüchtig und warf es dann zwischen die Farbtöpfe, wie unnützen Abfall. «Ihr kommt aus Neapel, Antonello? Man hört selten etwas aus dem Süden, wie steht es dort mit der Kunst?»

«Ich bin in Messina geboren, verehrter Meister, und lernte zuletzt in der Werkstatt des Niccolò Collantonio. Um Eure Frage zu beantworten: es stünde schlecht um die Kunst in Süditalien, hätten wir nicht das leuchtende Vorbild der flandrischen Großmeister, deren einer Ihr seid, Meister Petrus. Deshalb bin ich ja auch hierhergekommen...»

«Ich weiß – ich weiß! Ihr wollt die Ölmalerei lernen – alle wollen es! Erwartet Euch nur nicht zuviel davon, denn schlechte Malerei wird nicht besser, wenn man sie in Ölfarben ausführt.»

«Ich bin kein schlechter Maler», sagte ich gekränkt.

«Das wollte ich auch nicht sagen; ich habe nur ganz allgemein gesprochen. Habt Ihr schon Bildnisse gemalt?»

«Ja, von der Madonna, von Heiligen...»

Petrus lächelte geduldig.

«Das meine ich nicht. Es geht um Bildnisse von lebenden Menschen, die sich für so wichtig halten, daß sie der Nachwelt ihr Aussehen überliefern wollen.»

«Nein...»

«Gut, dann kommt morgen vormittag wieder. Ich werde dann hier das Bildnis einer Hofdame vollenden, an dem ich seit Tagen arbeite.»

Nun, Magister Riccardo, es würde Eurer Chronik nicht dienen, wenn ich Euch nur die Feinheiten der Ölmalerei erkläre, aber als Petrus Christus sah, was ich konnte, behandelte er mich als seinen Meisterschüler. Im Herbst ging er nach Brügge zurück, und die neue Technik war mir nun so vertraut, als hätte ich meine Farben niemals mit Eiweiß, Milch oder Knochenleim angerührt, sondern nur mit Mohn- oder Leinöl. Ja, ja, ich weiß, das ist übertrieben, denn auch Meister Petrus untermalte mit Temperafarben, die er dann allerdings in mehreren Schichten mit Ölfarben lasierte und vollendete.

Nun, ich jedenfalls war der glücklichste Mensch der Welt. Ehrfurchtsvoll betrat ich den gewaltigen Dom und stiftete dem Apostel Lukas eine sechspfündige Kerze. Übrigens wird in Mailand ein altes Madonnenbild gezeigt, von dem es heißt, Lukas selber habe es gemalt.

Von Mailand ging ich an die Küste zurück und nahm ein Schiff nach Sizilien. Mein Vater – Gott hab ihn selig! – war inzwischen gestorben; meine Mutter war ins Haus meiner verheirateten Schwester gezogen. Nun, Ihr wißt, wie es auf Sizilien zugeht, Magister Riccardo; die Eltern verloben ihre Kinder meist schon sehr früh, und so hatte mein Vater auch mir schon mit zehn Jahren ein Mädchen anverlobt, dessen Eltern jetzt auf die Erfüllung des Vertrags pochten. Warum soll ich Euch mit Familiengeschichten langweilen? Ich heiratete und ging nach Kalabrien, wohin sich der altgewordene Niccolò Collantonio zurückgezogen hatte. Dort wurden drei meiner Kinder geboren, von denen Jacobello – den Ihr ja kennt – noch lebt. An Aufträgen fehlte es mir nicht, aber – und das könnt Ihr ruhig in Eure Chronik schreiben – die Heimat zog mich mit aller Macht zurück, und ich nahm mir vor, sizilische Künstler als Schüler aufzunehmen, um sie in der neuen Technik auszubilden.

Im Frühsommer des Jahres 1461 kehrte ich mit meiner Familie nach Messina zurück und richtete mir die Werkstatt ein, in der wir uns jetzt befinden. Wir lernten uns ja schon damals kennen, Magister Riccardo, wenn auch nur flüchtig. Gut, und jetzt will ich Euch von dem seltsamsten Porträtauftrag erzählen, den ich jemals erhielt.

Antonello wischte seinen Pinsel sorgfältig ab, ehe er ihn zu den anderen zurücksteckte. Magister Riccardo glaubte die Unterredung – es war mittlerweile die vierte – damit beendet und erhob sich. Doch Antonello hielt ihn zurück:

«Setzt Euch wieder hin. Was ich Euch jetzt erzähle, verträgt keine Ablenkung; mich hat der Fall damals sehr berührt, und ich werde Euch in aller Ruhe davon erzählen.»

Er klatschte kräftig in die Hände und rief:

«Jacobello!»

Der Sohn steckte den Kopf herein und sagte unwillig:

«Ich male gerade an der Kreuzigung für das Franziskanerkloster...»

«Schicke einen der Schüler um einen guten Krug Wein, und sorge dafür, daß niemand uns bis zur Mittagspause stört.»

Er wandte sich an den erwartungsvoll dreinschauenden Riccardo.

«Ja, mein Lieber, das war schon sonderbar damals. Kaum hatte ich nach meiner Rückkehr aus Kalabrien die Werkstatt eröffnet, erschien der Bote einer Familie aus – nun, Riccardo, ich werde Namen und Orte in dieser Geschichte verändern müssen, damit weder Ihr noch ich später Schwierigkeiten bekommen. Also, sagen wir, es erschien ein Bote der Familie Santi aus Palermo. Er sagte mir, es handele sich um einen Porträtauftrag, doch könne der Betreffende aus Gründen, die ich noch erfahren werde, leider nicht hierherkommen. Ich müsse mich also nach Palermo bemühen, und alle Kosten würden mir reichlich ersetzt. Zum Zeichen, wie ernst dies gemeint sei, holte der Bote einen Beutel mit Gold aus der Tasche. Ich hatte nichts dagegen, einmal aus meiner Werkstatt herauszukommen, packte meine Malutensilien zusammen und stieg aufs Pferd. Nun, es ist keine große Sache, von Messina nach Palermo zu reiten, wobei ich gestehen muß, daß es mein erster Besuch in unserer früheren Hauptstadt war.

Was meint ihr? Warum ich ‹frühere› sage? Aber Ihr wißt doch genausogut wie ich, Riccardo, daß eine Hauptstadt ihre Bedeutung und ihren Rang einbüßt, wenn der Landesfürst nicht mehr dort residiert. Was hilft es uns, wenn Ferdinand vor acht Jahren zum König von Sizilien gekrönt wurde, aber seit seiner Vermählung mit Isabella von Kastilien keinen Fuß mehr auf die Insel gesetzt hat? Lassen wir dieses leidige Thema.

In Palermo führte mich mein Begleiter zum Stadthaus der Santi und übergab mich dort dem Majordomus. Von außen machte das Gebäude kaum den Eindruck eines besonders wohlhabenden Besitzers, doch das Innere verriet dem Besucher das Gegenteil. An den Wänden hingen kunstvoll gearbeitete Teppiche, die Decken waren geschnitzt und vergoldet, Möbel und Türen aus edlen Hölzern.

Ein schon älterer, großer und beleibter Herr empfing mich, höflich und zurückhaltend – man kann fast sagen, mit leisem Mißtrauen. Er fragte mich sehr genau nach meinen Lebensumständen aus, nicht ohne sich dafür zu entschuldigen. Ich werde bald verstehen, wie begründet seine Vorsicht sei, und er müsse mich jetzt schon zum absoluten Stillschweigen verpflichten. Wen es nun zu porträtieren gebe, fragte ich schließlich. Einen jungen Mann, sagte das Familienoberhaupt der Santi – seinen Sohn, der im Sterben liege und dessen Bildnis man zur späteren Erinnerung anfertigen lasse.

Ich gestehe es Euch offen ein, Magister Riccardo, daß es mir unbehaglich wurde. Einen Sterbenden porträtieren, dessen Gesicht vielleicht schon entstellt oder verändert war? Doch das außerordentlich hohe Honorar ließ meine Bedenken verstummen. Es wird schon gehen, redete ich mir zu, jedes Problem läßt sich lösen.

Inzwischen war es Abend geworden, und ich wurde zu Tisch gebeten. Morgen könne ich mich an die Arbeit machen, sagte Santi zu mir, jetzt solle ich erst einmal die ganze Familie kennenlernen. Neben den Vettern, Basen und Tanten wurde mir auch ein Sohn vorgestellt, ein Mann von etwa fünfundzwanzig oder dreißig Jahren mit einem heiteren und sorglosen Gesicht, über das häufig ein spöttisches Lächeln huschte. Ich dachte, so ist wenigstens der andere Sohn gesund, wenn schon der eine im Sterben liegt. Doch davon war überhaupt nicht mehr die Rede; alle waren sehr fröhlich bei Tisch, und niemand hätte gedacht, in einem Trauerhaus zu sein.

Am nächsten Morgen wurde ich in das Zimmer des Sterbenden geführt, und da saß jener junge Mann auf einem Stuhl und blickte mich mit seinem spöttischen Lächeln an.

‹Ihr bringt mich wohl zu Eurem Bruder?› fragte ich.

Das Lächeln verstärkte sich.

‹Es gibt keinen Bruder, es gibt nur mich.›

‹Aber – aber Ihr seid doch todkrank…›

‹Hat der Alte das gesagt? Ja, für die Welt draußen liege ich im Sterben, und man wird mich bald begraben, aber in Wahrheit – nun, Ihr seht ja, daß ich gesund und munter bin.›

Verwirrt begann ich mein Malgerät auszupacken.

‹Ihr braucht nicht weiterzureden, und es geht mich auch nichts an. Ich werde von Euch ein Bildnis fertigen, und dann reise ich wieder ab.›

Sein hübsches fröhliches Gesicht wurde für einen Augenblick ernst.

‹Ihr seid diskret, und das gefällt mir. Aber wir werden viele Stunden miteinander verbringen, und es stört mich nicht, wenn Ihr über meinen Fall Bescheid wißt.›

Was sollte ich tun? Er wollte die Sache loswerden, und so hörte ich eben zu – ja, ein wenig neugierig war ich schon auch. Dabei erfuhr ich die folgende Geschichte.

Der junge Santi war ein Schürzenjäger, wie man sich keinen ärgeren denken kann, und sein Vater versuchte vergeblich, den einzigen Sohn vorteilhaft zu verheiraten. Der pflegte zu sagen, er gehöre allen Frauen und brächte es nicht übers Herz, sich einer einzigen zu widmen. So lange er sich an die Mädchen der niederen Stände hielt, war alles noch mit Geld zu regeln, doch dann verlegte er sein Jagdrevier auf eine höhere Ebene und verführte die Tochter des Grafen – nun, nennen wir ihn Vanni. Der junge Mann berichtete mir ausführlich von dieser Liebschaft, und manchmal glaubte ich, eine Geschichte unseres großen Boccaccio zu hören. Da gab es verschwiegene Treffpunkte, nächtliche Kletterpartien in ihr Zimmer, bestochene Zofen und abenteuerliche Verstecke. Als das Mädchen meinte, es sei nun an der Zeit, den Eltern die Verlobung mitzuteilen, sagte der junge Santi fröhlich und unbekümmert, aber er denke nicht daran, sie zu heiraten. Das solle ein anderer tun, er jedenfalls komme dafür nicht in Frage. Das Mädchen aber hatte ihm verschwiegen, daß es schwanger war, und aus Angst vor der Schande nahm es Gift. Doch sie hinterließ einen Brief, aus dem die entsetzten Eltern die Wahrheit erfuhren. Graf Vanni forderte den jungen Santi zum Zweikampf, doch der hatte Besseres zu tun und verschwand für eine Weile aus Palermo. Als er wieder auftauchte, lauerten ihm die beiden Brüder des Mädchens auf und versuchten, ihn zu töten. Santi entkam, schwer verletzt, wie die Rächer meinten. Doch die Wunden waren harmlos und heilten schnell. Seine Familie aber ließ verbreiten, der Sohn läge im Sterben, und so sahen die Vanni ihre Rache als vollzogen an.

‹Sobald Ihr mein Bildnis vollendet habt, verschwinde ich aufs Festland und nehme einen anderen Namen an. Meine Familie aber wird einen toten Hund bestatten, und alle werden zufrieden sein.›

Der junge Santi schien an diesem Gedanken einen solchen Gefallen zu finden, daß sein spöttisches Lächeln lange auf seinen Lippen blieb. So habe ich ihn dann gemalt, und alle fanden es richtig, weil dieses Lächeln für ihn typisch war.»

Antonello schwieg und starrte nachdenklich auf seinen halbgeleerten Becher, hob ihn plötzlich hoch und trank ihn aus. Riccardo tat es ihm nach.

«Auf Euer Wohl, Meister Antonello. Welches Ende hat diese seltsame Geschichte?»

«Ich kenne das Ende nicht. Der junge Santi wurde vor aller Welt im Familiengrab bestattet; ob dort nun wirklich ein Hund liegt, weiß ich nicht. Vermutlich wird er nun unter einem anderen Namen in Kalabrien oder Apulien hinter den Frauen her sein. Vielleicht ist er auch schon einem gehörnten Ehemann ins Schwert gelaufen – wer weiß? Jedenfalls steht mir sein gescheites, fröhliches Gesicht mit dem spöttischen Lächeln noch so deutlich vor Augen, daß ich ihn hier und jetzt noch einmal malen könnte.»

Riccardo erhob sich.

«Ein bemerkenswerter Fall, aber ich weiß nicht, ob ich davon berichten soll, nachdem er mit Eurem Leben nicht unmittelbar zu tun hat.»

«Nein, nichts davon! Vergessen wir die Sache und reden morgen über Ereignisse weiter, die tatsächlich mein Leben und meine Arbeit betreffen.»

Riccardo verabschiedete sich, und Antonello betrat die große Werkstatt und prüfte die Arbeit seiner Gehilfen. Vor einem Herrnporträt blieb er stehen. Jacobello trat hinzu.

«Ich habe das Bild nach Euren Anweisungen vollendet, Herr Vater. Wollt Ihr es signieren?»

Antonello nickte, und sein Sohn reichte ihm den spitzen Marderhaarpinsel. Er malte die Jahreszahl 1477 auf das Porträt und schrieb darunter ‹Antonellus messanus me pinxit›.

Während er sich die Hände wusch, überlegte Antonello, was es morgen noch zu erzählen gäbe. Er würde Riccardo noch kurz von seiner Reise nach Venedig berichten, von der Begegnung mit dem Maler Giovanni Bellini und all den anderen, die sich bemühten, die neue Technik und ihre Möglichkeiten kennenzulernen. Mit Freude erinnerte er sich des Aufenthalts in der Lagunenstadt, wo er hoch und heilig hatte versprechen müssen, so bald als möglich wieder dorthin zurückzukehren.

Warum nicht? dachte er vergnügt, schließlich bin ich ja noch nicht alt.

Aber dazu sollte es nicht kommen, denn Meister Antonello da Messina starb schon zwei Jahre später im Alter von fünfzig Jahren. Sein Ruhm strahlt bis in unsere Tage als des bedeutendsten Malers, den Sizilien jemals hervorgebracht hat, und das ironische, etwas rätselhafte Lächeln des von ihm porträtierten jungen Mannes begeistert heute noch jeden Kunstfreund.

Das Sanctum officium auf Sizilien

Fernando d'Alcuna, der Vizekönig von Sizilien, war nach Spanien zitiert worden, um von den katholischen Königen neue Gesetze entgegenzunehmen. Ferdinand V. von Aragon hatte 1469 Isabella von Kastilien geheiratet, und sie nahmen nach der Vereinigung ihrer Länder die Titel ‹König und Königin von Spanien› an. Sizilien gehörte diesem Reich an, doch das Königspaar blieb in Spanien und ließ, nicht anders als seine Vorgänger, Sizilien durch Vizekönige regieren. Für ihren Glaubenseifer hatten Ferdinand und Isabella von Papst Alexander VI. den Ehrentitel ‹die katholischen Könige› erhalten, und sie taten alles, um ihn zu rechtfertigen. Dazu gehörte auch die Reorganisation des ‹Sanctum officium› — der Inquisition.

D'Alcunas Audienz bei König Ferdinand war sehr kurz, und er hatte nur noch das herrische, männlich-schöne Gesicht in Erinnerung, das von der Höhe des Thrones flüchtig auf ihn herabsah und hörte noch eine gleichgültige Stimme murmeln: «Seid meiner Gnade gewiß, Graf d'Alcuna.»

Am nächsten Tag folgte dann der Empfang beim Großinquisitor Thomas de Torquemada, der wie eine lauernde Kröte in seinem Sessel hockte und seine dürre Greisenhand nach dem Kuß schnell zurückzog. Mit leiser scharfer Stimme sprach er hastig, fast beschwörend, auf d'Alcuna ein.

«Der Teufel führt höllische Attacken gegen die Christenheit, aber er ist klug und verbirgt seine wahren Absichten. Seine Heiligkeit, Papst Innozenz, hat das — von Gott erleuchtet — genau erkannt und die Christen in einer Bulle gewarnt, daß es viele Personen von beiden Geschlechtern gäbe, welche, ohne Rücksicht auf ihr Seelenheil, vom wahren Glauben abgefallen, mit dämonischen Inkuben und Sukkuben sich fleischlich vermischen, durch zauberische Mittel mit Hilfe des Teufels die Geburten der Weiber, die Jungen der Tiere, die Früchte der Erde, die Trauben der Weinberge, das Obst der Bäume, auch Menschen und Haustiere, Wiesen, Weiden, Feldfrüchte und anderes zugrunde richten... Und so weiter und so weiter. Ja, mein Freund, der böse Feind ist überall, aber er tritt nicht nur in der sichtbaren Gestalt eines Verderbers und Vernichters auf, er leistet auch Feinarbeit. Er läßt den Priester bei der heiligen Messe sich versprechen, läßt die Jungfrau vor dem Weihwasser zurückschrecken und verlockt den Gelehrten, nach verbotenen Büchern zu greifen. Wir dürfen nicht ruhen und rasten, bis wir dies alles aufgespürt und vernichtet haben. Dabei – und nun hört mir gut zu, Graf d'Alcuna – dabei darf es keinerlei Rücksichten geben, weder familiärer noch anderer Art. Der Teufel schreckt nicht davor zurück, auch zehnjährige Kinder zu verführen, und wenn Ihr den Verdacht habt, daß Eure Eltern den Verlockungen des Bösen erlegen sind, so müßt Ihr den Sohn hinter den Christen stellen und Euren Vater oder Eure Mutter dem Heiligen Officium anzeigen. Ich sage das nur zum Exempel, um Euch klarzumachen, wie ernst die Lage ist – und nicht nur in Spanien. Eure Aufgabe wird es sein, die Dominikaner in Sizilien beim Aufspüren von Ketzern und Hexen zu unterstützen, mit Eurer ganzen Kraft und ohne Rücksicht auf Verwandte, Freunde und Untergebene. Habt Ihr mich gut verstanden, Graf d'Alcuna?»

Fern davon, ein fanatischer Glaubensstreiter zu sein, war d'Alcuna doch klug genug, dem Großinquisitor nicht zu widersprechen.

«Ich bin kein Fachmann in diesen Dingen, Euer Gnaden, aber Eure Mönche werden wissen, was zu tun ist.»

Ein böses Lächeln huschte über das hagere Asketengesicht des Großinquisitors.

«Domini Cani – die Hunde Gottes, so wird unser Orden genannt. Und Ihr könnt gewiß sein, Graf d'Alcuna, daß diese Hunde alles aufspüren, was unrein, was des Teufels ist.»

Jetzt auf der Rückfahrt nach Sizilien befanden sich acht Dominikaner an Bord des Schiffes. Sie hatten die Aufgabe, in Palermo eine Hauptstelle des Heiligen Officiums zu errichten.

Nichts erwies sich dafür geeigneter als der weiträumige Palazzo Chiaramonte, der sich im Besitz der Krone befand, seit der letzte dieses Geschlechts, Andrea Chiaramonte, vor seinem Palast enthauptet wurde, weil er sich geweigert hatte, dem König einen Huldigungseid zu leisten.

So nahmen die ‹Hunde Gottes› in Sizilien ihre Tätigkeit auf und ließen von den Kanzeln verbreiten, auf welche Weise das Volk die Geistlichkeit bei der Jagd auf Ketzer und Hexen zu unterstützen habe. An den Kirchen wurden Briefkästen aufgestellt, und hier konnte jeder, auch anonym, seinen Verdacht dem Sanctum officium zur Kenntnis bringen. Für Schreibunkundige durfte der Beichtvater einspringen.

«Fällt euch irgend etwas auf», riefen die Dominikaner bei ihren Predigten, «und sei es nur eine Kleinigkeit, eine Unregelmäßigkeit oder etwas, das euch seltsam erscheint bei Freunden, Nachbarn, Fremden, Verwandten oder in der eigenen Familie, so habt ihr die Pflicht, dies zu melden.»

Die meisten Sizilianer dachten nicht daran, dieser Aufforderung nachzukommen, schon weil sie von spanischen Mönchen kam. Doch auch hier gab es einige Eifersüchtige, Zukurzgekommene, Benachteiligte, die nun diese Gelegenheit nutzten, sich anonym und ungenannt zu rächen. Da und dort fanden sich jetzt Zettel in den Briefkästen des Heiligen Officiums, und in den Kellern des Palazzo Chiaramonte fanden die ersten peinlichen Verhöre statt. Die Schreie der Gefolterten drangen manchmal durch die dicken Mauern nach draußen, doch nur wenige hörten sie, weil jeder die Gegend des Palazzo Chiaramonte mied.

Die Daumenschrauben, die spanischen Stiefel, das Feuer und der Streckgalgen lockten aus den gequälten Körpern immer neue, immer unsinnigere Geständnisse, bis das erste Dutzend voll war, um ein feierliches Autodafé zu veranstalten.

Dafür war der Domplatz vorgesehen, der nun, wie einstmals bei den Krönungen, mit Zuschauertribünen und Absperrungen versehen wurde.

Natürlich wurden auch der Vizekönig d'Alcuna, seine Gemahlin, seine beiden Stellvertreter und andere Honoratioren zu diesem ‹Glaubensakt› geladen. Keiner ließ sich entschuldigen, alle kamen. Nachdem ein Dominikaner die Anklagen verlesen hatte, wurden die Strafen verkündet. Die Sünder, drei Frauen und acht Männer, mußten sich stehend ihr Urteil anhören, doch die meisten von ihnen waren kaum noch imstande, sich auf den Beinen zu halten, und wurden von den Bütteln gestützt. Die spanischen Stiefel hatten ihre Knochen zermalmt, der Streckgalgen ihre Glieder ausgerenkt, die Feuerfolter ihre Füße in schwarze Klumpen verwandelt. Vier von den Ketzern waren während der Folter schwachsinnig geworden, einer sang und lachte, die anderen schnitten Gesichter und redeten wirres Zeug. Das Urteil lautete in drei Fällen auf lebenslange Galeerenstrafe, auf fünf wartete der schon aufgerichtete Scheiterhaufen, drei kamen mit Kirchenstrafen davon. Sie alle trugen den Saccus Benedictus, das Büßerhemd, während man den zum Feuertod Verurteilten noch spitze Mützen mit Bildern von Teufeln und Dämonen aufgesetzt hatte.

Geistliche Gesänge erklangen, und die Glocken des Domes läuteten, als die Büttel die fünf verstockten Ketzer mit Ketten an den Pfahl des Holzstoßes fesselten. Zwei von ihnen stammelten im letzten Augenblick Reuegelöbnisse und wurden vom Henker noch schnell erdrosselt.

«Das ist ja grauenvoll!» flüsterte die Gräfin d'Alcuna und wandte sich schaudernd ab.

«Laß dir nichts anmerken!» zischte der Vizekönig, «die Burschen lassen keinen von uns aus den Augen.»

Der Holzstoß flammte auf, die Flammen erreichten die Füße der Ketzer, die Büßerhemden fingen Feuer, gräßliche Schreie ertönten, mischten sich mit dem Sängerchor, der ein machtvolles ‹Credo in unum Deo› anstimmte. Einer der Männer auf dem Scheiterhaufen entwickelte in seiner Todesangst eine solche Kraft, daß er sich losreißen konnte, während sein Büßerhemd und seine Papiermütze schon in Flammen standen. Da lief einer der Büttel herbei und stieß ihn mit einer langen Eisengabel in die Flammen zurück.

Später gab es noch eine kurze Feierstunde im Palazzo Chiaramonte, um das erste Autodafé auf Sizilien festlich zu begehen.

«Ein guter, ein vielversprechender Anfang», bemerkte der vom König für Sizilien ernannte Inquisitor. Der Erzbischof von Palermo schwieg, denn er fühlte sich durch das Treiben der Dominikaner in seiner Machtbefugnis gestört, doch er konnte nichts dagegen unternehmen. Außerdem glaubte der aus einem alten Adelshaus stammende Bischof nicht an Hexen und fühlte sich durchaus imstande, mit den sizilianischen Ketzern selber fertigzuwerden. Schon Papst Gregor IX. hatte im Jahre 1233 den Bischöfen das Inquisitionsgericht entzogen und dem Dominikanerorden übertragen, der aber bisher ohne großen Eifer seine Aufgaben versah. Doch die katholischen Könige statteten das Sanctum officium mit ungeheuerer Macht aus und sandten tüchtige Inquisitoren in alle Teile ihres großen Reiches.

Sizilien aber sollte noch viel Autodafés erleben, und Tausende unschuldiger Frauen und Männer mußten den Gang zum Scheiterhaufen antreten, wurden zur lebendigen Einmauerung, zur Galeere oder zu harten Kirchenstrafen verurteilt. Dabei wurde kein Alter geschont – zwölfjährige Knaben mußten sich auf Galeeren zu Tode schuften, vierzehnjährige ‹Hexen› brannten auf dem Scheiterhaufen.

Heuchelei, Frömmlerei, Denunzianten- und Kriechertum vergifteten die Atmosphäre, und im Volk wuchs die Erbitterung. So entstand 1516 eine Verschwörung gegen den grausamen Statthalter Ugo de Moncada, und fast sah es so aus, als sollte sich die Sizilianische Vesper bei den Spaniern wiederholen. Doch die Verschwörung wurde aufgedeckt, das Strafgericht war schrecklich. Zwar wurde Moncada von der Krone abberufen, aber seine Nachfolger waren um nichts besser. Erst der Vizekönig Ferrante Gonzaga bemühte sich seit 1535 ernsthaft um eine Verbesserung der Verhältnisse auf Sizilien. Aber auch er war gegen das Sanctum officium machtlos und konnte nicht viel ausrichten.

Der sizilische Adel hatte sich längst mit den geistlichen und weltlichen Machthabern arrangiert und beutete zusammen mit den Spaniern das Volk schamlos aus. Der Traum vom eigenen König war ausgeträumt, die Hoffnung, Sizilien von Spanien zu trennen, erwies sich als vergeblich.

Anthony van Dyck flieht vor der Pest
aus Palermo

Gegen alle Widerstände hatte sich die Inquisition eine solche
Machtposition auf Sizilien geschaffen, daß alles sich ihr unterwarf – der einheimische Adel, der spanische Adel, Stand und
Land –, und nicht zuletzt die Vizekönige. Einige von ihnen fanden
sich mit diesen Zuständen nicht ab und versuchten, die allgegen-
wärtige Macht des Sanctum officium auf ein erträgliches Maß zu
reduzieren. Zu ihnen gehörte Marc-Antonio Colonna, der 1580
versuchte, gegen die Inquisition einzuschreiten. Sofort wandten
die Dominikaner sich an den fanatisch frommen König Philipp II.,
zu dessen wenigen Vergnügungen es gehörte, an hohen Festtagen
den feierlich-düsteren Autodafés beizuwohnen. Ihm wurde nun
von der Inquisition ins Ohr geblasen, Colonna strebe heimlich
nach der sizilischen Königskrone. Philipp war so klug, dem keinen
Glauben zu schenken, aber er zwang den Vizekönig, die Autorität
des Heiligen Officiums feierlich zu beschwören. Der tat es, doch
der Friede war damit nicht wiederhergestellt. Immer wieder kam
es zu Zusammenstößen zwischen geistlicher und weltlicher
Macht, bis Colonna schließlich abberufen wurde. In Madrid starb
der mutige Vizekönig plötzlich, woran der dortige Großinquisitor
vermutlich nicht unbeteiligt war.

Unter der dumpf lastenden Faust der alles bedrohenden Inquisition suchte das Volk von Sizilien nach Auswegen, um sich unge-
zwungen und ohne in den Verdacht der Ketzerei zu kommen, in
geselligen Kreisen treffen zu können. So entstanden die religiösen
Bruderschaften, gegen deren Ziele – Armenpflege, Waisenfür-
sorge, Madonnen- und Heiligenverehrung – die Inquisition nichts
haben konnte.

Eine der bedeutendsten Vereinigungen war die Compagnia del
Rosario, die Rosenkranzbruderschaft, die – mit anderen Laien-

orden wetteifernd – etwas zur höheren Ehre der Gottesmutter tun wollte, um die anderen damit auszustechen. Sie waren recht wohlhabend, die Rosenkranzbrüder von Palermo, denn sie kamen überwiegend aus dem Kaufmanns- und Handwerkerstand. Ihre Verbindungen reichten weit, und so erfuhren sie auch davon, daß Seine Gnaden, der Vizekönig, den weltberühmten Maler Anthony van Dyck zu einem Besuch eingeladen hatte.

Der geniale Antwerpener Maler war schon als Neunzehnjähriger in die Lukasgilde aufgenommen worden und arbeitete eine Zeitlang als Meisterschüler und Gehilfe des großen Peter Paul Rubens.

Im Oktober 1621 entschloß er sich zu einer längeren Italienreise, wobei er Genua zu seinem Standort wählte. Von dort aus besuchte er Rom, Venedig, Florenz, Mailand, Turin und andere Orte, wohin ihn Aufträge riefen oder wo er in den Sammlungen der Fürsten den Reichtum der italienischen Malerei studieren konnte.

Im Frühjahr 1624 erreichte ihn in Genua eine Einladung Emmanuels von Savoyen, des Vizekönigs von Sizilien, der sich ein repräsentatives Porträt wünschte. Der wohlhabende und von seinen reichen Kunden verwöhnte Maler zögerte. Er wohnte in Genua im Haus der Brüder de Wael, Malerkollegen aus seiner Heimatstadt, die hier einen florierenden Kunsthandel betrieben.

Van Dyck wandte sich an Lucas, den gesprächigeren und gewandteren der Brüder de Wael.

«Was sagst du dazu, mein Freund und Kollege? Seine Gnaden, der Herr Vizekönig! Aber ausgerechnet Sizilien, das ist ja schon halb in Afrika, ich glaube, da lasse ich die Finger davon. Bist du jemals auf Sizilien gewesen, Lucas?»

Der schüttelte den Kopf. «Bin zwar schon viel in Italien herumgekommen, aber nach Sizilien hat es mich noch nie verschlagen. Trotzdem ist der Auftrag sehr ehrenvoll, und ich würde ihn unbedingt annehmen.»

Van Dyck, der mit seinen lockigen Haaren und dem fröhlichen Gesicht wie ein zu lustigen Streichen aufgelegter Junge aussah, zuckte nur die Schultern.

«Ich weiß nicht... Bei diesen Herren ist es niemals sicher, ob sie auch bezahlen. Der hohe Adel spricht nicht über Geld und feilscht nicht ums Honorar, vergißt aber gern, es dann zu begleichen. Doch ich habe einen gewichtigen Grund, die Mühsal einer Sizilienreise auf mich zu nehmen.»

Er klopfte auf ein Schreiben, das vor ihm lag.

«Was ist das?» fragte Cornelis, der schweigsamere der beiden Brüder.

Van Dyck schmunzelte.

«Das ist eine devote Anfrage der Rosenkranzbrüder, ob ich willens und geneigt bin, anläßlich meines bevorstehenden Aufenthalts in Palermo für die Bruderschaft eine Rosenkranz-Madonna in beträchtlicher Größe zu malen. Sie wollen es in ihrem Oratorio del Rosario aufhängen und wären bereit, ein von mir festzusetzendes Honorar zu bezahlen. Was sagt ihr dazu?»

Lucas hob bewundernd die Hände.

«Du bist berühmt, Anthony, und man reißt sich um dich. Wer ist schon mit fünfundzwanzig Jahren Hofmaler des englischen Königs? Du hast dich also entschlossen zu reisen?»

Van Dyck nickte.

«Mit dem nächsten Schiff! Es wird nicht bei diesen zwei Bildern bleiben. In Palermo gibt es eine Kolonie wohlhabender Genueser; mein Aufenthalt wird sich herumsprechen, und ich werde mehr zu tun bekommen, als mir lieb ist.»

Jetzt, Anfang März, begannen die Winterstürme abzuflauen, außerdem galt die Reise nach Sizilien entlang der italienischen Ostküste als verhältnismäßig gefahrlos.

Der Empfang im Hafen von Palermo war überwältigend, doch nicht der stolze Prinz von Savoyen war es, der ihn bereitete, sondern die über van Dycks Zusage entzückten Rosenkranzbrüder. Sie standen in ihrer Festtagskleidung am Kai und empfingen den jungen Maler wie einen regierenden Fürsten. Der verwöhnte van Dyck – er reiste mit mehreren Dienern und viel Gepäck – war davon sehr angetan. Beinahe wäre es dem Sekretär des Vizekönigs nicht gelungen, zu ihm vorzudringen, weil die Rosenkranzbrüder ihn wie eine Mauer umgaben.

Natürlich erforderte es das Protokoll, daß van Dyck dem Vizekönig den ersten Besuch abstattete. Don Emmanuel war schon halb kahl und trug den spanischen Knebelbart. Er war von erlesener Höflichkeit, doch er ließ den jungen Maler deutlich spüren, welche Kluft ihn, den Prinzen von Savoyen, von dem kleinen Hofmaler trennte. Doch van Dyck störte das nicht – er war es gewöhnt und dachte sich sein Teil: ihn, den Maler Anthony van Dyck gab es nur einmal auf der Welt, dagegen aber unzählige Adelige, von denen sich eine stolze Reihe sehr glücklich schätzen würde, von seinem Pinsel verewigt zu werden. O ja, er hatte auch schon Aufträge abgelehnt, aber über diesen Vizekönig konnte er sich nicht beklagen. Ein Teil des beträchtlichen Honorars wurde im voraus beglichen, Don Emmanuel erschien pünktlich zu den Sitzungen und ordnete sich geduldig den Weisungen des Malers unter. Er ließ sich stehend in Dreiviertelfigur porträtieren, angetan mit einem goldtauschierten Prunkharnisch und dem kostbaren Spitzenkragen der spanischen Hoftracht in der Form des ‹Mühlsteins›. Die gerade noch sichtbaren golddurchwirkten Pluderhosen verstärkten noch den Eindruck fürstlichen Aufwands.

Inzwischen erwartete die Rosenkranzgesellschaft dringend seinen Besuch. Es war Mitte Mai geworden, und was van Dyck aus Oberitalien als milden regenreichen Frühlingsmonat kannte, trat hier schon mit dem Gluthauch des Sommers auf.

Die Mitglieder der frommen Gesellschaft feierten ihren berühmten Gast mit einem opulenten Nachtmahl, aber die schweren, scharf gewürzten Speisen sagten dem flandrischen Maler wenig zu, und er hielt sich zurück. Auch der Abend hatte kaum Kühle gebracht; in dem hohen holzgetäfelten Versammlungssaal hielt sich die Hitze des Tages, und niemand dachte daran, ein Fenster zu öffnen, da die Nachtluft nach allgemeinem Glauben ‹giftige Schwaden› enthielt. Nachdem die Rosenkranzbrüder ihn noch einmal hochleben hatten lassen, wurde die Tafel aufgehoben.

Ein kleiner älterer Mann drängte sich heran und sagte:

«Verehrter Meister, auf ein Wort…»

Er führte den Gast in den kleinen Garten, wo er ihn auf eine zersprungene Marmorbank zog.

«Mein Name ist Fabrizio Valguernero, ich bin Arzt. Den anderen habe ich gesagt, ich müsse mit Euch unter vier Augen über einen Porträtauftrag reden, doch das stimmt nicht. Ich muß Euch warnen, Meister Antonio, mein Gewissen gebietet es mir, einen begnadeten Künstler wie Euch keiner Gefahr auszusetzen. In Palermo sind vereinzelt Fälle von Pest aufgetreten, und ich fürchte das Nahen einer Epidemie. Nichts Seltenes hierzulande, aber ich bitte Euch um aller Heiligen willen – reist ab! Ihr könnt unseren Auftrag auch woanders ausführen, und Eure Pflicht in bezug auf den Vizekönig habt Ihr getan. Reist ab, ehe man kein Schiff mehr aus dem Hafen läßt! Gegen die Pest gibt es kein anderes Mittel als die Flucht, und verratet um Gottes Willen keiner Menschenseele, daß die Warnung von mir kam.»

Van Dyck war tief erschrocken; er wußte, was es bedeutete, wenn die Pest in einer Stadt war. Andererseits wollte er auch nicht als Hasenfuß erscheinen, der beim ersten Anzeichen der Seuche die Flucht ergriff.

«Ich bin Euch sehr verbunden, Don Fabrizio. Haltet mich bitte nicht für undankbar, wenn ich Euren Rat nicht sogleich beherzige. Ich müßte meine Abreise irgendwie rechtfertigen, darum möchte ich nichts überstürzen. Ich werde die Rosenkranz-Madonna morgen in Angriff nehmen und noch etwas abwarten, ob die Krankheit sich ausbreitet. Wie Ihr wißt, wohne ich am Rande der Stadt, und ich werde darauf achten, daß kein Fremder mein Haus betritt.»

Der Arzt hob bedauernd die Hände.

«Ich habe Euch gewarnt, Don Antonio, alles Weitere müßt Ihr selber verantworten.»

Van Dyck bedankte sich nochmals und verließ dann bald unter einem Vorwand das Bankett. Er wollte künftig Menschenansammlungen meiden, um sich nicht leichtfertig einer Ansteckung auszusetzen. Er war keine ängstliche Natur und vertraute auf seinen guten Stern. Als überzeugter Katholik glaubte er auch fest daran, daß die Arbeit an einem religiösen Werk ihn vor dem Unheil bewahrte. Die Madonna würde schon dafür sorgen, daß die Krankheit ihn verschonte, solange er an ihrem Bild arbeitete.

Eine Federskizze hatte er schon entworfen, und gleich am nächsten Morgen nahm er sich das Blatt vor, um es noch einmal gründlich zu studieren. Er wollte die Gottesmutter mit dem Jesuskind in der Glorie zeigen, wie sie, von Engeln umgeben, auf einer Wolke thronte, während verschiedene Heilige zu ihren Füßen anbetend zu ihr aufschauten.

Noch am selben Tag begann er mit dem Gemälde, das auf einen Umfang von etwa zwölf mal acht Ellen angelegt war.

Anthony van Dyck malte unglaublich schnell. Sein Pinsel flog über die große Leinwand, auf der mit Kohle die Umrisse der Komposition schon fixiert waren. Über seiner Arbeit vergaß er die Pest, vergaß die Mahlzeiten und die nach wie vor anhaltende Hitze. Seine Diener mußten wider Willen lachen, wenn sie ihren Herrn bedienten und er ihnen sein farbverschmiertes Gesicht zuwendete. Van Dyck hatte nicht darauf geachtet, daß er sich den strömenden Schweiß mit demselben Tuch abwischte, das zur Reinigung der Hände diente.

Mitte Juli besuchte ihn Don Fabrizio, der Arzt. Van Dyck empfing ihn gutgelaunt und deutete auf die Leinwand.

«Seht sie Euch nur an, Don Fabrizio, die Madonna über den Wolken in all ihrem Glanz. Nun, wie gefällt sie Euch?»

Lange blickte der Arzt auf das unfertige Bild und faltete dann andächtig die Hände.

«Niemand könnte es Euch gleichtun, Meister Antonio. Euch hat die Madonna selber nach Sizilien geführt – möge sie gnädig sein und Euch vor allem Unheil bewahren. Die Pest hat schon über zweitausend Opfer gefordert.»

Van Dyck blickte erschreckt auf.

«Zweitausend! Das ist ja entsetzlich!»

Der Arzt nickte betrübt.

«Ja, mein Freund, und es werden von Tag zu Tag mehr. Die Seuche wütet vorerst fast nur in den Armenvierteln, doch das kümmert unsere reichen Bürger kaum und den Adel noch weniger. Diese Herrschaften flüchten sich in ihre Sommerhäuser in den Bergen und warten dort ab. Aber noch etwas anderes bewegt unsere Stadt. Vor zwei Tagen haben Jäger in einer Höhle auf dem Monte Pellegrino die verschollenen Gebeine der heiligen Rosalia wiederentdeckt. Sie war eine Nichte von König Wilhelm dem Guten und lebte dort oben als Einsiedlerin. Man will ihre Reliquien in den Dom überführen und hofft durch ihre Fürbitte auf ein Ende der

Pest. Die Rosenkranzbruderschaft hat mich zu Euch gesandt mit der Bitte, das Bild geringfügig abzuändern.»

Van Dyck runzelte die Stirn.

«Worum geht es?»

«Nur eine Kleinigkeit. Unter den Heiligen zu Füßen der Madonna soll an exponierter Stelle nun auch die heilige Rosalia stehen. Das wird Euch doch keine Mühe machen?»

Van Dycks Miene entspannte sich.

«Wenn es weiter nichts ist...»

Für den geschickten van Dyck bedeutete es tatsächlich keine große Mühe, doch nun kamen von allen Seiten Bitten und Aufträge, die Stadtheilige von Palermo, die fast schon vergessen war und an die sich jetzt viele Hoffnungen knüpften, als Fürbitterin darzustellen. Van Dyck sagte zwei kleinere Bilder zu, doch unter der Bedingung, erst die Rosenkranz-Madonna fertigstellen zu dürfen. Um ihn in Palermo zu halten, ging man auf seine Wünsche ein.

Ende Juli schien es, als habe die heilige Rosalia tatsächlich ein Ende der Pest bewirkt. Die Erkrankungen ließen nach, und sogar der Statthalter kehrte nach Palermo zurück. Er hätte es nicht tun sollen. Einige Tage später starb er an der Seuche – von wenigen betrauert. Doch es schien, als gehörte er zu den letzten Opfern, denn Mitte August schien die Pest fast erloschen.

Anthony van Dyck, der schon erwogen hatte abzureisen, blieb in der Stadt und arbeitete täglich an seinem Werk. Die schweren Augustgewitter vertrieben für einige Tage die lastende Hitze; ganz Palermo atmete auf und schöpfte neue Hoffnung. Gegen Ende des Monats kam Don Fabrizio in das Maleratelier, er wirkte ernst und bedrückt. Van Dyck versuchte ihn aufzumuntern.

«Was ist los mit Euch, Don Fabrizio? Die Pest ist fast verschwunden, die Fürbitte der heiligen Rosalia wurde erhört. Ihr könntet also ruhig ein fröhlicheres Gesicht machen.»

Der Arzt seufzte schwer.

«Ehe ich lange Worte mache, würdet Ihr mich auf einige Stunden in die Stadt begleiten? Ich bitte Euch nur um eines: nehmt ein Tuch mit und ein Fläschchen mit Duftessenz – Ihr werdet es brauchen.»

495

Van Dyck legte den Pinsel weg und fragte neugierig:

«Eine Überraschung? Nun – eine Pause wird mir guttun, und einem Freund soll man nichts abschlagen.»

So ritten sie auf gutmütigen Maultieren ins Innere der Stadt, kamen am Dom vorbei, umgingen den Komplex des Eremiten-klosters und hielten vor dem aus kleinen verwinkelten Gassen be-stehenden Viertel östlich der Kathedrale.

«Jetzt nehmt Euer Tuch, und tränkt es kräftig mit der Duft-essenz!»

Don Fabrizio machte es vor und ritt langsam voraus. Von Zeit zu Zeit wies er auf vermauerte Fenster und Türen.

«Da drin sind alle tot, da auch, und da. Ich habe den Behörden geraten, die Häuser einfach zuzumauern, weil man sie ja hier nicht gut anzünden kann, ohne daß die halbe Stadt abbrennt. Die Pest ist nicht erloschen, Don Antonio, sondern hat nur eine Pause ge-macht. Die meisten Menschen sind hier in den letzten Tagen ge-storben, die anderen geflüchtet.»

Es war, als ritten sie durch eine Totenstadt; nur Hunde und Katzen trieben sich auf den Straßen herum – und fette Ratten. Van Dyck wußte jetzt, warum sein Freund auf der Duftessenz bestan-den hatte. In den verlassenen Gassen stank es bestialisch nach Aas, Fäulnis und Krankheit, daß es van Dyck übel wurde, trotz des auf die Nase gepreßten Tuches.

Don Fabrizio brach die Führung ab, und sie ritten zum Hafen, um in der Meeresbrise tief Luft zu holen.

«Einige der Toten verfaulen in den zugemauerten Häusern, weil niemand sie herausholen will, auch nicht um hohen Lohn. Rettet Euer Leben, Don Antonio, und verlaßt Palermo, ehe die Seuche auf die Außenbezirke übergreift.»

Diesmal nahm Anthony van Dyck die Warnung ernst. Er ließ das halbfertige Rosenkranz-Gemälde verpacken und fuhr Anfang September nach Genua zurück, wo er bis in den Winter des Jahres 1627 blieb.

Eine Abordnung der Rosenkranzbrüder holte das inzwischen vollendete Gemälde ab. Während einer Feierstunde wurde es im Oratorio der Bruderschaft aufgehängt, und in den folgenden Wo-chen erregte es die Bewunderung von ganz Palermo. Um an die

Pest zu erinnern, hatte der Künstler zu Füßen der Heiligen einen Putto gemalt, der sich mit zugehaltener Nase schaudernd von einem Totenschädel abwendet.

Aus Anthony van Dyck wurde der gefeierte und später geadelte Hofmaler des englischen Königs, überhäuft mit Aufträgen und Ehren. Er starb, knapp zweiundvierzigjährig, am 9. Dezember 1641 in London. Die beiden für Auftraggeber aus Palermo geschaffenen Gemälde der heiligen Rosalia gelangten später in Museen nach New York und London, während die große meisterliche Rosenkranz-Madonna bis heute im Oratorio del Rosario ihren Platz hat.

Der Teufel in Catania

Er hatte nicht damit gerechnet, daß es soweit kommen würde. Damit nicht. Er war nicht des Teufels, hatte nur versucht, den Menschen zu helfen in ihren Krankheiten und Nöten, versucht gutzumachen, was die Herren Doctores verpfuscht hatten. Es war ja in der Regel so: die Armen kamen gleich zu ihm, weil sie sich den Arzt nicht leisten konnten, und die es konnten, kamen später – wenn die ärztliche Kunst versagte. Später – und oft auch zu spät.

Er nannte sich ‹Barbiere e Terapeutico›, und so stand es auch über der Tür seines Ladens: Barbier und Heilkundiger. Freilich kamen kaum noch Kunden, um sich die Haare oder den Bart scheren zu lassen; höchstens ein paar Nachbarn, die das von früher her so gewohnt waren. Aber sonst strömten ihm Menschen zu mit Geschwüren, Furunkeln, Ausschlägen, inneren und äußeren Schmerzen der unterschiedlichsten Art und auch solche mit Schmerzen der Seele, unglücklich Verliebte, Eifersüchtige, Choleriker und Melancholiker – und es gab nur wenige, denen Luca de Rossi, der Terapeutico, nicht helfen konnte. Dabei ging es immer mit rechten Dingen zu. Er kaufte nur bei den besten Apothekern von Catania ein; da gab es weder Zaubersalben noch Teufelsdreck, sondern nur erprobte Arzneien, die Luca meistens selber mischte. Zwar hatte er so manche eingebildete Krankheit mit angeblichen Zauberpillen geheilt, in die er harmlose Bitterkräuter mischte, denn eine Medizin durfte nicht zu angenehm schmecken.

So hatte es Luca de Rossi mit der Zeit dahin gebracht, daß man ihn nicht mehr als kleinen Bader ansah, sondern als tüchtigen Heilkundigen, der sich zu den besseren Leuten von Catania rechnete. Er zahlte reichlich in die Armenkasse seines Stadtviertels und ließ sich auch nicht lumpen, wenn in seiner Pfarrei dies oder jenes fehlte. Luca de Rossi war ein Signore, auf ihn konnte man zählen. Aber irgendwer mußte ihn denunziert haben, und er hatte da einen Verdacht, einen sehr begründeten.

Da seine Mitbürger ihn aus den genannten Gründen brauchten und schätzten, konnte nur Brotneid die Ursache der Verleumdung sein, also mußte einer der Arzte dahinterstecken. Oder sie hatten sich zusmmengetan, die Herren Doctores, um den leidigen Konkurrenten auszuschalten – für immer. Es fröstelte den Heilkundigen Luca de Rossi, und nicht nur, weil Ende Februar noch die Kälte des Winters in den dicken Kerkermauern steckte, sondern weil er wußte, daß die Heilige Inquisition keinen, den sie in ihren Krallen hatte, jemals wieder losließ. Er konnte sich seine Zukunft ausmalen: Tod während der Folter, Tod am Scheiterhaufen, Tod im Kerker. Tod in jedem Fall, seit die verdammten Spanier das Sanctum officium nach Sizilien gebracht hatten. Wer hatte sich vorher schon um Hexen oder Zauberer gekümmert? Schlimmstenfalls wurden leichte Kirchenbußen verhängt, wie das Stehen an der Kirchentür im Büßerhemd und mit einer fünfpfündigen Kerze in der Hand. Wer nichts zahlen konnte, wurde ausgepeitscht, und dann war die Sache vergessen. Aber die Herren Spanier hatten Methode in die Verfolgung gebracht, und alle schweren Fälle – gab es überhaupt leichte? – landeten im Palazzo Chiaramonte in Palermo, dem sizilischen Hauptquartier der Inquisition, die sich ironischerweise eine ‹Heilige› nannte. Keine Macht der Welt kam gegen sie an, und sogar der spanische Vizekönig Luigi dell' Hojo – bekanntermaßen kein Freund des Heiligen Officiums! – war dagegen machtlos.

Nun saß Luca seit zwei Tagen – oder war es schon länger? – in dem kalten Verlies und wußte nicht, ob man ihn heute zur peinlichen Befragung holen würde oder morgen oder in einem Jahr. Es ging die Rede davon, daß sie manchen Gefangenen einfach vergaßen, bis er in seinem Kerker verfault war. Er konnte nur hoffen, daß seine Frau Teresa das Barvermögen rechtzeitig beseite schaffte und ihre Bestechungsgelder an die Richtigen zahlte.

Und wie sicher die Herren des Heiligen Officiums ihrer Macht waren! Sie hielten es nicht für nötig, die Stadtwache in das Haus des Verdächtigen zu schicken, um ihn festnehmen zu lassen – nein, sie luden ihn vor, schriftlich und in aller Form. Erst wer dann nicht ‹freiwillig› erschien, den ließen sie holen. Anstatt augenblicklich sein schnellstes Pferd zu besteigen und sich in den Bergen zu verstecken, hatte Luca getan, was alle Vorgeladenen taten: im Bewußtsein seiner Unschuld war er im Castello Ursino erschienen, wo das Heilige Officium eine kleine Amtsstelle hatte. Hier wurden den Verdächtigen die ersten Fragen gestellt, man legte eine Akte an und versuchte es in harmloseren Fällen auch mit leichter Folter – aber das war alles nur ein Vorspiel, damit die Herren in Palermo sich nicht mit Bagatellen befassen mußten.

An jenem Abend hatte Luca gerade einen ‹Liebeszauber› für eine junge Witwe bereitet, die sich in einen Nachbarssohn verguckt hatte und den Burschen in ihr Bett kriegen wollte. Er mischte also ein paar harmlose Aphrodisiaka in einen feurigen Rotwein und freute sich auf das Abendessen mit der Familie, als es draußen klopfte. Nun, das war nichts Ungewöhnliches, viele klopften an Lucas Tür, doch der Ton war diesmal anders. Das war kein zaghaftes, kein bittendes Klopfen, auch kein ungeduldiges, wenn Dienstleute dringend irgendein Mittelchen für ihre Herrschaft besorgen, nein, das war ein bedächtiges, herrisches Klopfen, das nach Obrigkeit klang, gegen das es keine Auflehnung gab.

Luca öffnete, und ein junger Dominikanermönch überreichte ihm mit einer Verbeugung das gesiegelte Schreiben.

«Maestro Luca de Rossi?»

«Ja, Padre, das bin ich.»

«Das Heilige Officium lädt Euch zu einer Befragung. Es steht alles in dem Schreiben. Lest es in Ruhe durch, und verfügt Euch morgen ins Castello Ursino.»

Lucas Hand zitterte, als er das Schreiben entgegennahm. Hoffentlich hatte es der Mönch nicht bemerkt! Sie würden es sofort gegen ihn auslegen. Sein Hals war so trocken, daß er sich einen Becher Wein eingoß, die Hälfte verschüttete, unmäßig fluchte und sich beim Trinken auch noch verschluckte. Das Schreiben enthielt nur einige dürre Sätze. Man verdächtige ihn, sich bei seiner Heilkunst unlauterer Mittel zu bedienen, und wolle darüber Auskunft.

Unlautere Mittel! Was die Natur hervorbrachte, konnte nicht unlauter sein, und etwas anderes benützte Luca nicht.

Teresa erbleichte, als er ihr von der Vorladung berichtete. Sie berieten die halbe Nacht, was zu tun sei, und kamen doch zu keinem Ergebnis. Luca war wie gelähmt. Jetzt, im Gefängnis, fiel ihm ein, was er hätte tun müssen: Geld beiseite schaffen, sämtliche Bücher verschwinden lassen, alles tun, um etwaige Belastungen zu entkräften. Nichts hatte er getan, nichts. Bleich und zitternd war er zum Castello Ursino gegangen, und da hatten sie ihn ohne jede Befragung ins Verlies geworfen. Luca de Rossi versuchte zu beten, doch es wurde nur ein mechanisches Geplapper, nur hilflose Worte, geboren aus Angst.

2

Am nächsten Tag – oder war es der übernächste? – führten sie ihn zum Verhör. Nein, das war noch nicht die Folterkammer, sondern ein kahler Raum mit dem Kruzifix an der Wand, einem Tisch und einem Stehpult. Am Tisch saßen zwei Dominikaner, am Pult stand der Schreiber und spitzte gerade seine Federn.

«Luca de Rossi, Barbier und Heilkundiger in Catania, Ihr seid verdächtigt, Euch unerlaubter Mittel zu bedienen, das heißt, Ihr versucht mit magischen Sprüchen und Teufelsbeschwörungen Eure Mittel wirksamer zu machen.»

Der Mönch schlug ein Buch auf und sagte:

«Im Malleus maleficarum wird solches klar definiert. Da heißt es: ‹Zauberer sind die, welche gewöhnlich Hexenmeister heißen und wegen der Größe ihrer Taten so genannt werden. Sie sind es, die mit Zulassung Gottes die Elemente verwirren; sie verstören den Geist der Menschen, die weniger auf Gott vertrauen; und ohne einen Tropfen Gift, nur durch die Stärke ihres Zauberspruches vernichten sie die Menschen; daher sagt auch Lucanus: Nur durch Zaubergesang, nicht vom ätzenden Gifte bewältigt sinkt die Seele dahin. Denn nach Herbeiholung der Dämonen wagen sie zu handeln, bis sie durch ihre Künste ihre Feinde vernichten.› Was sagt Ihr dazu?»

«Hochwürdige Herren, das geht doch mich nichts an! Hier ist

von Feinden die Rede, aber ich habe keine Feinde! Meine Patienten sind meine Freunde, vielleicht ist mir einer davon gram, dem ich nicht helfen konnte – aber Feindschaft, nein!»

«Maestro Luca, aber wer sagt uns, daß Ihr Eure Kunst nicht nur zum Heilen gebraucht? Zehn Eurer Kunden mögen mit allerlei Krankheiten oder harmlosen Wünschen zu Euch kommen, aber der elfte könnte fragen: Habt Ihr nicht ein Mittel, um einen mir lästigen Menschen zu vernichten? Aus Rache, aus Eifersucht, aus Habgier – da gibt es viele Motive. Und Ihr laßt Euch Haare oder Fingernägel der Betreffenden besorgen, formt ein Figürchen, ruft mit Zaubersprüchen die Dämonen herbei, und irgendwer in Catania stirbt an einer rätselhaften Krankheit. Leugnet Ihr, in solchen Dingen Bescheid zu wissen?»

«Das leugne ich ganz entschieden! Und wenn Ihr ganz Catania hier vorführen und vernehmen laßt, so wird sich kein Mensch finden, der ein solches Mittel von mir verlangt oder erhalten hat – es sei denn, er lügt.»

Der eine Mönch, ein noch junger Mann mit glühenden Fanatikeraugen, blickte Luca scharf an.

«Seid Ihr da so sicher, Maestro Luca? Wir sind überzeugt, daß sich jemand fände. Es gibt da gewisse Beschuldigungen... Doch wir wollen die Wahrheit aus Eurem Munde hören. Wir müssen Euch ja nicht darauf hinweisen, daß uns noch andere Mittel zur Verfügung stehen als eine einfache Befragung. Die Wahrheit versteckt sich gerne, besonders wenn sie teuflischen Ursprungs ist. Man müßte sie hervorlocken, muß die von Dämonen gelähmte Zunge lösen. Wir haben Zeit, Maestro Luca, und wir haben die geeigneten Mittel. Ihr sollt wissen, was Euch bei weiterem Leugnen erwartet, und so werden wir Euch, wie es Recht und Brauch ist, unser Instrumentarium einmal vorführen.»

Auf einen Wink sprangen zwei Büttel herbei, nahmen Luca in ihre Mitte und führten ihn hinab in die Folterkammer, einem niedrigen lichtlosen Raum, tief unter der Erde.

Jetzt haben sie dich, dachte Luca verzweifelt, jetzt bist du ihnen ausgeliefert auf Gedeih und Verderb. Er stammelte ein kurzes Gebet, wußte aber zugleich, daß es nutzlos war.

Einer der Büttel feixte. «Da helfen keine Gebete, mein Freundchen, da hilft nur ein schnelles Geständnis, glaube mir. Das erspart dir viele Unannehmlichkeiten.»

«Vielleicht hilft ihm der Teufel?» meinte der andere. Beide lachten. «Der hat hier keinen Zutritt...»

Der nur von zwei blakenden Fackeln erhellte Raum war vollgestopft mit Gerätschaften aller Art. Von der Decke hingen Seilzüge, an den Wänden standen eiserne Stühle, Bänke zum Festschnallen, auf einem Brett hingen sauber aufgereiht verschiedene Peitschen, daneben Zangen und anderes Gerät, dessen Verwendung Luca nicht kannte, nicht kennen wollte.

«Fangen wir bei den Daumenschrauben an», begann der eine Knecht seine Erklärung. «Du mußt hier die beiden Daumen einlegen, und ich schraube dann zu – so!»

Er zog die Flügelschrauben ein wenig an, und Luca entfuhr ein Schmerzenslaut.

Da mußte der Büttel herzlich lachen. «Das ist ja nur ein Kinderspiel, ein harmloses Jucken gegen das andere.»

So wurden dem entsetzten Luca die Spanischen Stiefel erklärt, der Wippgalgen und die Feuerfolter.

«Hier im Kamin brennt ein Feuer, du bist gefesselt, und deine nackten Füße werden immer näher herangeschoben, bis du riechst, wie dein eigenes Fleisch schmort. Falls du dann noch bei Bewußtsein bist. Aber hier», er deutete auf zwei Eimer, «steht immer frisches Quellwasser bereit, um unsere Kunden wieder aufzuwecken.»

Luca de Rossi hatte genügend Phantasie, um sich die Qualen vorzustellen, die hier den Menschen bereitet wurden. Man führte ihn wieder nach oben.

«Nun, Luca de Rossi, jetzt weißt du, was dir blüht. Du kannst es dir ersparen, wenn du ein offenes Geständnis ablegst, bereust – vielleicht kommst du dann sogar mit dem Leben davon. Eine Kirchenbuße, eine Auspeitschung, dazu eine saftige Geldstrafe, wir wollen ja nur deine Seele retten, und wenn du willst, deinen Leib dazu. Übrigens haben wir in deinem Haus einige Bücher beschlagnahmt. Das sieht nicht gut für dich aus! Die ‹Compositiones› von Scribonius Largus mögen ja noch angehen. Das Buch dient der Heilkunst, wenn auch viel abergläubischer Unfug mit dabei ist.

Aber diese ‹Magiae naturalis libri viginti› von della Porta sind schon ein rechtes Teufelszeug, ein Lehrbuch für Zauberer, die sich der dunklen Mächte bedienen. Der Verfasser, glaube ich, starb auf dem Scheiterhaufen. Was haben wir da noch?»

«Nun – ich dachte, für berufliche Zwecke...»

«Nein, mein Freund, das sind Werke, die sich der dunklen Mächte bedienen. Schließlich gibt es zu diesen Themen auch gute und empfehlenswerte Bücher – doch genug davon. Wir hätten noch einige Fragen zu deiner – hm – ärztlichen Praxis. Vermutlich lassen sich in Catania einige Zeugen finden, die für dein ärztliches Können sprechen, Menschen, denen du – nun, geholfen hast. Es fragt sich nur, mit welchen Mitteln. Gold läßt sich durch harte Arbeit erwerben, aber auch durch schwarze Kunst gewinnen, wenn man seine Seele verkauft. Also, da wäre der Fall des Mädchens Adriana Terecati. Erinnerst du dich?»

Daß die Mönche ihn seit einiger Zeit duzten, hatte Luca in seiner Panik gar nicht bemerkt. Nur jetzt nichts Falsches sagen, nichts, woraus man ihm einen Strick drehen konnte. Natürlich konnte er sich an Adriana erinnern – ein trauriger Fall, aber ohne seine Schuld.

«Freilich, ehrwürdige Padres, kann ich mich daran erinnern. Das Mädchen starb leider an den Pocken...»

«Die du ihr angehext hast!» schrie ihn der junge Mönch an, und seine Augen leuchteten in heiligem Zorn.

«Angehext...», stammelte Luca, «aber ich habe doch versucht, sie zu retten...»

«Retten? Es gibt Zeugen, daß du unter anderem Sargnägel verwendet hast, um sie zu verderben. Zauberei! Schwarze Kunst! Was sagst du dazu?»

Luca schnappte nach Luft. Er fühlte seine Beine schwach werden und schaute sich nach einem Stuhl um. Die Herren bemerkten es und gaben dem Büttel einen Wink.

«Setz dich ruhig hin, Luca, wir wissen schon, daß die Wahrheit niederschmetternd wirkt. Du darfst uns dein Geständnis auch sitzend vortragen.»

«Aber meine Herren, warum hätte ich ein Kind töten sollen? Es gibt kein Mittel gegen Pocken...»

«Du wolltest dich rächen, weil ihr Vater dir Geld schuldete, weil er die Behandlung seiner Frau noch nicht bezahlt hatte.»

«Nein!» schrie Luca entsetzt, «das war alles ganz anders. Viele Patienten schulden mir Geld, manche schon seit Jahren. Adriana war damals zwölf Jahre, dünn und bleichsüchtig, und seitdem sie menstruierte, verschlimmerte sich ihr Zustand. Sie wurde häufig ohnmächtig, vertrug weder Hitze noch Kälte, ihr Zustand war besorgniserregend. Da tat ich, was jeder gute Arzt getan hätte, ich verordnete ihr blutbildende Mittel, und dazu gehört nun einmal Eisenwein. Ja, ich habe beim Schmied alte Nägel besorgt – keine Sargnägel –, habe sie in einem feuchten Tuch rosten lassen und sie dann einem starken Rotwein zugesetzt. Davon mußte sie täglich zwei Glas trinken, außerdem habe ich den Eltern geraten, sie einige Zeit aufs Land zu bringen, möglichst in die Berge. So ist sie zu Verwandten nach Enna gekommen, und dort hat sie sich die Pocken geholt. Nicht nur sie allein! Hunderte in Enna sind damals erkrankt…»

«Das ist deine Version», sagte einer der Mönche kalt, «es gibt Zeugen, daß die Nägel von einem Sarg stammen. Freilich ist das Mädchen an Pocken gestorben, auch die Dämonen bedienen sich bekannter Krankheiten, damit man ihnen nicht so leicht auf die Schliche kommt. Aber nun höre: Adrianas Eltern behaupten, daß ihre Tochter als Achtjährige schon die Pocken überstanden hatte. Dadurch wäre sie gefeit gewesen! Wie konnte es zu einer zweiten Ansteckung kommen? Nur durch Zauberei! Mit Satans Hilfe!»

«Das stimmt doch nicht!» rief Luca verzweifelt. «Adriana hatte damals die Varicellae oder, wie das Volk sagt, die Schafspocken. Diese Krankheit sieht ähnlich aus, hat aber nicht das geringste mit den echten Pocken zu tun, befällt nur Kinder und ist völlig harmlos.»

«Du versuchst dich herauszureden, Luca de Rossi, aber das wird dir nicht gelingen. Welcher Dämonen hast du dich bei deinen Zauberkünsten bedient? Nenne uns ihre Namen!»

«Dämonen? Ich kenne keine Namen, habe nie etwas mit solchem Teufelszeug zu tun gehabt. Ich besuche allsonntäglich die Messe, spende in die Armenkasse…»

«Tarnung, nur Tarnung, wir kennen das. Sagen dir diese Namen nichts: Astaroth, Forcas, Behemot, Asmodi, Marchocias...? Die müßtest du eigentlich kennen, hast sie vermutlich oft beschworen.»

In Lucas Kopf drehte sich alles. Natürlich hatte er diese Namen schon in Büchern gelesen, sie galten ja als Satans erste Handlanger. Doch beschworen hatte er sie nicht; im übrigen glaubte er nicht an sie. Damit ängstigten die Pfaffen ihre Schäflein, um sie schön zahm zu halten. Jetzt aber, da die Mönche der Inquisition diese Namen aussprachen, schreckten sie auch Luca de Rossi, wurden zu furchterregender Wirklichkeit.

«Ich habe sie nicht beschworen», wimmerte er, «hätte es niemals gewagt, mein Seelenheil aufs Spiel zu setzen. Ich schwöre es beim Leben meiner Familie, daß ich mich niemals mit dem Teufel eingelassen habe! Wer sich ihm ausliefert, ist verloren...»

«Gut, daß du das erkennst. Doch auch wer sich ihm ausgeliefert hat, kann noch gerettet werden, wenn er sich rechtzeitig in die gütigen Arme der Kirche flüchtet. Ein aufrechter wackerer Priester nimmt es mit allen Teufeln auf und kann auch dich aus den Armen der Dämonen reißen. Du mußt es nur wollen!»

Luca schwieg. Er hatte keine Kraft mehr, zu entgegnen, wußte, daß er diese Männer nicht überzeugen konnte.

«Du schweigst? Nun, das ist auch eine Antwort. Wir werden deine Zunge morgen früh in der Folterkammer lösen, und da wirst du sehr sehr gesprächig werden, mein Freund. Alle werden es. Alle!»

Er wandte sich an den Schreiber und diktierte:

«Das vorläufige Verhör des Luca de Rossi wurde heute ohne Ergebnis abgebrochen am achten Tag im Martius anno Domini 1669.»

Ein Wink, und Luca wurde hinausgeführt. Er warf zuvor noch einen kurzen Blick durch das Fenster, sah draußen das Meer in der Märzsonne glitzern, hörte leisen Vogelgesang. Zum letzten Mal, fuhr es ihm durch den Kopf, es wird das letzte Mal sein.

3

In seinem Verlies kauerte er sich in eine Ecke wie ein zu Tode getroffenes Tier. Noch war sein Körper unversehrt: Finger, Hände, Arme, Beine – dieses Wunderwerk Gottes war intakt und arbeitete präzise. Morgen um diese Zeit aber würden seine Daumen gequetscht und blau aufgequollen sein, die Gelenke aus den Pfannen gerissen, die Schienbeine vom Spanischen Stiefel zersplittert, die Füße mit Brandwunden bedeckt, der Rücken von den Rutenhieben zerfleischt…

Luca begann zu weinen, sein Körper zitterte vor Angst, Geist und Seele verdunkelten sich. Gab es keine Hoffnung, keine Rettung? Gott war ferne und schien auf Seiten der Inquisition zu stehen. Die Gebete konnte er sich sparen. Da fiel ihm seine Familie ein, seine tüchtige und energische Frau Teresa, die vier Kinder – seine kleine liebe Welt. Er hatte sich nie eine andere gewünscht, war ein stolzer Bürger Catanias gewesen und hatte – wie jeder gute Sizilianer – die Spanier gehaßt. Jetzt rissen sie ihn heraus aus dieser kleinen Welt und stießen ihn in die Hölle der Inquisition, machten aus dem Barbier und Heilkundigen einen Zauberer und Teufelsanbeter.

Luca de Rossi sah in der Ferne ein Licht der Hoffnung aufblitzen, ganz kurz und zaghaft zuerst, doch dann… Ihn schauderte. Doch die Angst vor Folter und Scheiterhaufen war größer. Er konnte nichts mehr verlieren. Wenn ihn das Heilige Officium zum Teufelsdiener machte, dann wollte er seinen Herrn auch anbeten und um Hilfe bitten.

Luca faltete die Hände, ließ sie aber gleich wieder sinken. Der Teufel will anders angebetet sein als – aber wie? Nein, anbeten genügt nicht, beschwören will ich ihn, um mir seine Kräfte dienstbar zu machen.

Luca kannte einige Beschwörungsformeln, hatte sie aber nicht ernst genommen. Da war doch die Geschichte des Theophilos von Adana, der den Satan beschwor, weil er dringend Geld brauchte. Er, Luca de Rossi, wollte kein Geld, bei ihm ging es ums Leben. Da ihm nichts anderes einfiel, stammelte er die magischen Worte:

Bagabi laca bachabe
Lamac cahi achababe
Karrelyos
Lamac lamec Bachlyas
Cabahagy sabalyos
Baryolas …

Die Worte verklangen, im dunklen Verlies blieb es still, nur ein leises Rascheln verriet die Anwesenheit von Ratten oder Mäusen. Von draußen hörte man das sanfte rhythmische Atmen des Meeres. Luca sagte alle Beschwörungsformeln herunter, die ihm einfielen, dazwischen nannte er die Namen der Teufelsdämonen, bat Astaroth um Hilfe, flehte Behemoth an, schmeichelte dem Asmodi mit schönen Worten, versprach dem dreiköpfigen Baal seine Seele.

Sein Körper beruhigte und entspannte sich, eine unsinnige Hoffnung keimte in seiner verwirrten und verängstigten Seele auf. Dann schlief er vor Übermüdung ein, tauchte unter in einem Wirbel von Traumbildern, die so schnell vorüberzogen, daß er kaum Einzelheiten wahrnahm. Nur einmal zeigte sich ihm der Höllenfürst in seiner düsteren Pracht, gehüllt in einen feurigen Mantel, mit Bocks- und Menschenfuß, das gehörnte schreckliche Haupt von roten Haaren umflaumt, den spitzzähnigen Rachen weit aufgerissen, als wolle er die ganze Welt verschlingen. Und doch flößte dieses Bild ihm keinen Schrecken ein, sondern die unsinnige Hoffnung, daß dieser da – er fand keinen Namen dafür – ihm helfen werde. Von der Teufelsgestalt ging ein Schwefelgeruch aus, der schmerzhaft die Nase beizte und Luca de Rossi erwachen ließ.

Er richtete sich auf, und da war er immer noch, der durchdringende Geruch nach brennendem Schwefel. Luca erstarrte. Sollten seine Beschwörungen inzwischen gewirkt haben? Er blickte sich um. Ein sanfter rötlicher Schein erfüllte das kleine niedrige Verlies, ein Schein, der von oben aus dem schmalen Lichtschacht hereindrang. Luca erstarrte. Der Teufel war da, die Hölle warf ihren Flammenschein in seinen Kerker, der Schwefelgeruch verriet seine Anwesenheit. Plötzlich reute es ihn, und die Folterkammer verlor ihren Schrecken vor den ewigen Qualen der Verdammnis. Er würde seine Seele verkaufen müssen, um freizukommen, für ein paar Jahre irdischen Lebens – und dann…? Er wagte es nicht, den Gedanken zu Ende zu führen.

Da hörte er ein leises Rauschen, ein seltsames Krachen und Knistern, während der rote Schein sich verstärkte. Luca glaubte, den feurigen Atem der Hölle zu spüren, fühlte auch eine zunehmende Wärme. Er starrte auf die Tür. Gleich würde sie auffliegen, und die Dämonen würden ihn aus dem Kerker zerren.

«O mein Gott, o mein Gott…», wimmerte er, «laß mich nicht im Stich, liefere mich nicht den Teufeln aus. Ich werde alles tun, was du willst, werde gestehen, nur verlaß mich nicht…»

Da schien plötzlich das ganze Castello zu schwanken, von der Decke rieselte der Mörtel, der Boden unter ihm schaukelte, als seien es Schiffsplanken auf hoher See. Und die Tür öffnete sich. Sie sprang nicht mit einem höllischen Krachen auf, wie Luca es erwartet hatte, sie öffnete sich langsam und leise knarrend. Er hörte draußen wirre Stimmen, hörte Laufen und Schreien, als sei – ja, als sei eben der Teufel los.

Luca ermannte sich, trat zur Tür, stieß sie ganz auf und trat zögernd hinaus. Ein Knecht hastete keuchend vorbei.

«Hau ab!» rief er Luca zu, «die ganze Stadt brennt!»

Mein Gott, dachte er, wenn der Teufel mir auf diese Weise hilft, dann bin ich wirklich verdammt. Dann überkam ihn plötzlich das Gefühl der Freiheit, und mit einem Jubelschrei stürmte er die Kerkertreppe hinauf, sah eine offene Tür, lief durch den Raum bis ans Fenster und blickte hinaus. Der Blick ging nach Norden, und was Luca de Rossi sah, benahm ihm den Atem.

Ein Teil der Stadt stand in Flammen, während sich zähe rote Ströme flüssiger Lava durch die Straßen wälzten, Häuser und Bäume mit feurigen Armen umfaßten, bis sie aufloderten. Der Schwefelgeruch war jetzt so stark, daß Luca die Augen tränten, während die Hitze der brennenden Stadt die Luft mehr und mehr erwärmte. Soweit er es feststellen konnte, bewegte sich einer der Lavaströme in Richtung auf den Hafen, an dessen Westseite das Castello Ursino erbaut war. Wieder schwankte unter ihm der Boden, und Steine fielen von der Decke. Luca sprang durch das ebenerdige Fenster hinaus und rannte, ohne lange zu überlegen, in östlicher Richtung, wo sich sein Haus befand.

Die Sonne stand schon einige Stunden am Himmel, doch für Catania war es noch immer Nacht. Eine dichte Wolke aus Rauch und Asche wölbte sich über die Stadt, die dabei war, von ungeheuren Fluten glühender Lava eingeschlossen, erstickt und verbrannt zu werden.

Luca kannte jeden Winkel seiner Heimatstadt und hätte sich auch in finsterer Nacht leicht zurechtgefunden, doch jetzt ging er dauernd in die Irre, denn Catania hatte sein Gesicht verändert. Ganze Häuserzeilen lagen in Schutt und Asche, während sich der rotglühende Lavastrom unaufhaltsam darüberschob, gespeist von immer neuen Ausbrüchen des Ätna. Der Feuerberg hatte sich hinter dichten Rauchwolken versteckt – ein Ungeheuer, das im Verborgenen wütete. Die Menschen stürzten schreiend aus ihren zusammenbrechenden Häusern, sahen sich von glühender Lava eingeschlossen, fanden keinen Ausweg, krochen wieder zurück in ihre Hütten, wurden dort erschlagen oder verbrannten.

Luca sah es mit Entsetzen, und immer wieder hämmerte es in seinem Kopf: Du bist schuld! Du bist schuld! Du bist schuld! Du hast Satan um Hilfe gebeten, und um dich zu retten, vernichtet er eine ganze Stadt. Er kam nicht mehr los von diesem Gedanken und wollte wenigstens etwas von seiner Schuld wieder gutmachen. So zerrte er Menschen aus qualmendem Schutt, trug schreiende Kinder aus der Gefahrenzone und wußte doch, daß es nirgends Sicherheit gab, daß die Stadt in einigen Stunden ausgelöscht sein würde.

Da lief eine Frau aus ihrem brennenden Haus; Flammen züngelten an ihren Kleidern, Luca warf sie nieder und wälzte sie am Boden, doch die Frau sprang sofort wieder auf und wollte ins Haus zurück.

«Mein Kind!» schrie sie wie irr, «mein Kind ist noch drin, ich muß es holen! Mein Kind!»

Luca riß die Schreiende am Arm zurück und hörte von oben den Ruf «Mama, Mama!» Er blickte hinauf und sah ein kleines Mädchen auf dem schmiedeeisernen Balkon stehen, während Rauch und Flammen aus der geöffneten Tür drangen. Das Kind war so alt wie eine von Lucas Töchtern und begann laut zu weinen. Er stellte sich unter den Balkon und rief:

«Spring! Laß dich fallen, mein Kleines, ich fange dich auf. Los, spring!»

«Spring herab, mein Schätzchen, der Onkel fängt dich wie einen Ball», rief nun auch die Mutter, und da hörte das Mädchen zu weinen auf und fragte mit großen Augen:

«Wie einen Ball?»

«Ja», rief Luca, «das ist jetzt ein Spiel: du bist der Ball, und ich fange dich auf.»

Da kletterte die Kleine über das Geländer und sprang mit geschlossenen Augen in Lucas geöffnete Arme. Die Wucht des Aufpralls riß ihn um, doch er hielt das Kind fest, und es blieb unverletzt.

«Gott segne Euch!» rief die Mutter und hastete mit der Kleinen davon. Luca spürte beim Aufstehen einen flüchtigen Schmerz an der Schulter, doch er achtete nicht darauf.

Die Lava hatte sich jetzt in zwei Hauptströme gespalten und hielt so das Zentrum der Stadt in glühender Umarmung, aus der es keinen Ausweg mehr gab. Wer ein Boot im Hafen hatte und nicht schon vor einigen Stunden geflohen war, kam nun zu spät, denn einer der beiden Lavaströme ergoß sich brausend und zischend ins Hafenbecken und füllte es langsam auf. Der dadurch entstehende Wasserdampf nahm jede Sicht, außerdem brandeten ungewöhnlich hohe Wellen ans Ufer. Das war die Folge des Erdbebens, das den Vulkanausbruch zu Anfang begleitet und Luca aus seinem Verlies befreit hatte.

Luca de Rossi fand sich nicht mehr zurecht. Einige Male hatte er geglaubt, in der Nähe seines Hauses zu sein, doch das sich ausbreitende Feuer zwang ihn zu immer neuen Umwegen. Seine Hände waren zerschunden und mit Brandblasen bedeckt, die Schulter schmerzte immer stärker, und die Schuhe hingen halb verkohlt und in grotesken Fetzen an seinen Füßen. Immer häufiger hatte er über glühende Balken laufen müssen, um überhaupt noch aus der Flammenhölle herauszufinden.

Nun aber war Luca endgültig eingeschlossen. Eine brennende Häuserzeile versperrte ihm den Weg nach vorne, zu seiner Rechten wälzte sich der breite Lavastrom auf die Küste zu, und zur Linken häufte sich ein steiler, noch glimmender Schuttberg eines

Patrizierpalastes, den das Erdbeben gefällt hatte. Für ihn gab es jetzt nur noch zwei Möglichkeiten: er konnte umkehren und in den Springfluten ertrinken oder warten, bis ihn das Feuer verbrannte.

Er hatte sein Leben verspielt. Bei seiner Einlieferung ins Gefängnis der Heiligen Inquisition war er noch ohne Schuld gewesen, aber in jener Nacht hatte er sich schuldig gemacht – schuldig der Teufelsbeschwörung. Nun würde er selber vollziehen, was sonst die Aufgabe des Sanctum officiums war: er verurteilte sich zum Feuertod, als Sühne für den Teufelspakt.

Luca ging festen Schritts auf die brennenden Häuser zu, von denen schon einige zusammengestürzt waren. Doch da stand noch eines aufrecht mit weit offenem Portal. Er blieb stehen und flüsterte: «Mein Jesus Barmherzigkeit, Gott verzeih mir, Jungfrau Maria steh mir bei!»

Dann lief Luca de Rossi, wie von Teufeln gehetzt, in das brennende Haus.

In der Zeit vom 8. März bis Mitte Mai 1669 zerstörte ein schwerer Ausbruch des Ätna zusammen mit einem verheerenden Erdbeben zehn Ortschaften und Städte oder beschädigte sie schwer. Die Katastrophe – hier aus erzähltechnischen Gründen auf einen Tag verlegt – vernichtete weite Teile von Catania und kostete mehreren tausend Menschen das Leben. Das Castello Ursino – damals Gefängnis – blieb schwer beschädigt stehen und ist heute mehrere hundert Meter vom Meer entfernt. Die Lavamassen veränderten Stadt und Küste völlig. Beim Wiederaufbau schnitt man schwarzen Basalt aus der erkalteten Lava, was der Stadt einen düsteren Eindruck verleiht. Da und dort ist der erstarrte Lavastrom noch zu sehen und erinnert eindringlich an jene Schreckenstage der auch später häufig von Erdbeben heimgesuchten Stadt.

Turi Bonanno heiratet die Witwe Angelina

I

Ein paar Meilen von dem Bergstädtchen von Mussolemi entfernt lag auf einer kleinen Anhöhe, von hohen Flaumeichen gesäumt, das Gut Le Querce, seit fünf Generationen im Besitz der Grafen von Caltanello. Es war nur eines von sechs Gütern der alten Adelssippe und nicht das ertragreichste. Seit vielen Jahren war es verpachtet an die Familie Gaetani, deren jetziges Oberhaupt, Don Silvio, einen Teil des Landes an Kleinbauern unterverpachtet hatte. Ein paar Dutzend von ihnen lebten in dem Dorf Ruggello. Nur wenige besaßen auch eigenes Land, das aber durch die immerwährende Erbteilung auf eine Größe geschrumpft war, die in den seltensten Fällen nicht mehr als einen schmalen Acker, ein paar Oliven- oder Mandelbäume ausmachte. Davon konnte keine Familie leben, und so bewirtschafteten die Kleinbauern ihren Pachtgrund und wendeten dafür den größten Teil ihrer Arbeitskraft auf, um über den Pachtzins hinaus noch etwas für sich zu erwirtschaften. Ihre Liebe, ihre Zuwendung, ihr Hoffen und Sehnen aber gehörte der ‹Roba›, dem eigenen Besitz, den es zu bewahren und nach Möglichkeit zu erweitern galt.

Nach dem Tod des Vaters waren für Salvatore Bonanno vierundzwanzig Olivenbäume und ein Kornacker von vielleicht sieben Tomolli (ca. achttausend Quadratmeter) Umfang geblieben. Ein winziger Besitz, aber doch immerhin etwas. Andere besaßen weniger oder gar nichts. Auch nach dem Tod des Vaters ging das Leben weiter wie bisher. Turi, wie ihn alle nannten, arbeitete mit seinem Bruder auf Don Silvios Äcker, die Mutter blieb im Haus und versorgte die beiden Enkel; denn Pino, der ältere Bruder, war seit zwei Jahren verheiratet. Die beiden Schwestern arbeiteten auf dem Gut von Don Silvio und lebten auch dort.

513

Seit Pino verheiratet war, gab es zwischen ihm und Turi Spannungen. Der Dammuso, das kleine Bauernhaus, war zu eng geworden, und Turi neidete dem Bruder das nächtliche Gewisper und die lustvollen Geräusche, die aus der Ecke kamen, wo das Ehebett stand. Der Dammuso nämlich hatte nur einen einzigen Raum, und hier wurde gegessen, geschlafen, gezeugt, geboren und gestorben.

Turi beschloß, nach einer Frau Umschau zu halten, aber das war sehr schwierig, denn er stellte schon gewisse Ansprüche. Freilich nicht an die Schönheit oder an ein bestimmtes Alter – es genügte, wenn das Mädchen gesund und gebärfähig war. Worauf es Turi ankam, das war die Mitgift. Die Tochter eines besitzlosen Landarbeiters würde sich leicht finden, aber danach stand ihm nicht der Sinn. Zu seinem Acker und den Olivenbäumen sollte ein Mandelgärtchen, ein paar Feigen- oder Zitronenbäume kommen. Wer nichts hat, dachte Turi, kann auch nichts verlangen, aber ich habe etwas!

Seinem älteren Bruder, jetzt Haupt der Familie, wäre es freilich lieber gewesen, Turi bliebe unverheiratet, und wenn es dann der Himmel so fügte, daß er auf irgendeine Weise zu Tode kam – so etwas gab es schließlich –, dann bliebe Turis väterliches Erbe in der Familie. Pino war freilich auch nüchtern genug, seinen eigenen Tod in Betracht zu ziehen; dann wäre es besser, wenn Turi nach schicklicher Trauerzeit seine Schwägerin heiratete und sein Erbe wieder mit einbrächte.

Von diesen Überlegungen wußte Turi nichts, und sie hätten ihn auch wenig berührt. Was Pino dachte, war seine Sache, er, Turi, wollte sich jetzt nach einer passenden Frau umsehen.

Am Dorfrand lebte Tullio, der früher Mesner gewesen war, von seinem Ersparten in einer verdreckten und verwanzten Hütte, einschichtig, schlau und verschlagen. Er kannte sich aus mit den Familienverhältnissen in und um Mussomeli, wußte bei jedem der umliegenden Dörfer und Gehöfte, wer gestorben und geboren war, wer sich verheiratete und wer vorhatte, dies zu tun. Er nahm Geld für Kuppel- und Späherdienste, aber wer in Turis Lage war, kam ohne ihn nicht aus.

Da Tullio auf Form hielt, schickte ihm Turi eines Sonntagmorgens einen Jungen ins Haus und ließ anfragen, ob er ihn am Nachmittag besuchen könne. Nach dem Vesperläuten könne er kommen, ließ Tullio ausrichten.

Mit einem leisen Unbehagen machte sich Turi auf den Weg. Der alte Mesner konnte, wenn auch notdürftig, schreiben und lesen, wußte mehr als die anderen und stellte so eine Art Macht dar. Und mit den Mächtigen, das war Turi von Kindheit an eingebleut worden, mußte man sehr sorgsam umgehen. Der kleine Bauer und Landarbeiter stand ja ganz unten in der Reihe, und über ihm gab es nur die anderen, die mehr hatten, mehr konnten, mehr wußten – angefangen bei dem alten schmierigen Tullio. Dann ging es weiter mit dem Pfarrer, dem Großpächter, den Baronen und Gutsbesitzern, bis hinauf zum Viceré (Vizekönig), der in Palermo über die ganze Insel gebot und dessen Namen Turi nicht kannte, ebensowenig den des spanischen Königs, zu dessen Reich Sizilien gehörte. Diese Mächtigen waren so hoch oben, sie kamen für Turi nicht in Betracht. Er hatte es mit Tullio zu tun, mit Don Virgilio, dem Pfarrer, und mit den Aufsehern von Don Silvio, dem Gutspächter. Diese Aufseher waren rechte Sklaventreiber, und wer es ihnen nicht recht machte, hatte es höllisch schwer auf den Feldern und Äckern von Le Querce, wenn er überhaupt noch eine Arbeit bekam.

Turi biß die Zähne zusammen. Eben weil es so war, mußte ihm Tullio eine Frau besorgen, die etwas hatte, und seien es nur ein paar Feigenbäume oder einige Carozzi Land. Natürlich war es auch sonst recht angenehm, ein Weib im Hause zu haben, eine, die aufs Wort gehorchte und für die es auf der Welt nur zwei Autoritäten gab – den Ehemann und den Pfarrer. Turi war schließlich schon zweiundzwanzig, da hatten andere schon eine Stube voll Kinder. Bisher hatte er sich verhalten, wie sie es eben alle taten in seiner Lage. Als Halbwüchsiger hatte man sich gegenseitig beholfen, und das konnte recht lustig sein. War man beim Schafe- oder Ziegenhüten allein, dann mußten eben die Muttertiere herhalten, aber für einen Erwachsenen gehörte sich das alles nicht mehr. Ein paarmal war Turi bei der alten Hure in Mussomeli gewesen, aber danach taten ihm die fünf Grani jedesmal leid.

Und da war er auch schon angelangt, vor dem windschiefen

Häuschen des alten Tullio, das am Dorfrand über einem Abhang stand. Zaghaft klopfte er an. Nichts. Er klopfte stärker. Wieder nichts. Eine Weile lauschte er, ob sich drinnen etwas regte, doch er hörte nichts. Gerade als er ein drittes Mal klopfen wollte, öffnete sich die Tür. Mit einem Schwall verbrauchter Luft, die nach Ungeziefer, Schweiß und altem Käse stank, trat Tullio heraus. Sie begrüßten sich.

«Komm, setzen wir uns in den Garten zu einem Becher Wein.»

Das verwahrloste Gärtchen hinter dem Haus war mühsam dem Hang abgerungen und drohte bei jedem stärkeren Regen abzurutschen. Tullio stellte die verdreckte Flasche und zwei Holzbecher auf den Tisch.

Sein dünnes graues Haar stand ihm verstrubbelt vom eckigen Kopf ab, in den Falten der schlaffen Wangen nistete uralter Schmutz. Doch die Augen, die kleinen, schwarzen, glitzerten wach und schlau und sagten deutlich: Hier ist einer, der läßt sich nicht betrügen und hintergehen, einer der klüger ist als du.

Sie tranken einen Schluck, und Turi wollte gerade fragen, ob Tullio die Wein- mit der Essigflasche verwechselt habe, doch er schluckte die Bemerkung mit dem sauren Gesöff hinunter. Sie redeten dies und das, bis Tullio unvermittelt fragte:

«Du willst doch etwas von mir. Sprich ruhig aus, was dich drückt. Hier hört uns keiner, und ich bin verschwiegen wie ein Grab.»

Turi wußte, daß dies stimmte, denn der Alte verriet niemals ein Geheimnis seiner ‹Kunden›, es sei denn, alle wußten es schon.

«Ja, das ist so, Don Tullio…», begann Turi, der dem anderen mit der unverdienten Anrede ‹Don› schmeicheln wollte. «Also, Ihr wißt ja, daß mein Vater gestorben ist. Das Erbe wurde geteilt, und mich leidet es nicht länger im Haus meines Bruders.»

Die kleinen schwarzen Augen glitzerten lustig.

«Ich verstehe dich gut. Da gibt es nachts bestimmte Geräusche, wenn zwei sich vergnügen, und man selber liegt allein im Bett, kann nicht schlafen, muß das alles mit anhören…»

«Woher wißt Ihr das?» platzte Turi heraus.

Der Alte winkte ab.

«Ich weiß viel, und du bist nicht der einzige in einer solchen

Lage. Du möchtest also heiraten, und ich soll dir eine Frau besorgen.»

Turi atmete hörbar auf.

«Genauso ist es, Don Tullio!»

«Und sie soll möglichst ein Haus haben, ein paar Äcker, einen Oliveto, einen Weinberg, einen Obstgarten mit Feigen und Zitronen und noch einen Sack Bares. So ist es doch?»

Turi wand sich.

«Ihr übertreibt, Don Tullio. Ich meine natürlich schon, daß etwas dasein müßte, eine Kleinigkeit, damit man zusammenlegen kann…»

«…und nicht mehr für Le Querce schuften muß!» vollendete Tullio grinsend.

«Dazu wird es wohl nicht kommen», sagte Turi leise.

Der Alte klopfte ihm auf die Schulter.

«Natürlich nicht. Bist ein vernünftiger Bursche. Zur Zeit ist allerdings kein Mädchen in der von dir gewünschten Art verfügbar. Die meisten kriegen nichts mit als den Segen der Eltern; zwar wüßte ich eine, die ein Säckchen Tari von einem Onkel zu erwarten hat. Doch die ist schon achtundzwanzig, und der Onkel lebt noch, gesund und munter. Aber ich werde mich umsehen und versuchen, deinen Acker und die vierundzwanzig Olivenbäume nebst ihrem Besitzer den heiratswilligen Mädchen anzubieten.»

Turi wunderte sich keineswegs, daß Tullio seine Besitzverhältnisse so genau kannte, und es erhöhte nur seinen Respekt für den schmierigen, alten und erzschlauen Kuppler.

«Ja, darum bitte ich Euch, Don Tullio.»

Der grinste und sagte:

«Dann bezahlst du mir jetzt einen Taro, und das heißt, daß du für ein Jahr auf meine Dienste rechnen kannst. Das wird auch genügen, glaube ich, um dich vor den Altar zu bringen. Gleich nach der Trauung sind weitere drei Tari fällig. Wenn du damit einverstanden bist, schlag ein – wenn nicht, so geh mit Gott und versuch es woanders.»

Turi wußte, daß der Alte nicht mit sich handeln ließ, und schlug ein.

Danach begann wieder der Alltag für Turi Bonanno, aber es schmerzte ihn jetzt nicht mehr so, wenn nachts das Stroh auf Pinos Bett im Gleichmaß raschelte, wenn das Ächzen immer lauter wurde und es deutlich nach Frau roch. Auch Don Silvios Aufseher brachte seinen Zorn nicht mehr so zum Kochen, weil er sich sagte, wenn Tullio mir eine Frau besorgt, die etwas hat, dann werde ich nur noch drei Tage in der Woche arbeiten und nicht mehr sechs.

Die Aufseher brüllten zwar viel herum, doch sie kannten ihre Grenzen und wußten, daß es gelegentlich unter ihnen einen Toten gab, den man lange nicht fand, weil ihn sein Mörder in eine Schlucht geworfen oder in dichtem Buschwerk versteckt hatte. So lange man sich in der Umgebung von Mussomeli erinnern konnte, war keiner der Mörder je gefunden worden, weil alle sich eisern an das Gesetz der Omertà hielten.

Tullio ließ lange nichts von sich hören, und Turi wagte es nicht, von sich aus nach Neuigkeiten zu fragen. An einem Sonntag nach der Messe sprach der Alte ihn an.

«Schau nach dem Essen bei mir vorbei.»

Zitternd vor Ungeduld klopfte Turi an Tullios Tür. Sie setzten sich in den Garten.

«Ehe wir irgend etwas in Angriff nehmen, brauche ich deine Zusicherung, daß du dir einen Dammuso bauen wirst.»

Daran hatte Turi noch gar nicht gedacht.

«Neben dem Haus meines Bruders ist noch Platz. Ich werde mit ihm schon klarkommen.»

«Gut. Ich nenne dir jetzt drei Möglichkeiten. Da wäre ein Mädchen aus einem kleinen Hof, ungefähr fünf Wegstunden entfernt. Die Eltern sind tot, ihre Brüder wollen sie auszahlen. Sie ist siebzehn und hat etwa zwanzig Tari zu erwarten.»

«Kein Land?»

«Nein, kein Land. Dann wüßte ich noch auf Le Querce eine Küchenmagd, die mit anderen Geschwistern am Erbe eines verstorbenen Vetters beteiligt ist. An sie wird der dritte Teil eines Obstgartens fallen, mit Pfirsichen, Mandeln und Zitronen, alles in allem etwa zwanzig Bäume.»

«Kein Land, keine Äcker?»

«Nein, nur die Bäume. Jetzt zum dritten Fall. Ganz in unserer Nähe lebt ein Pächterehepaar, jung verheiratet, die Frau ist im dritten Monat schwanger. Ihr Mann hat sich als Aufseher in Le Querce beworben, und irgendwem hat das nicht gefallen, jedenfalls hat er ein Loch in der Brust und wird die nächsten Tage sterben. Vermutlich hast du davon gehört. Don Virgilio hat gestern seinen Versehgang gemacht, es ist also keine Hoffnung. Nach der angemessenen Trauerzeit wäre die Witwe zu haben, das Kind muß dann adoptiert und übernommen werden.»

Da Tullio schwieg, sagte Turi zögernd.

«Eine Witwe? Na, ich weiß nicht... Und auch noch einen fremden Balg großziehen?»

Der Alte lächelte still.

«Du hast ja noch gar nicht gefragt, was sie mitbringt. Sie und ihr Kind erben einen Grund von gut zwanzig Tomoli Umfang, dazu einen kleinen Oliveto und ein paar Tari sollen auch noch dasein.»

Turi bekam große Augen.

«Zwanzig Tomoli! Und wie groß ist der Oliveto?»

«Sollen gut fünf Dutzend Bäume sein, nicht zu alt und sehr ertragreich. Allerdings kann ich nicht mehr für dich tun, als dich auf diese Möglichkeit hinweisen. Du weißt, die Trauerzeit ist lang, und ich fürchte, andere Bewerber werden auch noch dasein. Aber nicht jeder wird, wie du, einen Acker und vierundzwanzig Ölbäume mitbringen. Sobald der Mann tot ist, mußt du Angelina behutsam umwerben. Natürlich gibt es Verwandte, die sie an einer neuen Ehe hindern wollen, damit der Besitz in der Familie bleibt. Du bist ein schmucker Bursche, Turi, du mußt sie halt rumkriegen.»

«Welche Angelina?» fragte Turi.

«Angelina, Frau des Saverio Titone, der ein Loch in der Brust hat.»

Turi kannte die beiden flüchtig, denn er war bei der Hochzeit geladen gewesen. Das Haus lag auf einem Hügel in Nähe von Ruggello. Seine Mutter war mit den Eltern des Mannes um viele Ecken herum verwandt.

Natürlich hatte sich Saverios Verwundung nicht geheimhalten

lassen, doch ehe die Polizei etwas herausfinden konnte, war er gestorben, und für Angelina begann das Trauerjahr.

«Saverio Titone ist tot», bemerkte Turi beim Essen. Pino schwieg, doch die Mutter sagte:

«Da hat 'Ncilina Pech gehabt. Saverio hat noch zwei Brüder, die werden herausfinden müssen, wer ihn umgebracht hat.»

Pino und Turi nickten.

«Das ist ihre Pflicht», sagte der Ältere, und Turi meinte:

«Saverio hätte sich nicht bewerben sollen. Die Leute mögen es nicht, wenn einer aus der Gegend Aufseher wird.»

Die Mutter sagte:

«Und er wäre es geworden. Seine Mutter soll, als sie noch ledig war, etwas mit Don Silvio gehabt haben. Viele meinen, er sei sein Sohn. Sie war ja Küchenmädchen auf Le Querce, und Don Silvio galt als ein rechter Schürzenjäger. Damals…»

«Das geht nur die Familie etwas an. Jedenfalls hat er zwei Brüder, und sie müssen für die Vendetta sorgen», sagte Pino.

«Gibt es schon einen Verdacht?» fragte Turi.

«Man hört so einiges reden, aber wir halten uns da raus, hast du verstanden?»

Turi haßte es, wenn sein Bruder das Oberhaupt der Familie spielte.

«Dazu brauche ich deinen Rat nicht!» sagte er ruppig und fuhr mit seinem Löffel tief in die Caponata, die mit Auberginen, Zwiebeln und Knoblauch angemacht war.

«Morgen machen wir einen kurzen Trauerbesuch. Immerhin sind wir mit den Eltern des Verstorbenen» – sie bekreuzigte sich – «irgendwie verwandt. Meine Mutter hat es noch erklären können, aber ich kann mich nicht mehr erinnern.»

Es war üblich, daß die Kondolenzbesuche der engeren Verwandten und vertrauten Freunde in den ersten Tagen nach der Beerdigung erfolgten, während alle anderen in einem schicklichen Abstand erschienen.

Als Pino und Turi mit ihrer Mutter vor Angelinas Tür standen, war Saverio schon über eine Woche unter der Erde. Die Witwe öffnete die Tür nur einen Spalt und bat die Besucher mit einer Handbewegung herein. Sie drückten ihr stumm die Hand und setzten sich mit ihr an den Tisch. Sie kredenzte verdünnten Wein und etwas Käse, geredet wurde nicht viel.

Turi betrachtete Angelina genau. Sie war vom derben Schlag: klein, kräftig, mit kurzen dicken Beinen; das runde, ausdruckslose Gesicht wirkte verschlossen und in sich gekehrt. Ihre schwarzen Brauen waren auf der Stirn zusammengewachsen, auf der dicken Oberlippe lag der schwarze Hauch eines Damenbartes. Nein, sie war gewiß keine Schönheit, doch ihr Grundbesitz machte sie für Turi begehrenswert und ließ ihn alles andere übersehen. Er ging als letzter hinaus, so daß er ihr noch zuflüstern konnte:

«Wenn ich dir irgendwie helfen kann, 'Ncilina…»

Sie senkte nur stumm den Kopf, doch Turi war froh, daß sie schon jetzt von seinem Interesse für sie wußte.

Die Mindesttrauerzeit für eine Witwe war im bäuerlichen Sizilien auf ein Jahr festgesetzt, und man erwartete von ihr, daß sie ihr Haus nur zu den allernotwendigsten Verrichtungen verließ. Sie mußte wie eine Gefangene leben und durfte, nachdem alle kondoliert hatten, nur die engsten Verwandten ins Haus lassen. Die einzige Möglichkeit, um unter die Leute zu kommen, war die Sonntagsmesse, und auch da wurde peinlich darauf geachtet, daß sie mit anderen nicht zu viele Worte wechselte.

Turi ließ sich fünf Wochen Zeit, bis er nach der Kirche wie zufällig an ihr vorbeistrich und flüsterte:

«Ich bin für dich da, 'Ncilina, vergiß das nicht.»

Die junge Witwe tat, als hätte sie nichts gehört, und Turi nahm es als gutes Zeichen.

Von Tullio kam ein verstohlener Wink. Sie gingen beiseite, und der Alte sagte:

«Ich sehe, du bemühst dich. Andere tun das leider auch, wie sich herausgestellt hat.»

Als Turi ein erschrockenes Gesicht machte, beruhigte er ihn.

«Keine Angst, lauter Habenichtse, die sich in ein gemachtes Nest setzen wollen. Ein einziger aber ist zu fürchten: Francesco Gentile. Er ist der einzige Sohn und muß nur noch seine beiden Schwestern auszahlen. Gut fünfundzwanzig Tomoli bestes Ackerland praktisch vor der Haustür; unten im Tal gehört ihm ein kleiner, aber ertragreicher Weinberg. Kennst du ihn?»

Turi nickte stumm und sagte dann:

«Wir haben zusammen Ziegen gehütet – zwei oder drei Sommer lang. Später waren wir nicht mehr in Verbindung, Ciccu ging als Taglöhner nach Palermo, er ist ja erst vor kurzem zurückgekommen.»

«Stimmt – als seine Mutter starb. Er soll sich sehr um Angelina bemühen, du mußt dir etwas einfallen lassen, um ihn auszustechen.»

Das traf Turi wie ein schwerer Schlag. Wenn 'Ncilina vernünftig war, würde sie natürlich den Weinberg und den größeren Acker erheiraten. Er mußte dem irgend etwas entgegensetzen, aber was?

Der Besitz von Schußwaffen war den Bauern verboten, und das Jagdrecht auf dem Gebiet von Le Querce hatte sich der Graf vorbehalten, ließ es aber schon lange durch seinen Großpächter Don Silvio ausüben.

Die Bauern jagten aber dennoch. Mit Steinschleudern, mit Fallen und, wer es sich leisten konnte, mit einem Gewehr.

Turi besann sich auf seine Hirtenzeit und stellte Kaninchenfallen auf. Er hatte Glück und ließ Angelina zwei besonders schöne Tiere überreichen, mit den besten Grüßen und Wünschen.

«Was hat sie gesagt?» fragte er den Jungen, der den Botengang erledigt hatte.

«Sag Salvatore meinen besten Dank – das hat sie gesagt.»

«Sonst nichts?»

«Sie hat gelacht, ganz schnell, und ist gleich wieder ernst geworden.»

«Gelacht…?»

Turi fühlte, wie ihn eine süße Freude durchdrang. Wenn eine Witwe lacht, dann muß schon ein besonderer Grund vorliegen. Dieses Lachen war ein Gruß an ihn, eine Ermunterung. Doch Turis Freude schwand, als er von Tullio erfuhr, daß Ciccu bei Angelinas Brüdern auf den Busch geklopft hatte.

Ob sie für ihre Schwester einen neuen Mann hätten, soll er sie gefragt haben. Offenbar sagten sie weder ja noch nein. «Denke daran, Turi, daß sie jetzt wieder ihren Brüdern gehorchen muß. Auch das sollst du in Rechnung stellen.»

«Mit denen werde ich schon fertig, nur Ciccu macht mir Sorgen. Wißt Ihr etwas Neues, Don Tullio?»

«Sie weist ihn nicht direkt ab, genau wie dich. Vermutlich wird sie die Geburt ihres Kindes abwarten, ehe sie sich entscheidet.»

«Einer von uns beiden ist zuviel auf der Welt», murmelte Turi und wandte sich ab.

Einige Wochen später glaubten Saverios Brüder seinen Mörder gefunden zu haben, und es gab einen weiteren Toten. Sein Vater schwor Stein und Bein, daß er unschuldig sei, und tötete den jüngeren Bruder. Dieses Prinzip von Rache und Vergeltung war nichts Neues auf Sizilien, und es gab Dörfer, da lebten kaum noch Männer; sie alle hatte die Vendetta dahingerafft.

Sie trafen sich beim Trauerbesuch, und er konnte mit Angelina einige Worte wechseln.

«Wie wär's, wenn wir uns zusammentun, 'Ncilina?» flüsterte er, und sie wisperte sofort zurück: «Sei still, man könnte uns hören.»

Doch Turi gab nicht auf.

«Dein Weinberg und meine Oliveta, dazu unsere beiden Äcker, davon könnte eine Familie leben, solange sie klein ist.»

Die hochschwangere Frau stand ächzend auf und ging leise hinaus.

Turi wandte sich nach Ciccu um, der heute auch seinen Trauerbesuch gemacht hatte. Er maß seinen Mitbewerber mit einem kalten Blick und stand abrupt auf, als störe ihn die Anwesenheit dieses Menschen.

Dabei hatte er ihm, als sie noch Jungen waren, gezeigt, wie man sein Glied durch Streicheln steif machen konnte und welche geheimen Freuden damit verbunden waren. Sie hatten sich gegenseitig befriedigt und waren ein Herz und eine Seele gewesen. Jetzt aber waren sie Feinde.

In den nächsten Tagen überlegte Turi, ob er sich an Angelinas Brüder heranmachen sollte. Wenn er die beiden auf seiner Seite hatte, war schon die Hälfte gewonnen. Aber Ciccu war schon vorher dagewesen, und wer wußte, was er ihnen erzählt hatte. Doch es kam Turi gar nicht in den Sinn, jetzt aufzugeben. Er konnte es nicht, denn er wußte, daß eine solche Gelegenheit nicht noch einmal kam – solange er lebte. Dieser Ciccu mit seinem Weinberg konnte ihm gar nicht imponieren. Angelina hätte mehr davon, wenn sie ihre Olivengärten und ihre Äcker zusammenlegten, das wäre auch von der Arbeit her leichter. Für die Oliven braucht es nur eine Ölpresse, der Wein aber macht viel mehr Arbeit, ganz davon abgesehen, daß die vigna drunten im Tal lag. Bei allen Heiligen, wenn er nur mit 'Ncilina ungestört reden könnte! Auch ihr müßte es doch einleuchten, wie vorteilhaft die Verbindung mit ihm, Salvatore Bonanno, sein konnte.

Als sich Turi endlich dazu durchgerungen hatte, mit Angelinas älterem Bruder zu reden, hieß es plötzlich, er sei verschwunden. Wohin? Es war immer ein schlechtes Zeichen, wenn hier ein Mann verschwand, so mir nichts, dir nichts. Wenn einer fortging, dann kündigte er es vorher an. Tat er es nicht, dann stand zu erwarten, daß man ihn nicht lebend wiedersah.

Um seine Sache voranzubringen tat Turi endlich das Nächstliegende, er wandte sich an seine Mutter. Die alte verhutzelte Frau nickte ernst, als sie von den Absichten ihres jüngeren Sohnes erfuhr.

«Ich habe es mir schon längst gedacht, und ich halte es für durchaus vernünftig. Wenn du willst, rede ich mit Angelina, und sie wird einsehen müssen, daß es auch zu ihrem Vorteil ist. Laß mich nur machen, Turi, warum soll sich Ciccu den Fisch angeln? Schließlich sind wir mit der Familie verwandt, und es ist Zeit, 'Ncilina daran zu erinnern.»

Turi saß wie auf Kohlen. Hoffentlich stellte seine Mutter es nicht falsch an und verdarb ihm alles. Ein paar Tage später erfuhr er Näheres.

«Sie ist nicht abgeneigt, durchaus nicht. Du scheinst ihr sogar zu gefallen, doch sie sprach auch davon, daß Ciccu schon bei ihren Brüdern gewesen war, und beide waren der Ansicht, daß er der geeignetere Mann sei. Es ist der Weinberg, Turi, der sie lockt. Daran ändert auch dieser Todesfall nichts; wenn die Trauerzeit vorbei ist, wir sich die Familie für Ciccu entscheiden. Du mußt ihn einfach dazu bringen, daß er auf Angelina verzichtet.»

Turi starrte seine Mutter an wie ein Gespenst.

«Aber Mamma, wie denkst du dir das? Ihn dazu bringen? Soll

ich sagen, Ciccu, wir sind ja schließlich alte Jugendfreunde, und du wirst doch einsehen, daß Angelina besser zu mir paßt. Also sei so gut und verzichte – Gottes Lohn wird dir gewiß sein. Soll ich so zu ihm reden? Und was erreiche ich damit? Er wird mich auslachen und abwarten, bis seine Zeit gekommen ist.»

Die Mutter ließ sich Zeit mit ihrer Entgegnung. Ihre trüben Greisinnenaugen blickten Turi abschätzend an. Dann sagte sie schließlich:

«Ich bin kein Mann, Turi, ich weiß nicht, was in solchen Fällen zu tun ist. Daß ihn eine freundliche Bitte nicht umstimmt, kann ich mir denken. Du mußt Druck auf ihn ausüben, aber frage mich nicht, wie. Ich weiß, daß du Angelina haben willst, und sie weiß es nun auch. Sie ist nicht abgeneigt, aber Ciccu steht dazwischen, und solange sich daran nichts ändert, wirst du den kürzeren ziehen.»

Turi küßte seiner Mutter die abgearbeitete runzelige Hand.

«Ich danke dir, Mamma, du hast getan, was du konntest.»

Für einen Augenblick überlegte Salvatore Bonanno, ob es nicht besser wäre zu verzichten und abzuwarten, ob Tullio nicht doch eine andere Frau für ihn fände. Es wäre einfacher gewesen, aber sein Stolz ließ es nicht zu. Die Mutter hatte seinen Antrag überbracht, und nur eine elende Memme würde jetzt zurückstehen.

Zwei Wochen später gebar Angelina eine Tochter, und für Turi war dies ein Zeichen, seine Absichten entschlossen weiterzuverfolgen. Eine Tochter, das bedeutete nichts, denn Angelinas künftigen Sohn würde er zeugen, er, Salvatore Bonanno.

Er bat Francesco Gentile um eine Unterredung. Sie trafen sich am Friedhof, und Turi eröffnete das Gespräch ohne Umschweife.

«Du wirst schon davon gehört haben, Ciccu, daß ich Angelina heiraten will. Meine Mutter hat bei ihr vorgefühlt, und sie hat nicht nein gesagt. Da ihre Familie nun geneigt ist, dich zu bevorzugen, möchte ich dich darum ersuchen, deine Bewerbung zurückzunehmen.»

Ciccu hatte ein Bocksgesicht, und in seine weit auseinanderstehenden Augen kam ein gefährlicher Glanz.

«Warum sollte ich? Die Familie hat sich für mich entschieden, und Angelina wird sich fügen. Was hast du mir voraus? Ich bringe fünfundzwanzig Tomoli Ackerland und einen Weinberg mit in die Ehe, und nur das zählt. Natürlich verstehe ich, daß du diese Gelegenheit nutzt, aber da kannst du nicht mithalten. Wenn die Trauerzeit um ist, werde ich 'Ncilina heiraten, das ist so sicher wie das Amen in der Kirche.»

Turi grinste böse.

«So sicher ist das Amen in der Kirche nicht. Sie könnte vorher zusammenstürzen oder einer könnte rufen: Die Kirche brennt! Dann wird es zu dem Amen nicht kommen.»

«Gewiß, gewiß, so etwas kommt vor. Aber ich würde mich nicht darauf verlassen.»

«Wir können es ausfechten, Ciccu. Oder hast du Angst? Soll ich im Dorf herumerzählen, daß Francesco Gentile ein Feigling ist, ein Angsthase, der sich vor einem Kampf drückt?»

Das heiße Blut des Sizilianers stieg Ciccu zu Kopf und legte einen roten Schleier vor seine Augen.

«Angst? Vor dir? Daß ich nicht lache! Ich stehe zu deiner Verfügung, wann immer du willst.»

Turi nickte.

«Gut, am nächsten Sonntag nach der Messe im Steinbruch.»

«Wie du willst!» warf Ciccu hin, «ich werde zur Stelle sein.»

3

Inzwischen hatte Turi mit dem Bau seines Hauses begonnen, gleich neben dem seines Bruders. Pino wußte natürlich, was er vorhatte, wußte auch, daß die Mutter bei Angelina gewesen war. Doch er enthielt sich eines Rates, denn sein Bruder war alt genug, diese Probleme selber durchzustehen.

Turi aber wußte, daß er niemals mehr in seinem Leben eine solche Gelegenheit haben würde, seinen Besitz zu erweitern. Damit wäre er etwas weniger arm als die meisten anderen. Sein zum Denken nicht geschultes Gehirn arbeitete unaufhörlich, um für den kommenden Sonntag etwas zu ersinnen, das ihm einen Vorteil brachte. Ciccu würde sich ähnliche Gedanken machen, um seinem Gegner zuvorzukommen, ihn zu übertölpeln. Keiner hätte gezögert, den anderen umzubringen, hätte sich nur die geringste Möglichkeit dazu geboten, es straflos zu tun.

In Ruggello gab es offiziell nicht eine einzige Feuerwaffe. Der Besitz von Flinten oder Pistolen wurde mit lebenslanger Zwangsarbeit bestraft, und jeder Großpächter lauerte nur darauf, eine solche Waffe bei seinen Leuten zu entdecken. Dafür gab es in Palermo eine hohe Prämie, und außerdem stellte jeder bewaffnete Kleinbauer oder Landarbeiter eine potentielle Gefahr dar.

Natürlich gab es auch in Ruggello ein paar versteckte Feuerwaffen, aber das waren sogar innerhalb der Familie streng gehütete Geheimnisse.

Turi und Ciccu besaßen jedenfalls nur ihre Messer; es hätte auch keiner von ihnen gewagt, mit einer Flinte zu erscheinen.

Um dem anderen etwas voraus zu haben, hatte Turi sich insgeheim im Steinewerfen geübt. Unter den Hirtenjungen war es ein beliebtes Spiel gewesen, aus der Ferne einen Baumstamm, eine bestimmte Pflanze oder einen zerbrochenen Krug mit dem Stein zu treffen. Da gab es wahre Meister in dieser Kunst, die unter zehn Würfen acht oder neun Treffer verzeichnen konnten. Turi hatte nicht zu ihnen gehört, doch er war nicht schlecht gewesen und versuchte jetzt, seine Fähigkeiten neu zu beleben.

An diesem Sonntag blieb Turi der Messe fern. Er müsse wohl etwas Verdorbenes gegessen haben, sagte er zur Mutter, denn ihm sei schlecht, und in seinem Bauch rumore es, als trieben da einige Folletti (Kobolde) ihr Unwesen.

Kaum war die Familie aus dem Haus, schlich Turi auf Umwegen zu dem Steinbruch, aus dem früher der Grundbesitzer sein Baumaterial bezogen hatte. Jetzt aber deckte wildes Gestrüpp den nackten Felsen, und jedermann mied den verrufenen Ort, schon wegen der Giftschlangen, die es hier in Mengen gab.

Wenn nun Ciccu dieselbe Idee hatte, überlegte Turi, dann würden sie sich eben schon jetzt treffen. Je eher er es hinter sich hatte, desto besser. Er hatte seine sonst nackten Füße mit festen Lederstreifen umwickelt, um sich vor Schlangen, Disteln und Brombeerranken zu schützen. Die Septembersonne brannte wie eine offene

Feuerstelle auf den wüsten steinigen Ort, der die Hitze zurückstrahlte und sogar dem abgehärteten Turi schwer zusetzte. Am oberen Rand des Steinbruchs gab es einige halbvertrocknete Büsche, die zwar kaum einen Schatten warfen, aber ein gutes Versteck abgaben. Turi klaubte sich behutsam ein paar faustgroße Steine zusammen und tastete immer wieder nach seinem Messer.

Plötzlich hörte er ein Geräusch. Er spähte angestrengt durch die dürren Zweige des Busches, doch er sah nur das Flimmern der heißen Luft und eine kleine Schlange, die über einen Stein huschte. Da! Wieder hörte er ein leises Klicken, als wären einige kleine Steine davongerollt. Entweder Ciccu war vor ihm gekommen, oder er hatte in der Kirche Turis Abwesenheit bemerkt und sich dann sofort auf den Weg gemacht. So belauerte nun einer den anderen, und jeder hoffte, der andere würde ungeduldig werden und einen Fehler machen.

Turi zwang sich zur Ruhe und versuchte Angelinas Oliveto vor seine Augen zu zaubern. Er sah die reifen Früchte in dichten Trauben in den Zweigen hängen, sah wie er und Angelina sie mit dikken Stöcken herunterschlugen, um sie dann einzusammeln und in Säcken zur Ölpresse zu bringen. Um die einhundertfünfzig Pfund brachte ein guter Baum schon. Und wenn dann bei der ersten kalten Pressung das Oliovergine dick und gelbgrün in die Krüge floß...

Diesmal war das Klicken lauter und wiederholte sich. Turi spürte, wie ihm der Schweiß auf der Stirn und unter den Achseln stand, während die Sonne von oben wie mit lautlosen Hammerschlägen auf seinen Kopf eindrosch. Jeder Sizilianer meidet um die Mittagsstunde den hellen Tag, und auch der flache schwarze Hut half Turi wenig, schien schwerer und schwerer zu werden und lastete auf dem Kopf wie ein Topf mit heißem Wasser. Jetzt hörte Turi eine Stimme. Aha, der andere hatte es also nicht mehr ausgehalten.

«Komm raus aus deinem Versteck, du Feigling! Hast wohl schon in die Hose geschissen vor Angst?! 'Ncilina wird sich freuen, wenn ich ihr davon erzähle...»

Das lockte nun auch Turi hervor. Er hatte einen gänseeigroßen Stein in die Hand genommen und hoffte, daß ihn der andere nicht bemerkte. Er wischte sich den Schweiß von der Stirn und trat hinter seinem Versteck hervor. Drüben stand Ciccu, hart am Rand des Abgrundes, wo der nackte Stein zwischen dem Gestrüpp hervorsah wie die Knochen bei einem geschlachteten Vieh. Entschlossen ging Turi auf Ciccu zu, blieb in einer Ranke hängen, machte sich frei, achtete weder auf Schlangen noch auf lose Steine, behielt immer nur den Gegner fest im Auge. Er kannte genau den Abstand, von wo er sicher sein konnte, daß der Stein sein Ziel genau traf, und dies war nun seine Absicht: den Gegner ausschalten, ehe er ihm auf den Leib rückte.

Um seinen Mut zu zeigen, setzte sich nun auch Ciccu in Bewegung. Turi war ganz ruhig geworden, er fixierte die Stirn seines Gegners, schätzte die Entfernung und umklammerte mit seiner rechten Hand den glatten, runden Stein. Nur noch wenige Schritte und er konnte – halt! Jetzt zog Ciccu ein langes Messer, und im selben Augenblick hob Turi die Hand, holte aus und schleuderte den Stein. Ciccu war so überrascht, daß er wie erstarrt stehenblieb und sich nicht rührte. Der Stein traf ihn seitlich an der Stirn, es gab ein hohles Geräusch, als klopfte man gegen einen leeren Tonkrug. Ciccu ließ das Messer fallen und stürzte aufs Gesicht, sein Hut rollte davon. Turi bückte sich sofort nach einem zweiten Stein und trat langsam näher. Er sah, wie durch Ciccus Körper ein seltsames Beben ging und wie die eine Hand sich langsam streckte, um das einen halben Schritt entfernte Messer zu erreichen. Da warf Turi den zweiten Stein, der den anderen mit voller Wucht auf den Schädel traf. Die Handbewegung erstarrte, die Finger schlossen sich krampfhaft, und dunkles Blut quoll aus den dichten, gekräuselten Haaren.

Turi wartete. Fliegen umsummten Ciccus Kopf, sein Körper lag entspannt da und regte sich nicht.

Ob er noch atmete? Turi trat einen Schritt näher. In seiner Hand ruhte ein neuer Stein – für alle Fälle. Er fühlte sich nicht schuldig, denn der andere hatte zuerst das Messer gezogen, und zudem eines, das unerlaubt lang war, länger jedenfalls als sein eigenes. Er schob das Messer mit dem Fuß beiseite und wartete ab. Dann stieß er Ciccu sanft an. Nichts. Auch kein Atem war zu hören. Da packte er zu und drehte den seltsam schweren Körper um. Ciccus

Augen waren halb offen, eines weiter als das andere. Sie schauten ihn direkt an, diese dunklen, halbgeschlossenen Augen, und Turi schien es, als läge Spott in dem Blick, als wolle Ciccu sagen: Ich habe es hinter mir, für mich gibt es keine Probleme mehr, aber du, Turi, hast noch einiges vor dir. Turi formte seine Finger zu einem Corno, um alles Böse abzuwehren. Mit einem Mal durchdrang ihn eine tiefe Freude. Das Haupthindernis war beseitigt, mit 'Ncilinas Familie würde er sich einigen. Was aber sollte er mit Ciccu machen? Er überlegte lange. Das Messer! Es durfte nicht so aussehen, als sei Ciccu zum Kampf bereit gewesen. Er schob es dem Toten wieder in den Gürtel, hob den Körper hoch und ließ ihn kopfüber in den Abgrund stürzten. Nach kurzem Fall rutschte der Tote noch ein Stück auf dem steilen Geröll weiter und blieb dann im dürren Gestrüpp hängen.

Turi beseitigte die Blutspuren und lockerte ein Stück des felsigen Randes, als sei Ciccu von hier abgestürzt. Er würde nicht so dumm sein und den Toten verstecken. Wenn man ihn später fand, würde das halbe Dorf in ihm den Mörder vermuten, denn es hatte sich längst herumgesprochen, daß sie beide um Angelina warben. Nein, Turi war schlauer. Er lief ins Dorf zurück und schreckte die Leute mit dem Ruf: «Ein Unglück, ein Unglück!» aus den Häusern. Dann pochte er an Don Virgilios Tür.

Mit unwirschem Gesicht, noch kauend kam der Pfarrer heraus.

«Don Virgilio», keuchte Turi, «Ciccu – also Francesco Gentile ist im Steinbruch verunglückt. Wir wollten uns dort treffen, und dann sah ich ihn drunten liegen…»

«Und was soll ich dazu tun?» fragte der Pfarrer mürrisch.

«Vielleicht lebt er noch und man kann ihm helfen – vielleicht will er noch beichten…»

Damit waren Don Virgilios Pflichten angesprochen. Der Pfarrer nickte.

«Nimm ein paar Männer, und holt ihn her, dann werden wir weitersehen.»

So zog Turi mit einem Dutzend Burschen los, bis sie den Steinbruch erreicht hatten.

Einer deutete auf den Boden.

«Da muß er gestanden haben, als der Boden wegbrach und er hinunterstürzte.»

Turi freute sich, daß ein anderer es entdeckt und ausgesprochen hatte. Ein paar jüngere Burschen kletterten hinab, zogen den Toten aus dem Gestrüpp und schleppten ihn hinauf.

«Armer Ciccu», sagte Turi, «dem ist nicht mehr zu helfen. Dabei wollten wir uns nur hier treffen, um in Ruhe etwas zu besprechen.»

«Ich kann mir schon denken, worum es ging», bemerkte Angelinas Bruder.

Turi nickte ihm zu wie einem Vertrauten.

«Ja, Gaspare, das Gespräch muß ich nun wohl mit dir führen.»

Gaspare nickte ernst. «Wir werden uns schon einigen.»

Sie trugen den toten Ciccu in sein Haus, wo schon die Verwandten warteten. Don Virgilio kam und erteilte die letzte Ölung, schnell und etwas mürrisch, weil er es gar nicht liebte, während der Mittagsruhe gestört zu werden. Turi zog sich bald zurück, denn er wußte, daß Ciccus Familie jetzt die Männer gründlich ausfragte, die geholfen hatten, den Toten zu bergen. Er, Turi, hatte nichts zu befürchten, auch fühlte er keine Reue, sondern nur eine große Erleichterung.

4

Es wurde noch viel herumgeredet wegen Ciccus Tod im Steinbruch, und Turi mußte einige Male zum Verhör in die Polizeistation nach Mussomeli.

«Mach mir nichts vor!» brüllte der Commandante, um ihn einzuschüchtern. «Das ganze Dorf weiß, daß Angelina Titone den Francesco heiraten wollte und nicht dich. Da hast du ihn zur Petriera, zum Steinbruch, bestellt und ihm einen Schubs gegeben. So war es doch, Salvatore Gentile, so und nicht anders!»

Turi ließ sich nicht erschüttern. Er dachte an das grüngoldene Öl aus Angelinas Oliveto und sagte geduldig:

«Nein, Commandante, verzeiht, daß ich Euch widerspreche,

aber so war es nicht. Ciccu und ich waren Freunde aus der Jugendzeit, und gerade deshalb wollten wir uns gütlich einigen. Als ich dort ankam, lag der arme Ciccu – Gott sei seiner Seele gnädig – bereits unten. Die abgebrochene Stelle am Rande der Petriera...»

«Schluß damit!» Der Commandante schlug auf den Tisch, daß das Tintenfaß wackelte.

«Ihr seid ein schlaues Volk, ihr Bauern, aber nicht so schlau wie die Polizei. Und dich krieg' ich auch noch, Salvatore Gentile, verlaß dich drauf.»

Aber das waren nur leere Drohungen. Der Augenschein sprach für Turi, und sogar in Ciccus Verwandtschaft schien man an seine Unschuld zu glauben; nicht zuletzt deshalb, weil kein naher männlicher Verwandter da war, um ihn zu rächen, und weil Ciccus Schwester nun auch das Erbe ihres Bruders übernahm. Ihr Mann, der dadurch zu einem Weinberg gekommen war, stellte sich ganz auf Turis Seite, bis sich schließlich das ganze Dorf entschloß, an seine Unschuld zu glauben.

Nun konnte Turi in allen Ehren um Angelina werben und erhielt auch sofort das Einverständnis ihres Bruder Gaspare. Der Hochzeitstermin wurde festgesetzt, doch ehe Don Virgilio das Sakrament der Ehe erteilte, mußte das Brautpaar beichten. Da geriet Turi ins Schwitzen. Er wußte, daß er Unglück auf sein Haupt häufte, wenn er seine Tat verschwieg, wußte aber auch, daß Don Virgilio – so wenig priesterlich er sich manchmal gab – niemals das Beichtgeheimnis verletzen würde. Don Virgilio aber kannte seine Schäfchen und wollte Turi das Geständnis leichter machen, um dabei selber etwas herauszuschlagen.

«Turi, ich könnte dein Vater sein; du hast aus meiner Hand die Erstkommunion erhalten und weißt, daß ich dir nichts Böses will. Nun stehst du vor Gottes Angesicht und bereitest dich auf das Sakrament der Ehe vor. Dazu mußt du frei von Sünde sein. Deine Mitmenschen in Ruggello haben dich von der Schuld an Francescos Tod freigesprochen, doch Er blickt in dein Herz, Ihm mußt du die Wahrheit bekennen durch das Ohr des Priesters. Also los, Turi, erzähl mir, wie's wirklich gewesen ist.»

Der letzte Satz war in väterlich-strengem Ton gesprochen, und

Turi wußte, daß er Don Virgilio die Wahrheit sagen mußte – allerdings seine eigene Wahrheit.

«Also, Don Virgilio, Ihr habt schon recht, ganz so, wie's die Leute glauben, war's nicht; ich bin aber trotzdem kein Mörder! Glaubt Ihr mir das?»

Der Priester setzte ein strenges Gesicht auf.

«Ich höre!» sagte er nur.

«Also, Ciccu und ich hatten uns dort am Steinbruch verabredet, weil ja nur einer die 'Ncilina heiraten kann und weil keiner nachgeben wollte. Der Ciccu spielte aber nicht mit ehrlichen Karten, hat mir aufgelauert und ist dann mit dem Messer auf mich losgegangen. Da hab' ich ihm einen Stein an den Kopf geworfen, und er ist hinuntergefallen.»

Das feiste Gesicht Don Virgilios verzog sich zu einem spöttischen Lächeln. Turi konnte es gut durch das Gitter des Beichtstuhls erkennen.

«Und hat vorher noch schnell sein Messer eingesteckt, was? Du bist dabei, Gott zu belügen, Salvatore!»

«Das habe ich gemacht. Ich bin hinuntergeklettert und habe das Messer zurückgesteckt. Es sollte nicht nach Kampf, sondern nach einem Unfall aussehen.»

«Und es ist die reine Wahrheit, daß Ciccu sein Messer zuerst gezogen hat?»

«Ich schwöre es bei allen Heiligen!» sagte Turi aufatmend, denn schließlich war es auch so.

«Trotzdem ist es Totschlag. Vor Gericht kämst du dafür nicht unter zehn Jahren Galeere davon. Das ist soviel wie ein Todesurteil.»

«Ich stehe aber nicht vor Gericht!» sagte Turi trotzig.

«Dein Glück, mein Sohn, dein Glück. Wenn dich auch das Beichtgeheimnis vor einer weltlichen Strafe schützt, eine geistliche Buße werde ich dir auferlegen müssen. Der Glockenturm muß demnächst repariert werden, und du wirst dich daran mit fünfundzwanzig Tari beteiligen. Erst dann kann ich dich lossprechen.»

Turi wurde es schwarz vor den Augen. Fünfundzwanzig Tari! Wo sollte er die hernehmen? Nein, da machte er nicht mit!

«So viel Geld habe ich nicht, Don Virgilio. Dann beichte ich eben woanders. Vielleicht in Mussomeli.»

Der Priester lachte leise.

«Dann zeige ich dich an. Das Beichtgeheimnis gilt nämlich erst nach der Absolution.»

Zwar stimmte das nicht, doch Turi wußte darüber nicht Bescheid. Jetzt saß er in der Falle!

«Ihr wißt so gut wie ich, daß keiner von uns armen Pächtern Bargeld zur Verfügung hat. Ob ihr zehn oder tausend Tari von mir verlangt – ich habe sie nicht.»

«Wer spricht von Bargeld, Salvatore? Du kannst es ja im Laufe der Zeit mit Naturalien abzahlen. Wenn Angelinas und dein Besitz zusammenkommen, dürfte dir das nicht schwerfallen. Schickst mir eben von Zeit zu Zeit ein Huhn, ein paar Eier, einen Scheffel Korn, einen Krug Öl…»

«Aber fünfundzwanzig Tari sind zuviel! Da müssen ja noch meine Kinder die Schulden abbezahlen. Zehn Tari täten es auch…»

«Zwanzig.»

«Zwölf!»

«Achtzehn.»

«Fünfzehn!»

Der Priester seufzte.

«Also gut, um Christi willen. Aber du mußt deine Tat auch ehrlich bereuen!»

Turi nickte und beugte das Haupt. Don Virgilio hob seine segnende Hand und betete:

«Indulgentiam, absolutionem, et remissionem, peccatorum tuorum tribuat tibi omnipotens, et misericors Dominus. Amen.»

So wurden Salvatore Bonanno und Angelina Titone ein Paar. Mit ihrem gemeinsamen Besitz gehörten sie zu den wohlhabendsten Kleinbauern in und um Ruggello. Auf den beiden Äckern wuchs genug Weizen für den eigenen Bedarf, wenigstens solange die Familie noch klein war. Wenn das Leihpferd zum Dreschen kam, schichtete Turi fröhlich seine Garben auf der Tenne und führte es dann rundherum, während Angelina mit der Heugabel immer neue Garben unter die trampelnden Hufe legte. Da konnte es schon sein, daß Turi mit rauher Stimme die alten Dreschlieder sang:

> *«Arrispigghiti ch'e – gghiuornu! Ju! Ju!*
> *Cani curriennu e nun t'abbannunari,*
> *picchi cu s'abbannuna prestu mori.*
> *Ju! Ju! Ju!»*

> *(Wach' auf! Es ist Tag geworden! Hü!*
> *Lauf, lauf, und mach nicht schlapp!*
> *Wer schlappmacht, stirbt schon bald!*
> *Hü! Hü! Hü!)*

Wehte der Wind nicht kräftig genug, um die Spreu auszublasen, rief Turi die Heiligen an.

«E lu massaru ca prea li Santi, prea ca si 'utassi lu punenti.»

(Und der Bauer bittet die Heiligen, der Wind möge sich nach Westen drehen.)

Ein paar Wochen betete Turi für Ciccus arme Seele, dann wurde es immer seltener, bis das Bild des toten Jugendfreundes verblaßte.

Die kirchliche Absolution hatte sein anfänglich noch leises Schuldgefühl zum Schweigen gebracht; die tägliche Arbeit, die wachsende Familie, die Freude am Besitz stärkten in Turi das Bewußtsein, er habe alles recht gemacht. Als Angelina ihm den ersten Sohn gebar, wurde er auf den Namen Francesco getauft. Und so gab es dann wieder einen Ciccu im Dorf, und manche waren sogar gerührt, daß Turi auf diese Weise seines verstorbenen Jugendfreundes gedachte.

Epilog

Der Graf Enrico von Caltanello ärgerte sich, weil er beim letzten Herrenabend schlechte Karten gehabt und fast zwölfhundert Tari verloren hatte. Heute ließ er sich von seinem Sekretär die Berichte aus seinen Besitzungen vorlesen. Er horchte auf, als er hörte:

«Auf Le Querce hat es zwei Fälle von Blutrache gegeben; die Polizei konnte jedoch nichts herausfinden. Einer der Pächter, Francesco Gentile, wurde tot im Steinbruch aufgefunden, doch scheint es sich hier…»

«Hört schon auf, Signor Ruffo! Nichts ist langweiliger als solche Berichte. Meinetwegen soll sich dieses Gesindel gegenseitig ausrotten, neue Pächter sind leicht zu finden. Wie waren die Erträge von Le Querce, nur das interessiert mich.»

Der junge Sekretär raschelte mit seinen Papieren, während der Graf gähnte. Plötzlich flog die Tür auf, und der sechzehnjährige Sohn des Grafen stürzte herein.

«Papa, Papa, hast du schon das Neueste gehört? Wir sind die Spanier los! Sizilien soll dem Königreich Savoyen zugeschlagen werden!»

Ein hochgewachsener Mann schob den Jungen beiseite.

«Ja, so ist es, Rico. Die Nachricht kam eben durch. Ob die neue Lage für uns Vorteile bringt…»

Noch lange diskutierte Graf Caltanello mit seinem Freund die politische Situation. Zu Anfang schien es tatsächlich, als beginne mit König Victor Amadeus von Savoyen eine bessere Zeit. Allerdings erfüllte sich die Hoffnung nicht, der König werde seine Residenz in Sizilien aufschlagen. Vielleicht hätte er es getan, doch er wurde des ewigen Streits mit der Kirche müde, die sich gleich nach seiner Krönung am Weihnachtstag 1713 in Palermo mit allerlei Forderungen an ihn wandte und auf die Sonderstellung Siziliens pochte. Auch die Heilige Inquisition gab es noch, und sie beharrte erbittert auf ihren Rechten. Doch inzwischen stand das Zeitalter der Aufklärung vor der Tür; die feierlichen Autodafés waren seltener geworden und fanden keineswegs mehr die Zustimmung aller katholischen Geistlichen. So stellte sich der Erzbischof von Palermo auf die Seite des neuen Königs, doch wieder wurde das Schicksal Siziliens am grünen Tisch bestimmt und von Menschen, die es als Zumutung empfunden hätten, die Insel zu besuchen.

1720 wurde Victor Amadeus auf Betreiben Englands als König von Sizilien wieder abgesetzt; er erhielt zum Ausgleich die Insel Sardinien. Nach einem kurzen spanischen Zwischenspiel kam Sizilien 1720 an Österreich und somit an das Haus Habsburg, das es im Reigen der ewigen Fremdherrschaften bis jetzt noch nicht besessen hatte. Die Kaiserkrone trug damals Karl VI., ein sehr kirchenfrommer Mann, der natürlich nicht daran dachte, der vortrefflichen Institution, für die er das Heilige Offizium hielt, etwas in den Weg zu legen. Sogleich begannen wieder die Scheiterhaufen zu lodern, so etwa im Jahre 1724, als in Palermo sechsundzwanzig ‹Ketzer› in einem Aufwasch verbrannt wurden.

Doch schon fünfzehn Jahre später mußte das Haus Habsburg Neapel und Sizilien an Karl von Bourbon abgeben. Die goldene Frucht hatte inzwischen viel von ihrem Glanz verloren, weil zu viele Herren sie schon in ihren Händen gehalten hatten. Der Sohn König Philipp V. von Spanien war den Sizilianern nicht unwillkommen, denn im ‹Wiener Frieden› war bestimmt worden, daß Neapel und Sizilien von nun an eigenständig und niemals mehr von Spanien abhängig seien. Am 3. Juli 1735 wurde Karl in Palermo gekrönt, doch auch er zeigte keine Neigung, in Sizilien zu regieren, sondern entschied sich für die Residenz in Neapel. Er allerdings war nicht mehr bereit, sich von der Kirche gängeln zu lassen, und begegnete den unsinnigen Ansprüchen der Inquisition mit Entschiedenheit.

König Karl war schon ein Kind der neuen Zeit, aufgeklärt und vielseitig interessiert. Er begann übrigens als erster in Herculaneum und Pompeji mit umfangreichen Grabungen. Seine von ihm auf Sizilien eingesetzten Vizekönige waren gebildete und vernünftige Männer, die alles versuchten – wenn auch meist vergeblich –, Handel und Wandel auf der heruntergewirtschafteten Insel wieder aufleben zu lassen.

Als Karls Halbbruder Ferdinand 1759 starb, mußte er als Karl III. den spanischen Thron übernehmen und legte die Krone ‹beider Sizilien› zugunsten seines achtjährigen Sohnes Ferdinand nieder.

Aufbruch in die neue Zeit

Es schien niemand damit gerechnet zu haben, daß Prinz Ferdinand jemals in die Lage käme, eine gute Ausbildung brauchen zu können. Er war der drittgeborene Sohn König Karl III. von Spanien und wuchs auf wie ein junges Kätzchen, von dem man nichts weiter erwartete, als daß die Natur es ganz von selber zum Kater machte.

Als nun das Kätzchen vorzeitig ein König geworden war, ließ man es weiter unbehelligt. Ferdinand konnte als Achtjähriger kaum lesen und hielt es für weitaus ersprießlicher, mit den Söhnen von Stallknechten und Silberputzern in den Palastgärten herumzutollen und mit Steinschleudern auf Spatzen Jagd zu machen. Auch liebte er es, mit den Lazzaroni, den Tagedieben, seiner Residenzstadt im Hafen zu fischen, um die Fische dann selber laut schreiend auf dem Markt zu verhökern.

Dem Regentschaftsrat war das nur recht. Ihm saß der Marchese Tanucci vor, ein aufgeklärter Mann, der 1767 die Jesuiten aus dem Land jagte und vermutlich dafür verantwortlich war, daß ein Mann seiner Wahl Vizekönig von Sizilien wurde. Dies war Domenico Caracciolo, ein altgedienter Diplomat, vom Geist der Aufklärung beseelt. Mit großem Vergnügen vollzog er den Entschluß des Regentschaftsrates, trieb die Jesuiten davon und löste 1782 die Inquisition auf. Er riß die in Jahrhunderten angesammelten Prozeßakten aus den Regalen und Gewölben des Palazzo Chiaramonte und steckte sie in Brand. So weiß heute niemand mehr, wie viele unschuldige Menschen in den Folterkellern des ‹Heiligen Officiums› litten, auf Scheiterhaufen qualvoll verbrannten oder im lebenslangen Kerker verhungerten und verfaulten. Im Gefängnis der Inquisition saßen noch drei alte Frauen, der Zauberei angeklagt – sie waren die letzten Opfer einer Institution, die zu den größten Schandflecken der katholischen Kirche gehört.

Aber wie das nicht selten ist: Die Maßnahmen des liberalen Vizekönigs erregten zum Teil den Unwillen des Volkes. Wer sich so lange an seine Quälgeister gewöhnt hat, will sie offenbar nicht mehr missen. Als Caracciolo nun auch daranging, die Feudalrechte des sizilischen Adels zu beschneiden, geriet er in ernsthafte Schwierigkeiten, und viele atmeten auf, als er 1786 Sizilien verließ, um in Neapel ein Ministeramt zu übernehmen.

Sein Nachfolger, Fürst Francesco di Caramanico, stammte aus einer uralten neapolitanischen Adelsfamilie und zeigte sich seinen Standesgenossen gegenüber etwas konzilianter. Aber er tat auch das, worum sich in den Jahrhunderten zuvor niemand gekümmert hatte, er versuchte Wirtschaft und Volksbildung auf Sizilien zu beleben. Unter seiner Regentschaft entstanden die ersten Volksschulen, er gründete in Palermo die Sternwarte und einen Botanischen Garten, förderte die seit 1779 bestehende Universität in Palermo und ließ nicht zuletzt das Straßennetz ausbauen, um die Handelsverbindungen zu erleichtern. Solche Bestrebungen blieben auf der Insel nicht ohne Widerhall. Es gab einen kleinen – winzig kleinen – Kreis von gebildeten Menschen, in dem sich nun zunehmend ein fortschrittlicher Geist regte. Auch ein Geschichtsbewußtsein begann sich zu bilden und veranlaßte etwa den Fürsten Ignazio Biscari in Catania, mit antiken Grabungen zu beginnen und ein kleines Museum einzurichten.

Und nun wollte man auch modern sein, manchmal sehr zum Unwillen des Volkes, das nicht einsehen konnte, warum der schöne alte Dom in Palermo nun umgebaut werden sollte. Doch der Florentiner Baumeister Ferdinando Fuga tat, was verlangt war: er warf dem Dom gewaltsam ein barockes Kleid um die normannischen Schultern, womit er vor allem im Inneren wertvolles mittelalterliches Kulturgut unwiederbringlich zerstörte. Mitten auf die Kirche pappte er eine barocke Kuppel, womit es ihm prächtig gelang, dem stilreinen Bild der normannischen Architektur auch von außen einen Dämpfer aufzusetzen. Im Innern aber blieb nichts aus alter Zeit übrig. Die prachtvolle alte Holzdecke wurde durch barocken Stuck ersetzt und auch sonst alles getan, das ‹finstere Mittelalter› vergessen zu machen. Dabei wurden auch die Sarkophage Rogers II. und der Stauferkaiser aus dem

Chor genommen und ins südliche Seitenschiff versetzt. Die damals erwachte historische Neugier machte auch vor den Ruhestätten der gewaltigen Herrscher nicht halt, und so wurden bei dieser Gelegenheit die wuchtigen Steinsärge geöffnet. Die Körper von Heinrich VI. und seinem Sohn Friedrich II. waren noch in gutem Zustand, die prunkvolle Kleidung hatte sich fast unversehrt erhalten. Von König Roger II. war nicht mehr viel übrig, und es schien, als sei der Sarkophag irgendwann ausgeraubt worden. Seltsam war dabei nur, daß der große Kaiser Friedrich II. nicht allein in seinem Sarg lag, sondern seine Grabesruhe mit zwei anderen Toten teilte, einem Mann und einer Frau, die jedoch nicht mit Sicherheit identifiziert werden konnten.

In Neapel war der König inzwischen volljährig geworden, und es war sein Glück, daß man ihn ein Jahr später mit der tüchtigen und willensstarken Prinzessin Carolina von Habsburg verheiratete. Sie war eine Tochter von Maria Theresia und hatte viel vom Wesen der Mutter geerbt. So hatte ‹Nasone›, Großnase, wie das Volk den König nannte, das Glück der Dummen, und der gekrönte Lazzarone konnte sich weiterhin dem lustigen Leben widmen, das hauptsächlich aus Jagd und Saufabenden mit seinen Kumpanen bestand.

Um Sizilien kümmerte sich in Neapel niemand besonders, und so blieb es nicht aus, daß aus Frankreich etwas vom revolutionären Geist herüberwehte. Eine kleine französische Flotte legte 1792 in Messina an und schickte Agenten auf die Insel, um jakobinisches Gedankengut zu verbreiten. Als im Jahr darauf in Paris die Köpfe von Ludwig XVI. und seiner Gemahlin Marie Antoinette – einer Schwester von Königin Carolina – fielen, bildete sich auf Sizilien eine Verschwörung zum Sturz des Tölpels Ferdinand, der sich durch Günstlingswirtschaft auch in Neapel zunehmend unbeliebter machte. Zum Führer wählte man den Philosophen Paolo di Blasi, was wohl nicht sehr klug war, denn die dilettantische Verschwörung wurde drei Tage vor dem geplanten Umsturz – es sollte der Karfreitag des Jahres 1795 sein – aufgedeckt und unterdrückt. Di Blasi und einige andere wurden hingerichtet, und eine Jagd auf die Sympathisanten setzte ein. Es wird nicht allzu viele gegeben haben, denn das einfache Volk – und erst recht nicht der Adel –

stand keineswegs hinter dem Häuflein von einer Demokratie träumender Idealisten.

So ist es auch nicht verwunderlich, daß König Ferdinand mit aufrichtiger Freude begrüßt wurde, als er im Dezember 1798 nach Palermo fliehen mußte. Das revolutionäre Frankreich begann nämlich seine Hände nach Italien auszustrecken, und seine Truppen waren inzwischen in Neapel einmarschiert.

Wieder keimte in den Sizilianern die nie erlahmende Hoffnung auf, der König würde auf der Insel bleiben, und damit konnten die wenigen Republikaner nicht konkurrieren. Ferdinand aber, der gekrönte Lazzarone, dachte freilich nicht daran, das hinterkünftige und verschlafene Palermo zu seiner Dauerresidenz zu erheben, genausowenig wie die ehrgeizige Carolina, die schon Rachepläne für ihre Rückkehr schmiedete. Sie jedenfalls würde nicht ihren Kopf unter dem Fallbeil verlieren wie ihre unglückliche Schwester Marie Antoinette.

Die Franzosen machten sich in Neapel nicht gerade beliebt, und für revolutionäre antiklerikale Ideen war die Bevölkerung nicht zu haben. So bildete Kardinal Fabrizio Ruffo eine Art Guerillatruppe aus Straßenräubern und anderem Gesindel und konnte die Franzosen im Sommer 1799 tatsächlich verdrängen. König Ferdinand, der zudem ziemlich feige war, wartete noch ein halbes Jahr, bis keine Gefahr mehr bestand, und kehrte im Januar 1800 nach Neapel zurück. Den enttäuschten Sizilianern hatte er versprochen, daß von nun an ein Mitglied des Königshauses auf der Insel residieren solle. Natürlich wurde nichts daraus, denn in Neapel war man einzig damit beschäftigt, Rache an jenen zu üben, die mit den Franzosen gemeinsame Sache gemacht hatten. Es fielen sehr viele Köpfe, und die Galeeren konnten sich über Mangel an Ruderern nicht beklagen.

Doch bald wendete sich das Blatt wieder, und König Ferdinand wurde nach dem ‹Frieden von Florenz› gezwungen, französische Truppen aufzunehmen und allen Gegnern Frankreichs die Landung zu verweigern. Doch er ließ sich von Lord Acton, dem Günstling seiner Frau, überreden, im November 1805 ein russisch-englisches Heer in Neapel an Land zu lassen. Nun war für Napoleon endlich der Vorwand geschaffen, die spanischen Bourbonen abzusetzen und seinen Bruder Joseph zum König ‹beider Sizilien› zu erheben.

Ferdinand floh im Januar 1806 ein zweites Mal nach Sizilien unter dem Schutz einer englischen Flotte. Nun aber wurde er nicht mehr so freudig empfangen, jetzt stellte man in Sizilien Bedingungen. Das Parlament lehnte jede Hilfeleistung zur Rückgewinnung Neapels ab, um Ferdinand auf diese Weise zu zwingen, endlich nur noch König von Sizilien zu sein. Es war rührend zu sehen, wie man sich um diesen bornierten und lasterhaften König Nichtsnutz bemühte, der sich aber einen Teufel um Sizilien und seine Probleme scherte.

Während der ländergierige Korse die Welt in Atem hielt, spielte Ferdinand, da es nun einmal nicht anders ging, den König von Sizilien – natürlich auf seine Art. Alle Regierungsgeschäfte überließ er seiner energischen Frau, die nun ohne Lord Acton auskommen mußte, da dieser inzwischen gestürzt war.

Ferdinand, zu Tode gelangweilt, ging auf die Jagd und erbaute vor den Toren Palermos das Lustschloß ‹La Favorita› in chinesischem Stil. In diesem geschmacklosen Bau, der auf abstruse Weise chinesische und klassische Elemente zu verbinden suchte, lebte der König ganz seinen Vergnügungen, während die Engländer praktisch Sizilien beherrschten. Ferdinand hatte sich für vierzigtausend Pfund Jahressalär das Versprechen abkaufen lassen, mit Frankreich keinen Sonderfrieden zu schließen.

Auch auf Napleon soll Sizilien eine magische Anziehungskraft ausgeübt haben, und er tat alles, um in den Besitz der schönen Frucht zu gelangen. 1806 schrieb er an seinen Bruder, den König Joseph von Neapel: «Schlafen meine Generäle? Sizilien will ich mit fünfzehntausend Mann spielend erobern. Das ganze Gesindel zählt soviel wie nichts.»

In bezug auf das Königshaus hatte er gewiß recht, da Ferdinand an Charakterlosigkeit und Unfähigkeit kaum zu übertreffen war. Aber Napoleon wußte natürlich, daß die Engländer als Seemacht kaum zu schlagen waren. Sie kreuzten im Mittelmeer und hinderten die französische Flotte am Auslaufen, und sie hatten bei ihrem Rückzug aus Neapel alle, auch die kleinsten Schiffe vernichtet.

Als die französischen Truppen Reggio di Calabria besetzten, mußte General Reynier melden:

«Nun heften wir hier unsere zornigen Blicke auf Messina, ohne zum Übersetzen auch nur eine Nußschale zu finden...»

In Messina aber richteten sich die Engländer auf den bevorstehenden Kampf ein, bauten Kasernen, Festungen und Aussichtstürme und ließen das Festland nicht aus den Augen.

Inzwischen hatte Joachim Murat den Bruder Napoleons, Joseph, als König von Neapel abgelöst. Der junge feuerköpfige General war als König ‹beider Sizilien› ausgerufen worden und sollte nun die Insel erobern. In Siegerpose ließ er verkünden:

«Noch vor Ablauf Juni werden dreißigtausend Mann nach Sizilien übersetzen, mit der Erlaubnis, alle Städte zu plündern, die sie erobern.»

Nun, viel hätte es nicht zu plündern gegeben, denn Siziliens goldener Glanz war lange verblaßt. Doch blieb dem Inselvolk eine zweite französische Besetzung erspart, denn der an vielen Fronten beschäftigte Napoleon besaß nicht genügend Schiffe, um seinem Schwager beizustehen.

Die Briten aber begannen sich auf Sizilien einzurichten und sahen sich bereits als Kolonialherren. Eine englische Zeitung erschien, und im übrigen unterstützten die Besatzer insgeheim alle freiheitlich gesinnten Kreise, um König Ferdinand das Wasser abzugraben. Die kluge Carolina merkte dies sogleich und versuchte nun ihrerseits die Palermitaner gegen die Engländer aufzuhetzen. Aber wer die Divisionen besitzt, hat auch die Macht, und die nützte der britische Oberbefehlshaber, Lord Bentinck, um Sizilien langsam zu anglisieren. Er zwang den König, der Insel eine Verfassung nach englischem Muster zu geben, und nützte eine Intrige der Königin, auch den Oberbefehl über die sizilianischen Truppen zu erlangen.

Carolina hatte nämlich in Messina eine Verschwörung gegen die Besatzer angezettelt und sich damit nun selber ausmanövriert. Sie wurde in Palermo unter Hausarrest gestellt, doch es gelang ihr 1813, nach Österreich zu entkommen, wo sie bis zu ihrem Tod blieb.

Ein Jahr zuvor hatte König Ferdinand dem Kronprinzen Franz

die Regierung von Sizilien übergeben, und dieser mußte nun die von den Engländern diktierte Verfassung verkünden.

So war Sizilien dabei, allmählich eine parlamentarische Monarchie nach englischem Muster zu werden, als der Sturz Napoleons alles zunichte machte. Von den Siegermächten waren unter anderem Rußland und Österreich nicht bereit, den Engländern Sizilien zu überlassen. Die Briten mußten sich fügen und zogen von der Insel ab. Auf dem Wiener Kongreß wurde Sizilien wieder mit Neapel zu einem Königreich vereint, und der Nichtsnutz Ferdinand kehrte im Triumph in seine alte Residenz zurück. Er nannte sich nun König Franz I. und schloß ein Konkordat mit dem Vatikan. In Sizilien aber wurden die alten Zustände wieder hergestellt. Die freisinnige Verfassung wurde annulliert, was die Sizilianer weniger traf, als daß nun die vom König zugesicherte Selbständigkeit der Insel nicht mehr galt. Nun entstand wieder eine neue Situation, die – neben anderem – dazu beitrug, daß in Sizilien eine Macht entstand, die diesmal nicht von außen kam: die Mafia.

Der Schlüssel zu allem liegt in Sizilien…

(Goethes Sizilienreise mit Chr. H. Kniep)

I

Kürzlich fragte mich einer meiner Schüler: «Maestro Kniep, was hat in Ihrem Leben den größten Eindruck auf Sie gemacht? Eine Landschaft? Ein Mensch? Ein Erlebnis…?»

Da mußte ich lange nachdenken und sagte spontan, dies sei meine Reise mit dem großen Goethe nach Sizilien gewesen.

Der junge Mann runzelte die Stirn und fragte: «Goethe? Wer ist das?»

Ja, die Neapolitaner sind in der Regel wenig gebildet, und wenn sich so ein Bursche zum Studium der Malerei entschließt, dann heißt das noch lange nicht, daß er ausreichend schreiben und lesen kann, geschweige denn, daß er den größten deutschen Dichter kennt.

Nun, damit war für mich der Fall abgetan, doch einige Wochen nach diesem Gespräch erhielt ich Post aus Weimar. Mein Herz klopfte wie wild, denn es sind schon etliche Jahre vergangen, seit sich der berühmte Dichter seines damaligen Reisegefährten entsann. Natürlich wußte ich, daß Goethe ein emsiger Tagebuchschreiber und Notizenmacher war, und hatte immer darauf gehofft, daß er seinen fast zweijährigen Italienaufenthalt später dichterisch verwerten würde. Je älter ich werde, desto häufiger denke ich an jene Tage zurück, und so schrieb ich nach langer Zeit wieder einmal nach Weimar mit der höflichen Anfrage, ob die einstmals gedachte Veröffentlichung der ‹Italienischen Reise› noch zu erwarten sei und wann, da ja nun immerhin fünfundzwanzig Jahre seitdem verflossen seien. Nun hielt ich die Antwort in Händen, vom Sekretär geschrieben und von Goethe eigenhändig um die Zeilen ergänzt: ‹Ich bitte um Geduld, lieber Kniep, und bin mit den besten Wünschen Ihr alter Goethe›.

Er habe, so schrieb er mir, immer wieder die Aufzeichnungen hervorgeholt, sei aber durch Dringlicheres daran gehindert worden, sie zu bearbeiten. Er müsse es noch ein wenig hinausschieben, würde es mich aber sofort wissen lassen, wenn der Zeitpunkt gekommen sei.

Sein langes Zögern löste in mir den Entschluß aus, nun meinerseits mit dem Schreiben zu beginnen, um jene Sizilienreise aus dem Dunkel der Vergangenheit zu holen. Ich lebte damals schon seit über vier Jahren in Neapel, war fast dreißig Jahre alt und brachte mich mühsam mit Zeichenstunden und Auftragsarbeiten durch. Die Kunst ist ein hartes Brot – jeder, der sich mit ihr einläßt, wird es wissen. Mein Glück war, daß ich Hackert und Tischbein gut kannte, denn letzterer kam eines schönen Tages – es muß im März gewesen sein – in mein kleines Atelier und machte mir einen Vorschlag, der verlockend klang. Ich sollte den Geheimen Rat Goethe aus Weimar auf eine Sizilienreise begleiten.

«Doch nicht den Verfasser des ‹Werther›?» fragte ich.

«Denselben!» sagte Tischbein und genoß mein Erstaunen, welches anhielt, als ich erfuhr, daß Goethe inkognito in Italien sei und einen Paß auf den Namen Jean Philipp Moeller mit sich führe. In diesen Papieren sei ‹Maler› als sein Beruf angegeben. Tischbein lächelte ein wenig süffisant.

«Ja, unser Goethe hat schon ein gewaltiges Faible für die Kunst, und uns – seinen römischen Freunden – scheint, als sei er nach Italien gekommen, um sich der Malerei an den Busen zu werfen. Nun, Kniep, du wirst ja sehen, wie er zeichnet und daß es wohl besser wäre… Schluß damit! Ich bringe euch beide zusammen, und dann mögt ihr das Weitere bereden.»

Ein paar Tage später lernten wir uns kennen; auf Wunsch Goethes fand das Treffen im Atelier statt.

Seine großen, dunklen Augen nahmen mich sofort gefangen. Er suchte meinen Blick und hielt ihn lächelnd fest.

«Sie sind also Kniep.»

Ich verbeugte mich leicht. «Christoph Heinrich Kniep.»

Er streckte mir die Hand hin. «Goethe – auch wenn in meinem Paß Moeller steht. Kann ich etwas von Ihrer Hand sehen?»

Ich brachte die Mappe, und er blätterte sie langsam durch, besah manche der Arbeiten sehr genau. Das Blatt mit der Ansicht des Golfs von Neapel und dem Vesuv legte er beiseite, um es am Ende wieder und noch ausführlicher zu betrachten.

«Ich wollte, ich könnte so zeichnen», sagte er.

«Ich wollte, ich hätte den ‹Werther› geschrieben», fuhr es mir heraus.

Goethe lachte. «Wünschen Sie sich das nicht! Das Buch hat mir viel Ärger eingebracht.»

«Aber auch viel Ruhm», wandte ich ein.

Er winkte ab. «Der wird nicht lange anhalten und ist manchmal recht lästig. Alle fragen, wann ich eine Fortsetzung zum ‹Werther› schreibe. Als sei ich ein Lohnschreiber, der nach der Laune des Publikums schielt. Man wird sich sehr wundern, wenn meine neuen Arbeiten ans Licht kommen! Aber was reden wir jetzt schon herum, wir werden während unserer Reise genügend Muße zu anregenden Gesprächen haben. Ich hätte Sie gerne als Begleiter, Kniep. Wenn Sie mich auch mögen, brechen wir in etwa einer Woche auf.»

In diesem «wenn Sie mich mögen» war unmißverständlich die Forderung enthalten: du mußt mich mögen – es bleibt dir nichts anderes übrig. Nun, ich mochte ihn wirklich, den Rat Goethe. Er hatte etwas ungemein Anziehendes, auch etwas Geheimnisvolles an sich, so daß es mir schien, ich habe nur darauf gewartet, daß Goethe nach Neapel käme, um mit mir nach Sizilien zu reisen. Ich wäre tief enttäuscht gewesen, hätte er plötzlich seine Pläne geändert.

Fürs erste war ein Ausflug nach Salerno und Paestum geplant. Unterwegs besprachen wir, wie es auf der künftigen Reise zu halten sei. Goethe bot mir an, für alles aufzukommen, die für ihn gefertigten Veduten sollten am Ende ausgewählt und gesondert honoriert werden. Ihm kam es nur darauf an, daß ich in Sizilien alles Wichtige für ihn aufnahm, daneben blieb noch genug Zeit, um nach Belieben für meinen eigenen Bedarf zu arbeiten.

Es war leicht, mit ihm auszukommen, wenn man seine Art einmal kannte und auf seine meist nur angedeuteten Wünsche willig einging. Niemals sprach er im Befehlston, immer waren seine Forderungen in die Form einer Bitte gekleidet, doch auf eine Art, daß sich ein Widerspruch ganz von selber ausschloß. Übrigens erging es nicht nur mir so. Ich konnte während unserer ganzen Reise dieses Phänomen beobachten: Goethe setzte immer seinen Willen durch. Er äußerte seine Wünsche auf eine harmlos-naive Art, die den anderen von vorneherein entwaffnete und zugleich an sein Verständnis, seine Vernunft, seine Einsicht appellierte. Wer wollte sich dem verschließen? Jeder fühlte sich geehrt, dem freundlichen Herrn entgegenzukommen, ohne sich dabei gegängelt oder überfordert zu fühlen.

Einmal darauf angesprochen, gab er bereitwillig seine Methode preis.

«Einen Befehlston, lieber Kniep, kann ich allenfalls anschlagen, wenn ich von meinem Diener oder meiner Köchin etwas will, nicht aber Leuten gegenüber, die mir freiwillig etwas leisten sollen, die möglicherweise nein sagen können, sei es auch zu ihrem Nachteil. Da kommt man viel weiter, wenn man an ihre Vernunft appelliert und sie – wenn auch nur für Augenblicke – zu sich emporzieht, sich ihnen gleichstellt. Damit bin ich immer gut gefahren – zu Hause und anderswo.»

Für die Abreise waren die letzten Tage des März vorgesehen, den genauen Termin bestimmte freilich das Wetter, das sich um diese Zeit etwas launisch gebärdete.

Ich freute mich auf Sizilien, konnte es mir aber nicht versagen, Goethe mit einer Bemerkung darauf hinzuweisen, daß mir eine liebe Freundin den Abschied schwer werden ließ. Sofort wurde er neugierig, denn in ihm brannte ein steter Durst nach Menschen. Das war wie bei einem Sammler, der nicht genug kriegen kann an Münzen, Siegeln oder Mineralien und immer wieder neue Stücke auf seinen alten Bestand häuft. So schien mir Goethe ein Menschensammler, der nicht müde wurde, unsere Spezies nach immer neuen Stücken abzusuchen.

Auch mein Liebchen wollte er gleich kennenlernen; ich tat ihm den Gefallen und inszenierte ein Treffen auf dem Dachgarten eines Hauses, der einen prachtvollen Blick über Neapel bot. Goethe war begeistert, wandte sich aber sofort ab, als mein Mädchen erschien.

Er begrüßte sie sehr liebenswürdig, machte in seinem vorzüglichen Italienisch ein paar harmlose Komplimente und gratulierte mir, als sie wieder gegangen war, zu dieser trefflichen Gefährtin.

Was es heißt, ein berühmter Dichter zu sein, wurde mir deutlich, wenn ich Goethe während unserer Reisevorbereitungen in seiner Locanda ‹al Largo del Castello› besuchte. Fast immer waren Besucher da, und sie alle hatten den ‹Werther› gelesen und bedrängten Goethe mit den unsinnigsten Fragen. Er wurde nie unwirsch oder ärgerlich, konnte aber – wenn es gar zu arg wurde – sehr ironische Antworten geben.

2

An einem Donnerstag sollten wir abfahren, es war einer der letzten Märztage. Das Wetter zeigte sich von seiner besten Seite, doch leider wehte – wie so oft um diese Zeit – der falsche Wind. Wir pendelten zwischen einem Caféhaus am Hafen und der Ablegestelle hin und her, wobei Goethe aber keineswegs die Laune verlor, ja sogar die Situation zu genießen schien.

Zwar durften wir um die Mittagsstunde unser Schiff, einen in Amerika gebauten Schnellsegler, besteigen, doch der Kapitän hielt es für geraten, erst in den Abendstunden die Anker zu lichten.

Im Morgengrauen befanden wir uns erst zwischen Capri und Ischia, denn mit dem widrigen Wind war es kein gutes Fortkommen. Ich nahm den Vesuv noch im Entschwinden mit einigen Strichen auf, während Goethe mir schweigend zusah. Gegen Abend wurde er seekrank, legte sich auf Rat des Kapitäns sofort in seine Kabine und nahm außer Weißbrot und Rotwein nichts mehr zu sich. Er fühle sich jetzt ganz behaglich, gab er mir zu verstehen, und werde die Zeit nützen, um die Arbeit am ‹Tasso› fortzusetzen.

Der Wind wuchs sich am übernächsten Tag zu einem heftigen Sturm aus. Trotzdem kletterte alles an Deck, denn neben einer Schar spielender Delphine war schon in der Ferne die Küste Siziliens zu sehen.

Goethe, seiner Art entsprechend, blickte nur auf die im Boden über die Wellen springenden Meeressäuger; denn, wie er meinte, man solle seinen Blick immer auf das Nahe und Deutliche richten und das ferne Verschwommene erst in Augenschein nehmen, wenn es schärfere Konturen gewänne. Diesen Gefallen tat uns die Insel bald. Wir umsegelten das Capo Gallo und hielten Kurs auf Palermo, was bei dem noch immer anhaltenden Sturm gar nicht so einfach war. Der Kapitän kreuzte hin und her, um in den Hafen zu gelangen, während ich die in der Ferne zu Füßen schwarzer, hochgetürmter Berge liegende Stadt mit dem Stift aufzunehmen suchte.

Am Nachmittag gelangten wir mit vieler Mühe in den Hafen, und Goethe gab immer wieder seinem Erstaunen Ausdruck, wie anmutig diese Stadt gelegen sei. Mein Gott, was hatte man von Sizilien nicht schon Übles reden hören! Die Bevölkerung sei diebisch und verkommen, das Essen ein Hundefraß und die wenigen Gasthöfe schmutzig und voll Ungeziefer. Goethe, der stets erwartete, daß alles aufs beste gerichtet sei, zeigte sich über die Lage und Bequemlichkeit unseres Zimmers aber doch überrascht. Neben einem schönen Blick auf den Hafen, den Monte Pellegrino und das Meer, bot der saalartige Raum mit einem riesigen Bett Platz für mehr als zwei Personen.

So waren wir beide sehr guter Dinge, saßen lange auf dem Altan und genossen das hübsche Panorama, wobei ich es nicht lassen konnte, mein Skizzenbuch vollzukritzeln.

Am nächsten Tag besichtigten wir die Stadt, die mit vier einander kreuzenden Hauptstraßen recht übersichtlich angelegt ist. Verläßt man freilich diese vier Corsi, so gerät man in ein enges Gassenwerk, das zu Füßen des alten Königspalastes besonders verwinkelt und irreführend ist.

Wir aßen in einer schattigen Osteria zu Mittag, und danach trennten wir uns, denn ich wollte mich in aller Ruhe mit dem Monte Pellegrino beschäftigen, während Goethe plante, mit Hilfe eines kundigen Führers die Stadt weiter zu erforschen. Der Jahreszeit entsprechend war es noch nicht zu heiß geworden, so daß wir beide mit Lust darangingen, unsere Pläne zu verwirklichen.

Am Abend tauschten wir unsere Erlebnisse aus, doch Goethe wußte nicht viel zu berichten. Den vor kurzem im Stil des Barock umgebauten Dom fand er scheußlich; auch das halbverfallene

Schloß der einstigen Normannenherrscher konnte ihm nichts abgewinnen. Ich verstand ihn gut, beide waren wir innige Verehrer des großen Winckelmann und zogen die einfachen, klaren Linien klassischer Formen allem anderen vor. Doch um auf Sizilien unser Arkadien zu finden, mußten wir noch andere Teile der Insel aufsuchen.

Eine Wanderung führte uns am nächsten Morgen ins liebliche Tal des Flüßchens Oreto, das mir wie ein einziger Fruchtgarten erschien und Goethe wie mich entzückte. Wir hatten mit den Maultieren überflüssigerweise einen Führer gemietet, der lauter Unsinn redete und an diesem schönen Ort nur von Schlachten und Kriegen sprach. Als es Goethe zuviel wurde, sagte er dem Mann, er solle es forthin bleibenlassen, diese friedliche Stätte mit längst abgeschiedenen Gespenstern zu beleben. Der Gute ließ verblüfft sein Mundwerk ruhen und sah kopfschüttelnd zu, als mein Begleiter am Flußufer immer wieder Steine auflas. Als Goethe ihm erklärte, diese Steine seien für ihn wie ein Buch, aus dem er die Erdgeschichte dieser Landschaft zu lesen versuche, sah ich ihn heimlich den Corno machen; wir müssen ihm also sehr unheimlich erschienen sein.

Am nächsten Tag begleitete ich Goethe auf einem weiteren Rundgang durch Palermo, und er wies mich auf Dinge hin, die ich noch nicht kannte, vor allem auf einige recht gute Brunnen aus farbigem, hier auf der Insel gewonnenem Marmor.

Wir blieben etwa zwei Wochen in der Stadt, deren Lage so heiter und anmutig ist, daß man sich ihrer immer gerne erinnert.

Goethe war im christlichen Sinn nicht religiös, das bemerkte ich schnell, er hat von Gott einen zu hohen Begriff und fand keinen Gefallen an der Art, wie die Kirchen mit Ihm, dem unfaßbaren Wesen, umgingen. Doch er besaß viel Verständnis für die sinnlichen Seiten der katholischen Religion, und so zog es ihn bald hinauf zur Grotte der Stadtheiligen Rosalia. Ihre Gebeine wurden hier vor etwa hundert Jahren entdeckt, und so ist aus ihrer Wohn- und Grabhöhle eine Kirche, ein Wallfahrtsort geworden. Mit brennendem Interesse lauschte Goethe den Erklärungen des Priesters, und so wunderlich diese auch klangen, ich konnte auf seinem schönen Antlitz kein Lächeln der Belustigung oder gar der Verachtung entdecken. Später sagte er zu mir:

«Auch wenn dergleichen mir selber nichts bedeutet, so erregt es doch mein Interesse, weil es anderen Menschen wichtig – ja lebenswichtig ist. Gerade die katholische Religion hat für einfache Gemüter eine Faszination, die ich allmählich zu verstehen beginne. In dieser Hinsicht ist es dann schon ganz recht, daß alle Religionen nicht unmittelbar von Gott selber gegeben wurden, sondern daß sie, als das Werk vorzüglicher Menschen, für das Bedürfnis und die Faßlichkeit einer großen Masse ihresgleichen berechnet sind. Wären sie ein Werk Gottes, so würde sie niemand begreifen.»

Am Ostersonntag wurde Goethe zum Vizekönig geladen, was ihn wenig erfreute, doch er folgte dem Gebot der Höflichkeit und raunte mir zu, wie er mich beneide, da ich hierbleiben und meine Zeit nach Lust und Laune verbringen dürfe. Danach berichtete er mir schmunzelnd, der Vizekönig habe ihn gefragt, ob er den Verfasser des ‹Werther› kenne.

«Sehen Sie, Kniep, das ist es nun mit dem Ruhm des Dichters. Sie schreiben neben viel Gutem ein mittelmäßiges, gefälliges Stück, und gerade das bleibt dann an ihnen haften wie ein Brandzeichen. Nicht einmal des Namens konnte sich der Vizekönig entsinnen, und so bin ich für alle Zeit der ‹Verfasser des Werther›, ein Wundertier, das man gesehen und vielleicht sogar angefaßt haben muß.»

Da übertreibe er aber, wandte ich ein, und meinte, es sei doch nicht schlecht, für etwas bekannt zu werden, das viele Menschen bewegt und berührt hat. Goethe winkte ab. «Lassen wir das, Kniep. Wir sind in Palermo – erfreuen wir uns des Gegenwärtigen. Wir sollten einmal die Villa Pallagonia in Bagheria besuchen. Jeder in Palermo fragt, ob man sie schon gesehen hat.»

Ich habe Goethe auf dieser Reise selten so zornig gesehen, als beim Anblick der krüppel- und fratzenhaften Gestalten, mit denen der damalige Besitzer Park und Villa ‹geschmückt› hatte. Der Fürst Pallagonia war offenbar so stolz auf das von ihm inspirierte Werk, daß er seinen Garten mehrmals in der Woche den Schaulustigen öffnete.

«Wenn es wenigstens Afterkunst wäre», sagte Goethe empört, «dann könnte man sagen: Da wollte einer, aber sein Talent hat nicht hingereicht. Doch hier wird das Absurde noch von der schlechten Arbeit übertroffen. Das Widerliche dieser Pfuschereien wird noch dadurch vermehrt, daß sie aus dem weißen Muschelkalk gefertigt sind, was das Häßliche dieser Ungeheuer und Gnomen noch erhöht.»

Wie ich, trug auch Goethe meist einen Skizzenblock mit sich und versuchte nun mit angeekelter Miene, einige dieser Krüppel- und Fabelwesen aufs Papier zu bringen. Als auch ich nach dem Stift griff, meinte er:

«Für mich brauchen Sie es nicht zu tun, Kniep, ich will diesen Anblick nicht auch noch verewigt wissen – wenigstens nicht von ihrer begabten Hand.»

«Dann tu ich's eben für mich», sagte ich und spürte, wie schwer es war, diesen gräßlichen Formen auf den Grund zu kommen. Goethe seufzte und ließ den Stift sinken.

«Da! Schauen Sie es sich an! Es will und will nicht werden.»

«Weil Sie von einer falschen Voraussetzung ausgehen, Herr von Goethe. Sie glauben, das Häßliche und Minderwertige ließe sich leichter darstellen als das Schöne, Gute und Wertvolle. Es ist aber umgekehrt, drum geben Sie's lieber auf. Dieser Greuel ist es nicht wert, daß man sich näher mit ihm befaßt.»

Er steckte das Skizzenbuch weg.

«Sie haben recht, Kniep, schauen wir uns jetzt einmal das Innere der Villa an, um von diesem Anblick auszuruhen.»

Doch diese Hoffnung trog. Ferdinando Francesco Gravina, Fürst von Pallagonia, hatte auch hier seiner kranken Phantasie freien Lauf gelassen. Die Stühle trugen ungleich lange Beine, und unter den Polstern waren Stacheln versteckt, alles steckte voll Tücken und Geschmacklosigkeiten, und nicht einmal der herrliche Blick von dem hochgelegenen Bagheria über die Vorberge aufs Meer war einem gegönnt, denn das Fenster ließ sich nicht öffnen und war mit grellfarbigem Glas verkleidet.

Goethe war in einen Zustand angeekelter Neugier geraten, während nun in mir der Zorn hochstieg.

«Es ist ein Verbrechen, den Naturgenuß mit derart grellen Farben zu vergällen! Ich will kein rotes oder gelbes Meer sehen und keine violetten Berge! Mir reicht's! Ich warte draußen auf Sie, falls Sie noch länger bleiben wollen.»

Doch Goethe stimmte mir zu.

«Sie haben recht, kehren wir diesem Tollhaus den Rücken.»

Doch dann ließ es ihm keine Ruhe, und er bat mich, wenigstens eine dieser Fratzen für seine Sammlung aufzunehmen. Ich tat ihm den Gefallen und zeichnete eine Art Pferdeweib ab, die mit einem Mann Karten spielt, der auf seinem Greifenkopf eine riesige Perücke trug.

Wir waren schon eine Woche in Palermo, doch Goethe hatte den Besuch des Klosters Monreale immer wieder verschoben. Aber ich wollte es mir nicht nehmen lassen, die weithin gerühmten Mosaiken der Kirche aufzusuchen, und so beschloß ich, mich allein auf den Weg zu machen. Das aber paßte meinem Begleiter auch wieder nicht.

«Ich komme mit», sagte er kurz entschlossen, «wenn Ihnen so viel daran liegt. Die Aussicht von dort oben soll ja recht bedeutend sein.»

Ich schwieg, denn ich fühlte seinen leisen Spott über mein Interesse an einem Bauwerk des Mittelalters, was er offenbar als Verrat an den Lehren Winckelmanns empfand. Ich hatte inzwischen längst bemerkt, daß Goethe vor jedem antiken Säulenrest in Ehrfurcht erstarrte, während er die schönsten normannischen Kirchen in Palermo einfach übersah.

Nicht anders verhielt er sich jetzt in Monreale, als wir den Dom betraten. Die herrlichsten Mosaiken bedeckten Säulen, Wände und Apsis, wo der gewaltige Pantocrator segnend die Hände ausbreitete.

«Da lassen Sie besser Ihr Skizzenbuch stecken, Kniep», meinte Goethe anzüglich. «Bei diesem barbarischen Gewimmel weiß man nicht, wo anfangen und wo aufhören. Da ist das Prinzip ‹edle Einfalt, stille Größe› fast auf den Kopf gestellt, denn diese chaotische Vielfalt hat wahrhaftig nichts Edles.»

«Jede Zeit drückt sich auf ihre Art aus, und diese Mosaikbilder sind dennoch nicht ohne Größe.»

Goethe drohte scherzhaft mit dem Finger.

«Kniep, Kniep, da dreht sich unser guter Winckelmann ja im Grabe herum.»

«Soll er es!» sagte ich störrisch. «Man kann nicht nur die Kunst der Antike gelten lassen und alles andere beiseite schieben, als sei es nutzloses Gerümpel. Winckelmanns Forderung, durch Nachahmung der Alten unnachahmliche Kunst zu schaffen, ist ja eigentlich ein Paradoxon.»

«Da haben Sie auch wieder recht», sagte Goethe versöhnlich. «Bleiben Sie hier, solange Sie wollen, ich sehe mir einstweilen die Sammlung im Kloster an.»

Dort lud uns dann der Abt zum Mittagstische, und ich sah es dem alten Prälaten an, wie sehr ihn Goethes bestrickende Persönlichkeit beeindruckte. Er verstand sich mit allen und hatte bei seiner umfassenden Bildung die Fähigkeit, aus jedem herauszulocken, was er zu hören wünschte. Ich habe ihn mit Bauern verständig über die Olivenernte plaudern hören, während er mit dem Fürsten Torremuzza ein Fachgespräch über dessen Münzen- und Medaillensammlung führte. Jeder fühlte sich von ihm verstanden und angeregt, und manchmal spürte er die unglaublichsten Fälle auf. Ich denke dabei an die Geschichte des sogenannten Grafen Cagliostro, des einstmals in ganz Europa bekannten Erzgauners, der eigentlich Giuseppe Balsamo hieß und aus Palermo stammte.

Goethe mit seinem unstillbaren Hunger nach außerordentlichen Menschen und ihren Schicksalen ging den Spuren des Schwindlers in Palermo nach und machte dabei seine Mutter ausfindig. Dabei scheute er nicht davor zurück, sich wieder einmal – was er ja schon bei seiner Italienreise als Jean Philipp Moeller getan hatte – eine Tarnkappe überzuwerfen. Ich selber hatte damals keinen Anteil daran und kann alles nur so wiedergeben, wie Goethe es mir später erzählte.

Um sich bei der Familie einzuführen, trat er als Engländer auf, der Cagliostro aus London kannte und von ihm beauftragt sei, Grüße an die Angehörigen zu überbringen. Dort traf Goethe die Mutter des Betrügers und seine verwitwete Schwester in mißlichen Umständen an. Bei seinem letzten Aufenthalt in Palermo hatte Cagliostro Schulden hinterlassen, für die nun die Schwester bürgen mußte. So bat man den angeblichen Engländer, einen Brief nach London mitzunehmen, um den Bruder an seine Verpflichtungen zu erinnern. Goethe sah sich damit in eine Rolle gedrängt, die er nun ehrenvoll zu Ende spielen wollte. Er nahm den Brief, hielt es jedoch für sinnlos, ihn dem irgendwo herumabenteuernden Cagliostro zuzustellen, wollte aber andererseits der armen und anständigen Familie helfen. Jahre später schrieb mir Goethe, er habe den Fall beinahe vergessen gehabt, als ihm zu Hause dieser Brief unter die Hände kam. Da sei sein Gewissen erwacht, und er habe sofort den Schuldbetrag im Namen Cagliostros nach Palermo übersandt und sei dafür mit einem rührenden Dankesbrief belohnt worden. Im übrigen habe ihn das abenteuerliche Leben des Grafen Cagliostros zu einem Bühnenstück angeregt, das den Titel «Der Groß-Cophta» tragen solle.

Später geriet der Erzgauner dann doch noch in die Hände der Inquisition, die ihn zum Tode verurteilte, doch Papst Pius milderte den Spruch auf lebenslanges Gefängnis. Etwa vor einem Jahrzehnt ist Cagliostro im Kerker gestorben, aber es wird noch viele Menschen geben, die sich seiner – im Guten oder Bösen – lebhaft erinnern werden.

3

Warum spreche ich nie von Goethe, dem Dichter? Sah ich ihn doch oft genug während unserer Sizilienreise stundenlang schreiben und verbessern, ganz seinem Werk hingegeben. Dazu muß ich sagen, daß Goethe mir den Zugang zu seiner Arbeit versperrte. Für ihn war ich der Maler und Zeichner, dessen Rat und Ansichten er geduldig lauschte und dem er – meist vergeblich, wie er selber zugab – nachzueifern suchte. In seine Dichtung aber verkroch er sich und schlug die Tür hinter sich zu. Für ihn war das etwas ganz Privates und Intimes, und so wußte ich nur, daß er seinerzeit an dem Schauspiel ‹Torquato Tasso› arbeitete.

Gegen Ende April zogen wir weiter nach Alcamo, einem ruhigen Bergstädtchen, und hier wurde uns bewußt, wie mangelhaft Sizilien mit allem versorgt war, sobald man sich von der Hauptstadt entfernt hatte. Unser Gasthof war schmutzig und verkommen, das Essen sehr bescheiden. Wir speisten auf einer Art Terrasse, und schon bei den ersten Bissen erschienen Kinder, Bettler und streunende Hunde, um unsere Mahlzeit mit hungrigen Augen zu verfolgen. Mir war gar nicht wohl dabei, doch Goethe ließ sich nicht stören.

«Was wollen Sie, Kniep? Ob wir uns Sorgen machen oder nicht, wir werden die Zustände auf Sizilien nicht ändern können. Geben Sie den Leuten ein Stück Brot – gut, das mag recht human sein, aber es macht wenig Unterschied; das ist nur der berühmte Tropfen auf dem heißen Stein. Man müßte das Übel an der Wurzel fassen, aber dazu sind wir nicht berufen.»

«Ich glaube, da machen wir es uns zu leicht…»

Goethe zuckte die Schultern. «Das läßt sich bisweilen nicht vermeiden, ich möchte sogar sagen, auf dieser Reise müssen wir es uns leichtmachen. Wir werden hier speisen, übernachten und morgen weiterziehen. Da ist zuwenig Zeit, um sich mit Problemen zu befrachten, zu deren Lösung wir nichts beitragen können.»

Unterdessen hatten sich die Hunde unserer Wursthäute bemächtigt, während sich ein halbwüchsiger Junge auf die Apfelschalen stürzte, die Goethe fallen ließ. Der Bursche wurde unsanft von einem Bettler beiseite gestoßen, der offenbar hier die älteren Rechte besaß.

«Mich stimmt das traurig», sagte ich zu Goethe.

«Mich auch, lieber Freund, aber in meine Trauer mischt sich auch Zorn, weil ich weiß, daß es dieses Elend nicht geben müßte. Wen aber dafür verantwortlich machen, wo sich beschweren? Beim König in Neapel? Beim Vizekönig in Palermo? Bei den Großgrundbesitzern, die den Zins ihrer kleinen Pächter mit solchem Unfug vertun, wie wir es in der Villa Pallagonia gesehen haben? Geben Sie den Rest unserer Speisen dem alten Bettler, und dann lassen wir es gut sein.»

Damit war für Goethe das Thema abgeschlossen, und er wollte auch nicht mehr darauf zurückkommen. Sein Geist war schon vorausgeeilt und schwebte um den Tempel von Segesta, den wir am nächsten Morgen aufsuchten. Goethe beschaute ihn aufs genaueste, um bestätigt zu finden, was Fachleute herausgefunden hatten, nämlich, daß die Bauarbeiten vor der Fertigstellung beendet wurden. Die Wände der Cella fehlten, und die Zapfen zum Transport der Steine waren noch nicht weggehauen, die Säulentrommeln nicht kanneliert.

«Wem mag der Tempel geweiht gewesen sein? Hat man ihn wegen der Kriegsläufe aufgegeben, die den Niedergang der Stadt bewirkten? Es ist etwas ganz Eigenes um solch ein unfertiges Ding, und man mag die tollsten Überlegungen daran knüpfen. Seine Lage ist jedenfalls einzigartig – am höchsten Ende eines weiten langen Tales, allein auf einem Hügel blickt er über viel Land in die Ferne und auf ein Stückchen Meer. Wir müssen uns gut überlegen, Kniep, von welcher Seite wir ihn aufnehmen sollen.»

Schließlich nahmen wir gut zweihundert Schritt von seiner Vorderseite Stellung und konnten so auch noch einen Teil des felsigen Hanges in seinem Rücken auf das Blatt bringen.

Wie immer, wenn Goethe ernsthaft ans Zeichnen ging, ärgerte es ihn, daß er, der so viel über die Theorie der Zeichnung wußte, nicht imstande war, sie in die Praxis umzusetzen.

«Da kenne ich genau die Regeln einer Komposition, weiß auch mit dem Stift umzugehen, und wenn ich's dann auf das Papier bringen soll, will es einfach nicht werden. Ich weiß, daß man in der Natur nie etwas als Einzelheit sehen darf, sondern nur in Verbindung mit etwas anderem. Und wenn ein Gegenstand besonders bedeutsam ist – etwa dieser Tempel –, so ist nicht er allein es, der eine malerische Wirkung hervorbringt, sondern seine Verbindung mit dem, was neben, hinter und über ihm ist. Ich weiß das alles, Kniep, und bringe dennoch nichts Gutes zustande.»

Er tat mir leid in seiner, wenn auch nicht sehr ernstgemeinten Verzweiflung. Ich versuchte ihn zu trösten.

«Sie können und wissen viel, Herr von Goethe, da darf es ruhig auch schwache Stellen geben. Im übrigen geht es schon recht passabel, und bei längerer Übung…»

«Ich weiß schon, mein Freund, Sie wollen mich über diese Schwäche hinwegtrösten. Sie haben freilich recht: Man darf und muß nicht alles können; übrigens haben gerade die Dilettanten oft Beachtliches geleistet. Ich plane darüber einen Aufsatz, und man wird sich wundern, was da zutage kommt.»

Ich schüttelte den Kopf.

«Da tun Sie dem Gegenstand aber zuviel Ehre an…»

Goethe ließ den Stift sinken. «Ganz und gar nicht. Dilettanten haben oft viel bewirkt, jedenfalls zeigen sie produktive Kraft und kultivieren also etwas Wichtiges am Menschen, abgesehen davon, daß sie nicht selten echte Talente anregen und zu ihrer Entwicklung beitragen.»

«Sie können mich nicht überzeugen, Herr von Goethe. Der Unterschied ist doch augenfällig! Vergleichen Sie Ihre Zeichnung mit der meinen, oder lassen Sie mich ein Schauspiel über Torquato Tasso schreiben. Jeder Kenner wird meine Zeichnung und Ihr Stück loben. Das Publikum – Sie wie ich, sind darauf angewiesen – wird sich stets dem Talent, dem Professionellen zuwenden.»

«Im allgemeinen mag das für die Kunst gelten. Aber in den Wissenschaften haben gerade Dilettanten viel bewirkt, haben unbekümmert einen kühnen Schritt vorwärts getan. Ich werde mich später ausführlich damit befassen.»

Schweigend machten wir uns beide wieder an die Arbeit.

Über Castelvetrano und Sciacca setzten wir die Reise nach Girgenti, dem alten Agrigentum, fort. Da es dort nicht einmal einen Gasthof gab, nahmen wir in einem Privathaus Quartier, bei einer Familie, die zu Hause Nudeln aus Weizengries herstellte.

Wie es seine Art war, begann Goethe sofort ein intensives Gespräch über Nudelherstellung, und die ganze Familie zeigte sich überrascht und erfreut, daß dieser vornehme Fremde an ihrem Handwerk so großen Anteil nahm.

Bei Sonnenaufgang stand unser Führer, ein kleiner, schon älterer Geistlicher, frisch und munter vor der Tür. Er war sehr beschlagen und gab nur fürs erste einen Überblick, damit wir uns bei dem halben Dutzend mehr oder weniger gut erhaltener Tempel einigermaßen zurechtfanden. Ich wählte im Geist schon die geeignetsten Punkte aus, von denen ich anderntags die schönsten Veduten aufnehmen wollte.

Der Tempel des olympischen Zeus muß von allen der gewaltigste gewesen sein, doch gerade von diesem Bauwerk war nichts weiter übrig als ein gestürzter Atlant und der Rest einer kannelierten Halbsäule, deren Umfang Goethe stumm werden ließ. Er stellte sich in eine der Kannelierungen wie in eine Nische und sagte fassungslos, daß zweiundzwanzig Männer im Kreis geordnet den Umfang dieser gewaltigen Säulenschäfte wiedergäben.

«Für Sie ist da nichts zu holen, Kniep, man hat den Tempel offenbar über Jahrhunderte als Steinbruch benutzt, und nun muß man leider mit Shakespeare sagen: Der Rest ist Schweigen…»

So kletterten wir weiter über die Trümmer der wohl gewaltigsten Tempelanlage aus den griechischen Tagen der Insel, wobei der Concordia-Tempel noch fast unversehrt seit nunmehr zwölfhundert Jahren aufrecht stand und den sonst so beherrschten Goethe zu Entzückensrufen veranlaßte.

«Das wird ein Leckerbissen für Ihren Stift, Kniep, da müssen Sie alles hineinlegen, was Sie können!»

In seiner Begeisterung lief er etwa fünfmal um das Bauwerk herum, so daß unser kleiner geduldiger Führer es schließlich aufgab, ihm zu folgen. Ich nützte die Zeit, um ihn zu fragen, ob es sicher sei, daß dieser Tempel der Concordia und jener der Hera oder dem Herkules geweiht sei.

Der alte Priester hob lächelnd die Hände. «Man weiß es nicht sicher, doch haben sich die Benennungen eingebürgert, und so hält man eben daran fest.»

Als Goethe zurückkkam, stellte er dieselbe Frage, und unser Führer mußte lachen.

«Ja, die Deutschen wollen immer alles genau wissen, suchen nach Belegen und Beweisen. Ich kann nur wiederholen, was ich Ihrem Freund schon sagte, daß die Benennungen sich eher auf Annahmen gründen.»

«In diesem Fall tut es wenig zur Sache», meinte Goethe, «anders als bei Steinen und Pflanzen, wo ohne eine genaue Einordnung keine Wissenschaft möglich wäre.»

Am nächsten Tag trennten sich unsere Wege, denn ich zog schon bei Morgengrauen mit meiner Zeichenmappe los, die mir ein Junge aus unserer Gastfamilie nachtrug. Später erschien Goethe; von Zeit zu Zeit blickte er mir über die Schulter und drückte sein Wohlwollen aus. Ich weiß noch genau, welchen Stolz ich damals empfand, wenn der Hochberühmte und Hochgebildete meine Arbeit lobte, und sie war ja tatsächlich das einzige, wo ich ihm voraus war, wo er von mir lernen konnte.

Auch am nächsten Tage sahen wir uns nur flüchtig, denn ich hatte mir so viel vorgenommen, daß ich mir wünschte, der lichte

Tag möchte bis gegen Mitternacht anhalten, so wie man es aus skandinavischen Ländern hört.

Aber dann mußten wir doch weiter, denn Goethe war, wie er mir sagte, schon mit dem Vorsatz aufgebrochen, nicht mehr als vier bis sechs Wochen auf Sizilien zu verwenden. Von Agrigentum ritten wir nach Nordosten und durchquerten dabei die Kornkammer Siziliens. Die großen Getreidefelder – vornehmlich Weizen und Gerste – bedeckten wie ein sanfter, goldener Flor das weite Tal und die Hügel, wobei durch das Fehlen jeglicher Bäume oder Sträucher der Eindruck einer – wenn auch fruchtbaren – Wüstenei entstand. Das Korn ging dort Ende April schon seiner Reife entgegen und wurde bereits im Mai geerntet.

Unser Ziel war Caltanisetta, eine ansehnliche Provinzhauptstadt mit gewiß nicht weniger als zwanzigtausend Einwohnern, doch nach einer Herberge suchten wir vergebens. Unser Vetturino, der Maultiertreiber, hatte sich noch nie so weit von seiner Heimat entfernt und kannte hier keinen Menschen. Wir gingen also wie weiland die heilige Familie auf Herbergssuche. Obgleich sich an solchen Orten immer Familien fanden, die uns gegen wenig Entgelt ein Zimmer überließen, waren diese Räumlichkeiten nicht sofort zu beziehen. Sie mußten erst gereinigt und ‹möbliert› werden, was darin bestand, daß man irgendwelche rohen Holzböcke aufstellte. Tische und Stühle waren in der Regel nicht vorhanden. Das konnte unseren Goethe aber nicht erschüttern. Dergleichen brachte ihn niemals aus der Ruhe, und seine Gelassenheit wirkte auf mich und den Vetturino ansteckend. Letzterer hatte unterwegs zwar vorsorglich ein Huhn gekauft, doch als er es nun zubereiten wollte, fehlten Salz, Gewürze und nicht zuletzt ein Herd und das benötigte Geschirr. Im Hause unseres Wirtes war davon nichts oder nicht Geeignetes vorhanden, so daß wir in einem Teil der Stadt kochten und aßen und in einem anderen wohnten. Wir waren die einzigen Fremden hier, und man legte uns nahe, abends auf den Marktplatz zu gehen, um unsere Gastesschuld abzutragen und den Menschen von zu Hause zu erzählen. Goethe staunte nicht schlecht, als man uns von allen Seiten nach dem Wirken König Friedrichs von Preußen fragte. Die Legende vom Großen Friedrich war auch hierher gedrungen, und jeder wußte so ungefähr, welche unfaßbaren Neuerungen er in Preußen eingeführt hatte: Abschaffung von Folter und Hexenprozessen, Gleichheit vor dem Gesetz, religiöse Toleranz und andere Neuerungen, die man hier scheu bewunderte und insgeheim fürchtete. Dabei flüsterte mir Goethe auf deutsch zu: «Ich wage es nicht, den guten Leuten vom Tod des Königs zu berichten. Sie würden uns aus der Stadt jagen…»

So taten wir, als lebe der alte Fritz noch, und rühmten mit dem Volk von Caltanisetta seine Größe und Weisheit. König Friedrich war im vergangenen Jahr gestorben, und es war bemerkenswert, daß die Todesnachricht noch nicht hierhergedrungen war.

Auf der Weiterreise gerieten wir in einen Regensturm, der das bisher fast trockene Flußbett des Salso mit schäumenden Fluten gefüllt hatte. Auf dem Weg nach Enna aber mußten wir hinüber, und eine Brücke war weit und breit nicht zu entdecken. Plötzlich tauchten mehrere Männer aus den Regenschleiern auf und erboten sich in schwer verständlichem Dialekt, uns hinüberzuhelfen. Unser Vetturino war keineswegs erstaunt, sondern grinste recht erleichtert. Je zwei von ihnen nahmen Maultier samt Reiter in ihre Mitte und trugen mehr, als daß sie schoben, Mensch und Tier durch den reißenden, aber nicht sehr tiefen Fluß.

Das alte Castrum Henae nennt sich jetzt Castrogiovanni, aber es ist auch der Name Enna im Gebrauch. Unsere Herberge erwies sich als halbe Ruine ohne Glas in den Fenstern, so daß wir die Wahl hatten, im Finsteren zu sitzen oder die Regenschauer hereinzulassen.

Als sich der Himmel kurz aufhellte, sahen wir zu unserer Freude die Westseite des Ätna aus dem Dunst hervorscheinen, seinen Gipfel von einer blendendweißen Schneehaube bedeckt. Dieser Anblick führte fast zu einem Streit mit Goethe, der mich aufforderte, das herrliche Bild sofort aufs Papier zu bannen, während ich dagegenhielt, daß der Vulkan nur schemenhaft aus großer Ferne zu sehen sei und ich eine große Nähe vortäuschen und somit die Zeichnung verfälschen müsse. Wir diskutierten erregt hin und her und bemerkten kaum, daß der Berg unterdessen längst wieder im Dunst verschwunden war. Ich wies nach Westen. «Wir streiten um des Kaisers Bart, Herr von Goethe.»

Da mußte er lachen und klopfte mir versöhnlich den Rücken.

«Sie haben recht, Kniep. Es ist in der Natur nichts schön, was nicht naturgesetzlich als wahr motiviert wäre. Eigentlich gebührt Ihnen ja ein Lob, daß Sie sich weigerten, mit dem Stift zu lügen.»

Es gelang Goethe doch immer, bei solchen Diskussionen – indem er sich bewußt ins Unrecht setzte – eine Art Sieg davonzutragen. Trotzdem fühlte ich damals ein leises Bedauern, ihm seine harmlose Bitte nicht erfüllt zu haben.

4

Gleich am nächsten Morgen verließen wir das unwirtliche Bergnest, und der sonst so beherrschte Goethe verbarg seinen Unmut nicht.

«Sie werden sich fragen, Kniep, warum ich so nachdrücklich darauf bestand, dieses abgelegene Enna aufzusuchen. Mich hat der altehrwürdige Name gelockt, denn durch seine leicht zu verteidigende Höhenlage ist es wohl der älteste Siedlungsplatz auf der Insel. Dort bauten sich schon die Sikuler ein festes Nest, und Demeter hatte unter den Griechen hier ihr Hauptheiligtum; für die Römer war es eine wichtige Festung. Daß der Ort bis heute ununterbrochen besiedelt war, macht ihn aber für uns wenig ergiebig, weil man das Alte immer wieder fortschaffte, um Neues darüber zu bauen. Da war kein Platz, es ging nicht anders. Die Versprechung des alten Castrum Henae ist so falsch wie sein jetziger Name, den die Araber aus dem Lateinischen zu Casrjanni verstümmelt haben. Daraus haben nun die Heutigen ihr Castrogiovanni gebildet, das ja nun wirklich nichts mit einer Burg des Johannes zu tun hat. Lassen wir es uns als Lehre dienen, Kniep.»

Mit der Feinfühligkeit des Südländers muß unser Vetturino etwas von der Verstimmung gespürt haben. Er versicherte uns eifrig, daß er auf dem Weg nach Catania eine vorzügliche Herberge wisse, und in der Stadt selber – er küßte vielsagend seine Fingerspitzen – würde er dafür sorgen, daß wir alle Bequemlichkeiten hätten und untergebracht seien wie die Fürsten.

Nun, der erst vor kurzem errichtete Gasthof sah tatsächlich recht passabel aus. Verglichen mit dem, was wir in den letzten Tagen erlebt hatten, war unser Zimmer geradezu komfortabel eingerichtet. Es hingen einige verblichene Stiche mit Heiligen an der Wand, die Goethe interessiert studierte. Plötzlich rief er:

«Kniep, schauen Sie sich das an!»

Da war mit Bleistift und in feingestochener Schrift eine Warnung an die Wand geschrieben, die ich nur noch dem Sinn nach in Erinnerung habe. Ungefähr hieß es da: Reisende! Meidet in Catania den Gasthof zum ‹Goldenen Löwen› wie die Pest!

Wir dankten dem unbekannten Reisenden von Herzen und wollten seine Warnung beherzigen. Als es dann in der schönen Stadt zu Füßen des Ätna um die Frage der Unterbringung ging, sagte Goethe, ihm sei jede Herberge recht, nur nicht der ‹Goldene Löwe›. So kam es, daß wir in einer Viehtreiberspelunke landeten, wo uns als Mittagsmahlzeit ein zähes Huhn empfing, das die übermäßige Verwendung von Gewürzen fast ungenießbar gemacht hatte.

Nach einer jämmerlich verbrachten Nacht wurde es Goethe zu dumm.

«Schließlich sind wir in Catania», murrte er, «und nicht in einem Bergdorf. Hier muß es doch auch bessere Gasthöfe geben!»

Der Wirt war keineswegs beleidigt, sondern meinte nur, Herren wie wir hätten eben gleich dort drüben Quartier nehmen sollen. Er zeigte auf ein stattliches Eckhaus, und wir gingen sofort hinüber.

Das war nun ein anderes Wohnen, in einem weißen lichten Zimmer, wo ich endlich einmal meine Zeichenmappe auf einen großen Tisch behäbig hinbreiten konnte. Goethe hatte sich gerade auf ein Sofa hingestreckt, als eine junge, recht hübsche Frau hereinplatzte. Sie trug ein weinendes Kind auf dem Arm und tat recht erschreckt, als sie uns sah. Der Bediente kam, entschuldigte sich, sagte, er sei der Vater des Kindes, das er der Frau abnahm und im Nu beruhigte. Er komme gleich wieder, sagte er, und verschwand mit dem Kleinen. Die Frau aber blieb da, tat recht kokett, blitzte uns mit ihren schwarzen Augen an und deutete kichernd auf das Sofa, von dem Goethe sich der Höflichkeit wegen erhoben hatte. Plötzlich lachte er:

«Wissen Sie, daß wir nun doch im ‹Goldenen Löwen› sind? Draußen steht's über der Tür. Und nun verstehe ich auch die Warnung an der Wand! Der Unbekannte wird ein wenig prüde gewesen sein, und es störte ihn, daß man ihn hier gleich verkuppeln wollte. Der Einfall mit dem Kind ist gar nicht so schlecht. Wenn Sie sich bedienen wollen, Kniep, mache ich inzwischen einen Spaziergang.»

Ich war nicht unerfahren, wurde aber trotz meiner dreißig Jahre rot wie ein Schuljunge. Goethe hatte das so offen hingesagt, als handle es sich um ein Bedürfnis wie Essen und Trinken.

«Sie sind der Ältere, Herr von Goethe, ich lasse Ihnen gerne den Vortritt», sagte ich steif.

«Aber Sie werden doch nicht beleidigt sein, mein Freund? Ein junger Mann wie Sie wird doch auch seine Bedürfnisse haben… Was mich betrifft, so danke ich für Ihr Entgegenkommen, aber mir ist im Augenblick nicht danach, obwohl die Kleine recht passabel scheint.»

Er holte ein paar Münzen aus der Tasche, tätschelte dem Mädchen die Wange und schob es aus der Tür.

«Wir sind ja länger in Catania, und sollte einer von uns Lust auf weibliche Gesellschaft verspüren, dann sind wir hier ja bestens versorgt.»

Ich schwieg und steckte den Kopf in mein Buch. Daß Goethe von solchen Dingen sprach, enttäuschte mich etwas, aber ich ließ mir nichts anmerken.

Mir ist Catania nur noch in dunkler Erinnerung, denn dort habe ich wenig gezeichnet, und mein Gedächtnis erwies sich immer dann am besten, wenn eine wichtige Arbeit seine Stütze war.

Wir beschauten die berühmte Münz- und Antikensammlung des Fürsten Biscari. Im übrigen stand Goethe ganz im Banne des Ätna und versuchte verzweifelt, einen Führer zu seiner Besteigung aufzutreiben. Aber ein Geologe riet ihm ab, vor allem wegen der frühen Jahreszeit, da viele der oberen Hänge noch mit Schnee und Eis bedeckt seien. Doch Goethe gab, seinem Wesen entsprechend, nicht so leicht auf. Daraufhin riet uns der Fachmann, einen Nebenkrater des Ätna, den Monte Rosso, zu besteigen, denn dort gewinne man einen Eindruck von den Lavafeldern des Jahres 1669, die damals bis Catania gelangten und große Teile der Stadt zerstörten.

Das aber ist zugleich meine Erinnerung an Catania: eine düstere Stadt, denn vieles wurde damals nach der Katastrophe aus der weite Teile der Stadt bedeckenden Lava erbaut – Kirchen, Paläste und Wohnhäuser. So hing man dem gepeinigten Catania einen schwarzen Trauerflor um, den es nun tragen muß, als stete Erinnerung an sein damaliges Unglück, wie auch als Warnung für künftige Gefahren, denn ein sicherer Ort wird diese Stadt niemals sein. Die Spuren ihrer Zerstörung waren noch allenthalben zu sehen. Wo immer man durch die Straßen ging, plötzlich war die Häuserzeile unterbrochen, und wie eine drohende schwarze Faust zwängte sich ein Lavastrom dazwischen. Freilich täuscht dieser Anblick über die damalige Katastrophe hinweg, denn die Zerstörungen waren weit schlimmer, und was heute von der Lava noch zu sehen ist, hat man aus technischen oder praktischen Erwägungen bis jetzt noch nicht abgetragen.

Der Ausflug zum Monte Rosso ist mir noch in guter Erinnerung, denn ich war froh, aus der düsteren Stadt herauszukommen; überdies hatten mich Goethes Neugierde und Unternehmungsgeist angesteckt. Während des Rittes erzählte er mir einiges über Vulkanismus, einer Wissenschaft, mit der er sich viel befaßt hatte.

Als der eigentliche Aufstieg begann, verstummten wir beide, denn die Sicht wurde von Minute zu Minute großartiger. Wir hatten schon ziemlich an Höhe gewonnen, als ich um einen Halt bat und meinen Stift hervorholte. Vor uns ragte der schneebedeckte Gipfel des Ätna, der damals gerade eine sehr ruhige Phase hatte und kaum Rauch ausstieß. Goethe wollte unbedingt den Doppelgipfel des Monte Rosso erklimmen, doch ich zog es vor, alles Sehenswerte um mich herum aufzunehmen und hatte mir dazu einen bequemen Aussichtsplatz gesucht. Nach zwei Stunden kam Goethe wieder zurück, ganz durchfroren, aber begeistert von dem, was er gesehen hatte.

«Da oben bläst ein Wind, das können Sie sich nicht vorstellen. Ich mußte meinen Mantel ablegen, sonst hätte es mich in den Krater geweht. Die Küste von Syrakus bis Messina läßt sich von dort überschauen, als blicke man auf ein zierlich gearbeitetes Modell.

Ginge nicht ein solcher Sturm, ich würde es nochmals wagen und Sie mit hinaufzerren, lieber Kniep. Aber so reicht es mir für heute.»

Mit diesem Ausflug schlossen wir unseren Aufenthalt in Catania ab, um nach dem nur etwa dreißig Meilen entfernten Taormina weiterzuziehen, einem Ort, der ob seiner Lage von jedem gepriesen wird, der ihn sehen durfte. Unser erster Weg führte uns hinauf zu dem vielgerühmten griechischen Theater, dessen einzigartige Lage auf der Welt ihresgleichen sucht. Von der oberen Reihe der amphitheatralischen Sitze blickten wir über die Stadt auf den schneeüberhauchten Ätna, der wie ein unentwegter Tabakraucher seine Qualmwolken in den blauen Äther stieß. Wendet man den Blick ein wenig nach links, so war die vielfach gezackte Küste bis nach Catania zu überschauen. Mir wurde bei diesem Anblick klar, daß ein solches Panorama nicht in wenigen Stunden aufzunehmen sei, und ich sagte zu Goethe, daß ich den ganzen nächsten Tag daran wenden möchte. Wie immer, wenn es ums Zeichnen geht, stimmte er mir sofort lebhaft zu und meinte, er würde sich unterdessen schon zu beschäftigen wissen.

«Uns hat ein Glücksstern zusammengeführt, wobei ich den Vorteil und die Freude, Sie aber die Arbeit hatten. Zudem waren Sie mir immer ein angenehmer Begleiter, niemals verdrossen, immer tätig. Ich hoffe, daß auch Sie Ihr Vergnügen an der Reise hatten?»

Das klang wie eine Frage, und so antwortete ich:

«Mir ist die Arbeit keine Last – im Gegenteil. Ich bin am glücklichsten, wenn ein schönes Motiv vor meinen Augen liegt und ich es aufs Papier bringen darf. Ihnen habe ich schließlich die Sizilienfahrt zu verdanken; wer weiß, ob ich sonst die Insel jemals kennengelernt hätte.»

Goethe nickte zufrieden.

«Das ist der schönste Handel, wenn beide ihren Vorteil haben. Auf jeden Fall freue ich mich auf das, was Sie morgen von dort oben mitbringen werden.»

Durch Goethes Lob angefeuert, wollte ich diesmal an die Grenze des für einen Zeichner Erlaubten gehen und verwendete zwei der größten Blätter, die ich mit mir führte, um ein Panorama aufzunehmen, das unser Auge nicht mit einem Blick erfassen kann. Wie lange ich mich dort oben herumtrieb, weiß ich nicht mehr, aber es muß wohl schon der späte Nachmittag gewesen sein, als ich Goethe im Garten unseres Gasthofes die beiden Blätter zeigte.

«Mein Gott, Kniep, Sie sind ja ein rechter Zauberer! Wie haben Sie das nur in den wenigen Stunden schaffen können?»

«Es ist ja längst nicht fertig, die Feinheiten müssen noch ausgeführt werden», sagte ich bescheiden und strahlte dabei vor Stolz.

Er seufzte leise, doch es klang nicht sehr ernst.

«Ich habe ja leider keine Fortschritte gemacht im Zeichnen, hab's wohl auch eingesehen und bin bei meinen Leisten geblieben. Die gute Angelika Kauffmann hat es mir in Rom auf ihre stille, freundliche Art schon zu verstehen gegeben, daß sie von meiner ‹Iphigenie› mehr hält, als von meinen Zeichenversuchen. Aber es juckt mich noch immer, und ich kann es vorerst nicht lassen. Heute aber, während Sie über Ihrer Mappe saßen, habe ich eine Nausikaa-Tragödie entworfen.»

Goethe muß bemerkt haben, daß ich mich auf dem Tisch nach losen Blättern umsah und lachte leise, wie nur er es konnte, voll Wohlwollen und Freundschaft, im Einklang mit sich selber.

«Sie werden sich vergeblich nach den Früchten meiner Überlegungen umsehen, Kniep, denn alles Schöpferische findet ja zuerst im Kopf statt, und dabei ist es vorläufig geblieben. Aber ich werde mich wohl näher damit befassen.»

«Der Stoff hat doch mit Odysseus zu tun? Ich bin da nicht mehr so auf dem laufenden.»

«Das ist nun wahrhaftig keine Bildungslücke, lieber Freund. Ich rufe es Ihnen mit ein paar Worten ins Gedächtnis. Odysseus wird als Schiffbrüchiger auf die Phäakeninsel Scheria verschlagen, wo er bei König Alinoos und seiner Tochter Nausikaa gastliche Aufnahme findet. Er berichtet von seinen jahrelangen Irrfahrten und Abenteuern; später stellt der König ihm ein Schiff zur Verfügung, auf dem Odysseus endlich heimkehrt. Der darob erzürnte Poseidon verwandelt das Schiff auf seiner Rückfahrt zu Stein.»

In mir tauchten einige Fragmente aus dem Schulunterricht auf.

«Da war doch noch etwas mit einem Ballspiel...»

Goethe lächelte.

«Sehen Sie, jetzt taucht's auch bei Ihnen empor. Während der gestrandete Odysseus erschöpft im Uferdickicht schläft, wäscht Nausikaa mit ihren Dienerinnen Wäsche am Strand. Danach vergnügen sich die Mädchen mit einem Ballspiel, wobei der Ball ins Wasser fällt. Odysseus erwacht und tritt nackt ans Ufer. Na, Sie können sich die Aufregung vorstellen! Die Dienerinnen kreischen und ergreifen die Flucht, während Nausikaa sich um den Schiffbrüchigen kümmert, ihn badet, salbt und kleidet. Was mir dabei vorschwebt, wäre eine Konzentration der Handlung ganz auf Nausikaa, die schöne Jungfrau, die sich bisher keiner Neigung bewußt war und alle Freier abwies. Odysseus aber bringt in ihr etwas zum Klingen, was ihr selber fremd ist. Nun, es soll ja eine Tragödie werden, und als Odysseus sich zur Heimreise aufmacht – halb schuldig, halb unschuldig an Nausikaas heftiger Neigung –, sucht das Mädchen den Tod. Ich sehe die Handlung noch wie durch einen Nebel, der die Details verbirgt und die Konturen unscharf macht. Wenn Sie, lieber Kniep – auf Ihr Metier übertragen –, ein solch nebelhaftes Gebilde vor sich sehen, dann legen Sie Ihren Stift wieder weg. Und so ging's auch mir, ich habe ihn gar nicht erst zur Hand genommen.»

Nach allem, was ich von Goethe die Jahre über erfahren habe, muß er den Plan zu einer Nausikaa-Tragödie wohl aufgegeben oder zumindest aufgeschoben haben; zur Bühnenreife scheint es jedenfalls nicht gediehen zu sein.

5

Wir wußten natürlich, welches Unglück die Stadt Messina vor vier Jahren getroffen hatte, waren aber nicht auf derartige Schreckensbilder gefaßt. Auf dem Weg zur Herberge – unser Vetturino kannte sie – ritten wir eine Viertelstunde nur durch Trümmer, durch traurige Ruinen, die sich zum Teil in den bizarrsten Formen aus dem schon mit Unkraut überwachsenen Schutt erhoben. Der Herbergswirt hatte als einziger sein Haus wieder aufgebaut, so daß wir aus dem Fenster unseres Zimmers auf eine stille, traurige Totenstadt blickten.

Am nächsten Tag zogen wir in den belebten Teil Messinas, das war eine aus Brettern errichtete Budenstadt, die wie ein riesiger Markt wirkte und wo die dreißigtausend Obdachlosen eine vorläufige Unterkunft fanden. Man wagte es damals noch nicht, Messina wiederaufzubauen, da die Erde von Zeit zu Zeit immer noch bebte und niemand besondere Lust hatte, ein steinernes Grab über sich zu errichten. Die zwölftausend Toten waren eine ständige Warnung, und – wie wir sehen konnten –, es lebte sich auch in der hölzernen Stadt recht lustig. Den Leuten saß jetzt ein neuer Schreck in den Gliedern, da vor zwanzig Tagen die Erde wieder heftig gebebt hatte, was natürlich den Holzhütten nichts anhaben konnte, aber einige der noch stehenden Häuser zum Einsturz brachte.

Goethe, mit seiner fast magischen Wirkung auf andere Menschen, fand bald einen Konsul, der, über die Abwechslung erfreut, für uns aufopfernd den Cicerone spielte. Es gab damals kaum Fremde in der Stadt, denn jeder mied den vom Schicksal so schwer gezeichneten Ort. Ich machte ein paar Zeichnungen von der Verwüstung, doch ohne große Freude. Von unserem Konsul erfuhren wir, daß es hier einen wunderlichen alten Gouverneur gebe, der darauf bestehe, daß jeder bedeutende Fremde ihm vorgestellt werde. Mich rechnete man offenbar nicht dazu, doch ich bin nicht eitel, und es machte mir nichts aus, in der Altstadt herumzustreifen, während der Geheime Rat von Goethe seinen gesellschaftlichen Pflichten nachkam. Dabei entdeckte ich, daß die meisten der aus festen Steinquadern errichteten Paläste das Erdbeben gut überstanden hatten, was auch für einige Kirchen galt, so etwa für den Dom und die Jesuitenkirche. Letztere besuchte ich zusammen mit Goethe, der mir unterdes erzählte, was er bei dem schrulligen Gouverneur erlebt hatte.

«Das ist ein seltsamer, alter Kauz, halbtaub, ein schlimmer Despot und von jähem Zorn. Seine Tischgäste wagen kaum eine Unterhaltung, um ihn ja nicht durch ein unbedachtes Wort zu verstimmen. Er erwartet von mir, daß ich nun jeden Mittag erscheine, so lange wir hier sind. Aber schließlich bin ich nicht sein Untertan, und er wird sich mit einem Besuch begnügen müssen.»

Doch da hatte Goethe die Rechnung ohne den Wirt gemacht. Der alte Despot ließ meinen Begleiter in der ganzen Stadt suchen, und wir saßen gerade in unserem Gasthof beim Mahl, als zwei Diener des Gouverneurs hereinstürzten und Goethe dringend nahelegten, bei der Mittagstafel ihres Herrn zu erscheinen. Ich sah es Goethe an, daß er verärgert war. Er blieb sitzen und sagte, er sei gerade beim Essen und werde seinen Besuch tags darauf nachholen. Da fielen die beiden Burschen auf die Knie und baten händeringend, sie nicht ins Unglück zu stürzen, denn Seine Gnaden würde am Ende sie zur Verantwortung ziehen. Diesem Argument konnte sich Goethe nicht widersetzen, doch auf seiner Stirn stand eine Zornesfalte, als er aufstand.

Am Abend sagte er zu mir:

«Dieser starrsinnige Greis kann einem wirklich den Aufenthalt hier verleiden. Durch den Konsul habe ich einige gute Verbindungen aufgenommen; so hätten wir etwa eine Einladung auf ein reizend gelegenes Landhaus, denn die Umgebung Messinas soll sehr schön sein und wurde vom Erdbeben kaum berührt. Aber ich lasse mich nicht unter Kuratel stellen, und das scheint im Augenblick der Fall. Der Gouverneur verfügt über mich, als sei ich sein Lakai, und ich würde mir das auch eine Weile gefallen lassen, wäre er ein Mann von Geist und Bildung. Das aber gerade ist er nicht. Wenn er den Mund aufmacht, prasseln Schimpfkanonaden hervor – nein, Kniep, das ist kein Vergnügen mehr. Ich habe auf einem französischen Handelsschiff eine Passage nach Neapel gebucht. Morgen früh reisen wir ab.»

Ich wurde nicht gefragt, ob es mir recht sei, doch unser Verhältnis war von Anfang an so angelegt, daß ich mich seinen Reiseplänen fügte. Freilich hätte auch ich nichts gegen einen längeren Aufenthalt einzuwenden gehabt, denn da gab es ein Mädchen... Tempi passati!

Gegen Mittag fuhren wir ab, und selbst bei dieser Gelegenheit war ein Bedienter des Gouverneurs zugegen, der ganz ernsthaft anmerkte, nun, da wir abreisten, seien wir bei der Mittagstafel entschuldigt.

Goethe, wie schon auf der Herfahrt, wurde schnell wieder seekrank und ließ sich von mir in seiner Kabine mit den bewährten Mitteln – Rotwein und Weißbrot – pflegen. Doch diesmal schlug es kaum an. Er litt sichtlich, und meine gutgemeinten Versuche, ihn an Deck zu locken, waren meist zum Scheitern verurteilt. Nur die herrlichen Sonnenuntergänge ließen ihn seine Leiden vergessen und wirkten wie eine wundersame Medizin. Unvergeßlich blieb mit der Abend vor Cap Minerva, das die scheidende Sonne mit unwirklichen Farben überhauchte, während wir die ganze, rötlich erleuchtete Küste bis Sorrent hier überschauen konnten. Der Vesuv stand wie ein finsterer Kegel inmitten dieser Pracht mit drohend umwölktem Haupt.

«Wäre das nichts für Sie, Kniep?» fragte mich Goethe, eher rhetorisch, wohl selber wissend, daß Bleistift, Feder und Farbe vor diesem Naturschauspiel kapitulieren müssen.

So hob ich nur bekümmert die Hände, und Goethe fügte hinzu: «Ja, mein Freund, das unterscheidet den Künstler vom Stümper: Er weiß, wo seine Grenzen liegen, während der Stümper frech und unbekümmert drauflosstrichelt.»

Solchen Komplimenten gegenüber war ich nicht unempfindlich, um so mehr als ich spürte, daß Goethe zwar in lockerem Ton, aber in völligem Ernst gesprochen hatte.

Über dieser Schiffsfahrt stand kein guter Stern; um ein Haar wären wir am felsigen Ufer gestrandet, hätte nicht der Wind im letzten Augenblick noch umgeschlagen. Goethe münzte dies scherzhaft auf sich.

«Wie Paulus auf dem Weg nach Rom seinen Mitreisenden immer wieder versicherte, solange er auf dem Schiff sei, werde Gott es nicht scheitern lassen, so wird das Schicksal mich – ehe nicht mein Werk vollendet ist – vor dem Untergang bewahren.»

Nun, alles ging gut, und wir kamen, wenn auch etwas verspätet, wohlbehalten in Neapel an. Goethe blieb noch bis Anfang Juni in der Stadt, und wir sahen uns noch mehrmals. Wir einigten uns schnell, welche der Zeichnungen in seinen Besitz übergehen würden, doch da sie alle vor Ort und meist in höchster Eile entstanden waren, hatte ich nur wenige ganz vollenden können. Goethe schien etwas enttäuscht, er hätte die meisten wohl gerne schon jetzt mitgenommen. Ich erklärte ihm, was noch fehlte, und er hatte zuviel Respekt vor dem Professionellen, als daß er es nicht eingesehen hätte. Und dann kam der Abschied. Goethe zeigte sich bewegt und verbarg es nicht, während mir – ich konnte nichts dagegen tun – die Tränen kamen. Goethe versuchte, mich zu ermuntern.

«Ach, Kniep, es ist doch kein Abschied für immer. Längst habe ich beschlossen, daß dies nicht meine letzte Italienreise sein wird, und in einigen Jahren hoffe ich, Sie frisch und munter wiederzusehen.»

Wir umarmten uns, wobei Goethe ein Abschiedswort sprach, das mir erst später zu denken gab. Er sagte:

«Und vergessen Sie nicht, lieber Freund, in Sizilien liegt der Schlüssel zu allem.»

Wie vermißte ich seine Gesellschaft in der nächsten Zeit, während ich die Zeichnungen fertigstellte. Seine klugen Fragen, seine wohlüberlegten Anmerkungen, sein immer wacher Sinn, sein Durst nach Menschen, nach Schicksalen, nach Neuigkeiten – all das hatte das Zusammensein mit ihm bereichert und nie eintönig werden lassen.

In den folgenden Jahren stieg Goethes Ruhm ins Unermeßliche, und immer häufiger geschah es, daß mich Reisende in Neapel aufsuchten, um den guten Kniep kennenzulernen, der Goethe durch Sizilien begleiten durfte. Ich wurde dabei alles Mögliche und Unmögliche gefragt, und so mancher zeigte sich enttäuscht, wenn er hörte, daß ich auf dieser Reise nicht jeden Augenblick mit dem Dichter zusammen war. Auch böse und gehässige Worte fielen, da es offenbar nicht nur Bewunderer Goethes gab, sondern auch Gegner, Neider, zu kurz Gekommene. Ich will keine Namen nennen, habe die meisten wohl auch vergessen, doch ich erinnere mich noch gut eines Besuchers aus Deutschland, der, wie es schien, nur gekommen war, um mir einige Zeichnungen aus der Umgebung von Neapel abzukaufen. Er zeigte sich ehrlich begeistert, bezahlte auch anstandslos das Geforderte und sagte plötzlich:

«Und diese Kunst haben Sie an einen Menschen verschwendet, der Sie nur betrogen und ausgenützt hat?»

Ich lächelte töricht und fragte:

«Wer soll das gewesen sein?»

Der andere schüttelte ungläubig den Kopf.

«Goethe! Wer sonst? Der schleppte Sie durch Sizilien, mutete Ihnen allerlei Aufregungen und Anstrengungen zu und verschwand für Gotteslohn mit Ihren besten Zeichnungen.»

«So sehe ich das nicht!» sagte ich zornig.

«Wie sehen Sie es dann? Hat der Olympier ihnen das bezahlt, was ich Ihnen gebe?»

«Nein, aber unser Verhältnis war auch ein anderes. Ich wurde nicht nach Sizilien geschleppt, wie Sie sich auszudrücken geruhten, sondern habe die Reise mit größtem Vergnügen unternommen. Außerdem hat sich Goethe lange um eine Anstellung für mich in Weimar bemüht.»

Der andere lachte spöttisch.

«Aber ohne Erfolg, denn Sie sind ja nie mehr aus Neapel herausgekommen. Nein, nein, mein Lieber, damit sollten Sie sich abfinden: Goethe hat Sie schamlos ausgenützt.»

Und selbst wenn er das getan hätte, dachte ich später, so war diese Reise an seiner Seite doch ein Gewinn für mich.

Wir führten noch einige Jahre einen lockeren Briefwechsel, und da habe ich Goethe einmal gefragt, wie sein Abschiedswort zu deuten sei: ‹In Sizilien liegt der Schlüssel zu allem›.

Mit großer Neugierde sah ich seiner Antwort entgegen, doch diese enttäuschte mich, und ich konnte mit ihr nichts anfangen. Er schrieb:

‹Das ging mir damals plötzlich durch den Kopf, und Sie wissen, wie sehr mich die Geologie seit jeher fesselte. Mit dem Schlüssel war der Kalk gemeint, der für die Stetigkeit der Erdentwicklung eine bedeutsame Rolle spielt, eben eine Schlüsselrolle.›

Da hatte ich nun die Antwort, die ich mir ganz anders dachte.

So wie Goethe – wenigstens bis jetzt – nicht mehr nach Rom oder Neapel kam, habe ich seither Sizilien nie mehr bereist. Es wäre auch nicht mehr das Sizilien von damals, Goethes Sizilien.

Die ehrenwerte Gesellschaft

Die Feudalherrschaft wurde 1806 in Süditalien und 1812 auf Sizilien abgeschafft. Die Barone hatten nun keine Macht mehr über ihre Pachtbauern. Die von Napoleon inspirierten liberalen Gesetze sollten den besitzlosen Bauern und Kleinpächtern ein Existenzminimum schaffen und sie aus ihrer hörigen, sklavenähnlichen Stellung herausführen. Doch Napoleon scheiterte mit seinen Großmachtplänen, und König Ferdinand VI. kehrte im Juni 1815 wieder nach Neapel zurück und übernahm am 8. Dezember 1816 ein ‹Vereinigtes Königreich beider Sizilien›.

Im Grunde blieben die Machtverhältnisse auf Sizilien die gleichen, denn die adeligen Latifundienbesitzer und die Gabellotti, die Großpächter – vor allem letztere –, fanden eine Möglichkeit, das entstandene Machtvakuum wieder aufzufüllen.

Don Gaspare Russo war einer der reichsten Gabellotti in dem fruchtbaren Gebiet um die Rocca d'Entella. Er lebte in Corleone in einem prächtigen Haus und spann von hier seine Fäden, in deren immer dichteres Netz er die adeligen Großgrundbesitzer genauso miteinspann, wie die von ihm abhängigen Bauern. Viele der sizilianischen Adeligen waren weder willens noch fähig, ihre ‹Feudi›, ihren Grundbesitz, selber zu verwalten, und sie überließen diese Last gerne einem rücksichtslosen Großpächter, der ihnen ihre Grundrente pünktlich nach Palermo oder sonstwohin überwies.

Don Gaspare vergab an seine Unterpächter meist nur sehr kleine Gebiete von höchstens fünf Hektar und auch dies nur kurzfristig. So blieb er immer beweglich und konnte auf die abhängigen Kleinbauern den entsprechenden Druck ausüben. Nun begünstigten die neuen Gesetze den kleinen Bauern und sahen sogar eine Landreform vor, doch die Regierung saß weitab in Neapel, und es gab nicht genügend staatliche Überwachungsorgane, um die Rechte der Kleinpächter nachdrücklich zu schützen.

Don Gaspare besprach sich mit seinem Campieri, den Feldaufsehern, und hatte einen Vorschlag, der alle zunächst verblüffte.

«Sie heben nun ihre Köpfe, unsere Bauernlümmel, und wittern Morgenluft. So mancher ginge nun gerne zur Polizei und würde sich beschweren, doch die Kommandatur ist weit, und noch ehe unser Bäuerlein dort ankommt, ist es schon in unserer Gewalt. Früher wurden solche Querulanten einfach totgeschlagen, oder man ließ sie im Gefängnis verfaulen – den anderen zur Warnung. Nun aber steht das Gesetz auf ihrer Seite, und wir müssen umdenken. Ich habe mir gedacht, wer so viel Mut aufbringt, sich zu beschweren, den sollte man nicht bestrafen oder gar beseitigen, sondern ihn für die eigenen Zwecke nutzen.»

Der dicke, halbkahle Don Gaspare sah mit Befriedigung die entsetzten Gesichter seiner Aufseher.

«Das ist schwer zu schlucken, Signori, ich weiß, aber gibt es eine andere Möglichkeit, den Machtansprüchen einer fernen, unfähigen Regierung zu begegnen? Wir ziehen die Unzufriedensten auf unsere Seite, bezahlen und beschützen sie und halten so die Bauernlümmel weiterhin im Zaum.»

Auch wenn man ihn für verrückt hielt, Don Gaspare begann Schritt für Schritt seine Pläne zu verwirklichen. So bildete sich auf seinen weiten Ländereien eine bewaffnete Schutzmacht, die jedem das Leben schwermachte, der nicht völlig nach Don Gaspares Pfeife tanzte. In dieser privaten Polizei bildeten sich Machtstrukturen heraus, und die Rücksichtslosesten und Ehrgeizigsten scheuten weder Mord noch Gewalt, um sich an die Spitze zu setzen und nur noch Don Gaspare selbst verantwortlich zu sein. Sie nannten sich die ‹Onorata Società› (Ehrenwerte Gesellschaft), während sich zugleich auch das Dialektwort ‹Mafia› (anmaßendes Auftreten, selbstbewußter Stolz) dafür durchsetzte. Wer vorsichtig sein wollte, nannte ein Mitglied der ehrenwerten Gesellschaft nur ‹uno di quelli› (einen von jenen), und wer ihr Wirken guthieß, bezeichnete sich als ‹amico degli amici› (Freund der Freunde).

Don Gaspares Beispiel machte Schule, vor allem im westlichen Teil der Insel mit den Zentren Palermo, Trapani und Agrigento. Die neuen, im Zeichen der Mafia amtierenden Feldhüter wurden vom Großpächter bezahlt, erpreßten aber zugleich von den Bauern ‹Schutzgelder›. Wer nicht zahlte, mußte damit rechnen, daß seine einzige Kuh, die beiden kostbaren Ziegen oder die Schafe eines Nachts weggetrieben wurden.

Als die Generation des Don Gaspare nach und nach den Weg alles Irdischen ging, war die ‹Ehrenwerte Gesellschaft› längst eine Macht geworden, mit der nun alle rechnen mußten. Der adelige Latifundienbesitzer, sein Großpächter und natürlich die kleinen Bauern. Die hatten nun nichts zu verlieren, und so mancher packte die Gelegenheit beim Schopf und schloß sich der Mafia an. Wer sich bewähren wollte, mußte zuerst einige Schmutzarbeit verrichten. Dazu gehörten: Mordaufträge, Vergewaltigungen, Entführungen und Drohungen unterschiedlichster Art, die vom einfachen Verprügeln bis zum Anzünden eines Hauses reichten. Allmählich bürgerte es sich ein, daß man sich bei einem Verbrechen nicht an die Polizei, sondern an die Mafia wandte. Die staatlichen Organe waren – besonders in ländlichen Gegenden – ziemlich machtlos und kaum imstande, den Verbrecher seiner Strafe zuzuführen oder das Geraubte wieder beizubringen. Die Mafia aber hatte dabei fast immer Erfolg. Zumindest erhielt man von den geraubten drei Ziegen zwei zurück und wurde auch sonst nicht schlecht bedient.

Wer die Omertà, das Schweigegebot, mißachtete, wer nach mehrmaliger Aufforderung das Schutzgeld nicht bezahlte, wer ganz allgemein die Umtriebe der Mafia störte, behinderte oder sich ihr auf andere Weise entgegenstellte, verschwand – nach vorheriger Drohung – spurlos oder wurde zur Warnung kopflos vor der eigenen Haustür abgelegt. Wer Geld hatte, blieb am Leben, falls seine Familie die hohe Auslösungssumme bezahlte.

Als Don Gaspares Sohn das Erbe seines Vaters übernahm, war die Mafia nicht mehr vom Gabellotto, sondern er von ihr abhängig. Wenn es darum ging, neue Pachtverträge abzuschließen, dann wurden zuerst jene Bewerber berücksichtigt, die der ‹Capo› (Mafiaführer) vorgeschlagen hatte. Diese Leute gehörten entweder selber der untersten Schicht der Mafia an oder sympathisierten mit ihr und zahlten regelmäßig ihre Tribute.

Wer aber nichts zu bieten hatte, weder Geld, noch Hilfeleistungen, weder Einfluß noch Referenzen, war nun ärmer dran als je zuvor. Dieser entrechtete, gedemütigte und bis aufs Blut von allen gepeinigte Teil der Bevölkerung empfand den Sturz des letzten Bourbonenkönigs Franz II. als Erleichterung, und Giuseppe Garibaldi hatte wenig Mühe, diese Menschen für sich zu gewinnen; die liberalen Kreise in den Städten waren ohnedies auf seiner Seite. Der ungebildete und völlig unfähige König hatte 1859 nach dem Tod seines Vaters die Krone des Königreichs übernommen. Unter dem Regiment der Königinwitwe begann eine Schreckensherrschaft, die bald einen Aufstand auslöste. Zu spät berief Franz II. ein liberales Ministerium und verkündete eine Amnestie für politische Gefangene. Als er sich in der Festung Gaeta mit dem Rest seiner Truppen verschanzte, hatte Garibaldi Sizilien bereits in einem Handstreich erobert. König Franz ergab sich am 13. Februar 1861 und ging ins Exil. Sein Protest gegen die Vereinigung der beiden Sizilien mit dem Königreich Italien verhallte ungehört. Als er 1894 im Exil starb, war der unfähige und verhaßte letzte König von Sizilien längst vergessen.

Der Zug der Tausend

Sein Name brachte manchen zum Zittern und nicht wenige zum Toben – die einen vor Zorn, die anderen vor Freude. Giuseppe Garibaldi ließ niemanden in Italien gleichgültig, man war entweder für oder gegen ihn. Für ihn waren alle liberalen, fortschrittlichen und antiklerikalen Kräfte sowie jeder, der ein geeintes Italien wünschte, ohne Kirchenstaat und Kleinfürsten, vor allem ohne Fremdherrschaft. Gegen ihn war der romtreue Klerus und alle, die im Kirchenstaat Rang, Namen und Besitztümer hatten, und schließlich jene, die – aus welchen Gründen auch immer – Viktor Emanuel als König eines italienischen Reiches ablehnten. Dieses Reich aber sollte Sizilien miteinschließen, da war man sich insgeheim einig geworden. Der König nämlich konnte nicht gut als Revolutionär auftreten, der einem ‹lieben Vetter›, nämlich Franz II. von Sizilien, ohne provoziert oder bedroht zu sein, das Land wegnahm. Nun, der König hatte bewiesen, daß es ihm mit einer konstitutionellen italienischen Monarchie ernst war, als er sein Stammland Savoyen der größeren Sache opferte.

Garibaldi, der sein Leben lang gekämpft hatte, war müde geworden. Er hatte sich auf die Insel Caprera bei Sardinien zurückgezogen und auf dem felsigen Boden mit der ihm eigenen Zähigkeit eine Landwirtschaft errichtet.

Graf Camillo Cavour, der liberale Staatsmann, hatte Garibaldi bei seinen Unternehmungen häufig unterstützt, doch auch er sah es als geboten an, den Angriff auf Sizilien nicht zu unterstützen. Er wußte aber, daß Garibaldi wieder einmal Feuer gefangen hatte und andere ihm den Plan schmackhaft machen würden.

Der jetzt dreiundfünfzigjährige Landwirt mit dem bärtigen Quadratschädel verwandelte sich wieder in den Abenteurer und Freischärler, der er ein Leben lang gewesen war. Er stellte sich um so lieber zur Verfügung, als er ein verunglücktes Liebesabenteuer vergessen und überwinden wollte. In ganz Italien rieben sich seine Gegner die Hände, als sie erfuhren, daß Garibaldi einen Tag nach seiner Hochzeit mit Giuseppina Raimondi diese empört verlassen hatte. Die uneheliche Grafentochter hatte ihm verschwiegen, daß sie schon länger die Geliebte eines anderen Mannes war, der nun aus Angst vor Rache nach Deutschland floh.

Garibaldi war froh, diesen Widrigkeiten nun entkommen zu sein, und ließ sich nicht aus der Ruhe bringen, als Cavour ihm jede Unterstützung verweigerte. Die kam dann plötzlich von woanders. Eine vaterländische Vereinigung stellte ihm tausend Gewehre zur Verfügung, ein alter Waffengefährte sandte aus Amerika hundert Pistolen und auch von anderen Seiten kamen Ermutigung und tätige Unterstützung. Von allen Seiten strömten ihm Freiwillige zu, denn der Name Garibaldi hatte nichts von seiner Magie verloren.

Im Hafen von Genua standen zwei Schiffe bereit, ihn und seine tausend Freischärler aufzunehmen. Noch zögerte Garibaldi. Mit tausend Mann gegen Sizilien, gegen ein Heer von vielfacher Übermacht? Doch das Abenteuer lockte, Garibaldis Kühnheit siegte.

Am 6. Mai 1860 setzten sich die beiden klapprigen Dampfschiffe in Bewegung – das sizilianische Abenteuer nahm seinen Anfang. Als Garibaldi seine ‹Armee› bei Tageslicht inspizierte, zählte er tausendneunundachtzig Mann, zum Teil in wunderlichen Uniformen, manche trugen sogar Frack und Zylinder. Der jüngste Soldat war elf, der älteste, der noch unter dem ersten Napoleon gedient hatte, siebzig. Die meisten von ihnen waren liberale, begeisterte Studenten, aber es gab auch Priester und Dichter unter den Freiwilligen.

Garibaldi trug seine übliche Uniform: über dem roten Hemd einen weißen Poncho, einen breitkrempigen Filzhut und ein weißes geknotetes Seidentuch um den Hals.

Nun galt es vor allem, der neapolitanischen Flotte auszuweichen, die im südlichen Mittelmeer kreuzte. Doch sie hatten Glück und steuerten nach fünftägiger Seefahrt den Hafen von Marsala an. Dort lagen einige Schiffe; zum Glück waren es Engländer. Doch ein neapolitanisches Schiff, die ‹Stromboli›, hatte bereits ihre Spur aufgenommen und traf eine halbe Stunde später vor Marsala ein.

Garibaldi war in seinem Element. Mit der geliebten Zigarre im Mund erteilte er seine Befehle, und die waren knapp und eindeutig. Als seine Männer an Land waren, ließ er die Laderäume der beiden Dampfer fluten. Die völlig verblüfften Neapolitaner wagten nun von der ‹Stromboli› aus den ersten Kanonenschuß. Die Granate ging hinter der Truppe nieder, ohne zu explodieren. Ein Freiwilliger überreichte sie Garibaldi mit den Worten:

«Ich habe die Ehre, Ihnen den ersten Schuß zu überreichen.»

Der General lachte und rief:

«Legt euch trotzdem hin, Männer, vielleicht wagen sie noch einen zweiten Schuß.»

Sein Lachen wirkte ansteckend, und kaum einer befolgte den Befehl. Es folgte auch kein weiterer Schuß, denn die bourbonischen Matrosen waren damit beschäftigt, die sinkenden Schiffe in den Hafen zu schleppen, was aber nur bei einem gelang.

Marsala wirkte wie ausgestorben, niemand zeigte sich auf der Straße. Gegen Abend zogen die bourbonischen Schiffe wieder ab, ohne etwas zu unternehmen, was nicht zuletzt den garibaldifreundlichen Engländern zu verdanken war, die eine drohende Haltung eingenommen hatten. Garibaldi blieb mit seiner Truppe die Nacht über in der menschenleeren Stadt. Am nächsten Morgen marschierten sie in östlicher Richtung auf das Städtchen Salemi.

Die Hoffnung auf regen Zulauf schien sich vorerst nicht zu erfüllen, doch das änderte sich bald. Der Marchese von Torrealta öffnete dem General sein Haus, und ein reicher Grundbesitzer erschien mit zweihundert ‹bewaffneten› Bauern, um sich Garibaldi anzuschließen.

«Das wird zu wenig sein», sagte Garibaldi zu einigen vertrauten Freunden. «Ich habe Nachricht, daß General Landi sich aus Palermo nähert, seine Truppenstärke wird auf mindestens fünftausend Mann geschätzt. Nun, das läßt sich hören: eins zu fünf. Dieses Gesindel wird bei den ersten Flintenschüssen davonlaufen.»

Die Freunde teilten Garibaldis Zuversicht nicht, doch sie vertrauten auf das Genie des alten Kämpfers.

Am 15. Mai trafen sich die gegnerischen Truppen bei Calatafimi, und Garibaldis Befehle lauteten:

«Erst schießen, wenn der Gegner ganz nahe ist!»

Die neapolitanischen Soldaten aber hatten Angst. Sie wußten nicht, wie stark der Gegner war, und sie fürchteten den Namen Garibaldi. So begannen sie schon von weitem zu schießen und sich mit Schreien Mut zu machen. Natürlich traf kein Schuß, und der Feind regte sich nicht. Erst als die brüllenden Soldaten des Generals Landi ganz nahe waren, gab Garibaldi das Zeichen, hervorzubrechen. Die kampflustigen Studenten pflanzten ihre Bajonette auf und prallten mit einer solchen Wucht auf die Neapolitaner, daß die schlechtbezahlten und kaum motivierten Soldaten zurückwichen. Zudem war ihnen durch das heftige Schießen die Munition ausgegangen, und es gab keinen Nachschub. Der verblüffte Landi befahl den Rückzug auf die eigenen Stellungen. Er war zu sorglos gewesen und hatte den Sieg schon in seiner Tasche gesehen.

Mit Windeseile verbreitete sich die Nachricht von Garibaldis Sieg in ganz Sizilien. Das Treffen bei Calatafimi – es hatte nur drei Stunden gedauert und wenig Verluste gebracht – löste auf der ganzen Insel einen Umsturz aus. Tausende von Freischärlern schlossen sich Garibaldis Truppe an, und es wird ewig im dunkeln bleiben, wie viele der im Land verstreuten kleinen Garnisonen des Bourbonenkönigs stillschweigend von der empörten Bevölkerung getötet wurden.

König Franz war wie vor den Kopf geschlagen. Sollte das ewig geduldige Sizilien ihn doch noch den Thron kosten? Der besiegte General Landi wurde durch den siebzigjährigen General Lanza ersetzt, der nun in Palermo das Kommando übernahm.

Garibaldi aber befand sich in Schwierigkeiten. Er mußte seine zusammengewürfelte Truppe nach Palermo bringen, aber das regnerische Wetter und die unwegsamen Bergpfade erschwerten das Fortkommen. Zudem hatte der König den talentierten Schweizer General von Mechel gegen Garibaldi geschickt. Doch dieser war nicht für einen Guerillakrieg geeignet, und Garibaldi führte den wackeren Eidgenossen mehrmals in die Irre. Während er vortäuschte, sich mit dem Gros seiner Truppen nach Corleone zurückzuziehen, sandte er nur einen kleinen Vorposten dorthin, dessen Verfolgung von Mechel aufnahm. In Wirklichkeit zog er mit dem Hauptteil seiner Armee nach Palermo, wo eine achtzehntausend Mann starke Garnison unter dem Befehl von General Lanza lag. Wie aber sollte er die befestigte Stadt mit seinen paar tausend Mann erobern?

Garibaldi beriet sich mit seinen Offizieren, darunter die alten Kampfgefährten Nino Bixio, Francesco Crispi und Benedetto Cairoli.

«Wie steht es mit den Widerstandsgruppen in der Stadt?» fragte Garibaldi.

Bixio zuckte die Schultern. «Wenig Aussichten. Die liegen sich selber in den Haaren. Wir müssen uns irgendeine List einfallen lassen.»

Garibaldi zündete sich eine neue Zigarre an und meinte:

«Wir müssen unbedingt in die Stadt, ehe General von Mechel zurückkommt und uns in den Rücken fällt. Also bleibt uns nichts anderes übrig, als Lanza vorzutäuschen, daß unsere Streitmacht inzwischen stark angewachsen und der seinen durchaus gleichwertig ist. Wir werden heute Nacht auf den Hügeln um Palermo Biwakfeuer entzünden lassen, um einen gewaltigen Belagerungsring vorzutäuschen.»

Im Vertrauen darauf, daß die List gewirkt hatte, zog Garibaldi am nächsten Morgen zur nur schwach befestigten Porta Termini, die der kühne und kampflustige Bixio mit seinen Leuten im Sturm nahm. Die überraschte Bevölkerung empfing sie mit ungeheuerem Jubel. Garibaldi wurde von den Begeisterten fast zerrissen; jeder wollte ihm die Hand drücken, ihn umarmen oder einfach nur berühren.

General Lanza saß mit seinen Leuten auf der Festung und begann von dort die Stadt zu bombardieren. Er tat damit genau das Falsche. Während die paar Granaten einige Häuser beschädigten und den Zorn der Palermitaner zur Weißglut steigerten, besetzte Garibaldi alle wichtigen Punkte der Stadt. Dann schickte er einen Parlamentär und forderte die Übergabe der Festung. General Lanza, mehr denn je der Meinung, Garibaldi habe eine gewaltige Armee in die Stadt geführt, erklärte sich zu einem Waffenstillstand bereit. Die Situation war dem Siebzigjährigen über den Kopf gewachsen, und er sah keinen anderen Ausweg mehr. Um aber Garibaldi seine Verachtung spüren zu lassen, verlangte er, daß der englische Admiral Mundy die Verhandlungen zu führen habe.

«Ein General seiner Majestät kann schließlich nicht mit einem Revolutionär verhandeln.»

Mundy aber hielt sich klug heraus. Er habe kein Geschick für Verhandlungen, stelle aber gerne sein Schiff für eine Begegnung zur Verfügung. Garibaldi tat recht gnädig und erklärte sich schließlich zu einem Waffenstillstand bis zum 31. Mai bereit. Dann ließ er seine Offiziere kommen.

«Wenn die wüßten, daß wir fast keine Munition mehr haben!»

Die anderen lachten und schlugen sich auf die Schenkel. Garibaldi hob die Hand.

«Ehe General von Mechel hier eintrifft, müssen wir wieder gerüstet sein. Crispi, Bixio, Cairoli – laßt alle Waffen- und Munitionslager in der Stadt beschlagnahmen und sämtliche Tore verbarrikadieren.»

Damit hatte Garibaldi die Lage in der Hand. Die Generäle Lanza und von Mechel schoben sich in ihren Berichten nach Neapel gegenseitig die Schuld zu, und dem verwirrten König Franz blieb nichts weiter übrig, als diese Niederlage hinzunehmen.

So zog der alte General Lanza mit seinen Soldaten aus der Festung, während draußen die Freischärler in ironischer Huldigung strammstanden. Garibaldi hatte sich im Königspalast eingerichtet. Er war jetzt in einer seltsamen Lage, denn vor den Augen der Welt hatte er Sizilien auf eigene Faust erobert und nicht im Auftrag des Königs von Italien. Von allen Seiten drängte man ihn, nun auch die Herrschaft auf der Insel als ‹republikanischer Diktator› anzutreten.

Der schlaue und ehrgeizige Premierminister Cavour aber handelte schnell. Er hatte abgewartet, um zu sehen, wie die Lage sich in Sizilien entwickelte. Wäre Garibaldi gescheitert, hätte er keinen Finger gerührt, aber da er nun als Sieger in Palermo saß, rüstete er sofort zwei Schiffe aus und schickte sie mit dreitausend Bewaffneten nach Sizilien.

Garibaldi aber, der nun zur Ansicht gekommen war, wenn er

die Insel Sizilien von den Bourbonen befreit habe, so müsse dies auch mit dem Festland geschehen, um den unfähigen ‹König beider Sizilien› endlich ins Exil zu jagen.

Cavour hatte seinen Vertrauten, Giuseppe La Farina, zu Verhandlungen nach Palermo gesandt, doch der eitle Wichtigtuer wurde sehr kühl abgefertigt. Garibaldi ließ ihm durch Crispi mitteilen, er sei nicht aufgebrochen, um Sizilien zu annektieren, sondern um Italien zu einigen, und dazu gehörte nun einmal auch Neapel, der Kirchenstaat und Venedig. Völlig verwirrt überlegte La Farina, was zu tun sei. Wollte Garibaldi, dieser Brigant und Abenteurer, jetzt große Politik machen?

Garibaldi hatte tatsächlich den Mund zu voll genommen. Milazzo und Messina wurden noch immer von bourbonischen Truppen gehalten, und im Innern Siziliens herrschten Anarchie und das Faustrecht.

La Farina, ein gewiegter Diplomat, nützte die Lage für sich. Er säte Zwietracht, wo er konnte, und es war ihm sogar gelungen, Francesco Crispi aus der von Garibaldi gebildeten provisorischen Regierung zu verdrängen. Im übrigen war er durch seine Spitzel immer gut unterrichtet. Doch dann wurden zwei seiner Hauptagenten enttarnt, und Garibaldi ließ La Farina und seinen Klüngel von der Insel jagen.

Nun war es an der Zeit, Sizilien von den letzten Resten der bourbonischen Herrschaft zu säubern, und Garibaldi machte sich entschlossen ans Werk. Er holte den treuen Crispi wieder in seine Regierungsmannschaft zurück und teilte seine kleine Armee in drei Brigaden. Die eine schickte er nach Messina und Milazzo, die beiden anderen nach Catania und Agrigent.

Um die dreitausend Garibaldiner gar nicht erst nach Messina kommen zu lassen, war der lombardische Oberst Bosco mit seinen fünftausend Mann nach Milazzo gezogen, wo er auf den Gegner wartete.

Giacomo Medici kommandierte die Freischärler, auch Garibaldi zog als Beobachter mit. Am 20. Juli kam es zum Zusammenstoß, der sehr blutig, aber unentschieden ausfiel. Oberst Bosco zog sich in das befestigte Milazzo zurück, während Medici sofort nach Messina weiterzog. Zu einer zweiten Schlacht fehlte ihm die Kraft, und er mußte die Gelegenheit nutzen, das jetzt kaum verteidigte Messina zu besetzen. Auf dem Weg dorthin redete Garibaldi seinem Kommandanten gut zu.

«Es war ein Sieg, Medici! Wäre es Bosco mit seiner Aufgabe ernst gewesen, er hätte uns bis zum letzten Mann bekämpfen müssen. Doch er zog sich zurück und gab uns damit den Weg nach Messina frei. Ich kann die armen Teufel aus Neapel schon verstehen, wenn sie ihren Kopf für eine verlorene Sache nicht mehr hinhalten wollen. Wir haben Sizilien in der Tasche, Medici, glaub' mir das!»

Die Ereignisse gaben Garibaldi recht. Der Kommandant der Festung von Messina ließ es zu, daß die Freischärler die Stadt besetzten. Garibaldi aber bereitete vor aller Augen seine Überfahrt auf das Festland vor.

Unterdessen kam ein geheimes Schreiben von König Viktor Emanuel, das Garibaldi unmißverständlich aufforderte, den Bourbonen endlich vom Thron zu stoßen, wobei er ihm seine nachdrückliche, wenn auch geheime Unterstützung anbot. Doch es hätte dieser Ermunterung von höchster Stelle nicht bedurft, denn Garibaldi war es gewohnt, allen Widerständen zum Trotz den einmal begonnenen Weg bis ans Ende zu gehen.

In der Nacht zum 9. August 1860 setzten die ersten dreihundert Freischärler heimlich auf das Festland über, Garibaldi folgte zehn Tage später mit einigen tausend Mann. Er nahm am 20. August Reggio und zog am 7. September in das unverteidigte Neapel ein. Nach einer siegreichen Schlacht mit dem bourbonischen Heer belagerte Garibaldi Anfang Oktober das befestigte Capua.

Viktor Emanuel stellte diesen Feldzug vor aller Welt als eigenmächtiges Vorgehen Garibaldis hin, sandte aber dennoch eine Armee zu seiner Unterstützung.

Am 26. Oktober trafen sie sich auf freiem Feld, General Giuseppe Garibaldi, der Abenteurer, Brigant und glühende Nationalist – im Herzen noch immer Republikaner – und Viktor Emanuel von Savoyen, der designierte König von Italien.

«Ich grüße den ersten italienischen König!» rief Garibaldi begeistert.

«Und ich grüße meinen besten Freund», gab der König zurück.

Einige Tage vor diesem Treffen, am 21. Oktober 1860, hatte auf Sizilien eine Volksabstimmung stattgefunden. Zum ersten Mal in seiner dreitausendjährigen Geschichte durfte das Volk von Sizilien über seine Regierungsform entscheiden. 1 732 000 Wähler stimmten für den Anschluß an Italien, rund 11 000 waren dagegen.

Am 1. Dezember zog Viktor Emanuel in Palermo ein, und kaum ein Herrscher wird auf Sizilien mit einer solchen Begeisterung empfangen worden sein. Diesmal schwang auch keine Enttäuschung mit, denn alle wußten, daß der künftige König von Italien nicht auf Sizilien bleiben könne, das ja nur der südlichste Teil eines gewaltigen Königreiches war. Der Marchese Cordero di Montezemolo wurde zum Gouverneur ernannt, und Viktor Emanuel kehrte am 6. Dezember nach Neapel zurück.

Am 17. März 1861 nahm Viktor Emanuel dann den Titel ‹König von Italien› an.

Sizilien war nun endlich ein Teil des italienischen Königreiches, das heißt, es sank zurück in den Dämmerschlaf einer weit abgelegenen und sehr unterentwickelten Provinz. Als Erbe vergangener Mißwirtschaft und Ausbeutung hatte es vorzuweisen: fast 90 % Analphabeten zu einer Zeit, da in Mitteleuropa nahezu jedes Kind schreiben und lesen konnte. Die über hunderttausend Mönche, Priester und Nonnen lebten weiterhin von der Arbeit besitzloser Pächter und Tagelöhner, die im Auftrag der weltlichen und geistlichen Herren zwölf Stunden auf fremden Äckern fronten. Nach wie vor besaßen Adelsfamilien fast den ganzen Boden Siziliens. Der vom Staat verfügte Verkauf des Kirchenbesitzes zugunsten der kleinen Bauern nahm den für Sizilien üblichen Verlauf. Fast nichts davon erreichte die Adressaten, das meiste kam auf seltsamen Umwegen in den Besitz von Großpächtern oder anderer reicher Leute. Und überall hatte die Mafia dabei ihre Hand im Spiel, für deren geheimnisvoll-gewalttätiges Wirken das Volk schon einige Redewendungen erfunden hatte. Wenn etwa ein Mafioso Schutzgeld erpreßte, so hieß das: ‹fare vagnari u pizzu› (sich den Schnabel nässen). Natürlich betrachtete sich kein Mitglied der Mafia als Verbrecher, sondern als ‹uomo di rispetto› (angesehener, respektabler Mann), und wer es dabei zu etwas bringen wollte, das war ein Mann ‹che non porta mosca sul naso› (der keine Fliege auf der Nase duldet = der sich nichts gefallen läßt).

Garibaldi hatte sich zwei Jahre lang auf seinem Besitz in Caprera versteckt, und nichts hatte ihn hervorlocken können. Die vom italienischen König angebotenen Orden und Ehrungen hatte er samt und sonders abgelehnt. Im Sommer 1862 zog es ihn plötzlich wieder nach Sizilien, das er einstmals für kurze Zeit ‹regiert› hatte. Zur gleichen Zeit besuchte der Kronprinz Umberto die Insel und wurde in Palermo stürmisch bejubelt. Mit der ihm eigenen Noblesse hielt sich Garibaldi verborgen, solange der Thronfolger anwesend war. Nach seiner Abreise aber trat er häufig in die Öffentlichkeit auf, wo er als Befreier und Wohltäter gefeiert wurde. Und schon glitt er wieder in ein politisches Fahrwasser.

In seinen Reden sprach er immer nachdrücklicher von der Notwendigkeit, Rom und Venedig dem italienischen Staat anzugliedern, und rief mit seiner rauhen, weittragenden Stimme in die Menge:

«Ohne Rom kein Italien!»

Einige nahmen die Parole auf und riefen zurück: «Rom oder Tod!»

Bald hatte Garibaldi die Stimmung so weit aufgeheizt, daß ihm die Freiwilligen in Scharen zuliefen. Sein alter Freund und Mitstreiter, der in Sizilien geborene Francesco Crispi, bemerkte zufrieden:

«Siehst du, Giuseppe, mein Rat war richtig. Auf Sizilien gibt es so viele arme Hunde, daß jeder sich darum reißt, zu deinen Fahnen zu eilen. Anderswo hattest du es nicht so leichtgehabt.»

Garibaldi stellte eine ‹Römische Legion› auf, in der es weder Dienstgrade noch Uniformen gab. Die staatlichen Stellen sahen es mit Unbehagen, wenn sie ihn auch nicht gerade behinderten. Da Garibaldi keine Schiffe besaß, machte er sich auf den Weg nach Messina, wurde aber von General Cugia mit sanfter Gewalt daran gehindert. Darauf wandte Garibaldi sich nach Catania, wo er selbst seine Anhänger mit rigorosen Maßnahmen erschreckte. Er setzte die Stadtverwaltung ab, jagte die Garnison davon und entnahm der Stadtkasse dreihunderttausend Lire – natürlich gegen

Quittung. Geschah dies nun alles im Namen des Königs, oder waren es nur Eigenmächtigkeiten des alten Briganten? Noch ehe diese Frage geklärt werden konnte, war Garibaldi mit zwei Schiffen und einem Teil seiner Freischärler nach Kalabrien abgefahren.

In den nächsten Jahren wurden der Kirchenstaat sowie die Republik Venedig dem italienischen Königreich einverleibt, und Viktor Emanuel errichtete seine Residenz in Rom.

Garibaldi, der immer eigenwilliger handelte, wurde mehrmals inhaftiert, kam aber wegen seines in ganz Italien verbreiteten Rufes als Nationalheld schnell wieder frei. Seit 1871 lebte er auf Caprera, vom italienischen Staat mit einer Jahresrente von hunderttausend Lire versehen. Er gehörte dem italienischen Parlament bis zu seinem Tod am 2. 6. 1882 als Abgeordneter an.

Sizilien, den Ort seiner schnellsten und triumphalsten Erfolge, hat er nicht wiedergesehen.

Almut oder die Flora von Sizilien

Die Marchesa von S. war immer eine eigenwillige Frau gewesen. Nicht nur, daß sie, die reiche Erbin eines Industriellen aus Palermo, den verarmten aus Norditalien stammenden Marchese gegen den Willen ihrer Familie geheiratet hatte; sie ließ sich nach der Geburt einer Tochter sterilisieren, denn ein Kind, so meinte sie, sei für eine Frau genug, die auch noch andere Pläne habe, als daheim zu hocken und der Familie Erben zu produzieren. Der ihr völlig ergebene Marchese von S. hieß alles gut, was seine geliebte Giulia unternahm, und die beiden verbrachten ein recht lustiges Leben auf Reisen, sammelten Kunst und besuchten die Festspiele in Salzburg, München und Bayreuth. Der Marchese starb nach einer Afrikareise an einer falsch diagnostizierten *Malaria tropica*, die ein Arzt in Palermo für eine verschleppte Grippe hielt. Die einzige Tochter studierte Amerikanistik und wurde in Peru während einer Ausgrabung von Guerillatruppen der Bewegung ‹Leuchtender Pfad› erschossen. Die tief getroffene und vereinsamte Marchesa zog sich zu Verwandten nach Catania zurück und steckte fast ihr gesamtes Vermögen in eine Stiftung, die den Namen ihrer Tochter trug.

Diese in Palermo ansässige Stiftung hatte die Aufgabe, junge Studenten aus ganz Europa auf der Insel zusammenzuführen, wobei jeweils eine Studentin oder ein Student aus Sizilien mit den aus anderen Ländern stammenden Kommilitonen vier Wochen seine Heimat bereiste und sie dabei selber besser kennenlernte.

Auf ihren Reisen hatte die Marchesa immer wieder erlebt, daß Sizilien das unaustilgbare Brandzeichen einer rückständigen, von Armut und Mafia verseuchten Insel trug, der man besser fernblieb. Natürlich wußte die Marchesa, daß einiges davon der

Wahrheit entsprach, aber sie wollte Verständnis für ihr geliebtes Sizilien wecken, Vorurteile abbauen; junge und aufgeschlossene Menschen für die Eigenart und Schönheit der Insel gewinnen. Das Vermögen der Stiftung reichte gerade hin, Jahr für Jahr zwölf Ausländer einzuladen und ihnen zwölf Sizilianer als Ciceroni zuzugesellen. Eine ehrenamtliche Kommission wählte die Bewerber aus, so daß eine gewisse Vielfalt der Herkunft und des Studienfaches gewährleistet war. Dabei wurde streng darauf geachtet, daß die Geschlechter proportional vertreten waren – also immer sechs Studentinnen und sechs Studenten.

In diesem Jahr hatte die Kommission mit Befriedigung festgestellt, daß ein Botanikstudent aus Hamburg seine Doktorarbeit über die Flora Siziliens schreiben wollte, und so wurde er ausgewählt. Zu seinem Begleiter hatte man den aus Catania stammenden Germanistikstudenten Paolo Greco bestimmt. Üblicherweise kamen die Gäste im Sommersemester, doch Almut Janssen hatte gebeten, den Besuch vorzuverlegen, da die Hauptblütezeit der sizilianischen Flora im April stattfinde. So wählte man Paolo Greco, der sein Staatsexamen schon gemacht hatte und sich auf die Lehramtsprüfung vorbereitete.

Das Treffen war im Foyer des Hotels «Centrale» am Corso vorgesehen, doch Paolo konnte den jungen Mann aus Deutschland auch zu festgesetzter Zeit nirgends entdecken. Er bat den Portier, Herrn Almut Janssen auszurufen, und wer sich dann meldete, war ein großes, blondes Mädchen, das sich als der beziehungsweise die Gesuchte erwies.

Paolo Greco begrüßte den Gast.

«Willkommen in Palermo und auf Sizilien, Frau Janssen, doch bei Ihrem Vornamen haben meine Deutschkenntnisse versagt. Ich dachte, Almut sei vielleicht eine Variante von Helmut, und so haben wir aus Ihnen einen Mann gemacht.»

Almut Janssen, das blonde, große Mädchen mit der runden lustigen Brille vor den schiefergrauen Augen, lachte laut heraus.

«Was machen wir nun? Ich würde Sie gerne als meinen Führer akzeptieren, Paolo, aber damit verstoßen wir vermutlich gegen die Statuten der Stiftung.»

Paolo wußte es auch nicht.

«Vorgesehen ist es nicht», meinte er, «denn so könnte sich ja aus einem Arbeitsbesuch ein Vergnügen entwickeln, aber ich werde es herausfinden.»

Schau, schau, dachte Almut, in seinem Männlichkeitswahn zweifelt dieser sizilianische Gockel keinen Augenblick, daß seine Begleitung für Frauen ein Vergnügen ist. Ich habe diese Menschen gleich richtig eingeschätzt.

Paolo mühte sich ab, ein Mitglied der Stiftungskommission telefonisch zu erreichen, und kam schließlich mit der Nachricht, daß jetzt, mitten im Semester, keine Studentin verfügbar sei, und wenn sie die männliche Begleitung akzeptiere...

Almut lachte ihn fröhlich an.

«Ich habe nichts gegen Ihre Begleitung, Paolo, aber es muß von vorneherein klar sein, daß Sie eine Botanikstudentin auf einer Arbeitsreise begleiten und nicht ein erlebnishungriges deutsches Mädchen auf einer Vergnügungstour. Wenn Sie mir das hoch und heilig versprechen...»

Paolos dunkle Augen blitzten sie an.

«Für wen halten Sie mich? Während unserer Exkursion begleitet ein italienischer Germanist eine deutsche Botanikstudentin, und sollte er je aus seiner Rolle fallen, so weisen Sie ihn zurecht – nachdrucklich!»

«Nachdrücklich. Da ist ein Umlaut drin.»

Paolo lachte leise.

«Aha, der Unterricht beginnt schon. Leider wird er einseitig bleiben, da ich Ihnen bei Ihrem Fach nicht helfen kann.»

2

Die schlanke, große Almut überragte ihren Begleiter um etwa einen halben Kopf, und sie segnete ihren Einfall, wegen der zu erwartenden Wanderungen zwei paar flache Schuhe mitgenommen zu haben. Paolo zeigte sich in den ersten Tagen etwas befangen, redete in gestelztem Germanistendeutsch steif und förmlich und zeigte eine übertriebene Höflichkeit.

Er muß sich mit der Situation erst einmal vertraut machen, dachte Almut.

Für den jungen Sizilianer war es schwer, unbefangen mit einer gleichaltrigen Frau zu verkehren, weil er nicht sicher war, wie seine Begleiterin die Lage einschätzte. Doch Almut machte es ihm leicht. Sie appellierte an seine Kameradschaft als akademischer Kollege und ließ ihn spüren, daß der Hauptgrund ihres Hierseins die Doktorarbeit war, womit sie gleich eine Grenze zog. Nach dem ersten Gespräch gebrauchten sie das vertrauliche ‹Du›.

«Weißt du, Paolo, ich hätte so oder so hierherreisen müssen, denn in der Botanik zählt die praktische Erfahrung fast mehr als die Theorie. Daß ich das Stipendium gewonnen habe, ist ein besonderer Glücksfall und erspart mir eine Menge Kosten.»

Aha, darum geht es ihr nur, dachte Paolo fast beleidigt. Ich bin also nur eine angenehme Zutat, ein deutschsprechender Sizilianer, quasi eine Reiseerleichterung.

Almut sah ihm seine Verdrossenheit an. Als Mann gefiel ihr dieser stämmige Bursche mit den pechschwarzen Haaren nicht besonders. Seine Arme und Hände waren dicht behaart, und aus seinem ganzen Auftreten glaubte sie den Machismo zu spüren, der hier den Jungen schon von Kindheit an eingeimpft wird. Andererseits schätzte sie seine Höflichkeit, seine immer wache Bereitschaft, es ihr recht zu machen, und von seinem Wissen über Sizilien konnte sie nur profitieren.

In Palermo hatten sie sich nur zwei Tage aufgehalten. Die Stadt zeigte sich im April von ihrer besten Seite. Untertags war es angenehm warm, in den Gärten grünte und blühte es, und Almut mußte lachen, als Paolo sie auf die Oleander und Rhododendren hinwies. Das sei nichts Besonderes, machte sie ihm klar, das gebe es überall am Mittelmeer. Sie sei auf der Suche nach dem Speziellen, nach den Unterschieden.

Es entging Almut nicht, daß manche Stadtviertel in einem elenden Zustand waren. Die Häuser wurden notdürftig mit Balken gestützt und mit Schienen zusammengehalten. In den Straßenecken häufte sich der Unrat, und was sie zuerst für junge Katzen gehalten hatte, waren Ratten.

Paolo zuckte die Schultern.

«Ja, die Conca d'Oro [goldene Muschel, Bezeichnung für Palermo] verkommt, das ist nicht zu übersehen. Mich berührt das nicht so sehr, denn ich stamme aus Catania, und wir sind hier alle stolze lokale Patrioten.»

Almut lachte.

«Das ist ein Wort, Paolo – man sagt Lokalpatrioten. Immerhin erstaunlich, daß du den Begriff kennst.»

«Ich habe viel gelesen, in letzter Zeit vor allem zeitgenössische Schriftsteller, halte mir auch zwei deutsche Zeitungen. Zurück zum Thema. Weißt du, was man in meiner Heimatstadt sagt? Si Catania avissi portu, Palermo saria mortu. Das ist Dialekt und bedeutet: Hätte Catania einen Hafen gehabt, so wäre Palermo gestorben. Ich weiß nicht, ob wir das aus allen Nähten platzende Palermo heute noch beneiden sollen. Besser lebt es sich in Catania, wenn es dort jetzt leider auch Probleme gibt, die uns Palermo beschert hat. Aber das wird dich kaum interessieren.»

Die wichtigsten Sehenswürdigkeiten hatten sie ‹abgehakt›, doch zwei Erlebnisse blieben Almut noch länger in Erinnerung. Das eine war eher heiterer Natur, nämlich die ‹Opera dei Pupi›. Paolo wies sie darauf hin, daß diese fast schon vergessenen Puppenspiele seit einigen Jahren wieder im Kommen waren und nicht nur von Touristen besucht würden. Diese etwa einen Meter großen Marionetten mit ihren kindlichen Gesichtern erwachten beim Beginn der Vorstellung zu martialischem Leben. Meist ging es um den Kampf der christlichen Ritter gegen die Sarazenen oder um Liebes- und Eifersuchtsdramen am Hof der Normannenkönige in Palermo. In diesen Melodramen erschienen auch Zauberer, Drachen und andere Ungeheuer, und immer ging es laut und aufregend zu.

Almuts zweites Erlebnis waren spielende Kinder, die auf grotesk eindringliche Weise die Probleme Siziliens widerspiegelten. In einer schmalen Gasse traf sie auf Kinder, die ‹Mafia› spielten. Zwei der Kleinen legten sich auf den Boden, während andere mit Kreidestücken ihre Körperumrisse nachzeichneten, wie die Polizei das bei den auf offener Straße Ermordeten jedesmal tat.

«Aber das ist ja furchtbar...», sagte Almut leise und betrachtete die in ihr Spiel versunkenen Kinder.

«Es ist die Realität», sagte Paolo, «und Kinder sind Realisten.»

Am nächsten Tag fuhren sie in Paolos uraltem, mit Rostflecken verziertem Fiat 600 keuchend und bebend nach Monreale hinauf. Der Blick ins Tal wurde von Mal zu Mal prachtvoller, während im Süden die felsige Kuppe des Monte Gradara in den dunstverhangenen Himmel ragte.

Paolo konzentrierte sich aufs Fahren und schwieg, während Almut nach jeder Kehre ihren Kopf verdrehte, um ja nichts von dem Anblick zu versäumen. Plötzlich fragte sie:

«Dein Familienname, Paolo, weist der auf eine griechische Herkunft hin?»

Der junge Mann nickte.

«Wahrscheinlich schon. Die nichtadeligen Familiennamen sind ja erst im 17. und 18. Jahrhundert entstanden und sagten immer etwas über Herkunft, Aussehen oder Gewohnheiten ihres Trägers aus. Entweder kam einer meiner Vorfahren aus Griechenland, oder er gehörte dem griechischen Teil der Inselbevölkerung an und ist in eine lateinisch geprägte Gegend umgesiedelt, so daß man ihn dort ‹Greco›, den Griechen, nannte.»

Sie übernachteten in Monreale, dessen Kirche und Kreuzgang Almut einen ganzen Nachmittag bewundert hatte. Am nächsten Morgen fuhren sie durch das fruchtstrotzende Oretotal nach Westen. Weingärten wechselten ab mit Obstplantagen und kleinen Getreidefeldern. Die dekorativen Kronen der Dattelpalmen überragten das glänzende Grün der Zitrusbäume, das abstach von den hellgrünen üppigen Bananenstauden, deren kleine grüne Früchte noch etwas reifen mußten.

Almut deutete hinaus.

«Alles, was du da siehst, haben eure Eroberer eingeführt. Oliven, Feigen und Granatäpfel die Phönizier und Griechen; Zitrone, Zuckerrohr, Dattelpalme, Aprikosen, Pfirsiche und Mandeln die Araber; die Orange stammt vermutlich von den Spaniern, die auch den Anbau von Mais, Feigenkakteen, Tabak, Agaven und Tomaten hier einführten. Grapefruit und Mandarinen kamen erst im vorigen Jahrhundert und zuletzt der Eukalyptus als idealer Schattenspender aus Australien. Er liebt die Hitze und braucht wenig Wasser.»

«Für Sizilien die ideale Pflanze. Ich frage mich nur, von was die Sizilianer gelebt haben, ehe die Eroberer sie mit ihren Kulturpflanzen beglückten.»

Die Frage war ironisch gestellt, doch Almut blieb ernst.

«Sie lebten, wie die gesamte mittelmeerische Welt der Antike, von Getreide. Beim römischen Heer zum Beispiel war Fleisch etwas ganz Seltenes. Die Legionäre rührten sich täglich eine Portion geschroteter Weizenkörner an, würzten den Brei mit Honig oder gossen etwas Öl dazu. Außerdem wurde die wichtigste Frucht des Mittelmeeres hier schon im ersten vorchristlichen Jahrtausend eingeführt: die Feige. Ohne die *Ficus carica* wäre das Leben der Mittelmeervölker um einiges schwerer gewesen.»

«Es war auch so schwer genug, Frau Professor. Zumindest auf Sizilien...»

«Brauchst nicht spöttisch zu werden, Paolo. Schließlich wollen wir ja etwas voneinander lernen.»

«Da bin ich aber dann im Vorteil. Ich verbessere mein Deutsch, lerne die Flora Siziliens kennen...»

«Aber nein, Paolo! Du zeigst mir deine Heimat, und das ist wohl das Wichtigste. Auch aus der Sicht der Botanik ist Sizilien ein Sonderfall, mit keiner anderen mediterranen Insel zu vergleichen. Es besitzt nämlich mit rund dreitausend Pflanzenarten die reichste Flora unter allen Mittelmeerinseln. Sardinien und Korsika zum Beispiel weisen etwa eintausendfünfhundert Arten auf, Kreta zweitausend.»

«Dem Reichtum an Pflanzen steht unsere kulturelle Armut gegenüber», sagte Paolo bitter.

«Aber das war doch nicht eure Schuld...»

«Wie dem auch sei – ganz Europa hat von der Antike bis in unsere Zeit eine Reihe von großen Köpfen hervorgebracht, begonnen bei den frühgriechischen Dichtern und Philosophen. Denk doch an dein eigenes Land. Mit den Minnesängern begann es, und danach hat jedes Jahrhundert seine großen Dichter aufzuweisen, ganz abgesehen von den Naturwissenschaften oder den Künsten, während in Sizilien vor dem 19. Jahrhundert nichts von Belang geschrieben wurde.»

«Dafür habt ihr mit Pirandello und Quasimodo jetzt zwei

Nobelpreisträger und eine ganze Reihe wichtiger Autoren wie Verga, Brancati, Vittorini, Lampedusa, Sciascia...»

«Du hast dich ja ganz schön vorbereitet, blonde Almut. Ich wußte gar nicht, daß Leute wie Verga, Brancati und Vittorini in Deutschland bekannt sind.»

«Und ob sie das sind! Von allen gibt es bei uns gute Übersetzungen; von Lampedusas ‹Leopard› wurden, glaube ich, in Deutschland mehr Exemplare verkauft als in Italien.»

«Es ist ein gutes Buch, auch wenn der Autor die Zustände aus seiner hochadeligen Sicht geschildert hat.»

«Ich glaube, er konnte nicht anders. Trotzdem gehört das Kapitel, wo Pater Pirrone den Streit in seiner bäuerlichen Verwandtschaft schlichtet, zu den besten des Buches. Wenn ich an die ‹fetten Hinterbacken› von Vincenzino denke, dem ‹Ehrenmann›, dem es nur um die Höhe der Mitgift für seine Tochter ging...»

«Lampedusa war eben ein Dichter und konnte auch die Probleme der Bauern glaubhaft schildern, aber verstanden hat er sie nicht. Nirgends ein Wort davon, daß er und seinesgleichen das Land seit Jahrhunderten ausgebeutet haben, nicht selten Hand in Hand mit den Eroberern. Du solltest einmal ‹Die Vizekönige› von Federico de Roberto lesen, falls es diesen Autor in deutscher Übersetzung gibt. Das ist vielleicht keine so große Dichtung wie der ‹Leopard›, dafür aber erfährst du die Wahrheit über die wirklichen Verhältnisse im Sizilien des 19. Jahrhunderts. Da schildert er zum Beispiel, wie täglich in der Kirche eines Benediktinerklosters bei Catania acht Köche mit einer Schar Gehilfen vier Wagenladungen Holzkohle verbrauchten und allein für das Gebackene dreißig Liter Öl und ein paar Dutzend Kilo Schmalz benötigten. Die Pfannen waren so groß, daß man einen ganzen Rinderschlegel oder einen Schwertfisch braten konnte. Dafür schufteten nun die kleinen Pachtbauern tagaus, tagein, um ein kleines Rudel von Parasiten, die sich Mönche nannten, durchzufüttern.»

Paolo war zornig geworden und fuchtelte erregt mit der rechten Hand, während er mit der linken steuerte. Almut legte ihm eine Hand auf den Arm.

«Beruhige dich, Paolo, damit ist es ja nun vorbei.»

Paolo lachte bitter.

«Vorbei? Vorbei ist nichts, die Probleme haben sich nur verlagert. Unserem berüchtigten Malgoverno, der Mißwirtschaft, ist es zusammen mit der Mafia gelungen, jeden Ansatz zu einer positiven Entwicklung abzuwürgen. Am meisten hat sich noch an der Ostküste getan, weil die Mafiosi dort weniger zu sagen hatten.»

«Ich dachte, die Mafia gibt es auf ganz Sizilien», sagte Almut erstaunt.

«Nein, mein Fräulein, so ist es nicht. Das sogenannte ‹Sicilia babba› erstreckt sich von Messina bis Syrakus, und noch bis vor zehn Jahren hatten wir dort keine Probleme. Seit aber die Mafia in Palermo mit Nachdruck verfolgt wird, hat sie in Catania eine Zweigstelle errichtet, und nun geht's uns dort wie denen in Palermo. Ich höre noch meinen Vater sagen: In Catania wird es das niemals geben, hier hat dieses Gesindel nicht die geringste Chance. Und jetzt? Die halbe Democrazia Cristiana steckt mit der Mafia unter einer Decke, und als die Zeitschrift ‹I Siciliani› das deutlich aussprach und Namen nannte, wurde ihr Herausgeber auf offener Straße erschossen. Jetzt blühen die Bauspekulation und der internationale Drogenhandel, und die Polizei ist machtlos, weil niemand etwas gesehen hat, niemand etwas weiß, weil alle aus Angst schweigen, auch die Nichtsympathisanten. Dabei sitzt einer der großen Mafiabosse, Luciano Liggio, im Hochsicherheitsgefängnis auf Sardinien und malt gefühlvolle Bilder. Aber jeder weiß, daß er die Fäden nach wie vor in der Hand hat und die Mafia auf Sizilien mit eiserner Hand regiert. Seit über zwanzig Jahren sitzt Liggio hinter Gittern, und trotzdem sollen während dieser Zeit rund zweihundert Morde auf sein Geheiß verübt worden sein. Schluß damit! Es ist zu unerfreulich. Da! Siehst du das Schild? Wir machen jetzt einen Abstecher nach Segesta.»

Sie fuhren eine Weile, und plötzlich hielt Paolo an.

«Ich muß dich jetzt um etwas bitten», sagte Paolo. «Schließe die Augen, bis ich sage: jetzt! Aber halte dich daran!»

Almut nahm ihre Brille ab und meinte:

«Wenn es sich lohnt...»

«Es lohnt sich», sagte Paolo und fuhr los. Almut spürte, daß es steil und in engen Kurven aufwärts ging. Es dauerte nur ein paar Minuten, und der Wagen hielt.

«Jetzt!» sagte Paolo.

Almut stieg aus und sah im Tal den Tempel, der in völliger Einsamkeit zierlich auf einer sanften Hügelkuppe thronte. Es hatten sich am bisher blauen Himmel Wolken gebildet, die ein heftiger Wind wie dicke vorsintflutliche Schiffe über das grüne Tal und die mit filziger Macchia bedeckten Hügel hinweg nach Osten trieb.

«Das ist wie ein Bild aus fernen Tagen... Jetzt müßte Pan erscheinen und auf seiner Hirtenflöte spielen.»

Paolo lächelte.

«Immer romantisch, die Deutschen. Leider kann ich dir keine archäologischen Erklärungen zu dem Tempel geben. Ich weiß nur, daß Segesta eine der drei Elymer-Hauptstädte war und der Tempel im ersten Viertel des 4. Jahrhunderts v. Chr. erbaut, aber nicht vollendet wurde. Etwas weiter vorne liegt das kleine Theater, die Stadt selbst hat man niemals ausgegraben, sie muß am Hang zwischen dem Tempel und dem Theater gelegen haben. Goethe war sehr angetan und hat dem Tempel ein kleines Loblied gesungen.»

«Danke für den Hinweis, mein Lieber! Als typische Deutsche habe ich natürlich die ‹Italienische Reise› dabei. Wir können es unten gleich nachlesen.»

Sie schauten sich das Theater an, und von hier hatte man einen weiten Blick nach Norden auf Castellamare und einen graublauen Streifen des Tyrrhenischen Meeres, der sich kaum vom Horizont abhob. Weiter links sahen sie den steilen Hügel von Erice, dem antiken Eryx. Sie gingen den von Agaven, Ginster und Oleander gesäumten Weg zum Tempel hinauf. Almut blieb vor einem Schild stehen und las laut:

«Non scrive sulle agave – rispettate le piante.» – Die Agaven nicht beschriften – respektiert die Pflanzen.

Sie lachte. «Das verstehe sogar ich, aber wie man sieht, hat die Bitte wenig bewirkt.»

«Man hätte es auch in Deutsch und Englisch hinschreiben sollen», meinte Paolo.

Beim Tempel waren sie die einzigen Besucher. Nun, da sie vor ihm standen, war alles aus der Ferne leicht und zierlich Wirkende von ihm abgefallen. Er schien plötzlich gedrungen und wuchtig, auch etwas abweisend. Der in steifen Böen durch das Tal streichende Wind hatte sich verstärkt, und Almut fröstelte. Paolo merkte es sofort und sagte:

«Ich hole dir deine Jacke aus dem Auto.»

Almut setzte sich auf einen Steinquader und schlug ihren Goethe auf. Paolo kam zurück und legte ihr die wollene Jacke um. Sie begann zu lesen:

«Die Zapfen, an denen man die Steine transportiert, sind an den Stufen des Tempels ringsum nicht weggehauen, zum Beweis, daß der Tempel nicht fertig geworden. Am meisten zeugt davon aber der Fußboden…»

Almut übersprang einige Zeilen und las weiter:

«Die Lage des Tempels ist sonderbar. Am höchsten Ende eines weiten, langen Tales, auf einem isolierten Hügel, aber doch noch von Klippen umgeben, sieht er über viel Land in eine weite Ferne, aber nur ein Eckchen Meer. Die Gegend ruht in trauriger Fruchtbarkeit: alles bebaut und fast nirgends eine Wohnung. Auf blühenden Disteln schwärmten unzählige Schmetterlinge. Wilder Fenchel stand, acht bis neun Fuß hoch, verdorrt, vom vorigen Jahr her so reichlich und in scheinbarer Ordnung, daß man es für die Anlage einer Baumschule hätte halten können. Der Wind sauste in den Säulen wie in einem Walde, und die Raubvögel schwebten schreiend über dem Gebälk.»

Paolo blickte um sich.

«Von den Raubvögeln abgesehen, hat sich an Goethes Beschreibung nicht das geringste geändert, wenn auch das Eckchen Meer heute von hier nicht zu sehen ist.»

Auch Almut sah sich um.

«Da! Sogar den Fenchel gibt es noch!»

Sie lief einige Schritte und beugte sich über die verdorrten Blütenschirme des mannshohen Gewächses.

«*Foeniculum vulgare*», bemerkte sie kurz.

«Auch von blühenden Disteln war die Rede», sagte Paolo anzüglich.

Almut ließ sich nicht beirren. Sie strich die vom Wind bewegten blonden Haare zurück.

«Hier sehe ich keine. Er wird die *Cynara cardunculus* gemeint haben, die Artischockendistel.»

Sie ging ein paar Schritte weiter.

«Es ist fast alles da, was zu einer richtigen Macchia gehört. Die *Erica multiflora*, noch in voller Blüte; die *Lavandula stoechas* und natürlich der *Cistus monspeliensis*, die schmalblättrige Zistrose.»

Almut pflückte einen kleinen Zweig mit unscheinbaren, weißen Blüten und reichte ihn Paolo.

«Die Zistrose erscheint fast in jedem Macchiagebiet, es gibt auch Arten mit roten Blüten.»

Paolo verneigte sich.

«Zum ersten Mal in meinem Leben hat mir ein Mädchen Blumen geschenkt.»

Mit übertriebener Feierlichkeit steckte er sich den Zweig an die Jacke.

Almut lachte.

«Einmal ist immer das erste Mal. Solange du keine falschen Schlüsse daraus ziehst...»

Der nahende Abend ließ den Wind immer kühler werden. Almut fror trotz ihrer Wolljacke. Sie stand auf.

«Fahren wir weiter, Paolo. Mir ist kalt, und hungrig bin ich auch. Wo übernachten wir heute?»

«In Selinunt. Da gibt es zwar nur ein paar schäbige Hotels, aber die Ruinen sind sehenswert und der Strand auch. Vielleicht wird es morgen wärmer und du kannst im Meer schwimmen.»

«Warum nur ich? Bist du wasserscheu?»

Paolo grinste.

«Das nicht, aber einen Sizilianer wirst du vor Anfang Juli kaum im Wasser finden. Ihr im Norden seid ja die Kälte gewöhnt.»

«So kalt wird es bei uns gar nicht. Wir haben oft mildere Winter als zum Beispiel in der Poebene.»

Paolo nickte.

«Davon kann ich ein Lied singen. Ich habe zwei Semester in Mailand studiert und wäre fast erfroren.»

Es dämmerte schon, als sie in Selinunt ankamen, und ein leiser Regen hatte eingesetzt. Die kleinen Hotels am Strand hatten noch geschlossen, doch sie fanden eine offene Bar, wo sie einen Cappuccino tranken und nach Unterkunftsmöglichkeiten fragten. Während Paolo mit dem jungen dicklichen Mann verhandelte, ließ dieser Almut nicht aus den Augen, auch die Gäste musterten sie verstohlen. Auf seinen Wulstlippen war ein Grinsen festgefroren, das zu sagen schien: Ich verstehe schon, Amico, daß du ein Zimmer suchst und daß es dir damit eilt...

Almut glaubte, seine Gedanken zu erraten, und ärgerte sich. Das war ja hier, als sei die Zeit bei den Arabern stehengeblieben, da man eine Frau als Ware, als Besitz des Mannes ansah, und wenn sie schön war, wurde er darum beneidet wie um ein schnelles Pferd oder einen prächtigen Dolch.

«Wir können privat unterkommen, aber da gibt es nur ein Zimmer.»

Almut versuchte zu scherzen. «Dann mußt du eben auf dem Boden schlafen, mein ritterlicher Kavalier.»

Paolo ging auf den Scherz nicht ein, er hatte hier in der Bar, unter lauter Männern, eine gewisse Würde zu wahren. Einer der Gäste begleitete sie zur Unterkunft, einem verwinkelten Haus, das offenbar von Zeit zu Zeit durch kleine Anbauten vergrößert worden war. Eine faßdicke, schwarzgekleidete Frau empfing sie mit schüchternem Lächeln, das Almut freundlich erwiderte.

«Sag ihr, daß wir nicht verheiratet, sondern nur Studienkollegen sind, und daß ich nicht in einem Zimmer mit dir schlafen kann.»

Paolo blitzte sie mit seinen schwarzen Augen an, und sie glaubte, einen gewissen Unmut zu erkennen.

«Los, sag's ihr! Sonst muß ich es selber tun – irgendwie wird's schon gehen.»

Die dicke, schwerbrüstige Frau hatte während der deutschen Unterhaltung von einem zum anderen geblickt, doch nun erklärte Paolo ihr die Lage. Sie nickte heftig und schaute Almut verständnisvoll an.

«Ma certo! Lei dormirà nella camera delle mie figlie!»

«Du wirst im Zimmer ihrer Töchter schlafen», übersetzte Paolo.

Da der Ehemann außer Haus war, nahm die Signora ihre jüngere Tochter mit ins Ehebett, und Almut schlief mit einem vergnügten spindeldürren Teenager von zwölf oder dreizehn Jahren in dem winzigen Raum. Unter Kichern und mit vielen Handbewegungen erzählte die Kleine ihr allerlei, doch Almut lächelte nur, sagte «si, si» und schlief bald ein.

Am nächsten Morgen war der Himmel wieder blank, wenn auch ein noch immer heftiger Wind kleine Wolkenbällchen wie Baumwollflocken vor sich her trieb. Sie frühstückten in der Bar und waren dort die einzigen Gäste. Der junge, dickliche Mann schaute Paolo neidisch und bewundernd an – jedenfalls empfand es Almut so. Paolo tat recht munter, redete und lächelte viel und kümmerte sich übertrieben um Almuts Wohlergehen. Sie bestrich das dürre Brötchen mit der leicht ranzigen Butter und einer undefinierbaren Marmelade. Paolo hob entschuldigend die Hände.

«Selinunt ist eben kein Touristenort. Im Sommer kommen zwar viele Besucher, aber die machen nur Tagesausflüge. Jetzt im April ist gar nichts los.»

«Dein junger Freund scheint dich um die Nacht mit der blonden Germanin zu beneiden», sagte Almut anzüglich.

Paolo ließ sich nicht aus der Ruhe bringen.

«Er wird es nicht mehr lange tun. Spätestens in der nächsten Stunde wird er erfahren, daß wir getrennt geschlafen haben.»

«Hättest du gern…?»

«Warum nicht? Ich bin ein Mann, und du gefällst mir. Aber da wir nun einmal beschlossen haben, die Reise als akademische Kollegen und nicht als Mann und Frau zu unternehmen, halte ich mich daran.»

Almut lächelte und schüttelte ihre blonden Haare zurück.

«Armer Paolo – braver Paolo.»

Er stand auf und dehnte seine Glieder.

«Sexuelle Enthaltsamkeit hat auch ihre guten Seiten. Hätte ich die Nacht mit dir verbracht, wäre ich jetzt müde, und wir würden uns den ganzen Tag nur verliebt und verschlafen anlächeln.

So aber gehen wir frisch ans Werk. Auf zu den Ruinen von Selinunt!»

«Und da sagt man immer, die Sizilianer hätten keinen Humor.»

Sie parkten beim Hera-Tempel, stiegen über die kaum noch
sichtbare Abzäunung und betraten das Innere der Säulenhalle.
Paolo zog seinen Reiseführer hervor.

«Ehe wir uns mit den Tempeln befassen, mußt du wissen, daß
der Name Selinunt botanischen Ursprungs ist.»

Almut horchte auf.

«Wie das?»

«Hier wuchs eine wilde Pflanze – jetzt habe ich den deutschen
Namen vergessen! Bei uns heißt es Prezzemolo, ein grünes Kraut,
mit dem man viele Speisen würzt.»

Almut zog ihr Taschenlexikon heraus.

«Petersilie! Ich fürchte nur, so etwas wie eine wilde Petersilie
gibt es hier nicht. Der Boden ist zu steinig, das Klima zu trocken.»

«Ich glaube, das bezog sich auf das Ufer des Selinon. Vermutlich erhielt zuerst der Fluß diesen Namen und dann die Stadt.»

«Das ist möglich. Es wird eine Sellerie- oder Eppichart gewesen
sein, deren Blätter an Petersilie erinnern. Vielleicht die *Ranuncu-
lus ficaria*, das Scharbockskraut.»

Paolo blätterte in seinem Führer.

«Hier befinden wir uns im Heiligtum der Demeter Malophoros,
das heißt der ‹Apfeltragenden›, womit die alte Erd- und Frucht-
barkeitsgöttin gemeint ist. Auch Zeus und Hekate sollen hier verehrt worden sein.»

«Hekate?»

«Ja, die uralte Zaubergöttin. Sie wurde nur von Frauen verehrt
als eine Art höheres Hexenwesen. Ich habe kürzlich darüber nachgelesen. Sie zog nachts mit einem Rudel heulender Hunde durchs
Land, und es war nicht gut, ihr dann zu begegnen. Deshalb wurden ihr an Wegkreuzungen Speiseopfer ausgesetzt.»

Später gingen sie hinüber zum Apollon-Tempel.

«Läge er nicht in Trümmern, so stünde hier einer der größten
dorischen Tempel, die jemals gebaut wurden.»

Paolo kletterte auf eine der wirr durcheinanderliegenden Säulentrommeln. Er blätterte in seinem Buch.

«Der Tempel war hundertdreizehn Meter lang und vierundfünfzig Meter breit. Zu beiden Seiten standen siebzehn Säulen mit einem Durchmesser von ca. dreieinhalb Metern und einer Höhe von sechzehn Metern. Die Säulen waren bemalt, wovon noch Reste erhalten sind.»

Almut kletterte in dem Steingewirr herum und fand tatsächlich in einer der Kannelierungen rotbraune Farbreste. Danach schlenderten sie ziellos auf der gewaltigen Ausgrabungsfläche umher, bis Almut leise aufschrie und sich bückte. Gleich war Paolo neben ihr.

«Bist du in einen Dorn getreten? Hat dich etwas gebissen?»

Almut schüttelte den Kopf und deutete stumm auf ein unscheinbares Pflänzchen.

«Was ist daran Besonderes?»

«Wie spät ist es?»

«Elf Uhr dreißig…»

«Wir müssen um dreizehn Uhr wieder hier sein, dann erlebst du das Wunder der *Iris sisyrinchium*. Mehr verrate ich vorerst nicht.»

Sie aßen in einem kleinen Restaurant ‹Pasta con sicci›, das waren Spaghetti in Tintenfischsaft, vor denen Almut zuerst zurückschreckte, denn die schwarzgrauen Nudeln sahen wenig einladend aus. Wider Erwarten schmeckten sie gut; danach gab es Anelletti gratinati, das waren gebratene Tintenfischringe mit Knoblauch und Pfeffer. Immer wieder schaute Almut auf ihre Uhr und hielt es schließlich nicht mehr aus, dem gemächlich speisenden Paolo zuzusehen.

«Geht's nicht ein bißchen schneller, Paolo? Wir müssen wirklich um ein Uhr draußen sein, sonst findet das Wunder ohne uns statt.»

Paolo seufzte. «Ich hätte es mir ja denken können, daß euch Deutschen die Arbeit wichtiger ist als die Siesta. Dann gibt es eben heute kein Dessert…»

Nun wurde sie ungeduldig. «Jetzt stell dich nicht so an! Wir nehmen das Obst einfach mit und essen es draußen, dann hast du deine Nachspeise. Man findet schließlich nicht jeden Tag eine Mittagsiris.»

Kurz nach ein Uhr waren sie wieder an Ort und Stelle. Und so konnte Almut, die das Phänomen der Mittagsiris bisher nur aus

Büchern kannte, das Aufblühen der Pflanze an Ort und Stelle erleben. Die kleinen, blauen Blüten mit den herzförmigen Blättern öffneten sich nach und nach, und die beiden sahen, daß ringsum noch andere aufblühten.

Paolo schüttelte verwundert den Kopf. «Jetzt lebe ich schon vierundzwanzig Jahre auf Sizilien und wußte nichts davon.»

«Das ist oft so», sagte Almut, «was vor der eigenen Haustür geschieht, läßt einen kalt.»

Almut blickte auf die Uhr.

«Was bis etwa halb zwei nicht aufgeblüht ist, bleibt heute geschlossen. Gegen Abend vertrocknen die Blüten bereits, aber wenn man sich die vielen Knospen anschaut, kann man damit rechnen, daß der Blütenzauber noch einige Tage anhält.»

Später fragte Paolo: «Ich sehe dich nie Notizen machen. Du bist doch wegen deiner Doktorarbeit hier; speicherst du die Daten im Kopf wie ein Computer?»

«Schön wär's! Nein, das läuft anders. Was ich bisher gesehen habe, kenne ich schon von anderen Exkursionen, zum Beispiel von Sardinien und Korsika oder von der ligurischen Küste. Schwerpunkt meiner Doktorarbeit wird die Ätnaflora sein, denn da gibt es vieles, was anderswo nicht vorkommt. Darum möchte ich dort länger bleiben, wenn es geht.»

«Warum nicht? Wir sind an keinen Ort gebunden und haben den pro Tag vorgesehenen Spesensatz bisher ohnehin nicht erreicht. Eigentlich wollte ich von hier einen Abstecher nach dem äußersten Westen machen – also nach Marsala und Trapani…»

«Nein, Paolo, nicht jetzt. Vielleicht können wir das noch ans Ende der Reise hängen.»

«Wie du willst. Also auf zum Ätna!»

Sie lachte.

«So eilt es auch wieder nicht. Agrigent und Syrakus möchte ich vorher schon sehen, vielleicht auch die Villa del Casale.»

«Die Sternchen im Reiseführer einsammeln…», lästerte Paolo.

«Warum nicht? Da bleibt noch genug übrig für eine zweite Reise.»

«Sizilien wird Sie immer willkommen heißen, Fräulein Janssen.»

«Alter Spinner!»

«Was heißt Spinner? Und warum nennst du mich alt?»

«Das ist Vulgärsprache, nichts für Germanisten. Im übrigen war das freundschaftlich gemeint. Wohin fahren wir jetzt?»

Paolo öffnete mühsam die knarrende Tür seiner Rostlaube.

«Nach Agrigento. Aber ich warne dich! Leonardo Sciascia hat die Stadt als ‹von riesigen Betonströmen zugeschüttet› bezeichnet. Das ist kein schöner Anblick, und man wird ihn auch nicht los, wenn man durch die Ausgrabungen wandert. Mir ist inzwischen eingefallen, daß ich bei unserem Gespräch über die sizilianischen Dichter einen wichtigen Namen vergessen habe: Giovanni Meli. Du wirst ihn nicht kennen, es gibt meines Wissens keine deutsche Übersetzung, ausgenommen die längst vergessene des verdienstvollen Gregorovius.»

«Ferdinand Gregorovius, der die ‹Wanderjahre in Italien› geschrieben hat?»

«Genau der. Er hat sich lange in Palermo aufgehalten und ist dabei auf das Werk von Meli gestoßen, der damals schon einige Jahrzehnte tot war. Er war ein Volksdichter und hat seine Canzonen, Oden und Sonette ausschließlich im Landesdialekt geschrieben. Er ist hier so volkstümlich wie in Norddeutschland euer Fritz Reuter.»

«Mein Gott, du kennst sogar unseren ollen Reuter? ‹Ut meine Stromtid› – aber das muß für dich ja wie eine fremde Sprache klingen.»

«Ist es letztlich auch, denn mit dem Plattdeutschen hat das Neuhochdeutsche nicht mehr Ähnlichkeit als mit dem Dänischen oder Holländischen. Bei uns ist das genauso: Auch wenn du perfekte Italienischkenntnisse hättest, erschiene dir der sizilianische Dialekt wie eine fremde Sprache. Da gibt es dann noch lokale Eigenheiten, aber die spielen im großen und ganzen keine Rolle. Unser Dialekt besteht aus dem seltsamen Kontrast zwischen dumpfer Rauheit – z. B. der häufige Vokal ‹u› – und einer weichen Grazie, die manche der harten Konsonanten abschleift oder in weichere verändert. Ich denke da an Worte, die im Italienischen mit ‹pi› beginnen, wie – bleiben wir gleich bei deinem Metier – pianto, also Pflanze. Der Sizilianer macht daraus chiantu. Andererseits

607

werden viele Konsonanten verdoppelt, wie ‹d›, ‹n› und ‹m›. Das elegante ‹nd› des Hochitalienischen wird mundfaul zu ‹nn› abgeschliffen, und so wandelt sich quando zu quannu. Bei den Wörtern geht es von der gerade noch erkennbaren Veränderung, z.B. ‹vucca› für ‹bocca›, also Mund, bis zu völlig anderen Bezeichnungen, deren Wurzeln aus nichtromanischen Sprachen kommen. Langweile ich dich?»

Almut, die etwas eingedöst war, doch mit einem Ohr zuhörte, schreckte auf. «Natürlich nicht! Ich finde das hochinteressant. Du wolltest Beispiele von Dialektworten bringen, die im Italienischen völlig anders lauten.»

Paolo lächelte. «Gut aufgepaßt. Das hast du noch vom Hörsaal – im Halbschlaf alles genau aufnehmen. Also gut. Das Mitleid heißt im Italienischen compassione, der Sizilianer sagt làstima. Weitere Beispiele, wie sie mir gerade in den Kopf kommen: smosto, blaß – zarcu. Piccolo, klein – nicu –, und was wir beide sind oder durch unsere Berufe sein müssen, nämlich Bücherwürmer, das heißt im Sizilianischen camula anstatt tarlo.»

Die Sonne brannte von einem jetzt wolkenlosen Himmel und heizte den kleinen Wagen auf. Paolo öffnete das Fenster.

«Stört es dich?»

«Nein. Jetzt ist es plötzlich Sommer geworden – und das im April! Sag etwas auf Sizilianisch, Paolo – irgend etwas.»

«Ich habe ein paar Verse aus Melis Gedicht ‹Li piscaturi›, die Fischer, im Kopf, die auf diesen schönen Tag passen:

> *Sta gran chiaria*
> *Sparsa d'intornu.*
> *D'un bellu jornu*
> *Fidi cci fa.*

> *Un frischiceddu*
> *Chi appena ciata.*
> *L'unna salata*
> *'Ngrispannu va.*

«Das klingt sehr schön. Kannst du es mir übersetzen? Ein Wort habe ich jedenfalls verstanden: salata.»

«Eine Prosaübersetzung wäre zu banal. In unserer Mittagspause suche ich dir die Nachdichtung von Gregorovius heraus.»

«Ich habe übrigens jetzt schon Hunger.»

«Es geht ja schon gegen Mittag, aber eine knappe Stunde mußt du dich noch gedulden. Wir werden heute einen Teil unserer Spesen verfressen. Ich kenne in Siciliana ein kleines Lokal, wo man noch im besten Sinn sizilianisch essen kann.»

«Hoffentlich haben die geöffnet.»

«Ganz sicher. Das ist kein Restaurant für Touristen, dort essen Angestellte und Arbeiter. Auch einfache Leute lassen sich bei uns keinen Fraß vorsetzen, sondern achten sehr auf Qualität.»

«Bei uns ist das leider nicht immer so. Deshalb haben bei uns die ausländischen Lokale einen solchen Zulauf. Man sagt dann: Wir gehen zum Italiener oder zum Griechen. Allerdings wird da mehr die norditalienische Küche gepflegt – Saltimbocca alla romana…»

Paolo lächelte. «So etwas findest du hier auch, aber es gibt schon ganz speziell Sizilianisches. Du wirst es gleich sehen.»

Das unscheinbare Ristorante lag versteckt in einer Nebenstraße, aber Almut roch schon beim Aussteigen den appetitanregenden Duft von Tomaten, Knoblauch und Fisch, der hier die meisten Lokale umgab wie eine köstliche Aura.

Paolo verhandelte mit dem Wirt, als ginge es um ein Millionengeschäft. Dann verkündete er:

«Wir beginnen mit 'Ncancaranca, das ist eine Käsesuppe, die es nur hier zwischen Sciacca und Agrigento gibt. Dann werden wir ein Farsumagru essen, das ist ein herrlich gewürzter, mit Käse, Mortadella und harten Eiern gefüllter Kalbsbraten. Dann nehmen wir Caponata, das sind gewürfelte Melanzane mit Knoblauch und Zwiebeln. Dazu trinken wir einen Mamertino, das ist ein Weißwein, den schon Cäsar schätzte.»

«Melanzane? Sind das Melonen?»

Paolo schüttelte den Kopf. «Ich kenne das deutsche Wort nicht. Sie sind flaschenförmig, dunkelviolett…»

«Ah, Auberginen!»

«Das klingt aber nicht deutsch.»

«Früher hießen sie Eieräpfel, aber das hat sich nicht durchgesetzt.»

Die dicke Mamma des Familienbetriebs kam eigens an den Tisch, um das blonde Mädchen zu begucken.

«Sie fragt, ob es dir schmeckt.»

Almut nickte eifrig. «Molto buono, Signora – also, diese Käsesuppe! Das ist etwas ganz Besonderes.»

Paolo übersetzte, die Mamma nickte zufrieden und schleppte ihre zwei Zentner wieder in die Küche.

Paolo schob seinen leeren Teller beiseite.

«Und jetzt zur Nachspeise. Die besten Dolci gibt es zwar in Palermo, aber du kriegst sicher auch hier...»

«Ich kann nicht mehr, bin voll bis obenhin. Nur noch einen Espresso.»

Paolo feixte. «Ja, der Farsumagru füllt auch die hungrigsten Mägen. Dann nehme ich auch einen Espresso. Übrigens sind die Süßspeisen auf Sizilien eine Wissenschaft, und es gibt da abenteuerliche Rezepte. In Modica, das ist ein reizvolles Bergstädtchen in der Nähe von Ragusa, wird ein dolce aus Fleisch und Schokolade gefertigt...»

«Nein! Das geht doch gar nicht! Da graust es mir schon, wenn ich daran denke.»

«Auf Sizilien gibt es manches, wovor einem graust. Anderswo soll man Käse statt Fleisch mit Schokolade vermischen.»

Almut schüttelte sich.

«Da fällt mir ein, daß ich in Palermo immer wieder Konditoreien sah, wo darüber stand ‹Pasticceria svizzera e siciliana›. Wie kommen die hier auf die Schweiz?»

«Du gehst mit offenen Augen durch die Welt», sagte Paolo anerkennend.

«Das ist der Botanikerblick...»

«Mir ist das auch aufgefallen, und man hat es mir so erklärt. Im Königreich beider Sizilien gab es keine Wehrpflicht, und die meisten Sizilianer hatten fürs Soldatenspielen nicht viel übrig. So behalf man sich mit Söldnertruppen, und viele von diesen Leuten kamen aus der Schweiz. Nach Ende ihrer Dienstzeit waren die meisten mit einheimischen Frauen verheiratet, und so blieben sie hier und eröffneten Läden, darunter eben auch diese Schweizer Konditoreien.»

«Und da sagst du immer, ich lerne nichts von dir…»

«Das ist schließlich auch Kulturgeschichte.»

«Und oft wichtiger als die Daten einer Schlacht», fügte Almut hinzu.

In Agrigent nahmen sie ein Hotel, denn es war schon Nachmittag geworden, und sie wollten den ganzen nächsten Tag auf die Besichtigung der archäologischen Zone verwenden.

Sie nutzten das letzte Tageslicht zu einem Bummel durch die Altstadt.

«Ich habe meinen Führer zu Rate gezogen und weiß nun, daß hier zwei der alten Tempel von christlichen Kirchen überbaut wurden. Die eine müßte gleich da vorne sein.»

Sie gingen ein paar Schritte und standen vor einer unscheinbaren Kirche.

«Das ist Santa Maria dei Greci, vermutlich erbaut über einem Athena-Tempel, der vom Tyrannen Theron Ende des fünften vorchristlichen Jahrhunderts errichtet wurde. Natürlich ist die Kirche geschlossen. In der Krypta sollen noch einige Säulenreste erhalten sein. Na, davon werden wir morgen noch genug sehen.»

«Und die andere Kirche?»

Paolo schaute auf den Stadtplan. «Die liegt genau entgegengesetzt am Osthang der antiken Stadtmauer. Das ist San Biagio über einem Demeter-Tempel. Bis wir dort sind, ist es dunkel geworden, und viel wird auch nicht zu sehen sein. Wenn du einverstanden bist, beenden wir unser heutiges Tagesprogramm.»

«Natürlich. Ich werde vor dem Abendessen noch ein Bad nehmen und auch gleich meine Haare waschen.»

«Darf ich dir den Rücken putzen?»

Almut lachte, daß die blonden Haare flogen und die Brille verrutschte.

«Du bist ja ziemlich perfekt, aber manchmal sagst du Dinge, die zwar richtig, aber völlig ungebräuchlich sind. Man putzt die Fenster, eine ganze Wohnung, auch die Brillengläser. Beim menschlichen Rücken aber sagt man besser: bürsten, schrubben oder waschen.»

«Darf ich dir den Rücken waschen?»

«Heute nicht, mein Lieber. Wir sehen uns dann beim Abendessen.»

Die Mahlzeit war köstlich, doch sizilianisch-schwer. Sie bestellten einen Fernet Branca, während Paolo ein paar Blätter hervorholte.

«Das habe ich für dich zum Dessert aufgespart: die deutschen Übersetzungen nach Giovanni Meli. Ich selber halte ‹La Vuci› für eines seiner besten Gedichte. Darf ich es dir vortragen?»

Almut blickte sich um. Es saßen noch etwa zehn Gäste im Speisesaal.

«Aber leise, vielleicht lieben nicht alle unseren Meli.»

«Jeder Sizilianer liebt ihn! La Vuci heißt ‹die Stimme›, und ich werde dir zuerst einen Vers im Original vorlesen.

> *Vola in aria 'ra vucidda*
> *Cussi grata, cussi linna,*
> *Chi lu cori già ni spinna,*
> *Duci duci si nni va…*

Und jetzt auf deutsch:

> *In den Lüften fliegt ein Stimmchen*
> *Also lieblich, also linde,*
> *Daß das Herz es still empfinde,*
> *Leise, leise schwebt es auf.*

> *Auf der Amorinen Flügeln,*
> *In dem Gleichgewichte schaukelnd,*
> *Steigt es, fällt es, zierlich gaukelnd,*
> *Wieder steht es still im Lauf.*

> *Gleich als hätte es den Schlüssel*
> *Aller Herzen und Gefühle,*

Öffnet, schließt es sie im Spiele
Mit der Anmut Zauberbann.

Bis hinab zur Seele schlüpft es,
Hebt empor sie schmeichelnd leise,
In so liebessüßer Weise,
Die man nicht beschreiben kann.

Wenn es wehmutsvoll und klagend
Körper leiht dem tiefen Grame,
Gibt selbst Amors wonnesame
Harfe nicht so bangen Schall.

Wenn es lustig dann entflattert,
Wenn es ruht und wenn es trillert,
Scheint die Luft als ob sie schillert,
Glanz und Jubel überall.

Wenn es abbricht eine Note,
Von den Grazien verführet,
Wird's dem Hörer, als verlieret
Er den Odem auch dazu.

Wenn es schwach und immer schwächer
Schwindet, stirbt im leisen Halle,
Reißt es um die Herzen alle;
Sag es, Amor, sag es du!»

Almut klatschte leise in die Hände. «Zwar klingt die Übertragung des guten Gregorovius etwas altertümlich, aber es ist großartige Lyrik.»

«Im Original klingt sie freilich besser, aber das ist ja immer so bei der Dialektdichtung. Euer Fritz Reuter wird in einer hochdeutschen Version auch etwas an Reiz verlieren. Ein Gedicht von Meli befaßt sich übrigens mit deinem Gebiet. Er nennt es ‹Das geschlechtliche Pflanzensystem Linnés› und schildert darin die Bestäubung einer Blüte.»

«Das ist ja hochinteressant! Waren die beiden Zeitgenossen?»

«Giovanni Meli hat 1740 bis 1815 gelebt; von Linné weiß ich es nicht...»

«Karl von Linné lebte 1707 bis 1778.»

«Dann war Meli achtunddreißig Jahre alt, als der berühmte Naturforscher starb.»

«Linnés Schriften haben revolutionierend gewirkt; seine Fähigkeit zu klassifizieren, war in seiner Epoche wohl einmalig. Damals betrieb man die Wissenschaften noch immer ein bißchen über den Daumen. Freilich hatte auch er seine Schwächen. Seiner Meinung nach war es die einzige Aufgabe des Naturforschers, alle Arten dem Namen nach zu kennen. Von Morphologien oder theoretischer Botanik hielt er nicht viel. Für ihn waren das nur Hilfsmittel.»

Almut gähnte. «Es ist spät, und wir haben morgen viel vor. Die Dame zieht sich zurück...»

«Der Herr begleitet sie in ihre Gemächer.»

Almut lachte. «Sagen wir besser: vor das Gemach.»

Als sie vor der Tür standen, fragte Paolo: «Aber einen Gutenachtkuß kriege ich doch?»

«Da gibt es ein deutsches Sprichwort: Wer viel fragt, geht viel irr...»

Paolo küßte sie auf den Mund, und als der Kuß sich ausdehnte, machte Almut sich lachend frei.

«Für heute reicht's! Morgen früh Punkt neun Uhr will ich dich beim Frühstück sehen.»

Paolo stand stramm und sagte militärisch: «Jawoll, Donna Almuta!»

Als sie dann im hellen Morgenlicht beim Tempel der Dioskuren standen, deutete Paolo nach Norden und sagte:

«Schau es dir einmal an, und dann wende dich ab mit Grausen.»

Almut blickte hinüber auf das moderne Agrigent, und sogleich fiel ihr Sciascias Ausspruch ein: von riesigen Betonströmen zugeschüttet.

«Es ist scheußlich», sagte sie, «aber wer dort wohnt, wird es anders sehen.»

«Die sind ja nicht schuld an der Misere. Aber davon schweigen wir heute. Gehen wir jetzt zum Tempel ‹F›, auch als Concordia-Tempel bezeichnet. Weißt du, was der Dichter und Naturforscher Empedokles von Akragas – so hieß die Stadt damals – über seine Mitbürger sagte? ‹Die Agrigentiner essen, als ob sie morgen sterben, und sie bauen, als ob sie ewig leben sollten.› Übrigens gehört der Tempel hier zu den drei besterhaltenen der griechischen Antike. Und das hat seinen Grund. Bischof Gregorius weihte ihn 597 zur Kirche der Apostel Petrus und Paulus und verhinderte so, daß aus ihm ein Steinbruch wurde.»

«Du bist heute gut vorbereitet», lobte ihn Almut.

«Ich will mich eben bei dir einschmeicheln…»

Sie setzten ihren Rundgang bis gegen Mittag fort, wobei es Almut nicht lassen konnte, von Zeit zu Zeit den Boden zu inspizieren. Sie pflückte eine unscheinbare Pflanze mit einer kleinen schwärzlichen Blüte.

«Der Schwarze Ragwurz, eine Orchideenart, von der es über dreißig Varianten gibt.»

Später sagte sie: «Und hier wieder die Mittagsiris. Da sie jetzt noch nicht blüht, hätte ich sie fast übersehen.»

«Aber heute willst du sie nicht aufgehen sehen?»

Almut lächelte spöttisch. «Dein damaliges hastiges Mittagessen liegt dir wohl noch im Magen? Nein, Paolo, heute soll nichts unsere Siesta stören.»

4

Der nächste Tag fand die beiden Reisenden in Syrakus, wo sie im Hotel ‹Jolly› am Corso Gelone Quartier nahmen.

«Gelon? Das war doch einer der Tyrannen von Syrakus? Daß man nach ihm eine Straße benennt, finde ich sonderbar.»

Sie setzten sich an die Bar und tranken ein Bier.

«Die Tyrannis war nicht immer etwas Schlechtes, auch wenn das Wort in unser beider Sprachen heute eine negative Bedeutung hat. Gelon hat bei Himera die Karthager vernichtend geschlagen und ihre Herrschaft so auf Westsizilien beschränkt. Für die Menschen damals war das eine Befreiung von drohender Fremdherr-schaft. Gelon nützte die Riesenbeute zum Ausbau und zur Ver-schönerung seiner Stadt. Die Historiker betrachteten ihn als den ersten wirklich bedeutenden Staatsmann Siziliens.»

«Amen», sagte Almut, doch in ihrem Spott lag Anerkennung.

Paolo lachte und war keineswegs beleidigt. «Das habe ich mir heute früh noch schnell angelesen. Ich will vor dir nicht immer dastehen, wie ein imbecille, der über seine eigene Heimat nichts weiß.»

«Imbecille heißt Dummkopf, nehme ich an?»

«Habe ich das auf Italienisch gesagt?»

Almut nickte. «Ein sogenannter Freudscher Versprecher. Dein Unterbewußtsein wollte, daß ich das Wort nicht verstehe.»

«Kann schon sein. Hast du Lust, heute noch die Altstadt anzu-sehen? Das alte Syrakus wurde auf der Insel Ortygia gegründet und später durch einen Damm mit dem Festland verbunden. Wir könnten uns dort die Quelle der Arethusa ansehen, den Dom…»

Almut blickte hinaus auf die sonnenüberstrahlten Häuser.

«Bei diesem Wetter können wir schließlich nicht ewig in einer Bar herumsitzen. Ich gehe hinauf, nehme eine Dusche und dann auf nach Ortygia!»

«Pflanzen gibt's dort keine; für heute kannst du deine Botanik vergessen.»

«Um so besser!»

Aber es kam dann doch anders, weil sie sich zu Fuß aufgemacht hatten und am Ende des Corso Gelone zu weit nach rechts gerie-ten. Sie landeten am Porto Grande, genossen die Sonne und hatten keine Lust mehr, jetzt noch die Altstadt aufzusuchen. Sie kamen in den verlassenen Teil des Großen Hafens, und Almut deutete auf den mit Treibholz und Unrat bedeckten Strand.

«Blühende Levkojen!»

Ganze Büsche davon erstreckten sich der Küste entlang, und Almut schnitt eine der violettgrünen Blüten ab.

«Das ist die *Matthiola tricuspidata*; sie liebt den sandigen Boden.»

Weiter vorne am Wasser entdeckte Paolo später ein kolbenarti-ges Gewächs mit kleinen rotbraunen Blüten.

«Was ist denn das? Sieht aus wie ein Flaschenreiniger.»

Almut beugte sich nieder. «Du Glückspilz hast einen Malteser-schwamm entdeckt! Der Saft des *Cynomorium coccineum* wurde früher als blutstillendes Mittel verwendet.»

Am nächsten Tag machten sie sich in den alten Ortsteil Neapolis auf und begannen dort bei den Latomien, den antiken Stein-brüchen.

«Wenn ich daran denke, wieviel Menschen sich hier früher zu Tode geschuftet haben, dann gefällt mir der jetzige Name gar nicht: Latomie del Paradiso.»

Paolo zuckte die Schultern. «Die Dinge wandeln sich eben; manchmal sogar auf Sizilien. Gerade dich müßte es doch freuen, daß aus einem sterilen Steinbruch ein botanisches Paradies gewor-den ist.»

«Vielleicht ein botanisches Paradies, aber kein Paradies für Bo-taniker. Das nämlich sind unscheinbare Steinhalden, an die sich ein paar karge Pflänzlein klammern. Dieses üppige Gewucher hier von Orangen, Feigen, Bananen, Rhododendren und Azaleen ent-zückt das Auge, aber den Botaniker läßt es kalt.»

Paolo verneigte sich. «Grazie, Professoressa! Jetzt weiß ich wie-der einmal Bescheid.»

Almut legte ihren Arm um seine Schultern. «Jetzt sei nicht gleich wieder beleidigt. Mir gefällt es hier ja auch, aber warum soll ich dir etwas vorlügen? Die Paradiese für Germanisten liegen auch nicht in einigen schmalzigen Gedichten von Uhland oder in den Romanen der Courths-Mahler.»

Paolo blieb stehen. «Wer ist dieser Kurt Maler? Den Namen habe ich bisher nie gehört.»

Almut lachte. «Die Autorin heißt Hedwig Courths-Mahler und hat rund zweihundert Trivialromane geschrieben, etwa in dem Stil: Reicher Graf lernt armes, bildhübsches Bauernmädchen ken-nen, das er nach einigen Irrungen und Wirrungen heiratet.»

«Den Namen muß ich mir merken. Jetzt gehen wir hinunter zum Teatro Greco, das soll ein architektonischer... Jetzt fällt mir das Wort nicht mehr ein. Eine Bezeichnung für etwas besonders Schönes oder Gutes.»

«Leckerbissen?»

«Ja, das ist es. Ein architektonischer Leckerbissen. Als es im dritten vorchristlichen Jahrhundert erweitert wurde, soll es das größte Theater der damaligen Welt gewesen sein. Hier wurden die Werke des Äschylus aufgeführt.»

Almut blickte interessiert in das Gestrüpp neben dem Weg. Dann faßte sie Paolo am Arm und deutete in eine bestimmte Richtung.

«Bleib einmal stehen und schau da hinüber, etwa zehn Meter von hier neben dem verdorrten Strauch...»

«Da blüht es lila...»

«Das ist Heidekraut; eine Pflanze, die es im hohen Norden genauso gibt wie im tiefsten Süden. Die *Erica multiflora* wird bei uns sogar in einem Lied besungen.»

«Singe es mir vor.»

«Das kann ich nicht. Ich weiß nur, daß es ein Soldatenlied ist.»

Das späte Tageslicht überzog den Kalkstein der Sitzreihen mit einem goldenen Schein. Paolo stellte sich auf die halbrunde Bühne und sagte: «Almut, setz dich bitte auf die oberste Reihe.»

Sie kletterte gehorsam die vielen Stufen hinauf und zählte als exakte Wissenschaftlerin gleich mit. Es waren sechsundsechzig. Als sie oben war, gebot ihr Paolo mit einer Handbewegung zu warten und blickte ungeduldig auf ein älteres Ehepaar, das sich gegenseitig von der Bühne aus fotografierte. Als die beiden sich verzogen hatten, hob Paolo wie ein antiker Deklamator beide Arme und begann:

> «*Zu Dionys, dem Tyrannen, schlich*
> *Moeros, den Dolch im Gewande;*
> ‹*Was wolltest du mit dem Dolche? Sprich!*›
> *Entgegnet ihm finster der Wüterich.*
> ‹*Die Stadt vom Tyrannen befreien!*›
> ‹*Das sollst du am Kreuze bereuen.*›
>
> ‹*Ich bin*›, *spricht jener*, ‹*zu sterben bereit,*
> *und bitte nicht um mein Leben;*
> *doch willst du Gnade mir geben,*

618

ich flehe dich um drei Tage Zeit,
bis ich die Schwester dem Gatten gefreit;
ich lasse den Freund dir als Bürgen,
ihm magst du, entrinn' ich, erwürgen.›

Da lächelt der König mit arger List,
und spricht nach kurzem Bedenken:
‹Drei Tage will ich dir schenken…»

Paolo ließ die Arme sinken und wiederholte leiser, doch für Almut auf ihrer obersten Sitzreihe noch gut verständlich: «Drei Tage will ich dir schenken… Weißt du, wie's weitergeht?»

«Ich weiß nur, daß es von Schiller ist», rief sie hinab.

Paolo stieg mit schnellen Schritten zu ihr empor und setzte sich, noch heftig atmend, neben sie.

«Ich wollte mit der ‹Bürgschaft› nicht meine Bildung demonstrieren, aber meines Wissens ist es Schillers einziges Gedicht, das auf Sizilien spielt, und so fand ich es passend. Leider weiß ich nicht mehr, wie es weitergeht.»

«Dieser Dionys lebte wirklich auf Sizilien?»

Paolo lächelte geduldig. «Aber sicher! Dionysios war der Tyrann von Syrakus und saß vermutlich dort unten in der Ehrenloge. Das Theater war damals zwar noch kleiner, wurde aber schon eine Generation früher von Hieron erbaut – das war auch ein Tyrann.»

«Wie mag Schiller auf diesen Sagenstoff gestoßen sein?»

«Seine Zeit hatte eine Vorliebe für antike Legenden mit schicksalhaften Themen. Schiller hat ja eine Anzahl davon in seinen Dichtungen verwendet. Ich erinnere nur an ‹Die Kraniche des Ibykus› oder ‹Der Ring des Polykrates›. Die ‹Bürgschaft› stammt meines Wissens aus der Fabelsammlung des Hyginus. Schiller nennt nur Moeros, der den Anschlag verübte, der andere heißt im Gedicht nur der ‹Freund›. Sein Name ist mit Selinuntius überliefert, aber mit seinen fünf Silben hätte er sich schlecht für die Ballade geeignet. Weißt du, wie es weitergeht?»

Almut schüttelte ihr blondes Haupt. «Unser Deutschlehrer im Gymnasium hat die Dichtung nur gestreift, dafür haben wir Schillers Dramen durchgenommen.»

«Also gut – Moeros kriegt seine drei Tage, der Freund geht als Geisel zum Tyrannen.

> ‹Und ehe das dritte Morgenrot scheint,
> hat er schnell mit dem Gatten die Schwester vereint.›

Manches davon fällt mir noch ein. Auf dem Rückweg begegneten Moeros einige Hindernisse; eine Sturmflut zerstört die Brücke über den Fluß, eine Räuberbande fällt ihn an –

> ‹Ich habe nichts als mein Leben,
> das muß ich dem Könige geben!›

In letzter Sekunde trifft er in Syrakus ein, gerade noch rechtzeitig, um den Freund vor der Hinrichtung zu retten. Der erschütterte Tyrann aber sagt:

> ‹Und die Treue ist doch kein leerer Wahn,
> So nehmet auch mich zum Genossen an.
> Ich sei, gewährt mir die Bitte,
> In eurem Bunde der Dritte!›»

«Ein wenig rührselig», meinte Almut.

«Mag sein, aber es ist große Dichtung. Doch jetzt vergessen wir die ganze Gelehrsamkeit und suchen uns ein gutes Ristorante. Ich träume schon seit einer Stunde von ‹Spaghetti alla Norma› mit einem kühlen Bier.»

«Wie sehen denn die Norma-Spaghetti aus?»

«Die Spaghetti sind ja immer gleich, der Name bezieht sich auf den Sugo, der hier aus Melanzane, Quark und Tomaten gemacht ist.»

«Aber warum Norma?»

«Nach der Oper von Bellini, der ja in Catania geboren ist. Wir fahren zum Porto Grande, dort soll es die besten Lokale geben.»

Als Paolo dann die Speisekarte studierte, mußte er lachen.

«Wie ich es mir gedacht habe: die Spaghetti alla Norma gibt es hier nicht, das läßt der Stolz der Köche von Syrakus nicht zu. Aber hier: Pasta alla siracusana. Probieren wir eben die, wenn du Lust hast.»

Wieder verhandelte Paolo sehr lange mit dem Kellner, und für Almuts Ohren glich der Dialog eher einem Streit.

«Magst du Schwertfisch?»

Almut nickte. «Als Hamburgerin schätze ich jede Art von Fisch.»

Der ‹Streit› ging weiter, und dann stürmte der Kellner davon.

«Worüber habt ihr euch gezankt?»

«Gezankt? Keineswegs! Der Kellner wollte mich nur davon überzeugen, daß die Spaghetti alla siracusana allen anderen überlegen seien. Warten wir es also ab. Den Spada, den Schwertfisch, habe ich a summarigghiu bestellt, das ist in einer Soße aus Olivenöl, Maggiorana und roten Peperoni. Eine wahre Köstlichkeit und echt sizilianisch. Die Nachspeise überlegen wir uns dann noch.»

Die Spaghetti auf Syrakusaner Art waren mit einem Sugo aus Paprikaschoten, Auberginen und schwarzen Oliven gewürzt. Paolo brummte anerkennend, sagte aber nichts. Vom Schwertfisch war Almut so begeistert, daß sie vom Koch das Rezept haben wollte. Paolo sprach mit dem Kellner und machte sich Notizen.

«Das ist eine ganz einfache Sache, aber ob du die Zutaten in Hamburg bekommst? Peperoni, Maggiorana?»

Almut winkte ab. «Auf unseren Märkten kriegst du heute alles. Bei Maggiorana wird es sich um unseren Majoran handeln. Damit hat schon meine Großmutter ihren Gänsebraten und die Kartoffelsuppe gewürzt.»

«Du verstehst auch was vom Kochen?»

«Nicht viel… Solange man bei den Eltern lebt, läßt man sich eben bedienen.»

«Als Tochter müßte es dir deine Mutter beibringen, wenigstens ist es hier so.»

«Freilich – und die Herren Söhne liegen auf dem Sofa und schauen zu, wie sich das Schwesterlein in der Küche abmüht. Mit diesem Rollenspiel ist es bei uns vorbei, mein Lieber.»

Paolo ließ sich nicht aus der Ruhe bringen. «Hier noch lange nicht – meno male!»

«Was heißt meno male?»

«Gott sei Dank oder zum Glück.»

«Auch bei euch werden sich die Frauen eines Tages gegen dieses Paschadenken wehren.»

«In Sizilien dauert eben alles ein bißchen länger, das gebe ich gerne zu.»

Almut lachte. «Ich sehe schon, du willst nicht streiten, Paolo. Das ist gegen die Männerehre, nicht wahr – man streitet mit keiner Frau, so wie man mit einem Kind nicht streitet.»

«Sei wieder friedlich, Almut, und sage mir lieber, was du zum Nachtisch willst.»

«Diesmal hätte ich gerne etwas Süßes.»

Paolo rief den Kellner und wechselte einige Worte.

«Du wirst das Süßeste bekommen, das hier zu haben ist, nämlich Cannoli, das sind gezuckerte Teigrollen, gefüllt mit Quark, kandierten Früchten und pezzi di cioccolata – also mit Schokoladeschnitzeln.»

«Stücken, Paolo, man sagt Schokoladestücke.»

«Grazie, Professoressa.»

Es war dann wirklich so süß, daß Almut um ihre Zähne fürchtete. Sie trank zwei Tassen ungezuckerten Kaffees zu den Cannoli, um die Süße abzuschwächen. «Das war aber eine Kalorienbombe! Da werde ich mindestens ein Kilo zunehmen.»

«Das könnte dir nicht schaden», rutschte es Paolo heraus.

«Du findest mich also zu mager?» fragte Almut interessiert.

«Ein wenig schon», gab er zu.

«Da seid ihr Sizilianer immer noch von den Arabern geprägt, deren Haremsdamen auch mit so etwas wie Cannoli gefüttert wurden. Dick war damals schön...»

«– und weil wir hier ohnehin zurückgeblieben sind, haben wir unseren Geschmack durch die Jahrhunderte beibehalten», ergänzte Paolo sarkastisch.

«Das hast jetzt du gesagt, nicht ich.»

«Aber so ungefähr wirst du gedacht haben.»

«Und wenn schon, etwas Wahres ist sicher dran.»

«Alle Sagen haben einen wahren Kern», sagte Paolo grinsend.

Almut, noch immer leicht verärgert, konterte: «Deine künftige

Frau kannst du ja mit diesen Cannoli mästen, bis sie so fett ist, daß sie deinem Geschmack entspricht, aber mich laß jetzt in Ruhe damit.»

Den Nachmittag verbrachten sie im Stadtteil Ortygia, besuchten die Arethusa-Quelle und den Dom Santa Maria delle Colonne. Paolo wies auf die Außenwand.

«Du hörst es aus dem Namen heraus, wovon hier berichtet wird. Maria von den Säulen wurde der Dom genannt, den schon die Byzantiner im 7. Jahrhundert in den alten Athena-Tempel hineingebaut haben. Im Innern kannst du sehen, daß diese Tatsache den Dom vor dem Einsturz gerettet hat.»

Sie betraten die Kirche, und Paolo zeigte ihr die zum Teil ganz schiefstehenden Säulen im nördlichen Seitenschiff.

«Das sieht aus, als hätten Säulen und Mauerwerk sich gegenseitig gestützt. Ein Symbol von vielfältiger Bedeutung, denn das Christentum hat ja viele Äußerlichkeiten aus dem Heidentum übernommen. So hat man zum Beispiel die meisten Kirchenfeste auf die alten römischen Feiertage verlegt, um dem Volk die Umgewöhnung leichter zu machen.»

«Du hast vergessen zu sagen, daß die Heiligen- und Madonnenverehrung nur ein Spiegel der antiken Vielgötterei ist. Wir Protestanten haben das abgeschafft.»

Paolo schüttelte den Kopf. «Das ginge hier nicht. Die Sizilianer sind es nicht gewöhnt, sich mit ihren Problemen gleich an den Capo, den Höchsten zu wenden. Man bittet lieber die Heiligen um Fürsprache bei Gott, das ist sicherer, als den Allerhöchsten selber damit zu belästigen. Mit dem abstrakten protestantischen Gottesbegriff können die Leute hier nichts anfangen.»

«Das ist ja wie bei der Mafia. Der kleine Mann geht nicht zum großen Boß, sondern wendet sich an seine Paladine. Wie steht es mit dir, Paolo? Betest du auch zur Madonna und zu den Heiligen?»

Paolo lächelte. «‹Nun sag', wie hast du's mit der Religion? Du bist ein herzlich guter Mann, allein ich glaub', du hältst nicht viel davon.› Das nennt man die Gretchenfrage. Die meisten Sizilianer werden dir darauf die gleiche Antwort geben: Religion ist etwas für Frauen; sie brauchen ihre Madonna, die Beichte, die Gebete. Zu mir hat mein Vater einmal gesagt: Die Frauen lieben ihre Männer und Söhne so sehr, daß sie in der Kirche für uns mitbeten. Damit nehmen sie uns etwas ab, was wir Männer ohnehin nicht so schätzen.»

«Da macht ihr es euch aber leicht.»

Paolo zuckte die Schultern. «Auch wer hier kein Mafioso ist, hält sich an die Omertà, das Schweigegebot, das ist ein Teil unserer Männlichkeit, damit wachsen wir auf, und wer zum Beichten geht, hätte das Gefühl, die Omertà zu brechen.»

«Damit werden die Frauen wieder einmal in die Rolle der Schwatzhaften und somit der Unehrenhaften gedrängt. Euer System ist perfide, Paolo.»

Sie traten hinaus in das grelle Sonnenlicht.

«Mag sein, aber ich kann es nicht ändern.»

«Willst du es überhaupt?»

Paolo zögerte und sagte dann: «Manches schon...»

5

Auf dem Weg nach Catania machten sie einen Abstecher ins Landesinnere zur Villa di Casale. Sie fuhren die Straße durch die ‹Piana di Catania›, einer fruchtbaren, vom breiten Dittaino- Fluß beherrschten Ebene. Hinter dem Lago dell' Ogliastro wurde das Land wieder hügelig. Als sie an einem großen Olivenhain vorbeifuhren, bat Almut um einen kurzen Halt.

«Vielleicht finde ich da eine der Ragwurzarten.»

Sie streiften zwischen den knorrigen uralten Ölbäumen umher, bis Almut plötzlich stehen blieb.

«Die *Ophrys tenthredinifera!*» rief sie erregt.

Paolo trat hinzu. Sie schnitt den Pflanzenstengel über der Wurzel ab und hielt ihn hoch.

«Man nennt sie die Blattwespenragwurz. Die Blüte täuscht eine weibliche Wespe vor und lockt den Geschlechtspartner an. Während sich das Wespenmännchen vergeblich bemüht, die Attrappe zu begatten, nimmt es den Blütenstaub auf und trägt ihn weiter. Raffiniert, nicht wahr?»

«Das kann man wohl sagen», meinte Paolo erstaunt und schaute sich das Naturwunder genau an.

Wenig später erreichten sie die Villa, und Paolo löste die Karten.

«Da streiten sich die Gelehrten bis heute, wer diese Jagdvilla erbaut und bewohnt hat. Die einen glauben in ihr das luxuriöse Landhaus des Kaisers Maximilianus Herculius zu erkennen, andere vermuten in ihrem Erbauer einen Hofmann oder Günstling des Kaisers oder auch nur einen reichen sizilianischen Latifundienbesitzer.»

Er blätterte in seinem Führer.

«Die Fußbodenmosaiken bedecken eine Fläche von über dreitausendfünfhundert Quadratmeter. Die Villa ist Anfang des 4. Jahrhunderts entstanden und enthält ein Atrium, Thermen, eine Palaestra, ein Peristyl, ein Triclinium und zahlreiche Nebenräume.»

Paolo schlug seinen Führer zu. «Im übrigen ist längst nicht alles ausgegraben.»

Langsam wanderten sie durch die feudale Jagdvilla und schauten von den hölzernen Stegen auf die Mosaiken hinab. Almut bemerkte zögernd:

«Ich kann mir nicht helfen, ich finde diese Mosaiken quantitativ beeindruckend, in der Ausführung, mit einigen Ausnahmen, eher provinziell. Manches wirkt wie Sonntagsmalerei.»

Paolo horchte auf. «Was ist denn das – Sonntagsmalerei.»

«Naive, auch primitive Malerei.»

«Da gebe ich dir schon recht, aber die ganze Anlage ist trotzdem beeindruckend.»

Was Almut aber noch mehr beeindruckte, war eine ganz unscheinbare Pflanze, die sie beim Herumschlendern am Rande der Ausgrabung entdeckte, als sie ein paar feuchte Steintrümmer näher betrachtete. Sie winkte Paolo.

«Vermutlich gibt es da oben eine Quelle, die hier am Fuß des Hügels versickert. Schau, was ich entdeckt habe.»

Sie wies auf die winzige Pflanze, die zwischen den Steintrümmern wuchs. «Das ist die lusitanische Natternzunge, *Ophioglos-*

sum lusitanicum. Sie liebt das Feuchte und ist recht selten. Es soll sie auch am Ätna geben. Sie allein war mir den Ausflug schon wert.»

«Willst du sie nicht mitnehmen?»

«Ich habe meine Ausrüstung jetzt nicht greifbar und werde erst am Ätna systematisch zu sammeln beginnen.»

Ein paar Stunden später fuhren sie über die Via Tempio vorbei am Porto vecchio in Catania ein.

Paolo sagte: «Ich werde bei meinen Eltern wohnen und dich dafür im schönsten Hotel der Stadt unterbringen, im ‹Central Palace› an der Via Etnea. Aber zuerst möchte ich dich meinen Eltern vorstellen – vorausgesetzt, es ist dir recht.»

«Warum soll es mir nicht recht sein? Ich freue mich darauf.»

Paolos Eltern wohnten gleich am Giardino Bellini, dem üppigen und gepflegten Stadtpark. Das dreistöckige vornehme Bürgerhaus aus der Gründerzeit stand, als sei es vergessen worden, eingekeilt zwischen modernen Hochhäusern. Neben der Eingangstür las Almut auf einem Schild: Dott. Salvatore Greco, Dentista.

Sie wurden schon erwartet. Das Ehepaar Greco empfing sie an der Tür, und der Dottore deutete sogar einen Handkuß an, während Paolo seine Mutter auf beide Wangen küßte. Sie war eine kleine zierliche Frau und trug ein altmodisches schwarzes Kleid mit einem Spitzenkragen. Almut fühlte sich von ihr sehr genau betrachtet, während sie murmelte: «I suoi capelli sono tanto belli e biondi» – Sie hat so schöne blonde Haare.

Salvatore Greco trug eine randlose Brille, hatte ein angenehmes, aber sehr verschlossenes Gesicht. Er wirkt ein bißchen wie ein Oberlehrer, dachte Almut, und dann fiel ihr Lucky Luciano, der große Mafiaboß ein, der ähnlich ausgesehen hatte. Sie erinnerte sich genau an den Bericht in einer Illustrierten, weil sie damals dachte, dieser unscheinbare, bebrillte Typ könne doch nicht einer der großen Rauschgifthändler sein, dem man Dutzende von Mordaufträgen nachsagte.

Sie setzten sich zu Tisch.

«Wir sind zum Essen geladen», sagte Paolo.

Das Speisezimmer war mit schweren, dunklen Möbeln eingerichtet, dazwischen hingen alte Bilder in wuchtigen Goldrahmen, die meist religiöse Szenen darstellten. Paolo spielte den Dolmetscher.

«Nun, wie gefällt es Ihnen bei uns auf Sizilien?» ließ der Dottore anfragen.

Almut äußerte sich lobend – es gefiel ihr ja tatsächlich. Sie sprach von den großartigen antiken Resten, der schönen, abwechslungsreichen Landschaft, der delikaten Küche und von dem Bemühen Paolos, ihr das alles nahezubringen.

«Und was ist mit der Mafia? Haben Sie davon etwas gemerkt? Ihr Ausländer erwartet doch, an jeder Straßenkreuzung einen Toten liegen zu sehen, und seht in jedem gutgekleideten älteren Mann einen Capo der Mafia.»

«Salvatore!» mahnte die Mamma vorwurfsvoll.

«Ich frage ja nur…», sagte der Dottore mit einem feinen Lächeln.

Paolo blickte sie in gespielter Verzweiflung an und übersetzte. «Er meint es nicht so», fügte er noch hinzu.

«Ich habe nichts von alledem bemerkt», sagte Almut, konnte es sich aber nicht verkneifen zu sagen: «Aber ich bin ja noch nicht lange hier.»

«Sie werden niemals etwas bemerken, weil es die Mafia, in der Form, wie sie im Ausland dargestellt wird, nicht gibt.»

«Smettila, Salvatore! Tu stai annoiando il nostro ospite.» Die Worte der Signora klangen energisch.

«Jetzt greift meine Mutter ein, sie mag solche Gespräche nicht, und sie wirft meinem Vater vor, dich zu langweilen.»

Der Dottore schwieg mit hochgezogenen Augenbrauen und löffelte seine Suppe aus. Signora Greco wandte sich an Almut.

Paolo übersetzte. «Du sollst dich vorsehen, wenn du einmal heiratest.»

Almut schüttelte lächelnd ihren Kopf. «Das habe ich vorläufig auch nicht vor.»

«Lei dice che per il momento non si sposerà», übersetzte Paolo.

«Però una donna non puó vivere da sola.»

«Mamma meint, eine Frau könne doch nicht alleine leben.»

«Bei uns schon», sagte Almut mit Nachdruck.

Für den nächsten Tag war ein Ausflug zum Ätna geplant, und Almut richtete im Hotelzimmer ihr Botanikerbesteck zusammen. Da war einmal die Taschenlupe mit zehnfacher Vergrößerung, die sie an einer Schnur um den Hals trug. Für die anderen Utensilien genügte ein kleiner Lederbeutel; nämlich die kleine Pinzette, die Rasierklingen, die zwei Präpariernadeln und das Taschenmesser. Die Pinzette allerdings hatte Rost angesetzt und würde nicht mehr zu brauchen sein. Diesmal werde ich mir eine rostfreie leisten, dachte Almut. Sie legte sich ihre Aufzeichnungen zurecht und verstaute alles zusammen in ihrer stabilen Tragetasche.

Diesen Abend wollte Paolo bei seinen Eltern verbringen, und Almut war recht froh, ausreichend Zeit zur Vorbereitung auf die morgige Exkursion zu haben. Bis kurz vor Mitternacht wälzte sie ihre Fachbücher, machte Notizen, verglich und wurde schließlich so müde, daß ihr die Augen zufielen.

Am Morgen holte Paolo sie ab, pünktlich und gutgelaunt.

«Ehe du dich ernsthaft an die Arbeit machst, hätten wir uns Taormina anschauen sollen. Der Blick von dort auf den Ätna…»

«Später, Paolo, später, und das gilt auch für Catania. Die meisten Ätnapflanzen blühen um diese Zeit, und das will ich nicht versäumen.»

«Jawohl, mein Fräulein, die Arbeit geht natürlich vor.»

Almut boxte ihn in die Seite. «Deinen Spott kannst du dir sparen. Du weißt, daß ich nicht nur zum Vergnügen hier bin. Übrigens brauche ich eine neue Pinzette, die müssen wir noch vorher besorgen.»

«Ich kenne ein Briefmarkengeschäft…»

«Nein, die für Sammlermarken sind zu breit. Eine Pinzette für Nagelpflege oder medizinische Zwecke wäre das richtige.»

Paolo fuhr die Via Etnea bis zur Piazza di Università und fand in einer Seitenstraße einen Parkplatz.

«Hier kenne ich ein Geschäft für medizinischen Bedarf.»

Sie mußten aber noch eine Weile suchen, denn Paolo war lange nicht mehr hier gewesen. Almut erwarb die kleinste Pinzette, und sie gingen zum Wagen zurück. Paolo begann eine Reihe sizilianischer Flüche auszustoßen.

«Was ist los? Was hast du?»

Er wies auf die aufgebrochene Autotür, die einen Spalt offenstand.

Almut durchfuhr ein eisiger Schreck. «Meine Tasche! Wo ist meine Tasche?!»

Sie beugte sich über den Rücksitz, suchte den Boden des Autos ab – nichts!

«Sie haben meine Tasche gestohlen», sagte sie fassungslos, «mit einem Teil meiner Aufzeichnungen, mit den Fachbüchern, dem Botanikerbesteck…»

Wieder stieß Paolo einen ellenlangen Fluch aus.

«Jetzt fluche nicht immer!» schrie Almut ihn an, «laß dir lieber etwas einfallen.»

«Du hast recht, wir müssen etwas unternehmen.»

Schweigend fuhren sie zum Hotel zurück, wo Paolo sofort in einer Telefonzelle verschwand. Er kam bald wieder und setzte sich neben Almut.

«Ich habe meinen Vater angerufen. Wir sollen hier warten, bis er zurückruft oder eine Nachricht schickt.»

Almut war erstaunt. «Was kann dein Vater tun, wenn irgendwelche kleinen Gauner…»

Paolo hob die Hände. «Niemand tut hier etwas ganz auf sich gestellt. Auch über die kleinen Gauner wacht ein Capo – na, du wirst es ja sehen. Komm, trinken wir inzwischen ein Bier, das beruhigt die Nerven.»

«Es sind nicht alle meine Aufzeichnungen», sagte Almut, «aber doch ein sehr wichtiger Teil. Es würde mich Monate kosten, sie zu erneuern. Die Bücher und das Botanikerbesteck sind weniger wichtig.»

Sie tranken gerade das zweite Bier, als der Portier über den Lautsprecher einen Signor Greco ausrufen ließ. Paolo sprang auf und ging zur Rezeption. Freudestrahlend kam er zurück und legte Almut die gestohlene Tasche auf den Schoß.

«Schau nach, ob alles drin ist.»

Wie im Traum öffnete sie die Tasche und ging den Inhalt sorgfältig durch.

«Es fehlt nichts – nicht das geringste.»

«Man läßt sich bei dir entschuldigen und bedauert den Irrtum.»

«Wer ist ‹man›?»

Paolo zuckte die Schultern. «Ich kann dir nur sagen, wie es wahrscheinlich ablief. Mein Vater rief einen ihm bekannten Mafioso an, und der wiederum sprach mit dem Capo des Viertels, wo wir geparkt hatten. Der Capo schickte seine Leute los, bis der Automarder gefunden war. Da du überdies eine Fremde bist, kam die Sache schnell in Ordnung, denn Gäste werden in der Regel von der Mafia nicht behelligt.»

«Aber die Mafia befaßt sich doch nicht mit so kleinen Gaunereien?»

«Natürlich nicht, aber sie hat ihre Verbindungen und behält auch die Kleinkriminalität im Auge.»

«Wird dein Vater etwas bezahlen müssen?»

«Das glaube ich nicht. Als Zahnarzt kennt er natürlich auch einige Mafiosi, und kleine Gefallen erweist man hier einander gerne.»

«Vermutlich auch größere…»

«Lassen wir das Thema. Du hast deine Sachen wieder, und wir können uns mit einiger Verspätung auf den Weg machen.»

«Mir ist der Schrecken in die Glieder gefahren, außerdem ist es für eine gründliche Exkursion zu spät geworden. Verschieben wir's auf morgen – okay?»

«Mir ist es recht, aber was unternehmen wir statt dessen?»

«Gibt es hier einen schönen Strand?»

Paolo grinste. «Strände genug, aber ob sie noch schön sind? Gleich bei Catania haben wir den Lido di Plaia, nach Norden zu gibt es bis Acireale mehrere Badeplätze, allerdings zum Teil häßlich verbaut und nicht sehr gepflegt. Ich schlage vor, wir fahren bis Taormina, und ich zeige dir die Strände von Giardini.»

«Ist das ein Ort?»

«Ein Fischerdorf, das man jetzt auch mit seinem alten Namen Naxos nennt.»

«Aber so heißt doch eine Insel in der Ägäis. Ariadne auf Naxos…»

«Das war die erste griechische Gründung auf Sizilien – 735 vor Christus.»

Almut lachte und drohte scherzhaft mit dem Finger. «Wieder einmal heimlich nachgelesen?»

«Ich gebe es zu...»

«Also gut, dann packe dein Wissen nur aus.»

«Naxos wurde von Griechen aus Chalkis und der Insel Naxos gegründet, darum auch der Name. Der Ort wurde schon um 400 vor Christus von Dionysios zerstört und ist nie wieder aufgebaut worden. Der Tyrann legte statt dessen Tauromenion an, das heutige Taormina, weil es durch seine Höhenlage leichter zu verteidigen war. Reste des alten Naxos hat man freigelegt, aber da ist nicht viel zu sehen, dafür sind die Strände fast noch unberührt.»

Paolo hatte nicht zuviel versprochen; südlich von Naxos gab es einige stille Buchten; die wenigen kleinen Hotels standen weit auseinander.

Paolo breitete zwei Bastmatten aus, und sie legten sich in die Sonne.

«Wie im Sommer...», bemerkte Almut und setzte sich auf. «Vielleicht ist das Wasser nicht mehr so kalt? Ich werde es jedenfalls versuchen.»

Sie legte ihre Brille ab und lief zum Strand. Paolo bewunderte ihre schlanke Figur in dem knappen Bikini und sah, wie die blonden Haare in der Sonne aufleuchteten. Almut tauchte unter und schrie leise auf.

«Mehr als sechzehn Grad wird es nicht haben. Aber schön ist es trotzdem...»

Paolo überwand die Scheu des Südländers vor kaltem Wasser, sprang auf und stürzte sich kopfüber in die Fluten und kraulte eine kurze Strecke. Almut war starr vor Staunen im knietiefen Wasser stehengeblieben. Paolo schwamm zurück, hob das Mädchen hoch und trug es ans Ufer.

«Dafür habe ich aber einen Kuß verdient?»

Almut schüttelte ihre nassen Haare und schaute ihn mit ihren schiefergrauen Augen nur abwartend an. Paolo faßte ihren Nakken und küßte sie auf die salzigen Lippen. Sie erwiderte den Kuß, machte sich dann los und sagte:

«Da kommen Leute...»

Es war eine Schulklasse, deren Lärm schon von weitem zu hören war – es klang wie ein zwitschernder Vogelschwarm. Die Lehrerin deutete auf die schwarzen Klippen und versuchte etwas zu erklären, aber diese Acht- oder Neunjährigen waren wie Quecksilber, das sich immer wieder in davonrollende Tröpfchen aufteilte.

Almut und Paolo beobachteten lächelnd das quirlige Treiben.

Sie sagte: «Da hast du gleich einen Anschauungsunterricht und siehst, was dir bald blüht.»

«Was hat das mit blühen zu tun?»

«Das ist Umgangssprache und bedeutet, was auf dich zukommt. Du willst doch Lehrer werden?»

«Ja, aber an einem Gymnasium. Mit so kleinem Volk komme ich da nicht in Berührung. Aber bei Halbwüchsigen ist es vermutlich auch nicht leichter.»

Almut trocknete sich ihre Haare.

«Da wir jetzt schön erfrischt sind, könnten wir noch einen kleinen Bummel durch Taormina machen. Hast du Lust?»

Paolo, der geplant hatte, nach Verschwinden der Schulklasse zu noch kühneren Angriffen überzugehen, sagte ergeben:

«Lust? Lust hätte ich auf etwas anderes…»

«Das kann ich mir denken», sagte Almut lächelnd, «so in dem Stil: griechischer Siedler aus Naxos führt blonde Gotin in die Freuden der Liebe ein.»

«Ihr Nordländerinnen seid immer so direkt. Als die Goten kamen, gab es übrigens Naxos längst nicht mehr.»

«Jawohl, Herr Lehrer. Die Neigung zum Didaktischen bricht auch bei dir gelegentlich durch. Also los – zieh dich an!»

Taormina, auf einer ansteigenden Ebene zu Füßen des Monte Tauro hingebreitet, als hätten es Bühnenbildner als großartige Theaterkulisse entworfen, funkelte in der Sonne wie ein Juwel.

Paolo bestand darauf, zuerst den Blick vom griechischen Theater auf die Stadt und den Ätna zu genießen. Der Feuerberg hatte noch seinen winterlichen Schneekragen angelegt, während das Hügelland um ihn herum in üppiger, von der Vulkanerde begünstigter Fruchtbarkeit grünte.

Schweigend genoß Almut den Blick auf das hinreißende Panorama. Dann sagte sie:

«Man weiß gar nicht, wo man zuerst hinschauen soll. Jetzt verstehe ich auch, warum Goethe seinen Bericht über Taormina mit den Worten begann: ‹Gott sei Dank, daß alles, was wir heute gesehen, schon genugsam beschrieben ist…›, als fürchtete er, aufgerufen zu sein, es von neuem zu beschreiben.»

Sie öffnete ihre Handtasche. «Auch wenn es dich langweilt, Paolo, ich muß dir die Stelle vorlesen, wo er das griechische Theater beschreibt.» Sie hatte die Seite schon eingemerkt und sagte: «Also hier: ‹Am Fuße des stufenartigen Halbzirkels erbaute man die Scene quer vor, verband dadurch die beiden Felsen und vollendete das ungeheuerste Natur- und Kunstwerk.

Setzt man sich nun dahin, wo ehemals die obersten Zuschauer saßen, so muß man gestehen, daß wohl nie ein Publikum im Theater solche Gegenstände vor sich gehabt. Rechts zur Seite, auf höheren Felsen, erheben sich Kastelle, weiter unter liegt die Stadt, und obschon diese Baulichkeiten aus neueren Zeiten sind, so standen doch vor alters wohl eben dergleichen auf derselben Stelle. Nun sieht man an dem ganzen langen Gebirgsrücken des Ätna hin, links das Meerufer bis nach Catania, ja Syrakus; dann schließt der ungeheure dampfende Feuerberg das weite, breite Bild, aber nicht schrecklich; denn die mildernde Atmosphäre zeigt ihn entfernter und sanfter, als er ist.

Wendet man sich von diesem Anblick in die an der Rückseite der Zuschauer angebrachten Gänge, so hat man die sämtlichen Felswände links, zwischen denen und dem Meere sich der Weg nach Messina hinschlingt. Felsgruppen und Felsrücken im Meere selbst, die Küste von Kalabrien in der weitesten Ferne, nur mit Aufmerksamkeit von gelind sich erhebenden Wolken zu unterscheiden.›»

Paolo hatte andächtig zugehört. «Ich kenne die Stelle, habe sie öfters gelesen und bin immer wieder fasziniert, wie knapp Goethe sich ausdrücken konnte, ohne etwas Wesentliches zu unterschlagen. Er war ein Maestro der Sprache, wie es auf der Welt wenige gab und gibt.»

Es war schon später Nachmittag, als sie in die Stadt hinuntergingen, wo sie am Abend auf einer Terrasse mit Blick auf das Ionische Meer ein opulentes Nachtmahl einnahmen.

Während der nächsten Tage lernte Paolo eine andere Almut kennen. Sie sprach nur das Nötigste, machte fleißig Notizen und füllte ihren Botanikerkasten mit allerlei Pflanzen. Gleich bei der ersten Exkursion hatte sie ihm erklärt:

«Für den Botaniker wird es hier erst ab tausend Höhenmeter richtig interessant. Da findet sich alles, was den Beinamen *aethnensis* trägt, also – mit wenigen Ausnahmen – nur hier vorkommt.»

Der Standpunkt Catania war für diese Ausflüge sehr günstig; sie mußten nur die Strada-Etnea-Sud nehmen, die ‹regione coltivata› durchqueren und konnten dann von Nicolosi aus nach verschiedenen Richtungen wandern.

Was vor der Haustür liegt, pflegt man nicht zu schätzen, und so hatte Paolo erst einmal den Gipfel des Ätna bestiegen, nachdem er zuvor mit der Ätnabahn die obligatorische Rundfahrt unternommen hatte.

Jetzt, im April, war eine Fahrt zum Gipfel wegen des noch liegenden Schnees nicht möglich, aber darauf kam es Almut nicht an. Die ersten beiden Tage fuhren sie von Nicolosi auf die Monti Rossi, die mit ihren knapp tausend Höhenmetern der ideale Ausgangspunkt für botanische Exkursionen waren. Da kletterten sie dann zwischen erloschenen Kratern und mannshohen, erstarrten Lavaströmen herum, und Almut fand so nach und nach, was sie suchte. Sie wies auf einige besenartige Sträucher.

«Die sind leider schon verblüht. Die *Genista aethnensis*. Je höher wir kommen, desto kleiner werden Pflanzen und Blüten.»

Sie fuhren ein Stück weiter hinauf, und Almut zeigte ihm die hier wachsenden, nur noch meterhohen Ginsterstauden.

«Dafür wird jetzt der Adlerfarn häufiger und vor allem die Ätna-Berberitze. Wenn wir jetzt noch ein bißchen höher steigen, beginnt die Kampfzone, das ist die Höhe etwa ab tausendachthundert Metern.»

Paolo blieb schweratmend stehen. «Wenn das so weitergeht, nehme ich zehn Kilo ab. Was heißt übrigens Kampfzone? Wer kämpft da mit wem?»

Almut strich sich die blonden Haare aus der Stirn. «Ganz einfach: da kämpft die Flora ums Überleben. Um so verwunderlicher ist es, daß gerade hier so zarte Pflanzen wie das Ätna-Veilchen und die Ätna-Kamille wachsen.»

Dann kam der große Augenblick, da Almut das erste Exemplar der *Viola aethnensis* entdeckte. Sorgfältig grub sie ein Pflänzchen aus.

«Sieh dir einmal diese feine Blütenstruktur an. Und so etwas wächst gleich neben diesen sperrigen Stachelgewächsen, dem Dorntragant.»

Paolo bewunderte die violetten, innen gelbgeflammten Blüten. «Mit dem Dorntragant meinst du diese kugeligen Büsche?»

«Ja, der *Astragalus granatensis siculus*, genauer der Sizilische Dorntragant, denn auch ihn gibt es nur hier. Er wächst bis hinauf zur absoluten Pflanzengrenze – nach ihm kommt nichts mehr.»

«Die Leute nennen ihn hier den ‹Spino Santo›, den heiligen Dorn.»

«Irgendwer hat ihn als eine botanische Mischung von Stachelschwein und Schildkröte bezeichnet. Ich finde das sehr treffend.»

Am späten Nachmittag machten sie sich auf den Rückweg. Ehe sie ins Auto stiegen, deutete Almut auf einen Baum.

«Kennst du den?»

Paolo lachte. «Willst du mich hereinlegen? Eine Betulla – also eine Birke kennt wohl jedes Kind.»

«Und doch ist es etwas Besonderes, nämlich die *Petula aethnensis*, also die Ätna-Birke. Zwar streiten sich noch einige Botaniker, ob die geringen Unterschiede zu den nordischen Birkenarten diese Bezeichnung rechtfertigen, aber die meisten Lehrbücher haben sie übernommen.»

Das Wetter hatte sich in diesen Tagen verschlechtert, an den Hängen des Ätna klebte ein hartnäckiger Nebel, und manchmal fiel ein feiner Sprühregen. Als es am vierten Tag wieder aufhellte und die Sonne von einem fast wolkenlosen Himmel schien, meinte Paolo:

«Wenn du willst, machen wir heute eine Arbeitspause und sehen uns dafür etwas ganz Besonderes an.»

Almut zögerte, doch sie wollte ihren geduldigen Begleiter nicht überfordern.

«Also gut, aber nur den Vormittag.»

«Das wird reichen; ich zeige dir nämlich die Alcantara-Schlucht.»

Über Linguaglossa und Castiglione fuhren sie zu der berühmten Klamm, die der in zwölfhundertfünfzig Meter Höhe am Nordhang des Ätna entspringende Fluß sich in Jahrtausenden gegraben hatte.

Sie stiegen hinab, mieteten sich bis zu den Schenkeln reichende Gummistiefel und wateten durch das seichte Wasser zwischen hochaufgetürmten Granitwänden in die enge, fast lichtlose Schlucht. Der Himmel über ihnen wurde zu einem schmalen blauen Band; die seltsam geschichteten hellgrauen Steinwände sahen aus wie senkrecht übereinander getürmte lange Blöcke, die zum Teil bedrohlich überhingen. Die beiden jungen Menschen waren still geworden, bis Almut sagte:

«Ich glaube, wir kehren lieber um. Meine Füße sind schon zu Eis geworden.»

Sie zerrten sich die nassen Stiefel von den erstarrten Beinen und setzten sich auf einen sonnigen Platz, um wieder warm zu werden.

«Weißt du, daß hier schon in der Steinzeit Menschen gelebt haben?»

Almut schüttelte den Kopf. «Aber doch nicht hier in dieser Schlucht?»

«Südlich des Ätna hat man Spuren von jungsteinzeitlichen Siedlungen gefunden. Da ist es nicht auszuschließen, daß einer dieser Jäger und Sammler auch hierher gekommen ist.»

Almut blickte auf das jadegrüne Wasser in der Schlucht.

«Vielleicht hierher geflüchtet ist, weil er sich über die Sippenführerin geärgert hat. Denn damals, lieber Paolo, gab es noch das Matriarchat.»

«Der arme Kerl!» sagte Paolo bedauernd. «Er hätte noch erleben sollen, wie schnell wir mit der Weiberherrschaft aufgeräumt haben.»

«Du bist ein unverbesserlicher sizilianischer Macho!» fauchte sie ihn an, aber es klang gar nicht böse.

Nachwort

Da es unmöglich ist, die bewegte, rund dreitausendjährige Geschichte Siziliens auf fünfhundert Seiten vollständig darzustellen, wird der eine oder andere Leser schmerzliche Lücken entdecken, denn gerade diese oder jene Begebenheit hätte ihn besonders interessiert. Doch die Grenze zogen verlegerische Vernunft und schriftstellerische Einsicht, denn ein Mehr an Umfang bedeutet bei einem Buch nicht zwangsläufig eine bessere Lesbarkeit. So mußten Prioritäten gesetzt werden, und dabei hat sich z. B. die drückende vierhundertjährige spanische Herrschaft erzähltechnisch als weit weniger ergiebig gezeigt als die knapp zweihundertjährige gedeihliche und glanzvolle Epoche der Normannen und Staufer.

Ein Wort noch zur Mafia, die manchem vielleicht zu flüchtig behandelt wurde. Wer Sizilien bereist, wird dem Phänomen begegnen, daß er von der Existenz der ‹Ehrenwerten Gesellschaft› – auch bei längerem Aufenthalt – nicht das geringste bemerkt. Erkundigt er sich, wird man das Problem herunterspielen und schulterzuckend bemerken, Gauner gebe es überall, Köln oder Frankfurt hätten auch ihre Probleme mit der Kriminalität. In den letzten Jahren ist die Lage wesentlich schlimmer geworden, die Mafia hat sich als Gegenmacht zum Staat fest etabliert. Während meines letzten Aufenthalts in Sizilien im September 1988 wurden im Laufe des Monats über dreißig Menschen von der Mafia ermordet, also im Durchschnitt ein Opfer pro Tag. Es waren dies unliebsame Zeugen, Untersuchungsrichter, Staatsanwälte, Juristen, Polizisten, Journalisten und ein Drogenarzt, der sich für den Rauschgifthandel als störend erwies.

Sizilien scheint dazu verurteilt zu sein, sich von den Anfängen seiner Geschichte bis in unsere Zeit mit Unterdrückern auseinanderzusetzen; nur kommen sie in diesem Jahrhundert nicht mehr von außen, sondern entstammen dem Heimatboden.

Sizilien ist das politische Sorgenkind Italiens, und gerade deshalb soll man sich seiner besonders annehmen und wird es, nach einem längeren Besuch, lieben und schätzen lernen – wie eben ein Sorgenkind.

Bruce Chatwin
In Patagonien *Reise in ein fernes Land*
(rororo 12836)
Bruce Chatwin hat auf einer langen Reise dieses malerisch schöne, wilde Land am Ende der Welt erkundet.

Jimmy Burns
Jenseits des silbernen Flusses
Begegnungen in Südamerika
(rororo 12643)
Fünf Jahre lang lebte Jimmy Burns in Buenos Aires und bereiste Argentinien, Brasilien, Peru, Ecuador, Bolivien und Chile.
Burns war 1988 Preisträger des Somerset Maugham-Award.

Amos Elon
Jerusalem *Innenansichten einer Spiegelstadt*
(rororo 12652)

Eddy L. Harris
Mississippi Solo *Mit dem Kanu von Minnesota nach New Orleans*
(rororo 12646)

Katie Kickman
Im Tal des Zauberers *Innenansichten aus Bhutan*
(rororo 12651)
Es gibt nur noch wenige Gegenden auf der Erde, die Geheimnisse geblieben sind, und eine davon ist Bhutan. Als eine der ersten Europäerinnen gelang es Katie Hickman, das Land im Himalaya und das wilde Bergvolk der Bragpas zu besuchen.

Ursula von Kardorff
Adieu Paris *Streifzüge durch die Stadt der Bohème*
(rororo 13159)

Bruce Chatwin
In Patagonien
Reise in ein fernes Land

John Krich
Wo, bitte, liegt Nirwana? *Eine Reise durch Asien*
(rororo 12642)

John David Morley
Grammatik des Lächelns
Japanische Innenansichten
(rororo 12641)

Charles Nicholl
Treffpunkt Café «Fruchtpalast»
Erlebnisse in Kolumbien
(rororo 12582)
«Eines der spannendsten Reisebücher überhaupt – und brillant geschrieben!» *New York Times*
Im Goldenen Dreieck *Eine Reise in Thailand und Burma*
(rororo 13173)

Stuart Stevens
Spuren im heißen Sand
Abenteuer in Afrika
(rororo 12647)

Theodore Zeldin
«Ich liebe das Leben, und das Leben liebt mich» *Was es heißt, Franzose zu sein*
(rororo 12644)